KB058683

지성의 오솔길

이어령 전집
07

지성의 오솔길

베스트셀러 컬렉션 7
비평에세이_비평의 비밀과 매혹

이어령 지음

21세기북스

추천사

상상력과 흥의 근원에 관한 깊은 탐구

박보균 | 문화체육관광부 장관

이어령 초대 문화부 장관이 작고하신 지 1년이 지났습니다. 그러나 그의 언어는 여전히 우리 곁에 남아 새로운 것을 볼 수 있는 창조적 통찰과 지혜를 주고 있습니다. 이 스물네 권의 전집은 그가 평생을 걸쳐 집대성한 언어의 힘을 보여줍니다. 특히 '한국문화론' 컬렉션에는 지금 전 세계가 갈채를 보내는 K컬처의 바탕인 한국인의 핏속에 흐르는 상상력과 흥의 근원에 관한 깊은 탐구가 담겨 있습니다.

선생은 우리 시대를 대표하는 지성이자 언어의 승부사셨습니다. 그는 "국가 간 경쟁에서 군사력, 정치력 그리고 문화력 중에서 언어의 힘, 언력言力이 중요한 시대"라며 문화의 힘, 언어의 힘을 강조했습니다. 제가 기자 시절 리더십의 언어를 주목하고 추적하는 데도 선생의 말씀이 주효하게 작용했습니다. 문체부 장관 지명을 받고 처음 떠올린 것도 이어령 선생의 말씀이었습니다. 그 개념을 발전시키고 제 방식의 언어로 다듬어 새 정부의 문화정책 방향을 '문화매력국가'로 설정했습니다. 문화의 힘은 경제력이나 군사력같이 상대방을 압도하고 누르는 것이 아닙니다. 문화는 스며들고 상대방의 마음을 잡고 훔치는 것입니다. 그래야 문화의 힘이 오래갑니다. 선생께서 말씀하신 "매력으로 스며들어야만 상대방의 마음을 잡을 수 있다"라는 말에서도 힌트를 얻었습니다. 그 가치를 윤석열 정부의 문화정책에 주입해 펼쳐나가고 있습니다.

선생께서는 뛰어난 문인이자 논객이었고, 교육자, 행정가였습니다. 선생은 인식과 사고思考의 기성질서를 대담한 파격으로 재구성했습니다. 그는 "현실에서 눈뜨고 꾸는 꿈은 오직 문학적 상상력, 미지를 향한 호기심"뿐이었다고 말했습니다. 그는 마지막까지 왕성한 호기심으로 지知를 탐구하고 실천하는 삶을 사셨으며 진정한 학문적 통섭을 이룬 지식인이었습니다. 인문학 전반을 아우르는 방대한 지적 스펙트럼과 탁월한 필력은 그가 남긴 160여 권의 저작물로 남아 있습니다. 이 전집은 비교적 초기작인 1960~1980년대 글들을 많이 품고 있습니다. 선생께서 젊은 시절 걸어오신 왕성한 탐구와 언어의 발자취를 따라가다 보면 지적 풍요와 함께 삶에 대한 진지한 고찰을 마주할 것입니다. 이 전집이 독자들, 특히 대한민국 젊은 세대에게 문화 전반을 아우르는 교과서이자 삶의 지표가 되어줄 것으로 확신합니다.

추천사

100년 한국을 깨운 '이어령학'의 대전大全

이근배 | 시인, 대한민국예술원 회원

여기 빛의 붓 한 자루의 대역사大役事가 있습니다. 저 나라 잃고 말과 글도 빼앗기던 항일기抗日期 한복판에서 하늘이 내린 붓을 쥐고 태어난 한국의 아들이 있습니다. 어려서부터 책 읽기와 글쓰기로 한국은 어떤 나라이며 한국인은 누구인가에 대한 깊고 먼 천착穿鑿을 하였습니다. 「우상의 파괴」로 한국 문단 미망迷妄의 껍데기를 깨고 『흙 속에 저 바람 속에』로 이어령의 붓 길은 옛날과 오늘, 동양과 서양을 넘나들며 한국을 넘어 인류를 향한 거침없는 지성의 새 문법을 만들기 시작했습니다.

서울올림픽의 마당을 가로지르던 굴렁쇠는 아직도 세계인의 눈 속에 분단 한국의 자유, 평화의 글자로 새겨지고 있으며 디지로그, 지성에서 영성으로, 생명 자본주의…… 등은 세계의 지성들에 앞장서 한국의 미래, 인류의 미래를 위한 문명의 먹거리를 경작해냈습니다.

빛의 붓 한 자루가 수확한 '이어령학'을 집대성한 이 대전大全은 오늘과 내일을 사는 모든 이들이 한번은 기어코 넘어야 할 높은 산이며 건너야 할 깊은 강입니다. 옷깃을 여미며 추천의 글을 올립니다.

추천사

시대의 언어를 창조한 위대한 상상력

'이어령 전집' 발간에 부쳐

권영민 | 문학평론가, 서울대학교 명예교수

이어령 선생은 언제나 시대를 앞서가는 예지의 힘을 모두에게 보여주었다. 선생은 한국전쟁이 끝난 뒤 불모의 문단에 서서 이념적 잣대에 휘둘리던 문학을 위해 저항의 정신을 내세웠다. 어떤 경우에라도 문학의 언어는 자유가 되어야 한다는 신념으로 문단의 고정된 가치와 우상을 파괴하는 일에도 주저함 없이 앞장섰다.

선생은 한국의 역사와 한국인의 삶의 현장을 섬세하게 살피고 그 속에서 슬기로움과 아름다움을 찾아내어 문화의 이름으로 그 가치를 빛내는 일을 선도했다. '디지로그'와 '생명자본주의' 같은 새로운 말을 만들어 다가오는 시대의 변화를 내다보는 통찰력을 보여준 것도 선생이었다. 선생은 문화의 개념과 가치의 중요성을 일깨우고 그 새로운 방향을 제시하면서 삶의 현실을 따스하게 보살펴야 하는 지성의 역할을 가르쳤다.

이어령 선생이 자랑해온 우리 언어와 창조의 힘, 우리 문화와 자유의 가치 그리고 우리 모두의 상생과 생명의 의미는 이제 한국문화사의 빛나는 기록이 되었다. 새롭게 엮어낸 '이어령 전집'은 시대의 언어를 창조한 위대한 상상력의 보고다.

일러두기

- '이어령 전집'은 문학사상사에서 2002년부터 2006년 사이에 출간한 '이어령 라이브러리' 시리즈를 정본으로 삼았다.
- 『시 다시 읽기』는 문학사상사에서 1995년에 출간한 단행본을 정본으로 삼았다.
- 『공간의 기호학』은 민음사에서 2000년에 출간한 단행본을 정본으로 삼았다.
- 『문화 코드』는 문학사상사에서 2006년에 출간한 단행본을 정본으로 삼았다.
- '이어령 라이브러리' 및 단행본에서 한자로 표기했던 것은 가능한 한 한글로 옮겨 적었다.
- '이어령 라이브러리'에서 오자로 표기했던 것은 바로잡았고, 옛 말투는 현대 문법에 맞지 않더라도 가능한 한 그대로 살렸다.
- 원어 병기는 첨자로 달았다.
- 인물의 영문 풀네임은 가독성을 위해 되도록 생략했고, 의미가 통하지 않을 경우 선별적으로 달았다.
- 인용문은 크기만 줄이고 서체는 그대로 두었다.
- 전집을 통틀어 괄호와 따옴표의 사용은 아래와 같다.

  『 』: 장편소설, 단행본, 단편소설이지만 같은 제목의 단편소설집이 출간된 경우

  「 」: 단편소설, 단행본에 포함된 장, 논문

  《 》: 신문, 잡지 등의 매체명

  〈 〉: 신문 기사, 잡지 기사, 영화, 연극, 그림, 음악, 기타 글, 작품 등

  ' ': 시리즈명, 강조
- 표제지 일러스트는 소설가 김승옥이 그린 이어령 캐리커처.

차례

III 문단 파노라마

IV 현대인의 사랑

V 문명 속의 암흑

저자의 말

문학의 열정을 돋워주는 미완의 글들

『지성의 오솔길』은 나의 제2의 비평 에세이집이다. 1950년대 당시의 문학 매체는 《문학과 예술》, 《현대문학》, 그리고 《자유문학》 등 순수 문예지 세 권과 신문의 문화란이 거의 전부라고 해도 과언이 아니었다. 특히 비평 에세이의 대부분은 당시의 《조선일보》, 《경향신문》, 《동아일보》, 《한국일보》의 4대 신문 문화면이 전부였다고 할 수 있다.

그러고 보면 지성이라는 말에 왜 오솔길이라는 말을 달았는지 이해가 갈 것이다. 하이데거Martin Heidegger가 말하는 그런 오솔길이 아니라 원고지 2천 자 안으로 자신의 생각을 펼 수밖에 없었던 그런 미디어의 오솔길을 의미한다고 하는 것이 좋을 것이다.

단편, 시평, 간단한 에세이 등을 쓰기 위해서는 복잡한 논리나 구성을 구사하고 싶어도 구사할 수가 없다. 그 때문에 늘 문학적 발상이나 글의 내용은 아포리즘이나 매니페스토의 성격을 벗어나기 힘들었다. 물론 그 무렵에도 나는 문학예술지에 카타르시스

문학론이나 비유법 논고 등 원고지 500매가 넘는 논문 투의 비평 이론을 발표했지만 내 글의 주류를 이룬 것은 문학 저널리즘의 월평 같은 것들이었다. 『지성의 오솔길』에 실린 평문들은 대개가 다 그렇게 신문 또는 잡지에 실린 시평들로 구성되어 있다.

이번 재개정을 내면서 재편집하여, 1960년에 발간된 글 가운데 빠진 것과 혹은 첨가된 부분은 있으나 그 주된 색조는 그대로 유지하고 있는 셈이다. 그 당시만 해도 평문은 한자말로 된 관념어들과 난삽한 문체가 주종을 이루던 때였지만, 나는 쉽고 감성적이고 피규러티브figurative한 글을 쓰려고 애썼다. 문학의 개혁은 문체의 개혁이라고 믿었기 때문이다. 20대의 글이라 감상적이고 한편에서는 객기가 나타난다. 그러나 그것이 나에게는 허물이 아니라 그리움이나 순수함으로 느껴진다.

모노크롬의 퇴색한 사진을 보는 것 같은, 그것도 단체사진이 아니라 독사진을 보는 것 같은 느낌을 주는 글, 그리고 지성의 오솔길에 떨어뜨린 분실물 같은 이 미완의 글들이 나에게는 문학의 열정을 돋워주는 응원가로 들려오곤 한다.

2004년 2월

이어령

I

문학의 이해를 위한 엽서

나의 문학적 자서전

두 개의 생일

나는 한 해의 마지막 달인 12월생이다. 그것도 예수님 생일이라는 그 크리스마스보다도 늦은 29일에 태어났다. 그러나 내 호적에는 그것이 1월 15일로 되어 있고 태어난 해도 한 해가 늦은 1934년으로 등록되어 있다. 그러므로 모든 문서는 물론이고 죽을 때까지 내 그림자처럼 따라다니게 될 나의 주민등록증 번호도 340115로 시작된다.

물론 이 거짓 생일날은 당사자인 내가 책임질 일은 못 된다. 일생에서 가장 중요한 순간이면서도 사람들은 자신의 탄생에 대해서 아무런 발언권이나 선택권도 가지고 있지 않다는 것을 잘 알고 있을 것이다. 오로지 그것은 태어나자마자 두 살을 한꺼번에 먹고 늙어버려야만 될 나의 운명을 딱하게 생각한 아버지의 부성애 때문이다.

어찌 됐든 간에 나는 이 때문에 가끔 뜻하지 않은 날 생일 카드를 받고 놀라는 일이 많다. 고맙게도 그것은 사전이나 연감 같은 것을 뒤적인 끝에 나의 생년월일을 추적해낸 이른바 열성 애독자들이거나 그렇지 않으면 매상고를 올리기 위해 손님들의 크레디트카드를 기억시킨 백화점 컴퓨터가 보내온 것들이다.

그러나 무슨 동기, 무슨 경로로 온 것이든 이러한 생일 카드를 받을 때마다 나의 얼굴은 붉어지지 않을 수 없다. 단순히 미안하다는 생각이 들어서가 아니다. 호적이 만들어낸 나 속에는 비단 그 잘못된 생일, 주인 없는 그 생일날만이 아닐 것이라는 생각이 들기 때문이다. 더구나 사람들은 여기에 이렇게 숨 쉬고 있는 나보다도 문서 속에 찍힌 나를 더 믿고 인정한다. 호적 속의 나는 원래의 나를 제쳐놓고 아랫목에 앉는다. 호적 속의 나는 엉뚱한 생일 카드를 받고 축복을 받기도 하지만 또 그와는 반대로 이상한 소문이나 욕을 받게 되는 수도 있다. 축하든 욕이든 나는 그럴 때마다 속으로 변명을 한다.

"믿지 마시오. 남의 호적이든 자기 호적이든 등록되어 있는 것들을 믿지 마시오. 나나 당신이나 무엇에 등록되는 순간, 벌써 우리는 위조되고 마는 것이오." 그러나 그것이 얼마나 무력한 변명인가를 곧 알아차리고 절망해버린다. 우선 호적의 언어를 통해서 나를 알고 있는 사람들은 거의 전부가 익명적인 존재이기 때문에 일일이 그들을 찾아내어 나의 정체를 보여줄 수도 없고 또 그렇게 한다 쳐도 바쁜 그들이 나의 진짜 생일을 마음속에 새겨둘 리도 만무한 것이다.

가령 누구와 초면에 인사를 나눌 때 이런 말을 듣는 경우가 많다. "사진에서 뵙던 것과는 아주 다르십니다." 그 사람은 1월 15일이 내 생일날이라고 믿고 있는 사람들 중 하나이며 나를 만나기 전까지는 그들의 고백대로 사진 속의 내 얼굴을 진짜의 내 얼굴로 믿고 있었던 사람들이다. 주인 없는 생일처럼 이번에는 주인 없는 얼굴 하나가 어디엔가 물방울처럼 생겨나 군중 속을 멋대로 떠다니다가 어떤 판에 찍혀버리고 만다. 이러한 얼굴들에 대하여 나는 속수무책일 수밖에 없다.

이런 일들은 내가 어느 시골 면사무소의 호적부에 먹글씨로 기재되는 그 순간에서부터 시작된 일이고, 그때부터 호적에 의해 탄생된 나는 실제 어머니의 태에서 태어나 강보에 싸여 있던 나와 끝없는 불화와 끈적끈적한 싸움을 계속하게 된 것이다. 생명의 육체 속에 깊이 각인되어 있는 나의 옆에는 호적의 종이, 그 서류철 속에 낙인처럼 찍혀 있는 내가 있다. 우리는 이렇게 각기 다른 장소, 분만대와 호적부 위에서 태어나 줄곧 두 개의 다른 지평 속에서 살아가게 마련인 것이다. 그리고 나이를 먹어갈수록 호적 속의 나는 강보에 싸여 있던 나보다 키가 더 커진다.

우리가 호적으로부터 벗어나 비교적 자유롭게 살 수 있었던 것은 초등학교에 들어가기 이전의 5~6년 동안이다. "몇 살이니?" 라고 어른들이 물을 때 아이들은 그냥 재롱을 떨기만 하면 그만이다. 그러나 초등학교에만 들어가도 나이를 물을 때는 호적을 떼어다 바쳐야만 된다. 나이는 재롱이 아니라 하나의 제도가 된다. 더구나 호적의 나이와 실제의 나이가 다른 나의 경우에는, 그리고 일제 강점기에 학교에 들어갔던 나의 경우에는 초등학교 이후와 초등학교 이전의 세상은 기원전과 기원후의 두 세기만큼이나 다르다. 학교에 들어가기 전에는 분명 여덟 살이었는데 책가방을 들고 교문을 들어서면 일곱 살이 되는 것이다. 동네 골목에서 놀던 나와 동갑내기 친구들이 교실 속에 가 앉으면 갑자기 나보다 한 턱 윗자리에 있는 것이다.

나이만이 아니었다. 이름도 달라진다. 학교에서는 집에서 어머니가 부르시던 그 이름이 아니라 창씨개명을 한 일본의 이름으로 호명되었다. 출석부는 호적부와 마찬가지로 나를 다른 이름으로 등록했고 나는 그 등록된 이름으로 다시 학적부에 오르게 된다. 그러니까 나를 태어나게 한 탯줄의 언어는 자꾸 말라비틀어지고 나의 탄생을 등록시킨 호적의 언어는 자꾸 확산되어 집채처럼 커져간다. 말도 세 살 때 배운 조선말이 아니라 일본 말로 바뀐다. 내 진짜 생년월일이 공식적으로 인정받지 못한 것처럼 어머니에게서 배운 조선말은 위조지폐나 다름없는 무허가 언어가 된다. 내가 살고 있는 마을이나 외가가 있는 마을 이름도 학교에서는 다르게 불려진다. '새말'은 '좌부리'로 '쇠일'은 '신흥리'라고 해야 한다. 아니다. 호적이 지배하는 그 학교에 가면 피까지 달라진다.

족보에 의하면 나는 분명 시조 이공정李公靖 26대 손으로 되어 있는 토종 한국인인데도 나는 매일 아침 조회 때마다 동녘을 향해 궁성요배宮城搖拜를 해야만 하는 일본의 황국신민皇國臣民으로 되어 있었던 것이다. 내 족보 속의 할아버지들은 북쪽을 향해 국궁 재배를 하셨다는데 학교에 들어간 그 손자들은 동방을 향해 큰절을 하는 것이다. 서로의 호적이 달랐기 때문이다. 옛날 할아버지네들의 호적은 북쪽 임금님이 살고 계신 대궐 아래 있었고 우리가 태어나던 때의 호적은 천황폐하가 살고 있다는 동쪽 일본 땅에 있었다.

그렇다. 학교에 들어가자마자 호적의 언어가 나를 가둔다. 학교에 가기 전에 내가 믿고 있던 영웅들은 노기 다이쇼[乃木大正]나 나폴레옹이 아니었다. 팽이를 잘 돌리던 만수나, 볏섬을 한 손으로 들어 올리는 방앗간집 김장사였다. 그러나 호적의 언어로 찍힌 교과서에는 결코 나의 영웅들이 등장하는 일은 없다. 한 번도 본 적이 없고 앞으로도 만날 수 없는 이들이 영웅의 자리를 빼앗고 있는 것이다.

한밤중에 추녀 밑을 뒤져 귀신 곡하게 참새 알을 끄집어내던 나의 영웅들은 통지표에 등록되는 순간 머리를 깎인 삼손처럼 힘을 잃고 만다.

호적의 언어는 까만 흑판을 타고, 출석부와 학적부와 성적이 찍힌 통지표를 타고, 기미가요[君が代, 일본 국가]를 타고, 선생님의

만년필촉을 타고 나를 위조하기 위해 군림한다.

그러나 나의 잘못된 호적의 나이, 호적의 언어에 그냥 모자를 벗고 경례를 하지는 않았다. 호적이 지배하고 있는 언어 옆에는 근지러운 배꼽의 언어, 태를 가르던 그때의 아픔을 간직하고 있는 갓난아이의 울음소리가 있었다. 그 언어는 호적과 학적부와 통지표, 그리고 교과서와 국민선서의 말들과 싸우고 있었다.

싸우고 있었다. 배꼽의 언어들은 철봉대가 있는 교정을 가로질러 닭벼슬처럼 붉게 타오르는 촉계화蜀癸花의 꽃잎 속에 있었고, 수양버들을 흔드는 바람 사이에 있었다. 나의 말은 일본 말도 한국말도 아닌 참새 소리 속에서 지저귀고 있었고, 몇 번이고 얼었다가는 풀리고 얼었다가는 풀리던 그 파란 강물 속에서 멱을 감고 있었다.

호적의 언어가 나를 삼켜버리려고 할 때 나는 이 배꼽의 언어, 태를 가를 때 울던 최초의 모음으로 나의 말을 지켜갔다. 호적부의 언어들과 싸우는 배꼽의 언어, 그것이 나에게 있어서는 바로 문학이었던 셈이다.

문학의 언어는 호적의 나이로부터 내 진짜 나이를 지켜주었다. 공문서의 철인鐵印들이 내 정수리에 와 찍힐 때 재빨리 그것은 나를 바람이 되게 하였다.

그렇다. 나의 문학은 이렇게 내 실제 나이가 호적과 다르다는 데서부터 시작된다. 내 위조된 생년월일을 상석에 모셔놓은 면사무소와 학교, 은행과 병영 그리고 높은 담으로 둘러쳐져 있는 법원이나 입법자들이 모이는 회의장, 여기에서 살아남은 작은 무허가 움막집이 나의 문학이다. 이 공공건물에 낙서를 하는 것이 나의 문학이다. 공문서를 소각하는 이 범법 행위—그래서 나와 나의 친구들이 결코 출석부 같은 것으로 호명되지 않는 책상에 앉기 위해서 진정한 이름을 하나씩 지어주는 모험이 바로 나의 문학인 것이다.

모든 서류에 잘못 찍힌 나의 탄생을 바로잡기 위해서 나에게는 탯줄의 언어가 필요했던 것이다. 내 존재의 탯줄을 지키기 위한 전력—그것이 바로 크리스테바Julia Kristeva가 말한 "어머니 몸으로서의 언어"였는지 모른다. 말하자면 가부장적인 호적의 언어와 역행하는 신생아의 울음, 그리고 그다음에 오는 갓난아이의 미소들.

그 언어로 매일 아침마다 황국신민이라고 외우던 국민선서 속에서 시들어 죽어가던 나의 촉계화의 붉은 닭벼슬을 가꾸어간다. 그리고 창씨개명으로 나의 이름을 훔쳐간 출석부의 검은 음모를 몰아내기 위해 굿을 벌인다.

항상 명쾌한 결론을 좋아하는 사람을 위하여 다시 되풀이하자면 호적의 나이와 실제의 나이가 일치하지 않는 이 상징적인 조건이 나의 문학적 출발점이 되었다는 점이다. 욕이든 칭찬이든 잘못 위조되어가는 나에 대해서 무엇인가 정당방위를 하는 방법은 문학뿐이었던 것이다. 인간의 존재를 왜곡하는 모든 것과 싸우기 위해서는 내가 태어나 아직 호적에 오르지 않았던 여드레 동안의 순수한 생의 성채가 있어야만 했던 것이다.

이 같은 유아 체험이 존재론적인 것으로 탐색된 것이 어렸을 때의 이미지를 탐색한 글들이고, 그것을 사회·집단적인 면에서 탐구한 것이 한국인론들이다.

나의 어떤 글 속에도 이 두 가지의 것이 핵을 이루고 있다. 그러므로 나의 문학론이라는 것도 나의 자서전이라는 것도 초등학교 문턱에도 가지 않았던 그때의 이야기 속에서 맴돌고 있다 해도 그것은 지극히 당연한 일일 것이다.

등불을 끄고 난 다음

나는 잠이 없는 아이였다. 어렸을 때 내가 제일 싫어했던 말은 이를 닦으라는 말도 공부하라는 말도 아니었다. 그것은 불 끄고 그만 자라는 어른들의 말이었다. 초저녁에 짖던 개 소리도 들려오지 않으면 숨 막히는 끈끈한 어둠의 방문마다 빗장을 잠근다. 내가 밤마다 의지해왔던 것은 그 어둠을 필사적으로 밀어내고 있는 등불이었다. 정확하게 말하면 남폿불(램프)이었다. 바람도 없는데 남폿불은 언제나 곧 꺼질 듯이 너울거렸고 그럴 때마다 방 안에 숨어 있던 그림자들이 거대한 나비가 되어 천장을 덮었다.

식구들이 하나씩 하나씩 잠들어갈 때마다 나는 마음을 졸였고 급기야는 나 혼자 남겨두고 마지막에 잠들어버리는 사람이 이제 그만 불 끄고 자라는 말을 하게 되면 나는 무슨 선고를 받는 듯했다.

남폿불이 꺼지고 나면 완전히 나 혼자 어둠 속에 남아 석유의 그을음 냄새를 맡는다. 그것은 어둠의 가장 깊은 밑바닥에서 풀려 나오는 냄새이고 외로움이 제대로 다 타지 못한 냄새다.

나에게 있어 밤은 늘 불완전연소의 그 검은 그을음이었다. 그것도 그냥 그을음이 아니라 유난히도 질이 나쁜 석유가 내뿜는 그을음이었다. 밤과 타협을 하고 이 새까만 그을음 속에서 코를 고는 사람들이 밉고 섭섭했다. 나를 꼭 허허벌판에 내던지고 자기네들끼리 집으로 돌아간 것 같은 서운함이었다.

나는 매일 밤 등불을 끄고 그을음을 맡고 자는 사람들을 섭섭해하고…… 이런 일을 하나의 의식儀式처럼 되풀이했다.

그러나 지금 생각해보면 그때의 무섭고 외로웠던 밤들이 내 문학의 깊은 우물물이 되었다는 것을 깨닫게 된다. 내가 무엇인가를 보고 듣고 냄새 맡을 수 있었던 것은 남폿불을 끄고 난 뒤의 일이었고 "그만 불 끄고 자라!"는 선고 뒤에 오는 정적의 언어들이었다.

일식이 있었던 날 우리들은 해를 보기 위해 깨어진 유리 조각을 주워 와서는 석유 등잔불에 태워 그을음을 묻혔다. 이 깜깜한 그을음만이 해를 볼 수 있게 한다는 거였다. 그을음을 가득 묻힌 유리 조각을 눈에 대고 하늘을 보면 정말 해가 빨간 단추처럼 동그랗게 보였고 그것이 조금씩 좀먹혀 들어가는 것이 보였다.

나는 오래전부터 밤의 그을음을 통해 그런 체험을 하고 있었던 것이다. 나의 태양, 죽어가고 있는 내 태양의 일식을 구경하고 있었다. 밤마다 불을 끄고 난 다음 유리 조각 같은 어둠 너머로 석유 냄새를 맡으면서…….

낮에 보이지 않던 것이 밤에는 금단추처럼 보인다. 밤새도록 어디에선가 물이 새어 흐르는 소리를 듣듯이 예민한 날에는 시간이 지나가는 소리조차 들을 수가 있었다. 내가 유진 오닐Eugene O'Neill의 희곡을 처음 읽고 감동을 했을 때도 이 불면의 밤에 맡았던 남폿불의 그을음 냄새가 났었다. 그리고 그 아픈 낱말들이 작은 일식처럼 어둠 속에서 앓고 있는 것을 보았다.

만약 내가 잠이 많은 아이였다면 마지막에 등불을 끄는 아이가 아니었다면 아마 지금쯤 나는 어느 당인가 전국구 의원 후보가 되어 내 차례가 되기를 고대하고 있거나 혹은 어느 수출 회사 판매사원이 되어 노스웨스트를 타고 태평양의 일부 변경선을 건너고 있을는지도 모른다.

그러나 잠 못 드는 아이에게도 더러는 깊고 편한 잠을 자는 밤이 있다. 밤을 새워 무슨 잔치를 하거나 제사 같은 것을 치르게 되는 밤이 그랬다. 누구도 일찍 자란 말도 하지 않고 어서 등불을 끄라고도 하지 않는다. 마당에는 파란 간드레 불이 켜지고, 부엌에서는 밤새도록 도마를 두드리는 소리와 여자들의 웃음소리가 들려온다. 얼마나 편한 잠을 잘 수 있었던가. 남들이 깨어 있었으므로 밤은 감히 나를 침범하지 못한다. 잔치가 있는 밤이면 일식처럼 조금씩 어둠에 먹혀 들어가다가 그을음 냄새를 남기고 죽어가던 그 남폿불도 오래도록 꺼지지 않는다. 아침 해가 그 불을 지워버릴 때까지 행복하게 타오른다.

나의 문학은 밤이었다. 혼자 깨어 있는 밤이었다. 나의 문학은 남폿불이었고 "어서 불 끄고 자라!"는 말끝에 묻어오는 그을음 냄새였고 어디에선가 밤새도록 새어나오는 물소리였다. 배신자들처럼 나보다 먼저 잠드는 식구들에 대한 원망이었지만 더러는 행복한 밤잔치이기도 했다. 나의 문학의 어느 갈피에선가는 도마를 두드리다가 갑자기 웃음소리가 터져나오는 여인의 목소리가 있다.

지금도 그 밤들이 유리를 깨어 조각을 만든다. 석유 등잔에다 까맣게 그을린 그 유리 조각을 들고 나는 지금도 이따금 그을음 냄새가 나는 빨간 일식을 구경한다.

땅파기

어른들의 말을 들어보면 나는 언제나 장난이 심한 아이였다고 한다. 또 어떤 사람은 내가 심술을 잘 부리는 아이였고, 싸움을 많이 해 얼굴에 손톱으로 할퀸 생채기가 아물 날이 없었다고 한다. 어른들의 말이었으니까 그것은 거짓이 아니었을 것이다.

그러나 나의 기억으로는 누구와 장난을 하며 즐거워했거나 싸움을 하며 노여워했던 기억보다는 언제나 심심해서, 미칠 것처럼 심심해서 혼자 쇠꼬챙이를 들고 뒷마당을 후비고 다녔던 생각밖에는 잘 나지 않는다.

어른들은 마당을 파고 다니던 나를 누구도 눈여겨보지 않았거나 이상하게 생각한 적이 없었나 보다. 나는 내 얼굴에 생채기를 내면서까지 싸워야 했던 것이 대체 무엇이었던가를 궁금해한 적은 없다. 하지만 그때 뒷마당에서 무엇을 파내고 그렇게 좋아했는지 알고 싶어지는 때가 많다.

사실은 알 것도 없이 뻔한 일이다. 뒷마당에서, 그것도 한 뼘의 쇠꼬챙이로 파낸 것이면 묻지 않아도 알 일이다. 사금파리가 아니면 무슨 곱돌 같은 돌멩이였을 것이다. 그러나 나는 그때 내가 파낸 것이 단순한 사금파리였다고는 생각지 않는다. 고분을 발굴해낸 사람과도 같은 흥분, 그리고 깊은 땅속에서 보석을 캔 사람과도 같은 희열이 있었으니까 그것은 분명 땅 위에서는 찾아볼 수 없는 값진 물건이었을 것이다.

눈에 보이는 세계에 대해서 무엇인가 싫증이나 불만을 느낄 때 사람들은 땅속을 들여다보려고 한다. 땅을 판다는 것은 곧 땅속을 바라보는 행위다. 호미나 삽 그리고 곡괭이는 지하를 꿰뚫어 보는 작은 눈들인 것이다. 나무와 지붕 또 지붕 위에 있는 산, 언제 보아도 같은 방향으로 뻗어 있는 길, 언제나 같은 나뭇가지에 와서 앉는 새, 이런 것들만을 바라보고 지내는 사람들은 땅을 파 보려고 하지는 않을 것이다.

눈에 보이는 것들은 이미 소유해버린 것이다. 밖으로 노출되어 있는 것은 보지 않으려고 해도 습관처럼 저절로 보인다. 그래서 인간이 진정으로 무엇을 보려고 할 때는 누구나 그 손엔 곡괭이를 들지 않으면 안 된다.

그러므로 '본다'는 말은 '캔다'는 말이다. '본다'는 말은 곧 '판다[掘]'는 말과 동의어인 것이다. 땅을 판다는 것은 가시적인 것에서 불가시적인 것으로 고개를 돌리려는 의지다. 그것은 한 세계의 차원을 바꾸는 운명의 결단이다.

쇠꼬챙이를 들고 흙 속에 묻혀 있던 것을 뒤지던 그날이야말로 내 마음속에 처음으로 '정신의 지질학'이 눈을 뜨던 순간이었을 것이다.

나만의 일은 아닐 것이다. 겉으로 보이는 것들에 싫증을 느끼고 심심해하는 아이들은 누구나 땅을 파며 이 정신의 지질학을 배울 것이다. 어른들은 내가 예쁜 양옥집 저금통을 깨뜨렸을 때 그 속에 들어 있는 동전을 꺼내고 싶어서 그러는 줄로만 알고 야단을 쳤던 것 같다. 그러나 무엇 때문에 반세기나 지난 옛날 일을 놓고 이제 와서 변명을 할 필요가 있을 것인가. 결단코 그랬던 것이 아니다. 저금통을 깨뜨린 것은 눈에 보이지 않는 그 양옥집의 내부를 보고 싶었기 때문이다.

'땅속을 본다.'는 말이 곧 '땅을 판다.'는 말과 같은 뜻이듯 '저금통을 깨뜨린다.'는 말은 바로 '저금통의 내부를 본다.'는 말이 되는 것이다. 그것은 땅파기 장난이나 근본적으로 다를 것이 없다. 그러나 정신의 지질학이 무엇인지 모르는 사람들에게는 돈을 꺼내 쓰는 낭비로밖에는 보이지 않았을 것이다. 그 증거로 나는 저금통만이 아니라 부숴봤자 솜이나 용수철밖에 나올 것이 없는 장난감이나 인형을 곧잘 부수고 야단을 맞은 일이 많았다.

글을 읽기 시작하면서부터, 이 정신의 지질학은 『보물섬』이나 「황금충」 같은 소설을 탐독하는 독서 행위로 나타났다. 왜냐하면 그 보물들은 예외 없이 땅속이나 동굴 깊숙한 곳에 묻혀 있기 때문이다. 스티븐슨Robert Stevenson이나 포Edgar Allan Poe가 가르쳐준 것은 좀 더 복잡한 땅파기였다. 여섯 살 때 내 손에 들려 있던 그 꼬챙이는 비밀 지도나 암호를 풀어내는 신비한 지혜와 상상력의 요술 지팡이로 바뀌어가고 있었던 것이다.

나에게 있어서 책 읽기는 어렸을 때의 땅파기와 동일한 것이었다. 그것은 다 같이 생의 표층이 아니라 심층을 보려는 의지였다.

이 정신의 지질학은 읽기만이 아니라 쓰기에도 똑같은 양상으로 나타난다. 내가 이 세상에서 최초로 쓴 작품은 「연鳶」이라는 동화였다. 겨우 쓰기를 배우고 얼마 안 되었을 때니까 초등학교 2~3학년이라고 기억된다. 종이가 귀할 때여서 누이의 헌 습자책 뒷장 여백에 삽화까지 그려가면서 몽당연필로 쓴 그 동화는 유치하기 짝이 없는 것이었다. 하지만 꼬챙이가 연필로 바뀐 땅파기였다는 점에서 그것은 나의 운명에 동그라미를 달아놓은 처녀작이었다고 할 수 있다.

"아이는 연을 날리고 싶어 한다. 그러나 가난한 홀어머니 밑에서 가난하게 살아가는 그 아이에게는 종이도 실도 대나무도 없다. 어머니는 불쌍한 아이를 위해 영창문을 뜯어서 연을 만들고 자기 양말을 풀어 연실을 만들어준다.

그래서 아이는 신나게 연을 날리게 되었지만 회오리바람이 불어 그만 연실이 끊기고 만다. 아이는 영창도 없는 방에서 양말도 신지 않고 떨고 있을 어머니를 생각하면서 연을 놓쳐서는 안 된다고 다짐을 한다. 날아가는 연을 뒤쫓아 달려간다. 강을 건너고 산을 넘어간다. 눈 속을 헤치면서 한 번도 가본 적이 없는 이상한 산골짜기로 들어가자 연이 떨어진다. 아이는 연이 떨어진 자리를 찾으려고 눈구덩이를 파헤친다. 그런데 연이 떨어진 자리에는 구멍이 뚫려 있었고 그 안을 들여다보니 황금이 가득 들어 있었다."

효도를 하는 착한 아이가 행운을 차지했다는 흔해빠진 주제였지만 이 창작 동화를 내가 아직도 기억하고 있는 것은 그 유치한 이야기에도 땅파기의 주제가 숨어 있기 때문이다. 황금은 빛이 있는 것이지만 그 빛은 언제나 눈에 보이지 않는 어느 심층 땅속이나 궤짝 속에 묻혀 있어야 하는 빛이다. 만약에 황금이 나뭇가지에 열리는 열매였다면 아무리 같은 원소, 같은 빛을 하고 있어도 이미 황금이라고는 할 수 없을 것이다. 황금은 캐내었을 때만이 황금이 된다.

대학에 들어가고 비평에 눈을 뜨는 순간에도 나는 여전히 여섯 살 난 아이 그대로 사람들이 잘 오지 않는 뒤껱 마당을 파고 다녔다. 그 호젓한 뒤껼 마당은 대학 강의실이 아니라 도서관이었다. 나는 거기에서 프로이트Sigmund Freud를 배우고 프루스트Marcel Proust를 읽었다. 그들은 생의 표층이 아니라 저 땅속의 심층, 무의식을 뒤지는 갱부들이었다.

그렇다. 예술의 진정한 가치는 땅속에 묻혀 있다. 비평이 위대함은 바로 그 불가시적인 그리고 숨겨진 구조를 파내는 곡괭이를 가지고 있기 때문이다.

내가 은유의 문장을 좋아하는 것도 그것의 의미가 항상 문장의 심층 속에 묻혀 있기 때문이다. 그것들은 지층과도 같은 여러 층의 의미를 가지고 있으며, 그 켜마다 각기 다른 비밀스러운 화석을 숨겨두고 있다.

땅파기, 그것이 나의 모든 문학적 동기가 된다. 그것은 바로 나의 창작적 형식이고 수사학이다. 그리고 그것이 나의 비평 방법이 된다. 표층적 의미보다는 항상 심층적인 곳에 있는 의미, 매몰되고 숨겨지고 이유 없이 나에게 암호를 던지는 것들, 이런 불가의 세계가 있기 때문에 나는 비평 작업을 계속할 수가 있다.

소모될 대로 소모된 외계의 풍경과는 달리 그것들은 어둠 속에서 갑자기 나를 습격한다. 예상치 않던 견고한 광맥의 한 덩어리가 폭력처럼 내 사고의 곡괭이와 부딪쳐 섬광을 일으킬 때 나는 여섯 살 난 아이처럼 볼을 붉힌다. 그래서 미치게 심심하던 날의 그 땅파기를 멈추지 않고 되풀이한다.

외갓집 여행

여행에 대해서 이야기하자. 왜냐하면 김삿갓이 아니더라도 시인은 근본적으로 나그네와 구별될 수가 없다. 만약에 나에게 무슨 시인적인 기질이나 감성이 눈곱만큼이라도 있었다면 그것 역시 나의 여행으로부터 비롯된 것이라고 말할 수 있다. 이렇게 말하면 사람들은 벌써부터 스위스의 그림엽서와 같은 이야기를 기대할는지 모른다. 그러나 나의 문학에 깊은 영향을 끼쳐준 여행이란 바로 어렸을 때 어머니를 따라다닌 외갓집 나들이인 것이다.

외갓집이라야 자동차나 기차를 타고 갈 만큼 먼 곳에 있는 것도 아니었다. 들판으로 난 신작로를 따라 산골로 한 10리쯤 더 들어가면 거기에 나의 외갓집이 있다.

그러나 이렇게 가까워도 나에게 있어 장승이 서 있는 성황당 고개를 넘어야 하고 또 어쩌다 장마라도 지면 발을 벗고 작은 개울을 건너야 하는 그 외갓집 길은 이역異域으로 가는 멀고 후미진 길이었다. 그것은 아무리 애써도 결코 기하학적으로는 설명될 수 없는 거리다.

거기에 가면 우리 집에 없는 것들만 보이게 된다. 내가 처음으로 탱자 열매를 본 것도 외갓집에 가서였다. 나의 상상에 의할 것 같으면 그 노란 탱자는 외갓집 채마밭 울타리에서만 열리는 열매들이었다. 외할머니가 이 세상에 딱 한 분이듯이 탱자나무 열매도 외갓집에만 있는 열매다.

그렇다. 어머니가 돌아가시고 이따금씩 외갓집이 그리워질 때 눈을 감으면 노랗고 동그란 탱자들이 보였다.

탱자라면 그래도 또 모르겠다. 그 흔한 감나무도 나에게는 외갓집 나무로 생각되었던 것이다. 빨갛게 익은 연시를 보면 틀림없이 외갓집 돌담이 나타나고 할머니의 기침 소리가 들려온다.

외갓집에 있는 것은 모두가 병풍의 그림처럼 조금씩 사그러져 가고 낡아지고 예스러워 보였다. 뒤곁에 잡초들이 많아서만이 아니었다. 대청마루도 밟으면 삐걱거리는 소리가 났고 언제 가봐도 누각 분합문分閤門은 굳게 닫혀 있는 채였다. 외가 식구들은 모두 서울 살림을 하고 외할머니가 이 시골집을 혼자 지키다시피 하고 있었다는 그런 산문적인 이유에서가 아니었다.

심지어 벽에 걸린 괘종시계까지도 외갓집 것은 이상해 보였다. 자판에는 용, 닭, 호랑이, 뱀과 같은 12간지의 짐승들이 동그란 둘레로 그려져 있고 이따금 깊은 우물물에서 두레박을 들어올리는 것 같은 텅 빈 종소리가 들려왔다.

어떻게 그것을 다 말로 설명하랴. 옛날에 높은 벼슬을 지내셨다는 외가의 어느 할아버지 무덤에 놓인 것이라든가, 뒤꼍의 빈 터를 지나면 화강석 묘석들이 있었다. 그 석물石物에는 양 모양을 하고 있는 것도 있어서 나는 그 잔등 위에 올라타고 놀기도 했다. 그것은 이 세상 것들이라고는 믿겨지지 않는 것들이다.

아! 이 부질없는 묘사는 그만두자. 그것들은 외가에 가야만 있는 것이 아니라 그와 똑같은 느낌을 주는 것들이 어머니의 깊은 반닫이 속에도 있었으니까. 색실로 수놓은 조바위라든가 장도칼이라든가, 이 세상에서는 잘 안 쓰는 것들, 외가의 긴 돌담이나 일각대문一角大門처럼 조금씩 무너져가는 엄숙하고도 슬픈 것들이 어머니의 비녀 속에도 있었다.

대체로 나의 외가 순례는 빨간 저녁노을이 질 때 끝나게 되는 수가 많다. 까마귀가 날아가고 굴뚝에서는 안개와 같은 가는 연기들이 오른다. 더 어두워지면 수상하게 큰 달이 검은 덤불 위로 문득 나타나리라. 그래서 외갓집에서 돌아오는 마음은 늘 조급하고 걸음은 늘 바쁘다.

외갓집에서 본 것들—탱자며 감이며 이상한 시계 소리며 묘석들이 뒹굴고 있는 그 빈터는 내 어머니의 공간들이다. 어쩌면 그것들은 내가 이 세상에 태어나기 전에 저편 세상에서 본 광경들이었을는지 모른다.

외갓집으로 가는 여행. 그것은 가부장적인 사회로부터 곧장 수천 년을 건너뛰어 모계 사회의 옛날로 들어가는 피의 여행이라고나 할까. 분명히 그것은 현실 속에서 내가 갖고 있지 않은 것이거나 혹은 잃어버린 것을 들여다보는 공간이었다. 낙원보다도 이상하게 생긴 곳으로 향하는 길이다. 그렇다. 그것은 이방의 어느 나라보다도 멀고 먼 공간이다. 그 여행으로 얻은 공간 체험이 있었기 때문에 나의 문학은 어머니의 땅에서 탱자처럼 자랄 수 있었던 것이다. 노랗게 노랗게 그리고 동글게 동글게 나의 언어들이 울타리를 만들어간다.

오르페우스의 언어

사막에서 살아가려면 물을 밖에서 구하려 해서는 안 될 것이다. 낙타처럼 혹은 선인장처럼 자신의 몸속에 수분을 저장해두어야 한다. 자신의 갈증을 자신의 체액으로 적셔주는 외로운 그 작업에 익숙해야 한다. 그렇기 때문에 사막에서 자라는 생물들은 타자로부터 아무것도 기대하지 않으며 아무런 보상도 받으려 하지 않는다. 이 단절이 오히려 그들의 내면을 풍요하게 한다.

낙타는 무슨 꿈을 꾸는가? 열사의 모래밭을 지날 때 속눈썹이 긴 낙타는 결코 하늘을 쳐다보는 일이 없다. 낙타의 꿈은 그의 등 위에 달린 혹 속에 있다. 자신이 키워온 그 혹이 자신의 하늘인 것이다. 거기에서 구름이 흐르고 거기에서 비가 내린다.

모든 풀과 나무는 외계로 향한 창을 가지고 있다. 그것이 바로 이파리다. 그러나 선인장의 경우에만은 그 존재의 눈꺼풀이 자신의 내부에서만 열린다. 다른 식물과는 정반대로 외부의 이파리는 가시로 굳어져 있고 그 내부는 솜처럼 부드럽다. 그 안에서 별이 뜨고 강이 흐른다. 현대 문명 속에서 글을 쓰며 살아가는 나 자신도 낙타의 혹과 선인장의 언어를 갖고 있지 않으면 안 된다. 모세의 바위처럼 기적의 지팡이로 두드리기 전에는 모든 수분을 암석 안에 간직해두어야 한다.

낙타와 선인장의 언어 없이는 빌딩과 아스팔트와 비닐의 모래밭을 건널 수 없을 것이다. 지금은 외계로부터 미와 진실과 사랑을 구할 수 있는 행복한 시대가 아니다. 내부에 수분을 간직하지 않은 채 만약 이 문명의 길로 그냥 뛰어나가면, 금시 나는 증발해버리고 말 것이다.

그러므로 나는 자신의 상상력 속에서 사막의 도시를 걷는다. 육체를 따뜻하게 하는 태양은 외계의 하늘에만 있는 것은 아니다. 체내에서 흐르는 붉은 혈구 역시 우리의 육체를 비추는 작은 태양이다. 그것은 일출과 일몰의 끝없는 태양의 운행처럼 순환을 하고 있다. 우리의 피는 액체화된 태양이며 액체화된 일광이다. 그리고 그것은 동시에 강이다. 심장의 샘에서 솟아나 혈관의 강을 흐른다. 정맥 속에서 그 강물은 비가 되어 내리고 다시 대지의 샘으로 돌아온다. 우리들 자신의 내부에도 이렇게 우주가 있다. 태양이 있고 강이 있고 비가 내리고 있다. 이 문명의 사회가 사막화할수록 우리는 자신 속에 있는 이 우주의 심연을 가꾸지 않으면 안 된다.

자기 내부 속에서 설계된 그 사막의 도시를 나는 신화의 도시라고 부른다. 사람들은 그것이 허황된 몽상이라고 비웃을지 모른다. 만질 수도 없으며, 컴퓨터로 계산될 수도 없으며, 백화점의 정찰이 붙은 상품처럼 먹고 자고 입는 구체적인 일상생활에 아무런 도움도 주지 못하는 것이라고 불평할지 모른다.

그러나 사막을 건너가는 우리가 정말 경계해야 할 것은 항상 외부에 있는 그 신기루의 도시다. 그 많은 빌딩과 시장의 상품들이 바로 신기루의 도시에 지나지 않으며, 지금 사람들은 그것을 쫓다가 사막의 열기 속에 모래알처럼 증발해가고 있다. 자신의 내부에 있는 신화의 도시는 신기루가 아니라 낙타의 혹이며 선인장 안에서 솟는 샘이다.

그런데 이 신화의 도시에서 내가 발견한 것은 세 가지의 언어다.

첫째의 언어는 프로메테우스다. 프로메테우스는 신과 인간을 갈라놓고 자연과 기술을 대독시킨다. 그는 모든 것을 떼어놓기 위해서 반항을 가르쳐준다. 프로메테우스는 모든 것을 양극화시키는 힘이다. 프로메테우스의 언어들은 신과 인간을 갈라놓는, 그리고 자연의 질서와 기술의 질서를 갈라놓는 '불'의 언어, 반항의 언어인 것이다.

둘째의 언어는 헤르메스다. 헤르메스는 가장 빠르게 뛰어다닐 수 있는 구두를 신고 '나'의 이야기를 '너'에게, '너'의 이야기를 '나'에게 전해준다. 분열되어 있는 존재와 존재를 이어주는 전령이다. 하늘의 소식을 땅에 전해주는 자이며, 죽은 자에게 산 자의 이야기를 말해주는 자다. 헤르메스는 대독되어 있는 세계의 담을 뛰어넘고 모순의 강을 건너뛰는 '다리'의 언어다.

마지막 언어는 오르페우스다. 이미 오르페우스가 부는 피리 소리에는 모순도 대립도 존재하지 않는다. 그것은 상충하는 것을 화합시켜 하나로 융합케 하는 결합의 언어다. 오르페우스의 피리 속에서는 바위도 나무도 인간도 신도, 그리고 죽은 자와 산 자가 다 같이 춤을 춘다.

신화의 도시 속에 있는 이 세 가지 언어야말로 지금까지 지니고 있던 내 모든 언어의 뿌리였다. 내 자신의 언어를 최초로 가꾸어온 것은 프로메테우스의 언어였다. 내 심연 속에 저장해둔 우물, 그리고 내 존재의 갈증을 채워준 최초의 언어들은 프로메테우스와 같은 불의 언어였다. 그 언어는 가차 없이 모든 것을 태우고 준엄하게 분리해서 대립해놓는 일이었다. 하늘과 땅을 가르는 극화의 작업이요 저항의 투쟁이었다. 그러나 30대에 이르러서는 헤르메스의 언어를 발견했다. 서양을 동양에, 동양을 서양에, 그리고 시를 산문에, 산문을 시에…… 분할의 땅을 넘나들었다. 너무 바쁘게 뛰어다닌 헤르메스의 시대. 초등학교 시절 백 미터를 14초에 뛴 기록밖에는 없었고, 한 번도 운동회에서 상장을 타본 기억이 없는 나에게 헤르메스를 흉내 낸다는 것은 너무 숨 가쁜 일이었다.

이제 내가 원하는 것은 세 번째의 언어 오르페우스의 피리다. 대립에서 교통으로, 교통에서 화합으로, 말하자면 프로메테우스로부터 헤르메스로, 헤르메스에서 다시 오르페우스로. 이러한 전신과 언어의 성장이 내가 사막을 건너는 낙타의 혹이 될 것이며 선인장의 샘이 될 것이다. 그러나 언어가 성장하기 위해서는, 또 현실의 키가 크기 위해서는 추락을 해야만 한다는 것도 알고 있다.

나뭇가지 위에서, 높은 다리에서, 그리고 지붕에서, 언제나 떨어지는 꿈을 꾸고 놀라서 눈을 떴을 때 어머니는 말씀하셨다. "얘야 너무 놀랄 것 없다. 키가 크느라고 그런단다." 어렸을 때의 이 경험은 죽을 때까지 계속되어갈 것이다. 꿈속에서의 추락이 생시에서는 거꾸로 키가 크는 것이 된다는 것—이 역설의 법칙을 믿어야 한다. 아무리 세속의 조건이 나를 행복하게 한다 하더라도 나는 꿈(문학)속에서 늘 추락하리라.

나의 지식으로부터, 재력으로부터, 명성이나 박수 소리로부터 자진해서 추락하는 꿈을 꾸어야만 내 신장은 멈추지 않고 커갈 수 있을 것이다. 사막의 신기루에 속지 않기 위해서.

나는 나의 문학을 낙타와 선인장으로부터 배운다. 이 타오르는 갈증을 적셔주는 수분은 내 내부에 마련된 신화의 도시 속에서만 구할 수밖에 없기 때문이다.

소설과 주인공의 이름

생령의 화석

“언어는 시의 화석이다.”라고 에머슨Ralph Waldo Emerson은 말한다. 그런데 이러한 표현을 빌리자면 ‘이름은 생령生靈의 화석’이라고 말할 수 있다.

이름이 지니는 영적 기능은 일반적인 언어의 그것보다 훨씬 강렬하고 신비하다.

이름nomina의 어원을 살펴보면 그것이 ‘신의[神意, numina]’와 동계열의 언어임을 곧 알 수 있다.

I. A. 리처즈Ivor Armstrong Richards의 증언을 들어보더라도 고대인과 원시인들에 있어 이름은 ‘영’과 동일한 것, 즉 인간에 있어 불가결의 부분이다. 「묵시록」에는 “There were killed in the earthquake names of men seven thousand.”라고 씌어져 있으며, 또 사르디스 교회에 보낸 편지에는 “Thou hast a few names in Sardis which did not defile their garments.”라고 되어 있다.

7천 명이 죽었다고 하지 않고 7천 명의 이름들이 죽는다고 한 것이나, '수명數名'을 'a few men'이라 하지 않고 'a few names'라고 한 것 등은 모두 이름을 생명과 동일시하고 있음을 보여주는 예다.

그와 마찬가지로 원시족들은 자기 이름이 불리는 것을 몹시 꺼린다. 뉴질랜드의 촌장 이름이 물과 같은 의미의 'Wai'였을 때는, 물은 다른 명칭으로 불리지 않으면 안 된다. 여기에서 이른바 이름에 대한 터부가 생겨나고, 신성한 자의 이름을 부르는 것을 죄악시하는 풍습이 생겨났다.

알라 신의 본명은 비밀의 이름이며, 바라문교의 제신도 공자의 본명도 마찬가지다. 정통파의 유대인은 결코 '여호와'의 이름을 내지 않는다. 'Thank goodness', 'Morbleu', 그 밖의 완곡법을 사용하고 있는 것이다.[1] 이러한 이름의 터부는 20세기의 오늘에도 현존한다. 아무리 불효한 자식이라도 자기의 아버지나 어머니의 이름을 부르지는 않는다. 물론 부모에 대해서만이 아니라 연장자의 이름을 함부로 부르지 않는 것이 사회적인 한 예의로 되어 있다. 오늘의 모든 신자들도 '주' 또는 '아버지'란 '메타포'로써 그들의 신을 호칭한다. 이러한 이름에 대한 미신 또는 경애심을 분석해보면 자연히 이름의 상징적 기능이란 문제와 맞서게 된다.

1) I. A. 리처즈, 『의미란 무엇인가The Meaning of Meaning』, Chapter Ⅱ, 28쪽 참조.

루이스 캐럴Lewis Carroll의 『거울 나라의 앨리스』에는 다음과 같은 함축성 있는 대화 하나가 등장한다.

> "이름에는 뜻이 있어야만 하는가요?" 앨리스는 이상스럽다는 듯이 묻는다.
>
> "그렇고말고……. 내 이름의 의미는 내 모습 그것이거든. 내 이름처럼 내 생김새는 꽤 괴상하지……. 앨리스라는 너의 이름은 왠지 모르게 너와 꼭 같은 모습을 하고 있단 말야."[2)]

이 대화는 인간의 이름이 단순한 부호에서 벗어나 그 인물의 모든 성격, 형자形姿, 그리고 온갖 운명과 결합된 게슈탈트Gestalt적 상징성을 지니고 있음을 암시한다.

아펠레이션appellation(명명)의 상징 작용을 미개한 원시인이나 고대인들은 영적인 것으로 이해했던 것이며, 그에 대한 지나친 미신까지 낳게 된 것이라 할 수 있다.

하나의 인물을 놓고 우리가 관찰할 때 그 인물 하나에 내재되어 있는 의미란 이루 말할 수 없이 복잡하다. 결코 그의 생애가 드라마틱한 것이 아니라 할지라도 우리는 한마디로 그를 정의할

2) 루이스 캐럴, 『거울 나라의 앨리스Through the Looking-Glass, and What Alice Found There』, Chapter Ⅵ 참조.

수는 없는 것이다.

용모, 성격, 직업, 가정, 혈통, 교육, 행동…… 이루 말할 수 없이 잡다한 의미가 한 인물의 전신에 혼합되어 있다. 그렇기 때문에 그에게 주어진 이름은 곧 그의 다양한 모든 의미를 상징하는 것이며, 그 이름에 의해서 우리는 그의 존재를 포착, 인식하는 것이다. 그러므로 이름은 그의 전부이며 전 상징이라 할 수 있다. 말하자면 생령의 화석 그것이라고 할 수 있다.

나폴레옹이라는 이름은 우리에게 나폴레옹의 그 모든 것을 환기시켜준다. 그 이름 속에는 코르시카의 천민에서부터 영웅이며 살인자이며 동시에 황제인, 그리고 고독한 유형수의 탄식이 섞여 있다. 아니 그것만으로 부족하다.

조세핀과의 사랑과 질투, 워털루 전쟁의 비운, 담력과 그의 지모—휘하의 노장들로 하여금 군기에 입술을 맞추고 통곡케 한 그의 웅변술—모든 그의 자서전적 내용과 19세기의 서구 역사가 나폴레옹이라는 몇 개의 음절 속에 결정結晶되어 있다. 그리하여 '나폴레옹은 나폴레옹이다'라는 결론밖에는 나오지 못한다.

그러나 우리가 조심해야 할 것은 한 이름이 가지는 그 상징적 이미지란 결코 고착되어 있는 것이 아니라는 점이다. 사물에 있어서 상징의 본질은 변하지 않으나 그것의 의미는 시간적으로 또는 상황에 따라 끊임없이 유동하고 있는 것과 마찬가지인 것이다. 이름(상징)은 만들어져가고 있는 것이며 완성되어가고 있는 것이다. 사람의 이름이 가지는 그 상징적 이미지는 그것이 무덤의 묘비에 아로새겨질 때까지 수없는 변전을 한다.

그리고 다시 역사의 움직임으로 하여 묘비의 이름이 갖는 그 의미도 달라지게 마련이다.

진부한 속담이지만 '짐승은 죽어서 가죽을 남기고 인간은 죽어서 이름을 남긴다.'는 말은 생각하기에 따라 얼마든지 새로운 문제를 제기할 수 있다.

서사적 예술의 본질과 이름

그렇다. 역사와 인생은 하나의 이름을 창조한다. 천의 이름은 천의 다른 얼굴을 가지고 있고, 만의 이름은 만의 다른 존재를 탄생시킨다. 이 '생령의 화석'들로 메워진 것이 인간의 사회요 역사다. 그런데 실제의 역사와 인생만이 이러한 이름을 창조해내는 것이 아니라, 서사시인(산문 예술가)도 상상의 조직을 통하여 하나의 이름을 탄생시킨다.

사실 오랫동안 시와 소설을 구별하기 위해서 많은 비평가들은 애를 써왔다. 그러나 그것의 가장 단순한 구별은 서정시가 사물과 감정의 언어를 창조하는 데 비해서, 서사시(소설)는 인물의 이름을 창조하는 데 있다고 할 수 있다.

우리는 이상스럽게도 모든 시대의 설화나 서사시가 언제나 한 인간의 이름으로 요약되고 만다는 것을 발견하게 된다. 『일리아드』의 모든 영웅들의 이름이나 오디세우스 장군의 이름—그리고 근대적인 테니슨Alfred Tennyson의 서사시만 해도 이녁 아든Enoch Arden이라는 인물명을 표제로 삼고 있다. 「롤랑의 노래La Chanson de Roland」, 『아서 왕 전기』, 『존 브라운』을 비롯해서 우리나라의 『홍길동전』, 『춘향전』, 『심청전』, 『장화홍련전』, 『흥부전』에 이르기까지 서사적 예술은 곧 인물의 이름으로 집중된다는 사실을 알 수 있다. 즉 인물을 창조하는 예술은 곧 인물의 이름을 창조하는 예술이며, 이 이름의 상징 속에 예술적인 모든 의미를 부여하는 행위인 것이다.

그러므로 현대의 서사시인 소설에 있어서 'hero'와 'heroine'의 이름이 그 소설의 전 상징이요 내용이 된다는 것은 부언할 여지가 없다. 특히 소설의 황금기인 19세기의 작가들에게 있어 한 편의 소설을 창작한다는 것은 새로운 생명에 세례명을 부여하는 의식과도 같은 것이었다. 서정시인들이 나이팅게일과 꽃 이름과 식물과 계절의 언어와 그 리듬을 창조해가고 있을 때 그들은 '나나'나 '보바리'나 '고리오'와 같은 인물의 이름을 창조해내고 있었던 것이다. 라복의 말대로 전편의 소설 구석구석까지 우리는 기억할 수가 없다. 몇 개의 감동적인 장면, 몇 개의 격렬한 사건, 그리고 서너 개의 회화를 기억해보는 것이 기껏이다.

그러나 소설의 여러 디테일은 실상 잃어버리기 위해서 있는 것이다. 마치 우리의 생애가 망각 속에 파묻히기 위해 존재하는 것처럼……. 우리가 자신의 과거에 대해서 이야기할 수 있는 것은, 한 편의 소설을 이야기하려 할 때와 마찬가지로 몽롱한 기억 속에 떠오르는 몇 개의 에피소드, 몇 개의 감동적인 장면에 불과하다. 반드시 우리의 기억은 중요한 것만 간직하고 있는 것은 아니다. 극히 초라하고 보잘것없는 지난날의 사건들이 찬란한 그리고 또한 몹시 어두웠던 그 사건보다 오래도록 남아 잊혀지지 않는 경우가 많다.

그러나 문제는 그러한 데 있지 않다. 우리의 생활에 있어서 가장 최종적인 기억 그리고 가장 중대한 것으로 존재하게 되는 것은 다름 아닌 이름이다. 이 이름은 망각되어 기억할 수 없는 것까지를 내포하고 우리 앞에 나타난다. 이름 속에 그 모든 것은 여과되어 결정된다. 이것이 우리의 생애이며 또한 소설의 미학이다. 옛날에 읽은 소설들은 낡은 필름처럼 영상이 흐리다. 그러나 그들 인물의 이름이 상징하고 있는 생의 모든 의미는 우리 앞에 실존한다.

돈키호테와 산초 판사는 그리고 이반과 앨리요샤는 분명히 두 개의 판이한 삶의 빛깔을 지니고 우리 앞에 나타난다. 쥘리앵 소렐은 야심가로서, 그랑데는 인색가로서, 마테오 팔코네는 싸늘한 의지의, 그리고 콰지모도는 추악한 불구자이며 동시에 순수한 열정가로서…….

그러나 결코 야심이라든지 인색이라든지 의지라든지 열정이라든지 하는 한마디 말로는 나타낼 수 없는 복합적인 이미지를 그들은 지니고 있다. 그 이름 속에는 한 시간의 역사성이, 그리고 인물의 배경을 이루고 있는 기후와 건축과 대지가, 또한 수없이 얽혀 있는 사건과 감정과 운명의 불꽃들이 막막한 혼돈을 이루고 뒤얽혀 있다. 그러니까 주인공의 한 이름에 응결해 있는 이미지와 그 의지를 설명하자면 곧 그 한 권의 소설로 환원되고 마는 것이다. 그리하여 이름 가운데 응결해 있는 상징성이야말로 바로 서사 예술(소설)의 심장을 이루고 있는 것이라 할 수 있다. 말하자면 그것은 개개 인간의 한 메타포다.

애펠레이션의 방법

그러므로 소설에 있어서 애펠레이션의 문제도 우리가 생각하고 있는 것보다는 훨씬 중요한 의미를 지니게 된다. 작명 여하로 한 인물의 운명과 그 길흉이 결정된다는 점쟁이의 말은 미신에 속한다. 그러나 소설에 있어선 이러한 미신이 도리어 하나의 미학이 될 수도 있는 것이다.

로마인들은 징모병의 기명에 있어서 Victor(승리자), Felix(행운자), Faustus(행복을 가져오는 자), Secundus(충직한 자)와 같은 이름을 제일 앞에 내세우는 것을 원칙으로 하였다. 그리고 카이사르는 이름이 마음에 든다고 해서 스페인의 공적도 없는 스키피오Scipio란 자를 지휘관으로 삼았다. 이러한 것들은 실생활에 있어 모두 미신의 경지를 넘지 않는다. '이름'을 보고 모병의 순서를 정하기보다는 체격 등위 순을 따르는 것이, 그리고 이름의 연상 작용을 가지고 지휘관을 정하기보다는 전장에서의 공적을 가지고 지위를 정하는 편이 현명한 일이다. 'Victor(승리자)'란 이름을 가졌다고 해서 그가 반드시 싸움에 승리할 리 만무요, 'Felix(행운자)'라고 해서 반드시 로마에 행운을 가져다줄 인물은 아니다.

그러나 소설에 있어선 이러한 미신이 도리어 현명하고 유효한 결과를 낳는다. 미녀에게 아름다운 어감의 이름을 부여하고, 영웅에게는 영웅다운 이름을 붙여주는 것이 인물 묘사의 한 테크닉이다. 허구적인 세계에 있어서는 이름과 인물은 필연적인 이미지를 가지고 전개된다. 웰렉과 워런의 말대로, 캐릭터리제이션characterization의 가장 간단한 형식은 이름을 붙이는 일이다. 애펠레이션이라고 하는 것은 일종의 생명을 부여하는 것, 정령화하는 것, 개성을 주는 것이다.

그런데 일반적인 애펠레이션의 방법으로는 우유적인 명명법을 들 수 있다. 이것은 주로 고대 소설에서 흔히 볼 수 있는 애펠레이션이다.

웰렉의 말에 의하면 풍유적 혹은 의풍유적인 그런 명칭은 18세기의 희극에 많이 나오는 것으로 필딩의 올워스Allworth와 스왁큼

Thwachkum, 위트우드Witwoud, 맬러프라프Mrs. Malaprop, 벤저민 백바이트Sir. Benjamin Backbite 등의 이름, 그리고 존슨Samuel Johnson, 버니언John Bunyan, 스펜서Edmund Spenser 등의 작품에서 그 예를 찾아볼 수 있다. 특히 작중 인물명을 모두 알레고리컬allegorical하게 다룬 것으로 버니언의 『천로역정The Pilgrim's Progress』, 그리고 비교적 가까운 작품으로는 호손Nathaniel Hawthorne의 「큰 바위 얼굴The Great Stone Face and Other Tales of the White Mountains」이 있다. 그러니까 이들 인물명은 곧 그 인물의 성격을 우유 암시하는 것이다.

즉 버니언의 『천로역정』에는 크리스천Christian, 페이스풀Faithful, 엔비Envy, 로드 헤이트 굿Lord hate good 등이 나오는데, 크리스천은 이름 그대로 독실한 기독교 신자이며, 페이스풀(성실의 뜻)은 성실성이 있고, 엔비(질투의 뜻)는 질투가 많으며, 로드 헤이트 굿(증오의 뜻)은 변덕이 많아 사람을 괴롭히는 자다.

따라서 호손의 「큰 바위 얼굴」에 나오는 인물을 보면, 어니스트Ernest(열성을 뜻함)—홀로 마음속에 끝없이 큰 바위 얼굴을 동경하는 소년. 후에 전설 그대로 큰 바위 얼굴을 닮은 사람이 되었다. 개더골드Gathergold(황금을 모은다는 뜻)—욕심 많고 인색한 대부호, 스캐터코퍼Scattercopper(동전을 뿌린다의 뜻)라고도 불린다. 올드 블러드 앤드 선더Old Blood and Thunder(늙은 피와 천둥의 뜻)—위대한 역전의 노장군. 용감하고 열혈의 의지를 가지고 있다. 올드 스토니 피즈

Old Stony Phiz(늙은 석면石面이라는 뜻)—말 잘하는 대웅변가의 정치가.

즉 이들 작중 인물명의 의미는 인물 그 자체의 성격을 암시해 주는 알레고리로 볼 수 있다. 이러한 우유적인 애펠레이션이 좀 복잡해진 형태로는 로스 다틀Ross Dartle(dart: 던지다, startle: 놀라게 하다) 머드 스톤Murdstone(murder+stony heart: 살인자+돌같이 냉혹한 마음)[3] 등이 있다.

우리나라의 고대 소설 역시 이러한 우유적 명명법에 의존해 있는 것이 많다. 가령 『흥부전』에 있어서 '흥부'는 흥하는 남자(부)요, '놀부'는 놀고먹는 사람이다. 마음이 맑고 깨끗한 '심청'의

3) 복잡해진 우유적 애펠레이션은 제임스 조이스James Joyce의 『율리시스』에 등장하는 인물명에서 그 예를 많이 찾아볼 수 있다. 첫째, 주인공의 이름 블룸Bloom은 영어의 'bloom'(꽃, 꽃피움)과 똑같은 것으로 전 소설의 주제를 암시한다. 『율리시스』의 작품 속에는 도처에 꽃 이야기(특히 '장미'의 이미지)가 나온다(roseway from where he lay upwards to heaven all strewn with scarlet flowers). 그리고 여인들은 모두 꽃으로 상징된다. 장례사의 딸 '릴리(백합)'가 그 일례다. 그리하여 매리온은 침대에 누워 '블룸'의 이름이 그녀에게 아주 적합하다고 느끼는 장면이 나온다. 또 펜로즈라는 이름이 나오는데 이것은 'Pen+Rose'의 몽타주인 것이다. 조이스는 인물명이 아닌 다른 애펠레이션에 있어서도 이와 같은 언어의 몽타주를 곧잘 사용한다. 선박의 이름 '로즈빈Rosevean'은 'Rose+Eve+Anne'이요, 토지명 '웬즈 베리Wednes bury'는 Wednesday와의 혼합에 의하여 '시간'의 관념을 주며, 또한 Woden, wed, bury로서 종교·결혼·매장의 시간성의 세 단계를 나타내고 있는 것이다(W. Y. Tindall, 『The Literary Symbol』, chapter 6 Strange Relation 항 참조).

앙드레 지드의 『위리앵의 여행Le Voyage d'Urien』의 위리앵의 이름 역시 리앵Rien(없음)이란 뜻으로 보는 사람도 있다.

'청'이란 이름도 마찬가지다. 그러나 우유적인 애펠레이션은 너무 직접적이고 단순한 것이어서 추상성에 빠지기 쉽다.

둘째로는 음성 상징을 이용한 애펠레이션이다. 디킨스, 헨리 제임스, 발자크Honoré de Balzac, 고골Nikolai Vasilievich Gogol 등의 작가들이 이러한 방법을 즐겨 사용하고 있다. 비단 이들 작가만이 아니라 대개는 발음의 뉘앙스(이름의 어감)에 의해서 작중 인물의 성격을 표상화하는 것이 한 공식으로 되어 있다. 그 유명한 예로는 발자크의 소설 『Z. 마르카Z.Marcas』의 「서문」이나 헨리 제임스Henry James의 『상아탑The Ivory Tower』과 『지난날의 의미The Sense of the Past』의 후기에 씌어진 작중 인물의 명명법을 보면 될 것이다. 발자크는 이렇게 말한다.

> 마르카! 이 두 실러블로 형성된 이름을 불러보거라. 그 속에는 무엇인가 신비한 뜻이 있지 않는가? 그러한 이름을 가진 사람은 수난자라고 생각되지 않는가. 사람의 사실과 그 이름 사이에는 설명하기 어려운 관계가 또는 명백한 모순이 존재하고 있는 것이다. 마르카! 이 이름을 가만히 불러보아라. 사람의 인생은 이 일곱 가지 문자의 공상적 결합에 내포되어 있다.

그리고 또 안스카야의 발자크에 대한 저서를 보면 그에 대하여 별개의 또 다른 증언을 얻을 수 있다. 즉 마르카라는 이름이 어느 곳에 판서되어 있는 것을 보고 발자크는 이렇게 외쳤다는 것이다.

(전략) 이 이상 나는 더 필요 없다. 내 주인공에게 마르카라는 이름을 붙이자. 이 말 속에는 철학자, 작가, 인정되지 않은 시인, 대정치가—그 전부가 섞여 있다. 나는 그 이름에 Z만 더 부가했을 뿐이다. 그것이 이 이름에 불, 불꽃을 튀게 한다.

이 이상 더 설명하지 않아도 언어 감각의 천재인 포가 그의 시 속에서 되풀이해놓은 '애너벨 리'를 생각해보면 족할 것이다. 그 묘한 음악적인 이름이 읽는 사람으로 하여금 절로 하나의 여인을 상상케 한다. 전설적이고 몽환적이며 아름다우며 비극적인 한 여인을, 신비한 여인을……. 영적인 여인을 그린 그의 단편 「리지아Ligeia」도 마찬가지다.

짤막한 인명의 음절 속에 내포된 음성 상징은 참으로 많은 암시와 효과를 던져주고 있다. 모음이 주는 피치pitch(음률)와 억양, 자음들의 유포니euphony(활음조) 그리고 그것의 리듬들—거칠고 미끄럽고 명랑하고 어둡고 부드럽고 딱딱하고 온순하고 과격한…… 그 모든 음성 상징은 설명보다 앞서 인물의 한 이미지를 형성해준다.

한마디로 말해서 인물명이 갖는 'Tone Coloring'은 슈스텔 교수의 말대로 그 호적의 명명을 좌우하는 것이며, 그것은 새로운 사상을 신속히 일반적으로 인정시키는 데 있어 엄연한 논리보다도 강한 힘을 나타낼 때가 많은 것이다.

'Tone Coloring'을 여기에 일일이 분석하여 작중 인물의 성격과 대조해볼 수는 없지만, 그 몇 개의 예만 우선 들어보겠다.

애너벨 리Annabel Lee와 프루프록Prufrock의 두 인물명을 볼 때, 전자의 그것은 부드럽고 아름다우며 가볍고 또한 잔잔한 여운을 가지고 있다. 그러나 후자의 것은 당돌하며 거칠고 급하며 비감상적(희극적)이다. 'Annabel Lee'는 부드러운 유음(l, m, n, r 등의 자음)으로 되어 있다. 그런데 'Prufrock'은 딱딱한 파열음(explosive: p, t, k, f) 등으로 되어 있기 때문이다. 또한 파열음은 유음과는 반대로 폐색음(stops)이어서 여운을 갖지 않고 막혀버린다.

그리고 모음을 볼 것 같으면 전자의 그것은 'high pitch'(ee, i, e, a, ai 등)로 되어 있는데, 후자의 그것은 'low pitch'(u, oo, ow, o)이다. 그리하여 전자는 가볍고 맑은데, 후자는 무겁고 어둡다.

좀 견강부회 같지만 풍랑과 파란의 거친 생애를 걷는 여주인공의 이름은 파열음과 폐색음(b, d, g, r, p, t)인 경우가 많다. 즉, 테스Tess, 졸라Émile Zola의 『테레즈 라캥Thérès Raquin』 등이다. 로렌스D. H. Lawrence의 『아들과 연인들Sons and Lovers』의 폴 모렐Paul Morel은 내성적인 성격 그대로 유음이며, 과격한 말로의 주인공들의 이름은 거의 파열음으로 되어 있다. 토마스 만의 토니오 크뢰거를 분석해보면 특히 흥미롭다.[4] 복잡한 음성 상징을 파열음이나 유음 또는 모음의 장단 피치 등으로 성격을 공식화할 수는 없지만, 주인공의 애펠레이션에 있어서 이름의 음색은 매우 중요한 의미를 지니고 있음을 발견하기 어렵지 않다.

셋째로는 인유적인 애펠레이션을 지적할 수 있다. 성서나 혹은 기존적인 인물명을 변조 또는 그대로 인유하여 작중 인물명을 삼는 경우다. 그 대표적인 것으로 멜빌Herman Melville의 『모비 딕Moby-Dick』에 나오는 에이해브Ahab와 이스마엘Ishmael을 들 수 있다. 멜빌은 이 두 인물의 판이한 성격적 차이를 하나의 성서에 나오는 인물명으로 인유해서 그대로 대치시켜놓는 것이다. 카뮈Albert Camus의 『전락La Chute』에 나오는 주인공 이름도 그렇다.[5]

넷째는 가장 평범한 것으로 사회 통념적인 관습적 애펠레이션이다. 천민의 이름과 귀족 이름 등 한 사회의 전통적 명명법을 따

4) 토니오 크뢰거Tonio-Kröger란 이름의 음성 상징을 틴들은 다음과 같이 설명하고 있다.
서두의 문장 '겨울의 태양'이라는 말이 암시하고 있는 의미처럼 토니오 크뢰거란 이름도 상반되는 두 요소를 암시한다. 토니오 크뢰거는 북과 남의 존경할 만한 부친과 이국의 모친과의 불안한 혼합체다. 즉 남방계 이름과 북방계 이름의 이질적 혼합체인데, 토니오라는 유음과 크뢰거라는 파열음의 혼합 속에서 그 성격의 이중성이 내포되어 있는 것이다.

5) 『전락』의 주인공 장 바티스트 클레망스Jean Baptiste Clamence의 이름 가운데의 Baptiste는 구세주 예수의 출현을 예언한 세례 요한의 이름인 것이다. 여기에서 새로운 세계를 모색하는 주인공의 입장이 암시되어 있다.

르거나, 서구의 경우에 있어선 각 민족별(이탈리아계, 스페인계 운운하는) 명명법을 그대로 살리는 경우다. 그리하여 작중 인물의 혈연, 신분 등을 단적으로 상징해줄 수가 있는 것이다. 우리의 경우 개똥이, 쇠똥이 등이 그렇다.

다섯째는 철자의 병렬법에 의한 상징적 애펠레이션으로서 카프카 등이 사용하고 있는 방법이다. 그는 주인공의 이름을 막연한 이니셜만 따서 'K' 또는 '요제프 K'라고 하거나, 유형지에서 볼 수 있는 것처럼 '나그네', '사관', '옛 사령관', '현 사령관' 등으로 부르고 있는 경우가 많다.

직업명이나 이니셜만 따서 이른바 그 주인공의 이름을 복자화伏字化하는 것은 한 인물을 '일반화'하려는 경향으로, 그것도 따지고 보면 일종의 애펠레이션의 한 방법이라 할 수 있다.

그러나 카프카에 있어서의 '명명 기법'은 철자를 치환하는 일정한 법칙을 사용한 것이 많다.[6]

6) 조이스도 작중 인물의 철자를 자의로 혼합 병치하는 방법으로 특수한 명명을 하는 경우가 있다. 즉, 스티븐과 블룸이 코코아(=신의 식물)를 마시고 서로 화합하여 두 사람은 드디어 결합 동체가 된다. 이 양자 합일을 나타내기 위하여 조이스는 두 인물의 철자 후반을 각각 상호 교체시켜 블룸은 블펜, 그리고 스티븐은 스툼으로 개명시켜놓았다(Bloom→Bl+phen=Blephen, Stphen St+oom=Stoom).

그리고 딜런 토머스도 철자를 송치환送置換하는 애펠레이션법을 사용한 일이 있다. 환상의 '섬' 이름을 'Llareggub'이라고 했는데, 이것은 'bugger all(모두 개새끼란 뜻)'의 철자를 거꾸로 써놓은 것이다.

그의 선고에 나오는 벤데만Bendemann이란 이름은 그 자신이 언급하고 있듯이 카프카Kafka라는 다섯 자를 나타낸 것이다.[7] 따라서 게오르규의 약혼녀 프리다 브란덴펠트Frieda Brandenfeld나 『성Das Schloss』에 등장하는 K의 약혼녀 프리다Frieda는 다 같은 카프카 자신의 약혼녀 펠리체 베Felice B.를 재현시킨 것이다. 그리고 요제프 K나 K 그리고 크람Krham은 모두 작자 자신의 이름 카프카Kafka의 두 음자 K를 딴 것이다.

그리고 찰스나이더는 『변신Die Verwandlung』의 주인공 잠자Samsa도 사실은 'Kafka'의 이름 철자를 변치해놓은 것으로, K를 S로, F를 M으로 바꿔놓은 것이라고 했다(Kafka=Samsa). 즉 자기 이

7) 카프카는 자신의 일기에서 'Bendemann'이라는 작중 인물 가운데 'Bende' 다섯 글자는 자기 이름 'Kafka'의 다섯 글자를 바꿔놓은 것이라 했다. 즉 모음 'a'를 'e'로 바꿔놓은 것이다. 카프카는 작중 인물명을 잘 달지 않는 것으로 알려져 있지만, 사실은 작명법에 상당한 관심과 암시력을 부여하고 있는 작가다. 『성』에도 직접 이름에 관한 이야기가 나오며 『가장의 근심Die Sorge Des Hausvaters』은 완전히 작명에 의하여 상징성을 나타낸 작품이다. 그 모두에 나오는 괴상한 우화적 주인공(기계도 아니고 인간도 아닌)의 이름 '오드라데크Odradek'라는 이름이 그것이다. 엠리히 교수는 오드라데크라는 콜사인을 다음과 같이 설명한다. 전체적으로는 무의미한 부호이지만 이것은 여러 가지 뜻의 합성어라는 것이다. 서슬라브어에는 'Odraditi'라는 동사가 있는데 그것은 '사람에게 충고를 하여 무엇인가 하지 못하게 한다.'라는 뜻이다. 어미의 'ek'는 축소 명사의 접미사로, 즉 '적은…… 것'을 의미한다. 동시에 여기에는 체코어의 'radost(즐거움)', 'rad(사람이 즐기는)' 등의 뜻이 있고, 또한 독일어의 Rad(차: 그 사물의 형태가 수레바퀴처럼 생겼으므로)란 뜻이 있다. 그리하여 이 짧은 이름 속에는 '충고하여 그만두게 하는 것, 수레 같은 것' 등의 기묘한 뜻이 있다는 이야기다.

름을 그대로 투영시킨 것이라고 한다. 결국 카프카는 작중 인물을 객관적으로 묘사하고 있지만, 그 인물은 모두 자기 자신을 투영시킨 것이라고 볼 수 있다. 그러면서도 그의 독창적인 애펠레이션에 의해서 'Ich Roman'의 양식을 지양시킨 것이다.

한국 작가의 경우

그런데 소설 인물들의 애펠레이션에 있어서 한국 작가들은 매우 불리한 입장에 놓여 있고 또한 별로 관심도 가지고 있는 것 같지 않다. 그 단적인 증거로서 민족성 자체가 특수한 인명을 내세우기를 꺼리고 있는 것이다. 외국 상사의 이름이나 상표는 거의 모두가 그 경영주의 이름을 딴 것들이다. 록펠러, 포드, 이스트맨…… 이루 헤아릴 수 없을 정도다. 그런데 한국의 사정은 다르다. 병원이나 변호사 사무실 간판 아니면 대개 인명을 상호나 회사명으로 내세우는 경우란 거의 없다.

인명의 특수성에 대해서 무심하다는 것은 그만큼 개성이 없다는 결론이며, 나아가서는 서사적 예술의 빈곤성을 의미하는 것이기도 하다. 하기야 여자에 이름이 붙은 것은 최근의 일이요. 옛날엔 박성녀, 김성녀로 통했던 우리이고 보면 췌언할 필요조차 없다.

이러한 인물에의 무관심은 그대로 우리나라의 소설에 반영된다. 신소설이 시작된 지 반세기가 넘었지만 통틀어 우리의 기억에 남아 있는 것은 이수일과 심순애 그리고 근저의 것으론 『자유부인』의 장태연 교수 정도다. 그나마 그것은 모두 대중 소설이다. 그뿐만 아니라 실제 인물을 모델로 한 것이 아니면, 허구적 인명인 주인공의 이름을 소설의 제목으로 삼는 예는 거의 없다. 물론 외국의 경우에 있어선 정반대다. 『톰 존스Tom Jones』, 『돈키호테Don Quijote』로 시작해서 『외제니 그랑데Eugénie Grandet』, 『보바리 부인Madame Bovary』, 『나나Nana』, 『테스Tess』, 『딸 줄리』, 『허클베리 핀의 모험Adventures of Huckleberry Finn』, 『안나 카레니나Anna Karenina』……. 20세기로 들어와서는 『뷔뷔 드 몽파르나스Bubu de Montparnasse』, 『장 크리스토프Jean Christophe』, 『토니오 크뢰거Tonio Kröger』, 『테레즈 데케루Thérèse Desqueyroux』, 『댈러웨이 부인Mrs. Dalloway』 등 이루 헤아릴 수 없이 많다.

서정시에 가깝다는 단편소설명에도 「아뉴타」, 「바니나 바니니Vanina Vanini」, 「마테오 팔코네Mateo Falcone」 등의 인물명으로 된 것이 많고, 심지어 에세이집에도 『말테의 수기Die Aufzeichnungen des Malte Laurids Brigge』, 『무슈 테스트Monsieur Teste』 등 허구적 인명을 표제로 내세운 것이 많다.

그런데 우리의 경우는 주인공 이름을 소설 제목으로까지 바라지 않는다 치더라도 기억에 남을 만한 작중 인물명이 떠오르지 않는다. 대부분의 경우 이름은 모른 채 막연히 작중 인물만 연상하게 마련이다. 이 예 하나만 가지고서도 우리나라에 소설이 없다는 슬픈 증거를 삼을 수 있는 것이며, 우리 서사 예술의 전통이 얼마나 빈약한가를 짐작하고도 남음이 있다.

애펠레이션에 대해서 무관심한 탓도 있지만, 우리의 작명부터가 극히 협소하고 유동성이 없다. 외국에는 이름의 음절이 얼마든지 길어질 수도 있고 짧아질 수도 있어 언어의 유포니나 리듬 등을 자유자재로 창조해낼 수 있지만, 우리의 성명 석 자는 거의 숙명적인 것이다. 더구나 여주인공의 이름은 '희', '숙', '자'가 들어가게 마련이라 '성'을 빼내면 한 자字 가지고 모험을 해야 될 판이다. 좀 멋있는 이름을 창안하면 이번엔 술 따르는 기생으로 오인된다. 이래서 노멘클래처nomenclature(작명법)에 신경을 쓰고 있는 몇몇 작가들은 그 천편일률적인 무성격한 단조성에서 벗어나기 위하여 외자 이름을 써보기도 한다. 혹은 '선우' 등의 두 자 성을 꿔오기도 한다. 그러나 오십보백보다. 더구나 흔해빠진 '철'이니 '영'이니 하는 인물이 등장해서 '죽음', '불안', '현대' 운운하는 것을 보면 구토증이 날 지경이고 도시 신용이 가지 않는다.

그리하여 대개 이름을 외국 것이나 별명으로 따온 것이 어느 정도 성공한 예가 많다. 김동인金東仁의 '삵'을 비롯하여, 장용학張龍鶴의 '누헤(누에)', 송병수宋炳洙의 『쇼리 킴』 등이 그렇다. 그리고 이병구의 『전쟁(미국 군인 마케 등)』, 송상옥宋相玉의 『바닥 없는 함정』, 그리고 이영우李英雨의 몇 작품은 숫제 외국인을 소재로 하여 외국 명을 사용하고 있는데, 이 작품들을 읽어보면 좀 가슴이 풀릴

정도다.

클라라, 브라운, 자크…… 이렇게 부르면 첫째 개성이 있어 보이는데, 박춘호, 이명식, 김만복 운운하면 어째서 동양인의 얼굴 그것처럼 표정이 없고 개성이 느껴지지 않는 것일까……?

일본 작가 엔도 슈사쿠[遠藤周作]도 같은 심정을 고백한 일이 있다.

작품의 첫 줄에 자크 몽주라는 외국인의 이름을 적었습니다. 그랬더니 그 이름의 배후엔 신과 악마, 신과 인간, 선과 악, 육체와 영 등등의 피비린내 나는 싸움을 그릴 수가 있을 것 같았습니다. 그러나 나는 자크도 아니고 백인도 아니었습니다. 황색의 일본인이었습니다. 그렇기 때문에 나는 다시 일본인의 이름을 거기에다 적었습니다. 그랬더니 돌연히 그 노란 얼굴에는 드라마가 없어져버리는 것이었습니다.

애펠레이션이라고 하는 것은 작은 것이 아니다. 적어도 그것은 한 민족의 전 컬처 콘텍스트와 얽혀 있는 것으로, 소설가에게 숙명처럼 따라다니게 마련인 것이다. 아무리 근대적인 멋진 인물형을 그리려고 하더라도 그에게 명명된 고유한 우리 성명은 한자 옥편과 밀착되어 완고한 이미지를 고집한다. 그리고 인물명의 이미지는 한복을 양복으로 갈아입듯이 그렇게 쉽사리 바뀌지 않는다.

우리의 이름이 다양한 연상성, 극성劇性, 개성적인 방향을 풍겨

주지 않는다는 것은 그대로 근대적인 인물형을 창조해내기 어려운 우리의 서사 예술의 운명을 암시하는 것이다.

앞으로 우리 작가는 이 애펠레이션의 문제와 관련하여 인물에 대한 근본적인 관심을 길러가야 할 것이다. 그리고 살아 있는 한 인물의 이름이 이 땅에 뿌리박을 때 소설의 전통이 비로소 이룩된다는 것을 명심해둘 필요가 있다.

현대 문학예술의 신대륙

난수표와 랜덤니스

보크Alfred M. Bork 교수의 전공은 물리학이다. 그러나 그는 뜻밖에도 20세기 문학사를 정리하는 데 매우 도움이 될 만한 하나의 단서를 시사해준 적이 있다. 그는 1955년 랜드사에서 간행한 난수표亂數表의 책 한 권을 증거물로 삼아 20세기 문명의 한 특징을 논했던 것이다. 물론 그가 난수표를 하나의 증거물로 내세운 것은 우리가 흔히 들어온 어느 간첩의 정체를 밝히려고 한 것은 아니다. 그가 노린 것은 20세기라는 잡다하고도 모호한 정체불명의 문명적인 복면을 벗기려고 한 데 있다.

보크 교수는 『천의 정상편차正常偏差를 가진 난수 백만』이라는 표제가 붙은 그 책을 가리켜 '이런 책이 간행되었다는 그 자체가 바로 20세기적인 것이어서 다른 시대에는 볼 수 없었던 산물'이라고 말하고 있다.

19세기의 합리적인 인간들은 1에서 9까지의 숫자를 이렇게 우연적으로 뒤범벅을 만들어 나열해놓은 그런 책을 상상해본 적도 없었을 것이며, 또 실상 필요로 하지도 않았을 것이다.

결론이 너무 빠른 것 같지만, 보크 교수는 이 난수표의 본질을 랜덤니스randomness란 말로 요약했다. 우리는 한정된 지면에서 한가롭게 난수표의 용도라든지 그 구성 원리나 성질을 논급할 수는 없다. 다만 여기에서 꼭 기억해두어야 할 것은, 난수표란 우연적인 무의미한 숫자들의 배열이란 것과, 그것은 마치 몬테카를로의 도박장에서 룰렛이 굴러가는 그 숫자처럼, 전혀 그 수의 순서를 예측할 수 없는 무작위성을 지니고 있다는 데 그 특징이 있다는 사실이다. 그러므로 난수표의 실용성은 암호문을 작성할 때나, '무작위 난수'에 의한 농작물의 표본 채취, 그리고 여론조사의 표본을 만들 때 많이 쓰이고 있다. 결국 작위성이 없는 숫자의 우연한 배합 같은 그런 성질의 것을 우리는 총칭하여 '랜덤니스(엉터리성, 우연성)'라고 부를 수 있을 것이다.

D. M. 막키는 랜덤니스란 용어를 ① 골고루 잘 혼합된 상태, 즉 분포가 치우쳐 있지 않은 것, ② 무관계한 상태, 즉 상호 연관이 없는 것, ③ '아무래도 좋은 것'이라는 관념, ④ 무질서의 상태 등등으로 구분해주고 있지만, 보크 교수의 의견대로 이 말의 용어를 너무 한정해서 쓰기보다는 직관적인 관념으로 파악하는 편이 좋을 성싶다. 차라리 도박장의 우연성, 논리성이나 합리적인 계획으로는 따질 수 없는 불확정한 그리고 모순 그대로인 어떤 자

연현상을 염두에 두는 편이 좋을 것 같다.

누구나 다 알고 있듯이 근대 과학의 정신은 이러한 랜덤니스를 인정하지 않고 모든 것을 합리적인 필연성으로 옭아두려는 데서부터 시작된다고 볼 수 있다. 그것이 바로 '뉴턴의 물리학'으로 상징되어온 서구의 근대성, 즉 근대 문화의 중심을 이룬 정신 체계였다.

> 자연과 법왕은 어둠 속에 숨겨져 있었다. 신이 말씀하시기를 "뉴턴을 거기 있게 하라." 그리하여 모든 것이 빛이 되었느니라.

이것은 시인 알렉산더 포프Alexander Pope가 웨스트민스터 대성당에 있는 뉴턴Isaac Newton의 묘비에 쓴 글이지만, 동시에 우리는 그 글에서 물리학자와 시인의 관계, 그리고 그 시대의 합리주의 정신을 읽을 수가 있다. 뉴턴의 출현은 천지창조의 8일째와도 같은 것이었다. 인간의 이성은 지금까지 암흑 속에 묻혀 있던 모든 세계를 광명 속으로 끌어내오는 일이었고, 이성의 계발로 인간은 무엇이든 분명하게 해명하고 이해할 수 있었던 것이다.

애매한 것, 그리고 우연한 것, 무질서한 것 등은 다만 인간의 이성이 아직 거기에까지 미치지 못했기 때문이라고만 생각했다. 적어도 뉴턴의 물리학이 위력을 발휘하던 시대는 작든 크든 문학 예술까지도 근대 합리주의의 각광 밑에서 전개되어왔다고 할 수 있다. 인생을 하나의 질서정연한 정원으로 그려갔던 시대였다.

그러나 20세기에 와서 뉴턴 물리학은 현대 물리학의 도전을 받고 근본적으로 흔들리기 시작한다. 그리고 보크 교수의 증언대로 뉴턴의 물리학과 현대 물리학의 그 개념 차이는 다름 아닌 랜덤니스에 있다는 것이다. '고정된 기계적인 법칙에 의하여 모든 것은 보편적인 필연성을 지니고 결정된다.'는 종래의 관점에 대립하여 우연성이 불가결의 역할을 한다는 새로운 사고가 물리학에 나타나기 시작했다는 점에서 그렇다.

보크 교수만이 아니다. 왈슨 박사 역시 현대 물리학(과학)은 흑이냐 백이냐로 뚜렷이 분간할 수 없는 회색의 애매한 지대, 불확실한 반영半影 속으로 뛰어드는 데서부터 시작되었다고 말한다.

가령 브라운 분자 운동이나 방사성 원소에서 사출되는 알파선은 모두가 어떠한 법칙도 없는 랜덤니스한 현상 속에서 작용하고 있기 때문이다.

현대를 원자 시대라고 하지만, 원자의 구조 자체나 그 기본 법칙 자체는 전혀 우연성으로 되어 있다고 한다. 이른바 불확정성 원리라는 매우 아이로니컬한 원리까지 생겨나게 된 것이다(원래 19세기적 관념으로는 원리란 확정적인 것이어야 한다). 물리학만이 그런 것이 아니다. 현대 정신은 뉴턴 물리학의 전통적인 합리주의와 이성주의가 붕괴되는 자리에서부터 싹텄다. 근대와 현대를 나누는 척도가 바로 여기에 있다고 해도 별로 심한 망발은 아닐 것이다.

현대의 알렉산더 포프는 아인슈타인의 묘비에 무엇이라 쓸 것인가? 만약 현대의 어느 시인이 그의 묘비명을 썼다면 그와는 정반대의 것이 되었을 것이다. 모든 자연이 하나의 법칙으로 통일될 수 없다는 사실, 말하자면 이성의 광명 속에서 하나의 어렴풋한 또 하나의 어둠(랜덤니스)을 보여주었다는 점에서 찬사를 보냈을 일이다. 그리고 포프처럼 20세기의 문학인들은 더 이상 질서정연한 정원을 만들려 들지는 않을 것이다.

아니 그 정원을 무너뜨리고, 규칙적인 정원의 네모난 한계를 돌파하고, 새로운 초원—난수표 같은 우연한 숫자(랜덤니스), 멋대로 뒹구는 그 초원을 산책하고 있다.

20세기의 문학 이론과 그 사조 역시 보크 교수가 지적하고 있듯 랜덤니스의 출현이란 점에서 19세기 이전의 시대에서는 찾아볼 수 없었던 여러 가지 새로운 문학적 산물과 그 모험을 우리 앞에 전시해주고 있다 해도 과언이 아니다. 문학의 랜덤니스가 20세기를 통하여 어떻게 그 징후를 나타냈으며 또 어떻게 각기 다른 양상으로 전개하여 오늘에 이르렀는지? 이것을 살펴보는 것이 아마도 현대 문학의 신대륙을 관측하는 방법이 될 것이다.

언어로 나타난 문학적 타이키즘

구세기적인 문학과 정면으로 대결한 20세기 문학의 아침이 문학적인 타이키즘tychism의 선언으로부터 시작되었다는 것은 그런 점에서 매우 주목할 만한 일이 아닐 수 없다. 제1차 세계대전을 전후로 하여 유럽을 휩쓴 문학 운동은 다다이즘, 미래파, 입체파 그리고 좀 더 질서가 잡히면 이미지즘이나 쉬르레알리슴surréalisme으로 추려볼 수 있다. 마리네티Filippo Marinetti, 트리스탄 차라Tristan Tzara, 아폴리네르Guillaume Apollinaire, 앙드레 브르통André Breton 등이 내세우고 있는 주의 주장은 비록 잡다하고 복잡한 것이지만, 그들 문학 정신의 원자핵은 다름 아닌 랜덤니스에 대한 발견이었다.

1916년 취리히의 카바레 볼테르에서 탄생한 다다 운동의 선언문들을 잠깐 들여다봐도 곧 납득이 갈 것이다. "다다는 아무것도 의미하지 않는다", "무체계도 한 개의 체계다. 그리고 그것은 우리가 가장 동감할 수 있는 것이다.", "우리들은 논리적 정직성을 포기한다. 모순하는 것을 조건으로 삼는다. 모든 세상이 그런 것처럼."—그들은 무의미성, 무체제, 비논리성, 그리고 모순에 찬 세계에 도리어 희망을 발견하고 있다. 그들은 청중을 향한 폐회사에서 이렇게 외친다. "여러분은 모두가 엉터리들이다. 그렇기 때문에 모두가 다다 운동의 대통령이다!"

그들의 열정은 삼단논법으로 증명되는 이성적인 현실이 아니다. 하나의 혼돈, 하나의 비합리적 생명에 대한 강렬한 동경에 있었다. "유리창에서 새어나온 서글픈 램프의 불빛은 우리들의 수학적인 눈을 경멸하는 것을 가르쳐주었다."(미래파 선언문의 1절)는 말처럼 근대의 합리주의에 대한 부정의 몸짓으로 현대의 입구로 돌입해간 것이다. 그러나 이들에게 있어서 랜덤니스의 문제는 무엇보다도 언어에 대한 태도, 작시법상의 그 수급으로 두드러지게 나타났다는 데 특징이 있다.

가령 마리네티를 중심으로 한 미래파의 시인들이 내세우고 있는 자유어란 것만 해도 그렇다. 그것은 전통적인 시어와 산문어의 구별을 없애고, 시어를 문맥의 한 논리성에서 벗어나게 하는 언어다. 문맥(논리)에 의해서 언어를 집합시키는 것이 아니다. 무선상상(랜덤니스)으로 언어를 조립한다. 그들은 그것을 나체 명사라고 불렀고, 두 개 이상의 추상명사를 연결하여 어떤 역동적인 감각성을 나타내는 것을 종합적 운동적 명사라고 명명한다. 명사가 동사나 형용사의 구실을 할 뿐만 아니라, 끝없는 명사의 행진이 한 문장을 대신해주고 있다. 말하자면 명사를 한정시키는 일체의 것, 말하자면 형용사를 폐지하는 시론이었다. 형용사의 모자를 벗은 명사는 랜덤니스한 의미를 지니게 되고, 그 나체 명사들은 브라운 운동처럼 보편적이고 필연적인 질서에서 벗어나 무한하고 우연한 운동을 한다. 그들은 거기에서 다이내믹한 언어의 생명력을, 그리고 의미의 한 심연을 보았던 것이다.

다다나 쉬르레알리슴의 시론 역시 언어의 랜덤니스에서 하나의 경이와 해방감을 찾으려 했던 것은 부정할 수 없는 일이다.

"우리는 그 어떤 사물을 해설하지 않고 그대로 외계를 바라볼 때, 우연의 일치라든지 우발적 접근에 의하여 놀라움을 느끼게 된다. 따라서 그것은 사물을 바라보는 새로운 방식을 가르쳐준다."

앙드레 부크레는 어느 날 다음과 같은 무의식적인 접근을 지닌 세 개의 간판 문자를 보고 깊은 충격을 받았다고 한다.

> Rue Bonaparte(보나파르트 가), Café de 1'espérance(카페 희망), Bière brune(황갈색의 맥주). 여기에서 보나파르트, 희망, 황갈색이란 문자가 그 불가사의한 신비한 인상을 주게 된 것은 그가 언어의 실제상의 역할에서 주의를 돌리고 그 마음을 잠시 우연 속에 맡겼기 때문이다.

앙드레 부크레의 이 같은 설명에서 우리는 브르통의 혁명적 시작법인 자동기사법automatisme psychique과 쉬르레알리스트들이 우연한 언어의 종합으로 전혀 예기치 않던 초현실적 이미지를 끌어내온 언어 연금술의 그 본질이 무엇인가를 알 수 있게 된다. 그들은 언어를 난수표적으로 사용한 최초의 모험가들이었다.

운율 조직과 같은 정형적인 작시법에서 벗어나지 못했던 19세기의 시인들에 있어서 이러한 언어의 랜덤니스의 출현은, 마치 사물의 법칙을 필연성과 보편성에 두었던 뉴턴 물리학에 있어서 우연의 불가결한 운동을 내세운 현대 물리학의 대두와 같은 것이라 할 수 있다. 언어를 방사선이나 원자의 브라운 운동과 같은 것으로 본 20세기의 시인들에 의해서 현대어는 19세기적인 것과 근본적으로 다른 차원으로 옮겨가게 된 것이다.

그들의 시가 과연 얼마나 훌륭하고 아름다웠던가 하는 데 문제가 있는 것은 아니다. 19세기에까지 이르는 문학 현실에선 결코 찾아볼 수 없었던 랜덤니스의 미학이 그들의 자동기사법이나 언어 연금술이나 자유어(나체 명사)에서 서서히 그 문을 열기 시작했다는 사실이다.

무상의 행위와 의식의 흐름

소설에 있어서도 마찬가지다. 소설 문학의 20세기적 전개는 앙드레 지드André Gide의 무상無償의 행위라는 새로운 행동주의, 그리고 또 한편으로 제임스 조이스나 마르셀 프루스트의 의식의 흐름으로 나타난 신심리주의파로 대표된다.

앙드레 지드는 「도스토옙스키론」에서 발자크 같은 19세기적인 소설 기법과 도스토옙스키Fyodor Mikhailovich Dostoevsky(현대성을 지닌 작가로서)의 그것을 다음과 같이 비교해주고 있다.

> 그(발자크)에게 있어 중요한 것은, 일관성을 지닌 인물을 만드는 일이었다. 그 점에서 그는 프랑스 민족의 기질에 잘 합치되어 있다. 왜냐하면 프랑스인에게 제일 중요한 것은 논리성이기 때문이다. 그러나 도스

토엡스키가 나타내고 있는 것은 무엇인가? 그의 작중인물은 자기라는 것을 합리적으로 그 성격을 일관시키려고 노력하지 않는다. 그들은 고유한 인간성에 허용된 모든 모순과 자기 부정에 자진하여 몸을 맡기고 있는 것이다. 모순 이것이야말로 도스토엡스키가 노린 관심의 초점이었던 것이다. 그들은 모순을 은폐하기는커녕 끝없이 그것을 겉으로 끌어내어 비추어가고 있다.

우리는 이 말에서 어째서 20세기의 소설가가 발자크보다 도스토엡스키에게 더 많은 영향을 받게 되었는가 하는 핵심적인 문제를 끌어내올 수가 있다. 한 인간의 일관된 성격의 논리성보다는 모순이라는 그 인간성의 랜덤니스, 성격과 그 행동의 난수표적인 혼합성이 바로 현대 작가 정신의 지주였던 까닭이라고, 지드는 말하고 싶었던 것이다.

19세기적인 작가들은 인물을 그리는 데 있어 언제나 그 광선을 한 광원으로 흘러 들어오게 한다고 지드는 말하고 있다. 스탕달Stendhal이나 톨스토이Lev Nikolaevich Tolstoy의 소설의 빛은 항상 변하지 않고 균등하게 확산되어 있어서 소설 속의 인물들에게 그늘이란 것이 없다는 것이다. 그러나 도스토엡스키의 작품에는 렘브란트Harmensz van Rijn Rembrandt의 그림과 같이 그늘이 있다는 것이다. 이때의 그늘이란 말을 랜덤니스라고 옮겨보면 그 뜻이 더욱 명확할 것이다.

인간의 성격이나 행동 묘사를 합리적으로 고려할 때, 거기에는 그늘이 있을 수가 없다. 그들은 애매하지 않고 늘 확실하다. 어째서 그가 노여워했는지, 왜 그 여자와 헤어졌는지, 왜 살인을 했고 집을 뛰어나왔는지? 그러한 감정의 발로나 행동의 동기, 심리의 추세를 분명하게 하기 위해서 그들은 소설을 썼다. 마치 어둠에 묻혀 있던 자연의 법칙에 뉴턴의 이성이 닿는 순간 그 모든 것이 광선을 드러내듯, 뿌옇고 어렴풋한 인간의 성격과 심리와 행동이 스탕달이나 발자크의 소설 속에서 모두가 하나의 빛으로 변해버린다.

그러나 20세기의 소설은 그 정반대의 길을 찾는 데서 시작되고 있다. 즉 그들은 한 인간에서 그늘을 모색하는 데 주력한다. 흔히 한 인간에 대해서 분명하다고 느끼고 있던 것이 실은 얼마나 분명치 않은가 하는 것을 그들은 말해주고 있다. 모순적인, 이중적인 그리고 우연적인 인간존재와 그 심리의 랜덤니스에 눈을 뜨기 시작하는 데서 현대 소설은 출발한다.

그런 의미에서 앙드레 지드의 라프카디오는 전형적인 20세기적 인물이라고 할 수 있다. 그는 살인을 한다. 그러나 그것은 동기 없는 살인이었다. 이 무동기의 행위성이야말로 20세기적인 소설 주인공들이 보여주는 새로운 신화였던 것이다. 인간의 행위는 사실상 필연보다는 우연에 더 많이 의존되어 있고, 동기가 있다 해도 그것은 결코 일관된 논리성을 지니고 있는 것이 아니다. 이 무상의 행위는 인과관계의 숨 막히는 논리적 세계에서 인간을 해방시키고 자유와 직면시키는 깊은 심연이었다. 20세기 초의 독자들이 라프카디오에 그토록 열광한 이유는 그들이 막연하나마 그 우연이란 것, 무동기로 행위할 수 있다는 것에서 강렬한 구제의 비상구를 보았기 때문일 것이다.

노라의 가출은 그 동기가 분명할 뿐만 아니라, 작가의 사명은 그 동기를 만들어주는 데 있다. 말하자면 행동의 법칙을 마련해주었던 것이 19세기적인 작가의 의무였다. 그러나 모리아크François Mauriac의 테레즈 데케루의 살인은 동기가 뻔한 것 같지만 따지고 보면 그 동기가 결코 명확지 않다. 분명한 동기에 랜덤니스를 던져주고 있다. 제임스 조이스나 울프Virginia Woolf, 그리고 프루스트에서 볼 수 있는 인간 심리의 세계도 우연 속에 그리고 모호하고 모순된 깊은 심층 속에 뿌리를 박고 있다. 이것이 스탕달과 같은 19세기적인 심리 문학과 근본적으로 그 성질을 달리하고 있는 20세기 소설의 인간 심리와 존재의 탐구였다.

조이스의 시간은 시곗바늘과 같이 움직이지 않는다. 과거와 현재와 미래가 하나의 혼류하에 지속하는 시간이다. 사건의 줄거리가 졸가리 없이 불쑥불쑥 튀어나왔다가는 사라지는 무의식의 흐름이야말로 완전한 랜덤니스에 의해서 인간의 내용을 기록해가는 수법이라고 할 수 있다. 베르그송Henri Bergson의 순수 의식, 프로이트의 무의식의 세계는 논리성을 초월한 랜덤니스의 초원—

막막한 혼돈의 심연이었던 것이다. 그들이 질서정연한 의식의 세계보다 모순적이고 비논리적인 무의식의 세계에 더 많은 관심을 갖게 되었다는 것은 그대로 랜덤니스의 새로운 세계에 발을 들여놓은 20세기 정신의 한 발로라고 설명할 수밖에 없을 것이다.

앰비밸런스ambivalence라는 인간 심리의 모순을 그리기 시작한 것도 이때였다. 애정의 동시성, 이러한 복합적인 감정은 인간 심리의 랜덤니스를 그대로 시인하려 들 때만이 비로소 가능해진다. 19세기의 작가들은 논리적인 것으로 일장 체험을 제거하여 기쁘면 기쁘고 슬프면 슬픈 것만을 추려냈지만, 20세기에 와서는 슬프면서도 기쁜 모순의 감정을 그대로 그려나가는 것을 더 소중히 여기고 있는 것이다. 그래서 사랑과 미움은 동시적인 것이 된다.

랜덤니스의 선언

시에 있어서의 언어의 국면이나 소설에 있어서 인간의 행동과 심리를 그리는 데에 있어 19세기와 크게 달라진 20세기적인 특징은 이상에서 본 대로 우연이 불가결의 역할을 연출한다는 랜덤니스의 선언으로부터 싹텄다. 그것이 시에서는 다다나 쉬르레알리슴으로, 소설에 있어서는 무상의 행위나 무의식 심리를 그린 신新심리주의 문학사조로 표현된 것이다.

20세기에 그들이 상륙한 랜덤니스의 신대륙은 시대가 가면서 점차 그 양상이 달라진다. 쉬르레알리슴의 시대가 지나 '네오 클래시시즘' 같은 주지주의적 경향이 나타나고, 1930년대의 사회주의적 소설이 신심리주의를 압도하게 되어도, 여전히 랜덤니스에 대한 탐구만은 변치 않고 있다.

주지주의에 영향을 끼친 I. A. 리처즈만 해도, 그는 '제거의 시'가 아니라 '종합의 시'를 주장한다. 모순 그대로의 종합적 체험을 시로 나타내려는 태도는 주지주의 시파의 공통적인 특색이기도 하다. 모순을 인정한다는 것, 아니 그 모순 속에서 이성으로 감각하고 감각으로 생각하는 삶, 그래서 분열되어가는 인간성의 조화를 그들은 찾아내려고 한다.

올더스 헉슬리Aldous Huxley와 같은 주지파 작가들도 이미 과거의 뉴턴 물리학의 형식 논리와 법칙화된 현실의 권위를 빌리지 않는다. 그가 내세우는 것은 '전면적 진실'이었으며, 그것은 모순하는 인간의 랜덤니스를 그대로 파악하는 데 새로운 리얼리티가 있다는 이론이다.

사회주의 소설만 해도 옛날의 공리주의적 목적론, 법칙과 획일성만을 내세우던 근대적 합리주의 일변도로 흐르지 않는다. 도리어 개인과 사회의 모순, 의리와 결과의 배리라는 고민이 사회를 개조하고 제도를 뜯어고치는 것보다 선행하는 과제다. 조국이라든지 정의라든지 하는 단순한 하나의 목적 밑에 인간의 행위를 연역하지는 않는다. 말로André Malraux의 행동적 인간을 누가 19세기의 혁명가적 주인공과 동일시할 것인가? 그들은 허무 속에서 행동한다. 행동의 뒤에는 랜덤니스의 세계관이 가로놓여 있다. 그렇기 때문에 1930년의 좌파 시인 C. 데이 루이스Cecil Day-Lewis였다면 날개는 날개, 쇳덩어리는 쇳덩어리로, 하늘의 것과 지상의 것의 이자택일의 논리적 일관성을 지니려 했을 일이다. 그러나 현대의 시인은 그런 짓을 하지 않는다.

제2차 세계대전의 말기로 접어들어도 그 모순 의식은 여전하다. 랜덤니스의 문제는 훨씬 더 심화하여, 실존이나 부조리한 인간 존재로 바뀌게 된다.

무의식의 혼란으로 나타났던 인간의 랜덤니스는 심리에서 존재론의 랜덤니스로 전향한다. 사르트르Jean-Paul Sartre나 카뮈는 존재의 합리성을 인정하지 않는다. 왜냐하면 실존은 본질보다 선행하는 것이기 때문에, 인간은 일정한 목적 밑에 이 세상에 태어난 것이 아니다. 우연히 던져진 돌처럼, 세계의 우연 속에서 그들은 눈을 뜨는 것이다. 이러한 실존 의식, 부조리 의식이야말로 가톨리시즘의 전통에서 벗어나 인간존재를 랜덤니스한 것으로 파악하는 현대 정신의 소산이라 하지 않을 수 없다.

중국에서 한 남자가 소를 샀다. 그 뒤 3일과 5분 후 그랜드의 한 사람의 주민이 재채기를 했다. 이 추상적인 사정은 어떠한 규칙성에 연결되어 있는가? 퍼슬리는, 세계의 무한한 독특성은 법칙이 만들어낸 것이 아니라는 것을 설명하는 대목 가운데서 그렇게 말하고 있다. 우주는 우연히 존재한다는 것이다. 이러한 무법칙의 독자성을 탐구해가기 시작하는 데서 실존적 인간 뫼르소나 로캉탱이 탄생한다. 뫼르소의 살인이나 로캉탱이 돌을 줍는 것은 모두가 랜덤니스 속에서 움직이는 인간 실존의 모습이다.

전후 문학의 새로운 세대, 비트beat나 앵그리 영 맨angry young man이나, 그리고 알랭 로브그리예Alain Robbe-Grillet의 앙티로망anti-roman은 어떤가. 미시적으로 보면 그들은 양립할 수 없는, 결코 한데 묶어서 설명할 수 없는 세대들이다. 제각기 다른 정신과 방법에서 생겨난 유파들이다. 그러나 랜덤니스라는 면에서만은 모두가 공통적인 특성을 지니고 있다.

케루악Jack Kerouac의 소설 인물들은 완전히 우연 속에 내맡기는 방랑 생활을 한다. 앵그리 영 맨의 지미 포터는 이유 없이 성내고 노래하고 지껄인다. 랜덤니스는 이들에게 있어서 이유 없는 반항이나 이유 없는 열광으로 나타나 있는 것이다.

실존의 무의미성이 이들 문학에선 이유 없는 행위로 반영되어 있고 또 로브그리예는 사물의 세계에 집착한다. 사물…… 정의할 수 없는 사물, 언어는 한낱 사물의 시선일 뿐이다. 그것은 모든 사물을 일정한 필연적인 의미에서 해방시켜 랜덤니스한 것으로 만들어낸다는 이야기다.

60년간의 비교

이렇게 20세기의 문예사조나 문학 이론, 그리고 비평문학은 작가의 의도주의intentionalism를 거부하고 자연이나 현실의 랜덤니스를 발견한 데서부터 그 돛을 돌렸다. 그 우연과 모순과 무법칙의 신대륙을 지나온 개척자였다고 말할 수 있다. 비단 문학만이 아니라 음악도 미술도 그런 방향으로 움직여갔다. 전위 미술가 벤 샨Ben Shahn은 랜덤니스의 환희를 이렇게 적고 있다.

> 나는 무질서를 사랑한다. 그것은 신비한 사람이 알 수 없는 길목이다. 즉 예상할 수 없는 골목길을 지나는 것과 같다. 그것은 탈출에의 길이며, 인간에게 있어 최대의 희망을 주는 자유를 의식하는 길이다.

결국 우리 자신들의 이야기를 하자. 이 글을 읽을 때 우리는 대단히 중요한 사실과 나 자신을 발견하게 될 것이다. 서구를 중심으로 한 60년간의 현대 문학은 근대 합리주의를 장사 지내기 위해 수의壽衣를 발견하는 데 있었다.

랜덤니스란 근대 합리주의의 궁극에서 다시 시작된 신화의 지대였다. 그러나 우리의 신문학 60년은 근대 합리주의의 눈을 뜨는 데서 시작했고 그에게 돌상을 차려주는 문학이었다. 저쪽에선 끝난 것이, 이쪽에선 시작이 된다. 여기에서 한국의 신문학 60년이 걸어온 여러 가지 혼란과 아이러니가 생겨난 것이라고 할 수 있다.

우물 속 같은 내면 공간

고향이 변한 것이 아니라 자신이 변한 것

고향은 늘 나를 거짓말쟁이로 만든다. 기억 속의 강물은 도랑물이 되어 흐르고 성곽같이 높던 담들은 나의 허리 밑으로 지나간다. 그 꼭대기에 오르면 서울이 보인다는 망경산望京山도, 그리고 호랑이가 넝쿨 속에서 낮잠을 잔다는 설화산雪華山도 정확하게 군지郡誌에는 해발 400미터를 넘지 않는 한낱 조그만 야산으로 기록되어 있다.

그러니까 고향은 남에게 말하는 것이 아니다. 이력서를 쓸 때가 아니면 그 이름을 함부로 적는 것도 아니다. 말하지 말아야 한다. 이무기가 살았었다는 웅덩이 이야기 같은 것은 말하지 말아야 한다. 그 늪이 메워져 논밭으로 변했대서가 아니다. 사람이 한번 빠지면 다시는 떠오를 수 없다던 그 웅덩이는 처음부터 자로 잴 수 있는 그런 깊이의 물이 아니었다.

사람들은 으레 정지용鄭芝溶이 부른 시처럼 고향에 돌아와서는 그리던 고향이 아니라고들 한다. 그러나 정말은 고향이 변한 것이 아니라 자신이 변한 것이다. 물론 우리의 고향도 때때로 바뀐다. 많은 도시처럼 황토 흙이 콘크리트로 굳어버리고 나무들이 플라스틱이나 비닐 조각으로 변신한다. 그러나 내가 변하는 것만큼 그렇게 빨리 그리고 그렇게 많이 변하지는 않는다.

정말 그렇다. 아주 사라져버린 것, 완전히 변해버린 것들은 그 뒤에 영원히 지울 수 없는 고향의 흔적을 지니고 있다. 우리를 당황하게 하고 실망의 한숨을 내쉬게 하는 것은 오히려 변하지 않은 채 옛 모습 그대로 남아 있는 고향의 얼굴들이다.

천 년 묵은 천당이 고개의 정자나무는 어떠한가. 지금도 그 자리에 그대로 버티고 서 있지만 오히려 베어져 없어진 나무들보다도 그 키가 작고 초라하지 않던가. 학교에서 돌아올 때마다 말잔등이처럼 타고 놀았던 조선 소나무의 등걸은 누가 뭐라고 하든 지금도 여전히 살아 있는 용의 비늘처럼 번쩍하고 꿈틀거린다. 그것은 두 번 다시 볼 수 없는 부재不在의 나무가 되었기 때문이다.

이렇게 고향은 고집스러운 기억의 공간에서만 뿌리박고 자라는 이상스러운 나무다. 내가 지금까지 누구에게도 나의 고향 이야기를 들려주지도 쓰지도 않았던 것은 이 고집스럽고 황당무계한 기억들을 공인받을 수 없다는 것을 알았기 때문이다. 그렇지 않으면 고향은 늘 나를 거짓말쟁이로 만들고 실없는 사람이 되게 한다.

가위 바위 보를 하면 언제나 나는 나의 고향에 진다. 초등학교 교모를 쓴 어린이로 돌아가 사진첩의 얼굴처럼 노랗게 변색해야만 고향은 나에게로 다가와 비로소 다정한 악수를 한다. 그리고 나의 공모자가 되어 남들이 알아듣지 못하는 수상한 비밀 이야기들을 몰래 귀엣말로 속삭인다.

그러고 보면 읍이 시로 승격되고 리가 동으로 바뀌어져서 나의 고향 전체가 이 세상 어느 지도에서도 찾아볼 수 없게 된 것은 아주 다행스러운 일이다. 이제 충청남도 아산군 온양읍 좌부리는 완전히 내 어린 시절의 사투리 속에서만 존재하는 마을이 된 까닭이다.

집과 우물들, 그리고 온천

바슐라르Gaston Bachelard의 말마따나 우리는 이 세상에 그냥 내던져진 존재가 아니다. 왜냐하면 누구나 허허벌판이 아니라 집이라는 공간 속에서 태어났기 때문이다. 집은 적의에 찬 세계로부터 나를 지탱해주고 지켜준다. 집은 육체이며 영혼이라는 말도 거짓이 아니다. 그러므로 자기가 최초로 태어나 자라난 그 생가야말로 고향의 씨눈이라고 말할 수 있다.

모든 사람이 다 그러했던 것처럼 나에게 있어서도 바깥과 구별되는 내면의 공간을 최초로 가르쳐주고 또 길러준 것은 바로 내가 태어난 좌부리의 그 고가古家였다. 그러나 이상스럽게도 추억 속에서 느껴지는 고향집은 내가 실제로 잠자고 공부하던 안방이나 아버지의 기침 소리와 이따금 손님들의 웃음소리가 들려오던 바깥사랑채 같은 곳이 아니었다. 마당도 댓문도 아니다.

이상스럽게도 그것은 표층적인 생활공간이 아니라, 집 안에서 숨바꼭질을 할 때 찾아다니던 그늘지고 깊고 조금은 먼지 속에 덮인 그런 으스한 공간들이다. 컴컴한 다락방이나 커다란 자물쇠가 잠긴 광, 서울에서 손님들이 내려오지 않으면 언제 보아도 분합문이 내려져 있는 누마루 같은 곳이다. 마당으로 치면 댓문이 열려 있는 앞마당이 아니라 대추나무와 장독대와 그리고 굴뚝이 있는 뒤꼍인 것이다. 정말 그 뒤꼍에는 어쩌다 허드렛물이나 김장 같은 것을 할 때가 아니면 버려둔 채 쓰지 않는 우물이 하나 있었다.

어른들은 아이들이 빠질까 보아 그랬는지 그 우물가 근처에 가기만 해도 야단을 치시곤 했다. 그래서인가 나는 어른들만 없으면 우물터에 가서 곧잘 그 속을 들여다보곤 했다. 깊이가 얼마나 되었을까. 두레박이 없었으므로 그 깊이를 잴 수도 없었지만, 상상 속의 우물물은 이 지구의 맨 밑바닥과 닿아 있었다. 그 깊숙한 바닥을 향해 소리를 치면 그 어둠 속에서는 이상한 메아리가 울려왔다. 내가 지른 소리인데 그것은 전연 내 목소리가 아닌 것처럼 들렸다.

또 돌을 던져보면 한참 만에 물이 갈라지는 둔중한 음향이 들려오고 물방울이 튀는 소리들이 작은 파도 소리를 냈다. 깊고 깊은 땅속의 심연, 집의 내부 공간은 바로 이 우물물과 같은 것이었다. 그리고 그 심연 속에서 울려 번져가는 그 공명의 진동체가 고향이라는 공간을 만들어낸다. 나는 지금 무엇인가 비유적으로 말하고 있는 것이 아니다. 정말로 그 뒤곁의 우물물이 좀 더 깊어지고 증폭되면 바로 그 뜨거운 온양 온천이 되는 것이다.

그렇다. 온천물은 단순히 뜨겁다는 물리적인 특성만을 지니고 있는 것이 아니다. 그 뜨거움이 깊이를 지닐 때만이 비로소 그것은 온천물이 된다. 지하에서 솟구쳐 올라오는 불꽃과 그 어두운 심연을 향해 하강해가는 모순 속에서 마침내 내면의 심도라는 것을 만들어내고 우리 고향 사람들을 그 이상한 우물물의 밑바닥 세계로 인도한다. 마치 두레박을 타고 내려가면 이상한 도둑 떼가 살고 있는 세계에 당도한다는 옛날 전설의 한 대목처럼…….

호랑이 만나는 천당이 고개

좌부리에서 온천장으로 가려면 천당이 고개라는 곳을 넘어 십 리를 걸어야 한다. 천당이 고개는 밤늦게 술주정꾼이 넘어오다가 모래를 끼얹는 호랑이를 만났다는 곳이지만, 몽상 속의 온천행은 올라가는 것이 아니라 끝없이 땅속으로 심연으로 바닥으로 하강해가는 것이다. 그래서 탕정관湯井館의 김이 무럭무럭 나는 공동탕 속의 사람들은 모두들 이 세상에서 가장 깊숙한 땅속뿌리로 내려온 사람들처럼 보였다.

나에게 있어 온양 온천이 이렇게 지축과 가장 가까운 땅으로 느껴진 것은 결코 온천물에서 오는 그 몽상 때문만은 아니었다. 관광지를 고향으로 둔 사람들은 모두 그런 느낌을 갖고 있겠지만, 특히 온천장이란 곳은 고향 사람들과는 아주 다른 사람들이 모여드는 것이다. 더구나 고향 사람들은 외지에서 온 그 손님들을 으레 도시에서 내려온 사람들이라고 불렀다. 이 내려온다는 말 때문에, 그리고 말만이 아니라 그들의 차림새나 말씨가 우리와는 달라 보였기 때문에 온천의 거리에서 본 사람들은 어딘가 높은 땅에서 추락해온 것처럼 느껴지곤 했다.

좌부리의 아이들이 이따금 온천장에 나가는 것은 목욕을 하기 위해서라기보다는 목욕을 하려고 온 사람들을 구경하기 위해서인 것이다. 신혼여행 온 신부들은 분명히 나무꾼 앞에 나타난 하늘나라의 선녀들이었고, 짙은 화장을 한 기생들은 우리 고향의 누님들과는 다른 구미호 이야기의 여인들처럼 보였다. 내가 외국인—금테 안경과 단장을 들고 다니는 일본 사람들(개중에는 우리 동포들도 없지 않았지만, 시골 아이들은 양복에 신식티를 내고 다니는 사람들을 보면 누구나 다 왜놈이라고 불렀다), 다쿠시(택시)를 타고 내려왔다는 서양 사람—을 최초로 본 것도 모두 이 온천 거리에서였다.

또 반대로 온천장에는 우리 주변에서 잘 볼 수 없는 병자와 불구자들이 모여들기도 한다. 더구나 육군병원이 있어서 팔다리를 잃은 일본 군인들이 하얀 간호복을 입은 여인들의 손을 잡고 온천장 마당에까지 나오는 일을 곧잘 목격할 수가 있었다. 육체의 쾌락과 아픔이 동시에 넘쳐나는 거리, 나의 고향은 그런 외지의 사람들로 해서 더욱더 세상 깊숙한 바닥 아래에 존재해 있었다.

뱀밭과 이순신 장군

온천장 거리의 흥분에서 돌아온 날, 댓문 빗장을 닫아건 나의 주거 공간은 바깥 외풍이 전연 없는 따스한 지열의 감미로운 김 속에 감싸여 있었다.

어쩌면 그것은 우리가 의식할 수 없는 저 태내 공간의 원原체험 같은 것이었는지도 모를 일이다. 이 온천장의 따스한 물, 깊이를 가진 진흙과 광석의 물로 해서 나는 양수羊水와 같은 고향 중의 고향으로 젖어들어갈 수 있었는지도 모른다.

어느 학교든 교가에는 대개가 다 그 고장의 산과 냇물 이름이 나온다. 고향이라고 하면 으레 산천이 따라붙기 때문이다. 그러나 고향은 반드시 눈에 보이는 자연 풍경을 의미하지는 않는다. 그런 산이나 냇물은 고향을 싸고 있는 하나의 껍질, 하나의 피부에 지나지 않는다.

고향은 인간들의 전설이 모여 이룩된 영원히 지울 수 없는 한 장의 방명록이기도 한 것이다. 길가에 세워진 비석이나 사당 같은 것은 중요한 것이 아니다. 동리 사람들의 입에서 입으로 전해지는 이름들, 볏섬을 양손으로 들어 올리고 술을 말로 마시는 호걸들, 주재소 일본 순사를 업어치기로 개천에 처박은 투사, 『천자문』을 하루에 다 깨쳤던 동경 유학생 신동들, 이러한 영웅들의 이름은 모두가 아무개 아들, 아무개 형으로 불렸다.

헨리 밀러Henry Miller가 자기에게 있어 진정한 영웅은 역사책에 나오는 나폴레옹이 아니라, 자기를 때려 최초로 눈두덩에 시퍼런 멍을 들게 한 뉴욕 브루클린 14구의 거리를 누비고 다니는 개구쟁이들이었다고 말한 것과 같은 것이다.

그러므로 이순신 장군이라 해도 역사책에 나오는 그런 영웅이 아니라 동리 사람들의 입에 오르내리는 그 무수한 영웅 중 하나다. 말하자면 옛날 옛적에 살다 간 덕수 이씨, 뱀밭 사람의 하나로 이야기되는 것이다. 갓난이 아버지나 옥순네 어머니의 소문에 대해서 말할 때처럼 어른들은 이순신 장군에 대해서 무언가 말을 할 때는 으레 주변을 한번 훑어보고는 말소리를 낮춘다. 어쩌다 아이들이 엿듣기라도 하면 "이런 이야기 들었다고 밖에 나가 떠들면 큰일 나는겨."라고 으름장을 놓는 것이다.

그러므로 이순신 장군은 거북선보다도 뱀밭 사당에 가면 볼 수 있다는 칼이 더 유명하고 자랑스러운 것이 된다. 어른들은 이순신 장군이 차고 다닌 그 칼이 어찌나 크고 무거운지 장정 두서넛이 들어도 꼼짝을 하지 않는다는 것이었다. 그것을 장군은 젓가락보다 더 가볍게 흔들면서 왜놈들의 목을 베었다는 것이다. 그래서 지금도 그 시퍼런 칼날에는 그때 벤 왜놈들의 피가 묻어 있다는 이야기다.

그때 뱀밭에는 지금같이 커다란 현충사도 없었고 찾아오는 사람들도 없었다. 더구나 잘못 말하면 일본 순사들이 잡아간다는 바람에 소문으로만 전해지는 이순신 장군은, 씨름으로 황소 두 마리를 한꺼번에 끌어왔다는 방앗간집 지서방 아들과 다를 것이 없었다. 동리 아이들은 무언가 힘센 사람의 이야기를 하다가는 "그러면 이순신 장군과 싸우면 누가 이기냐."라고 말하곤 했었다.

뱀밭은 학교에서 가끔 소풍을 가서 도시락을 먹는 곳이긴 했어도 그곳 역시 나에게 있어서는 지하의 거리, 온천장과 마찬가지로 우물 속 같은 수직의 깊이를 가지고 있는 곳이었다. 온천물이 아니라 힘의 원천이 되는 뜨거운 피, 애국이니 역사니 하는 것으로 윤색된 것이 아닌 순수한 피가 솟구쳐 오르는 곳이다. 그리고 당연히 그곳은 장수가 잠자고 있는 깊은 수안睡眼의 땅이었다. 더구나 그 이상한 이름 때문에 항상 이순신 장군의 사당을 지키고 있는 것은 보석의 동굴을 지키고 있는 그런 뱀들이기도 했다.

태양의 과실

인물을 만들어내는 것처럼 고향은 또 특수한 토산품들을 만들어 낸다. 나의 내면 공간을 만들어낸 고향의 원풍경에는 온양 수박이 있다. 칼라하리 사막이 그 원산지인 것처럼, 수박은 뜨거운 모래밭과 태양의 과실이다.

온양은 두말할 것 없이 따뜻한 햇볕이라는 뜻이니 그 과일에게 있어 이보다 더 잘 어울리는 지명은 없을 것이다. 뿐만 아니라 수박 역시도 온천과 다름없이 그 단물이나 빨간 불꽃을 내부에 숨기고 있다. 초록의 표면은 늘 사람들을 당황하게 하기도 하고 기대에 가득 찬 꿈을 주기도 한다. 그런 점에서 수박은 일종의 일상화된 보석 찾기다. 흙에 얽매여 있는 고향 사람들은 수박을 쪼갤 때 어떤 삶의 경이 같은 것을 느끼는 것이다. 작은 도박, 작은 항해, 그리고 몽상의 행위다. 밭고랑에서 수박을 딸 때부터 사람들은 그 속에 잠재해 있는 암호를 해독하지 않으면 안 된다.

우리가 볼 수 있는 것은 수박의 겉표면뿐이다. 초록색을 통해서 사람들은 엉뚱하게도 그와는 전연 다른 붉은빛을 찾아내야 한다. 칼로 수박을 가를 때 사람들은 누구나 작은 함성을 지른다. 상상하던 대로 여름의 빨간 태양이 작열할 수도 있고 그렇지 않으면 박속과 같은 설익은 빛을 나타낼 수도 있다. 수박 하나에는 수박 하나의 수수께끼를 담고 있다.

나는 습관처럼 지금도 수박을 보면 그 속에 담긴 여름의 추억

들을 빼갠다. 수박 속에는 언제나 내 고향의 여름이 있는 까닭이다. 태양의 흑점처럼 빨간 과육 속에 찍힌 그 씨를 보면 발가벗은 고향의 아이들을 생각한다. 위 확장에 걸려 있는 아이들의 배에는 참외씨와 수박씨가 붙어 있다. 그러나 그 가난한 아이들의 내부에는 수박처럼 예측할 수 없는 태양의 뜨거운 빛들이 결정되어 가고 있는 것이다. 내 고향 친구들이 모두 그러했다.

수박은 내면을 가지고 있는 과일이다. 감이나 사과 같은 과일은 겉으로 보면 안다. 그러나 수박은 빼개보아야 안다. 고향 사람들은, 내 고향 친구들은 겉만 보고서는 알 수 없는 깊은 내면을 지니고 있는 것이다. 수수께끼와 작은 일상의 경이, 그리고 여름의 태양을 닮은 속살을 간직한 나의 고향 사람들.

온양 수박은 이제 전설이 되어버렸지만, 그 환상의 맛만은 지금도 그 고향 사람들의 어딘가에 숨어 있다.

온천의 도시 쪽과 정반대 방향으로 가면 나의 외갓집이 있는 쇠일이 나타난다. 맹사성이 은거한 곳이기도 한 이 마을로 가려면 성황당을 지나야 한다. 산마을이기 때문에 고개를 줄곧 위로만 올라가야 한다. 그래서 어머니를 따라 외갓집을 갈 때는 반드시 천하대장군 지하여장군이라 쓴 장승 앞에 돌 하나를 던지고 지나가야 한다. 어머니는 늘 돌을 던지시고 무엇인가 잘 들리지 않는 말로 기도를 드리신다.

졸저 『흙 속에 저 바람 속에』의 마지막 장면이 바로 이곳을 그린 것이다. 어머니는 내 문학의 근원이었으며, 외갓집은 그 문학의 순례지였다. 까치·까마귀·참새, 그리고 맨드라미나 촉계화, 이런 동식물들은 물론 내가 사는 마을에도 있다. 그러나 그런 것들의 체험은 장승에게 돌 하나 던지고 넘어간 외갓집 동리에서야 생생하게 맛볼 수 있는 것이다.

감은 어디에나 있다. 하지만 외할머니께서 따주시는 그 감이라야 한다. 그 감 속에는 우리 마을보다 일찍 지는 외가의 빨간 저녁노을이 들어 있고, 꼭 우리가 올 때마다 그 나무에 와서 우는 까치 소리가 들어 있다. "너희가 올 줄 알았지. 까치가 저리 울더니만." 외할머니는 늘 그렇게 말씀하셨다.

고향과의 이별 방식

외갓집을 떠날 때면 할머니는 긴 돌담 끝까지 따라 나오신다. 또다시 만나볼 수 없는 사람들처럼 그렇게들 떠난다. 뒤를 돌아다 보고 또 뒤를 돌아다보고 그러면 돌각담에서는 또 어서 가라고 먼 데서 손짓을 하신다. 이러한 이별의 방식이야말로 우리들이 떠나온 그 고향의 원풍경인 것이다.

이렇게들 우리는 외할머니와 어머니 곁을 떠나왔고 고향과 이별을 했다. 그러면서 차차 과거형으로 불리는 나의 고향은 그 깊이를 잃어가고 우물물의 밑바닥 세계는 조금씩 묻혀간다.

고향의 내 생가는 거의 헐리고 겨우 안채만 흔적처럼 남아 있고 뒤꼍의 우물물은 메워지고 말았다.

선 수박만 깨뜨린다. 그 칼을 장정 몇이 들어도 꼼짝하지 않는다는 뱀밭의 신화는 잘 관리된 잔디밭처럼 깎여버리고, 온천장에는 옛날과 같은 신혼부부를 찾아볼 수 없게 되었다. 그러나 지축과 가장 가까운 내면의 밑바닥을 만들어낸 나의 고향은 언제나 나의 문학의 순례지로서 어느 이국의 사막 속에서 익어가고 있는 것이다.

겨울의 축제

우리는 모두 겨울에 탄생한 사람들입니다.

상록의 수림樹休 위에도 눈이 덮이고 거기 지평 위에 빛나는 것은 빙결氷結한 서릿발입니다.

설붕雪崩의 음향, 빙하의 흐름—자색自色 평범한 풍경의 되풀이 속에 우리들 생애는 시작되었습니다.

그러나 우리는 겨울을 저주하지 않습니다.

우리는 우리의 계절을 저버릴 수 없습니다.

그리하여 어제도 오늘도 그 많은 폭설을 향하여 창은 열리고 황료한 겨울의 축제를 위해서 서로의 체온을 지닌 채 모였습니다.

윤곽도 없이 가라앉는 연색鉛色의 태양빛이 서러운데 색지色紙를 뭉쳐 인공의 태양을 만드는—그러한 작업은 눈물도 없이 계속해야 합니다.

가을의 성숙을 기도하던 앳된 소년의 찬가는 끝나고 사실 우리에겐 눈보라의 바람 소리를 닮은 노래만이 있습니다.

이곳에서 '프로메테우스'의 마지막 불씨를 지켜야 합니다.

숱한 요귀妖鬼들의 눈을 피하며 모닥불의 불꽃을 피워야 합니다.

눈을 밟고 빙산氷山을 넘어가는 끝없는 행렬 앞에 우리가 서야 한다는 소식입니다.

겨울의 축제입니다.

얼음과 눈과 서리를 위한 겨울의 축제입니다.

우리의 거센 세대를 살아가기 위해서 또다시 녹슨 썰매에 날을 세우고 가죽 채찍을 울려야만 됩니다.

폐마廢馬의 잔등이를 갈겨 노후한 그의 몸짓에 힘을 주고 뜨거운 입김을 되살게 하십시오.

'루바슈카'와 '워커'는 없어도 좋습니다. 예언자의 복음서는 없어도 좋습니다.

그리고 눈물과 한숨의 제물이 없어도 우리들의 축제는 유쾌합니다.

타락과 나태와 권태와 같은 세균이 매음굴처럼 들끓는 '로마' 대도시를 단숨에 태워버린 '네로'의 불꽃만이 필요합니다.

그리하여 겨울의 축제입니다.

우리의 체온을 잃어서야 되겠습니까?

겨울의 축제에 초대합니다.

우리들 노래를 빼앗겨서야 되겠습니까?

한 마리 소조小鳥에도 울지 않는 이 설원 한복판에 겨울에 산 우리들의 기념비를 세웁시다.

세월이 가고 철이 지나면 거기 위대했던 축제를 이야기하는 울음 같은 비碑 하나가 설 것입니다.

어떠한 바람도 지울 수 없이 또한 한 번도 제철에 살지 못한 조상의 얼굴을 닮음이 없이 우리의 고운 이름들이 적혀집니다.

어차피 겨울에 탄생한 목숨, 우리는 그런 목숨을 사랑합니다.

지금 체념도 기대도 없이 우리의 모든 비극과 운명 앞에 도박의 주사위는 던져졌습니다.

그리하여 오늘은 겨울의 축제가 열린 것입니다.

겨울에 탄생한 목숨들끼리 내일을 음모하는 거룩한 우리의 순간이 온 것입니다.

문학과 해학

해학의 의미

우리는 해학이라는 말을 정의하기 이전에, 우선 우리의 입장부터 밝혀야 할 것이다. 즉 심리학적(생리학적)인 정의냐 철학적인 정의냐, 더 좁혀서 문학적인 정의냐 하는 뚜렷한 입장이 서 있어야 한다. 이 대전제가 애매하면 부득이 김사엽金思燁의 『웃음과 해학의 본질』처럼 혼란의 지옥에 빠지게 될 것이다. 해학을 규명하기 위해서 대부분의 미학자가 심리적인 각도에서 관찰했던 오류를 우리가 다시 범한다면 그야말로 우스운 일이다. 그래서 우리는 이러한 난제부터 해명해가야 될 것이다.

즉 '해학적' 대상이 과연 미학의 대상이 될 수 있는가? 그것이 만약 순수한 심리적 현상과 심리학적 규정에서만 끝나는 것이라면, 크로체Benedetto Croce나 립스Thodor Lipps나 베르그송이 말한 것처럼 그것은 하나의 사이비 미감pseudo-aesthetic sense 혹은 사이비 미학적 개념pseudo-aesthetic concept에 지나지 않는 것이다.

예를 들면 베르그송이 자신의 저서에서(『Le Lire』, chapter 1,2 참조) 웃음을 하나의 심리적 방위 기제defense mechanism로 보고(그는 웃음을 '생명의 순조로운 유동성을 요구하는 사회생활에 대하여 불안과 위협을 주는 결점을 방어하는 일종의 사회적 제스처'로 설명하고 있다), 그 같은 실용적인 목적을 가진 웃음은 순수한 미학에 속하는 것이 아니고 단순히 어떠한 미학적인 성질만을 갖고 있는 것이라고 지적한 것이 바로 그것이다.

또 립스도 그의 '미학'에서 '골계'의 쾌감은 대상에 대한 쾌감이 아니라 대상을 받아들이는 마음의 운동에 대한 쾌감이기 때문에 지식적 쾌감과 같이 '미' 그 밖의 쾌감이며, 그렇기 때문에 '골계'적인 것은 미적 내용을 결하고 있다고 말한다.

이와는 또 다른 문제이지만 크로체는 해학의 규정을 심리학적 개념으로 재단하는 것은 불가능한 일이라 하여 그것을 단지 하나의 사이비 미학적 개념으로 보려고 했던 것을 함께 생각해보면 참으로 '해학' 그것의 미적 범주를 설정하는 데 선행되는 난제와 직면하게 된다는 것을 알 수 있을 것이다(The facts, classified as far as possible in these psychological concepts, bear no relation to the artistic fact, beyond the general one, that all of them, in so far as they constitute the material of Life, can become the object of artistic representation—Benedetto Croce, 『A Esthetic, Tr. Douglas Ainslie』).

여기서 그가 "these psychological concept"라고 한 것은 해학에 대한 플라톤, 아리스토텔레스, 홉스Thomas Hobbes, 칸트Immanuel Kant, 장 폴 리히터Jean Paul Richter 등의 해석적 분류를 말한다. 그들은 모두가 심리학적인 면에서 해학을 설명하고 있는 사실들이다.

'신야구자[辰野九紫]'의 해학 이론도 하나의 사이비 미학적 개념임은 췌언할 여지도 없다. 더구나 신야가 해학, 기지, 풍자, 난센스를 비교하는 데 있어서 '풍자는 유머보다 한층 신랄하다.' 등으로 질적인 것을 양적 한계로 규정짓는 방법은 주관적인 정의를 벗어나지 못하는 일이다.

그 사람들은 웃음의 양을 다는 저울이라도 가지고 있어서 몇 그램 이상의 신랄함은 '풍자', 몇 그램 이하의 것은 '유머'라고 규정짓는 모양인데, 아직 우리가 웃음을 다는 저울을 발견하지 못한 이상, 또 그 양의 한계점을 규정할 수도 없는 이상, '보다 신랄하다'는 것이 어떠한 뜻을 나타낸 것인지 전혀 납득이 가질 않는다. 그렇다면 한 작품을 읽는 독자가 그것의 '신랄'함을 풍자라고 해야 좋을지 해학이라고 해야 좋을지 판단하기 위해서는 일일이 신야나 김사엽의 편리한 저울을 빌려오지 않으면 안 될 것이다. 그러니까 우리는 해학을 규정하는 데 있어 심리학적인 개념을 피해야 될 것이며, 또한 먼저 그것이 완전한 '미적 범주'에 속할 수 있는가 하는 문제를 늘 염두에 두어야 한다.

둘째로는 해학이라는 말의 의미와 그 테두리를 명확히 해두어야 한다. 그렇지 않으면 김사엽처럼 'laughter'와 'humor'를 비교하는 난센스를 범하게 될 것이다.

'laughter'와 'humor'를 대응시키는 것은 마치 한국인과 경기도인을 서로 대비시키는 어리석음과 같다. 김사엽 자신이 제임스 드레버James Drever의 심리학 사전에서 인용한 laughter의 설명을 보아도 그것을 곧 이해할 수 있다.

'laughter는 광범하게 변이될 수 있음'이라 한 것은 humor가 laughter의 한 변이임을 그대로 말하고 있는 것이며, 따라서 humor가 'laughter'라는 개념 안에 내포되어 있는 것임을 의미하는 것이다. 그래서 우리가 어떤 하나의 대상을 정의하기 위해서 다른 대상과 비교 논할 때는 반드시 동일 계제stage에 위치해 있는 것끼리를 대비시켜야 한다는 것을 잊어서는 안 될 것이다(물론 김사엽은 이 사실을 전혀 망각하고 있지만).

그러므로 우리가 문학에 있어서의 해학의 의미를 구명하기 위해서는 구체적인 방법론을 가져야 할 것이며, 다음으로는 해학의 분류를 명확히 해두어야 한다.

그 구체적인 방법론과 그것의 분류법은 어떤 것인가? 이렇게 해서 문제는 한 걸음 더 나아가야 한다.

해학의 분류

우리가 문학에서 '웃음'이라고 하는 것은 언제나 작품을 통해서 얻어지는 것인 만큼, 우리가 해학을 논하는 데 있어서도 다음과 같은 두 가지 측면에서 고찰되어야 한다.

① 작자 ↔ 대상

② 작자 ↔ 독자

①은 작자가 어떠한 대상(현실)을 받아들이는 태도와 방법이며, ②는 그러한 것을 나타내는 작자의 표현, 즉 언어와의 관계인 것이다. 이 같은 전제 조건을 생각하지 않고는 해학의 본질을 밝힐 수도, 또 그것의 기능을 밝힐 수도 없을 것이다. 이러한 입장에서 대체로 수긍될 만한 해학의 분류법은 다음과 같다.

『철학사전』(평범사 판)에 의거(본문 참조)

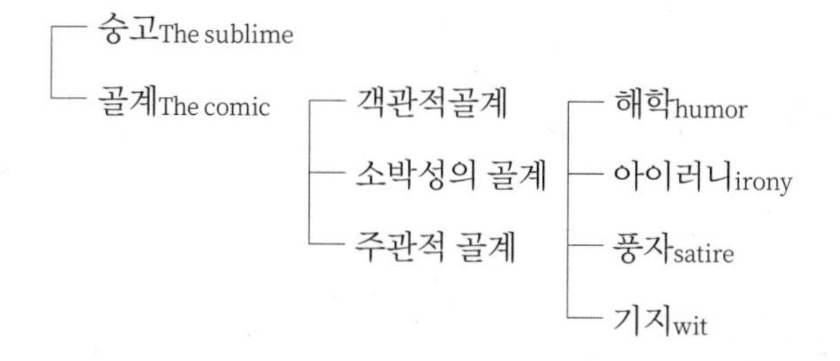

이 분류표에서 보듯이 해학은 숭고와 반대되는 '골계'의 한 가지[枝]이며 따라서 그것은 '주관적인 골계'의 일종임을 알 수 있

다. 이제 우리는 이상의 분류 체계를 따라 해학의 의미와 그 특성을 밝혀보기로 하자.

숭고와 골계는 작가와 그 대상과의 관계에 있어서 서로 상반된다. 즉 한 주체(작가)가 객체(대상)보다 높은 위치에 서 있을 때, 그리하여 그것을 부정하고 있는 것이 '골계'이며, 이와는 반대로 주체(작가)가 객체의 아래에 위치하여 그것을 긍정하고 있는 것이 숭고다. 이때 전자의 눈 아래 있는 대상은 한없이 비소卑少하고 유한하다. 그러나 후자의 경우에는 그 대상이 끝없이 위대하며 무한한 것으로 나타난다.

거기(대상)에서 발견되는 미는 자연히 서로 다른 성질을 띤다. 즉 전자의 것은 골계미요, 후자의 것은 숭고미다. 그러므로 골계를 낳는 작가는 마치 소인국의 '걸리버'와 같은 조건 속에 있어야 하며, 숭고미를 낳는 작가는 거꾸로 대인국에 처해진 '걸리버'의 입장에 놓여야 한다는 것을 알 수 있다.

맥주병을 따고 놀란 토인의 예를 들면서 '웃음'을 '돌연한 기대의 해이'로 설명한 칸트의 설이나, '우스운 것은 경멸하기에는 너무나도 중요한 것이 못 되고 증오하기에는 너무나도 선량한 것'이라고 규정한 장 폴의 말이나, "우리들의 의식에는 두 개의 대립하는 태도가 있다."고 말하면서 '정색해서 받아들이는 것das ernst Nehmen'과 '정색해서 받아들이지 않는 것das nicht ernst Nehmen'을 들고 우리가 웃음을 웃기 위해서는 후자, 즉 유희적인 탁월한 의식을 가지고 대립하지 않으면 안 된다는 폴켈트Johannes Volkelt의 말이나, 또한 '이성적인 관련이 돌연 좌절되는 것, 긴장한 기대가 무를 발견하는 것' 등으로 골계의 성립 요건을 말한 피셔의 설이나, 사실은 모두가 웃음을 웃는 자가 그 웃음의 대상이 되는 것보다 언제나 높은 위치에 있을 때 비로소 그 이론이 수긍될 수 있는 것이다. '웃음'은 절대로 여유 없이 생겨나지 않는다. 또 절대로 대상이 위대한 것일 때도 생겨나지 않는다. 우리가 어떤 감정을 정색하지 않고 받아들일 수 있다는 것은 우리에게 여유가 있다는 것이며, 그러한 여유가 생길 수 있다는 것은 언제나 대상 그것보다 높은 위치의 권내에 있을 때만이 가능하다.

손자가 할아버지의 수염을 만지는 것은 일종의 웃음을 일으킬 수 있으나, 자식이 아버지의 수염을 만지는 것은 노여움이 된다. 대상의 계층에 의해서 하나의 행위가 갖는 의미가 현저하게 달라지는 것은 대상과 주체와의 관련 또는 주체의 입장 여하에 달려 있는 것이다.

그러므로 폴켈트가 "본래 하잘것없는 것이 적어도 우리들에게 있어 그렇게 보이는 것이 가치 있는 것처럼 가장되어 있다가 폭로되었을 때는 분노를 일으킬 가능성이 있다."고 한 말은 칸트의 '기대 해이설'의 한 결함을 찌른 것이다. 만약 그러한 대상과 동등의 위치에 우리가 놓여 있을 경우에는 기대가 돌연히 무로 변형됐다고 해도 우리는 '웃음'이 아니라 도리어 화를 낼 것이다.

따라서 웃음의 '우월 감정설'이 부정되는 것도 주체와 대상의 간격(위치의 차이)에서만 입증될 수 있다. 우리가 우월을 느끼는 것은 어떤 대상이 우리와 동위치에 속해 있을 때만 생겨나는 감정이다. 거부巨富가 거지를 보고 우월감을 느낄 수 없는 경우와 같다. 또 유치원 아이를 보고 자기 지식에 우월을 느끼는 대학생도 있을 수 없다.

골계의 감정은 우월한 내가 아니다. 열등한 대상에의 감정이다. 그 감정의 근거는 나의 우월 가운데 있는 것이 아니다. 대상의 하잘것없는 성품 그 속에 있지 않으면 안 된다. 골계의 감정은 우월의 감정이 아니다. 우리들이 우월을 느끼기 시작했을 때 그 순간 골계는 끝난다(Thodor Lipps, 『Komik und Humor』).

우월을 느낀다는 것은 벌써 대상이 자기와 동등한 위치에 있다는 것을 반증하는 것이요, 따라서 그 순간 그는 그것을 웃을 수 없이 되어버린다. 그래서 골계감은 끝나게 될 것이며, 우리는 정색해서 그것을 볼 것이며, 여유는 사라지고 만다.

그래서 우리는 골계를, 작가가 현실을 '걸리버'의 소인국처럼 바라보는 데서 생겨나는 것이라고 말할 수 있다. 어느 웃음이든간에 그것이 대상과의 이해를 넘어선 위치의 차원에 관계되어 있다는 것을 명기할 수 있다. 그러므로 골계가 숭고와 상대적인 의미를 갖는 것은 대상을 받아들이는 주체자의 위치가 서로 상반되는 데 있는 것이다. 골계의 경우와 정반대의 위치에서 대상을 받아들일 때 거기 숭고가 있다.

그래서 우리는 이러한 필연적인 결론을 얻을 수가 있다. 작가가 현실을 현실 속에서 부정하지 않고 보다 높은 차원 속에서 부정한다면 그 부정은 어떻게 나타나게 될 것인가? 두말할 것 없이 그것은 웃음이다. 그러한 위치에서 부정된 현실은 골계적인 것으로 나타나질 것이 자명하다. 현실(대상)을 현실 속에서 부정한다는 것은 분노며 파괴며 전쟁이며 열정이다.

그러나 현실을 비켜선 다른 상황(신의 위치라 해도 좋다)에서 내려다본 현실의 부정은, 하잘것없어 보이는 그 현실은 한 덩어리의 웃음으로 보일 것이다. 그렇기 때문에 올려다본 대상의 긍정성(숭고)은 하나의 두려움을 갖지만, 내려다본 대상의 부정성(골계)은 일종의 웃음을 자아낸다.

객관적 골계와 주관적 골계

이러한 '골계'의 상태는 작가와 대상과의 상호 작용의 차이성에 의해서 다시 나누어져야 될 것이다.

즉 어떤 주체(작자)가 그 대상을 웃음에 의하여 능동적으로 부정하는 경우와, 이와 반대로 어떤 주체가 수동적으로 대상 그 자체의 웃음에 의하여 부정되는 경우다.

우리는 전자를 보통 주관적 골계라 이름하였고, 후자를 객관적 골계라고 불러왔다.

또 이 두 가지 경우에 개재되어 있는 골계, 더 구체적으로 말하면 객관적 골계가 주관적 골계로 이행되는 과정으로서의 골계를 생각할 수 있는데 이것을 소박성의 골계라 했던 것이다.

골계의 이 같은 분류를 보다 쉽게 도식화하면 다음과 같다(A-객관적 골계, B-소박성의 골계, C-주관적 골계).

(A)	(B)	(C)
작가	작가	작가
↑	↑↓	↓
대상	대상	대상

여기에서 약간의 설명을 가하면 A(객관적 골계)는 가장행렬이나 'pitre(어릿광대)'의 제스처를 보고 웃게 되는 경우처럼 대상 자체가 골계성을 가지고 작가(주체)에 육박해오는 상태 위에서 생겨나는 웃음이다. 이때의 작가는 수동적으로 웃음을 받아들이고 있을 뿐이요, 그러한 골계를 낳은 것은 작가가 아니라 작가가 다루고 있는 대상 그 자신이다. 그러므로 객관적 골계의 웃음은 작가가 창조한 웃음이 아니라 작가에 의해서 전달된 웃음 또는 단순히 목격된 웃음이다.

그러나 이러한 경우에도 역시 대상 그 자체보다 주체(작가)의 입장이 높은, 혹은 차원이 다른 곳 위에 있다는 것을 잊어서는 안 된다. 물론 이러한 위치는 작자 자신이 스스로 높은 위치에 서려고 하는 정신적 고양성을 가지고 획득한 것은 아니다. 어디까지나 그 웃음은 수동적인 것이기 때문에 이러한 대상과의 위치 관계도 자연적으로 그렇게 형성되어 있었던 것뿐이다.

'pitre'라는 프랑스어가 '존경할 수 없는 인물'을 뜻하고 있는 것처럼, 객관적 골계도 역시 그 대상이 비소한 것일 때만 가능하다는 규범 안에 있는 것이다.

B는 『Journal d'un garnement』의 이야기에서 느끼는 우리들의 웃음처럼 스스로 자기를 위장하려는 인간의 술책에 반하여 인간의 가식 없는 천진성을 발로하는 경우에 생겨나는 웃음이다. 남들이 다 엄숙하게 기도를 드리고 있는 교회당에서 모의 권총을 가지고 놀다가 그만 그것을 터뜨린다거나, 유리 눈을 해 박은 누나의 약혼자에게 왜 한쪽 눈이 움직이지 않느냐고 묻는다든지, 마술사의 흉내를 낸다고 어머니의 시계를 돌로 정말 깨뜨리고 만다든지 하는 장난꾸러기의 이야기가 우리에게 웃음을 주는 것은 순전한 객관성을 띤 골계도 또 순전한 주관성을 띤 골계도 아닌 것이다.

그러한 장난꾸러기(대상)의 행위는 대상 그 자신의 웃음이기도 하지만, 그러한 웃음의 요소를 인간의 가식과 비교하여 천진성으로 받아들이게끔 나타내는 것은 작가의 주관이 작용하고 있는 까닭이다. 객관적인 골계가 주관적인 골계로 이행되는 도중, 거기에 개구쟁이의 골계가 있다.

그런데 C의 경우(주관적 골계)에 있어서는 A와는 정반대로 대상 자체는 조금도 우습지 않은 것이다. 다만 작가가 그것을 우습게 보고 우습게 나타내주고 있을 뿐이다. 그때의 웃음은 작가 자신의 주관 속에 있는 것이며, 어떠한 대상에 웃음의 색채를 부여하는 것은 작가의 안경, 작가의 마음인 것이다. 김사엽과 신야에게서 인용해온 나쓰메 소세키[夏目漱石]의 『도련님坊っちゃん』의 경우가 여기에 해당되는 예일 것이다. 그런데 그들은(신야와 김사엽) 이것을 참으로 엉뚱하게 해석해놓았다.

"우리는 때로는 유머를 자연히 구비한 사람을 발견할 수가 있다. 대체로 그러한 사람들을 가리켜 우리들은 낙천적인 성격의 소유자라고 한다. 이 낙천적인 성격의 주인공이 활약하는 소설의 호예로 일본 나쓰메의 『도련님』을 들 수 있다."

이 말은 얼마나 신야답고 김사엽다운 말이냐! 결코 낙천적인 것은, 또 유머러스한 것은 『도련님』의 주인공(대상)이 아니라 그를 관찰하고 있는 바로 나쓰메라는 작가(주체) 자신인 것이다. '도련님'은 그 자신 하나도 우스울 것이 없는 사람이다. 그를 우습게 본 것은 작가 나쓰메의 주관이며 작가 나쓰메 자신의 성격이다. 그러기 때문에 『도련님』을 보는 주체가 달라지면 『도련님』의 해학성도 또한 소멸된다. 아니 만약에 나쓰메와 상반되는 작가 정신을 지닌 다른 작가가 『도련님』을 취급했다면 우리는 그 작품에서 해학이 아니라 일종의 격렬한 분노감을 맛보게 되었을 것이며, 해학적인 인물이 아니라 가장 숭고한 비극의 인물을 목격했을 것이다.

누구나가 다 아는 것을 예로 들면 〈지상에서 영원으로〉의 주인공(몽고메리 클리프트)도 '도련님'처럼 비타협적이고 의협심이 많고 고지식하고 또 한결같이 주위 환경에 순응하지 못하는 요령부득의 인물이었다. 그런데 그의 실패(죽음)는 '도련님'과는 달리 웃음이 아니라 눈물만을 주고 있다는 사실을 보아도 우리는 위의 소론에 곧 납득이 갈 것이다. 또한 가정의 빈곤을 똑같이 취급한 것이라 할지라도 〈신부의 아버지〉는 우습고 〈세일즈맨의 죽음〉은 슬프다.

그렇다면 그 자신 우스울 것 없는 대상을 우스운 것으로 나타내는 주관적인 골계가 독자에게도 그와 같은 골계를 일으켜주는 것은 무엇이냐? 그것은 두말할 것 없이 '형식', 말하자면 작가의 표현술이다. 객관적 골계는 대상 그 자체가 골계성을 지니고 있는 것이기 때문에 그때의 골계는 작가에 의하여 별로 좌우되지 않는다. 그것은 형식을 바꿔도 여전히 우습다. 하지만 주관적 골계에 있어서 그 형식(표현)을 다른 형식으로 바꿔놓으면, 그 소재만 제시되면 골계감은 소멸되고 만다. "유머(주관적 골계)는 내용에 있는 것이 아니라 형식에 있다."고 프로이트는 그것을 극단적으로 표현하고 있다. 역시 알렉산더도 그의 말에 찬동을 하면서, 그것을 다음과 같은 예로 설명해주고 있다(Franz Alexander, 『Fundamentals of Psychoanalysis』, Chapter 8, 1951).

어떠한 대상을 유머러스하게 하는 것은 내용이 아니라 형식에 있다는 것은, 같은 내용이 말하는 방법을 바꾸면 웃음을 일으키지 않게 되는 사실로 증명된다. 자기 일을 언제나 과장하는 것으로 유명한 어느 벼락부자가 친구에게 "작년 동안에 내가 얼마나 돈을 벌었는지 아나?" 하고 자랑스럽게 말했다. "아마 반 정도겠지."라고 그 친구는 대답했다. 만약 그가 다음과 같이 말했다면 우스움은 전혀 사라지고 말 게다. "너는 언제나 과장해서 말하니까 아마 네가 말하려는 액수의 반 정도밖에 믿을 수가 없다"고…….

형식 속에 담겨진 골계, 이것이야말로 객관적 골계로부터 주관적 골계를 분류하는 가장 중요한 관건이 될 것이다. 만화가 소화笑話와 구별되는 이유가, 그 웃음이 만화의 형식 속에 있기 때문인 것처럼, '주관적 골계'가 '객관적 골계'와 뚜렷이 구별되어 있는 것도 바로 그 자신의 형식 가운데 웃음이 있기 때문이다. 우습지 않은 것을 우습게 하는 것—정색해서 받아들여야 할 것을 정색함이 없이 받아들이도록 하는 것(das nicht ernste Nehmen), 동일한 차원에 있는 대상(동 계급)을 동일하지 않은 높은 차원에 서서 굽어볼 수 있게끔 하는 것, 슬픈 것을 웃음을 가지고 바라볼 수 있게끔 하는 것, 또 우리의 지워진 운명 그것에서 초월하여 상황 밖으로부터 우리의 상황을 바라볼 수 있게끔 하는 것—스스로 웃음을 웃게 하는 이러한 주관적 골계의 모든 것은 바로 창조된 형식, 작가의 기술에 의하여 창조된 스타일 그리고 그러한 언어 표현 가운데서 이룩되는 것이다. 그러므로 역시 소박성의 골계에서 형식성을 빼내면 객관적 골계가 되고, 거기에 형식성을 가하면 주관적 골계로 이행된다는 사실을 우리는 능히 추리해낼 수가 있다.

그러고 보면 우리가 문학에 있어서 해학이라고 부르는 것은 바로 객관적 골계와 소박성의 골계를 제외한 웃음이라야 한다. 조흔파趙欣坡의 소설이 유머가 아닌 것은 그것이 단순한 객관적 골계이기 때문이다. '우스운 사건의 이야기' 그것은 유머의 범주 속에 들지 않는다. 그래서 보통 우리가 막연한 의미에서 골계 comic 라고 하는 것은 객관적 골계(창조성을 갖지 않고 그대로 우스운 것) 내지는 소박성의 골계만을 뜻하는 것이고, 흔히 해학이라고 부르는 것은 주관적 골계(창조적인 웃음)의, 즉 유머humor, 아이러니irony, 풍자satire, 기지wit 등의 통칭이었던 것이다. 그렇기 때문에 볼테르Voltaire는 유머를 'vrai comique(진짜 골계)'라고 불렀으며(Les Anglais ont un terme pour signifier cette plaisanterie, ce vrai comique, cette gaieté, cette urbanité, ces saillies, qui échappent à un homme sans qu'il s'en doute et ils rendent cette idée par le mot humour), 또 한편 E. B. 화이트Elwyn Brooks White와 캐서린 S. 화이트(루이스 언트마이야도 그랬다)는 humor란 이름 밑에(『A Subtreasury of American Humor』) 'parodies', 'satire', 'nonsense' 등을 한 묶음으로 취급했던 것이다.

우리는 여태껏 참으로 멀리 우회했다. 이러한 우회 없이 우리는 그것을 간단히 규정지을 수는 없다. 이상에서 보았듯이 해학은 숭고와 반대되는 골계의 한 변용이며, 그것은 또 객관적 골계와 반대되는 주관적 골계이며, 한층 더 나아가 그것은 같은 주관적 골계인 아이러니, 풍자, 기지 등과 구별되는 웃음이다.

그렇다면 마지막 문제가 하나 남았다. 해학은 그와 비슷한 아이러니, 풍자 그리고 기지 등과 어떻게 다른가? 이제는 이것을 밝혀야 할 단계다.

풍자와 해학

같은 주관적 골계의 범주 안에 들면서도 해학과 가장 대조를 이루고 있는 것이 풍자다. 이들은 다 같이 현실을 부정하고 있다. 앞에서 말한 것처럼 이 부정은 현실의 입장에서 부정하는 것이 아니라 현실을 넘어선 하늘(비현실적 생활공간)의 위치에서 유한한 것을 그의 무한한 이데아와의 대조에 의하여 그렇게 부정하는 것이다. 아니 그들은 부정을 통하여 지상으로부터 유리된다. 그리하여 하늘이나 혹은 초인 혹은 신과 같은 입장에서 내려다보는 현실, 그것은 한없이 비소하고 유한한 대상이다.

이렇게 무한적인 것(주관: 높여진 자아 감정)을 가지고 순간적인 것을 보고, 지상적인 세계를 초지상적인 세계에서 바라볼 때, 인간의 현세적인 모든 욕망—분노며 투쟁이며 권리며 모략이며 그러한 온갖 감정이 얽힌 일상적 자아는 하찮은 먼지처럼 부정되어 나타나는 것이다. 이렇게 되어 한 작가는 슐레겔이나 노발리스의 말과도 같이 자기의 선험적 자아(본능적 자아)를 파악하고 그의 경험자아(일상적 자아)를 비하한다. 그리하여 끊임없이 그것을 초월한다. 그러나 그들의 관점은 어디까지나 지상적인 것, 그 비소한 대상 위에 있어서 그들의 정신은 마치 메롭스[식봉조食蜂鳥]의 새가 꽁지를 하늘로 향하고 날아오르는 것처럼 끊임없이 비소한 것에 대하여 끊임없이 위대한 것을 체험한다. 그래서 한마디로 말해 듀프레시의 말대로 "유머리스트들은 관객으로서 이 세상을 보기 위해 생명(현실)에서 초탈한다(Humoriste se détache de la vie pour la considérer en spectateur)." 상황을 넘어선 그 밖에서 인간의 세계를 볼 때 그것은 장 폴이 말한 대로 '세계의 유머Welt Humor'가 된다.

그러므로 풍자와 해학은 그렇게 부정되어진 대상(현실) 속에 자기가 있느냐 없느냐 하는 것으로 구별된다. 해학은 테오도어 피셔Theodor Fischer가 시사하듯이 '자기 자신의 약점을 발견하여 자기를 웃는 것'이므로 언제나 부정된 현실 속에는 자기가 있는 것이다. 또 하나의 자기(선험적 자아)가 자기를 향해서 웃는 웃음, 이것은 곧 자기 부정인 동시에 그것을 통하여 새로운 높은 차원에 있어서의 긍정을 초래한다. 이 상모순相矛盾된 웃음—자기 부정을 통해서만 자기를 긍정하고, 유한한 것을 통해서만 무한을 얻는 웃음, 그것이 해학이다.

그런데 풍자에서는 부정된 대상 속에 자기는 존재하지 않는다. 해학이 곧잘 '눈물 없이는 웃을 수 없는 웃음'이라고 말해지는 것도 부정된 대상이 바로 자기요 자기의 생활이 자기와 관계지어진 것들이기 때문이었다. 그러나 풍자는 눈물 없이 웃을 수 있는 웃음이다. 즉 부정된 대상과 자기와는 어디까지나 상반되는 것이며, 어디까지나 그러한 대상은 자기와 무관한 것으로 존재하는 것이다. 결국 자기 부정을 포함하지 않는 주관적 골계 그것이 풍자이며, 자기 부정을 포함한 주관적 골계 그것이 해학이다. 부정을 통해서 높은 긍정을 발견하는 것이 해학이며, 부정을 부정 그것으로서만 바라보려는 태도가 풍자다.

풍자가 공격하고 조소하고 비하할 수 있는 것은 자기가 그렇게 웃음으로 부정하고 있는 대상과 자기를 절연시켜놓았기 때문이다. 그러므로 풍자가는 부정의 총체성을 가지고 있지 못하다. 그의 대상은 세계(지상의 현실)의 그것이 아니라 세계의 그 '어느 것'이다. 그렇기 때문에 자크 프레베르Jacques Prébert의 「La tentative de description d'un dîner têtes à Paris-France」에서 풍자화하고 있는 인물들은 지상에 존재하는 국부적인 한 계급의 인간들이다. 즉 그가 풍자하고 있는 사람(대상)들은 '발로써 경의를 나타내는 사람들이며', '어린이들에게 대포를 주고 어린이들을 대포에게 주는 자들'로서 '휴가를 공장에서 지내는 사람들, 말할 것을 모르고 있는 사람들'에 반대되는 사회인들이다.

그렇지만 해학은 어느 하나의 대상을 부정하고 있는 것이 아니라 이것도 저것도 아닌 세계(현실) 그 자체의 어리석음인 것이다. 풍자에게서 발견할 수 없는 부정의 총체성이 있을 때 거기 해학이 있는 것이다. 유머는 '자기 스스로 고통감에 차 있고, 우리들은 생생한 의식을 갖고 있는 자의 최대의 불행에 있어서 이 세상의 헛됨을 웃고 또한 우는 것'(테오도어 피셔)이다.

이상에서 보았듯이 풍자는 자기 긍정이 없이, 긍정의 세계를 창조함이 없이 국부적인 세계의 일부를 부정하는 웃음이었지만, 해학은 자기 부정으로써 타인의 긍정을 얻고 세계의 총체성을 부정하는 웃음임을 알 수 있다. 김성한金聲翰의 소설이 해학적인 것이 아니라 풍자적인 것이라는 근거가, 김유정金裕貞의 소설이 풍자적인 것이 아니라 해학적인 것이라는 근거가 여기에 있다.

아이러니는 이 해학과 풍자의 중간에 위치하는 것이다. 김사엽이 어디에서 그와 같은 말을 찾아냈는지는 몰라도 아이러니를 풍자보다 대상의 범위가 좁은 것이라 했고, '개인 대 개인의 감정적인 경위를 갖는 것'이라고 말한 것은 아이러니의 정반대적 해석이라 할 수 있다(슐레겔이나 소르가의 낭만적 아이러니의 이론을 알고 계시는지?). 아이러니가 자기 부정을 내포하고 있다는 면에선 해학과 일치하나, 그것이 부정하고 있는 세계(대상)는 풍자의 경우처럼 상대적이다. 그래서 아이러니는 해학과 같이 자기 부정이 어디까지나 상대적인 것이어서 상모순하는 부정성이 하나로 통일되어 있지 못하다. 하늘과 대지의 한복판에 매달려 있는 존재, 이곳에서 아이러니스트가 탄생한다.

유머리스트들은 메롭스의 새처럼 눈을 지상적인 데 두고 꽁지는 하늘을 향해 날고 있지만, 아이러니스트들은 눈을 하늘에 두고 꽁지를 지상을 향하고 하락하고 있는 새다. 정신은 드높은 곳에, 그러나 육체는 현실로, 그래서 아이러니스트들은 샤만 교수가 '싱그'를 평한 것같이 '가시 숲에서 끊임없이 집시와 같은 웃음을 웃고 있는 사람'들인 것이다.

그러나 이러한 구별은 아무래도 추상적이다. 이렇게 확연히 구별될 수 있는 것은 역시 형식에 있어서다. 풍자는 대상을 골계화하는 데 표현이 언제나 직설적이고 작가의 의도가 그 형식 속에 표면화되어 있는 데 비하여, 유머는 우언적迂言的이며 완곡하며 따라서 작가의 의도가 그 형식의 이면에 잠겨 흐르고 있다. 그래서 풍자의 경우에 있어서 독자는 작품 그 자체에서 그 작가의 주관을 보게 되지만, 유머에서는 작품의 이막裏幕에서 작가의 주관을 엿본다. 좀 억지가 있는 말이지만, 해학 작가는 풍자 소설을 쓰고 있는 작가 자신까지도 그의 대상 속에 포함시키고 있다고 말할 수 있다. 즉 풍자하는 사람을 풍자하는 것, 이것이 유머리스트다. 그래서 아이러니스트는 풍자가의 입장에서 유머리스트의 손을 가지고 작품을 쓰는 사람이라고 정의할 수 있다. 그러므로 독자는 아이러니스트의 작품에서 표면에 나타나 있는 작가와 이면에 숨어 있는 두 가지 다른 작가를 동시에 발견하게 된다. '이상李箱'이 바로 여기에 해당한다. 그는 곧 '나는 지금 슬픈가 보다'의 투의 글을 쓰고 있는데 이 짤막한 글 속에는 슬퍼하는 '자기'(상황에 놓인 자기)와 슬프다고 느껴야 하는 '나'(상황 밖에 있는 자기)가 동시에 공존하고 있다.

이것을 정리해보면 우리는 또 이러한 도식을 보게 된다(주체 A-선험적 자아, 주체 B-경험적 자아).

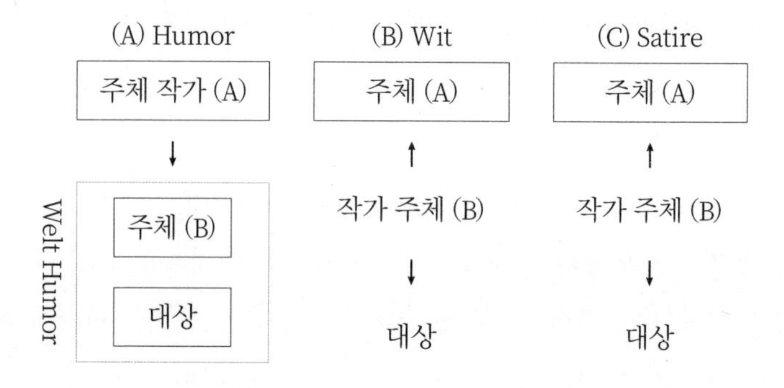

그런데 기지와 해학은 또 어떻게 구별되는가? 그것은 참으로 간단하다. 해학의 대상과 기지의 대상이 아주 다르기 때문이다. 기지야말로 순수한 형식적 웃음인 것으로, 기지의 대상은 언제나 언어인 것이다. 즉 그것이 골계화하고 있는 대상은 언어다.

> 기지는 이중의 의미에서 형성된다. 그것은 어떠한 언어를, 처음에 우리들의 주의를 끌고 있는 언어 그대로는 근거가 없는 표면적 의미의 배후에 참된 의미가 숨어 있도록 선택하는 것이다. 그 참된 의미는 곧 알아차릴 수가 없다. 다만 그것이 우리들 앞에 제시된 표면적 의미의 자멸에 의하여 갑자기 추출되어 비로소 튀어나오게 된다. 즉 감춰진 참된 의미는 골계적인 회로를 거쳐 비로소 쉽게 포착되어지는 것이다. 골계스러운 자멸, 그 속에 있어서가 아니라 그 자멸이 적극적인 소득을 제공하는 것에 의하며 기지는 성립한다. 이 적극적인 소득, 그에 선립先立하는 자멸이 추출해놓는 것에 대한 우리들의 의식의 반동이다.

폴켈트의 이 같은 말은 기지가 언어를 재료로 하고 있다는 것을 전제로 하고 있는 설이다. 원래 이 기지는 언어를 무기로 하여 적대자를 조소하려는 데 그 기원이 있다고 한다. 즉 오스트레일리아의 원시 종족에서 타 종족의 신체적 결함을 "Oh what legs! what legs! The Kangaroo rumped fellows, Oh what legs, oh what legs."라고 노래하여 조롱하는 것과 같다. 그것이 다음에 적대자가 아니라 언어 자체를 대상으로 하여 그 언어를 골계화하고 즐거워하는 해학이 되었다는 것이다.

그러므로 언어의 해학화는 언어의 그 성질에 따라 이루어진 것으로 이렇게 구분되고 있다.

기지 Wit

① 성음 형상에 의한 기지Kalabur

② 언어의 음향과 의미와의 관련에서 일어나는 기지

i. 모방parody, ii. 의장擬裝, iii. 가장假裝

③ 의미 관련에 의한 기지

i. 논리적 내지 정서적 인과성의 부정에 의한 의미 결합, ii. 독립한 의미와 의미와의 결합, iii. 결론의 부정

④ 문자의 시각성에 의한 기지

(평범사 『철학사전』에 의거)

르나르Jules Renard가 개미를 3 3 3의 숫자로 나타낸 것이라든지, 뮈세Alfred de Musset가 교회당 꼭대기에 달이 뜬 것을 'T'자와 같다고 한 것이라든지, 김삿갓의 시 등에서 우리는 기지를 찾아볼 수 있다. 그러나 관습화된 언어의 표면적인 의미를 깨치고 그것을 골계화할 수 있는 각자의 정신은 역시 다른 주관적인 골계에 있어서처럼 작가가 현실 그것의 조건으로부터 유리적인 태도를 취할 수 있는 부정성과 관계되어 있는 것이다. 난센스는 이 기지에 속한다.

작품에서 발굴해야 할 해학의 의미

이상에서 우리는 해학의 미적 범주를 훑어본 셈이다.

그러나 이러한 이야기는 앞에서도 언급한 그대로 하지 않아도 좋은 말들이다. 칸트가 없어도 장 폴이 없어도 우리는 여전히 웃을 수 있기 때문이다. 다만 김사엽의 글을 읽었기 때문에 나는 이런 글을 쓰게 된 것뿐이다.

앞으로 우리가 문제 삼아야 할 것은 해학의 미적 범주를 설정하는 관념적이고 또 사이비 미학적인 개념이 아니라 그것의 기능면, 말하자면 한 작품을 놓고 거기에 나타난 해학의 의미를 발굴하는 일이다. 말하자면 해학이 어떤 상황 속에서 어떠한 구실을 하고 있으며 그것이 어떻게 변용되어가고 있는가 하는 것에 우리의 관심을 두어야 할 것이다.

다시 말해서 해학의 본질을 찾는 일이 아니라, 해학과 우리의 생활과 현대 문학과의 관련성을 살펴보는 그 작업이다. 현대 문학에 있어서의(초현실주의 시와 신심리주의 소설)이 해학의 문제는 무엇보다도 중요한 자리를 차지하고 있는 것이다.

프로이트가 "유머를 절망의 가면L'humour est le masque du désespoir"이라고 했을 때, 마르코 리스티치가 "합리적인 세계의 붕괴를 새로운 또 다른 각도에서 바라다볼 수 있게 하는 것이 유머L'humour nous permet donc d'envisager le monde sous un autre angle en brisant les relations families des objects"라고 말했을 때, H. 리드가 "유머의 감

각은 어떤 작가에게 있어서도 황금과 같은 가치A sense of humor is worth gold to any writer"라고 말했을 때, 거기에는 다 같이 현대적인 조건에 의하여 유머의 구실도 또한 변했다는 복잡한 뜻이 내재되어 있는 것이다.

II
오늘을 사는 문화

오늘을 사는 청춘 문화

오늘을 사는 청춘 문화

'젊음의 힘'을 어떻게 기르느냐가 아니라 젊음을 어떻게 죽여 가느냐 하는 데에 한국 문화의 한 특성이 있었다. 한국의 고전 작품을 보더라도 '청춘의 이미지'는 거의 말소되어 있다. 같은 소나무라 해도 그들이 선택하고 추구한 것은 반드시 노송老松이었다. 가령 푸르다는 창蒼 자만 해도 그 색채어가 상징하는 것은 '젊음'이 아니라 고색창연하다는 말대로 오래된 것, 늙은 것을 의미하는 것이었다. 창서蒼鼠라고 하면 '푸른 쥐'라는 것이니까 오늘의 우리 입장에서 보면 '젊은 쥐'를 말한 것처럼 생각된다. 그러나 실은 '늙은 쥐'를 뜻한 것이었다.

조선 500년의 시조를 보면 별과 바다와 아침에 대한 노래가 거의 없다는 사실을 발견하게 된다. 이것은 곧 미지의 세계를 개척하려는 그 열정과 희망, 그리고 젊음의 꿈을 나타낸 이미지가 없었다는 증거이기도 하다. 물론 어린아이와 젊은이에 대한 이야기가 등장하지 않는 것은 아니다. 그러나 고시조의 청소년은 노인이 백발을 탄식하며 회고하는 젊음이지, 젊음 그것이 주체자로 나타나 있는 것은 아니다.

한마디로 말해서 과거의 한국 문화는 '노인 중심의 문화'였기 때문에 '청춘 문화'라는 것은 거의 용인되지 않았다. 여러 가지 이유가 있었지만, 중국의 영향을 받은 유교의 문화권에서는 모든 가치관을 미래에 두지 않고 과시의 선례, 즉 상고주의적인 데에 두었기 때문이다. 왕은 선왕의 도를 따르는 것이었고, 성인은 공자가 선대의 주공周公에서, 그리고 맹자가 또한 공자에서 자기의 이상을 구한 것처럼 선성先聖을 따르는 것이었다.

그러므로 중국의 학문은 독창적인 자기 저술을 갖는 것보다 옛 경전이나 고전을 주석하고 풀이하는 데에 구심점을 두었었다.[8)]

과거를 현재에 의해서 수정하는 일보다 현재나 미래를 과거의 모범과 규준에 의거하여 개혁하고 실현시키는 역사라 할 수 있다. 혁명이 일어난다 하더라도 그것은 모두가 역성혁명에 지나지 않았다. 그러므로 그러한 상고주의의 문화에서는 반역적인 '청춘 문화'가 부재할 수밖에 없었다.

근대에 들어와서 한국의 '청춘 문화'를 저해한 또 하나의 요인

8) 한漢대, 당唐대의 훈고와 주석을 주로 하는 훈고학, 청淸대의 문헌을 뒤지는 고증학 같은 것이 그것이다.

은 일제 식민주의 정책에서 비롯된다. 식민주의의 통치자들이 가장 두렵게 생각한 것은 '젊음의 힘'이었다. 그 당시의 청춘 문화는 곧 불온 문화와 동의어였고, 한국의 젊은 인텔리는 곧 '후데이센징[不程鮮人, 사상불온자]'으로 규정되었다. 젊다는 이유 하나로, 이상을 가졌다는 그 이유 하나로 그들은 투옥되는 수가 많았다. 이를테면 청춘이 체포되었던 시대다. 상고주의적인 유학자와 마찬가지로 일제의 통치자들은 '젊은이의 여드름'을 좋아하지 않았던 것이다.

8월 15일의 그 해방은 단순한 정치적 해방만을 의미하지 않는다. 다른 말로 표현한다면 수천 년 동안 감금되어 있던 '젊음의 해방'이었다고도 할 수 있다. 젊음의 힘과 그 성장을 저해하던 상고주의적 유교 문화와 식민주의 문화의 퇴조로써 위축된 젊음이 독자적인 새로운 문화를 형성할 수 있는 가능성을 부여받게 된 것이다.

그러나 과연 해방과 더불어 '청춘 문화'라는 것이 생겨났는가? 그 대답은 별로 낙관적일 수는 없다. 해방 직후 혼돈된 사회에서 젊음은 좌우 투쟁의 테러리스트로, 6·25전쟁 때의 전투기에는 한 병사로, 그리고 4·19 때는 데모 대원으로 편성되었다는 사실에 우리는 좀 더 주목할 필요가 있다. 전근대적 유교 사회에서 젊은이란 아직 성숙하지 못한 '유치한 사람(점잖지 못한 사람)'이었고, 일제 강점기에는 '후데이센징'이었고, 해방 직후에는 '테러리스트'였고, 6·25전쟁 때는 '군인'이나 '의용병'이었고, 4·19 때와 그 이후는 '데모' 대원이었다.

아직도 젊은이는 젊은이로서 독특한 사회, 기성 문화와 다른 그들 독자의 문화 선언을 하지 못하고 있는 것이다. '아웃사이더'로서 조국을, 인간을, 인류를 그리고 흘러온 역사를, 말하자면 기존해 있는 모든 것에 순응하는 것이 아니라 제로의 지점에서 투시하고 비판하고 반성해보는 무한한 가능성을 잉태한 그 진공의 문화권을 구축하지 못하고 있는 것이다.

대체 '청춘 문화'란 무엇인가? 어린이에서 어른으로 이행해가는 과도기를 흔히들 청춘기라는 말로 부르고 있다. 그러나 현대의 이 청춘기는 과거의 그것과 다르다. 달콤하고 낭만적이고 안이한 것이 아니라, 전 일생을 통해 가장 '위험한 고빗길'이라는 데에 근대 사회의 특징이 있다.

옛날에는 성년식 같은 행사가 있어서 아이와 어른은 일정한 사회 풍속에 의해서 명확한 구획이 있었다. 복장이 달라지고 헤어스타일이 바뀌어서 아이와 어른은 외관에 의해서 금시 식별될 수 있었다. 뿐만 아니라 아이와 어른을 구별하는 규준을 성性의 성숙을 규준으로 했기 때문에 생리적으로 성숙하면 곧 어른의 대접을 받았다.

그러나 현대 사회에서는 그렇지가 않다. 어른의 라이선스를 얻는다는 것은 단순한 '생리적 성숙'이 아니라 사회의 일원이 될 만한 '사회적 성숙' 그리고 '경제력의 성숙'으로 변했으며, 그 신분도 외적으로 규정되거나 외관에 의해서 식별될 수 없게끔 되었다. 이러한 사회 여건 속에서 아이가 어른이 된다는 것은 단순히 나이만 먹어서 되는 것이 아니라, 스스로 투쟁하여 '성인'의 위치를 쟁취해야만 된다. 여기에 오늘날의 그 청춘기라는 시련이 있는 것이다. 이 쟁취와 시련 속에서 빚어진 그 떠들썩한 과도기적 현상이 바로 오늘날의 성년식 구실을 하고 있는 청춘 문화라는 것이다.

그렇기 때문에 무엇보다도 청춘 문화란 모두 의존으로부터 해방되어 자기의 두 발로 일어서는 독립성의 자아의식을 워밍업해가는 문화라고 말할 수 있는 것이다. 그래서 그것을 '제2의 이유기', '정신의 이유기'라고 말하는 사람들도 있다.

어려서는 부모에 의존한다. 보행으로부터 사고에 이르기까지 부모의 보호와 도움 속에서 호흡해간다. 그러나 점차 어른이 되어갈수록 그는 그 가족으로부터, 부모로부터 이탈하여 독립해가려는 원심운동을 한다. 어려서 어머니의 젖을 떼듯이 이제는 정신적인 부모 의존의 젖을 끊게 된다. 그래야 한 사람의 독립된 어른이 될 수 있는 것이다. 사회는 아직도 그들을 아이라고 부르는데 그들은 자기를 어른이라고 생각하는 이 과도기에서 가족과의 갈등이 생겨나고, 사회적 반항과 무궤도한 탈선이 생기기도 한다. 퍼슨즈 교수는 부모에 거역하고 기성 사회의 질서에서 탈선하는 틴에이저의 행동을 '청춘 문화'라고 불렀으며, 그 기능의 중요성과 존재 의의를 주장하고 있다.

모든 권위에 대한 청춘 문화의 저항성은 일체의 권위를 배격하는 데서 독립성을 얻으려는 심리에서 비롯되는 성장 단계의 하나라는 것이다.

부모에 대한 거역은 사회에 대한 기성 논리로 발전되고, 사회에 대한 저항은 현존 문화에 대한 부정으로까지 번져나간다. 그러나 그들이 결혼을 하고 자식을 낳고 직장에 나가고 그래서 한 가족을 형성하여 기존 사회의 한 성원이 되면 이러한 청춘 문화는 유산되어버리고 만다. 그들은 안전한 생을 위해서 더 이상 모험을 하지 않는다. 그들이 믿는 것은 보험이며 월부 판매원이 가져다주는 일용품이며 매달 봉투에 적혀 나오는 월급 액수인 셈이다. 반항은 순응으로, 모험은 안전으로, 꿈은 현실로 바뀐다. 그렇게 해서 떠들썩하고 거칠고 분별없던 청춘 문화는 막을 내리게 되는 것이다.

말하자면 청춘 문화는 성인들의 기성 문화에 불순종을 선언한다는 데에 그 특징이 있으며, 그 자체의 가치보다는 내일의 성 인을 만드는 필요한 용광로의 불꽃이라는 데에 그 의의가 있다. 청춘 문화란 것을 갖지 않은 채 그대로 성인이 된다는 것은 그들이 변변히 정신의 걸음마도 배우지 않은 채, 독립된 자의식과 독립

의지를 가지지 않은 채 기존 사회에 호응해버린다는 것을 의미한다. 결국 애늙은이로서 자라난다는 이야기인 것이다. 청춘 문화 자체만을 본다면 파괴적이고 무질서하고 퇴폐적인 위험을 내포하고 있지만, 사회 전체로 볼 때는 도리어 건강한 문화적 의의를 발견하게 된다. 순응하지 않으려는 청춘 문화의 저항성이 있기 때문에 고독 경화증에 걸려버린 성인 문화는 새로운 도전 속에서 활력의 반응을 얻게 된다. 말하자면 젊음의 요소가 첨가됨으로써 이념만 지켜가려는 기계주의적 문화의 타성에 하나의 돌파구가 생겨나게 된다. 따라서 청춘 문화는 젊은이의 욕구 욕망을 해소하는 사회적 안전판의 구실을 할 뿐만 아니라 의존에서 고립을, 그리고 방종에서 자기 책임이라는 것을 깨닫게 되는 기회를 갖게 된다. 그것은 일종의 근대 사회의 성인식과 같은 의식으로 봐야 한다.

젊은이의 거친 유행어, 무목적한 과격한 행동, 음악 감상실 주변의 광란, 맹목적인 반항…… 우리는 그것을 너무 부정적인 면으로만 보아왔고 억제하려고 했었다. 그것은 일종의 자기 독립 선언으로 이해하지 못한 데서 그들이 청춘 문화라는 것을 형성할 만한 기회를 주지 못했던 것이다.

젊음의 반항이 육체적인 면으로만 발산될 때 '깡패'가 생겨난다. 그러나 그 반항이 정신적인, 그리고 창조적인 활동으로 나타날 때 우리는 새로운 예술, 새로운 인간관 그리고 새로운 논리의 통풍구가 열리게 된다는 것을 깊이 인식해두어야 한다.

아직도 이 땅엔 청춘 문화란 것이 없다. 없는 것이 아니라 성인들의 몰이해와 완전만을 구하려는 타성과 정치적인 이해관계 때문에 청춘 문화를 죽이고 있다.

조각은 아무리 아름다워도 그 포즈가 고정되어 있기 때문에 젊음의 상만큼은 아름다울 수가 없다. 360도의 무한한 가능성의 공간을 향해 움직여가는 젊음의 그 앳된 문화를 말소시켜버린다면 모든 문화는 박제된 문화로서 죽어갈 것이다. 이제 우리는 청춘 문화의 자리를 마련해줄 때가 된 것이다.

이카로스의 패배

인간의 조상이 원숭이였는지 혹은 아메바였는지 그것은 잘 모를 일이다. 그러나 오늘의 토인들과 같은 원시의 인간 형태에서 점차 진화해온 것이 현대 문화 사회의 인간이라는 것은 명백한 사실이다. 비단 인간의 육체나 정신만이 아니고 그 환경도 변화되어왔을 것이다. 그러므로 자연히 인간의 역사적 변천에 따라 휴머니즘의 의미도 여러 가지로 달라질 수 있다는 것을 우리는 쉽사리 이해할 수 있다.

중세기 이전에도 휴머니즘은 존재하고 있었을 것이며, 또한 오늘날에도 여전히 그것은 존속하고 있을 것이다. 그러한 점에서 볼 때 사실 휴머니즘이란 엄격한 의미에서 '이즘'이란 말을 붙일 수 없는 것이며, 어느 한 사상의 통념으로 규정짓기 어려운 성질의 것이다. 바로 말해서 휴머니즘이란 인간의 독자적 생활 방식 그것을 내세우려는 그 이외에 다른 의미가 없는 것이다.

일반적으로 중세기의 인간들에게 있어서는 종교 의식의 허식과 구속에서 해방되려는 것이 그들의 휴머니즘이었고, 메커니즘에 의하여 인간의 자유로운 숨결과 혼이 박탈되려는 위기에서 벗어나려는 정신은 곧 현대인의 휴머니즘이라고 말할 수도 있다.[9]

이렇게 휴머니즘이란 뜻이 시간적 구조에 의하여 달리 쓰여지듯, 또한 공간적 상태에 있어서도 그 의미는 달라질 수 있다.

가령 제2차 세계대전 때를 예로 들면, 프랑스인들의 휴머니즘이란 독일을 비롯한 파쇼 정권에 레지스트résist하는 정신을 가리키는 말이며, 중국인들의 휴머니즘이란 유교 사상의 매너리즘에 대항하는 개화 정신을 뜻하는 것이었다. 그러나 흔히 이렇게 잡다한 휴머니즘의 한 현상을 가지고 그 전반적인 의미로서 간주하는 사람들이 많다. 즉 상대적인 뜻을 절대의 뜻으로 쓰는 것이다.

간단한 경우로서 사르트르가 실존주의를 휴머니즘이라고 한 데에 대하여 가나파가 그것을 휴머니즘이 아니라고 주장한 것이 바로 그 예다.

인간의 능력과 그 생존의 목적을 긍정하는 사상만이 휴머니즘일 수 있고 인간을 부정하는 허무주의는 휴머니즘일 수 없다고

9) 말로는 휴머니즘을 '내가 성취한 것, 어떤 동물도 할 수 없었던 것'으로 보지 않고, '동물이 우리에게 바라는 것을 우리가 거부하고, 인간을 분쇄하는 마당에서 우리들은 다시 인간을 되찾으려는 것'으로 보았다.

속단하는 사람들은 대개 르네상스가 일어난 그 당시의 휴머니즘을 불가변의 의미로서 고정화시키고 있기 때문이다.

그러나 인간을 부정하는 허무 의식이 휴먼 빙human being을 명확히 통찰하고 그 가치와 의미를 발견하기 위해서라면 그것을 우리는 휴머니즘이라고 부르지 않으면 안 된다. 궁극적인 면으로 볼 때 인간존재의 의미와 그 가치, 즉 앞서 이야기한 대로 인간의 생활 방식을 찾으려는 그 정신적 자세가 다름 아닌 휴머니즘의 본질이기 때문이다.

그런 면에서 휴머니즘은 동시에 인간의 구제학救濟學이다. 그렇기 때문에 인간에게 있어 과학이 무엇보다도 의미 있는 것이 될 수 있다고 생각하는 사턴이나 배빗은 곧 과학 정신이 그의 휴머니즘이며, 실존주의야말로 인간에게 보다 큰 자유를 부여할 수 있다고 생각하는 사르트르에겐 그것이 곧 그의 휴머니즘이 될 것이다.

그러므로 인간을 아름다운 존재로 보든 악마와 동물과 같은 것으로 보든, 인간의 능력을 긍정하든 부정하든 그것이 결국 인간의 생활 방식을 모색하고 인간존재와 가치를 추구하려는 정신에서 나온 사상이라면 그것은 하나의 휴머니즘이라고 할 수 있다.

그리하여 나는 "인간은 아름다운 것이다", "인간은 우주의 왕이다", "인간의 능력은 무한하다"와 같은 신성불가침의 신비한 규약을 전제하고 무비판적으로 인간을 긍정하려 드는 것을 도리어 안티휴머니즘이라고 부르고 싶다. 도리어 그것은 메커니즘이다.

왜냐하면 그러한 선입적 사고로는 인간의 현실을 직시할 수도 없고, 인간 조건에 명확한 해명도 내릴 수 없기 때문이다. 현실 도피와 현실을 왜곡한 인간의 합리화는 긍정이 아니라 기만적 행위다. 일시적인 미봉책에 불과하다.

그러한 정신을 가지고는 진정한 인간의 구제책을 발견할 수 없다. 인간의 불행을 극복할 수도 없다. 하나의 환자를 병마에서 구출하기 위해서 먼저 의사가 냉철한 진단을 내리는 것과 흡사하다. 보들레르Charles Baudelaire가 악을 택했다는 것은 어느 면에서 보면 철저하게 선을 체득하려던 그의 정신을 반증하는 것이기도 하다.

인간의 추악성, 인간의 무의미, 치명적인 인간의 비극을 폭로하고 분석하는 정신은 이미 그 상태에서 벗어나려는 새로운 의미의 발굴을 뜻하는 것이다.

예수를 은 30냥에 판 유다나, 그를 닭이 울기 전에 세 번 부인한 베드로는 그들의 배신을 통해서 도리어 자신의 의미를 깊이 파악할 수 있었고, 따라서 예수의 존재가 보다 절실히 드러날 수 있었던 것이다. 파우스트는 메피스토펠레스에 의하여 성장했고, 또 악마에 의하여 구제되었다고도 볼 수 있다.

결국 내가 말하고자 하는 것은 현대에 있어서의 휴머니즘의 의

미다. 중세기의 암흑과 싸워오던 그 휴머니즘을 가지고 현대의 휴머니즘을 설명하려 드는 아나크로니스트anachronist들의 과오에 대해서 말하려는 것이다. 시대적 추세와 더불어 변이된 휴머니즘의 의미적 차이, 말하자면 오늘날의 휴머니즘의 성격에 대해서 말하고 싶은 것이다.

먼저 이카로스에 대한 신화를 생각해보는 것이 좋을 것이다.

크레타 섬에 유폐된 이카로스는 그 한정된 좁은 섬에서 탈출하려고 했다. 그래서 마침내 그 모험을 위하여 발명한 것이 초로 만든 인공의 날개였다. 이 날개를 타고 이카로스는 대기를 헤치며 비상할 수 있으며, 그는 또한 이러한 모험에 스스로 도취했을 것이다.

그러나 그것은 대양을 횡단하여 크레타 섬에서 해방되기에는 너무나 불안전한 '인공의 날개'였다. 그리하여 이카로스의 초 날개는 결국은 하늘 높이의 태양의 열도에 의하여 녹아버리고 그는 바다 한복판으로 추락하고 만 것이다.

저편 바다 너머의 자유를 갈망한 이카로스. 허공 속에서 산산이 부서진 날개—또한 바다에의 추락—이것은 정말 현대인의 비극을 예증한 너무나 슬픈, 그리고 너무나 적중한 신화였다. 인간은 그의 유한성이라는 구속의 크레타 섬에서 탈출하기 위해서 인간 독자의 문명이라는 초 날개를 창안했던 것이다.

그러나 인간이 여태껏 믿어오던 그들 문명은 현대인의 시공점時空點까지 상승하자 비참하게도 와해되고 만 것이다. 이카로스가 바다에 추락하듯 현대의 인간은 허무의 창망한 대해大海 속에 빠지고 만 것이다.

인간존재의 의미는 덧없이 붕괴되고 그 미학의 베일은 찢겨지고 말았다. 나체처럼 드러난 인간의 밑바탕—허공을 움켜쥐는 이카로스의 손아귀에 지푸라기 하나도 잡히지는 않았다. 이카로스처럼 이렇게 인간은 패배했다. 이카로스의 환희가 소멸하듯 인간이 쌓아온 보람은 물거품처럼 사라졌다.

이러한 신화는 우리 동양에도 있다. 그것은 손오공의 이야기다.

여의봉을 가진 손오공의 마술은 그의 앞에 무한한 가능성의 초원을 제공해주었다. 그러므로 손오공의 우주는 손오공의 것이었다.

그러나 어느 날 그는 일각에 8만 8천 리를 나는 그의 재주와 힘이 결국은 여래의 손바닥 하나를 벗어날 수도 없는, 너무나 무능하고 헛된 것임을 자각하게 되었다. 말하자면 손오공은 여래에게, 이카로스는 태양에게, 인간은 그 실존에게 패한 것이다.

사르트르의 '로캉탱', 카뮈의 '뫼르소', 카프카의 '잠자', 이들은 모두가 이카로스와 손오공의 조각난 분신이다. 해체되어버린 현대의 문명은 위력 잃은 초 날개요, 여의봉에 불과하다.

옛날 휴머니즘의 내용이 '초 날개'와 '여의봉'을 믿는 이카로스와 손오공의 환희였다면, 현대의 휴머니즘은 패배한 이카로스와 손오공의 절망이며 따라서 그들의 시추에이션에서 출발하는 구제책이다.

그 소리는 "신이여, 나를 저버리나이까."가 아니라 "인간이여, 나를 저버리나이까."의 비장한 부르짖음이다. 그리하여 현대의 휴머니즘이란 이러한 인간의 패배를 절실하게 인식하고 모든 인간의 조건과 비극의 출처를 밝히기 위해 직접 현실과 대결하려는 처절한 포즈이다.

자기를 속이지 않는 것, 비극을 피하지 않는 것, 존재의 비밀을 숨겨두지 않는 것, 인간의 새로운 의미를 찾기 위해서 우선 이러한 결의와 저항이 필요한 것이다.

말하자면 오늘의 휴머니즘은 인간에 절망하는 것이다. 그 절망의 우울한 밤을 거쳐 다시 새로운 인간은 탄생된다. 새로 탄생한 인간은 다시 절망할 것이며, 그 절망 속에서 다시 인간은 탄생한다.

이 절망과 탄생, 그것이 수시로 움직이는 휴머니즘의 리듬이다. 지금 우리는 구세대의 인간에 절망할 때다. 르네상스의 인간이 중세기에 살던 인간들에 절망하듯, 우리는 근대의 인간들에 절망한다. 거기에서 우리는 새로운 인간을 분만하려는 진통을 겪는다. 다시 탄생되는 인간이 다음 날 다시 절망의 대상이 되더라도 좋을 것이다.

현재의 카오스 속에서 어쨌든 새로운 인간은 탄생되어야만 된다. 이것이 우리의 휴머니즘이다. 이 세대가 가지는 휴머니즘의 의미다. 탄생하고 절망하고, 절망하고 탄생하고, 이러는 동안에 인간은 묵묵히 살아갈 것이다.

그리하여 다음 날 지금엔 생존하지 않는 삼엽충처럼 인간이란 종족이 완전히 파멸되어버렸을 때 휴머니즘도 더불어 소멸되는 것이다. 그날까지 인간이 있는 곳에 휴머니즘은 있다. 이 글을 쓰는 나 자신도 이 세대의 휴머니즘이 어떠한 인간을 탄생할는지 전혀 예측할 수 없는 일이다. 하나의 산모가 잉태한 자신의 아이를 모르는 것과도 같다. 그러나 우리의 휴머니즘이 옛날의 휴머니즘처럼 그렇게 용이한 것이, 아름다운 것이 아니라는 것만은 단언할 수 있다.

되풀이한다. 휴머니즘의 의미는 시대 시대의 인간 조건에 의하여 수시로 변해가는 인간 정신의 현상화이며 그 리듬이라는 것을…….

현대의 화전민

엉겅퀴와 가시나무 그리고 돌무더기가 있는 황료荒蓼한 지평 위에 우리는 섰다. 이 거센 지역을 찾아 우리는 참으로 많은 바람과 많은 어둠 속을 유랑해왔다. 저주받은 생애일랑 차라리 풍장風葬해버리자던 뼈저린 절망을 기억한다. 손 마디마디와 발가락에 흐르는 응혈의 피, 사지의 감각마저 통하지 않던 수난의 성장을 기억한다.

그러나 우리가 이대로 패배하기엔 너무나 많은 내일이 남아 있다. 천지와 같은 침묵을 깨고 퇴색한 옥의獄衣를 벗어던지지 않고는 견딜 수 없는 유혹이 있다. 그것은 이 황야 위에 불을 지르고 기름지게 밭과 밭을 갈아야 하는 야생의 작업이다. 한 손으로 불어오는 바람을 막고, 또 한 손으로는 모래의 사태를 멎게 하는 눈물의 투쟁이다.

그리하여 우리는 화전민이다. 우리들의 어린 곡물의 싹을 위하여 잡초와 불순물을 제거하는 그러한 불의 작업으로써 출발하는 화전민이다.

새 세대 문학인이 항거해야 할 정신이 바로 여기에 있다. 항거는 불의 작업이며 불의 작업은 미개지를 개간하는 창조의 혼이다. 저 잡초의 더미를 도리어 풍요한 땅의 자양으로 바꾸는 마술이, 성실한 반역과 힘과 땀의 노동이 새로운 인간들의 운명적인 출발이다. 불로 태우고 곡괭이로 길을 들인 이 지역, 벌써 그것은 황원荒原이 아니라 우리가 씨를 뿌리고 그 결실을 거두는 비옥한 영토일 것이다.

그런데 여기 우리는 지난 세대의 사람들에게 물어야 할 말이 있다. 당신들은 우리의 고국과 고국의 언어가 빼앗기려고 할 때 무엇을 노래했느냐? 길가에 버려진 학살된 동해童骸들을 바라볼 때 당신들은 무엇을 노래했느냐?

사창굴에서 흘러나오는 한 가닥의 비명, 전쟁의 초연, 그리고 빌딩과 철가撤家의 그늘, 그 속에서 배회하는 상인과 걸인의 집단, 그리하여 고향은 폐허가 되고, 생명은 죽음 앞에 화석이 될 때, 그러한 시대가 인간을 괴롭힐 때, 당신들은 어떠한 시를 쓰고 어떠한 이야기를 창작했느냐? 한마디로 말해서 당신들은 당신들의 세대와 당신들의 생명에 대해서 성실했으며 또한 책임을 느끼며 살았다고 말할 수 있느냐?

그러나 대답은 이미 공허할 것이다. 그 시대를 기록한 작품이 스스로 그 허탕됨을 입증할 것이다. 다음에 올 세대를 향하여 침묵하는 공허, 그것은 역사의 길목에 잡초만을 번성케 한 당신들의 과오다. 도리어 우리에게 삶의 의미와 시를 가르쳐주기 전에 먼저 교활한 웃음과 출세의 수단을 위한 비굴과 아첨과 맹종을 가르쳐주었던 것이 누구였나를 알 것이다.

시는 표어에서 끝나고 소설은 야담에서, 또한 평론은 정실과 파당의 성명문으로 귀결된 이 적막한 한국 문학의 침체가 누구에게서 비롯했나를 당신들이야말로 잘 알고 있을 것이다. 그렇기 때문에 이 세대의 문학인은 모두 화전민의 운명 속에 있다. 그 작업은 불과 삽과 괭이를 필요로 한다.

이 반역이 창조의 질서를 갖게 될 때 우리 화전민의 작업으로 개척한 영토 위에 일찍이 가져보지 못한 신비의 꽃들이 피고, 한 세대의 의미가 결실할 것이다.

지게꾼은 지게 질 것을 거부했다. 그래서 그는 시를 썼다.

정치가는 정사政事에 권태를 느꼈다. 그래서 그는 시를 썼다.

군인은 어느 날 총탄이 무서웠다. 그래서 그는 시를 썼다.

또는 목걸이 없는 부인은 그의 허영심을 메우기 위해 시를 썼고, 왕족이 될 수 없는 인간은 그의 권력에의 동경을 위해 시를 썼다.

그러나—그러나 우리들은 우리들의 생명이 차압될 것이라는 위협을 받았다. 그리하여 우리들은 시를 쓴다. 시대가 우리의 행동을 구속했기 때문에 이 문명이 우리의 내일을 차단했기 때문에 우리는 시를 썼고 산문을 썼다.

침입하는 외적을 향하여 총을 들듯 언어의 무기를 든 것이 바로 문학이라는 우리들의 직업이다. 견딜 수 없는 분노, 헤어 나올 수 없는 체념, 그리고 모든 억압에서 해방하려는 마음의 평화, 또한 자유 그것이 우리들의 숨은 언어들을 찾아내라고 한다.

그러므로 써도 좋고 안 써도 좋은 그런 글을 새 세대의 문학인들은 경계한다. 이슬을 마시고 울음 우는 한 마리 매미처럼, 그리고 철을 따라 고장을 옮기며 우짖는 후조의 무리처럼 우리는 그렇게 덧없는 노래를 부를 수가 없다.

우리들은 우리들의 노래가 그대로 허공 속에 소실되기를 원치 않는다. 하나의 메아리를 요구하는 우리들의 노래는 옛날 바람을 부르고 산을 움직인 신기한 무녀의 주언呪言과도 같이 대상을 움직이게 하는 능동적인 투쟁이다. 모든 것은 언어에 의하여 표현되어야 하고, 그 표현은 하나의 에코eco를 가져야 한다. 그러므로 우리는 우리의 현실을 그려 그 현실을 변환시키려 하고, 우리의 비극을 노래하여 그 비극에서 탈피하려 한다. '주어진 모든 것'을 받기만으로는 부족하다. '주어진 것'을 가질 수 있는 것으로 만드는 그 노력이 중요하다. 그리하여 우리들의 노래는 '메아리'를 위한 노래다.

우리는 지금 『별주부전』의 우화 같은 세계에서 살고 있다. 현대인의 경우는 용궁에의 초대를 받은 토끼의 운명과 방불하다. 위기는 목전에 있다. 용왕이 토끼의 간을 요구하듯 오늘의 현실, 오늘의 역사는 인간의 간을 약탈하려 든다. 육지를 버리고 스스로 '자라'의 잔등이에 실려 바다의 세계로 찾아간 그 토끼에겐 최초로 경이와 희열이 있었다.

그다음엔 기대가 있었고, 종국에는 후회와 환멸과 절망이 있었다. 인간의 역사가 이와 같았다. 문명이라는 자라의 등에 업혀 오늘에 이르기까지 그것은 사실 토끼가 수궁으로 향하는 긴 여로에 불과했다. 토끼가 그의 간을 빼앗기게 된 위기는 그가 그의 육지를 거부했기 때문이다. 본래의 고향에서 일탈했기 때문이다.

끊임없는 욕망과 제어할 수 없는 환상이 마침내 죽음의 바다 그 심연 속으로 빠지게 한 것이다. 토끼가 끝내 어족이 될 수 없는 한 토끼는 육지 아닌 바다에서 해방될 수 없고, 인간은 본래적인 자아를 말소하지 못하는 한 이 현실의 심연이 인간의 행동을 구속할 것이다.

바다는 토끼의 고향이 될 수 없다. 이 현실은 인간의 고향이 될 수 없다. 옛날 누구의 말처럼 땅에서 사는 동물이 물속에 들어가면 거품을 뿜듯 현실 속에 사는 인간들은 모두 거품을 내뿜고 있다.

새로운 시대의 우화, 그것은 토끼가 간을 지키기 위해 전전긍긍하는 장면의 이야기다. 그 이야기가 클라이맥스에 달한 우화의 시대다.

바다로 들어온 토끼가 이미 육지 위의 토끼가 아니듯 현대의 인간은 메타모르포시스metamorphoses된 인간이다. 그렇게 믿었던 그 문명이 드디어 우리를 수인囚人으로 만들었고, 환멸의 용궁 앞에 실어다 놓았다.

이대로 우리의 간을 빼앗겨야만 하는가? 이 생명이 수십만 척 깊숙한 해연海淵 속에서 하나의 제물로 바쳐져야 할 것인가? 간을 지키는 마지막 인간들, 아무래도 우리는 간을 내어줄 수가 없다.

그러므로 이 비극적 우화 속에서 우리는 현명한 토끼가 되어야 한다. 자라(문명)의 마음을 움직여 그 방향을 육지로 향해 돌려야 한다. 용궁에서, 바다에서 냉혈족만이 사는 그 바다에서 숲이 있고 하늘이 있고 바람과 별이 있는 육지로 향해야 한다.

이것이 우리 세대의 우화다. 용왕의 강요 앞에 선 이것이 우리들의 위기이며, 바다 속의 부자유 그 속에서의 불구화된 정신이 우리들의 비극적 상황이다.

상상에 의한 구제, 슬픈 설계이긴 하나 사실 우리에겐 이것만이 남았다.

정말 현실을 대오大悟하고 각성한 인간은 이상스럽게도 숙명주의자가 된다. 그러나 형해形骸와 같은 숙명 앞에는 상상이 있다.

현실의 습지에서 족생簇生된 환상의 버섯이 있다. 문학이 신화의 창조라면 신화는 숙명의 인간에게 부여하는 창조적 상징이다.

그러므로 상상에 의한 구제는 신화에 의한 구제이며, 문학의 매직에 의한 구제다. 인간의 허무와 파멸이 의식의 내재적 변동이라고 할 때 그 허무와 파멸의 구제도 역시 의식의 변환으로써 가능해진다.

그러한 이유로 우리는 하늘과 육지의 환상을 창조해야 될 것이다. 그 상상의 세계는 수인이 해방되는 지역이며, 모든 죄가 용서되고 질환이 회복되는 자비로운 정토淨土다. 이러한 환상은 우리를 부를 것이다. 만신창이가 된 썩은 육체와 때 묻은 정신을 새로이 단장해줄 것이다.

이 상상의 창조는 제2의 픽션의 설정으로 가능해진다. 제1의 픽션이란 가시可視의 현실을 구성하는 것이지만 이 제2의 픽션은 불가시의 세계를 소재로 하는 것이다. 그것은 감각, 직관, 상징적 이미지에 의해서 기묘하게 직조된다.

이러한 방법으로 우리는 상실한 육체, 상실한 의지, 상실한 행동, 상실한 모든 것을 탈환할 가능성을 발견한다. 그 새로운 픽션 속에서 탄생된 인간은 다시 육지로 돌아가 저 하늘의 별과 상록의 수림을 보고 차라리 울어버렸을 토끼의 모습처럼 희열과 발랄한 육체를 지닌 인간일 것이다. 원시의 인간, 그것과 흡사하면서도 그것과는 다른 새로운 인간형에선 동작과 언어와 운동과 생활이 생생한 우물물처럼 분출할 것이다. 이것이 또한 우리 화전민들이 갖는 지금의 이상이며 새로운 산을 찾아가는 발걸음이 될 것이다.

신인론新人論

조각으로 필시 그것은 하나의 토르소다. 거기에는 팔도 다리도 또한 머리도 없다. 그저 응결한 힘과 분노 같은 끌 자국과 그리고 흐르던 선이 문득 허공 속에 단절되어 한층 강박한 미의 덩치를 나타내는 거대한 '버스트bust'의 덩어리가 있을 뿐이다. 언뜻 보면 불안정한 것 같은 것이 우리 마음을 그토록 움직이게 하는 까닭은 무엇일까. 숨 쉬는 흉상의 미학, 확실히 토르소가 지닌 그 매력임에 틀림없다.

그것은 미숙이 아니다. 성장의 과정이거나 전모를 이루기 전의 한 조각 부분이 아니라 그냥 뛰노는 하나의 동체動體, 하나의 빛깔이다. 쓰라린 체험의 그 어두운 내부에서 닦이고 깎이고 억눌리고 하나가 그대로 폭발되어 쏟아진 생명의 파편들이다.

그래서 우리는 지금 그것을 응시하고 있다. 선우휘鮮于煇의 「불꽃」에서는 허물어진 폐허 위에서 불타는 새벽하늘을 발견했고, 「소년少年」 손창섭孫昌涉, 「쇼리 킴」 송병수宋炳洙에게서는 새로 열린 처녀지의 또 하나 다른 비극을 보았다. 그리고 추식秋湜의 「인간 제대人間除隊」와 「딸라 이야기」 서기원徐基源 가운데 우리는 우리의 이 혼탁한 기류의 의미가 무엇인지를 바로 목격한다.

이 수 편의 토르소를 앞에 놓고 여기 나는 참으로 끊임없이 긴 화제를 갖고 싶다. 마음 놓고 모든 이야기를 하고 싶은 충동을 느낀다. 그러나 부득이 여기에선 그들 작품의 자세에 대해서 초점을 맞추는 수밖에 없다. 그러면 우선 선우휘의 「불꽃」부터 생각해보자.

「불꽃」은 너무나 뻔한, 그러면서도 너무나 무관심했던 한민족 반세기의 기록을 300매 가운데 압축시켜놓은 작품이다. 어찌 생각하면 하나도 진기할 것이 없는 글이요, 따라서 그것은 마땅히 있어야 했던, 흔히 있어야만 했던 소설이다.

그런데 무슨 까닭으로 지금 와서 그러한 소설이 문제되어야 했던가. 어째서 선우휘는 새삼스럽게 다시 그 민족의 수난사를 구구하게 부언해야만 되었던가. 그 이유와 답변은 스스로 그의 소설 가운데 해명되어 있다.

우리네 작가들도 대부분은 '고현'(「불꽃」의 주인공)의 할아버지처럼 당면한 그 시대와 시대를 '간접적'으로 살아왔기 때문이다. 풍수지리설을 믿는 그들은 '순수'라는 구실 밑에 안일한 은둔처를 마련했다.

그리하여 친구가 학살되어갈 때, 장미와 숱한 언어와 꽃잎이 군화 밑에 짓밟혀갈 때, 사랑하는 사람들의 얼굴이, 고향이 그리고 우리들의 이름들이 말소되어갈 때, 목이 타고 사지가 유혈하여 한 모금의 물이 아쉬울 때, 그리고 이 우울한 회색의 끊임없는 시간 속에서 그들이 부른 것은 오직 행복한 미몽迷夢의 그 환각뿐이었다.

과거의 한국인이란 엄청난 비극 앞에서 그대로 주저앉아 기적만을 기다리거나 혹은 자기의 한 몸을 위하여 안심입명安心立命의 거처를 찾는 데만 급급했다. '젊음'은 죄가 되었고 '항거'는 무지로 통했다. 외구가 침입했을 때 산속 깊이 들어가 팔만대장경을 조각하여 그 수난의 역사를 피하려고 했고 혹은 내정이 어지러울 때 죽림칠현의 본을 따라 초야에 묻혀 백구가白鷗歌와 거문고를 타던 그 모두가 과거 한국인의 모습이었다.

그들이 왜 불행해야 되었는지, 한결같이 설움과 한 속에 살아야 했는지 그 이유와 원인을 알지 못한다. 그러므로 4천 년의 한국 역사는 한과 눈물로 얽힌 수난의 장으로써 계승되었다.

이 몽매무지한 꿈속에서 아직도 우리는 눈을 뜨지 못하고 있는 것이다. 그 증거로는 선우휘의 「불꽃」이 루쉰魯迅[10]의 그것처럼

10) 루쉰(1881~1936), 중국 계몽 시대의 작가로 본명은 저우수런周樹人. 『아Q정전阿Q正傳』이 유명하다.

하나의 계몽성을 띤 과도기적 소설이면서도 한국 문학의 전기에 일점을 찍을 전위적인 소설이다.

우리는 고현의 할아버지에게서 과거에 있던 한국인의 전형을 보았고, 고현에게서 그러한 잔해 가운데 허덕이다가 드디어는 하나의 '불꽃'을 발견하고 낡은 허물에서 선탈蟬脫하는 새로 있을 한국인의 모습을 찾아볼 수 있다. 그 불꽃이란 다름 아닌 '민족의 자아'며 참된 '생生'이며 기천 년 침묵한 낡은 지역 위에 꽂혀진 새로운 기旗, 새로운 행동의 계시일 것이다.

오늘 닥칠 우리의 운명을 역사적으로 비판하고 있는 「불꽃」은 오랜 미몽에서 눈뜬 이 시대의 모든 독자에게 무수한 불꽃의 파도를 일으켜줄 방아쇠의 구실을 하고 있다. 지금 우리는 관념의 창백한 표정에서 벗어나야 할 때며, 지성의 유리 벽 속에 유폐된 우리의 육체, 우리의 행동을 찾아야 할 때다. 우리는 오랫동안 참으로 오랫동안 잘못 살았던 우리의 '생'을 다시 고쳐 살아야 한다.

'현' 자신이 말하고 있듯이 이 현실에 대해서 외면하거나 도피하면서 살아가던 그 '꽃밭의 시대'는 끝나고 만 것이다. 연대적인 책임 밑에서 무엇인가 우리 자신의 행동을 선택해야만 될 것이고, 생명을 위협하는 모든 것에 저항하면서 '조용히' 인간들의 세계를 기원해야 한다.

그때 우리는 무너지는 골짜기의 침묵, 그 소리와 그 퍼덕이는 생명의 깃 소리를 들을 것이고, 우리가 정말 살아 있다는 희열과 긍지를 지닐 것이다. 이러한 면에서 생각할 때 선우휘의 이번 「불꽃」은 참으로 통쾌한 선탈의 기예를 유감없이 발휘하고 있다.

선우휘의 「불꽃」이 과거를 통하여 '현재'의 의미를 모색한 것이라면 손창섭의 「소년」이나 송병수의 「쇼리 킴」은 거꾸로 미래에 의해서 '현재'를 비판한 소설이라 할 수 있다. 이 두 작품이 모두 10대의 '소년' 세계를 소재로 했다는 단순한 그 외면적 현상만을 보고 하는 말이 아니라, 그 작품의 '포커스'나 분위기가 한결같이 바로 이 시대의 정황을 향해 직핍直逼하고 있다는 점에서다. 현대의 시간적 상황이란 어디까지나 상대적인 위치에서만 그 성격이 여실해질 뿐 아니라, 과거나 미래의 시간적 시퀀스의 통찰로 하여 보다 명확히 현대의 의미를 규명해낼 수 있기 때문에, 필연적으로 손과 송 양 작가는 10대 소년을 그려 오늘의 시대적 기류의 방향과 그 농도를 계측 비판하게 된 것이다.

먼저 손창섭이 그린 「소년」에 대해서 생각해보자.

오랫동안 잠자던 전쟁이 일어났다. 깊숙한 하늘 밑에서 머리를 들고 있었다. 아주 크게, 그리고 미지의 모습으로 어렴풋한 빛깔 속에 서 있었다. 그리고 그 검은 손이 달을 이겨 부쉈다.

하임은 전쟁을 이렇게 예견했고 그 전쟁이 아름다운 달을 분쇄해버릴 것이라고 생각한다. 그것은 막연한 기상예보가 아니라 정확한 현실 파악이다.

손창섭의 「소년」도 그러했다. 소년 창훈昌薰의 모습은 곧 우리의 '내일'에 있을 비극의 예고다. 동시에 그것은 오늘의 비극이다. 지금 이곳에 펼쳐진 그 검은 손에 의해서 짓밟힌 처연한 달의 상흔이다. 아니 그래도 향기로워야 했을 무슨 꽃, 무슨 바람이었다. 이미 어린애답지 않은 창훈은—'순진'이라든가 꿈이라든가 정서와 눈물이라든가 하는 동심의 세계를 훌쩍 뛰어넘은 어른 이상의 소년들—그들은 적지寂地로 향해 타락하는 현대적 상황을 비춰주는 반사체다.

그리하여 우리는 차단된 내일, 모독받은 내일을 거기에서 본다. 그 '내일'은 '오늘'에 의한 필연적 산물, 그 빛 없는 암체暗體다. 창훈의 배경과 또 그 모태가 바로 오늘의 우리 정황이란 것을 느낄 때 스스로 다가오는 것은 하나의 회한이며 그 양심이다. 목전에서 붕괴하는 '내일'의 낙체落體를 차마 그대로 보고 있을 것인가? 여교사 남영南英과 창훈 사이에 가로놓인 거리, 그것이 멀면 멀수록 내일에 대한 우리 절망의 치수도 따라서 커진다. 좀 늦은 것 같다. 구제의 시간이 아무래도 지난 것만 같다.

우리에게 지금 있는 것은 소년이 남기고 간 그 기괴한 나체화만을 떼어 들고 느껴 우는 고남영의 감상뿐일는지도 모를 일이다. 손창섭의 「소년」은 현재의 정황 그 기상에 의해서 '내일'의 기압과 일기를 말하는 한발旱魃의 예고다.

그러나 송병수의 「쇼리 킴」에는 손 씨가 예고하는 질식, 그 저주받은 생명들에 그래도 일말의 녹색을 가미한 애정이 떠돈다. 일그러지고 허물어지고 갈가리 찢길 대로 찢겨진 만신창이의 소년들에게 그래도 아직 남아 꿈틀대는 갸륵한 애정, 마지막 정서를 유머러스(그러나 이 유머러스는 참으로 천연한 것—통곡 이상의 기막힌 극한의 경애境涯에서 일어나고 있는 것이다)하게 소묘하고 있다. 딱부리와 쇼리 킴, 매춘부 '따링 누이'와 쇼리 킴, 최저의 인간 지옥 속에서 떠도는 그 따뜻한 인정들은 그래서 그것은 현실감을 지닌 낭만으로 있다. 손 씨가 채 발견하지 못한 것까지를 송 씨는 포착했다.

그러기에 「소년」보다 더 강렬한 것을 「쇼리 킴」에서 맛본다. 쇼리 킴에 대해서 쏟게 되는 우리들의 애정은 남영이가 창훈에게 주는 것보다 훨씬 건강한 것이어서 좋았다. 마지막 남은 인간의 불씨를 지켜야지, 그리고 성스러운 마지막 그것일랑 있게 해야지, 그래서—"우리는 내일 있을 것을 위하여 오늘을 살아야 한다."

선우휘나 손과 송 양씨가 주로 시간적인 관계에서 오늘의 현실을 척결하고 있는 데 비하여, 추식의 「인간 제대」나 서기원의 「딸라 이야기」는 대인 관계의 공간적 양상 그것에서 현실을 응시한다. 즉 대 사회 면에서 혹은 대 인간 면에서 움직이고 있는 주인공들이 캐릭터를 제시하고 있다. 그 주인공들은 모두 이 격랑의 홍수 속에서 노아의 방주를 가지고 있지 않다. 그들의 위치는 없다. 휘날려 내려가는 물결로 하여 그냥 표류하면서 소리칠 뿐이다.

그 소리에 한번 우리는 귀를 기울여야 한다. 추식의 소설은 제목이 암시하고 있는 그대로 인간을 제대한, 말하자면 인간다운 그것의 행렬에서 영영 밀려나가버린 한 실직자의 '하루'를 소묘한 것이다. 그러나 그것은 하루의 일이라기보다 하루 가운데 포괄되어 있는 모든 날의 투영도다. 혹은 그 현실의 단층이다. 설명을 더 붙일 것 없이 매음굴 주변에서 거주하는(인간 지역이라고 할 수 없는) 그 주인공의 영지로부터 시작하여 파고다 공원(지금의 탑골 공원), 남산, 사창굴 일대의 묘사는 그대로 현실의 풍경으로 선명하다.

그날도 역시 현대 문명의 거대한 방주 사회의 매스는 숱한 인간들을 인간 아닌 지역으로 떨어뜨린 채 질주한다. '방주' 위에서 내던져진 인간들의 규환叫喚, 그 군상, 그들이 밀려오는 물결을 거역하고 저항하면 할수록 자꾸 침몰해가는 육신의 중력을 느낀다.

> 나는 정신 분열을 일으킨 것이 아닙니다. 확실히 아내를 죽였습니다. 나는 분풀이를 그 여자에게 했습니다. 인간 대열에서 제외된 것이 하도 억울해서 말입니다.

주인공의 이 마지막 말을 들을 때 누가 현실에 대한 장엄한 아이러니를 느끼지 않을 것인가? 그것은 크든 작든 간에 결국 대부분 우리들 자신의 고백이기 때문이다. 엉뚱한 저항, 홍수에의 저항은 눈물겨운 희극으로 끝나기가 일쑤다. 불량 학생과 펨푸 녀석의 귀뺨을 친 그 손은, 불쌍한 아내를 걷어찬 그 발부리는 분명 다른 곳을 향해 내려쳐야만 했던 손이요, 발이 아니었을까? 「인간 제대」의 '나'는 유쾌하지 못한 현대의 돈키호테로서의 애수를 지녔다.

사실 추식의 이 소설을 읽고 우리가 느끼는 것은 인간을 무표정한 채로 삼켜가는 그 현실의 물결이요, 또 일별하지도 않고 스쳐 지나가는(저희들끼리 인간인 것처럼 살아가고 있는) 그 '방주'의 선복船腹이다. 투닥거려서 만든 방주의 세계, 거기에서 밖으로 내던져진 무수한 낙오자들에게는 홍수가 있었고, 그 저변으로 가라앉은 통곡의 규환 소리가 있다.

서기원의 「딸라 이야기」의 주인공 김우남金又男은 「인간 제대」의 '나'와는 반대의 입장에 놓여 있다. 거부의 아들이며 그렇기에 마음에 드는 여인이면 모두 달러의 힘으로 정복할 수 있는 힘을 가졌다. 추식이 그린 세계는 '방주' 밖의 세상이지만 이렇게 서기원이 그린 세계는 '방주' 속의 세상이다.

이 두 편의 소설을 합쳐보면 현대 사회의 맹점을 향한 내외 공세가 될 것이다. '우남'은 순진한 여성 정애正愛를 '방주' 밖의 탁류로 내던지려고 했다. 정확히 말하면 달려가 정애를 내던지려고 했다. 소설은 그렇게 시작되어 종말에는 우남 자신이 홍수 저변에 익사하는 자기 환각을 본다. 유산시킨 낙태아에 100달러짜리 지폐를 꽂아 한강 물에 던질 때 폭염暴炎으로 추락하여 분산되어 버릴 방주의 운명을 예견했기 때문이다. '이래서는 안 되겠다'는 인간 내부로부터 외치는 가냘픈 소리!

달러의 매력을 믿던 그 신념이 무산되고 거기 무엇인가 있어야 할 허황한 공간을 느끼는 우남에게 다음에 있을 생활이 궁금하다. 그것은 표착지를 향해가던 방주의 방향과 깊이 관계지어져 있기 때문에…….

주마간산 격으로, 개념적으로 전개되어 있는 선우휘의 소설, 엷은 상티망sentiment으로 채색된 손창섭의 「소년」(이 작품은 종래의 어느 작품보다도 떨어지는 소설이다), 잘 짜이긴 했으나 선이 너무 가는 송병수의 「쇼리 킴」, 자칫하면 기록영화가 될 것 같은 추식의 「인간제대」, 억지가 많은 서기원의 「딸라 이야기」—모두가 한 편의 소설로서는 많은 결점을 갖고 있으면서도 우리에게 커다란 매력을 주고 있는 것은 그들이 앞서 말한 그대로 '토르소'와 같은 박력을 갖고 있기 때문이다.

이 신인들의 공통적인 특색은 그들 시대에 대한 양심과 현대적 정황을 향해 적극적으로 발을 들여놓는 그 의지로써, 한 편의 작품을 창작하고 있다는 것이다.

이렇게 신인은 있다. 우리는 그들의 새로운 지도가 어떻게 번져갈 것인가를 주목한다.

제3세대 선언

그때 나는 스물두 살이라는 젊음의 재산밖에는 아무것도 가진 것이 없었다. 집도 없었고, 아내도, 자식도, 직장도 그리고 그 시원찮은 문명이란 것도, 학식이란 것도 아무것도 없었다. 가진 것이라고는 분노와도 같은 자기自棄와도 같은, 광기와도 같은 젊음뿐이었다.

홑몸이었다. 모든 면에서 알몸뚱이였다. 친구들 가운데는 이미 전쟁의 참호 속에서 죽은 사람도 있었고, 미쳐버린 사람도 있었고, 이른바 망명 유학을 떠나 이향異鄕으로 자취를 감추어버린 사람도 있었다. 또 우리에겐 책도 연인도 변변한 것이 없었다. 교수님들은 계급장 없는 카키색 군복을 입고 판잣집 강의실을 드나들기도 했다.

생존하기 위하여 문관文官 노릇을 하던 교수님들 밑에서 우리는 반세기 전의 증권같이 실력 없는 낡은 노트의 학설을 베끼며 인생을 배웠다. 지금은 흔하기 짝이 없는 '데모'였지만 그런 것은 엄두도 내지 못했던 그런 시절, 모든 울분과 공허를 자취방을 드나드는 늙은 쥐를 두들겨 잡는 것으로나 달래던 때다. 그런데 사람들은 다방에서 커피를 마시며 문학들을 하고 있었다. 대가라고 하는 몇몇 문단 선배들을 만나보고 기절할 정도로 실망한 곳도 바로 그 다방에서였다.

일제시대에는 동요가 아니라 군가를 부르며 자라났으며, 고교 시절에는 피난 봇짐을 싸는 연습을 하며 여드름을 짜다가, 그리고 대학 시절에는 교과서를 팔아 국화빵을 사 먹으며 배고픈 판잣집 학교를 서성거리다가 사회로 밀려났다. 그런 우리들의 안목으로 보아도 그들은 확실히 아는 것이 없었다.

구세대의 작가나 비평가는 그 어려운 시절에 직무 유기를 하고 있다는 생각이 들었다. 불이 붙는 집에서 바둑을 두고, 포탄이 터지는 전선에서 자장가를 노래하는 사람같이 보이기만 했다. 더구나 그때는 젊은 세대란 말조차 제대로 등록되어 있지 않았다. 이른바 신인이라고 하면 장교의 양말을 빨아주는 신병新兵쯤으로 생각하고 있었다.

그런 회색의 공간 속에서 무엇이, 무엇이 좀 일어나야겠다는 생각이 모든 논리보다 앞서야 했다. 그러면서도 모든 행동은 신기할 정도로 거세되어 있었다. 22세의 젊은 나이로 평필評筆을 들고 희극과도 같은 만용을 부려야 했던 그 성급한 과실들은 정말 나만이 짊어져야 할 십자가는 아니었다.

이 졸문拙文은 내가 문단에 데뷔하던 무렵을 돌이켜본 사적 이력의 한 줄에 지나지 않는다. 그러나 전후에 이른바 '새 세대'란 이름으로 행세했던 대부분의 신인 문학도들의 공통된 이력이기도 할 것이다. 그리고 문학 이외의 분야에 있어서도 역시 그랬으리라고 믿는다.

물론 세대를 구별 짓는다는 것은 도마 위에 생선을 놓고 토막을 치는 일과 같아서 자의적인 데로 치우치기 쉽다. 그러나 6·25전쟁을 중심으로 이 땅에는 분명히 두 세대 의식이 맞바람을 일으켰던 것을 부정할 수는 없을 것이다. 우선 '인사이더'와 '아웃사이더'라는 역사에 위치하는 그 태도에 차이가 있었다. 언어(교육)만 보더라도 전쟁 전의 기성세대(이것을 편의상 제1세대라고 부르자)는 '한어漢語 세대' 아니면 '일어 세대'로서 좋든 싫든 하나의 뿌리를 가지고 있었다. 그리고 역사에 대한 반응도 명확한 한계를 갖고 있었다. 식민지 역사에 반항하여 망명이나 감옥으로 가든지, 그렇지 않으면 친일적인 식민지인으로서 순응하든지, 어쨌든 자기 몸을 투신할 수 있는 선택이란 것이 있었다. 공자든, 마르크스Karl Marx든 그들은 주어진 계명戒命의 '인사이더'로 살아갔다.

그러나 제2세대(전쟁 직후의 20대)들은 일어도 서툴렀고, 제 나라 말도 서툴렀고, 또 한자에 대해서도 아는 것이 없었다. 어중간한 허공에 매달린 역사의 기아 같은 존재였다. 그들은 소속되어 있지 않았다. 뿌리가 없었다. 제1차 세계대전 후의 미국 로스트 제너레이션과 같은 의미에 있어서의 아웃사이더였던 것이다. GI 천막 근처에서 서투른 영어로 통역을 해주면 양담배 한 보루쯤은 얻을 수 있다거나, 전시戰時 학생증을 소유하고 있으면 병역이 연기될 수 있다거나, '청춘이란 결코 복리자複利子 계산법으로 은행에 맡겨두었다가 찾아 쓸 수 있는 것'이 아니라거나 하는 그런 확신밖에는 없었다. 전쟁 속에서 자란 젊음이기 때문에 그랬던 것만은 아니다.

그 세대를 키운 역사가 사기를 쳤기 때문이다. 어려서는 진심으로 천황 폐하에게 배례를 했는데 해방이 되자 그것이 우리의 적이라고 했다. 그리고 민주주의와 첫선을 볼 때 어른들이 한 말이 전부 거짓이라는 것을 알았다. 얼떨결에 겪은 전쟁도 그 의미를 미처 몰랐었다.

이러한 이력을 가진 세대의 문화는 역사의 '아웃사이더'가 지니고 있는 부정, 자조, 기피, 불신의 언어를 만들어냈던 것이다. 제1세대 앞에서 청개구리 노릇을 하는 역설의 곡예가 지성을 대신했던 시대이고, 무국적자와 같은 역사에서의 기피가 휴머니즘이라는 코즈모폴리터니즘cosmopolitanism의 대용물로 나타났던 때다. 제2세대가 펼쳐놓은 것은 역사의 종기와도 같은 통증의 문화, 부정의 문화, 환멸과 기분적인 반역의 문화였었다.

이러한 제2세대가 이제는 우리 문화계에서 10년 가까운 경력을 쌓아 중견이라는 점잖은 명예를 달고 다닐 만큼 되었다. 제

1세대의 퇴조와 함께 전후 세대의 성장은 날로 사회적인 높은 비중을 차지하게 된 것이다. 다소의 차이는 있으나 '아웃사이더'였던 이 세대가 이제는 '인사이더'로서 무엇인가 다른 기성적 문화를 형성하기에 이르렀다. 문단을 예로 든다 하더라도 이제 그들은 신인이 아니라 모든 매스컴에서 8할 이상을 차지하는 현역 대표급의 작가요, 시인이요, 비평가가 되었다.

전후파인 제2세대는 벌써 '새로운 세대'의 휘장에 녹이 슬어가고 있는 것을 자랑하게끔 되었다. 필연적으로 제3세대라고 말할 수 있는 신인들이 진출하게 될 시대가 기상나팔을 울리기 시작한 것이다.

상이군인…… 전후의 상처를 팔던 제2세대의 감각은 시대에 맞지 않는 것으로 조금씩 후퇴되고, 전후 기질은 이륙 단계에 들어서고 있다는 것을 우리는 여러 가지 징후에서 찾아볼 수 있게 되었다.

지금 새롭게 등장하고 있는 제3세대란 초등학교 때부터 제 나라 말을 제대로 배웠던 사람들이며, 일어를 읽을 수도 없고 식민지의 역사는 체험조차 해보지 못한 순수한 이 땅의 아이들, 형식적으로는 민주 헌법의 아이들로서 성장한 단층들임을 잊어서는 안 된다.

그들은 대학에서 4·19의 데모로 역사를 바꾼 경력의 소유자들이고, 남루하나마 제 나라, 제 민족의 운명이 바로 자기들 행동과 밀접하게 얽혀 있다는 자신 속에서 살아왔다. 제2세대처럼 위사僞史를 정사正史로 배우라고 강요된 일도 없었고, 제1세대 같은 역사의 범죄자도 아니었다. 그들에겐 열등의식이라든지, 기아棄兒의식 같은 것이 줄어들었고, 비교적 역사에의 편견을 갖지 않고 현실을 내다보았던 세대다.

그렇기 때문에 지금 제3세대로서 사회에 두각을 나타내기 시작한 세대들은 부정, 불신처럼 뿌리를 제거하는 작업이 아니라 뿌리를 찾고 그것을 내리려는 적극성이 엿보인다. 그들은 제2세대와 같은 무국적자의 무드를 카무플라주camouflage한 국제주의적 성격에서, 내셔널리스틱nationalistic한 면으로 이행되어가고 있고, 행동의 거세에서 행동의 창조로, '기분'에서 좀 더 싸늘한 합리주의적인 '이성'으로 사물을 사고하기 시작한 것 같다. 한어 세대나 일어 세대와는 근본적으로 다른 '모국어의 세대'다.

문학을 예로 들자면, 일본식과 한자식과 번역체의 문체로 뒤범벅이 된 전 세대인들의 문체에 비해 20대의 작가들이 사용하고 있는 문체는 그 터치가 전혀 다르다는 것을 알 수 있다. 한글맞춤법을 가장 제대로 쓸 줄 안다는 면에 있어서만 그들이 한국적이라는 이야기는 아니다. 이득은 작든 크든 제2세대의 영향 밑에서 컸다. 전쟁의 상흔 속에서 돋아난 '새살'인 것이다. 그렇기 때문에 그들의 민족의식은 결코 제2세대에 의해 부정당한 전 세대의 쇼비니즘chauvinism이나 식민지 기간의 맹목적 민족주의를 그대로 되풀이하지는 않고 있다.

다만 자기가 자리한 뿌리를 강렬하게 의식하고 있다는 점이며, 전쟁이 아니라 4·19의 체험을 몸소 주인으로서 겪었던 주체성을 지닌 시민들이라는 점이다.

식민지 교육을 받지 않았고, 전쟁 체험을 몸소 겪지 않았고, 제1세대의 곰팡내에 직접 구역을 느끼지 않고, 장년기에 들어선 제3세대의 톤은 여러 가지 면에서 우리에게는 '새로운 차원'의 음악을 들려줄 가능성을 지니고 있는 것이다.

제2세대는 구약과 신약이 끝나는 중간인 '요한'적 역할을 했다고 한다면, 제3세대는 신약의 시대, 즉 식민지 문명에서 탈피한 새로운 시대의 문화 앞에 서 있다고 가정할 수 있다. 그러니까 전후 세대였던 오늘의 30대는 구시대의 마지막이며 또한 새로운 시대의 첫머리이기도 한 '교량의 세대', '조율의 세대'라고 할 수 있다. 또 우리는 그렇게 되기를 원한다. 평야에 이르는 우울한 '터널'! 그것이 역사의 기아였던 전후 세대가 지닌 필요한 어둠이었다.

지금, 누구에게 지배당한 일도 없고, 비교적 정사 속에서 호흡했으며, 초라할망정 근대 민주국가로서의 시민사회에서 걸음마를 배운 모국어의 세대, 즉 제3세대들이 각 분야에서 등장하기 시작하고 있다.

그들은 식민지 역사에 종지부를 찍고, 아팠던 종기를 터뜨리며 움트는 '새살'을 우리 앞에 약속해주고 있는 것이다. 제2세대에 머물러 있던 관심을 이제 제3의 세대로 돌려야 할 때가 온 것 같다.

갑충 문화

'엄살'이란 말을 우리는 알고 있다. 엄살은 약자가 강자로부터 자신을 보호하려는 위장적인 무기다. 애들이나 소박한 농민들의 생활을 관찰해보면 왜 그들이 엄살을 부려야 하는지를 알 수 있을 것이다.

지금까지의 한국 문화에도 그러한 엄살이 많았다. 슬프고 불행하고 외롭고, 필요 이상으로 자신을 약하게 꾸며 보이는 눈물과 상처의 문화, 소설이나 시 문학의 배경을 이루고 있는 비극적인 페시미즘은 대개가 식민주의나 독재주의 밑에서 훈련된 하나의 엄살이라는 것을 부정할 수 없을 것이다.

지금까지 유행해온 달콤한 그 휴머니즘도 실은 약자가 흔드는 백기에 뿌려진 향수에 지나지 않는다. 그러나 최근의 신인들 작품을 보면 갑충甲蟲들처럼 문화의 외피가 단단해져가고 있다. 쉽게 눈물을 보이거나 노파처럼 쉽게 남을 동정하지도 무릎을 꿇지도 않는 하드보일드한 색채가 보이기 시작했다.

현실에서 살아가려면 자신들의 언어나 감정을 엄살이 아니라 갑충처럼 단단한 껍데기로 보호해야 한다는 것을 알 것 같다.

백인빈白寅斌, 유현종劉賢鍾, 홍성원洪盛源 등의 신인들이 전후에 등장한 중견 작가와 가장 다른 것도 바로 그 점이다.

요즈음의 신인들이 쓰는 언어나 문장 스타일은 거칠고 비정적이고, 언뜻 보면 상스럽기까지 하다. 그들에게서는 품위나 점잖다는 말을 찾아보기 힘들다. 옛날 작가 같으면 복자伏字로 써야 할 말들을 예사로 내뱉듯이 써가고 있다.

이것은 좋은 경향이냐, 그렇지 않으냐를 여기서 따질 경황은 아니다. 다만 앞으로 당분간 우리 문화계는 하드보일드한 터치로 채색되리라는 것을 예감할 수 있다는 사실이다. 대중문화에도 이 말은 똑같이 적용된다. 구슬프고 흐느적거리며 애상적인 대중가요나 가사는 매우 거칠고 유들유들한 방향으로 옮겨가고 있다.

문외한이긴 하나 미술 역시 어둡고 침침한 색채로부터 강렬하고 밝은 세계로 그 톤이 바뀌어가고 있다. 최근의 개인전을 통해서 어렴풋이 짐작할 수 있었을 것이다. TV극에서도 이러한 경향은 짙어져가고 있다. 홍루紅淚파의 비극물에서 하드보일드한 청년상을 다룬 드라마들로 그 무대가 옮겨져 가고 있다.

두 번째의 경향은 문화의 패턴이 여성화되어가고 있다는 점이다. 매스컴은 여성 취향의 프로를 대대적으로 할애하고 있으며, 대중문화에서 순수 문화에 이르기까지 '페티코트 문화'의 징후를 보이기 시작했다.

하드보일드한 문화와 여성적인 문화는 일견 모순되는 것처럼 보인다. 그러나 실은 밀접한 상관관계가 있다. 1960년대에 이르러 한국의 사회는 남성과 여성 10:1의 비율로 여성이 각 사회, 직장으로 뻗어가고 있다. 남성 위주의 문화가 새로 등장한 여성들의 세력 앞에서 불가불 그 방향을 바꾸지 않으면 안 될 도전을 받게 되었다.

결국 한옆에서 문명이 여성화해가면 남성들은 더욱 남성적인 것을 찾으려는 경향이 생긴다. 마미즘이 팽창하자 남자 고등학생들이 그 반발로서 턱수염을 기르고 다니는 현상과 같은 이치다.

즉 문화가 여성화해갈수록 한옆에서는 비정적 하드보일드한 문화가 나타난다. 즉 갑충의 등은 딱딱해도 그 내면은 한없이 유연한 그러한 문화다. 이러한 현상은 이후의 문화계에서 한층 더 극렬한 대조를 이룰 것이라고 생각된다.

세 번째로 전망할 수 있는 것은 지금까지 외국인 관광객이나 혹은 낙후한 시골 산골에만 갇혀 있던 민속 예술이 좀 더 활기를 띠고 문화계에 진출하리라는 점이다. 20년 동안 일방통행으로 엄습해온 외래문화에 대한 반발, 그리고 외래 사조에 지쳐버린 그 반작용이 앞으로는 좀 더 강렬하게 나타나게 되리라는 것이다.

'예그린'의 활동뿐만이 아니다. 모든 문화 면에서 토착적인 한국 문화를 근대적으로 개혁시키는 운동을 엿볼 수 있겠다. 비단 토속적인 문화의 직접적인 부흥만이 아니라, 각 분야에서 한국색을 모색하는 광범위한 '아리랑 혁명'이 벌어질 것이 기대된다는 이야기다.

이미 문학계에서는 쇼비니즘에 가까울 정도로 민족주의적 냄새를 풍기는 글들이 나타나고 있다.

이와 함께 생각할 문제가 바로 해외 문학(외래 사조의 흡수) 분야다. 최근 수년 동안 해외 문학의 번역이 저조해가고 있다.

각 사에서 출판하던 '세계 문학 전집'이 완간된 탓도 있지만 2~3년 동안 번역 문학은 일본의 상업주의 문화에 눌려 그 빛을 잃어가고 있었다. 이른바 해적 문화에 눌려 건실한 해외 문학의 소개는 날로 위축되어가고 있는 현상이다. 일례를 들면 외국에서 한창 문제가 되어 있는 '로렌스 다첼' 정도도 우리나라에선 거의 이름조차 알려져 있지 않은 형편이다.

이 모든 책임은 패션 모드를 소개하듯이 작품만을 번역해낸 출판사와 번역 문학자들에게 있다고 할 것이다. 오늘날에는 번역 문학의 리스트가 곧 노벨 문학상의 리스트와 동의어로 쓰이고 있는 형편이다. 토속 문화의 관심으로 번역 문학은 한층 더 외로운 작품으로 남을 것이다.

문화계를 전망한다는 것은 점성술사가 그려놓은 그 궁도宮圖가 아니라 항해사의 해도海圖 같은 것이다. 우연이 아니라 필연이다.

이후의 문화계를 움직이는 그 필연성이란 무엇일까? 앞서 말한 것과 관련해서 몇 개의 문제점을 적어보면, 문화계를 형성하고 있는 문화 인구의 질적인 변화다. 옛날의 문화 인구는 특수층에 국한되어 있었다. 서재가 있는 사랑방 사람들, 특별한 취미를 가진 소수인의 점유물이었다. 그러나 그동안 수십만의 대학 교육을 받은 새로운 지식 대중이 생겨났고 부엌과 바느질에서 해방된 여성이 그 속에 포함되어 있다는 것이다.

그리고 또 하나는 사회성의 변천이다. TV와 라디오가 우리 생활에서 전례 없는 비중을 차지하게 되었다는 점에서 대중문화가 급속히 형성되어가고 있다는 사실을 들 수 있다. 순수 문화 역시 벗어날 수는 없다. 따라서 사회 풍조는 거칠고 메말라져간다.

문화가 사회의 기풍을 막아주는 방파제 뒤의 항구이던 시절은 지났다. 한 편의 시, 한 폭의 그림, 한 동작의 율동이라 하더라도 그것은 현실의 바람 소리와 파도보다는 더 단단해야 한다. 그렇게 단단한 돛을 마련하지 않고는 문화의 항해는 난항하고 말 것이다.

엄살 부리는 것으로 자신을 지키려던 방법은 이제 낡은 무기다. 갑충처럼 딱딱한 딱정이를 갖고 살아야 한다. 그 튼튼한 돛과 딱딱한 배갑背甲을 요구하고, 또 그것을 만들어가는 것이 아마도 우리의 문화계가 봉착한 하나의 과제일 것이라 생각한다.

동문서답의 세대

"이중 결혼의 벌은?"

법학도가 모여 있는 대학 강의실에서 교수는 근엄한 어투로 질문했다. 그때 여대생 하나가 자신만만하게 대답했다.

"저…… 그것은 귀찮은 시어머니가 둘이나 생긴다는 고통입니다."

이러한 동문서답은 우리에게 웃음을 자아낸다. 즉 그것은 유머의 기본 트릭이다. 그러나 동문서답이 생겨나게 되는 것을 자세히 분석해보면, 차라리 웃음보다도 하나의 비극이 개재해 있다는 사실을 발견하게 된다.

이 짤막한 유머 가운데는 노교수와 젊은 여대생의 세대적 단절이란 것이 있다. 노교수는 이중 결혼의 부도덕성과 그것을 응징하는 형법상의 벌칙을 생각하고 있다.

그러나 젊은 여대생은 결혼 도덕과 같은 것에 대해선 이미 불감증에 걸려버린 세대에 살고 있다. 추상적인 『육법전서』보다는 자기 몸으로 직접 체험하는 생활 감각이 앞서는 세대다.

그러므로 이중 결혼의 벌이라고 할 때 노교수는 법 조목을, 젊은 여대생은 시어머니를 먼저 연상한다. 이러한 동문서답은 대개가 사고방식과 행동 방식의 감각적 차이에서 비롯되는 경우가 많다.

볼테르의 일화에서도 우리는 그러한 단서를 찾아볼 수 있다. 어느 날 여배우에게 연극 연습을 시키고 있던 볼테르가 흥분해서 외쳤다는 것이다.

"그 대목을 그렇게 무감동하게 읽다니, 만약 폭군이 당신의 연인을 빼앗아갔다면 그래 마음이 어떻겠는가?"

그러자 여배우는 태연히 말하더라는 것이다.

"저 같으면 말예요, 다른 애인을 또 하나 만들겠어요."

순정파 볼테르와 여배우 사이에는 자연히 그러한 동문서답밖에는 할 수 없다. 그들 사이에는 오작교도 없다. 영원한 단절의 낭떠러지가 있다. 유머 북에서만 우리는 그러한 동문서답을 체험하고 있는 것은 아니다. 바로 이 현실에서 얼마나 많은 동문서답을 하고 있는지 모른다.

E여대의 대학 입시 출제에 작문을 쓰라는 문제가 있었다. 제목은 '내가 본 E대 캠퍼스'.

과거 시험을 치듯 천하의 재원들이 모여 그 필재를 다룬 답안지를 읽어가면서 내 머리에 떠오르는 것이 바로 그 동문서답이었다. 동문서답의 세대에 문제를 출제한 교수의 기대와 실제 그 답안지를 쓴 여학생의 마음 사이엔 그야말로 '강물이 흘러 또 몇천 리'의 머나먼 거리가 있는 것이 많았던 까닭이다.

작문 교육이 아니라 시대가 어떻게 달라졌는지를 배웠다.

채점은 이쪽에서가 아니라 응시한 학생 쪽에서 했는지 모른다. 그것은 하나의 유머이며 비극이기도 했다. 그 대표적인 것을 세 개만 추려보면

① 정문으로 들어서자 대강당으로 뻗은 계단이 눈에 띈다. 하나하나 세어보니 48개가 넘는 것 같다. 내가 만약 이 학교에 들어온다면 아침 저녁으로 저 계단을 오르내려야 할 것이므로 다리가 굉장히 굵어질 것이라고 생각한다.

이 여학생은 캠퍼스를 보고 무엇보다도 각선미를 해칠지도 모르는 그 계단을 근심하고 있다. 그리고 건축설계사처럼 계단을 보면 우선 그 층계 수가 몇 개나 되는지부터 헤아려본다.

얼마나 수에 밝고 현실적이고 타산적인가! 캠퍼스를 보면서 지성미보다는 각선미를 염려하는 세대! 우리의 젊은 세대들의 사고방식은 그렇게 변화해가고 있는 것이다.

② 캠퍼스를 보고 나는 '과연 전통과 신용 있는 대학이 다르구나' 하

고 생각했다.

비단 이 여학생의 경우만은 아니다. 그들은 책보다도 더 광고문을 많이 읽고, 듣고, 보아왔다.

요컨대 '매스컴' 시대의 소녀들의 수사학은 신문 광고문이나 라디오, TV의 CM에서 워밍업을 한 것이라는 '전통과 신용 있는 메이커 ○○양행'이라는 약 광고문이 그대로 대학 캠퍼스를 찬미하는 수식구로 응용되어 있는 것이다.

'세계 제일', '동양 제일' 심지어는 '동남아에서 최고 가는 여대'란 것도 있다. '일본과의 기술 제휴 운운!'한 말이 안 나오는 것만 해도 다행이라고나 할까?

③ 지금 어디 캠퍼스를 따지게 되었는가. 그런 것은 다 합격하고 난 뒤에 볼 일이다.

이렇게 하드보일드한 터치를 내뱉듯이 갈겨쓴 여학생들도 있었다.

대담하고 솔직하다. 몇 년 전만 해도 대학 입시의 작문에 감히 이렇게까지 노골적인 표현은 찾아보기 힘들었던 일이다.

'합격해놓고 볼 일이다.'—저돌적인 태세가 그대로 반영되어 있는 것이다.

'급한 판에 이런 것 저런 것 따지게 생겼느냐?'는 이 고백이야말로 꿈을 잃은 젊은 세대의 귀엽기까지 한 동문서답이다.

세상은 날로 좋아지는 것인지 나빠지는 것인지?

이러한 여학생들이 어머니가 될 때까지 좀 더 두고 볼 일이다.

대중문화의 고발

유행가 가사를 고발한다

프랑스에서는 유행가의 가사 때문에 소송을 제기한 기묘한 사건이 벌어졌다. 작사자는 페르치 메르탕—가수는 패시—. 그런데 그만 그것이 불행히도(?) 대히트하여 10대 유행 곡목에까지 끼게 되었던 것이다. 그 가사의 한 구절에 '비제트 국局 0001번……'이라는 것이 나오는데, 바로 그 전화번호의 임자는 꽃집 가게를 경영하고 있는 루이제 쿠앵 부인이었던 것이다.

프랑스의 짓궂은 가요 팬들은 패시의 노래가 붐을 일으키자 너도 나도 호기심에 '0001번'으로 다이얼을 돌렸다. 물론 피해는 애꿎은 쿠앵 부인이 받아야 했다. 그리하여 골머리를 앓던 그 부인은 드디어 영업 방해라는 명목으로 법원에 제소하기에 이르렀다. 그 레코드 발매를 중지시키라고…….

쿠앵 부인에게는 심각한 문제이겠지만 소송 사건치고는 어쨌든 재미있고 유머러스해서 좋다. 그리고 조석으로 변하는 대중의 유행심을 만족시키기 위해서 전화번호까지 가사에 집어넣은 작사자 메르탕의 고민도 짐작할 만하다. 판에 찍힌 유행가 가사에서 무엇인가 현대적인 감각을 살려보려고 애쓰는 것은 가요 작사자들의 공통된 심정일 것이기 때문이다. 그리하여 한때 서구에서는 '룸바 차차차Rumba Cha Cha Cha'니 '위 위 위Oui Oui Oui'(영어의 Yes Yes Yes) 등의 기묘한 가사가 등장한 일도 있었다.

우리나라 유행가도 예외일 수 없다. '이별', '눈물', '사랑', '항구' 등등의 천편일률적인 애상조 가사에는 대중도 어지간히 싫증을 느끼고 있는 것 같다. 심지어 울고 짜고 몸부림치는 것만으로는 부족하여 '발길로 차려무나, 꼬집어 뜯어라'라는 발광 직전의 수상한 가사까지 출현되었던 것을 우리는 기억한다.

우리나라 대중가요의 가사는 〈홍도야 우지 마라〉에서 〈신라의 달밤〉을 거쳐 드디어 초현대적인 방향으로 전환하고 있는 중이다. 그리하여 샌프란시스코가 나오고, 와이키키 해변이 나오고, 멀리는 아라비아까지 출동하더니, 그것도 싱거워진 모양이다.

이에 대항하여 등장한 것이 바로 〈노란 샤쓰〉, 〈검은 스타킹〉 또는 〈이별의 15미터〉 등등이다. 이거 뭐 유행가가 백화점 쇼윈도도 아니고 육상 경기의 중계방송도 아닐 터인데 무슨 영문인지 모르겠다.

대중가요는 문자 그대로 많은 대중이 부르는 것이다. 그러니 가사 내용이 미치는 영향도 큰 것 같다. 좀 더 명랑하고 자연스러운 가사는 없을 것인가? 쿠앵 부인처럼 소송을 제기할 수도 없는 일이라, "웬일인지 웬일인지, 울고만 싶어요."

눈물의 코미디

어느 날 환자 하나가 의사를 찾아왔다. 병명은 우울증이었다. 그는 웃지도 않을 뿐만 아니라 이야기를 하는 것조차 싫어하는 눈치였다. 쓸쓸히 한숨만 내쉬다가 그는 이렇게 호소하는 것이었다.

"의사 선생님! 저는 늘 이렇게 고독합니다. 아무래도 이 고독과 우울 속에서 죽고 말 것 같습니다. 무슨 일을 해도 조금도 마음이 명랑해지질 않아요. 어디 좋은 약이라도 없겠습니까?"

환자를 진찰하고 난 의사는 이 우울증에는 오직 웃는 것만이 약이라는 처방을 내렸다. 그리고 그는 유명한 희극배우 S씨를 소개해주었다.

제아무리 우울증에 걸린 사람도 S씨의 희극을 보면 웃음이 나온다는 것이었고, 더구나 그 유명한 희극배우가 지금 이 도시에 와서 순회공연 중이니 급히 가서 구경하라고 권유했다. 그러자 그 환자는 한층 더 깊은 한숨을 내쉬며 말했다.

"선생님! 실은 제가 바로 그 희극배우입니다."

물론 꾸며낸 것이겠지만, 이 유머는 희극의 본질이 무엇인가를 아주 아이로니컬하게 나타낸 이야기라고 생각된다.

무대 위에서는 언제나 명랑하고 남을 웃기고 있는 희극배우도 일단 그 자리를 떠나면 보통 사람보다 한층 더 외롭고 우울한 생활 속에 잠기게 된다. 아니, 남보다 한층 더 고독하기에 남을 웃길 수도 있는 것이 아닌가 생각된다.

참된 희극은 그런 아이러니 속에서 우러나온다. 그리하여 키턴 Buster Keaton과 같은 희극배우는 한 번도 웃지 않았다는 유명한 말이 있는 것이다.

니체Friedrich Nietzsche도 이야기한 일이 있다. 인간은 가장 슬픈 동물이기에 따라서 웃을 줄 아는 동물이 된 것이라고…….

어쨌든 인간의 내면을 깊이 관찰하고 사색한 자만이 참된 웃음을 창조해낼 수 있다는 이론은 단순한 역설은 아닐 것이다. 그렇지 않은 웃음은 품위도, 내용도 없는 공허한 수선에 불과하다.

어느 희극배우가 잔인하고 비인도적이고 상스러운 말을 했다 하여 '방륜放倫'으로부터 1개월간의 출연 정지를 받았다. 비단 희극배우뿐만 아니라 대체로 한국의 코미디언들은 저속하다는 평을 받고 있다.

'철학이 없는 웃음'까지는 또 참을 수 있을지 모르지만 억지로 천한 짓을 하여 보다 못해 웃음을 자아내게 하는 그런 연기는 차라리 비극에 속하는 것이다.

하기야 우리 주위엔 정치인이라는 명희극배우들이 우글거리고 있는 판이라 별 아쉬울 것은 없지만, 그래도 괴로움이 많은 이 현실, 웃음이라도 승화시킬 참된 코미디언이 나타나주었으면 싶다.

스타여, 어디에 있는가?

은막의 여왕 그레타 가르보Greta Garbo는 거의 신화적인 존재였다. 1주 7,500달러의 개런티를 받았다는 이유만이 아니다. 그레타 가르보의 성격은 몹시 내성적이고 비사교적이기 때문에 아무리 열렬한 팬들도 감히 접근할 수가 없었다. 그녀의 명성은 바이킹의 왕처럼 온 세계에 군림했지만 가르보를 실제로 만나본 사람은 열 손가락이 모자랄 정도다. 촬영이 끝나면 곧장 스테이지 뒤의 의상실에 잠복해버린다. 그러면 경관이 그 입구에서 엄중 경계를 한다. 2년간이나 그녀와 같은 루트에서 일한 월런스 빌리까지도 그레타 가르보를 본 일이 없다고 한다.

미국 일류의 논설 기자 블리스 벤이 인터뷰를 요청했을 때도 역시 그녀는 즉석에서 거부해버리고 말았다. 인기라든가 명예 같은 것은 조금도 돌보려 하지 않았기 때문이다. 이렇게 비사교적이고 내성적이고 허욕이 없는 여인이 어떻게 해서 인기 직업인 배우 생활에서 그처럼 성공을 거둘 수 있었느냐 하는 것이 당대의 수수께끼였다.

사실 그레타 가르보가 은막계에 진출하기 전에는 채플린과 마찬가지로 이발소의 조수에 불과했다. 그러나 스톡홀름의 어느 백화점에서 모자를 팔고 있을 때 광고를 위한 마네킹으로 선발되어 쇼윈도에 서게 되었다. 영화감독의 혜안慧眼은 그것을 놓치지 않았던 것이다. 배우 학교에 입학을 시키고 스웨덴의 명감독 모리츠 스틸러Mauritz Stiller에게 추천했다. 숨은 그녀의 재분才分을 발탁하여 그것을 길러내려는 영화감독의 줄기찬 열성이 드디어 그녀를 세계적인 여우女優로 만들어놓게 된 것이다.

국산 영화는 바야흐로 초거작 붐을 일으키고 있다. 웬만한 것이면 총천연색으로 바뀌어도 여우의 얼굴은 예나 다름없이 구태의연하다. 이른바 배우 기근은 열두 장짜리 캘린더 사진을 대기에도 어려울 지경이다. 이유야 많겠지만 한국이 스타가 질적으로 낮은 것은 좁은 교제와 정실에서 뉴 페이스를 고르려고 하는 안이성 때문이다. 가르보와 같이 내성적이고 비사교적인 여인은 영원히 은막계에 진출할 기회가 없는 것이다.

영화계뿐만 아니다. 모든 분야에서 침묵하는 신인들은 일광을 받지 못하고 있다. 흙에 묻힌 옥을 찾아내는 정열이 아쉬워진다. 이름 없는 스타여! 어느 어둠 속에서 빛나고 있는가.

플루토스와 여배우

플루토스는 그리스 신화에 나오는 재보財寶의 신이다. 현대식으로 말하면 모든 금융을 지배하는 재무장관 격이라고 할 수 있다.

그런데 재미난 것은 재보를 다루는 이 신이 눈먼 소경이라는 점이다. 여기에서 온갖 인간의 희비극이 생겨난다. 만약 플루토스가 눈이 멀지 않았더라면 이 세상은 아주 공평무사했을 것이다. 돈은 옳은 목적을 위해서만 사용되었을 것이고, 재보 때문에 생기는 숱한 죄악도 생기지 않았을 것이다.

그러나 불행히도 재보의 신은 앞을 보지 못하는 소경……. 돈은 뒤죽박죽이 되어 가질 사람이 못 갖고 가져서는 안 될 사람이 갖게 되는 부조리를 자아낸다. 선량한 마음씨로 일을 해도 돈이 붙지 않는 가난뱅이가 있고, 빈둥빈둥 놀면서 못된 짓만 해도 돈이 애교를 떨며 따라다니는 행운아도 있다.

재보의 신이 맹목盲目이란 것은 생각할수록 분한 일이다.

스타와 학자의 생활을 비교해봐도 그렇다. 평생을 연구실에 앉아 책상을 지키고 또 수많은 후배들을 길러낸 노교수는, 지금 자기가 보고 싶은 책 한 권도 제대로 사들일 재력이 없어 울어야 한다.

그러나 얼굴과 육체가 밑천인 그 배우들은 자가용에 비서를 두고 태평성대를 구가한다. 땀의 무게만큼 돈이 지불되는 세상이 아니라는 것을 절실하게 느끼게 된다.

그러나 문제는 스타가 안이하게 돈을 번다는 데에 있는 것은 아니다. 도리어 돈을 옳은 데에 쓰지 않고 안이하게 낭비해버리는 것이 더욱 비판을 받아야 할 일이라고 생각된다.

향수병 스타는 결코 동일한 것이 아니다. 사치와 허영의 냄새를 풍겨야만 스타가 되는 것으로 착각해선 안 된다.

언젠가 톱스타급인 여배우 세 명이 상습 도박 혐의로 구속된 것만 해도 그렇다. 갑자기 치부를 해서 돈을 어디에 쓸지 몰라 고민했던 것 같지만, 짓고땡 하나로 수십만 원 돈을 날려 보낸다는 것은 아무래도 좀 지나친 연기가 아닌가 싶다.

스타는 스캔들의 어머니라고 생각하는 사람이 많지만, 반드시 그런 것만도 아니다. 외국의 톱스타 가운데는 개런티의 일부를 떼어 사회복지 사업에 바치는 경우가 비일비재하다. B. B.가 평화운동가로서도 유명하다는 것쯤은 누구나 다 아는 일이고, 개런티를 100만 달러씩 받은 할리우드 배우들이 양말 하나 사는 데에도 인색하게 군다는 일화는 해외 토픽란을 훑어보아도 알 수 있는 것이다. 불쌍한 눈먼 플루토스여!

무지의 가위와 영화

한때 영화 검열이라는 것이 웃지 못할 난센스를 많이 저지르고 있었다. 작가 모라비아Alberto Moravia가 빨갱이라고 해서 〈로마의 여인La Romana〉이 상영 금지된 일이 있는가 하면, 비스콘티Luchino Visconti라는 감독이 공산당원이라고 해서 〈백야白夜〉를 둘러싸고 말썽이 일어나기도 했다. 그런가 하면 한편 프랑스 재경 작가가 대사를 쓴 〈인생유전人生流轉〉은 버젓이 기체후 일향 만강한 가운데 상영되기도 했다.

물론 어느 나라에서든 검열 제도 때문에 '관'과 '예술인' 사이에 싸움이 벌어지는 일은 그리 드문 일이 아니다. 더구나 19세기의 러시아에서는 문학에 대한 검열이 아주 심해서 웬만한 작가들은 골머리를 앓기가 일쑤였다. 그래서 투르게네프도 검열관에 항의서를 제출했는데, 그 검열관은 "삭제한다 해도 당신네들은 불과 몇 개의 단어를 손해 볼 뿐이지만, 나는 삭제를 하지 않으면 모가지가 달아난답니다."라고 응수했다는 것이다. 따지고 보면 검열을 하는 측이나 검열을 당하는 측이나 각기 그만한 이유는 있다. 그러나 이李 독재하의 우리나라와 같은 기분파 검열이나 도박적인 검열은 아마 천하에서 그 유례를 찾아보기 어려울 것이다. 무식한 도깨비는 경을 읽어도 소용없다는 격으로, 무식한 검열관의 악행을 막는 데는 이론도 호소도 통하질 않았다.

역시 4·19 덕분에 관의 검열이 폐지되어 영륜映倫이라는 자율

적인 검열 기관(?)이 생겨났다.[11]

그 바람에 불쾌감 없이 영화 감상을 하게 되었으니 갑자기 일등 문화 국가의 백성이 된 느낌이다. 그런데 웬일인지 '영륜'은 모두 천리안을 가진 사람들만이 모였는지, 다 만들지도 않은 영화에 심의 필증을 떼주었던 모양이다. 종래의 지나친 간섭의 검열이나 이번의 지나친 방임은 모두 다 칭찬거리가 될 수 없다. 매스미디어인 영화가 사회에 미치는 영향을 생각해보면 덮어놓고 언론 자유라 하여 그렇게 방임할 수도 없는 일이다. 영국에서는 말론 브랜도Marlon Brando의 영화도 청소년의 영향을 생각하여 금지되고 있다는데, 엉뚱한 것에만 침 흘리지 말고 '영륜'은 자기 자신들부터 심의해볼 것이다.

진주를 돼지에게 주지 말랐다는 성서의 명언을 교묘하게 업고 나와, 자치 능력이 없는 자에게 자치권을 주지 말라고 관검官檢 부활을 논하는 현명한 관인官人들이 나올지도 모르니까…….

정치와 스포츠

독일의 슈멜링 선수가 권투왕 조 루이스를 KO시켰을 때의 이야기다. 몰려든 기자와의 인터뷰에서 슈멜링은 "세계 제일의 국

11) 관에 의한 영화 검열이 영화윤리위원회라는 자율적 심의제로 넘어왔을 때의 칼럼.

민이 세계 최하의 흑인 선수에게 이긴 것은 극히 당연한 일이다" 라고 말했다. 스포츠의 승부에까지 이렇게 민족 우월론을 갖다 붙인다는 것은 결코 옳은 태도라고 볼 수 없다.

중공 선수가 유고에서 열렸던 세계 탁구 선수권 대회에서 우승하자, 그들은 곧 이것이 마오쩌둥毛澤東 사상 때문에 이긴 것이라고 선전했다.

슈멜링의 발언과 오십보백보의 이야기다. 탁구에 이긴 것과 정치사상이 대체 무슨 관계가 있는 것일까? 그 반론은 간단하다. 리턴 매치에서 슈멜링은 보기 좋게 루이스에게 패했다.

그렇다면 세계 최하의 흑인이 이른바 세계 제일이라는 독일인을 꺾은 현상은 어떻게 설명할 것인가? 그와 마찬가지로 중공의 탁구 선수가 언젠가 패하게 되면 그들은 마오쩌둥의 공산주의 사상이 패망한 것이라고 말해야 된다.

이것은 적어도 자승자박의 이론이라고 할 수밖에 없다.

스포츠를 순수한 스포츠로 볼 줄 안다는 것도 자유 국민의 한 자세라고 볼 수 있다. 왕년의 나치즘이나 오늘의 코뮤니스트들은 스포츠를 정치 선전 도구로밖에 생각지 않고 있다.

그에 비하면 우리는 확실히 자유민으로서의 안목을 가지고 있는 것 같다.

제1회 아시아 여자 농구 선수권 대회의 최종일은 한국과 일본의 숨 막히는 대결을 벌였다. 상대국은 일본……. 더구나 요즈음

엔 한일회담의 타결로 양국 간의 감정이 착잡하다.[12)]

그런데도 관중은 끝까지 양식을 잃지 않고 이 경기를 성원하고 있었다. 뿐만 아니라 전패全敗의 기록을 가지고 있는 말레이시아 팀에게는 열렬한 박수까지 보내주었다.

그들이 농구에서 졌기 때문에 말레이시아 국민이 우리만 못하다는 우월감 같은 것은 찾아볼 수 없었다. 따뜻한 우의, 평화 가운데 맺어진 민족 상호의 이해…….

이번 여자 ABC 대회의 분위기는 화기애애한 가운데서 막을 내렸다. 폐회의 순간까지 자리에서 움직이지 않고 박수와 환호를 올렸던 관중의 태도도 칭찬할 만한 것이었다.

우리가 이번 대회에서 패권을 장악했다는 그 사실도 기쁜 것이었지만, 스포츠란 민족의 대립이 아니고 도리어 '이해'라는 성과를 실현시킨 점……. 마음 흐뭇하다. 전패의 말레이시아 팀이 경기장에서 민속무용을 보여준 것이 그것을 상징하고 있다.

불타佛陀의 표정

동남아에 가면 누워 있는 불상들이 많다고 한다. 동남아의 주

12) 제1회 아시아 여자 농구 선수권 대회가 열렸던 1965년, 한일회담 문제로 양국의 감정이 좋지 않았다.

민들은 대개가 나태하고 비활동적이기 때문에 부처도 그렇게 와상臥像으로 만들어놓은 모양이다. 그에 비하면 한국의 불상은 덜 게으른 편이다. 대부분이 좌상이고 또 다이내믹한 입상도 없지 않다. 결국 누워 있는 부처보다는 앉아 있는 부처가 앉아 있는 부처보다는 서 있는 부처가 한결 더 진취적이고 활동적인 셈이다.

그러나 누워 있든 서 있든, 동양의 불상은 서구의 그것과 비교해보면 아무래도 정적인 감흥을 준다. 그리스 신들의 조상彫像은 한결같이 활동적이고 비약과 투쟁의 자세로 앞을 향하고 있다. 도대체 한가롭게 누워 있는 조상이란 찾아볼 수 없다. 니케의 여신상이나 라오콘의 그 꿈틀거리는 모습은 생동하는 에너지 불꽃 속에서 움직이고 있다.

조상 하나만 두고 보더라도 이렇게 유럽과 아시아는 서로 다르다. 누워 있는 불상처럼 조는 듯 고요한 명상에 잠겨 오랜 역사를 구름처럼 흘려보낸 은사隱士들의 풍속—너무나도 점잖고 너무나도 정신적이어서 대지를 디디고 선 리얼리티마저 상실하고 말았다. 이른바 아시아적 침체성이란 것도 그런 데서 생겨난 것이 아닌가 싶다.

자카르타 대회가 드디어 막을 내렸다.[13)]

4일 밤 우리 팀과 인도의 축구 결승전이 그 피날레였다. 누워

13) 1962년 제4회 아시아 경기대회 폐막 직후에 쓴 칼럼.

있던 부처님들이 오랜 명상에서 깨어나 이런 대회까지 갖게 된 것은 여러모로 의의 깊은 일이다. 그러나 아직도 '아시아' 자字가 붙는 국제 대회에는 '누워 있는 부처'님 같은 전세기적 잠꼬대가 따라다니게 마련이다. 이번 자카르타 대회만 해도 아시아적 콤플렉스를 한층 더 짙게 할 만한 불상사가 많았던 것이다. 중국과 이스라엘이 참가하지 못한 이 대회에 제4회 아시아 대회라는 정식 명칭을 사용할 수 있느냐 없느냐를 가지고 논란된 끝에 드디어는 인도 대사관까지 피습된 사건이 벌어졌다. 또 육상과 역도 종목에 있어선 우리나라 팀을 비롯하여 여러 나라 선수들이 출전하지 않아 사실상 대회의 종합 성적이나 그 기록 등이 애매해지고 말았다.

이러한 정치성의 개재도 문제이지만, 때로는 관중까지 경기장으로 몰려들어 육탄전을 벌이는 쑥스러운 일도 있었던 모양이다. 황색인들만이 모인 그 대회가 별수 있겠느냐는 구미인들의 조소가 들리는 것 같다. 오점 찍힌 자카르타 대회에서 우리는 '누워 있는 부처'들의 꿈에서 아직도 깨어나지 못한 그 '아시아의 밤'을 느낀다.

관광을 위한 문화

남대문에 조선 수문장이 나타났다.[14]

역사극이나 쇼에서만 보아오던 옛날의 그 모습이 다시 우리의 현실 가운데 재현된 것이다. 서울에서 열리기로 되어 있는 아시아 태평양관광협회(PATA) 총회를 이틀 앞두고 국제관광공사에서 급조해낸 관광물(?)이라고 한다. 인간은 미래에의 꿈만으로는 살 수 없다. 달나라 탐험을 위한 '보시호트'나 '제미니 3호'에 경이의 눈을 파는 것이 현대인이지만, 동시에 또 그들은 버킹엄 궁전의 옛날 위병들에게도 한없는 호기심을 품고 있다.

영국은 말할 것도 없고 그리스나 바티칸이나 덴마크나 그들의 왕궁 앞에 서 있는 위병들은 모두가 옛날 그대로의 제복을 입고 있다.

그들이 외국 관광객의 인기를 한 몸에 독점하고 있는 것을 보면, 인간이란 새것 못지않게 옛날을 동경한다는 사실을 실감하게 된다.

우리는 말끝마다 근대화를 외치면서도 한옆으로 고유문화의 전통을 찾고 있는 것도 그 때문이다.

그런 의미에서 남대문에 조선 수문장을 세운다는 것은 칭찬할

14) 1965년 제14차 PATA 총회를 앞두고 한때 남대문에 조선 복식을 입은 수문장을 세운 적이 있다.

만한 아이디어라고 생각된다. 그러나 하나는 알고 둘은 모르는 일인 것 같아서 박수를 치려던 손이 움츠러든다.

고대 문화나 풍습은 두말할 것 없이 관광자원이 되는 것이지만, 관광을 위해서 별도로 존재하는 것은 아니다.

그렇기 때문에 자칫 잘못하면 고유한 제 문화를 장난감이나 쇼의 상품으로 만들어버리는 '비문화 현상'을 자아내기도 한다는 것이다. 그 일례가 바로 남대문 수문장이다.

버킹엄 궁전의 위병은 관광객을 위해서 세워놓은 것이 아니라, 고대로부터 내려온 왕궁을 지키기 위한 문자 그대로의 위병이다. 다만 그것이 관광물로도 애호를 받게 된 것뿐이다.

차라리 경복궁이나 중앙청이면 모른다. 사람 출입도 없는 남대문, 그나마 목책에 둘러싸여 출입 금지가 되어 있는 그 문에 수문장을 세워놓는다는 것은 순전한 쇼에 지나지 않는다. 남대문에 수문장이 서 있어야 할 필요성은 오직 '관광을 위한 관광'뿐이다. 어느 나라를 여행해보아도 그러한 위병은 본 기억이 없다.

현대식 빌딩에 둘러싸인 남대문 앞을 서성대고 있을 그 수문장은 완전한 한 폭의 만화일 뿐 아니라, 거리를 돌아다니는 샌드위치맨처럼 천하다. 태평로의 장난감 동상 같은 것이 또 하나의 예다. 그나마도 오직 PATA 총회에 참석하는 외국 관광객이 머무는 동안만의 일이라 하니, 정말 한국의 문화는 외국의 관광객에게만 선보이기 위해서 있는 것인지도 모른다.

판도라의 상자처럼

로마 문화가 아직도 그윽한 향내를 풍기고 있는 이탈리아—수천 년의 입김이 서려 있는 유적과 골동품을 찾아다니던 고고학자들은 비아 아비아 근처의 벌판에서 커다란 구리 궤짝 하나를 발굴했다.

그것을 본 고고학자들의 눈은 긴장 속에서 빛나기 시작했다. '이것이야말로 희귀한 골동품이다!' 어느덧 그들의 마음은 3천 년 전 로마의 건물을 향해 날개를 폈다. 구리 궤짝을 여는 고고학자의 손은 떨렸다. 귀중한 자료가 아니면 값비싼 보물이 나타날 것이다. 기대와 흥분과 신비 속에서 숨 막히는 순간이 흘렀다. 판도라의 상자를 여는 것 같은 기분이었으리라. 드디어 구리 궤짝의 뚜껑이 열렸다. 그리고 모든 시선이 일제히 그 속으로 말려들어갔다.

고고학자의 열띤 눈앞에 나타난 것은 한 장의 사진! 그것도 로마의 귀공녀가 아닌 육체파 여배우인 지나 롤로브리지다Gina Lollobrigida의 얼굴이었던 것이다. 이것은 희극의 한 장면이 아니라 언젠가 이탈리아의 고고학자들이 고배를 마셨던 고적 발굴의 1막극이다. 머리끝이 희끗희끗한 고고학의 권위자들이 말 한마디 못 하고 깨끗이 망신을 당한 셈이다.

따지고 보면 이러한 일화는 한두 가지가 아니다. 세상을 떠들썩하게 만든 진귀한 골동품이나 혹은 역사적 유물들이 실은 엿도 못 사먹을 가짜였던 경우가 한두 건이 아니다.

일본의 모 잡지 주간도 솔직하게 고백한 일이 있지만, 미국에 고가로 팔려간 일본의 골동품들은 그 태반이 모두 모조품들이라는 이야기도 있다. 또 한때 교과서에까지 나왔던 일본의 '신대문자神代文字'라는 것은 국수주의 고고학자들이 꾸며낸 연극이었음이 밝혀지기도 했다.

현재의 석공石工을 시켜 비석에 문자를 새기게 하고, 거기에 이끼[苔]를 묻혀 몇 년 동안 묻어두었다가 우연히 발굴한 것처럼 가장한 것이다.

팔공산八公山에서 발견된 석굴 삼존불三尊佛이 조사단의 답사에서도 그 진가가 충분히 인정되었다는 것은 반가운 일이다. 지나 롤로브리지다의 사진이 들어 있는 구리 궤짝을 가지고 법석을 떤 이탈리아의 경우와는 정반대다.

그러나 남들은 가짜를 가지고도 진짜처럼 꾸며대는 판국인데, 우리는 진짜를 두고서도 그대로 내팽개치고 있으니 자랑스러운 생각보다는 부끄러움이 앞선다. 말만 국보라고 떠들 것이 아니라 문자 그대로 나라의 보물 대접을 해야 될 것이다. 새로운 국보의 발견도 아쉽지만, 있는 국보의 간수에 정부나 국민이 다 같이 노력해볼 일이다.

모나리자의 미소

1913년, 파리의 북정거장—육군 의장대가 정렬한 가운데 하얀 장갑을 끼고 실크해트를 쓴 대통령과 전 각료가 플랫폼에 서서 열차를 기다리고 있었다. 대체 어떤 국빈이 오기에 저렇게도 친절하게 마중을 나온 것일까? 어느 나라의 국왕이 오는 것일까? 그렇지 않으면 프랑스의 국운을 좌우하는 무슨 특사라도 찾아오는 모양인가.

드디어 기적을 울리면서 궁정 열차가 플랫폼으로 미끄러져 들어왔다. 그러자 우렁찬 국가가 취주되면서 의장대는 일제히 "받들어 총."—대통령 이하 전 각료는 탈모를 했다. 그러나 궁정 열차에서 내린 것은 국왕도 아니요, 특사도 아니었다. 그것은 한 폭의 그림, 신비한 웃음을 머금은 레오나르도 다빈치의 〈모나리자〉란 그림이었다. 도둑맞았던 〈모나리자〉가 돌아온 것이다.

그러니까 바로 2년 전, 프랑스 루브르 박물관의 가장 귀중한 명화 〈모나리자〉가 도둑을 맞았다. 프랑스, 아니 온 세상이 발칵 뒤집혔다. "국보를 찾아내라", "천고의 예술품을 찾아내라"는 빗발치는 듯한 항의가 들어왔다. 국경과 항구에는 봉쇄령이 내렸고, 아폴리네르와 같은 저명한 시인들이 혐의자로 연행되기도 했다. 하지만 모나리자의 미소는 소식이 없다.

그러던 것이 돌연 이탈리아의 어느 시골 초라한 하숙방에서 범인과 그림을 찾아냈다. 범인은 법정에서 "프랑스의 나폴레옹이 이탈리아를 정벌하고 온갖 미술품을 빼앗아갔기 때문에 그것을 복수하려고 한 것이다."고 진술했다. 이유야 어쨌든 그림 한 폭을 에워싸고 세상이 이렇게 떠들썩했던 일은 아마 없었을 것이다.

그리하여 회화에 상식이 없는 사람들도 레오나르도 다빈치의 〈모나리자〉만은 알고 있다. 세계의 문화재라고 할 수 있는 그림이지만 나폴레옹이 이탈리아를 정복한 이후 조국 잃은 〈모나리자〉의 운명도 평탄치 않았다.

그 도난 사건만이 아니다. 면도날로 〈모나리자〉의 화면을 찢으려 했던 괴한이 있었는가 하면, 1956년에는 참관인 하나가 돌을 던진 사건이 벌어졌다. 이 사건으로 〈모나리자〉는 왼쪽 팔꿈치에 부상을 입었다. 물론 그림이기 때문에 천하의 명의名醫도 이 상처를 아물게 할 수는 없었다. 영원한 부상이었다. 그리하여 〈모나리자〉는 루브르 박물관에서 유리 속에 넣어둔 유일한 그림으로 보호를 받고 있다.

'마의상법麻衣相法'의 신봉자들은 모나리자의 관상이 나빠서 그렇다고 속단할지 모르나, 그것이 그토록 많은 수난을 겪게 된 데에는 다른 이유가 있었던 것이다. 〈모나리자〉가 너무 유명했던 까닭이다. 짓궂은 사람들은 세인을 놀라게 할 목적으로 장난을 했고, 그 가치를 아는 자는 그것을 소유하고 싶은 욕망에서 방해를 가했다.

옛날엔 이민족을 정벌하게 되면 각종 문화재를 약탈하고 소각하는 것이 상례였다. 임진왜란 때 우리의 많은 문화재가 불타 없어지고 도난되어버린 그 사실을 생각해보면 알 수 있다. 그러나 현대에는 하나의 문화재가 국제적인 그리고 인류적인 성격을 띠고 있기 때문에, 이민족의 것이라고 할지라도 따뜻한 보호를 해주고 있다. 제2차 세계대전 때는 이미 박물관을 폭격하는 일이란 거의 없었다.

그런데 아직도 우리나라에선 문화재에 관한 인식이 박약하다. 지성을 자랑하는 프랑스에서도 〈모나리자〉가 편안치 못한데, 하물며 우리의 경우에선 말할 것이 없다.

〈모나리자〉는 아니지만 꽤 많은 우리 예술품을 일본인에게 빼앗겼다. 귀중한 국보급의 문화재가 낯선 이방의 땅에서 고국을 그리워하고 있다. '국파산하재國破山河在'라더니 일본에 패망했던 민족의 설움은 이런 곳에도 있다.

그러나 우리 문화재가 일제 강점기에만 수난을 당했던가, 최근의 신문을 읽어보면 문화재의 해외 반출이나 왕릉 도굴이 승하다는 것을 알 수 있다. 이대로 값진 문화재가 불법적으로 해외에 수출된다면, 우리의 손자들은 밖에 나가서나 우리의 문화재를 구경할 수 있게 될 것이다.

루브르 박물관에 진열된 〈모나리자〉는, 그 그림보다 그것을 많은 파란 밑에서 오늘날까지 보존해온 국민들의 슬기가 더욱 위대하다고 할 수 있다.

통가냐, 크리켓이냐

남태평양 한복판에 통가라는 섬이 있다. 지도를 펴놓고도 한참 찾아야 한다. 이 섬의 인구는 약 30만 명, 대부분이 갈색의 피부를 한 하와이 원주민과 같은 계통의 인종들이다. 그런데 이 통가에는 동화와 같은 6척 거인의 여왕이 있다. 그런데 국내뿐만 아니라 멀리 영국의 런던 시민들에게도 근심거리가 생겨났다. 영국에 유학을 갔던 이 나라의 젊은 청년들이 크리켓이라는 그곳 게임을 수입해온 까닭이다.

그래서 크리켓 놀이에 재미를 붙인 통가의 남녀노소는 하루종일 이 게임에만 정신을 팔게 된 것이다. 전 산업이 마비 상태에 빠지게 될 형편이었다. 바나나가 썩고, 코프라 농사가 망하고, 어부는 고기를 잡지 않았다.

여왕은 한숨을 쉬며 이 일을 걱정했다. 어떻게 하면 다시 이 섬나라 백성들이 옛날처럼 근면해질 수 있을까? …… 생각다 못해 여왕은 하나의 법률을 제정했다. 전 도민島民은 누구나 1주일에 2일 이상 크리켓 놀이를 하지 못한다는 입법이다. 그 후 도민들은 이 법을 잘 지켜주었기 때문에 다시 통가에는 평화가 오고, 일터마다 생기가 돌기 시작했던 것이다.

크리켓 금지 법령—생각만 해도 웃음이 절로 나온다. 어쩐지 동화를 읽는 것 같아서 현실 같지가 않다. 그러나 눈을 돌려 통가 아닌 이 땅 한국을 돌아다보라. 뜻밖에도 남의 일 같지가 않을 것이다. 반도의 우리 백성들은 크리켓 놀이에 미친 통가의 주민처럼, 당구장으로 기원으로 극장으로 각종 유흥장을 찾아다닌다. 다방 그리고 기원이나 당구장 간판을 없앤다. 이곳 서울은 사막처럼 쓸쓸해질 것이다.

원래 '논다'는 것은 일을 하기 위해서 쉬는 것이다. 그래서 현대 유행어인 '레크리에이션'이란 말은 '재창조'한다는 뜻을 가지고 있다. 우리에게도 레크리에이션 붐이 일어나고 있지만 순서가 거꾸로 되어 있다. 일을 하기 위해서 쉬는 것이 아니라, 거꾸로 '놀기 위해서' 일을 하는 것 같은 현상이 벌어지고 있는 것이다.

매일같이 느는 것은 오락 장소뿐이다. 〈노세 노세 젊어서 노세〉의 기발한 민요를 창안한 이 백성들에게 참으로 잘 어울리는 풍경이다.

그러나 이 나라에는 통가의 6척 여왕님도 안 계시고 1주일에 이틀만 크리켓을 하라는 귀여운 법령도 없다. 뿐만 아니라 그런 법령이 있대도 그것을 지킬 만한 순진성도 상실해버린 것이 이 나라 국민이다. 차라리 모나코처럼 세계의 유흥지로 만드는 편이 현명한 일일는지 모를 일이다. 하기야 가을이 오고 낙엽이 지는데 그 쓸쓸한 심정을 어디에다 풀겠는가?

당구나 치고 영화를 보는 수밖에…….

여성의 지리적 연령

영국에는 '여성의 지리적 연령'이란 유머가 있다. 여성의 연령적 성격을 각각 세계의 5대륙에 비유하여 나타낸 이야기다.

15세에서 25세까지의 여성은 아프리카와 같다. 반은 개척되고 반은 개척되어 있지 않기 때문이다. 25세에서 35세까지의 여성은 아시아와 같다. 뜨겁고 열정적이고 신비롭기 때문이다. 35세에서 45세까지의 여성은 아메리카와 같다. 깔끔하고 쓸모 있고 협조적이기 때문이다. 45세에서 55세까지의 여성은 유럽과 같다. 시들고 거칠지만 그래도 아직은 쓸 만하기 때문이다. 그리고 56세 이상의 여성은 호주濠洲와 같다. 존재하고 있지만 아무도 그곳에 머물러 있기를 원하지 않기 때문이다.

그럴듯한 이야기다. 그러므로 과연 갱년기의 여성과 노파만 상대로 하고 있는 미국과 서구 사람들은 저 처녀의 아프리카 대륙 그리고 완숙하고 신선한 초년 부인인 아시아 대륙을 가끔 동경한다. 그리고 그들은 때 묻은 그 낯익은 고장에서 떠나 해외의 바람을 쐬고 싶을 때면 아프리카로 아시아로 여행을 한다.

특히 구미의 그 문명인들은 건조한 기계 생활에 시달리고 있기 때문에 꿈과 신비와 전설로 뒤얽힌 동양의 나라를 그리워하고 있다. 전후에 일본 붐을 일으킨 원인도 거기에 있다. 그들의 이케바나[生化], 정원, 다도茶道, 다다미 등등의 것이 미국에 소개되어 일대 바람을 일으킨 것은 우리도 잘 알고 있다.

그런데 코리아는 웬일인지 같은 아시아이지만 별로 그들의 흥미를 끌고 있는 것 같지 않다. 4천 년 역사를 가진 이 예술의 나라, 문화의 나라, 예의의 나라를 가끔 만국蠻國으로 오해하고 있으니 참 '무엄한' 일이다. 심지어 미국의 어떤 학생은 해외 유학생에게 한국에도 '꽃'이 있느냐고 묻더라는 것이다. 그들의 교과서에 "몽골은 사막이요, 몽골의 동쪽엔 만주와 코리아가 있다."라고 적혀 있기 때문에 이 금수강산을 사막인 줄 착각한 모양이다.

단군께서 아시면 노하실 일이다. 그러나 한때 '코리아의 해'까지 설정되어 해외 관광단이 한국을 방문하는 일이 있어 다행이었다. 그런데 한편으로 30세의 무르익은 신비한 그 대륙에 그것도 해 뜨는 동방에 자리 잡은 이 코리아가 그들에게 무엇을 보여주었을까 생각하면 실로 냉한삼곡冷寒三斛이다. 서울 변두리의 판잣집, 질퍽거리는 초현대식 아스팔트, 인분 내가 향기로운 전원, 누런 가죽만 남은 절량 농민.

잘못하면 55세 이상의 노파라는 그 호주의 한 나라로 한국을 오해하지나 않았을까 걱정이다.

표절을 참으세요

요새는 좀 뜸해졌지만 우리나라에서도 한때 〈일요일은 참으세요〉의 주제곡이 대유행을 했었다. 이국정조에 육감적인 색채도 자못 짙은 곡이라 호기심 많은 가요 팬들의 구미를 끈 것도 무리가 아니다.

그런데 하드라마우트 왕국의 애국가가 바로 이 '라라라라……'로 시작되는 그 영화 주제곡과 똑같아서 국제적인 소송 사건이 벌어졌던 일을 우리는 기억하고 있다.

하드라마우트 왕국은 남부 아라비아에 있는 황무지의 미개국이다. 하드라마우트란 국명부터가 아라비아 말로 '죽음의 앞마당'이란 뜻이고 보면, 대개 이 나라의 문화가 어느 정도인지는 짐작하기 어렵잖다. 대부분의 주민은 아직도 노예 매매와 아편 밀수로 생계를 삼고 있는 판이니, 애국가인들 만만한 것이 있을 까닭이 없다.

왕은 그것이 마음에 걸렸던지 레바논의 나이트클럽에서 만난 그리스 작곡가 스타시오스에게 국가를 작곡해달라고 요청했다. 그런데 3천 달러의 작곡료를 받은 스타시오스는 바로 이 〈일요일은 참으세요〉의 곡을 그대로 표절하여 바쳤던 모양이다. 그 뒤에 왕은 그리스 처녀를 신부로 맞아들이게 되고, 비행장에는 의장대가 도열한 가운데 장엄한 애국가가 취주되었다. 신부가 그것을 듣자 허리를 틀어쥐고 웃었던 것은 물론이다. 왕은 비로소 사기를 당했다는 것을 알고 소송을 제기하기에 이르렀다는 이야기다.

그야말로 『아라비안나이트』와 같은 이야기다. 일개국의 애국가가 영화 주제곡 그대로였다는 사실은 생각할수록 웃음이 나올 일이다. 다른 것도 마찬가지지만 노래의 표절은 특별히 경계해 둘 필요가 있다. 한때나마 우리나라의 〈애국가〉 '동해물과 백두산……'에 스코틀랜드의 민요 〈올드 랭 사인〉의 곡을 붙여 그대로 불렀다는 것은 얼굴이 좀 뜨거워지는 이야기다.

그러나 지난 일을 굳이 캐내어 비난한다는 것은 악취미에 속한다. 더구나 〈올드 랭 사인〉이라는 스코틀랜드의 그 민요는 우리나라의 민요나 마찬가지로 '도 레 미 솔 라'의 5음 음계의 여선법呂旋法으로 되어 있기 때문에 비록 남의 노래라 할지라도 우리 생리에 맞는 친숙미가 있다. 문제는 요즈음 작곡되고 있는 국민 가요들이다.

물론 남의 곡을 전적으로 표절한 것은 없지만 어딘지 모르게 '어디서 들은 듯한' 인상을 주는 것은 숨길 수 없는 사실이다. 특히 재건 의욕을 북돋우기 위해서 마련된 곡 가운데는 듣기에 소름이 오싹 끼치는 것들이 많다. 어째서 명랑하고 또 국민감정에 어필하는 독창적인 작곡이 나오지 못하고 있는 것일까?

철학 남용에 대하여

'문화'란 말과 '철학'이란 말이 우리나라에서처럼 그렇게 흔하게 쓰이고 있는 곳도 아마 드물 것이다. '문화'의 빈곤, '철학'의 빈곤에서 생겨난 역설적인 형상인지도 모르겠다.

심지어 빵집 간판이나 구둣방 간판에까지 '문화'란 말이 따라다닌다. 그런 데일수록 문화와는 인연이 멀 정도로 불결하다. 특히 약 광고나 상품 광고에서는 으레 문화인이란 말을 걸고넘어지기가 일쑤다.

하기야 문화라고 하는 것은 박물관이나 대학 강당 안에만 있는 것이 아니니, 음식점이고 양복점이고 간에 문화란 말이 탈 될 것은 없다. 그러나 그보다도 더 심한 것은 '철학'이란 말이다. '수상手相 철학', '관상 철학', '성명 철학' 따위의 말을 서울 시내의 도처에서 발견할 수 있으니 말이다. 대개 그 관상쟁이들의 경력을 보면 다년간 인생철학을 연구했다는 것이다.

그러나 손금을 보고 성명 풀이를 하고 관상을 보고 다니는 현대의 이 수상한 칸트들을 철학자로 대접하기엔 어쩐지 좀 겸연쩍다. 개중에는 고색창연한 『주역』의 이론을 꺼내는 자도 없지 않고, 혹은 최현대식 실증 철학을 배경으로 삼고 현대 통계학을 운운하는 손금쟁이도 있다.

그러나 지금은 인공위성이 떠돌고 있는 20세기의 후반기다. 그러므로 그런 한심한 철학자(?)들보다도 우리의 마음을 슬프게 하는 것은 그 앞에 쭈그리고 앉은 새파란 남녀들이다. 취직은 언제나 될까? 언제나 돼야 돈을 벌까? 주로 이런 것들이 인생 철학자를 찾아오게 된 고민거리다.

서울 시내에는 무당까지 합쳐서 이런 거리의 철학자들이, 즉 미신으로써 생을 영위하는 자들이 무려 천 명 가까이나 된다는 게 당국의 집계다. 그러나 가만히 생각해보면 여기에는 우리나라의 현실적인 한 단면이 드러나 있는 것 같다. '물에 빠진 자는 지푸라기라도 잡는다.'는 격언처럼 오죽 답답하면 미신이라도 믿어야 했는가? 논리가 통하지 않고 조리가 서 있지 않은 현실일수록 미신의 힘은 그러기에 커지게 마련이다.

이렇게 따져보면 우리나라에 정말 철학자가 있다면 의외로도 이런 무당과 점쟁이가 아닐까 하는 엉뚱한 생각이 든다. 적어도 우리 현실에서는 칸트보다도 이들이 더 많은 위로와 힘을 주고 있으니 말이다. 기실 한국의 문화는 한 조각의 빵이며 한국의 철학은 한 권의 당사주 책에 있는지도 모른다. 그렇다면 한국에서처럼 '문화'와 '철학'이란 말이 절실하게 씌어지고 있는 나라도 별로 없을 것이 아닌가?

서가냐 휴지통이냐

어느 도시에서 네 사람이 한날에 죽었다. 한 사람은 문사文士였다. 유산이라고는 저금 5파운드밖에는 없었다. 또 한 사람은 책방 주인이었다. 유산은 50파운드가량 되었다. 다음 사람은 출판사를 경영하는 사람이었다. 500파운드의 유산을 남겼을 것이라고 사람들은 말했다. 그런데 마지막 사람은 5천 파운드의 저축이 있었다. 그는 휴지상休紙商이었다.

유머를 좋아하는 영국인들은 이렇게 독서계를 풍자했다. 글 쓰는 사람이 제일 가난하고, 휴지상만이 덕을 보게 되는 세상……. 따지고 보면 그냥 웃어넘길 수 없는 현실의 한 측면을 느끼게 한다. 현대인은 책을 읽지 않는다. 문예 부흥기의 로마에선 마차꾼들도 말을 몰며 호메로스의 시를 읊었다고 하지만, 현대에는 어엿한 학사님들도 책과는 담을 쌓고 있는 실정이다.

휴일의 유원지에는 10만의 인파가 득실거린다. 냉방 장치를 완비했다는 극장가에는 '만원사례', '×주 장기 상영'의 광고가 열을 올리고 있다. 그러나 기적이 없는 여름철의 서적계에는 예년과 다름없이 파리만 날리고 있다.

텔레비전, 영화, 라디오…… 등의 매스컴에 밀려 모든 책은 먼지 낀 서가에서 한가로운 낮잠을 잔다. 더구나 사람들은 이때를 이른바 '나쯔가레'라고 부르고 있다. 서적계에 있어 '지옥의 계절'인 여름은 설상가상으로 독서력을 저하시키고 있다.

프랑스의 한 서점에서는 사람들이 스키에만 정신이 팔려 책을 거들떠보지도 않기 때문에 다음과 같은 광고를 내어 화제를 모은 일이 있었다.

여러분이 책을 읽는 데에 더 많은 시간을 보내면, 자연히 스키를 타다 다리가 부러질 위험한 시간을 그만큼 단축시킬 수 있을 것입니다.

독서를 '마음의 양식'이라고 선전하던 시절은 지나간 모양이다. 독서를 절각折脚 방지법으로 선전한 프랑스의 경우처럼 우리나라에서도 언제 '익사 예방법'이나 '불면증 퇴치법'으로 독서를 이용하라는 광고가 나올지 모를 일이다.

해마다 일어나는 '여름의 독서 기근'을 없애는 무슨 운동은 없을 것인가? 긴 여름방학, 산장의 피서 지대 혹은 해변가의 서늘한 그늘, 오히려 독서의 맛은 가을이 아니라 바로 여름일 것 같다. 푸른 녹음 밑에서 책장을 넘기며 정오의 환상에 마음껏 젖어보는 것도 맥주 몇 잔 마시는 것에 비해서 손색이 없을 것이다. 휴지장사만 돈을 버는 야만한 여름이어서는 안 될 것 같다.

민요로 본 한국

가끔 라디오나 텔레비전에서 어린아이들이 민요를 부르고 춤을 추는 일이 있다. 앙증맞은 목소리와 그 깜찍한 율동이 어른들의 귀여움을 모으고 있는 것은 사실이다. 그러나 한편 생각해보면 그저 재롱만으로 볼 수 없는 것이 있다. 민요의 가락이나 가요 내용이 아이들과는 너무나 동떨어진 것이 많기 때문이다.

한국 민요의 상징인 〈아리랑〉부터가 그렇다.

나를 버리고 가시는 님은
10리도 못 가서 발병 난다……

너무나도 귀에 익은 가락이라 그냥 들어넘기는 것이 보통이지만 곰곰 따져보면 아주 맹랑한 점이 없지 않다. 씩씩하게 그리고 활동적으로 자라야 할 아이들이 목청을 길게 빼며 부르는 구성진 그 가락도 가락이려니와 "나를 버리고 가시는 님은 10리도 못 가서 발병 난다."고 부르짖는 그 내용에 있어선 더구나 말이 안 된다.

〈아리랑〉만이 아니다. 〈천안 삼거리〉도 그렇고 〈도라지 타령〉도 매일반이다. 우리 민요는 대부분이 은둔적이고 체념적인 것이라, 노인이나 부를 것이지 아이들이 부르기에는 적당치 않다. 가는 세월을 탓하지 않으면 기껏 신난다는 것이 '노세 노세 젊어서 노세'의 판이니 아이들에게 우리 민요를 권장할 용기가 나지 않는다.

원래 민요는 온 국민이 다 함께 부르는 노래다. 예나 오늘이나 늙은이나 아이나 가릴 것 없이 부르기에 적당하고 사랑하기에 알맞은 것이다. 독일 아이들이 합창하는 민요 〈들장미〉를 들어보라. 영원한 우정을 노래 부른 〈보리수〉 그리고 〈로렐라이〉는 그 가사의 뜻도 곡조도, 아이들이 즐겨 부를 만한 것이다. 스위스의 〈치를 산의 노래〉, 프랑스의 〈내 노르망디〉, 〈아비뇽의 다리에서〉 그리고 이탈리아의 〈카프리 섬〉, 〈푸니쿨리 푸니쿨라〉 등등의 민요는 그들의 자연과 향토를 찬미한 건전한 노래들이다.

"산의 산길, 즐거운 산길, 모두들 나란히 서서 올라갑시다. 모두들 […] 산마루에까지 올라갑시다. 산마루에 […] 푸니쿨리 푸니쿨라 […]." 이런 민요를 부르고 있는 이탈리아의 아이들과 "[…] 휘휘 늘어진 가지에다 무정세월 한 허리를 칭칭 동여나 매어볼까."를 부르는 우리 아이들을 보면 얼굴이 절로 붉어진다.

산꼭대기까지 여럿이 함께 올라가자는 그것과, 무정세월을 서러워하는 것은 같은 민요라 해도 여명과 석양의 차이가 있는 것이다.

이렇게 민요를 분석해보면 한국은 노인의 왕국, 노인들의 문화였다고 말할 수 있다.

광고 시대의 명암

상품 광고는 예수가 나기 전부터 있었다. 이집트의 상인들은 진귀한 상품을 적재한 상선이 도착하면, 그 품명을 외치고 다니는 '크라이어'를 사용하여 광고했다는 이야기가 있다. 그리고 폼페이 시의 유적에도 벽에 아로새긴 서커스의 그림(광고)이 있다고 한다. 옛날에도 역시 극장 광고가 단연 왕좌를 차지했던 모양이다.

하지만 상품 광고는 역시 근대 사회가 낳은 산물이다. 모든 생활이 분업화한 근대 사회에선 생산자와 소비자가 서로 분리되게 마련이다. 이 구렁을 메우기 위해서 조직적인 광고술이 생겨나게 되고, 매스컴의 팽창과 더불어 성장하게 된 것이다. 그리하여 이제는 신문, 잡지, 라디오 방송 할 것 없이 사람이 세 명만 모인 곳에도 광고가 등장한다. 특히 생산 기업이 활발한 미국은 문자 그대로 광고의 나라다. 도시마다 상품 광고의 시가전(?)이 벌어지고 있다. 광고가 너무 흔해서 기상천외한 PR이 요구된다. 묘령의 육체 여성이 만원 버스 칸에 앉아 있다. 염치없는 남성들의 시선은 그 붐비는 곳에서도 날씬한 각선미를 더듬어 올라간다. 그러나 뜻밖에도 양말 밴드가 있는 곳에 이르면 이런 문자가 튀어나온다. '향기로운 럭키 스트라이크', 그녀는 담배 회사의 선전원이었던 것이다.

요즈음 우리나라에도 광고술이 만만치 않다. 외래품이 자취를 감추고 국산품에 날개가 돋치자 메이커들의 광고열도 부쩍 늘었다. 더구나 상업 방송까지 생겨나서 '××뽕', '××락' …… 청각이 꽤 고달프다. 시인 샌드버그Carl Sandburg의 한탄처럼 베토벤과 〈영웅〉 교향곡이 상품의 안내원으로 타락되고 만 시대다. 초등학교의 아이들에게 노래자랑을 시켰더니 8할이 약 광고의 'CM송'을 부르더란다.

한편 서울의 메인스트리트에는 흘러가는 광고가 생겨났다. 멋진 러브 신의 영화 광고와 점잖지 않은 병명의 약 광고가 정답게 동행을 하며 서울의 거리를 흘러간다.

전차의 옆구리에 광고가 나붙기 시작한 것이다. 광고는 시간적 매체와 공간적 매체의 두 종류로 구분되는데, 이 '흐르는 광고'는 양자를 합쳐놓은 것으로 가위可謂 최신식이다. 전차의 옆구리까지 광고가 등장한 것은 이해할 수 있으나, 원컨대 도시의 미학과 시각을 어지럽히는 광고에는 일침의 제재가 있었으면 싶다.

PR 이설異說

나폴레옹이 황제의 자리에 올랐을 때의 이야기다. 그는 그때 자기의 명성과 힘이 어느 정도로 퍼져 있는지 한번 시험해보고 싶은 생각이 들었다.

아직도 내 이름을 모르는 사람이 있을 것인가. 그리하여 부하를 전 유럽에 풀어 아직도 나폴레옹을 모르는 사람이 있거든 데려오라고 명령했다.

그러나 상상외로 한 시간도 못 돼 한 사나이가 잡혀 들어왔다. 그는 파리 근교에 사는 목수였다. 정말로 그 목수는 나폴레옹이 누군지, 혁명이 일어났는지 아무것도 몰랐다는 것이다. 나폴레옹 황제도 이 목수 앞에서는 코가 납작해지지 않을 수 없었다.

이 삽화揷話는 영국의 유명한 정치가 디즈레일리Benjamin Disraeli

가 곧잘 인용했던 것이라 한다. 여러 가지로 해석될 수 있는 이야기지만, 현대 같은 PR 시대에 있어서는 있을 수 없는 일이다. 옛날과 달라서 가만히 있어도 PR의 바람은 침실 속으로까지 파고든다. 현대인은 PR 속에서 살고 있는 것이다.

그러나 나폴레옹을 모르고도 세상을 살아갈 수 있었던 그 목수처럼 오늘날에도 정치가의 존재를 인식하지 않고 살아가는 국민들이 많다. 우리보다 몇 배나 강력한 PR의 매체를 가지고 있는 프랑스인데도 고등학교 학생 가운데 대통령의 이름을 제대로 대지 못하는 수가 무려 30퍼센트나 된다는 놀라운 사실이 있다.

정치에 관심을 팔지 않고 살아가는 국민이 부럽다.

우리의 경우처럼 정치에 예민한 신경을 쓰며 살아가는 국민도 별로 없을 것이기 때문이다.

소화가 잘되면 위에 관심이 가지 않는 것과 마찬가지로, 정치를 잘해주면 국민은 정치에 관심을 팔지 않는다.

우리나라에서는 중학교 학생들까지도 고사리 같은 손을 흔들며 정치적인 데모를 해야 되는 것이다.

요즈음 PR이란 말이 또 부쩍 유행하기 시작했다. 한일회담에 대해서 학생 데모가 일어난 까닭은 정부의 정책 PR이 안 되어진 탓이라고 믿기 때문이다. 그러나 사실 학생은 그와 반대로 너무나도 사실을 잘 알고 있고, 너무나도 정치적인 데에 관심이 깊기 때문에 그러한 데모를 일으킨 것이다. 결코 몰라서 그런 것은 아니다.

PR에 신경을 쓸 필요는 없다. 아무리 PR의 시대지만 살구나무 밑에는 절로 길이 생긴다는 속담이 아주 휴지가 된 것은 아니다. PR보다 앞서야 할 것은 PR할 만한 재료를 만들라는 것이다. PR의 기술만 배우고 '일하는 방법'은 선반에 올려놓고 있는 사람들이 얼마나 많을까?

직업 전선에 이상 있다

세상에는 별의별 직업들이 다 많다. 미국의 공식 통계에 의하면 직업의 종류가 무려 2만 3,559종이나 된다. 그중에는 자기 그림자를 팔아 먹고사는 직업도 끼어 있다. 공항의 '투영계'가 그것이다. 한밤중에 착륙하는 비행기를 위해서 눈부신 등하燈下에 서서 자기 몸 그림자를 투영시키는 것이 그들의 일이다.

그런가 하면 미국에는 또 온종일 '혓바닥'만 빌려주고 살아가는 직업도 있다. 그러니까 우표나 봉투를 붙이는 데에 자기를 대신 제공해주는 특수 직업이다.

이 밖에도 접시의 취약도를 시험하기 위해 하루 종일 앉아서 접시만 깨뜨리는 직업이 있는가 하면, 침대 매트리스의 탄력을 조사하려고 매일 여덟 시간씩 맨발로 껑충껑충 뛰어다니는 것으로 밥벌이를 하는 친구도 있다.

벼룩을 잡아 곡예를 시킬 때 필요한 '벼룩 옷'을 만들고 살아가는 부인, 선전 간판 격으로 면대棉袋 위에 앉아 낮잠 자는 것으로 생계를 꾸려가는 소년, 남의 집 개를 산책시키고 돈을 받는 사람, 선전용 포스터의 미녀 사진에 장난꾸러기들이 수염을 그려놓은 것을 전문적으로 지우고 다니는 '수염 지우기' 직업……. 참으로 믿어지지 않는 괴이한 직업들이 많다.

이런 것에 비하면 우리나라에서 '달걀'의 암수를 가려내는 직업으로 외국에 초청까지 된 그 화제는 그리 신기할 것도 없다.

그러면서도 외국인들이 가장 신기하게 생각하고 있는 것은 점쟁이라는 직업인 것이다.

현대 문명의 절정기인 핵 시대에 있어서도 미신이 그대로 통하고 있고, 또 그것으로 밥벌이를 한다는 건 참으로 기이한 현상이 아닐 수 없다. 물론 미국이나 유럽에 있는 점쟁이들은 본고장 사람들이 아니라 동양인들이 많다.

한쪽에서는 근대화를 외치는데 '미신' 직업이 성행한다는 것은 단순한 애교라고만 생각되지 않는다. 국민정신이 병들어 있음을 방증하는 것인지도 모른다. 노력이나 논리나 이성만으로는 해결되지 않는 사회 풍조 속에서 미신의 버섯은 돋아난다.

선진국에서도 점쟁이가 신기한 직업으로 되어 있는 것을 보면, 단순한 과학 정신만으로 미신은 타파할 수 없겠다. 순리를 믿고 살아갈 수 있게 될 때 비로소 미신직은 퇴각해갈 것이다.

매스컴의 십자가

눈과 귀의 매스컴

신문을 볼 때 우리는 귀머거리가 된다. 활자, 사진, 만화…… 이것들은 모두 소리가 없다. 활동하는 것은 눈뿐이다. 시각에 호소하는 뉴스, 그것은 눈의 매스컴이다. 라디오를 들을 때 우리는 눈 먼 소경이 된다. 아나운서의 목소리, 음악, 성우들의 음색…… 이것들은 모두 형태가 없다. 활동하는 것은 귀뿐이다. 청각으로 전달되는 소식들, 그것은 귀의 매스컴이다.

눈은 리얼리스트다. 눈은 앞의 것과 뒤의 것을 보고 비판과 관련시키지 않고는 견디지 못한다. '귀'는 시인이다. 귀는 곧 믿어버린다. 창조한다. 그리고 그것을 느낀다—시인 매클리시Archibald Macleish의 말대로 눈이 지성을 대표하고 귀가 정감을 상징한다는 것은 보편화된 하나의 진리다. 그러기에 같은 매스컴이라 할지라도 신문(활자의 모든 간행물)과 라디오는 그 성격이 서로 상반하여 모두 일장일단이 있다.

텔레비전은 귀와 눈을 합쳐놓은 매스컴이다. 귀로 소리를 듣고 눈으로 화면을 본다. 그러므로 그 전달력은 신문과 라디오의 세 배에 해당된다. 그것은 지적이고 또한 정적이다. 대중을 흥분시키기도 하고 냉엄하게 설득시키기도 한다. 현대인은 토마와 같아서 직접 눈으로 보지 않고는 믿지 않는다. 귀로 듣는 것만으로는 언제나 부족하다. 텔레비전이 현대의 신화가 된 것도 바로 이 점이다.

우리나라에서도 뒤늦게나마 텔레비전 방송이 탄생했다. 그리하여 1961년 크리스마스이브, 우리에게 산타클로스의 선물은 KBS 텔레비전의 첫 시험 전파였다. 만족할 만한 것은 못 되었지만 역시 본격적인 텔레비전 방송의 첫 사인으로 든든한 마음을 준다. 이제야 우리도 20세기 매스컴의 혜택을 받게 된 것이다.

6천만 대를 자랑하는 미국과 천연색텔레비전을 꿈꾸는 이웃나라들에 비겨보면 부끄러운 점도 없지 않으나…… 시시각각으로 변모해가는 생활의 소식을 이제 귀로 듣고 동시에 눈으로 볼 수 있게 되었으니 흐뭇한 마음뿐이다.

그러나 텔레비전은 『아라비안나이트』에 나오는 '알라딘의 등잔'과 같은 것이다. 그것을 소유한 사람이 누구든 알라딘의 등잔에서 나온 거인은 그 힘을 주인을 위해 바치는 것이다. 즉 텔레비전을 어떻게 다루느냐에 따라 그 크나큰 힘은 악을 위해 봉사할 수도 있고, 좋은 일을 위해 바쳐질 수도 있는 것이다. 텔레비전이라는 현대의 신화가 한국에서는 어떻게 각색될 것인지 그것이 궁금하다.

TV, or not TV

『햄릿』 제3막 1장—영화 같으면 파도의 거품이 치밀어오르는 가파른 단애. 단검을 가슴에 대고 파리한 왕자는 독백한다.

"To be, or not to be, that is the question(살아야 하느냐 죽어야 하느냐, 그것이 문제다)."

이 짤막한 한마디 독백이야말로 동서에 그 유類를 찾아보기 어려울 만큼 널리 알려진 문구다. 셰익스피어나 햄릿은 몰라도 이 말을 모르는 사람은 드물 것 같다.

"TV, or not TV, that is the question(텔레비전을 볼 것인가 보지 않을 것인가, 그것이 문제다)."—과연 이것도 명구다. 옛날 덴마크의 왕자가 부르짖던 철학적인 회의는 이제 유행에 뒤늦은 것, 매스컴 시대에 사는 젊은이들의 고민은 보다 생활적이다. 오늘은 텔레비전을 보지 않고 그냥 공부할 것인가, 그렇지 않으면 공부를 포기하고 텔레비전을 볼 것이냐? 이것이 현대의 학생들이 매일 밤 결단을 지어야 할 심각(?)한 문제다.

텔레비전 때문에 학생들은 공부를 하지 않는다. 그래서 서양의 '맹모孟母'들은 텔레비전의 전파가 이르지 못하는 오자크 산악 지방으로 이사를 가기도 한다.

주부가 텔레비전을 보다가 밥을 태우는 수가 있는가 하면, 직장에서 돌아온 남편이 온종일 기다리던 아내가 아니라, 텔레비전 곁으로 다가가다 부부싸움의 촌극도 벌어진다.

"TV, or not TV……."

그리하여 현대인은 우울한 목소리로 텔레비전의 고민을 독백한다. 셰익스피어가 이 소리를 들으면 그 심정이 어떠할까?

바야흐로 한국에도 텔레비전 병이 상륙했다. 제2차 텔레비전 수상기의 월부 공고가 나오자 오랫동안 잠잠했던 태평로 1가에는 다시 인파의 행렬이 밀려왔다.[15]

기마 순경도 나오고—꼭 옛날 데모하던 풍경이 연상되어 우습다. 그 신청 장소가 공교롭게도 전 국회의사당 앞 KBS홀이었기 때문이다. 첫날부터 그렇게 사람들이 몰려들어 긴 행렬을 이루고 있는 걸 보면, 시중에 돈이 귀하다는 말도 거짓말인가 보다.

케냐 의회에서 텔레비전 방송국을 설립하려고 들었을 때 그곳 신문들은 '눈요기냐? 배요기냐?'라는 제목을 내걸고 비난 기사를 썼다. 50만 명의 기아자飢餓者를 둔 그네들에겐 텔레비전 방송국 설립보다 식량 구입이 더 시급하다는 것이다. 우리나라에선 아직 이런 사실이 없는 걸 보면 과연 문화 국가임에는 틀림없다. 그러

15) 텔레비전 보급이 많지 않았던 1960년 초의 칼럼.

나 KBS홀 앞에 늘어선 그 행렬 가운데도 소리 없는 독백은 있었으리라. "눈요기냐? 배요기냐? 그것이 문제다."라고…….

TV와 두통상자

텔레비전 때문에 식모가 나갔다고 A씨는 불평을 털어놓았다. 텔레비전이 대체 식모와 무슨 관계가 있는 것일까? 그러나 A씨의 말을 끝까지 들어보면 그럴듯한 점도 없지 않다.

시골 처녀들은 텔레비전에 대한 호기심이 대단하다. 서울로 식모살이를 하러 온 이유 가운데 하나가 바로 텔레비전을 구경하려는 것이기도 하다. '뽕도 따고 임도 보고'가 아니라 '돈도 벌고 텔레비전도 보고'다.

그러나 불행하게도 A씨 집에는 텔레비전이 없다. 그래서 식모들을 시골에서 데려오면 며칠 안 있어 곧 나가버린다는 것이다. 이왕이면 텔레비전이 있는 집에서 식모살이를 하자는 속셈이다.

"이쯤 되면 한국의 문화 수준도 대단한 것이 아니냐."고 A씨는 약간 상기된 얼굴로 비꼬아 말한다.[16)]

아닌 게 아니라 그의 심정을 이해할 수 있을 것도 같았다. 텔레비전이 없으면 식모에게도 업신여김을 받아야 하는 세상이다. 그

16) 텔레비전이 별로 보급되지 못했던 1960년대 초에는 이런 일들이 실제로 있었다.

런 면에서는 이미 텔레비전은 사치품이 아니라 생활필수품이다.

우리나라에서는 아직 텔레비전이 3만 5천 대밖에 없다는 통계다. 그러고 보면 텔레비전이 특권층의 상징이 되다시피 한 이유도 알 만하다. 금수품禁輸品이기 때문에 구매자는 있어도 살 물건이 없다.

가끔 양부인들의 치맛자락에 가려서 암거래되는 수가 있지만, 단속이 심해서 이것도 요즈음엔 구경할 수 없게 되었다.

A씨는 화제를 정부로 돌렸다. 도대체 무책임하고 불합리하다는 것이다. 국민의 돈으로 세운 텔레비전 방송국이라면 국민 전체가 혜택을 받도록 해야 할 것이 아니냐는 것이다. 막대한 돈을 들여 세운 텔레비전 시설을 겨우 3만 대라는 한정된 시민만을 위해 운영한다는 것은 말이 아니라는 것이다.

A씨의 말은 조리가 있다. 납득이 안 가는 이야기가 아니다. 그러나 중석을 수출한 돈으로 텔레비전을 사들여 온다는 최근의 신문 보도에 대해선 누구나 선뜻 찬의를 표하지 못하는 이유는 무엇일까?

"이 판국에 텔레비전을 들여오다니, 초근목피로 생명의 줄을 이을 춘궁기인데…… 그래 배요기도 못하는 세상에 눈요기를 하자고……."

밑도 끝도 없는 또 하나의 불평이 고개를 든다.

텔레비전을 들여와도 불평, 들여오지 않아도 불평, 이래저래 불평이 대단하다.

외국에서는 텔레비전을 '천치 상자'라고 하지만, 우리나라에서는 아무래도 두통 상자인 것만 같다.

면류관을 쓴 제왕

퓰리처Joseph Pulitzer라고 하면 비단 미국뿐만 아니라 근대 신문의 아버지라고 불려진다. 문자 그대로 뉴저널리즘의 입김을 신문계에 불어넣은 그의 공적은 오늘날에도 여전히 본받을 점이 많다.

《세인트루이스 디스패치》지를 낼 때, 그는 ① 국민 이외의 어떠한 당에도 봉사하지 않고 ② 정부를 지지하지 말고 이를 비판하며 ③ 항상 진보와 개혁을 위해 싸우며, 부정부패를 용서하지 않고 ④ 단순히 뉴스를 인쇄하는 것으로 만족하지 않고 ⑤ 악을 공격하기를 두려워하지 말라는 주의를 내세웠다.

이러한 뉴저널리즘의 정신을 그대로 실현시키는 데서 우리는 진정 언론의 이상향을 얻을 수 있다고 생각한다.

그러나 여러 가지 주장 가운데 현실적으로 가장 말썽이 되어온 것은 정부를 지지하지 말고 이를 비판하라는 대목일 것이다. 다른 것은 언론인 스스로의 정신 무장으로 실천할 수 있지만 '대정부 비판'만은 집권자의 이해를 필요로 하는 것이었기 때문이다.

비판을 두려워하는 집권자들은 언제나 언론을 적대시하여 이를 탄압하려 들고, 그때마다 언론은 새로운 위기와 직면하게 된다. 그러한 의미에서 언론인은 '무관의 제왕'이라고 하기보다 '면류관을 쓴 순교자'에 가깝다.

지금까지 훌륭한 언론인이라고 하면 곧 용기 있는 언론인을 뜻하는 말이었다. 그러나 언론인의 '용기'라고 하는 것은 어디까지나 부수적인 것이지, 본질적인 것은 아니다. 만약 슬기로운 집권자가 있어 비판을 너그럽게 받아들인다면 언론인의 용기 같은 것은 별로 문제될 것이 없을 것이다.

언론인에게 비판적인 능력보다 그 비판의 용기를 요구하게 되는 것은 그만큼 그 시대가 불행하다는 것을 의미한다. 즉 민주주의를 제대로 실천하지 못하고 있는 나라의 언론인일수록 '기개'나 '용기'에 더 많은 관심을 갖게 된다.

결국 신문을 꽃피우는 것은 '기백 있는 언론인'이라기보다 '비판을 수용할 줄 아는 도량 있는 집권자'이다. 그것이 정상인 것이다.

신문 주간을 맞이할 때마다 아직도 우리들의 과제는 어떻게 비판할 것인가 하는 문제보다 '어떻게 용기를 기를 것인가'를 고심하는 것이다. 거울을 닦아 맑게 하는 작업보다, 우선 거울을 다는 용기가 필요한 이 나라의 언론은 아무래도 언론 이전에서 헤매고 있는 것이 아닐까.

나폴레옹과 신문기자

신문을 욕하려고 할 때 으레 끄집어내는 몇 가지 일화가 있다. 고양이 눈 변하듯 했다는 이야기다. 즉 귀양 갔던 나폴레옹이 엘바 섬에서 탈출하여 프랑스에 상륙했을 때 파리의 신문은 이렇게 보도했다. "코르시카의 살인귀, 프랑스에 상륙!"—그런데 리옹 시까지 진입하자 그 신문은 "보나파르트 장군, 파리 근교에 접근!"—드디어 나폴레옹이 개선하게 되자, 이번에는 다시 "황제 폐하, 튈르리 궁에 환행還幸하시다!"로 논조가 바뀌었다.

불과 며칠 사이에 '살인귀'가 '장군'으로, '장군'이 다시 '황제 폐하'로 개칭된 것은 시세의 추이에 민감한 기자들의 비겁한 생리를 그대로 상징한 것이라 하여 비웃는 사람들이 많았다. 이러한 일화가 아니고서도 신문을 '제3제국'이라고 부른 독일의 정치가가 있고 매스컴을 '현대의 악마'라 호칭한 철학자가 있다.

신문도 사람이 만드는 것이라 그것이 완전할 수도 없고 또 만능일 수도 없다. 그러나 신문은 공격을 받아야 할 이유보다는 보호하고 육성시켜야 될 이유를 더 많이 간직하고 있는 것이 아닐까. 몽테스키외가 영국에 와서 제일 먼저 놀란 것은 미장이들이 지붕에 올라앉아 신문을 읽고 있는 광경이었다고 한다. '신문의 성장은 영국 의회의 성장'이라는 말이 거짓이 아니었다. 또 애스퀴스Herbert Henry Asquith 총리가 저널리즘에 무관심했기 때문에 로이드 조지David Lloyd George에게 패배하고 말았다는 이야기도 있다. “로이드 조지는 대승정大僧正과의 약속은 잊을지라도 기자와의 회견은 잊지 않는다.”라는 평을 받을 만큼 신문을 중시했던 정치가다.

태국은 정부 시책을 비판했다는 이유로 《자유 태국》, 《타이 왕국》의 두 신문을 정간 처분했다고 전한다. 또 《파이어니어》지를 판금시키고 편집인 및 간부 네 명을 재판도 없이 구속한 가나의 은크루마 대통령에게 IPI가 드디어 항의를 제출했다는 소식도 있다.

무관의 제왕이 아니라 가시관을 쓴 제왕이 바로 그들의 언론이요, 그 고민인 것 같다. 영국에서 이른바 언론 자유를 에워싸고 싸움이 벌어졌던 《노스 브리턴》 제45호 사건은 1763년, 그러니까 200년 전 호랑이가 담배 먹던 시절의 이야기다. ‘하늘과 땅 사이가 너무 멀구나.’

신문과 테베레 강

“예수가 만약 현대에 생존했더라면 십자가가 아니라 신문에 못 박혀 죽었을 것이라고 말하는 사람들도 있습니다. 현대에 있어서 그만큼 언론의 힘은 크고 또 그것이 저지른 죄악도 따라서 막중하다는 의견이죠.”

로마에 들렀을 때 나는 이탈리아의 양대 신문의 하나인 《일 템

포》 편집위원과 만나 이렇게 화제의 서두를 꺼냈다. 그러나 그는 의아한 표정을 지으면서 저널리즘에 대해 변호를 하기 시작했다.

"물론 신문은 전능일 수 없습니다. 따라서 그것은 '진리의 바이블'이 아니라 사실의 전시장입니다. 오보도 있을 수 있고, 다소의 굴곡도 있을 수 있습니다. 그러나 사람들은 언론의 극히 작은 피해만을 들추어 비난하려고 듭니다.

보십시오. 우리가 지금 이야기하고 있는 저 창 너머로 지금도 테베레 강이 흐르고 있습니다. 대로마의 문화를 키우고 이탈리아의 혈맥을 이룬 역사의 강물입니다. 저 강이 있었기 때문에 물에 빠져 죽은 익사자도 있었겠죠. 때로는 그 물이 범람하여 홍수가 일어나기도 했겠지요. 그렇다면 저 강물을 더 얕게 하라든지 철강으로 막아버리라고 한다면 어떻게 되겠어요. ……그것이 수많은 배를 다니게 하고, 넓은 평야를 만들고, 또 많은 촌락을 우리에게 준 데에 대해서 감사해야 됩니다. 강은 더 깊게 흘러야 되고 더 넓게 흘러야 됩니다. 언론의 강하도 그렇습니다."

"그러나 둑은 있어야겠지요. 우리는 그 둑을 끌기 위해서 '신문윤리 위원회'라는 것이 있어 선의의 사람들에게 피해를 주지 않도록 그릇된 언론을 규제하고 있습니다."

나는 이렇게 말한 다음에 이탈리아에서는 오늘날 신문에 대한 윤리적 규제가 어떻게 되는지를 물었다. 그러나 역시 그의 표정은 의아한 채 반문했다.

"특별한 법이 없어도 일반법으로 얼마든지 다스릴 수 있기 때문에 그런 기관이 우리에게 있을 필요가 없습니다. 언론인의 과오든 일반 시민의 과오든 그것은 법에 의해 공정히 다루어져야 할 줄 압니다. 명예 훼손법 하나로도 충분하니까요."

더 이상 나는 깊은 이야기를 하지 않았다. 우리의 현실과는 아주 다른 조건에서 그들은 신문을 제작하고 있는 것이다.

무엇인가 부러운 생각이 들었다. 더구나 지금 우리는 또 하나의 새로운 시련 앞에 서 있기 때문이다. 한국의 언론은 어느 곳으로 흐를까?

퍼센트의 진실

경구가警句家로 유명한 리히텐베르크Georg Lichtenberg는 신문에 대해서 촌철살인적인 비판을 가했다. 그는 1년분의 신문을 한 책으로 철하여 통독한 다음, 다음과 같은 결론을 내렸던 것이다.

"신문에는 50퍼센트의 잘못된 희망과 47퍼센트의 잘못된 예언, 그리고 3퍼센트의 진실밖에는 없었기 때문이다."

리히텐베르크의 이 통계가 얼마나 정확한가 하는 것을 가지고 논할 필요는 없다. 다만 선진국이라고 뻐기는 구미 각국에서도 신문의 진실성이란 것이 늘 말썽거리가 되어 있다는 사실에 주목해주기를 바란다.

독일에서는 《슈피겔》 사건이 있었고, 프랑스에서는 드골에 대한 불경죄로 신문이 고소를 당하는 일이 있기도 했다. "신문 없는 정부보다는 차라리 정부 없는 신문을 택하겠다."고 말하여 언론 자유의 신처럼 된 제퍼슨Thomas Jefferson 대통령도 그의 재직 시에 신문을 고소한 것이 무려 대여섯 번이 넘는다.

그러나 신문에도 잘못은 많지만 적어도 우리나라의 경우 대부분의 불신은 현실 그 자체에 있다. 나라 살림을 맡은 분들의 이야기가 일관성이 없고 모든 정책이 갈지자걸음을 한다. 그것을 그대로 보도하다 보면 신문만 거짓말을 하는 결과가 된다. 연탄 값만 보더라도 그것을 올린다고 하는 상공 장관의 이야기와 또 그것을 부결시켜버렸다는 경제 각의의 소식이 분초를 사이에 두고 랑데부를 하고 있는 것이 한국의 신문이다.

언론인 테러범은 그 면에 있어서 극치다. 거의 진범임이 확실하다고 말했다가 불과 수 시간 후에 번복되는가 하면, 잡는다, 못 잡는다, 수사 본부를 해체한다, 다시 결속한다, 알리바이가 있다, 없다, 이루 종잡을 수가 없다. 더구나 하루에도 열두 번씩 붙었다 떨어졌다 하는 정당의 분규를 보도하다 보면 활자가 트위스트를 추는 것도 무리가 아니다. 신문을 곧이곧대로 믿다가는 신경쇠약에 걸리기에 알맞다.

신문의 위세나 책임 문제가 또 약방의 감초처럼 논의될 것이다. 그러나 문제는 신문을 바르게 고치려면 정치나 사회 형상부터 정상화되어야 할 것 같다. 신문에는 3퍼센트의 진실밖에 없다는 비웃음은 비단 신문이 혼자서 걸머질 십자가는 아닌 것이다.

매스컴과 유행

약자가 강자에 무조건 따르는 경향을 이소사대以小事大의 사상이라고 한다. 거기에는 비판도 자아도 없다. 그저 추종이 있을 뿐이다. 발길로 걷어차도 꼬리를 내흔든다는 뉴펀들랜드의 개처럼 유순한 굴종이 있을 뿐이다. 매사에 비판적인 현대인에게도 그러한 이소사대의 경향은 있다.

우리는 그것을 유행이라고 부른다. 유행의 발생을 따져보면 강자 숭배의 맹목성에서 비롯된 것이 많다. 에드워드 7세가 태자였을 시절에 그의 모자나 양복 스타일이 파리의 유행 선풍을 일으키게 된 것을 생각해보아도 알 수 있겠다.

하루는 태자가 바삐 옷을 입다가 부주의로 양복 단추 하나를 빼놓았다. 그러자 곧 그것이 유행하여 모든 신사들은 으레 단추 하나를 잠그지 않는 것을 멋으로 삼았다.

또 팔을 그대로 몸에 붙인 채 악수하는 방법이 유행하기도 했다. 원래 태자는 류머티즘 환자라 손을 뻗쳐 악수를 하지 못한 것인데, 멀쩡한 사람들이 그 병신 흉내까지 내게 된 것이다. 생각할수록 신기한 것은 유행의 그 맹목성이다.

왕자가 없는 오늘날 유행을 일으키는 주인공도 변했다. 현대의 유행을 만들어내는 시장은 매스컴이다. 희극배우 해럴드 로이드 Herold Lloyd가 검은 굵은 테 안경을 쓴 덕택으로 로이드 안경이라는 것이 생겨났다. 달래마늘 같은 오드리 헵번Audrey Hepburn이 제비 꼬리처럼 짧은 헤어스타일을 하고 스크린에 나오자 춘향의 후예들도 삼단 같은 머리털을 자르는 데에 주저하지 않았다. 맘보바지, 라마족 같은 먼로의 히프, 색드레스 모두가 그렇다.

다름 아니라 궁정 용어의 고대어가 부활하여 어른 아이들 할것없이 유행되고 있는 일이다. "무엄하다", "상감마마 납시오", "들라 하여라" 미사일 시대에 웬일일까?

사극 붐의 엉뚱한 부작용이다. 모략, 중상, 아첨, 파쟁으로 엮어진 궁전 비화의 사극은 대중에게 그동안 무엇을 주었던가?

매스컴이 이 대중에게 끼치는 영향력은 옛날 군주가 백성에게 주는 힘 못지않다. 맹목적인 유행심만 탓할 게 아니라, 매스컴 자체의 반성이 촉구된다.

시곗바늘을 거꾸로 돌리지 말지어다.

오역 문화의 시대

오역 문화론

그리스와 터키의 분쟁으로 유명해진 키프로스 섬에서는 웬일인지 사람들이 만나기만 하면 '굿바이'라고 말한다. 두말할 것 없이 '굿바이'는 헤어질 때 쓰는 인사다.

그러나 그들은 그것을 굿모닝과 같은 뜻으로 사용하고 있는 것이다. 어째서 그러한 착오가 일어났는가? 그 원인을 따져보면 참으로 흥미 있는 사실을 하나 발견하게 된다.

키프로스에서 간행된 희영希英 사전 때문이다. 사전 번역자가 그만 오역을 해서 '굿바이'를 만나는 인사라고 풀이하게 되었다. 이 잘못이 그대로 굳어져버려서 사전을 정정한 후에도 계속 그와 같은 뜻으로 사용되고 있다는 이야기다. 참으로 번역이란 신중히 다루어야 할 것이라고 생각된다.

영문학계에서 물의가 되어 있는 셰익스피어 번역만 해도 그렇다. 다른 저서도 마찬가지지만 특히 셰익스피어 문학은 성서 번역처럼 중대한 것이다.

고전이 지닌 본래의 난삽은 고사하고라도, 그 시적 표현의 개성 때문에 다른 말로 옮겨내기란 그리 쉬운 것이 아니다.

한 구절을 가지고 수년을 허비한 번역가가 있는가 하면 단어 한마디를 가지고 오랜 시간을 머리 싸매고 고민한 학자들의 일화가 적지 않다.

그런데 들리는 말에 의하면 모 출판사에서 나온 셰익스피어 전집 가운데는 일부의 원고가 일본판을 중역, 그것도 한 장에 몇십 원씩으로 하청을 받아 벼락치기로 한 것이라는 소문이다. 정말 읽어보니 한심스러운 부분이 많이 나온다. 『헨리 4세』에는 '지금……', '지금……'이란 말이 거듭해서 나온다. 부르니까 곧 간다는 뜻으로 쓰인 말이다. 혹시 이것은 일본어의 '다다이마(지금)……'가 아닐까? 그렇지 않다 하더라도 세상에 사람이 부르는데 '지금……', '지금……'이란 말이 어디 있는가?

작은 예에 불과하다. 바야흐로 독서 시즌……. 출판업자의 양심만이 바로 출판계를 살리는 활력인 것이다.

잘못 번역된 것은 정신을 잘못 전달하는 일과 같다. 사소한 일인 것 같지만 이런 데서 정신의 혼란이, 그릇된 사고가 발생되는 것이다.

번역을 잘못한다는 것은 이중의 죄악이다. 타국의 언어를 모욕하고 자국의 언어를 더럽히는 것이니까.

키프로스의 섬사람과 같은 '굿바이'가 아니라 그런 오역의 시대와 정말 '굿바이'하고 싶다.

무엇을 읽을까요

어느 여대생이 위바 교수를 보고 자랑스럽게 말했다.

"선생님, 이 책을 읽으셨나요?"

인쇄 잉크 냄새가 풍기는 산뜻한 신간 서적이었다. 교수는 책 표지를 훑어본 후에 고개를 내젓는다. 아직 읽어보지 못했다는 것이다.

"어머나! 벌써 3개월 전에 나온 베스트셀러인데 아직도 안 읽으셨다니 빨리 읽어보셔요."

그러자 위바 교수는 여대생에게 이렇게 반문했다.

"학생은 단테의 『신곡La Divina Commedia』을 읽었소?"

이번엔 여대생이 고개를 내저었다. 읽을 기회가 없었다는 것이다. 대학 교수는 혀를 차며 충고를 했다.

"저런, 그 책은 나온 지가 벌써 600년이 지났는데 빨리 읽지 않으면 안 될걸."

이 유머는 현대 청소년의 독서법을 비꼰 것으로 매우 함축성이 있는 이야기다.

'베스트셀러'의 신간만 찾아 읽다가 정작 값어치 있는 고전은 그냥 흘려보내는 사람이 있다. 그들은 신간을 늦게 읽는 것은 수치로 알면서도 수 세기 전에 나온 책을 아직도 읽지 못한 것은 부끄럽게 생각지 않는다.

다이제스트물이나 유행물 같은 베스트셀러는 마치 사탕과 같이 입에 당기지만 영양은 별로 없는 것이다. 도리어 위를 상하게 하고 치아를 병들게 하는 것처럼 해가 되는 경우도 없지 않다.

독서 주간이 되면 책을 읽으라고 구호만 떠들썩하다.

그러나 독서법에 대한 구체적인 계몽이나 양서良書 선택에 대한 친절한 안내는 거의 찾아보기 힘들다.

무엇을 어떻게 읽느냐 하는 것은 사람에 따라 다르고 시대에 따라 차이가 있겠지만, 우선 고전부터 읽으라고 권하고 싶다.

고전이란 단순히 옛날 책만을 의미하는 것은 아니다. 그 내용은 변함없지만 언제나 새로운 자양을 공급해주는 것, 몇 세기를 두고 마르지 않는 샘처럼 새로운 힘을 가지고 있는 것이 바로 고전이라 하겠다.

사람은 교활한 동물이라 책명만 외우고 마치 그 책을 통독한 것처럼 이야기하는 수가 많다.

그러므로 고전일수록 읽지 않고도 읽은 체하는 경우가 많이 있다.

요즈음엔 선거 바람, 콜레라 바람으로 꽤 어수선한 독서 시즌이지만 이런 때일수록 그윽한 고전의 향기에 메마른 정신을 적셔

볼 일이다. 고전 독파 5개년 계획 같은 것을 세우는 것도 쑥스러운 일은 아닐 것이다.

독서 시즌이라는 미신

알렉산드로스 대왕이 세계를 정벌할 때 그의 머리맡에는 언제나 단검과 함께 그리스 비극의 책이 있었다고 전한다.

그리고 나폴레옹은 출정 중에도 괴테의 『젊은 베르테르의 슬픔』을 호주머니에 넣어 다녔고, 폴란드의 독립군들은 마치 하나의 무기와도 같이 배낭 속에 『쿠오바디스Quo Vadis』란 소설을 간직해두었다는 이야기가 있다. 살벌한 전쟁터에서도 그들은 모두 책을 읽는 풍습을 버리지 않았던 것이다.

그러나 이러한 에피소드는 날이 갈수록 점점 퇴색해가고 있다.

우리나라뿐만 아니라 독서율의 감퇴는 현대의 한 특징처럼 되어 있다. 그래서 심지어 소리 나는 책이라 하여 읽는 것이 아니라 듣는 책까지 나오고 있는 형편이다. 안이한 것을 좋아하는 독자들은 눈으로 읽는 것보다 귀로 듣는 것을 더 좋아하고 있기 때문이다.

독서 주간. 가을과 함께 오는 행사다. 그러나 따지고 보면 독서 주간이니 등화가친燈火可親이니 하는 말이 있기 때문에 도리어 독서에 대한 인식이 희박해지는 것이 아닐까 하는 생각이 든다. '독서는 가을에나 하는 것', '할 일 없고 편안할 때 하는 것'으로 오인되기 쉽기 때문이다.

독서가 정말 정신의 양식이라면 독서를 할 계절이 따로 어디 있겠으며 독서를 할 주간이 새삼스럽게 마련될 일이 어디 있겠는가?

아직도 우리는 독서를 한다는 것과 공부를 한다는 것을 별개의 것으로 안다.

교과서 이외의 책을 읽는 것은 일종의 '놀이'라고 오해하는 사람들이 많은 것이다. 그래서 심지어 "우리 집 애는 공부는 하나도 하지 않고 책만 읽는다."고 불평하는 학부형까지 있는 것이다. 독서열을 북돋우기 전에 독서에 대한 인식부터 새롭게 해줄 필요가 있지 않을까 싶다.

그리고 책을 읽으라는 행사를 백 번 하기보다 있는 도서관이라도 정상적으로 이용할 수 있게 하는 노력이 필요하지 않을까 싶다. 외국에는 이동 도서관 같은 것이 있어 자동차에 책을 싣고 시골로 순회하는 제도가 있다. 말보다는 이러한 행동이 '국민 개독皆讀'의 기회를 열어주는 데에 도움이 된다.

가을만이 독서의 계절이라는 인식부터 뜯어고치자. 행사보다는 도서관의 책 한 권을 더 늘려주는 것이 보다 절실한 문제다. 이런 데서 새로운 독서 경향은 움트리라 믿는다.

외설 소설론

새뮤얼 존슨Samuel Johnson이 사전을 출간했을 때의 이야기다.

그가 연회석상에 나타나자 귀부인들이 우르르 몰려들어 교태를 부렸다. '선생님의 저작이야말로 가장 점잖고 가장 훌륭한 것'이라는 의견이었다. 즉 사전을 펼쳐보았더니 성性에 관한 상스러운 말이나 음란한 용어들이 수록되어 있지 않더라는 것이다.

존슨은 그 말을 듣자 입가에 미소를 띠며 이렇게 답례를 했다.

"감사합니다. 그러면 부인들께서는 제 사전이 출간되자마자 제일 먼저 음란한 말과 성에 관한 단어부터 찾아보셨군요?"

공작새처럼 거만을 떨던 귀부인들은 그만 무색해져서 두 번 다시 얼굴을 내밀지 못했다.

요즈음 신문소설이 음란해서 차마 눈 뜨고 읽을 수 없다고 항의하는 신사들이 많다. 이런 장면은 어떻고 저런 장면은 어떻고, 일일이 실례를 들어 비판하고 있는 그들의 이야기는 여러모로 수긍이 갈 만하다.

그런데 왜 그들은 그렇게 추잡하다고 하면서도 굳이 신문소설을 읽고 있는 것일까? 만약 신문소설을 무시해서 읽지 않는다면 그게 추잡한지 성스러운지 알 도리가 없을 것이다.

새뮤얼 존슨식으로 말하자면 그들이야말로 신문소설을 누구보다도 열심히 읽고 있는 사람임에 분명하다. 겉으로 욕을 하면서도 속으로는 호기심에 가득 차 있다.

말하자면 도덕적 위장 속에서 신문소설을 애독하고 있는 셈이다. 정말 신문소설의 저속성을 절감하고 있는 사람은 신문소설을 아예 읽으려고도 하지 않는 사람들일 것이다.

물론 신문소설의 저속성을 합리화시키자는 이야기는 아니다. 상 레알은 소설을 정의하여 '거리로 메고 다니는 거울'이라고 했지만 요즈음의 신문소설은 '사창굴의 천장에 달아놓은 거울'이라고 할 수 있다.

작자나 신문사 측에서도 반성해야 한다. 그러나 독자들의 태도도 변해야 된다.

저속한 소설을 정말 외면하고 들여다보지 않는다면 누구도 그런 소설을 실으려 하지 않을 것이다.

최근 신문소설에 대한 비판이 높아지고 있기 때문에 몇 마디 참고로 하는 소리다.

박수 부대와 문학

1830년, 프랑스 좌座에서는 비평가 고티에Théophile Gautier를 선두로 한 정체불명의 사나이들이 밀려들어오고 있었다. 이들이 관객 사이에 사방으로 흩어져 자리에 앉자, 드디어 육중한 막이 올라갔다. 빅토르 위고의 5막 운문 사극 「에르나니」가 시작된 것이다. 갑자기 박수와 함성이 터져나왔다. 이 선풍에 휩쓸린 관객들도 부지중에 감격의 열탕熱湯을 자아냈다. 폭풍 같은 흥분과 아우성 속에서 대사조차 들리지 않았다.

고티에가 박수 부대를 동원하여 위고의 연극을 지원해준 까닭이다. 삼일치의 법칙을 철칙으로 한 당시의 고전극을 타도하기 위하여 위고를 앞장세운 낭만파의 혁명극이 벌어진 것이고 이것을 계기로 하여 프랑스 문단에는 '에르나니 전투'가 전개되었다.

아카데미를 중심으로 한 고전파와 위고를 에워싼 야수적인 낭만파들은, 양파로 갈라져 설전과 필전, 심지어는 육탄전까지도 사양하지 않았다.

1921년 5월 13일, 침침한 파리의 어느 살롱에서는 '바레스 재판'이 시작되었다. 다다이스트의 시인들은 그 당시 명망 높은 애국 작가 모리스 바레스Maurice Barrès를 피고석에 앉혀놓았다. 물론 진짜 바레스가 아니라 짚으로 만든 인형을 그 대신으로 갖다 앉힌 것이다. 재판장은 다다이즘의 기수 앙드레 브르통—증인은 역시 그 파의 전위 시인 차라였다. 재판장은 바레스를 오욕의 사상가이며, 새로운 문학 혁명(다다이즘)의 적으로 몰았던 것이다. 고전파와 낭만파의 싸움인 '에르나니 전투'와, 다다이스트들의 '바레스 모의 재판극'은 예술인들의 치열한 분파전의 상징이다. "클래식과 아카데미를 부숴라", "다빈치의 〈모나리자〉를 불사르라."—과격한 구호의 충돌쯤은 차라리 약과에 속한다. 미술가의 화파畵派 전쟁은 종종 법정 투쟁으로까지 발전된다. 유명한 예로,

휘슬러James Whistler가 자신의 풍경화를 '가격만 높이 붙인 종잇조각'이라고 혹평한 평론가를 명예훼손죄로 고발한 사건 등이 그것이다.

우리나라의 예술가들도 만만찮다. 좁은 서울 구석에 환담하는 다방이나 선술집까지도 국경이 있다. 그러나 그것이 창조적인 분파가 아니라 단순한 정실 위주의 감정적 분파라는 데에 문제가 있다. 일종의 '보스' 중심의 문단 활동인 것이다. 문학상을 줄 때나 혹은 무슨 감투 선거가 있을 때 열을 뿜는 투쟁이다. '잿밥에만 마음이 쏠리는' 중들이다. 싸움에는 두 가지가 있다. 하나는 가치관의 싸움이요, 또 하나는 권력의 싸움이다. 우리 문단은 어느 쪽인가? 박수를 치는 사람은 있어도 박수를 받을 그들이 없는 것이 서럽다.

셰익스피어의 비화 1

1964년 4월 23일은 셰익스피어 탄생 400주년을 맞이하는 날이다. 본고장인 영국은 물론 세계 각국에서는 이날을 기념하는 성대한 축전을 벌이고 있다.

우리나라에서도 연극인 160명이 출연하는 셰익스피어 극의 대공연을 비롯하여 강연회, 전시회 등 다채로운 행사가 마련되어 있다. 이렇듯 셰익스피어의 명성은 국경과 시간을 넘어 인류의 영원한 시인으로서 추앙받고 있지만, 그 인물에 대한 전기는 아직도 안개에 싸여 있는 부분이 많다.

사실은 그의 생일도 22일인지 23일인지 확실치 않다. 그리고 심지어 그의 국적이나 성명까지도 의심을 받고 있는 터라 심심하면 학자들 간에 논쟁거리가 되고 있다.

셰익스피어는 영국인이 아니라 프랑스인이라고 말하는 사람도 있고 또 러시아 사람이라고 주장하는 학자도 있다.

그런가 하면 어느 연구가는 셰익스피어가 여성이었다는 놀라운 단정을 내리기도 한다. 현존하는 셰익스피어의 사인을 보더라도 그 철자가 모두 다르다. 즉 'William Shackspeare', 'Shakspeare', 'Wilm Shaxpr' 등으로 그 이름조차 어느 게 진짜인지 모른다는 이야기다.

알렉산더 존 엘리스Alexander John Ellis의 저서를 보면 셰익스피어의 영문자는 무려 4천 종에 달하고 있다.

그래서 스티븐슨은 "셰익스피어에 관해 확실히 알려져 있는 모든 사실은, 그가 스트랫퍼드 어폰 에이번에서 태어나 결혼하여 자식을 낳고 런던에 나와 배우가 되었으며 시와 희곡을 썼다. 그 후 고향으로 돌아와 유언장을 만들어놓고 죽었다는 것뿐이다." 라고 말했다.

그 나머지는 전부가 멋대로 꾸며진 가공적인 이야기라는 것이다. 전기傳記만이 아니라 그의 작품을 헐뜯으려고 하는 사람도 없지 않다.

가령 『줄리어스 시저』에 "시계가 3시를 쳤다."는 대목이 나오는데 그 시대에 무슨 종 치는 시계가 있었느냐고 핏대를 올리는 경우다. 볼테르와 톨스토이, 그리고 버나드 쇼Bernard Shaw도 셰익스피어를 욕했다. 그러나 우리가 분명히 말할 수 있는 것은 그의 생애야 어쨌든, 지엽적인 과오야 어찌 되었든 '신 다음으로 가장 많은 것을 창조해낸 사람이 바로 셰익스피어'란 점이다.

위대한 것은 스스로 말하지 않아도, 그 근원을 알 수 없어도 이렇게 영원히 빛나는 법이다.

셰익스피어의 비화 2

셰익스피어에 대한 전기는 구구하다. 심지어 영국인이냐 아니냐 하는 문제로 이따금 말썽이 일어나는 때도 있다.

영국에서는 본시 셰익스피어라는 성이 없기 때문에 더욱 그런 것이다. 프랑스인은 그를 프랑스인이라고 말하고 러시아인들은 또 러시아인들대로 자기 나라 사람이라고 우긴다.

릴라당Villiers de L'Isle-Adam은 셰익스피어가 프랑스인일 것이라는 가설을 다음과 같이 주장하고 있다. 셰익스피어는 원래 프랑스 이름으로 자크 피에르Jacques Pierre였다. 그런데 영국으로 건너가서 그만 그것이 영국식으로 불리어 자크가 셰익스로 되고 피에르가 피어로 되었다는 것이다. 그 증거로 영국에는 셰익스피어라는 성이 없지만 프랑스에는 자크 피에르라는 것이 얼마든지 흔하게 있다는 것이다.

최근에 널리 소개된 것으로는 소련의 고르비예프 교수와 사지르스키 박사가 셰익스피어를 러시아 사람이라고 해서 학계에 파문을 던진 설이다. 셰익스피어의 본명은 올라디밀 시코스 프로프이며, 원래는 선원이었다는 것이다. 그런데 폴란드가 모스크바를 점령했을 때 각지를 유랑하다가 영국 귀족 부인과 사랑에 빠지게 되었다는 것이다.

그때 그녀에게 바친 소네트가 계기가 되어 영국 문단에 데뷔하고 이름을 바꿔 영국에 영주했다는 설이다. 그 증거로서 셰익스피어가 썼다는 러시아어 일기장까지 내세우고 있다. 물론 허황된 이야기들이다. 그가 영국인이라는 것은 의심할 여지가 없다. 우선 그가 다룬 영어만 보더라도 알 수 있다.

토착인이 아니면 도저히 그렇게 쓸 수 없다는 것은 만인의 정평이다. 문제는 셰익스피어가 너무 유명하기 때문에 그를 제 나라 사람이라고 주장하는 사태가 벌어지게 되는 것이다. 만약 셰익스피어가 천하의 악당이었다면 모두 자기 나라 사람이 아니라고 펄쩍 뛰었을 것이다.

그런데 우리의 주변에는 셰익스피어는 아니지만 그 국적이 의심스러운 인간들이 많다. 저것도 한국인이었던가 싶은 사람들이

한둘이 아니다.

그중에서도 굶주리다 못해 자식을 독살하고 목을 매다는 세상에 한옆에서는 귀한 쌀을 매점하여 폭리를 노리고 있는 악덕 상인들이 특히 그렇다. 그러고도 신문에는 잘했다고 대문짝만 한 호소문을 내걸고 있다.

누구에게 호소하자는 것일까? 그들이 한국인이 아니라는 새 학설이 나오기만을 고대하고 있을 따름이다.

비너스의 내란

언젠가 빈에서는 광인들의 그림과 이름 있는 현대 화가들의 작품을 비밀리에 뒤섞어 미술전을 연 일이 있다. 그리고 관람객들에게 인기투표를 시켜보았다.

그 결과는 아이로니컬하게도 6대 4의 비율, 즉 광인의 그림에 표를 던진 사람이 전체 관객의 4할을 차지하고 있었던 것이다. 그것이 광인의 그림이라고는 꿈에도 생각지 못했던 것은 물론이다.

과연 현대화는 이해하기가 곤란한 모양이다. 예술의 감상안이 높다는 빈 시민들도 광인의 작품과 이름 있는 화가의 작품을 구별하지 못했다고 하니 우리 입장에서는 더 말할 나위가 없다.

상당한 식자들도 무엇이 좋은 그림이고 무엇이 나쁜 그림인지 평가 능력도 갖지 못하고 있는 것이 사실이다.

파리의 미술전에서도 추상화 하나를 거꾸로 전시해서 말썽이 생긴 일이 있었다. 이쯤 되고 보면 문짝을 만드는 목수처럼 미술가들도 앞으로는 그림을 다 그리면 '천天', '지地'의 기호를 화폭 위에 써두어야 할 형편이다.

모든 예술 가운데 가장 전위적인 것이 바로 미술이라고 말하는 사람들이 있다. 엉뚱한 아전인수 격의 이론이 아니다. 예술가를 훑어보면 과연 미술은 언제나 다른 예술보다 한 걸음 앞서 있다.

낭만주의만 해도 그렇고, 쉬르레알리슴만 해도 그렇다. 미술가는 척후병처럼 새로운 세계를 탐색해냈다.

역시 시각예술이라 '새것'에 예민한 모양이다.

눈은 잠시도 그냥 있으려 하지 않는다. 무엇인가 새것을, 신기한 것을 찾아내려고 하는 것이 눈의 본능이다.

매년 '국전國展'이 열릴 때마다 심의 위원 문제를 둘러싸고 말썽이 잦다. 전위예술이기 때문에 그림의 평가 문제도 그만큼 유동적이고 그만큼 격렬해지게 마련인가 보다.

그러나 우리의 경우에는 '미'에 대한 가치 규준보다도 화단의 파벌 싸움이라는 인상이 강하다.

화단의 파벌은 물론 화가의 유파에서 생겨나는 것이지만, 우리의 경우에서는 정실이라는 단순한 섹트sect 의식이 한층 더 강하게 작용하고 있는 것 같다.

국전은 문자 그대로 나라의 미술전이다. 모든 유파가 골고루

모여서 평등한 실력을 발휘할 수 있는 공동의 광장이 모색되어야 한다. 더구나 관官은 중립을 지켜야 한다. 흐루쇼프의 '말꼬리' 논쟁처럼 권력의 배경으로 미술을 평가하는 일이 없도록 당부한다.

미美에의 길

다리 밑에서 남루한 옷을 입은 청년 하나가 졸고 있었다. 오랫동안 굶주렸는지 배를 틀어쥔 손은 힘없이 떨고 있었다. 지나가던 사람 하나가 이 걸인 꼴을 유심히 살펴보다가 이윽고 외마디 소리를 질렀다.

"아니! 자네 아닌가."

눈을 뜬 걸인도 반가운 듯이 미소를 지었다. 그들은 잘 아는 친구였던 것이다.

친구는 그 걸인에게 지폐를 쥐여주었다. 그 걸인은 친구와 작별하자마자 비틀거리며 거리로 달려갔다.

배가 고픈 것이다. 그러나 빵집 앞에 잠시 서 있다가 다시 화구상畫具商 앞으로 갔다.

그 걸인은 다름 아닌 렘브란트.

그러다가 다시 또 빵집으로 온다. 한참을 이렇게 오고 가다가 드디어 그는 결심한 듯이 화구상 문을 두드렸다. 그는 굶주리고 있었으면서도 빵이 아니라 화구를 사들인 것이다.

오늘날 세계에서 가장 비싼 값으로 팔리고 있는 수많은 명화를 남긴 그 렘브란트였다.

가난과 모멸과 실의 속에서 그는 그렇게 그림을 그렸다. 그의 영광은 오직 인내와 신념으로 얻어진 것이다.

가을철, 국전이 열렸다. 여기에도 역시 영광과 패배의 갈림길이 있었을 것이다. 입선자는 입선자대로, 낙선자는 낙선자대로 실로 감회가 복잡했을 것이다. 모든 것이 다 그렇겠지만 순수한 미를 추구하는 예술가의 프라이드는 강하고도 결백하다.

그래서 때로 국전 낙선자들은 자기 예술의 기능을 회의하기보다는 심사위원들의 심미안을 부정하려 드는 경우가 많다. 프랑스의 '앵데팡당Independant' 전도 그러한 반동에서 생겨난 운동이다.

현실을 무시하고 새로운 예술 경향을 저해하고 있다는 청년 화가들은 국전 심위 구성에 불만을 토로했다.

단순한 불평이 아니라 서명까지 벌여 성명 운동으로까지 확대되었다. 이른바 구상 위주인 늙은 작가와 추상을 지향하고 있는 젊은 화가의 대결이 한층 더 노골화된 것 같다. 우리는 어느 편을 향해 무어라고 말할 입장에 있지 않다. 렘브란트의 일화 하나를 다시 한 번 생각해보고 싶은 것이다.

남이 알아주든 말든, 굶든 먹든, 순수한 마음으로 오직 그림에만 열중했던 렘브란트에게 영광의 관은 스스로 찾아왔다는 일화를 되씹고 싶다.

명화 도둑을 환영한다

명화 수난受難의 시절이다. 이름난 세계의 예술품들이 도처에서 여러 차례 도둑을 맞았다. 그리하여 세잔, 마티스, 피카소 등 쟁쟁한 화가의 고전 작품들이 영영 그 종적을 감추어버린 것이 많다. FBI까지 동원되고 또 막대한 현상금을 내걸어 분실품을 되찾으려고 했지만 아직 그 후문은 들려오지 않는다. 근래에 들어와서 또 런던에서는 고가의 예술품들이 도난당했다. 그런데 이번에는 다행히 그 범인이 체포된 것이다. 뉴욕의 거리—물건을 트럭에 싣고 도망치려던 순간에 잡히고 만 것이다. 그들이 훔친 예술 품목은 에드워드 먼치Edward Munch의 〈베란다의 두 여인〉, 무어Henry Moore의 조각 〈모자母子〉, 라우란의 〈여인의 머리〉, 피카소Pablo Picasso의 〈여인의 머리〉로서 시가 10만 달러가 넘는다는 소식이다.

공교롭게도 여인을 모델로 한 작품들만 훔쳐낸 것을 보면 아무래도 이 도둑들이 페미니스트가 아닌가 의심스럽다.

따지고 보면 그림 도둑의 역사는 깊다. 그리고 그 에피소드도 갖가지다. 그중에서도 그림 도둑 때문에 억울한 감옥살이를 한 시인 아폴리네르의 이야기는 특히 유명하다.

1911년 9월, 아폴리네르는 루브르 박물관에서 다빈치의 〈모나리자〉를 훔쳐냈다는 혐의로 투옥되었다. 어째서 하필 유명한 시인이 그림 도둑으로 몰려야 했던가?

프랑스 경찰은 세계 최고의 명화인 〈모나리자〉가 도난당한 것엔 아무래도 특수한 곡절이 있을 것이라고 단정한 것이다. 왜냐하면 이렇게 유명한 그림은 팔 수 있는 성질의 것이 아니기 때문에, 보통 도둑의 소행이 아니라고 믿었던 것이다.

그런데 그때 마침 이탈리아에서는 마리네티Filippo Marinetti를 중심으로 한 미래파 예술가들이 등장하여 전통 파괴를 외쳤고, 그 광적인 선언문에는 '묘혈같이 낡은 미술관을 파괴하라.'는 구호와 함께 다빈치의 〈모나리자〉를 비난하는 구호가 있었다.

그리하여 경찰은 급진적인 시인이며 화가인 아폴리네르가 이들과 관련된 것으로 보고 엉뚱한 혐의를 걸게 된 것이다. 벌써 50년 전의 이야기 —'그림 도둑'을 미학적인 경지에서 수사한 에피소드엔 귀엽기까지 한 격세지감의 낭만이 있다.

그러나 이것은 모두 외국에서의 이야기, 차라리 우리에게도 도둑이 탐낼 정도의 명화가 나타나주었으면 좋겠다.

한국의 화가들은 아틀리에에다가 이렇게 써 붙여라.

"그림 도둑을 환영합니다."

III
문단 파노라마

패배한 신인들

흐르는 물은 썩지 않는다.

유동하는 역사, 유동하는 인간의 그 정신은 '판도라에서 나온 최후의 선물'(희망) 그것이다.

그렇기 때문에 인간들은 밀봉密蜂처럼 육각형의 집만을 짓지 않는다. '로마' 사람들은 '코린트'식 '판테온'을 지었고 중세인들은 고딕식 성당을 세웠다.

그리고 현대인들은 현대식 '모드'의 빌딩을 설계한다.

시대에서 시대로 모든 형식 모든 사상은 하나의 리듬을 가지고 변화한다. 멸망하는 것과 탄생하는 것과 그렇게 해서 인간들은 끊임없이 움직여가고 있다.

그것은 아직도 인간의 역사가 살아 있다는 것이며 기대가 있다는 것이며 '프로메테우스'의 불꽃이 꺼지지 않았다는 증거다.

예술에 있어서도 그렇다. 그것은 바람처럼 강물처럼 흐른다. 시대와 함께 변해가는 언어의 향기는 썩지 않고 언제나 새로울 수 있는 것이다.

그러나 이유 없이 바람은 불지 않는다. 사물이 움직이는 데는 반드시 계기가 있어야 한다. 늪의 물은 흐르지 않고 기압이 변하지 않는 곳에는 한 점의 바람도 일지 않는다. 우리는 영구 운동 불가능이라는 열역학 제1법칙을 배웠다.

한번 움직였던 것은 반드시 정지한다. 그러니까 그것을 영원히 움직이게 하려면 언제나 새로운 힘을, 새로운 계기를 만들어주어야 한다. 새로운 힘을 상실했을 때 모든 것은 늪의 물처럼 고여 부패된다. 그것은 곧 죽음이다. '코뮤니즘'의 사회가 바로 그 거대한 죽음의 예가 된다. 또 예술에 있어서의 '매너리즘'이란 것도 바로 그러한 현상을 의미하는 것이다.

그러므로 시대와 시대를 꿰뚫고 유동하는 예술의 생명은 수없이 폭발하는 추진력에 의해서 지속된다. 그것은 마치 인공위성을 실은 로켓이 1단계의 추진력이 다하면 다음 단계의 로켓에 불이 붙어 새로운 추진력이 생기듯 그래서 비상을 계속하듯 그렇게 움직여간다.

우리들의 위대했던 단테가, 셰익스피어가, 도스토옙스키가, 그리고 니체가 화약처럼 차례차례로 폭발했다.

결국 '매너리즘'에 빠진 구세대의 예술은 새로운 세대의 폭발 속에서 새로운 추진력을 얻는다. 여기에 신인新人의 의미가 있는 것이다.

발자크나 플로베르Gustave Flaubert의 리얼리즘 문학이 노을처럼 침몰해갈 때 20세기의 고공 속에서 폭탄처럼 터진 통쾌한 지드의 정신을 우리는 기억한다. 그리고 불쌍한 '다다'—다음 단계(쉬르레알리슴)의 로켓에 도화선이 되었던 그 '다다이스트'들의 멸망—이러한 순서로 예술은 끊임없이 활동하여 그 정체停滯에서 구제된다.

그렇다면 폭발할 수 없는 예술가들은 신인이 아니다. 그들은 타성을 이용해서 연명해나갈 뿐이다.

그런데 우리나라의 신인들은 어떠한가? 그들은 '다이너마이트'처럼 터질 수 있는가? 우리 예술의 새로운 추진력이 되어 낙하해가는 그것을 다시 움직이게 할 가능성을 지니고 있는가? 만약 그들이 그들 세대(단계)를 폭발시키지 못한다면 다음 단계의 로켓에 점화되지 못한 인공위성처럼 스스로 붕괴할 운명을 초래하고 말 것이다.

폭발한다는 것—그것은 침묵을 향한 도전이다.—침체한 죽음의 기류로부터 탈출하려는 욕망이며 새로운 정신을 얻으려는 창조적 투쟁이다.

루소Jean-Jacques Rousseau는 쇠미한 고전주의의 공백기에서 폭발했고 그것은 낭만 정신의 추진력이 되었다. 보들레르는 그리고 젊은 랭보Arthur Rimbaud는 합리주의의 낡은 공장 앞에서 폭발했다. 그리하여 비합리주의적 문학의 새로운 동력이 되었다.

그러나 지금 노후한 시대—그 우울한 일제의 강점기 문학이 썩은 늪처럼 빛깔을 잃고 있는 이 우리의 진공기에선 누가 폭발할 것인가? 새로운 단계(선의)의 추진력을 요구하는 우리의 문학은 지금 침묵을 깨치고 분노처럼 혹은 거대한 체념처럼 불붙는 폭발의 시간을 기다리고 있는 것이다.

이때 손창섭, 장용학, 선우휘, 송병수—이러한 신진 작가들이 나타나기도 했다. 김춘수金春洙, 전봉건全鳳健, 김수영金洙映, 송욱宋稶, 신동문辛東門 같은 신진 시인들이 출현하기도 했다.

그러나 그들은 마지막 가스다. 혹은(선의로 말한다 해도) 도화선은 될지언정 새로운 추진력이 될 수 있는 폭발은 없다.

그들의 정신은 묘지를 밝히는 묘등墓燈처럼 희미하게 연소하고 있을 뿐이다. 그들의 광채는 찬란한 미래의 시각을 향하여 뻗어가고 있는 것이 아니라 지금 과거(묘지)의 닫혀진 시각을 위해서 타오르고 있는 것이다.

손창섭 씨에게서 발견할 수 있는 것은 '니힐리즘의 묘혈墓穴 냄새'다. 장용학 씨에게선 쉬르레알리슴의 퇴화된 꼬리를, 선우휘 씨에게선 도금된 계몽주의를, 그리고 또 송병수 씨에선 소박한 '페시미즘'을 맛보게 된다. 하지만 이들에 대해서 아직 절망하기엔 빠르다.

인내가 필요할 것이다. 대체로 이 신인들은 자기 자신을 표현하는 데 대담하지 못하다. 그들은 몹시 소심하기 때문에, 남의 이

목이 두렵기 때문에 기성적인 문학에 대하여 자신을 연소시킬 용기와 정열을 가지고 있는 것 같지 않다.

벌써 매너리즘에 빠져 화석화해가는 그들은 우리를 슬프게 한다.

이 밖에도 일군의 신인들이 있다. 기성 작가들이 '피노키오'처럼 만들어놓은 작가들이다. 그들은 텅 빈 기성작가들의 가방을 들고 다니는 비서 격이다. 그들에 의하여 비서秘書 문학이란 것이 생겨나고 말았다. 그러니까 무의식적으로 정신적인 전족을 하고 있거나 사화산死火山처럼 힘을 잃은 구세대의 문학을 정조대로 삼고 있는 것이다. 폭발은커녕 그것을 막고 있는 신인들이다. 그들은 안이하게 문단에 나와서 안이하게 그들의 세대를 팔아넘겼다. 그것이 한 번밖에는 소유할 수 없는 자기의 순간, 자기의 세대를 구상화하는 데에 좋은 방법은 될 수 없을 것이다. 그것은 문학적 자살이다.

구체적인 예를 들자면 신인 유승규柳承畦 씨에게서 아무래도 우리는 그를 추천한 이무영李無影 씨의 그림자를 발견하지 않을 수 없는 경우다. 그리고 《현대문학》지에 추천된 시인 가운데 서정주 씨의 명주 바지를 물려받은 신인들의 어색한 꼴을 목격하게 되는 것이 그렇다.

결코 신인이라는 말이 '올챙이의 꼬리'와 동의어는 아니다. 신인이란 것이 문학의 견습공을 가리키는 말이 아닌 이상 기성의 수준에 육박한 '신인의 작품 운운'은 어불성설이다. 올챙이는 꼬리가 떨어지면 개구리가 된다. 그러나 신인이 성숙해진다 해도 기성의 그것은 아니다.

우리는 두 사람의 서정주, 두 사람의 이무영 씨를 원하지는 않을 것이다. 또 원해야 할 필요가 어디 있겠는가? 현대인들이 로마의 판테온을 찬양하면서도 아무도 판테온과 같은 식으로 건물을 세우려 하지 않는 것처럼 그들의 작품이 가치 있는 것이라 할지라도 우리는 오늘의 신인들이 그러한 작가와 동일해지기를 희망하지 않는다.

글을 쓴다는 것 그것이 이미 하나의 반역이기 때문이다. 그렇다면 앞으로 명실상부한 신인이 나타나야 될 것이다. 그러기 위해선 오늘의 신인들이 패배하게 된 원인을 밝혀주는 것이 좋다. 그 패인을 우리는 외부적인 것과 내부적인 것으로 갈라 이야기할 수 있다.

전자는 신인이 자랄 수 있는 객관적인 환경 조건이다. 즉 신문사의 신춘문예 현상懸賞이라든가 문예지의 추천이 신인의 등용문이 되고 있다는 실정이다.

외국의 신인들은 대부분 독자의 지지를 얻어 나타나게 되지만 우리 신인들은 기성 문단에 결재를 받아야 비로소 행세할 수 있다.

기성 문단의 인준(낡은 가치관) 밑에서만 새로운 신인이 데뷔할 수 있다는 이 조건은 대부분의 신인이 곧 기성적인 문학에 동조하고 타협하지 않으면 안 될 현실을 만들어놓은 것이다. 그렇지 않으면 곧 고립하게 된다. 한 문학 사조의 쇠퇴와 흥망은, 변화와 개혁은 독자들에 의해서 결정된다. 그러나 우리나라에선(순문학의) 독자층이 형성되어 있지 않으며, 또 직접 이들의 시험을 받을만한 기회가 전연 없는 것이다(자비 출판이라든가 동인 운동이 사실상 우리나라에선 별 의미를 갖지 못했다).

실존주의가 전후의 불문학계에 큰 세력을 가지고 군림한 것은 기성적 문인들이 아니라 독자들이 그렇게 만든 것이다. 신인 사르트르와 카뮈는 프랑스의 독자가 그렇게 만들어준 것이다. 결국 우리 신인들이 기성적 문학에서 탈피할 수 있는 그 원인의 하나는 바로 한국의 신인들이 독자의 지지보다 기성 문단인의 인준을 받아야 문학 활동을 할 수 있도록 된 그런 현실적 조건 때문이다.

그리고 후자의 패인으로는 신인들 자신이 자기 신념을, 자기 성실을 그리고 자기 세대에 대한 양심을 가지고 있지 못했기 때문이다. 그리하여 그들은 고립하기를 두려워하고 있다. 남의 시선을 위해서 자기 자신을 기만하고 은폐한다. 거기에 또 아직 자기 세계관을 가지지 않은 채 뚜렷한 설계를 세우지도 못한 채 뜬소문 같은 '저널리즘'의 '플래시' 앞에 나서기를 희망하고 있기 때문이다.

당분간 전자의 조건을 타개하기는 어려울 것이다. 그러나 후자의 것, 즉 신인들 자신이 그들 세대에 대한, 그들 문학에 대한 태도는 얼마든지 원한다면 바꿀 수 있는 것이다.

신인들은 자신들에게 주어진 아침의 햇살을 저녁노을로 받아들여서는 안 된다. 그리고 한국 문학의 '매너리즘' 속에서 끝없이 침몰하는 패배주의를 선택해야 할 이유도 사실 없는 것이다.

미소의 의미

강신재康信哉 씨의 소설에는 미소가 있다.

노여움과 의로움, 굴욕과 질투 그리고 모든 감정 속에서 시시로 변화하는 생활인의 엷은 미소가 있다.

오만하고 귀족적인 냉소가 아니라 사소하고 일상적인 생활 주변에 오히려 따뜻한 인간에의 애정을 느끼는 그 서민적인 웃음—향기 있는 웃음이 있다.

"인간이란 그저 그런 것이다."라는 엷은 체념을 잘 알고 있기 때문에 그러한 운명을 씨는 사랑할 수 있었던 것이다. 커다란 명제, 거창한 삶의 수수께끼와 벌거벗은 싸움을 한데도 이미 그것이 부질없는 일인 줄을 알기 때문에 씨는 오히려 낙관적인 눈으로 세상의 일들을 바라보고 있는 것이다.

그리하여 강 씨의 소설 속에는 모든 것이, 모든 인간의 행동이 용서되어 있고 인간의 운명은 그 운명 그대로의 얼굴로 그려져 있다.

안개와 같은 형언하기 어려운 분위기, 인간의 분위기 그것이 그대로 한 편의 소설을 이루고 있다.

그래서 우리는 그분의 소설 속에서 체호프Anton Chekhov와 사로얀William Saroyan을 합쳐놓은 것 같은 인상을 받는다. 평범한 일상인의 생활 감정, 그 담담한 생활에의 색채 그러한 것들이 경쾌하게 그리고 또 우울하게 마치 금관악기의 음향처럼 울려오고 있다.

「바바리코트」라는 한 소설을 보아도 우리는 씨가 무슨 인간의 의미라든가 생의 철학 같은 것을 그의 작품을 통하여 말하려 들지 않고 있다는 것을 알 수 있다.

무능하고 마음 약한 남편과 헤어져 미군 '오피스'에서 혼자 일하고 있는 '숙희'의 심정, 그러한 생활의 모순—만약 이러한 경우를 다른 작가가 소재로 하여 작품을 썼다면 그것의 결말은 그 중의 누구 하나가 자살하여 죽든지 일대 웅변의 교훈이나 처절한 싸움 같은 것이 벌어졌을 것이다.

그러나 씨의 이 소설은 그렇지 않다. 곧 피비린내 나는 사건이라도 벌어질 듯이 무덥던 날들의 감정은 가을 날씨같이 개어버리고 만다.

'동호'(남편)는 '바바리코트'를 꺼내 입고 별 이렇다 할 불평도 없이 다시 시골로 내려가고 또 숙희는 숙희대로 어떤 것이 정말 자기의 것인지 무엇이 자기에게 가치 있는 것인지 그저 명백하지 않은 그런 생활을 다시 계속하게 된다. 숙희는 생각한다. '무엇때문에 그가 그렇게도 비참한 형상을 하고 찾아왔다가 또 저렇게 명랑해지며 돌아갈 수 있는 건지?' 그러나 작가는 바로 그것을 잘 알고 있는 것이다.

동호의, 아니 모든 인간의 그러한 구름 같은 심정을 그리고 또 그것이 다름 아닌 인간의 생활이라는 것을 씨는 이해하고 있는 것이다. 죽을 것같이 괴롭던 심정, 미칠 것같이 즐거운 행복—그러나 이 모든 것을 알고 보면 그것은 그저 아무것도 아닌 사건들이다. 사소한 일순의 전광에 불과한 것이다. 그러나 이렇게 부질없고 사소한 감정 속에 이끌려 살아가는 것이 또한 인간들이다.

영화 한 편이 마음에 들었다는 이유로 금시 세상이 끝날 것 같은 심정의 위기가 아주 평온하게 변해버릴 수도 있는 것이 인간의 마음인 것이다.

이런 비밀을 알았을 때 그런 채로 살아가는 것이 인간 현실이라는 것을 깨달았을 때 도리어 이 허망하고 덧없는 생활에 피어나는 하나의 애정이 있다. 그리하여 우리에겐 좀 너그러워도 좋은 '미소'가 생겨난다. 이것이 씨가 본 현실 생활이며 동시에 그 생활에의 철학이 된다.

체호프의 어느 단편에 이와 아주 유사한 것이 있다. 아내가 간음하고 있는 장면을 목격한 남편이 그들을 죽이기 위하여 총포상을 찾아간다. 분노와 질투로 하여 그는 금시 심장이라도 터질 것 같다. 그러나 총포상에서 여러 가지 총을 고르다가 그만 그의 마음은 변해버리고 만다. 그래서 그가 총포상에서 나올 때는 '새 그물' 하나를 사들고 휘파람을 불고 있었다. 그렇기 때문에 체호프의 이런 '웃음' 가운데는 '눈물'이 있다고 흔히들 말하고 있다.

그런데 사실 우리의 강신재 씨의 소설에는 언제나 '눈물' 속에 '웃음'이 깃들어 있다. 인생을 조망하는 그 침묵 같은 미소가……. 그렇기 때문에 우리는 씨의 「얼굴」, 「관용」, 「포말」, 「안개」 같은 여러 작품의 주인공들을 미워할 수가 없다. 그중에는 비굴한 사람, 깍쟁이, 경박한 그리고 샘 많고 비뚤어진 사람들이 있지만 우리는 다 같이 그들을 사랑할 수 있게 된다. 측은하기 때문에 그런 것이 인간이라는 것을 또 그것이 '나'의 일부라는 것을 알기 때문에, 인간에게 주어진 운명이라는 것을 깨닫게 되기 때문에, 운명애와 같은 한 줄기 온정이 솟아나게 된다. 그러므로 씨의 소설은 현실 이상이거나 혹은 현실 이하의 이야기가 아니라 바로 현실 그것이다. 그런데도 그 속에는 향긋한 바람 같은 것이 일고 있다.

이것이 씨의 마술이다. 이 결점 많은 인간들을 향하여 미소를 지어 보이는 씨의 소설은 현실을 현실 그대로 폭로하면서 거기에 안개와 같이 보드라운 색채를 가미해주는 마술이 있는 것이다.

「야회」나 「해결책」 같은 작품에서도 볼 수 있듯이 사람들은 다

각기 다른 생활 방식과 서로 다른 성격을 지니고 있다. 그러나 씨는 그중의 어느 것이 꼭 옳은 것이라고 말하지 않는다. 저의 방식대로 저의 생활을 살아가는 그들은 모두가 옳고 모두 정당한 것이다. '어차피 그런 것이니까'—이 여러모의(성격이나 그 행동에 있어서) 인생을 몇 발짝 물러선 거리에서 관찰하고 있는, 그리하여 그 무의미 가운데서 의미를 찾아내는 것이 씨의 소설이며, 따라서 씨의 '미소의 철학'이다.

그 '미소'는 존재하는 모든 것을 용서할 수가 있다. 삶에의 격렬성이 있고 혹은 때로는 평온성이 있고 분노와 애정과 시기와 복수심 같은 것이 있고…… 하여도 하나의 강물처럼 생명과 그 생활의 대하大河는 끊임없이 흘러가고 있다. 그렇기에 이 강물의 어느 한 모서리, 이것이 분명 강 씨의 소설이었던 것이다.

작가의 현실 참여

허공에 뜬 의자

나는 이러한 광경을 본 일이 있다.

보컬리스트 앤더슨 여사가 전란 중의 부산을 내방하여 무료 공연을 했을 때의 밤이다. 넓은 운동장엔 청중이 운집하여 일대 혼란이 생겼는데 성급한 그중의 한 사람이 장소를 넓혀볼 생각으로 의자를 집어 남의 머리 위로 던지고 말았던 것이다. 그래서 그 의자가 이 사람의 머리 위에서 저 사람의 머리 위로 허공 속을 떠돌아다니는 기행奇行이 벌어졌다. 사람들은 모두 그 의자를 피하기 위하여 동요한다. 의자가 자기 머리 위로 떨어지게 되면 그것을 받아 다시 남의 머리 위로 던지는 그러한 행동이 끝없이 되풀이되고 있었고 그렇게 해서 까맣게 모인 군중 위로 그것은 언제까지 그런 상태로 떠돌아다니고 있었다.

내가 아직도 이 광경을 잊을 수 없는 까닭은 어쩌면 그것이 우리 민족에게 주어진 숙명의 상징처럼 여겨졌기 때문일 것이다.

몇천 년을 두고 내려온 무거운 민족적인 부채가 세대와 세대를 이어 전가되어가고 있는 그런 상징을 말이다. 땅에 떨어지지 않는 의자, 이 사람에게서 저 사람으로 떠받쳐져 끝없이 허공 속에 부동浮動하던 그 의자—지난 세대의 머리 위로 떨어졌던 그 의자는 지금 우리(오늘의 세대)의 머리 위로 떨어져오고 있다. 이것을 우리가 다시 다음 세대인의 머리 위로 팽개쳐야 할 것인가는 의문이다. 아니 우리가 우리의 세대를 책임지기 위해서는 그리고 성실하게 자기 세대를 살아가기 위해서는 결코 우리에게 지워진 부채를, 몇천 년이나 계속하여 내려온 그 부채를 미결의 것으로 넘겨주어서는 안 될 것이다. 이것은 자기 세대에의—자기에게 주어진 현실에의 양심이다.

부채, 그것으로만 관계 지어진 타성의 세대란 생각만 하여도 삭막하고 두렵기만 하다. 거기에 있는 것은 오직 증오요 반발이요 질시요 침묵의 어둠이기 때문이다. 사람들은 반문할 것이다. 도대체 그 의자란 무엇이냐? 의자를 남의 머리 위로 내던진다는 것은 무슨 뜻이냐? 사실 그것은 우리들의 문학적 태도와 그 입장을 밝히기 위한 하나의 비유에 불과한 것이다.

세대의 기권자들

의자의 이야기를 좀 더 계속하자. 그것의 비유를 좀 더 명확히 해둘 필요가 있다. 왜냐하면 그것은 작가와 현실 참여의 관계를 밝히는 반증의 역할을 하고 있기 때문이다. 그러기 위해서 먼저 문제를 '문학'이라는 특수한 영역으로 좁혀볼까 한다.

즉 세대의 책임, 세대의 부채라는 막연한 말을 '세대에 대한 문학의 책임', '세대에의 문학적 부채'란 것으로 그 의미를 제한해 보는 것이 좋다.

물론 문학인은 현실에 대하여 정치인이나 은행가나 군인이나 또는 교육가처럼 그렇게 똑같은 방법으로 행동하거나 참여하지는 않을 것이다. 작가는 작가로서의 입장과 그 방법을 가지고 현실에 참여한다. 전쟁을 하는 데 있어서도 각기 병과兵科에 따라 싸움하는 방법이나 맡은 바의 책임이 다르듯 현실에 참여하는 데 있어서도 그 직업에 따라 그 방법이나 기능이 서로 다른 것임은 재언할 여지도 없다.

작가는 정훈 장교나 보도 장교처럼 현실을 기록하는 방법을 가지고 사회적 현실과 관계를 맺고 있는 사람이다.

그것은 '실천적 행동'과는 달리 말하는 행동에 의하여 상황을 변전시키는 직능이며, 그것으로서 새로운 현실을 불러일으키는 기旗와 같은 역할을 하고 있는 것이다.

그러므로 경제정책가가 화폐의 안정을 지켜가고 있듯이 작가는 언어의 올바른 행사를 기도한다. 군인이 총을 무기로 하고 있는 것처럼 작가는 언어를 무기로 하여 인간을 또 민족을 자기의 세대를 지켜가고 있는 사람인 것이다. 그렇다면 현실의 큰 파국이 엄습했을 때 집총執銃을 거부하는 군인이 있다면, 화폐를 남발하는 경제정책가가 있다면 두말할 것 없이 그들은 그들의 직무를 포기한 사람일 것이다.

따라서 자연히 그들은 위기에 놓인 그들의 세대를 포기한 기권자이며 그러한 행위는 그러한 파국을 그대로 다음 세대에게 부채로 물려주는 일이 될 것이다. 거기에서는 자기 머리로 떨어진 의자를 다시 다른 사람들의 머리 위로 던지는 똑같은 행위가 벌어지고 말 것이다.

이와 같이 만약 어떤 시대의 작가들이 그들 앞에 엄습했던 거대한 정신적 파국 앞에서 그러한 현실 앞에서 침묵했다면, 그것에 대하여 말하기를 거부하고 언어를 다른 것에 낭비해버리고 말았다면 그것도 똑같이 세대(한 현실)에의 기권자가 되는 것이며, 침묵으로 넘겨준 그 현실의 어둠은 다음 세대에의 부채가 되는 것이 분명한 일이다.

총의 올바른 행사를 거부한 군인과 마찬가지로 언어의 정당한 구사를 포기한 작가들은 자기 세대에 걸머지워진 현실과 그 책임을 저버리는 것이 된다. 적의 공격을 받으면서도 심심풀이로 새를 잡기 위하여 총을 쏘고 있는 군인이나 위급한 환자를 옆에 두고 메스로 손톱을 깎고 있는 그러한 의사와 다름없이, 언어를 헛된 것에 낭비한 작가들은 가장 어리석고 가장 무서운 죄악을 범하고 있는 것이다. 이렇게 한 세대의 작가들이 그 현실을 침묵으로 받아들이고 은둔의 고아한 성城만을 쌓기 위하여 글을 지을 때, 하나의 부채는 생기고 그 부채는 다음 세대의 작가들에게 물려지는 것이다.

그리하여 지금의 우리들에겐 임진왜란, 대원군 시대, 그리고 지나간 일제 침략기의 그 쌓이고 쌓인 부채의 누적—써지지 않았던 백지白紙의 역사, 그것이 무거운 의자가 되어 떨어져오고 있다.

예를 먼 데서 들지는 않겠다. 지난날(일제시대)의 우리 문학을 살펴보기만 해도 곧 우리는 우리들의 악몽을 이해하게 될 것이다.

그 세대의 작가들은 거의 모두가 자기 현실에 대하여 제3자적인 태도를 취하고 있었고, 그리하여 그들이 남긴 작품들은 모두가 '죽음의 늪'처럼 침묵의 빛깔만을 간직하고 있었다. 그것이 아무래도 진흙 속의 어려운 세대에서 살던 작가의 기록이라고는 믿겨지지 않는다. 가장 평온했던 그리하여 극도로 문약文弱에 흐른 시기에 써진 작품인 것만 같다. 그들은 그들의 상황을 바꾸지 않은 채 그대로 역사를 점프하려는 슬픈 곡예만을 생각하고 있었던 것이다.

그리하여 세대의 기권자들이 낙서해놓은 회색灰色 문학—이 침묵의 타성이 바로 우리에게 넘겨준 부채가 되었다. 그러므로 우리들에겐 비극은 있어도 비극의 문학은 없으며 괴로운 기억은 있어도 그 기억을 눈 뜨게 하는 기旗가 없는 것이다.

이렇게 지난 작가들은 '문학인으로서의 책임'을 이룩하지 못한 채 사私소설의 '안방 속에 칩거했거나 기껏 그 책임을 진다는 것이 정치적 선전문 내지는 군가의 영역을 벗어나지 못한, 즉 문학 그 자체를 살해한 현실 참여의 '오해의 가두街頭'에서 방황했다.

굴욕 속에서, 정치적 학살 속에서, 옷을 벗는 소녀 앞에서 언어의 박탈 속에서 그 굶주림과 추위 속에서 은둔의 요람을 찾던 기권자들의 문학—그리하여 우리의 언어는 '죽음의 늪'에 괴어 빛을 잃었고 어둠의 골목 속에서 폐물처럼 녹이 슬었다.

기수는 있는가

그렇다면 오늘의 작가들은 그들의 세대에 대하여 하나의 기수旗手가 될 수 있을 것인가? 군중 위에서 펄럭이는 기의 의미를 그 현실에 대한 기의 의미를 알고 있는 것일까? 이와 같은 자기의 발언(소설)이 하나의 신호가 되어 아침처럼 또다시 새로운 현실을 불러일으킬 것이라고 믿고 있는가? 오늘 인간들이 어떻게 죽어가고 있는가를, 어떻게 사랑을 잃어가고 있는가를, 그 공포를 과연 그들은 목격하고 있는 것일까?

그러나 아직 기수는 나타나지 않았다. 문학적 현실 참여의 올바른 방향을 이해한 그리고 기의 의미를 알고 있는 작가란 아직 우리들 주변에는 없다.

그들은 아직도 탈출하고 싶은 것이다. 우화등선羽化登仙하는 꿈을 버리지 못하고 있는 것이다. 전통이라는 구실 밑에 하나의 기가 아니라 어느 묘지의 망두석望頭石이 되기를 희망하는 탈출자들이 있다.

몇몇의 작가가 폐허의 광야 위에 기를 세우려 하고 있지만 그들의 팔은 아직 너무나 어리고 너무나 가늘다. 다만 그들은 알고 있는 것 같다. 자기의 머리로 떨어진 의자는 자기의 의자라는 것을, 그것을 땅 위에 내려놓아야 한다는 것을—혹은 그것을 언제까지라도 떠받치고 있어야 하는 고행을 저버려서는 안 된다는 것을—그리고 남의 머리로 그것을 내던지는 것이 얼마나 비굴한 일인가를—또한 그들은 알고 있는 것 같다.

'아무리 추악한 현실이라고 하더라도 현실을 위한 것이라면 자진해서 온갖 꿈을 장사지내야 한다는 것을, 그리고 그것을 글로 쓴다는 것을—그리하여 그 써진 상황은 새로운 현실의 상황과 호응한다는 것을, 그리하여 이것이 작가의 참여이며, 세대에 대한 작가의 책임이며, 자유이며, 희망이라는 것을.

그러나 그들은 다만 그렇게 그것을 알고 있는 것뿐이다. 그러므로 오늘의 작가에 대한 우리들의 기대는 그렇게 절망적인 것은 아니다. 따라서 다음 세대의 사람이 오늘의 세대를 기록한 작품을 읽고 결코 그들이 비굴하지 않았다는 것을, 결코 언어를 낭비한 사이비 작가가 아니었다는 것을 스스로 깨닫는 일이 있다면 오늘의 작가들은 진정 내일의 작가일 수도 있는 것이다.

그날 이후의 문학

6·25를 기억하는 매니페스토

전쟁은 모든 것을 파괴하고 모든 것을 빼앗아갔다. 어느 강가에서, 골짜기에서 젊은 영혼들은 탄운彈雲과 함께 사라졌다. 혹은 아쉬움으로 혹은 분노로 그들은 갔다. 남은 것은 상처 진 기억뿐이다.

고향의 감나무가 포탄에 찢기던 날, 우리들의 이웃이 서로 사랑한다는 말조차 남기지 못하고 끌려가던 날, 비가 내리고 있었던 날 우리들은 알았다. 인간의 사랑이 무엇인가를, 자유가 무엇인가를 말한다는 것이, 행동한다는 것이, 생활한다는 것이 무엇인가를 알았다.

비행운飛行雲처럼 얼어붙은 우리들의 꿈은 드높은 허공 속에서 은멸隱滅해갔다. 꽃이 있었다. 그리고 강물은 여전히 흘렀고 바람은 철을 따라 옮겨 불었다. 그러나 그 꽃, 그 강물, 그 바람은 이미 옛날의 그것은 아니었다. 어린아이들은 옛날처럼 노래 부르지 않았다. 길목에서, 공원에서, 숲에서 그 웃음 웃던 즐거운 목소리는 다시 들려오지 않았다. 어둠이 있었다.

군화 밑에서 끝없이 퍼져가는 카키색의 공포, '캐터필러'의 검은 음악, 비밀처럼 흐르는 노파의 눈물 그리고 또 완구玩具의 곁에서 쓰러져 죽은 동시童屍…… 이러한 것들을 우리는 보았다. 그것이 사과를 따던 인간의 손은 아니다. 곡식을 거둬들이고 신선한 밀크를 따르고 어린이를 잠재우던—분명 그것은 그러한 손은 아니었다. 달을 이겨 부수고 사랑을 막고 비둘기의 목을 조른 그 손은 분명 인간의 손은 아니었다.

반세기 동안이나 무지한 설원 가운데서 성장한 손, 무서운 또 다른 역사의 손—우랄 산맥 너머 어느 지역 속에서 깊숙한 음모 속에서 잠들어 있었던 바로 그 손이다.

그리하여 우리는 사랑하는 법을 배우기 전에 먼저 살육을 배웠다. 젊음은 알기도 전에 꿈을 매장하는 의지를 배웠다. 그리고 지구의 어느 곳에 또 다른 하나의 인간이 우리와 더불어 살고 있다는 것을 알았다.

우리들의 언어는 이렇게 해서 변했던 것이다. 그 언어는 안락의자처럼 휴식을 주는 것이 아니라 여자의 목걸이 같은 것이 아니라 풍경風磬처럼 바람에 울리는 음악이 아니라…… 그렇다. 그 언어는 잠든 우리의 마음을 일깨우고 자명고처럼 스스로 울려 위기를 고告한다.

죽어간 모든 인간의 이름으로 호명되는 언어, 그것은 폭발하며 분출한다. 잃어버린 모든 것이 그 속에서 아침처럼 다시 부활한다. 그래서 우리들은 이러한 언어를 가지고 한 줄의 시를 쓰고 한 토막의 산문을 기록했다.

거기엔 눈물도 애상도 없다. 회한의 숨결이 있고 상처 진 영혼의 부르짖음이 있고 어둠을 향하여 낙하하는 운석 같은 광채가 있을 뿐이다.

목마木馬는 하나의 기旗가 된 것이다. 다시는 추악한 얼굴로 인간이 죽어가지 않기를, 다시는 그러한 목소리로 절망을 소리치지 않기를—다시는 우리의 고향이 '소돔의 성'처럼 불붙지 않기를—그러한 언어들은 말해줄 것이다.

전쟁은 모든 것을 파괴하고 모든 것을 빼앗아갔다. 어느 강가에서 어느 골짜기에서 젊은 영혼들은 탄운과 함께 사라졌다. 혹은 아쉬움으로 혹은 분노로 그들은 갔다. 그러나 상처 진 기억 속에서 회신灰燼된 대지 위에서 우리들은 우리들의 언어를 발견해 나갈 것이다. 그래서 우리들은 기록해갈 것이다. 다시는 청산靑山이나 지하실 속으로 들어가지 않을 것이다.

창백한 얼굴로 주판을 튕기듯 계산하지 않을 것이다. 그리고 똑똑히 볼 것이다.

그것은 저항의 리듬이다. 그 검은 손에서 인간을 지켜가는 죄 없는 아이들을 지켜가는 파편 같은 언어다.

그날 이후의 문학—

그래서 그것은 호수의 백조에게 바쳐지는 문학이 아니다. 놀에 취한 서녘 구름들에 띄우는 문학이 아니다. 그 문학은 피스톤처럼 단조하게 그러나 줄기찬 리듬을 가지고 행동한다. 다시 한 번 폐허의 영嶺 마루에 올라 '별에게 도전'하는 문학이다.

그리하여 문학은 역사적인 근거 위에 세워진 건축이며 우리들의 경험 속에서 용솟음치는 우물이며 어느 뚜렷한 대상을 향해 비상하는 화살이다.

'몇천 년 동안 제단에 엎드리어 빌던 승려의 기도와 그 향불'은 포성砲聲으로 폭운爆雲으로 변하고 말았다. 우리들의 문학도 또한 그렇게 변했다.

문학은 이제 화원花園을 적시는 분수처럼 안이하게 흘러나오지는 않을 것이다. '누이의 어깨너머로 수틀을 보듯' 그렇게 세상을 볼 수는 없을 것이다.

그런데 아직도 당신은 춘향이의 그네를 매고 있는가?

베갯모에 그려진 원앙새의 노래를 찾고 있는가?

아직도 뻐꾸기와 진달래의 교향곡인가?

한 마리 학이 춤을 추듯이 죽음의 재[灰] 속을 날려 하는가?

레스토랑의 배부른 식탁 위에서 향내로 꽂아진 한 폭의 꽃이 되려 하는가?

아직도 당신은 천년이나 되풀이한 낡은 묘혈의 언어들을 선택하는가?

관념의 인형人形 포식한 하품 그것은 싫다. 그것일랑 가야 한다. 구름은 비가 되어 대지로 돌아온다. 그래서 새로운 조명이 있는 대지 위에서 아이들은 다시 줄지어 서라!

차례가 온 것이다.

그러면 우리 모두 사멸하여도 거기 무엇으로도 지울 수 없는 불멸의 문자가 있어 모든 것을 이야기해줄 것이다.

그들은 인간의 긍지로 살아 있었다고—세계의 어둠 앞에서, 희망의 종언 속에서 그들은 침묵하지 않았었다고—그리하여 그날 이후의 문학은 억울하게 죽어간 인간의 영혼 앞에 바쳐져야 한다.

내일의 인간을 만들어가고 또 지켜가는 제방의 문학, 사랑의 문학, 대지에 뿌리박은 문학이다.

슬픈 우화

화제話題도 진盡하였는데 이제 또 무슨 말을 되풀이해야 합니까?

침묵의 숲을 향하는 우리는 또 무어라 말해야 좋습니까?

그런데 참 당신들은 이런 우화를 기억하십니까? 어미 게蟹와 새끼 게의 걸음걸이 연습을 기억하고 계십니까?

걸음은 이렇게 똑바로 걷는 거야 하면서 자기도 새끼 게처럼 옆 걸음질을 쳤다는 슬픈 우화를 생각하고 계십니까?

젊은 세대의 문학을 서구의 모방이라고 호령 치는 당신네들은 서구의 문학을 표절한 일이 없으십니까?

아비는 '표절'하고 자식은 '모방'하는 우리들의 가련하고 비굴한 문학을 누구의 허물이라고 말해야 됩니까?

이제 와서 전통입니까?

신라 천 년의 하늘을 다스리는 성주城主들의 꿈 말입니까?

영원히 옆 걸음질 치는 그 걸음걸이가 우리의 전통이라고 자랑이라고 믿으려 하시는 말씀입니까?

또 혼자 달아나려 하십니까?

불붙는 벌판을 두고 학살된 어린이들의 시체를 두고 고아를 두고 멸망을 앞둔 소돔의 성과 같은 우리의 도시를 두고 구름 밑 청산으로 은신하려 하십니까?

멸망하는 도시를 생각하다가 소금 기둥이 되어 죽는 날이 있어도, 그대로 외면할 수 없는 우리들의 이 의지를 어리석다 꾸짖으십니까?

이슬을 먹고 우는 한 마리 매미처럼 우화등선羽化登仙을 노래하는 한 줄의 시가 '에이·피·씨' 감기약만 한 위안이라도 될 것입니까?

'소금장수 이야기' 같은 것 말입니까?

그렇다면 이것은 누구 겁니까?

'기로찡' 같은 빌딩 밑에서 빵 조각을 줍듯 자유를 구걸하는 이 해어진 옷자락은 누구 겁니까?

비가 내리듯 하는 사회死灰 속을 걸어가야 할 공포의 이 눈초리들은 누구 겁니까?

구리의 거울 속에 이지러진 이 많은 얼굴은 누구의 초상입니까?

피리를 불어도 춤추지 않고 노래 부르지 않는 메마른 가슴속에 청 노루 그림자의 호수가 있습니까?

남의 일이라 하십니까?

말하지 말라 하십니까?

순수한 것을 위해서는 기관차와 원자포와 시가市街의 간판들을 말하지 않는 것이 덕이라 하십니까?

지형紙型 인간 같은 관념 속의 인간들만 위해서 추운 날 손을 녹이며 글을 쓰라, 한 줄의 시를 엮으라 하는 겁니까?

그러나 우리들은 생각합니다. 도시에서 어느 남루한 하숙방에서, 포도鋪道 위에서, 'Z·엔진'의 시끄러운 하늘 밑에서 하수도 같은 생활 속에서, 회색의 '콘크리트' 벽 앞에서 우리들은 이 지상의 오늘을 생각합니다. 우리들의 언어는 분노한 촉각이 되어 허물어져가는 모든 용자容姿를 더듬습니다. 한 줄의 시를 잉태하기 위해서 매연과 콜타르와 바그다드 조약과 헝가리에서 흘러나온 피 묻은 전파와 시베리아 유형지에서 내일을 부르다 죽은 젊은 사람들의 목소리와 ICBM과 수폭水爆의 방사능과 그리고 그 모든 것을 실은 약봉지를 입에 털어넣듯 삼켜야 합니다.

상처를 핥는 수캐의 긴 혓바닥처럼 우리들의 의식은 끈끈한 타액을 흘려가고 있습니다.

폭탄처럼 우리들의 언어는 폭발해야 되겠습니다. 황무지에 쏟아지는 소낙비처럼 우리들의 언어는 지상을 적셔야겠습니다. 호수에서 증발하여 아름다운 구름으로 결정結晶하는 수증기처럼 그렇게 우리들의 언어는 지상으로 내립니다.

인간들이 어떻게 죽어가고 있는가를 목격하렵니다. 인간들이 어떻게 변해져가고 있는가를 말하렵니다.

묵극默劇 배우들처럼 말하면 벌금 무는 묵극 배우들처럼 눈짓으로 몸짓으로 하나의 표정으로 전신으로 말하렵니다. 그러면 다음 날 세월이 가고 역사가 바뀔 적에 우리들의 기록을 읽는 사람들이 있어 우리의 고독을 이해했을 때 우리들의 죽음을 생각할 때에 묘지에 묻힌 우리들의 패배는 '나사로'처럼 다시 살아나 말할 겁니다.

화제話題도 진盡하였는데 이제 또 무슨 말을 되풀이해야 합니까?

침묵의 숲을 향하여 우리는 또 무어라 말해야 좋습니까?

그런데 참 당신들은 이러한 시를 기억하십니까?

> 자유로워진 아이들은 능금의 노수老樹에서 그네를 뛰고
> 푸른 잎 그늘에 서린 도서관은 새로운 사상思想을 낳고
> 트여가는 산사자山査子가 듣는 것은 대지大地의 그 심장의 고동

우상의 파괴

혁신의 계절

1950년대—또다시 아이코노클라스트iconoclast의 깃발은 빛나야 한다.

무지몽매한 우상을 섬기기 위하여 그렇듯 고가高價한 우리 세대의 정신을 제물로 바치던 우울한 시대는 지났다. 그리하여 지금은 금 가고 낡고 퇴색해버린 우상과 그 권위의 암벽을 향하여 마지막 거룩한 항거의 일시一矢를 쏘아야 할 때다.

우리는 조소한다. 고루와 편협을 자랑하는 아나크로니스트anachronist들의 가소로운 독백과 관중의 덧없는 박수 속에 '자기自己'와 '트릭'마저 상실해버린 마술사의 비극을 조소한다. 눈도 코도 입도 없는 그 공허한 우상의 자태—그것은 우리 사색의 선혈을 흠씬 빨아먹고 교만한 웃음을 웃는 기생충의 모습이다.

그러나 구경究竟 낡은 유물은 그 낡은 구세대의 시간과 더불어 소진되게 마련이며 혹은 박물관의 진열장 속에 정좌한 골동품으로서의 운명을 지니게 되는 것이다. 이제 그러한 우상은 우리에게 있어 아무런 의미도 되지 않는다. 표피를 스치고 지나가는 일진의 광풍에 불과하다.

우리의 정체를 감추기 위하여 그 거추장스러운 달팽이의 껍데기를 등에 지고 다닐 필요는 없다. 혈혈단신 물려받은 유산도 없이 우리는 우리의 새로운 작업을 개시해야 한다. 50여 년의 신문학 시대 그것을 과도기나 초창기의 혼란이라 부르기엔 너무나 지루하고 긴 세월이었다. 우리는 이 문학 선사 시대의 암흑기를 또다시 계승할 아무런 책임도 의욕도 느끼지 않는다.

지금은 모든 것이 새로이 출발해야 될 전환기인 것이다. 우상을 파괴하라! 우리들은 슬픈 아이코노클라스트, 그리하여 아무래도 새로운 감격이, 비약이 있어야겠다.

우상의 탄생

처음으로 한 작가가 피에로로 분장하여 무대 위에 오르게 된다. 성실하고 수줍은 그 처녀 연기가 의외로 많은 관중의 절찬과 인기를 초래하게 되는 경우가 있다. 그러면 다시 두 번째의 공연이 계속된다. 그가 설사 거기에서 약간의 실패를 범한다 하여도 관중은 그 전날의 그의 성공을 생각하여 박수갈채를 아끼지 않는다. 새로운 관중도 혹은 한 번도 그의 연기를 구경한 일이 없는 사람들까지도 군중의 찬사를 거부하는 일 없이 그대로 부화뇌동하기가 일쑤다.

그리하여 애교 있는 그 배우 작가의 프로마이드는 매진되고 저널리즘의 편리한 광고술에 의하여 그의 이름은 점차로 신격화된다. 이때 작가는 독자를 비하하는 오만한 버릇과 사기술을 터득하게 된다. 여기에서부터 한 작가의 외도와 추락이 시작되는 법이다. 저명해진 대명사의 마술은 텅 빈 그의 작품 내용을 카무플라주해주고 관록의 훈장은 그에게 안심입명安心立命의 평온한 은거처를 제공한다. 이리하여 그 작가는 안일과 나태와 허위 속에 완전히 탐닉해버리고 스스로 자기의 정체에 화사한 도금을 입히기에만 분망한다. 그러면 거기에서 이윽고 하나의 거룩한 우상이 탄생하게 되는 것이다. 우리의 주변에는 우상들이 너무나 많이 존재하고 있다. 그러므로 대가니 중견이니 하는 대부분의 우리 위대한 작가들에게서 사실 그 명함의 권위와 훈장을 박탈한다면 과연 무엇이 남게 될 것인가? 무엇을 발견할 수 있을 것인가? 그러나 어쨌든 이 우상들의 힘은 전능하다. 그 서투른 야담野談이 창작 예술을 대신하며 유행가의 가사가 버젓이 시의 분야를 차지하고 있고 또한 외국 작가와 작품 리스트가 비평문학의 당당한 구실을 하고 있는 오늘의 문단 현상이야말로 그들의 귀곡鬼哭할 마력에 의하지 않고는 도저히 생각도 할 수 없는 일이다.

그런가 하면 한편 20세기의 시대를 19세기에까지 역류시킨 창조주 이상의 능력을 가진 것도 역시 그들이었다. 그러므로 이러한 우상들의 본체를 밝히기 위하여 몇 마디 췌언贅言을 부연할 작정이다. 그들을 성격적으로 대분大分하여 그 편린이나마 여기서 제시하여 삼가 우상 숭배자들의 또 다른 각성을 기대하려 한다.

미몽의 우상

이에 속하는 대표적인 우상으로 우선 우리가 항상 존경하고 싶어 하는 김동리金東里 씨를 들지 않을 수 없다. 물론 자신도 그렇게 생각하고 있겠지만 씨야말로 휴머니스트로서의 세계 제1인자적 위치를 차지하고 있는 위대한 작가인 것이다. 그럼에도 불구하고 나는 그를 이르되 미몽迷夢의 우상이라 했으니 그 죄과가 얼마나 큰 것인가 능히 짐작하고도 남음이 있다.

그러나 죄과는 여하튼 김동리 씨의 제3휴머니즘이라는 좀 수상한 사상은 솔직히 말해서 루소 이전의 낡은 사고의 봇짐에 불과함을 지적해두지 않을 수 없다. 언제나 인생을 아름다운 베일 밖으로 내다보고 있는 씨의 백주몽白晝夢을 일견 형이상학적인 것이라 오인하기 쉬우나 다행히도 '신비와 미신'이라는 어휘가 있기 때문에 굳이 그렇게 혼동할 필요까지는 없으리라 믿는다.

동리식 네오휴머니즘이란 인간 자체에 대한 철저한 미신과 우주에 대한 절대적 신비감에서부터 출발한 것이며, 그 미신과 신비는 오로지 깨어나지 못한 그의 복된 미몽 속에서 이루어진 것이라 하겠다. 결코 동리 씨가 생각하고 있는 것처럼 오늘날 처해 있는 호모사피엔스의 문제가 그렇게 주먹구구로 풀 수 있는 단순하고 용이한 성질의 것은 아니다. 동리 씨야 무슨 꿈을 꾸고 있든 무슨 별별 수사학을 내세우든 인간 해체 의식, 즉 통일과 질서의 합리적 세계의 붕괴에서 오는 그 주체 상실의 현대적 인간이 심각한 위기의 현애懸崖에서 방황하고 있다는 것은 감출 수 없는 사실로 되어버린 것이다.

아 프리오리a priori한 세계와 인간 긍정의 결론에서부터 시발한 이 용감한 휴머니스트의 선수가 슬프게도 20세기의 인간들과 동상이몽을 하고 있었다는 것은 동리 씨 자신의 난센스만이 아니라 동시에 우리 아나크로니즘의 문학사적 비극이기도 한 것이다. '피리를 불어도 춤을 추지 않는' 오늘의 인간들이 부동하는 인간상의 피부만을 그린 「실존무」 정도의 작품을 읽고 무슨 감명과 실감을 느낄 수 있을 것인가?(우상 숭배자들을 물론 제외하고 하는 말이다) 그는 일찍이 한니발 장군의 초상을 그리되 그 얼굴의 정면을 그리지 않았다. 그리하여 그가 성한 눈의 편모만을 그려 애꾸눈의 한니발 장군으로 하여금 불구의 추태를 면하게 한 그 탁월한 기지와 자선심에 대해서만은 다 같이 경의를 표하지 않으면 안 될 것이다. 그러나 한편 그 그림이 한니발의 얼굴이 아닌 것은 물론 그 아무의 초상도 아닌 허상의 소묘였다는 점에서는 우리는 도리어 이 같은 불구의 초상을 그린 씨의 옹졸한 '시법視法'에 동정과 함께 조소를 보내지 않을 수 없다.

왕년의 자연주의 작가들이 한니발의 눈먼 부분의 편모만 바라보던 과실과 동일한 또 하나의 오진을 범한(동리) 씨의 편시벽偏視癖은 기상천외한 세계적인 문학론까지 산출하고 있는 것이다. 서정의 세계만이 모든 문학의 본역本域이라고 생각하고 있으며, 신과 인간을 동시에 상실해버린 인간존재의 비극을 전연 서구인들만이 느끼고 있는 불행이라고 간주하고 있는 것 등이 모두 그것이다.

물론 그것은 생활하고 있는 세계의 차원에서(동리 씨의 세계는 곤충들과 같은 차원의 평면 세계인 것이다) 오는 이상 자신도 어쩔 수 없는 비극이겠지만 차라리 현대적 고차원의 세계를 이해하지 못할진대 스스로 「무녀도」와 「황토기」의 우아한 상아탑에서 꿈만 먹고 사는 맥족族의 생활을 설계했으면 무난했을 것이 아닌가? 굳이 「실존무」를 쓰는 우상이 될 필요가 어디에 있는가?

특허권도 없는 동리식 네오휴머니즘을 내세워 우왕좌왕하느니보다는 차라리 한 자리에 단좌하여 얼마 남지 않은 생을 앞에 두고 과거의 시대를 고요히 회상해보는 것이 훨씬 그를 위해서도 다행한 일이다. 왜냐하면 '카이저의 것은 카이저에게 주어라.'는 명언이 있듯이 씨는 "동리의 시대는 동리에게 주어라."는 말과 함께 어쩌면 구세대의 모뉘망monument으로 남게 될는지도 모를 일이기 때문이다.

이미 지금 세대의 카오스는 그들의 우매한 미몽의 정열과 낙조落照에 우는 애상이 이를 수 없는 저편 쪽 피안에서 일어나고 있기 때문이다. 그러므로 현대의 고뇌란 그런 우상들의 이해의 길이 미치지 않는 영원한 구름이며 실감 없는 풍경일 것이다. 그러한 까닭으로 김동리 씨를 중심한 대소 우상의 일군에게 원컨대 차라리 우물 안 개구리가 되어 외계와 절연된 정적 속에 유영하는 풍류객이 될지언정 결코 우물 밖 넓은 세상의 이야기를 함부로 지껄이는 '시궁창의 올챙이'는 되지 말라는 것이다.

사기사詐欺師의 우상

이 부류에 속하는 사람으로 낙향한 시골의 무사, 이른바 20세기 후반기의 새로운 문학 아이디어를 모색한다는 조향趙이라는 숭배할 만한 시인이 있다. 때때로 자기의 시와 정반대의 경향을 평론으로 쓰는 것이 그의 특징이다. 그러나 자신은 그의 평론이 자기 시를 옹호해주는 것이라고 믿는 모양이니 적지않이 이 나르키소스의 운명이 딱하다.

아무래도 그는 현대라는 말을 생활에서가 아니라 현대 문예사전과 얄팍한 유행물의 팸플릿에서 배워온 것 같다. 나머지 1할은 또한 풍편風便에서……. 그리하여 우리는 그의 시를 읽을 때마다 뒤늦은 유행곡이나 재즈를 듣는 듯한 불쾌한 인상을 받을 뿐이며 아무리 노력해도 감동할 수 없으니 항상 그 시인에게 황송하고 미안한 생각뿐이다. 외국 시인이 서투른 한글로 시를 쓴 것 같은 그의 시를 대할 때 누구나 처음에는 호기심을 갖고 몰려오는 것 같으나 실은 그 졸렬하게 만든 곧은 낚시에 걸려드는 둔한 고기가 적은 듯 이것 또한 씨를 위해 미안한 일이다. 그의 엄숙한 시에서 8할 이상을 차지하고 있는 기형적인 외국어와 신어新語의 수식어를 벗기고 나면 17~18세 소녀의 눈물 같은 센티멘털만이 남는다. 그때 우리는 문득 그 위대한 사기술에 찬탄하지 않고는 견딜 수 없다. 그러나 이솝 우화에서 보면 양이 사자탈을 쓴 허세의 곡예가 그리 오래가지 못하는 모양이니 한편 적이 걱정도 된다.

그는 네로에 못지않은 폭군인 것이다. 단지 씨가 민중 독자를 위하여 언어를 학대한 폭군이며 네로는 언어[詩]를 위하여 로마에 불을 지른 폭군이라는 점만이 정반대일 뿐이다. 기이한 단어와 외국어가 곧 새로운 언어와 시가 될 수 있다는 언어 미학이나 시론이 존재하지 않는 한 조향 씨의 시는 어느 신어사전의 찢어진 지편보다도 값어치가 없는 것이다. 씨는 오로지 어리석은 독자를 시기하기에만 급급하지만 독자란 그가 생각하는 것처럼 그렇게 어리석음의 상징이 아니다. 아폴리네르, C. 데이 루이스, E. E. 커밍스Edward Estlin Cummings, 엘뤼아르Paul Éluard 등의 시는 읽고 감동, 그렇지 않으면 이해라도 할 수 있는데 어째서 한국의 모더니스트 조향 씨의 시는 이해조차 할 수가 없는지 참으로 별일이다.

자기도 모르는 시를 타인에게서 이해받으려고 기대하는 것보다는 차라리 복권을 뽑아 10만 원의 현상금을 꿈꾸는 것이 보다 양심적이며 확률이 많을 듯 생각된다. 비단 조향 씨뿐 아니라 모더니스트라고 자칭하는 대부분의 시인이 모두 이 사기사의 우상들이다. 그러나 이들 우상의 신전神殿에는 그나마 참례하러 오는 우상숭배자도 적은 모양이니 다른 신전과는 달리 언제나 적적할 것을 생각하면 측은한 생각까지 든다.

우매의 우상

농촌 문학가(?) 이무영李無影 씨 — 씨는 무엇보다도 둔감한 데에 그 특징이 있는 분이다. 그러므로 우매의 우상 중에서 가장 높은 옥좌를 차지한다. 「향가」를 비롯한 그 많은 농촌 소설을 읽어보면 그가 얼마나 외계의 사상에 대해서 둔감한가를 알 수 있다. 그의 평범성이라는 것은 필립의 단편소설에서 보는 바와 같은 그러한 유가 아니다. 그것은 평범이 아니라 건조다. 오로지 몽롱하고 둔탁한 시력 위에 반영된 건조한 영상인 것이다.

그의 소설엔 생의 철학도 미학도 없다. 단순한 인물과 풍경의 끊임없는 반복뿐이다. 그리고 그저 스토리가 있을 뿐이다. 그러니까 '원스 어폰 어 타임'식의 옛날이야기와 방불하다. 그러한 작품 속에 나타난 농촌 이야기에서 우리는 소월素月에게서 발견할 수 있는 그 신선한 향토감을 느낄 수 있을 것인가? 그 농부들의 생활 이야기에서 이상의 「권태」에서 보는 것 같은 절실함을 느낄 수 있을 것인가? 그의 작품 속에 나타난 농촌이나 농부는 모두가 작자를 닮아 우둔 그것이다. 농촌은 그냥 단순한 시골 풍경일 뿐이다. 농부는 일종의 부르주아지같이 아주 여유 있게 그려져 있을 뿐이다. 어쨌든 미다스 왕이 만지기만 하면 모든 물건이 황금으로 변한다고 하지만 씨가 소재로 하는 것이면 무엇이고 그 빛깔을 잃고 납덩어리처럼 되어버린다.

더구나 근일에 이르러 씨께서 평론에 손을 대고 도시에서 생활하는 현대인의 말초적 생활을 소재로 한 소설을 쓰시는 것 같은데 그것은 역도 선수가 외발 자동차를 타는 곡예를 보는 것 같아서 심히 위태로운 마음 금할 수 없다. 씨에게 있어 이러한 모험은 만부당한 것이다. 사실 '둔감'하다는 것이 씨에게 있어선 '천부의 재능'일지도 모르기 때문이다. 그 둔감으로 해서 여태껏 소설을 쓸 수 있었던 것이 아닌가 생각한다. 또한 그의 작품에서 우리가 아무런 감동과 충격을 느끼지 못하는 것은 시대에 예민하지 못한 '둔감'에서 온 것이지 결코 씨가 저간這間에 남의 작품을 혹평한 바로 그 '안이성'과는 관계 되지 않는다는 변명을 위해서도 씨는 어쨌든 우물愚物이기를 고집해야 된다. 그렇지 않을진댄 자기가 쏜 화살에 자기가 맞는 자승자박의 비통한 희극을 연출하게 될 것이다.

우리 문단엔 씨와 같은 우매의 우상들이 8할 이상이나 된다. 나머지 8할의 우상에겐 매우 미안한 말이지만 그래도 씨는 가장 예민하고 박식한 분이다. 그러니 나머지 우물에겐 말할 의욕조차 느낄 수 없다. 그러나 우리가 그러한 우물이 될 수 있다면 그렇게 되는 편이 좋을지 모른다. 이유는 간단하다. 이웃집에서 불이 나도 안심하고 코를 골 수 있는 무딘 신경이 이 세상을 살아나가는 데에 있어 때로는 보다 더 편리할 때가 많기 때문이다.

영아嬰兒의 우상

연륜이 많은 작가가 우상이 되어버린다는 것은 몰라도 아직 문단에 채 데뷔도 하지 못한 신진이 벌써부터 대가 의식이 들어 우상의 영아가 되려는 것은 참으로 믿을 수 없는 노릇이다. 몇 번 활자화된 자기의 이름의 마술을 믿고 자중 없이 태작駄作을 연발하는 모모 제씨의 예가 그것이다. 그러나 여기에선 도저히 반성할 기색이 보이지 않는 최일수라는 신진 평론가에 대해서 몇 마디 언급해보려 한다.

씨는 보건대 M자와 W자 정도의 구별이라도 하고 외국 문학을 논하는지 적이 의심스럽다. 내가 씨에게 요구하고 싶은 것은 무엇보다 비평 태도에 있어서의 양심과 성실성이다. 즉 책임 없는 글을 쓰지 말라는 것이다. 신인이 벌써부터 그렇게 독자와 동시에 자기를 속인다면 그 전도는 명약관화한 일이다.

다음 일례만 하더라도 얼마나 무책임한 비평인가를 능히 짐작할 수 있을 것이다. 「노래하는 시와 생각하는 시」에서 엘뤼아르, C. 데이루이스, 오든Wystan Hugh Auden의 제시諸詩를 이중 번역해놓고 (그나마 인용도 이중 인용) 이 시는 운율에 의하지 않았느니 또 '완전히 운율에서 탈출하였느니' 하고 운율을 논하고 있다. 항차 운율 있는 시를 직접 탁월한 솜씨로 번역한다 해도 그 원시의 운율이 파괴되어 그 잔형殘形을 찾아보기에도 힘이 들 터인데 하물며 그 졸렬한 이중 번역시를 앞에 놓고 어떻게 그 시의 운율을 논할 수 있을 것인가? 이 같은 경우를 보고 우리는 무지의 대담성이라고 한다. 그리고 그것이 얼마나 놀랄 만한 힘인가를 다시 한 번 깊이 깨닫게 된다.

대영 백과사전에도 없는 모더니틱(《문학예술》 4월호, 151쪽—아마 현대적이란 뜻을 말하는 것 같다)이란 말을 창안해낸 일수 씨는 그렇듯 기상천외한 외국어의 실력을 가지고 무려 영, 독, 프의 근간 시집들을 자유자재로 독파한 듯싶으니 그 천재적인 공로에 대해서는 우선 깊이 경의를 표한다. 그러나 사실 프랑스어의 '나자레' 발음이나 똑똑히 배워놓고 프랑스 상징파 등의 운율을 논하는지 말하기 곤란하다. 여하튼 작품 내용은 말할 것도 없으니 먼저 문학 용어의 정확한 뜻과 또 문맥이라도 통하는 작문법이라도 배워놓은 다음에 평론하기를 충심으로 바란다. 어쨌든 지금 씨가 쓰고 있는 평론은 평론이라기보다 만화에 가까운 것이어서 식자층의 독자에게 이따금 폭소를 일으키게 하는 것은 아주 좋은 일이다.

그러나 아직도 씨와 같은 사람이 평론가란 칭호로 불리는 우리 문단의 형편을 생각할 때 이것은 씨의 체면이 아니라 민족적 체면에 관계되는 것이니 나라 사랑하는 마음(?)으로 자중해주기 바란다. 앞길이 창창한 사람이 그러한 자살 행위를 한다는 것은 더구나 동세대의 한 사람으로 서러워하지 않을 수 없다. 르네상스의 스펠링을 하나 제대로 쓰는 사람이 드물었던 우리 선배의 무지를, 그 전철을 되밟는다면 그것은 얼마나 비통한 운명이겠는가? 신新문학사가 이인직李人稙으로부터 시작하여 이인직에서 끝나라는 법은 없다. 신인은 신인다운 모럴을 상실치 말아야 할 것이다.

우상들의 분노

내가 이 순간 우상들의 분노를 생각지 않는 것은 아니다. 또한 이 거룩한 우상들에 의하여 프로메테우스와 같은 모진 형벌을 받을 것도 잘 알고 있다. 그러나 나는 소학교 시절부터 수신修身 점수에 59점의 낙제점을 받은 천재적인 악동이며 겸양의 동양 미덕을 모르는 배덕아다. 그러니 그만한 정도의 것은 이미 각오한 지

오래다. 다만 구세대의 문학과 신세대의 문학이 반드시 교차되어야 할 문학적 혁명기가 왔음에 우리 위대한 대가들의 모습을 다시 한 번 그리운 눈으로 바라보았을 뿐이다.

현대의 신라인들

국수주의 문인들

시간은 옷걸이 위에 걸려 있지 않습니다. 그러나 우리 문단에는 천 년 전 신라의 태고연한 풍모가 있습니다. 그것은 히틀러유겐트Hitler-Jugend—국수주의의 제복을 입은 문인들입니다. 우선 반가운 일이긴 하여도 좀 불안한 것도 사실입니다. 역설이라고 하실는지 모르겠습니다만 지난날의 독일이나 일본을 패망케 한 것이 바로 그 순수한 게르만 정신과 야마토 다마시[大和魂]를 내세우던 위대한 국수주의자 자신들의 꿈이었기 때문입니다.

물론 그렇다고 해서 우리 문학이 신라의 꿈으로 하여 도리어 파멸의 길을 걷고 있다고 속단하지는 않겠습니다마는 가뜩이나 후진적인 우리 문학에 하나의 벽이 되고 있다는 사실만은 솔직히 말해서 부인할 수도 없는 것입니다.

그들은 신기하게도 지리 선생 이상으로 동서양을 구분해놓고 모든 문제를 따지려 듭니다. 어떠한 측량기를 사용했는지는 몰라도(어쨌든 그들의 말에 의하면) 한 사상이나 예술은 동양과 서양으로 불가불 갈라져야만 되는 모양입니다. 또 그들이 그것을 분류하는 데는 인수분해의 공식과도 같은 무슨 뚜렷한 규칙이라도 있는 눈치입니다. 그래서 좀 수상한 그들의 사상적 지도에는 '서양'이라는 적선赤線 구역이 명시되어 있고 그것에 접근하지 말라는 참 엄한 훈시입니다.

그들이 개나 닭을 길러도 반드시 재래종에 한한다거나 부득이 다방에 들른다 하더라도 구황실에서 애용했다는 쌍금탕만 마시는지? 그 여부는 내 상식 밖의 일입니다마는—좌우간 그들이 신라인이 되기 위해서 서양 것이면 다 기휘忌諱하고 있음이 분명합니다.

개성이란 그렇게 배타적인 데서만 있을 수 있는 것일까? 그리고 하나의 사상, 하나의 문학이 동서양의 개념 밑에 뚜렷이 분리될 수 있는 성질의 것일까? 마치 카스텔라를 자르듯…… 또 아무것과 섞이지 않은 순수한 사상—순수한 문학이라는 것이 존재할 수 있을까? 그리고 현대를 신라어로 말해야만 우리가 비로소 한국인이 되는 것일까? 참 서운한 일입니다만 아무래도 의심스럽습니다. 그리고 또 하나 큰 문제가 있습니다. 우리나라의 국시로 되어 있는 민주주의 사상이란 원래 단군님께서 주신 것인지 만약 그렇지 않고 지중해와 태평양을 건너온 사상이라면 오늘의 한국인은 부득이 모두 반전통의 죄수가 되는 수밖에 없으니,—앞으로 어찌될 건지 아주 궁금하고 불안한 일입니다.

효빈이란 말

'효빈效顰'이란 말이 있기는 합니다. 서시西施의 얼굴은 약간 찡그리는 데에 그 매력이 있었다고 합니다. 그래서 그곳 궁녀들도 아마 그것을 본받아 늘 얼굴을 찡그리고 다닌 모양입니다. 그러한 고사에서 남의 흉내를 내다 도리어 제 가치마저 상실하게 되는 것을 '효빈'이라 이름했습니다. 확실히 그렇습니다. 모든 것은 자기의 얼굴과 자기의 음성을 가지고 있습니다. 꽃에는 꽃의 얼굴이 있고 구름엔 구름의 표정이 있습니다. 바람엔 바람의 소리가 있고 흐르는 물엔 흐르는 물의 음성이 있습니다.

결국 문학이라는 것도 우리들의 이 고유한 얼굴과 고유한 음성의 표현에 지나지 않습니다. 그러나 이 개성(민족적 특성)이 참된 개성이 되기 위해선 지드의 말마따나 '범용汎用해진다'는 데에 있는 것입니다. 그는 말하고 있습니다. "범용해진다는 것, 셰익스피어가 그러했다. 범용한 괴테, 몰리에르Molière, 발자크, 또 톨스토이 모두가 그러했다. ……그리고 감탄할 만한 것은 범용해졌기 때문에 그들은 보다 개성적이었다는 그 점이다. 그런데 자기 자신만을 생각하여 인류로부터 도망친 사람들은 특수한 불구밖에 되지 못한다."

분명히 그렇습니다. 애써 개성적이 되려고 할 때 도리어 우리는 우리의 개성을 상실합니다. 개성이란 억지로 만드는 것이 아니라 범용 그 속에서 절로 개화되는 스스로의 형상에 불과합니다.

개성이 없는 사람이—정신이 가난한 사람이—틀림없이 남의 영향을 받기 두려워하고 남에 접근하기를 꺼려하는 법입니다. 그것은 일종의 허세, 서글픈 위장에 지나지 않습니다. 그들은 아마 우리 과거의 문학이 전부 중국이나 서구의 모방작이라고 비난할 것입니다.

그래서 그들은 모방하지 않기 위해서 외래 사조를 경계해야 된다고 믿을는지 모르겠습니다만 사실은 그러한 사고, 그렇게 소심한 경계심이 바로 이 땅에 모방 문학을 부식하게 한 원인입니다. 그 통제 속에서 우리의 그 비극적인 '사상의 밀무역'이 시작되었던 것입니다. 그 결과로 외래 사조에 정면으로 부닥칠 기회를 우리는 놓쳤습니다. 그래서 하나의 사상을 피상적으로만 이해할 수밖에 없었고 어떠한 기형적 편모만이 우리에게 전달되었을 뿐입니다.

여기에서 이 슬픈 오늘의 혼란이 생긴 것입니다. 하나의 예를 들자면 사르트르의 것은 읽었어도 그의 사상적 배경이 될 수 있는 후설Edmund Husserl이나 하이데거의 것을 전혀 읽고 있지 않는 사람이 많습니다. 그리고 또 한 작가의 것이라 해도 한 권의 책만 읽고(혹은 읽지도 않고 눈치만으로) 그를 이해했다고 생각하는 천재들도 있습니다. 그렇기 때문에 한말숙의 작품을 '실존주의'라고 장담하는 김동리 씨 같은 사이비적 실존관이 이 나라에 탄생되었고, 그런가 하면 그것을 또 사춘기에 돋는 '여드름 사상'이라고 간주해버린 황순원 씨의 기상천외한 실존 사상도 생긴 것입니다. 이 사상의 편식, 이 자가류自家流의 눈치, 비평, 이것이 아마 모방 문학의 독용毒茸을 키우는 거름[肥料]일 것입니다.

편견 없는 인간 의식을

남을 이해하려 들지 않는 사람은 결국 자기 자신에게도 성실치 못한 사람일 겁니다. 남의 영향을 받기 싫어하는 사람은 또한 남에게 영향을 줄 수도 없는 사람입니다. 그들에겐 정신의 풍요성이 결여되어 있기 때문입니다. 정말 주체 의식이 강한 사람은 결코 배타적일 수 없습니다. 배타적이란 기실 자신에게 자신을 둘 수 없을 때 생겨나는 행위이니까…… 그런데도 현대의 신라인들은 오늘도 공허한 담을 쌓기에 전력을 다하고 있습니다.

우리는 일본인 고바야시 히데오[小林秀雄]의 문간방을 전세로 빌린 평론가 한 분을 기억하고 있습니다. 그[17]의 모든 문학적 교양

17) 평론가 조연현趙演鉉 씨를 가리킨다.

이 고바야시 군에서 비롯한 것이므로 역시 그가 생각하고 있는 서구의 문학이라는 것도 사실 알고 보면 고바야시적인 것입니다. 그런데 그분은 요새 갑자기 신라인의 분장을 하기 위하여 몹시 조급해졌더군요. 고마운 일이긴 합니다만 적(그에게 있어서의 서구)을 잘 알지도 못하고 성을 쌓기만 하면 좀 곤란한 결과가 되지 않을까 걱정입니다. 그는 고바야시 군에게 문의하지 않고 직접 서구(?)의 그것을 체득해야 했었을 사람입니다. 그분이 판서板書를 할 때 'fiction'을 'piction'이라고 잘못 썼다거나 '리더(지도자)'라 할 때 가서 '리드'라고 오용했다거나 하는 것은 별로 탓할 것이 못 됩니다만—말하자면 'f'와 'p'를 혼동하고, 동사를 명사로 사용하고 하는 외국어의 미스는 별 지장이 없습니다마는—외국 사상의 두음頭音을—외국 문학의 품사를 착오, 오해하고 있다면 그의 전통 문학이라는 것도 하나의 유령성幽靈城에서 그치게 될지도 모릅니다.

따라서 그분은 동양, 동양 하지만 한 번도 공자나 불가의 사상에 대하여 구체적으로 지적한 일이 없고 전통, 전통 하면서도 아직 그의 비평에서 송강 가사의 한 줄도 발견하질 못했습니다.

그러면 허공에 들뜬 구름에 어디 담이라도 하나 쌓을 수 있을까요. 그러고 보면 현대의 신라인들은 공중누각 속에서 혹시 자아도취의 미덕에 빠져 있는 것이나 아닐는지요. 민족적 가치의 특성을 찾고 창조하고 하는 일에 대해서는 찬성하겠습니다만 미신적인 그 민족 우월론에는 아무래도 감동할 수 없을 것만 같습니다. 그러면 주관적 자기 존중은 공허하기 이를 데 없는 열등의식을 보상하기에—일시적 위안을 주기에 적당할지 모르나 어디에 그 안이한 수단으로 오늘의 이 어려운 시대가 극복될 것 같지는 않습니다.

결국 나는 어느 한 사람을 그리고 어떠한 유파 하나를 비난하기 위하여 이 글을 쓰는 것이 아닙니다. 결론은 그런 데에 있지 않습니다. 국수주의적 편견을 가지고 무작정 외국 사조를 기피하려 드는 현대의 신라인들이 우리 문학을 지배한다면 우리는 영원한 세계의 고아로서 외롭게 될 것입니다. 그것이 쓸쓸해서, 그러한 담이 갑갑해서 하나의 제언提言이 필요했던 것입니다. 그러면 이제 이러한 말로 끝을 맺어도 좋을 것 같습니다.

"우리는 외국 문학의 영향을 두려워할 필요가 없다. 허심탄회한 자세로써 그것을 받아들이면 된다. 그것이 프래그머티즘pragmatism이든 실존주의든 서구인의 것이든 우리 것이든 하나의 사상, 한 편의 소설, 한 개의 기록 그 모든 것을 받는 데에 소심해서는, 그리고 편견이 있어서는 안 된다. 중요한 것은 편견 없는 인간 의식, 그 인간에의 성실성이다.

하늘이 나의 가슴으로 오듯 그것이 아무리 무한한 것이라도 좋다. 그래서 그 가운데 우리는 우리의 운명을 결정해야 된다. 그것이 비판이고 그것이 우리의 개성이다. 그때 나의 얼굴, 나의 음성은 절로 형성되어갈 것이다…….”

기다려봅시다. 하나의 사상에 담을 쌓는 일보다 지금의 우리에겐 모든 것을 자유로이 내다볼 수 있는 그 정신의 해방이 더 시급한 문제이니까요. 그리하여 식민지인으로서 살던 열등의식의 습속은 가셔야 됩니다. 좀 더 기다려봅시다.

조롱을 여시오

누구보다도 존경하는 서정주徐廷柱 씨, 그러면서 누구보다도 원망스러운 서정주 씨!

당신은 우리 시단詩壇에 많은 업적을 남기셨습니다. 그런데 역시 또 그만큼 많은 죄도 남겨놓고 마셨습니다.

오늘의 젊은 시인들은 당신을 닮아서 신라의 태고연한 풍모를 하고 있습니다. 충치 앓는 목소리로 당신의 시를 외고 있는 오늘의 젊은 시인들은 하늘만 보다가 그의 대지를 잃었습니다. 옛날만 생각하다가 오늘을 잃었습니다.

뿌리 없는 화초를 가꾸시기에 분망한 당신의 화원에는 그리하여 모두가 병들고 시들어버린 꽃(시인)만이 있습니다. 신라의 청잣빛 하늘에 떠도는 한 조각구름만을 외는 것이, 그 위에 스쳐 부는 영원한 바람 소리만을 듣는 것이 오늘 이 땅의 시인에게 주어진 운명일까요?

밖에는 전쟁이 있는데, 벌판에서는 학살된 어린아이들이 살아

보지도 못한 앞날을 저주하는데, 동작동의 묘석은 침묵의 밤을 울어 새우는데, 도시는 피로했는데 당신은 국화꽃 그늘에서 순수한 주정酒精에 취하셨습니다.

이 환상의 오찬에 초대된 당신의 추천 시인들은 학의 목소리로 시를 읊고 신라의 거문고로 구름을 부르는데 어째서 우리의 마음은 이처럼 답답할까요?

당신의 길은 당신의 것입니다. 당신의 '추천'을 받기 위해서 이 나라의 젊은 시인들이 당신의 길만을 걸으라 눈짓하지 마십시오. 당신의 명주옷 무릎 밑에서 손자를 키우듯이 그렇게 앞날의 시인들을 손짓하지 마십시오.

당신의 문하를 거쳐 나온 그 많은 시인은 너무나도 선생님의 얼굴과 흡사합니다. 당신은 참 많은 피노키오를 만드셨습니다. 이제 풍류는 그만하면 되었습니다. 이역異域의 시인 시트웰Edith Sitwell[18]도 눈 속에 잠든 한국의 어린이를 노래 불렀는데 정작 그 주인공인 우리가 침묵할 수야 있겠습니까? 우리의 현실을 꿈으로 덮을 수가 있겠습니까?

누구보다도 존경하는 서정주 씨, 그러나 누구보다도 원망스러운 서정주 씨!

이제 당신의 조롱鳥籠을 열어 그들을 자유롭게 날게 하십시오.

18) 시트웰(1887~1964), 현대시를 대표하는 영국의 여류 시인.

보이지 않는 우아한 수정의 끈을 풀어 다음에 올 시인들에게 대지를 노래 불러도 좋을 육성을 갖도록 하십시오.

우리의 위대한 순수 시인이시여!

문학과 젊음

존경하는 염상섭廉想涉 선생님!

나는 지금 악의 없는 하나의 글을 드리려 합니다. 일전에 쓰신 「문학도 함께 늙는가?」라는 글을 읽고 내가 선생님께 오늘날의 젊음에 대하여 그리고 그 입장에 대하여 꼭 한번 말해보고 싶은 충동을 느꼈기 때문입니다.

평소에 우리가 선생님과 같은 문단 선배들을 무척 존경하고 있으면서도 사실은 그러한 분들을 이해할 수가 없고 역시 원로元老 문단 선배들은 오늘의 우리 젊은 후배들을 몹시 아끼고 있으면서도 기실 그러한 우리를 이해하고는 있지 않습니다. 그러한 벽을 다시 한 번 느꼈기 때문에 나는 아무래도 이 글을 써야 될 것 같습니다.

선생님은 말하셨습니다. 그 글에서 "만일 문학도 생리적 연령과 함께 늙는다고 우기고 나서거나 코웃음을 치는 사람이 있다면 문학이 늙지 않는 실증으로 연애소설을 죽기 전에 한 편 쓰고야

말지도 모르는 일"이라고…….

그러나 선생님—우리는 정말, 그러한 것을 정말 희망하고 있지 않습니다. 결코 선생님이 자기의 젊음을 실증하기 위해서 굳이 연애소설을 쓸 필요는 없다고 생각됩니다. 왜냐하면 그것은 다만 20년 혹은 30년 전 옛날의 '젊음'으로 돌아갔다는 이상의 설명이 될 수 없기 때문입니다. 20~30년 전의 '젊음' 그것은 이미 촉루燭淚가 되어버린 '젊음'입니다.

문제는 바로 여기에 있습니다. 선생님이 생각하고 계시는 '젊음'과 오늘의 '젊음'과는 너무나도 다르다는 것을, 그리고 또 그 입장이 너무나도 판이하다는 것을—우리는 그것을 알았고 그것을 이야기하고 싶습니다. 이것이 옛날의 문학과 오늘의 문학을 구별하는 핵심이 될 것이라고 또한 믿습니다.

일대一代의 천재를 자부하던 라신Jean Racine도 「페드르」라는 작품을 써놓고는 극필劇筆을 꺾고야 말았습니다. 그가 옛날처럼 연애극을 쓸 수 없어서가 아니라 고전주의가 그의 시대와 함께 노쇠해졌기 때문에…… 정신의 풍토가 변이되었기 때문에…… 말하자면 라신의 시대가 지났다는 것을 알았기 때문입니다.

그렇습니다. 오늘의 '젊음'은 선생님이 생각하고 있는 것처럼 '연애하는 열정' 속에 있지는 않습니다. 확실히 시대는 '젊음'까지도 변하게 했습니다. 연애를 못하는 '젊음'—젊음을 잃어버린 '젊음'—이것이 우리들의 '젊음'입니다. 사실 우리가 한 편의 연애소설을 쓰기에는 너무 서투르기만 합니다. 연애를 하여도 그것을 말하려고 하지 않는 것이, 그 의욕을 잃어버린 것이 또한 오늘의 젊은 작가들입니다. 선생님—우리는 인간을 사랑하기 전에 먼저 인간을 죽이는 방법을 배웠던 것입니다. 희망을 갖기도 전에, 생에의 기대를 변변히 품어보기도 전에 무수한 굴욕과 숱한 좌절의 침몰 속에 익숙해야만 되었습니다. 포연 속에 타는 고향을 보았고 아직도 꿈이 있는 벌판에서 무한궤도가 굴러가는 소리와 죄 없는 어린이들이 죽어가는 목소리를 들어야 했던 '젊음'입니다.

우리는 그 앞에서 우리의 무력을 생각했습니다. 무지와 너무나도 가난한 우리의 정신을 느꼈습니다. 하늘과 구름이 그리고 계절에 따라 피어나는 온갖 꽃과 풀이름 들이—다른 희망들처럼 영영 우리들 밖에서 존재하고 있다는 것을 알았습니다. 그런데 우리는 참으로 젊기만 하였습니다.

그리하여 우리는 아직도 이러한 것들을 한 편의 소설로, 한 줄의 시로 형상화하는 데에 적당한 하나의 사상, 올바른 하나의 언어를 가지고 있지 않습니다. 붕괴한 것은 바깥 풍경만이 아니라 다름 아닌 우리들 마음속의 질서 그것이었습니다.

염 선생님—그리고 선생님은 말씀하셨습니다. '불안과 부조리', 그러한 실존주의는 유행화한 외래 사조고 그것은 프랑스의 실정—혹독한 서리를 두 번이나 맞은 프랑스인의 생각이라고—그래서 한국에 앉은 우리와는 보는 바와 생각하는 바가 저절로 현수懸殊할 것이라고 추론했습니다.

그러나 우리가 혹독한 서리를 두 번이 아니라 천 년을 두고 수천 년을 두고 맞아왔다는 사실을 선생님께선 잊고 계신 것 같습니다. 우리는 지금도 그런 서리 속에서 살고 있습니다. 그러나 프랑스의 젊은이들은 조상으로부터 물려받은 그 교묘한 화술로 '살롱'이나 어느 '카페'에서 그 같은 절망의 사상을 향유香油처럼 뿌리고 앉았을는지도 모를 일입니다. 그리고 그들은 그러한 사상의 주인이 될 수도 있고 그것의 노예가 될 수도 있는 문명인의 특권을 갖고 있습니다.

그러한 그들에 비하여 한국의 젊은이들은 도리어 그들 이상의 처절한 절망 속에서 살아가고 있다는 것을 스스로 확언하고 싶습니다. 그들이 '살롱'에 앉아 이야기할 때 우리는 그것을 직접 우리의 현실로 살아야 했습니다. 따라서 우리는 오늘날 우리에게 주어진 이 현실에 주인도 노예도 될 수가 없는 사람들입니다. 그리고 그러한 것들을 사치스럽게 이야기할 만한 '살롱'도 우리에겐 없습니다. 그런데도 불구하고 우리들은 지금 엄격한 행동의 강요 앞에서 우리의 비극을, 우리의 내일을 말해야 됩니다.

노쇠한 구라파를 분수령으로 하여 세계의 역사는 반세기 동안이나 두 갈래로 갈라져 흘러내렸습니다. 그 한 줄기가 소비에트의 무지한 설원을 거쳐 북한의 땅으로 흘러왔고 또 한 가닥이 새로운 대륙 미국의 초원을 지나 남한에 와 멎었습니다. 이 두 사조의 충돌, 그것이 우리들이 겪어야 했던 6·25의 참혹한 전쟁이었습니다. 그래서 세계의 조류 앞에서 고아와 같이 버려진 우리 젊음은 스스로 이 낯선 현실 속에 뛰어들지 않으면 안 되었습니다. 이것이 우리 '젊음'이 던져진 입장입니다. 그리하여 우리들에겐 사조의 혼수기昏睡期가 오고 그 시련의 수난기를 맞이하게 된 것입니다. 세계의 진통을 우리는 연약한 육체로 느꼈습니다. 이 속에서 우리가 무엇을 하고 무엇을 쓰고 또 어떻게 죽어야 할 것인가를 생각했습니다. 그런데도 이것을 선생님들은 남의 사상, 남의 불행이라고 하십니까? 그렇다면 6·25의 전쟁을, 그 숱한 피를 보고 남의 현실이라고 말할 수 있으십니까?

고아와 같은 우리들에게 아직도 그 '청일전쟁' 때의 '장크'를 말하려 하십니까? 혹은 '대동아전쟁' 때의 국방색 '게이터'를 치고 살았던 그날의 이야깁니까? 선생님—오늘의 불안과 절망을 이야기하는 것은 젊은이들의 사치스러운 특권이라고, 유행이라고 말씀하시는 한—선생님—그것이야말로 정말 문학적 노쇠를 의미하는 것이 될 것입니다. 사실 우리들은 우리의 '젊음'을 자랑할 만큼 그렇게 화려한 시대에 살고 있지 않습니다.

우리들의 젊음은 참말로 지루하고 답답합니다. 다만 우리에게 남은 것은 우리들 세대에 대한 유일한 양심, 유일한 책임 그것뿐이라고 생각합니다. 어리석기만 한 저항의 투혼, 그것만을 소유하고 있습니다. 이것이 문학의 젊음입니다. 그러므로 선생님이 아직도 문학적으로 젊다는 것을 입증하시려 한다면 연애소설이 아니라 하늘을 떠메고 사는 '아틀라스'처럼 이 시대를 떠받치고 살아가는 그 지루하고 답답한 고역으로 다시 돌아가야 한다는 것입니다.

이 불행한 세대의 호흡을 함께 체험하는 것, 피 식은 젊음에 온정의 사상을 주는 것, 이 세기의 질환과 이름도 없이 죽어간 넋들에게 조그마한 묘비명을 기록하는 것—이 동병상련의 고역을 거부하지 않는 데서만 우리 선배 문인들은 자신의 문학적 젊음을 입증할 수 있습니다.

선생님, 그렇기 때문에 신으로부터 인간을 탈환하려던 그 많은 르네상스의 젊은이들은 오늘도 아직 우리 곁에 살아 서 있습니다. 모든 시대의 모든 지역의 사상을 끊임없이 자기 내부에 흡수하여 지속시켜갔던 지드는 아직도 젊은 작가일 수가 있고 끊임없이 인간의 심혼을 파헤치고 마지막 땀 한 방울까지 대결했던 도스토옙스키는 도리어 오늘에 젊습니다. 그들은 모두 홍안紅顏의 사상가였습니다. '익시온'[19]의 수레바퀴는 아직도 회전하기 때문

19) 그리스 신화에 나오는 익시온은 헤라 여신에게 엉뚱한 밀정을 품은 배은망덕의 죄로 망령 세계에서 불수레에 묶여 쉴 새 없이 중천沖天을 도는 형벌을 받았다.

에 '익시온'은 젊을 수가 있고 아직도 돌은 굴러 떨어지기 때문에 시시포스Sisyphos는 젊을 수가 있고 아직도 그 열매와 물은 달아나기 때문에 탄탈로스Tantalos는 그 어두운 지옥가地獄街에서 우리와 함께 젊을 수 있는 것입니다.

이 젊음의 고역—그 영원한 고역—그것과 대결하는 힘을, 모험을 상실하지 않는 작가가 바로 젊은 작가라고 생각됩니다. 현실의 '판단 중지' 속에서 안이한 긍정과 낙관과 은둔을 배워버린 작가, 이것이 문학적 노쇠입니다. 옛날 전설의 우물—마시면 젊어진다는 그 우물—그것은 바로 이 같은 고역과 싸우는 '반항의 우물'이었던 것입니다.

> 청춘 소년들아 백발 노인 웃지 마라.
> 공평한 하늘 아래 넨들 얼마 젊었으리.
> 우리도 소년행락少年行樂이 어제런 듯하여라.

그렇습니다. 우리는 결코 이러한 '젊음'을 가지고 옛 세대의 문인들을 비웃지는 않으렵니다. 그것은 미구에 올 우리들의 운명입니다. 문학적인 홍안과 문학적인 백발은 선생님의 말대로 연령과는 아무 관계가 없습니다. 문학 정신 그리고 시대정신 그것에 있을 뿐입니다.

그렇다면 우리가 연령에 관계없이 시대에 대한 동일한 양심과 책임을 느끼고 있다면 우리들의 문학은 다 같이 서로 젊을 수 있습니다. 그렇다면 선생님은 도폭道幅에 맞춰서 만든 마차와 같은 그 합리주의적 사상과 그 피상적이고 비생명적인 형식주의의 리얼리즘과 은둔적인 비역사적 순수 문학과 화염 속의 도시를 굽어보고 목가牧歌를 부르는 오늘의 '네로'와 같은 유미주의자와—과연 그들에 대하여 뭐라고 말씀하시겠습니까?

"불안과 부조리 속에서 살아오기를 말하면야 오늘 일도 아니겠으니 차라리 불안과 부조리에 휘둘리기 전에……"

이러한 말을 하신 선생님 스스로의 글을 어떻게 생각하십니까? 그리고 "일체의 부정적 사념思念이나 태도를 물리치고 건실하고 건설적인 인생관과 문학 이념을 세워야겠다."는 낙관적인 이 안이한 결론도 '문학적 젊음'이라고 부르시렵니까? 또 이러한 말들 속에는 사상의 철저함—모순과의 끊임없는 대결, 그 '젊음'의 대결이 있다고 스스로 생각할 수 있으십니까?

선생님—더 이상 차마 말할 수 없습니다. 그저 진정한 선생님의 '젊음'을—그러한 입장을 기다리기로 하겠습니다.

장미밭의 전쟁

공허한 일이다

핑계 없는 무덤이 없다. 누구에게나 이유는 있고 또 구실은 있다. 문단인들의 알력을 두고 그 원인을 묻는다면 훌륭한 변해辯解와 타당한 이유를 댈 것이다. 그러나 그러한 싸움이 과연 우리 문학에 어떠한 보람을 줄 것인가를 물을 때 아무도 대답할 사람은 없다. 생각하면 공허할 것이다.

말하자면 오늘의 문단적 대립은 이념을 위한, 혹은 자기의 시를 위하여, 산문의 세계를 위하여 전개되는 싸움이 아니기 때문이다. 우리 앞에는 지금 논의되어야 할 너무나 많은 미학의 미결서류들이 있다.

그런데도 한국의 문인들은 너무나 어처구니없는 일을 가지고 싸워야 하는 것이다. 문학상을 위해서, 예술원 회원의 직함을 위해서 그리고 외국에 보내는 문인 선발을 위해서 한 입으로 말하면 비문학적 이권 투쟁을 위해서 한결같은 반목의 쟁투가 전개된다.

포화砲火의 여신 속에서 방황하는 군중은 상실한 꿈을 일으켜 달라고 하는데, 가난한 생활 속에서 한 줌의 사랑이 아쉽다고 하는데, 고갈한 현실에 하나의 시가, 열정이 그리고 감격이 그립다고 하는데…… 폐허의 고향이 눈물겹다고 하고 신화 없는 어려운 세대가 왔다고 영탄하는데…… 우리의 문인들은 오늘도 그들의 실리를 위하여 끝없이 논전하고 있다.

네가 삼류냐, 내가 삼류냐 하는 명찰 투쟁을 하는 것이다. 사감私感의 노예가 되어 분노의 발언을 토하는 것이다. 하나의 문학상을 위해서 마치 세계의 종말이나 온 것처럼 그들은 전율하여 떠들어대는 것이다. 이러다가 세월이 가고 짧은 생애는 부질없는 훤소喧騷 가운데 끝날 것이다. 생각하면 공허할 것이다.

프랑스인 쿠랑Maurice Courant은 일찍이 한국에는 한국의 문학이 없다고 말했다. 나는 이 글을 읽고 어린 마음에 분개한 일이 있었다. 그러나 지금 나는 알았다. 왜 한국엔 위대한 문학이 없었는가를…… 그 이유를 알았다. 서글픈 결론이다. 그 결론은 바로 오늘 한국의 문단에 전개되고 있는 파벌 싸움 속에 있는 것이다. 그리고 또한 그것은 이조의 당쟁 가운데에 있었던 일이다.

덩굴과 덩굴의 싸움

갈등이란 말이 있다. 칡덩굴과 등덩굴은 서로 얽히기 쉽다. 한국의 문인들은 뿌리보다 덩굴이 더 번성하는 칡이요, 등의 생리를 닮았다. 그래서 자연히 싸움이 벌어지게 마련이다. 지열과 수맥을 향해 뻗어가는 뿌리…… 그것은 작가 정신의 성숙과 문학적 생명의 깊이를 의미한다. 그러나 한 작가가 이렇게 현실의 깊은 내면을 향해 성장하지 않고 공허한 외계의 허공을 향하여 나아가려 할 때 거기에는 엉성한 덩굴만이 번성한다. 그것은 다른 사물에 의지하여 뻗어가려고 한다. 그래서 이 덩굴의 투쟁이 바로 문인의 갈등을 야기했다. 덩굴은 세속적인 타산을 원하고 있기 때문이다. 자기 작품에 성실하고 자기 생명에 투철한 시인과 작가에게는 뿌리의 싸움은 있어도, 즉 문학적 투쟁은 있어도 어수선한 덩굴의 싸움, 즉 문단 투쟁은 일어나지 않을 것이다.

오늘의 문단 싸움은 오직 그들의 내적 빈곤—문학적 에스프리 esprit의 빈곤에서 오는 것이다. 그들은 그들의 문학보다도 그들의 문단적 지위를 더 사랑하기 때문에, 존중하기 때문에 그와 같은 결과를 초래하고 있다.

실례를 들면 우리는 최근에 펜클럽에 참석한 문인과 거기에 참석하지 못했던 문인들과의 싸움을 기억하고 있다. 펜클럽에 참석했던 문인들이 정말 우리의 문학을 애호했다면 그들은 적어도 그 대회에 참석하기 전에 그곳에서 토의할 문제를 다른 여러 문인들과 함께 검토하고 상의해야만 했을 것이다. 그러나 그들은 마치 한 개의 관광단처럼 표표히 떠났다. 그러고는 20년 전의 낡은 군가조의 시를 마치 한국 현대시를 대표하는 작품인 것처럼 소개하고 돌아왔다. 돌아온 그중의 대표 하나는 열심히 자기 공적을 선전하는 자화자찬의 글을 썼다.

그런가 하면 한편 그 대표의 한 자리를 얻지 못한 몇몇 문인들은 채 그들이 한국에 돌아오기도 전에 그들을 모함하는 데에만 바빴고 그 문제의 유명한 '삼류론'을 터뜨렸다. 그래서 덩굴의 싸움은 이윽고 벌어졌다. 견족犬族이니 민족 반역자니 족보에도 없는 문인이니 하는 서로의 부질없는 덩굴이 종잡을 수 없이 뒤엉클어졌다.

이 현상 하나만을 가지고도 오늘의 문단 싸움이 어떠한 것인지 능히 납득이 간다. 그들은 한국의 문학을 대표하여 간 것이 아니라 개인의 권익과 명리名利를 위해서 갔다 온 것이다. 또한 그들을 욕한 자는 그들의 문학적 업적을 논란한 것이 아니라 일종의 시기지심猜忌之心에서 돌을 던진 것이다.

그들이 정말 문학인이었다면 정鄭 대표를 삼류라 부르기 전에 도쿄에 가서 발언한 그 연설 내용을 먼저 분석했을 것이요, 그들이 정말 한국의 문학을 애호했다면 자기 혼자 칭찬을 받기 위해서 정 대표는 모든 일을 독선적으로만 해결하려 하진 않았을 것이다.

장미밭의 전쟁

나는 어디에선가도 말했다 우리나라에는 결투의 풍속이 없었다고…… 결투란 가장 양성적이고 투명한 투쟁 정신을 상징하는 것이다. 정면에서 공정하게 싸우는 나이트knight 정신이 우리에겐 없다. 대신 방원이 정몽주를 치듯 세조가 김종서를 치듯 적을 유인하여 그 뒤통수를 때리려는 비굴한 음성 투쟁밖에 할 줄 모른다.

이조의 당쟁을 되풀이하는 지금 문단의 파벌 싸움은 후세인에게 다시 슬픈 역사를 계승해줄 뿐이다. 그래서 죄 없는 사도세자가 뒤주에 유폐되어 억울하게 죽듯이 문단의 공허한 싸움에 새로운 신인들까지 희생될는지 모른다. 이러다가는 정말 우리도 억울하게 뒤주 속에 갇히게 될는지 모른다. 그래서 신인들에게 지금 남아 있는 것은 비굴한 눈치뿐이다. 이러한 풍토에선 신인의 성장도 올바른 작품의 생산도 기대하기 어렵다. 이제 파당적 편견의 색안경을 벗자. 그래서 진정한 문학적 열과 열로써 결합된 문학 이념을 위한 그룹을 결성하자. 그러면 누구의 말처럼 '반대 당 문학적 이념에의 영원한 매력'은 있어도 반목은 없어질 것이다. 그리하여 그러한 덩굴의 싸움은 끝나야 한다.

문학인의 싸움은 장미밭의 전쟁이다. 아름다운 자기 장미밭을 수호하는 싸움은 장미와 같이 아름다워야 한다. 시의 이념을 위하여, 산문의 정도正道를 위하여 싸우는 것이라면, 문단적 실리를 위해서가 아니라 내일의 문학을 위하여 싸우는 것이라면, 도리어 우리의 장미밭은 더욱 풍성해질 것이다.

지금 독자는 배고프다. 그들은 문인들의 추태와 그 희극의 연기를 구경하려는 것이 아니라 그들은 지금 고갈한 정신을 축여주는 이슬과 같은 시를 원하고 있다. 타오르는 불꽃을 기원하고 있다. 그러니 이해의 문단은 독자를 위해서도 화목해져야 한다. 덩굴의 싸움에서 뿌리의 싸움으로…… 문단적 투쟁에서 양성적인 파이팅으로…… 그것일랑 그렇게 지양되어야 한다. 그래서 인간끼리는 따뜻하고 그 작품들에 대해서는 서로 싸늘해지자. 그리하여 장미밭의 전쟁은 공정한 실력과 실력으로 전개되어야 하고 또한 그것은 그렇게 아름답고 보람 있는 일이어야 한다.

전통의 의미와 문학의 의미

토인과 생맥주

끝없이 되풀이하는 그 희극엔 이제 정말 염증을 느꼈다. 웃을 만한 힘도 사실 없다. 그런데도 지금 한국의 문단에는 기상천외의 곡예가 한창이다. 시인, 소설가, 평론가…… 거창한 레테르를 붙인 마리오네트marionette의 군상들이 제목도 없는 희극을 연출하느라고 좌충우돌 야단들이다. 버젓한 남자인 생트뵈브를 여사女史라고 한 번역가가 있는가 하면 에로 그로를 실존주의라고 생각하는 수상한 평론가도 있다. 거기에 또한 간통 문학론, 애정 비평론, 범실존주의와 같은 신안新案 특허 용어가 등장하고…… 그래서 우습다 못해 눈물겨운 광경이 전개된다.

그뿐 아니라 이 밖에도 심각한(?) 희극은 얼마든지 있다. 하기야 생트뵈브 씨가 이미 몰沒한 지는 오래이나 다시 부활해서 성전환을 했다고 생각하면 '여사'라는 호칭쯤 그대로 묵과할 수도 있다. 또한 현대판 고골의 「검찰관」이 실연되고 있는 희극의 본거지인

이 나라에 희화화된 실존주의와 간통 문학론쯤 없을 바 아니다. 그러니까 우리는 그냥 웃고만 있으면 된다. 누구를 무식하다고 탓할 까닭도 없다.

그리고 흥분한 어조로 흑백을 가리려 든대도 그것은 무의미한 일일 것이다. 그러나 다만 하나 여기에서 이야기하고 싶은 것이 있다. 그런 희극은 대체 어디서 오는 것일까? 과연 그것은 희극일까? 하는 몇 가지 사실에 대해서다.

생맥주를 따른 컵에서 거품이 일어나는 것을 보고, 몹시 놀라더라는 것은 어느 토인에 대한 이야기다. 그 토인은 맥주가 살아 있다고 생각한다. 미개한 사고로써 볼 때 저절로 움직이는 것은 모두 생물이라는 결론이 생길 것이니까 남이 무어라 해도 그에게 있어 거품을 뿜는 생맥주는 분명히 하나의 생물이라 할 것이다.

이 일화는 그대로 우리나라의 몇몇 평론가와 문학인들에 적용된다. 어떠한 사상을 피상적으로만 이해하고 얼토당토않은 자가류의 지식을 피력한다. 말하자면 미개한 주관적인 사고에 의여 모든 것을 판단하고 또 그것을 그렇게 믿고 있는 경우다.

그래서 그들에겐 생트뵈브가 여자일 수도 있고 실존주의가 에로 그로일 수도 있다. 그렇게 해서 희극은 시작되게 마련이다. '생맥주'를 '생물'이라고 생각하듯이 유부녀의 간통 사건이나 아프레après의 도색 이야기를 실존주의 문학이라고 믿는다. 그래서 터미놀로지terminology의 혼란이 생기고 모든 것을 자기 멋대로 해석한 주관의 그림자가 문학 사전에 도사리고 앉아 있다.

그들의 서가에는 다 각기 다른 자가류의 사전이 꽂혀 있어서 한 용어의 의미가 10인 10색으로 나타나기도 한다. 쉬르레알리슴이라 하면 한국의 명동 풍경쯤을 연상하고 말하는 사람도 있고 혹은 프랑스 문학 정도로 여기는 사람이 있다. 따라서 전통 하면 배뱅이굿이나 색동저고리의 동의어로 말하는 사람도 있다.

그래서 장님이 코끼리를 더듬듯이 서로의 편견을 가지고 해결 없는 싸움에 골몰한다. 불리하다 싶으면 장유유서長幼有序라는 도덕률을 내세운다. 즉 나는 너의 선배니까 내 말이 옳다고……. 국토만 양단된 줄 알았더니 우리가 쓰는 모든 용어의 의미에도 어찌할 수 없는 38선이 있는 모양이다.

터미놀로지가 서 있지 않고서는 서로의 회화가 통할 리 없다. 즉 그것은 희극이 아니라 너무나 거창한 다름 아닌 우리의 비극이라는 이야기다. 너무나 어처구니없는 우리의 후진성이라는 이야기다. 그렇기 때문에 나는 요새 국산품 애용의 구호처럼 갑자기 전통이라는 술어가 유행하고 있는 그 현상에 대해서는 차마 그대로 웃고만 있을 용기가 없다. 문제는 전통을 부르짖는 행위가 아니라 도대체 그들이 사용하고 있는 전통이라는 의미가 무엇이냐 하는 데에 있다. 한번 그것을 여기에 구체적으로 분석해보기로 하자.

문학적 전통의 의미를 향토성 내지는 그 나라의 풍속성으로 오인하고 있는 경우가 있다. 그 한 예로서 전통주의를 로컬리즘 localism 혹은 프러빈셜리즘provincialism으로 혼동하고 있는 조연현 씨의 '토속적 전통관'을 들 수 있다. 토인에게 있어서의 생맥주처럼 조연현 씨에게 있어서 전통이란 하나의 '향토성'으로 간단히 간주된다. 조 씨의 「민족적 특성과 인류적 보편성」이라는 평론은 용어의 혼란과 논리의 모순으로 하여 로제타석Rosetta Stone의 「금석문」을 해독하기보다 어렵다.

그래서 처음에는 조 씨의 전통관이 무엇인지 확실치 않아서 극히 당황했으나 안개(논리의 모순)를 제거하고 난 부분의 말만 종합해서 따져보니까 전통주의는 곧 프러빈셜리즘이라는 결론을 이끌어낼 수 있어 숨을 돌릴 수 있었다. 그것을 한번 자세히 밝혀보면 씨는 현대를 다음과 같은 서구의 역사적 제보 위에 놓고 설명하고 있다.

"고대, 중세, 근대 하면 그것은 적어도 수세기의 시간적 경과를 가진 것이며 고대는 자연 중심, 중세는 신 중심, 근대는 인간 중심 등의 통일된 시대적 목표가 형성되어 있었던 것이지만 현대는 제1차 세계대전(대체로 그때부터 현대를 구분 짓는 것이 통례로 되어 있다) 운운……"

그러나 몇 장 넘기면 서정주 씨의 『화사집』 시대를 설명하는 이와 같은 일문이 또 나온다.

"이곳에서 우리가 생각할 수 있는 것은 정관靜觀적, 윤리적, 정신적, 도덕적인 것이 전통적인 것이라면 행동적, 육감적인 것은 친親서구적인 것으로서 한국이나 동양의 전통적인 요소와 이질적인 것이며, 반윤리적, 반도덕적인 것이 반전통적인 것임은 더 말할 것도 없다는 사실이다."

벌써 총명한 사람은 여기에서 씨의 꽤 수상한 양도논법兩刀論法을 발견했을 것이다. 아무리 생각해도 이 글은 두 사람이 쓴 글이지 조 씨 혼자서 쓴 글이 아니다. 그 이유로서 앞에서 '현대'를 설명하는 데에 고대의 자연 중심, 중세의 신 중심, 현대의 인간 중심……이라고 한 씨의 말은 대체 동양적인 사조냐 서구적인 정신사냐? 서구적인 것은 다 반전통적이라 했으니 조 씨가 바로 자기가 앉은 위치, 현대를 서구적인 역사관으로 해명한 것은 어떻게 되느냐? 전통적이냐? 반전통적이냐? 그것은 쌍두雙頭의 독수리다.

전통주의를 제창하고 있는 분의 정신이 바로 반전통적이니(씨 스스로가 서구적인 것은 반전통이라고 했다) 도대체 이분의 전통 의식이란 어떤 것인지? 자승자박된 씨에게는 물어도 대답이 없다. 이것만이 아니다. 서정주는 서구적인 데서 동양적으로 돌아왔고 김동리는 동양적인 데서 서구적인 데로 향했지만 다 지당하다는 이야기다. 아니 두 분이 모두 전통적이라는 이야기다.

그렇다면 조 씨에게 묻는다. 그럼 반전통적인 것은 무엇이냐?

『화사집』 속에는 서구적인 사상이 있지만 그 속에 동양적인 전통이 담겨 있고, 김동리의 「무녀도」 속에는 거꾸로 동양적인 특성에 선 것이지만 그 속에는 또한 서구적인 사상까지도 내포되어 있다. 그래서 이들은 다 같이 전통적이며 인류적 보편성을 획득하고 있다라고 설명한다면 그래도 납득이 간다. 하지만 씨의 말은 그게 아니다. 부산에서 서울로 올라온 자나 서울에서 부산으로 내려간 자나 그 도착점이 동일하다고 말하는 조 씨의 순환 논법은 화성에서면 몰라도 아직 이 지구상에서는 존재할 수 없는 것이 아닐까?

그야말로 인류적 보편성으로 보아 그러한 논법은 이해될 수 없다. 이러한 논리의 모순은 전통적이라는 의미에 중화 작용을 일으켜 맹물을 만들어놓았으니 우리는 거기에서 전통의 의미를 무엇이라 추리할지 걱정이었다는 말이다. 그래서 나는 씨의 결론과 그들의 쌍언편언雙言片言 가운데서 전통=토속이라는 것만 뽑아내게 된 것이다. 즉 서정주 씨를 언급하는 대목에서 "서구적인 것이 반전통이다."라는 말과 김동리의 「무녀도」가 한국의 민족성과 지방에서 취재했다는 이유로 그것을 전통적이라고 부른 것을 미루어보아서, 그리고 〈시집가는 날〉이 동남아 예술제에서 입상되었다는 것과 김환기 씨의 그림이 파리 사람들에게 감동을 주었다는 사실을 가지고 민족 전통의 우월성을 논한 것 등에서 말이다.

그렇다면 향토색과 지방 감정을 전통이라고 보는 것이 타당하냐 하는 문제만이 남았다. 나는 분명히 말하겠다. '토속(관습)'과

'문화'는 다른 것이다. 풍속성, 지방성과 전통성은 서로 다른 것이다. 즉 문학에서 전통이 문제된다는 것은 언제나 고전 작품이 문제되는 것이지 지방색의 특성이 논란되는 것이 아니라고…….

전통은 오히려 지방색, 즉 프러빈셜리즘을 부정하는 운동이라는 말이며 조 씨의 전통관은 사실 가장 비전통관이라는 뜻이다. 위대한 고전만이 혹은 면면이 줄지어 흐르는 종교성만이 문학에 있어서 전통의 힘이 되어진다는 이야기다. 그럼 문학에 있어서 전통이 중시되는 까닭이 어디에 있을까? 이것을 함께 논하면서 전통의 왜곡된 터미놀로지를 비판해보겠다.

엘리엇Thomas Stearns Eliot의 전통관을 아주 간단히 설명한 다음의 한 문장을 소개한다.

"엘리엇이 주장하는 전통은 영문학이라든가 불문학이라든가 하는 일개국 특유의 전통—지방적인 것이 아니라 구주歐洲 문화를 꿰뚫는 고전적 교양이다."

즉 그 전통이란 각국 문학으로 하여금 그 지방성을 탈각시키려 하는, 말하자면 매슈 아널드Matthew Arnold의 '지적知的 연맹'의 실현인 것이다. 이것을 토대로 생각할 때 전통주의는 바로 프러빈셜리즘(지방 감정)을 지양하는 운동임을 알 수 있다. 쉽게 말해서 전통이 문학에 있어 문제되는 것은 개인적 재능 또는 개인적 취미, 일정한 시대, 일정한 공간(지방)에 한 작가가 속박된다면 진정한 문학의 위대성을 발휘할 수 없게 되겠기 때문이다.

작가나 시인이 어느 특정한 시대나 고정된 지역의 편견적인 색안경을 가지고 작업할 때 거기에서 생긴 한 작품의 생명은 극히 짧은 것이 되고 만다는 의미다. 문학적 작품의 가치를 초시간적인 것으로 규정하는 것이 전통관이다. 환언하면 한 시대(시간), 한 지역(공간)에서만 읽히는 작품은 그 가치가 희박한 것이라 할 수 있다. 그것은 그만큼 인생을 관찰하는 작가 정신이 비천했다는 것을 방증하는 말이다. 그래서 전통 의식이란 주로 고전적 작품을 접했을 때 생기게 된다. 고전적 작품이라는 것은 무수한 공간을 꿰뚫고 확충하면서 오늘날까지 그 가치를 존속시켜온 작품을 뜻하는 것이기 때문이다.

호메로스나 셰익스피어의 위대성이 타임리스timeless, 스페이스리스spaceless에 있다면 그들의 작품은 결코 어느 한 시대, 어느 한 민족에게만 있는 특성을, 즉 프러빈셜리즘을 지향한 것이 아니라는 것을 의미한다. 그러므로 고전의 세계라든가 종교의 세계라는 것은 개인적 소산도 개인의 주관적인 취미의 산물도 아닌 바로 범인간의 총체적 생명이 역사적 가치 의식과 합류한 공화국임을 알 수 있다. 그래서 문학에 있어서 전통이 문제되는 것은 작가 개인이 이 확고한 가치 의식, 객관적 가치 규준에 의존하여 자기의 문학 정신을 편파적인 지방색이나 시대 감정으로부터 해방시키는 데에 있다.

그런 이유에서 전통의 문제는 시대성을 내포하는 산문(소설)보다 인간의 영원성과 본질상本質相을 추구하는 시에 있어서 더 중시되었고 객관적인 가치 규준을 요구하는 비평 문학에서 더 많이 논란되어왔다. 즉 전통의 어원 그대로 그릇된 것(주관적이고 개성적인)을 바르게 해놓는 작용이다. 편협한 개성을 초월한 가치체價値體다.

그러므로 전통을 말하기 위해서는 가장 뚜렷한 구체적인 대상(고전 작품)이 있어야 하며 그 본질론보다 그 방법론이 언제나 선행해야 된다는 것을 알 수 있다. 그렇기 때문에 서구의 전통주의자들은 비단 그리스 라틴 문화만이 아니라 동양의 고전 작품을 실제로 번역도 하고 또는 부디즘(불교)의 종교 정신까지도 이해하려고 했다. 세계라기보다 대국적인 견지에서 볼 때 서구는 동양에 상대되는 프러빈스province가 되기 때문이다.

이상의 말을 조 씨가 잘만 정독한다면 내가 더 말하지 않는다 해도 한 민족의 풍속주의, 지방주의가 곧 전통주의가 아니라는 것을, 아니 그 정반대의 것이라는 것을 알 것이다. 반전통주의 문학은 반한국적, 나아가서는 반동양적인 문학이 아니라 개인적, 주관적, 따라서 지방적, 시대적 문학이라는 것을 알 것이다. 뿐만 아니라 김동리의 「무녀도」가 전통에 입각한 작품이 아니라는 것도 알 수 있을 것이다. 왜냐하면 「무녀도」는 최소한 불교 사상도, 그렇다고 한국이나 중국 고전의 어느 뚜렷한 영향 밑에서도 이루어진 것이 아니라 다만 향토색만을 지니고 있기 때문이다. 특히 전통 하면 그 형식이 문제인데 그에게서 무슨 한국 소설의 전통적 형식을 찾아낼 수 있겠는가.

그러고 보면 서구인이 동양에 관심을 가지듯이 동양인이 서구문화에 관심을 가지는 것이 진정한 전통주의를 실현하는 방법이 될 것이다. 왜냐하면 서구인은 자기네의 고전과 아울러 동양의 고전을 통해서만 서구의 지방색을 탈각시킬 수 있고 따라서 동양인은 동양의 고전과 아울러 서구의 고전에 접했을 때 비로소 동양적인 로컬리즘에서 벗어날 수 있기 때문이다.

전통성은 그래서 범인간의 동일한 무리를 형성할 것이고 넓은 정신적 시야를 제공해줄 것이다. 그러니 원시적인 무당춤이나 된장 맛, 김치 맛을 전통이라고 한다면 그야말로 그것은 비전통적인 의미가 되어버리고 말 것이 아닌가?

되풀이한다. 토인은 생맥주를 보고 생물이라 한다. 토인이 개화되면 그들은 생맥주가 생물이 아니라는 것을 알 것이다.

되풀이한다. 조 씨가 보다 개화하면 토속이, 프러빈셜리즘이 곧 전통이 아니라는 것을 알 것이다. 그래서 씨의 말과 같이 누가 우리의 세계적인 진출을 막고 있는 것인지를 스스로 깨달을 날이 올 것이다.

끝으로 조 씨는 이렇게 말할는지 모른다. 민족의 전통은 그 민족의 생리다. 생리를 거부할 수 있느냐?

그러면 나는 또 이렇게 대답하리라. 식인종의 생리는 인간을 잡아먹는 것입니다. 그러면 식인종은 생리를 지키기 위하여 끝없이 인간을 잡아먹어야 한단 말입니까? 생리는 주어진 것이 아니라 고쳐가는 것입니다. 경험적인 것입니다. 바로 그 전통이라는 인간의 정신력에 의해서 말입니다. 식인종이 비식인종의 존재로 하여 그들 종족의 그릇된 생리를 부정할 수 있듯이…….

자! 이제 아무래도 우리의 희극은 끝나야 되겠습니다.

바람과 구름의 대화

"일발의 총성이 울렸다. 그러나 놀라지 마라. 모조 권총의 화약을 터뜨린 귀여운 피에로의 곡예가 시작된 것이다."

뻐꾸기란 놈은 알을 낳는 재주는 있어도 그것을 품고 보호하는 습관이 없단다. 그놈은 개개비의 새 둥우리에다 알만 낳아놓고 그냥 도망친다. 그래서 불쌍한 것은 언제나 철모르는 개개비다. 자기 알인 줄만 알고 보호한다. 교활한 뻐꾸기의 알은 이렇게 해서 결국 우둔한 개개비가 책임지게 마련이다.

그런데 우리 문단에도 그러한 뻐꾸기와 시끄러운 개개비의 생리를 닮은 비평가와 또 용케 남의 작품을 보호하기 위하여 전전긍긍하는 분들이 있다. 언젠가 나는 Y 신문에 「토인과 생맥주」라는 글을 쓴 일이 있었다.

그런데 웬일인지 진작 그와 관련된 조 씨는 침묵하여 대답이 없고 엉뚱한 김우종인가 하는 사람이 내 글을 반박해왔다. 또 조 씨가 알을 김 씨 댁 둥우리에다 낳아놓은 모양이다. 언젠가도 조 씨의 「이상론」을 비평했더니 예의 김 씨가 나서서 싸움을 걸어왔다. 그때는 그저 전화의 혼선 같은 것이거니 여기고 그만두었다. 그런데 그것이 한두 번이 아닌 것으로 미루어 아마 조 씨의 모든 알(작품)은 김 씨가 도맡아 기르도록 묵계라도 되어 있는 모양이다.

이렇게 한 비평가가 뻐꾸기의 나태한 습속을 가지게 된다면 진정한 문학적 논쟁이 전개될 리 만무하다. 그러면 누구는 그렇게 말할는지 모른다. 「민족적 특성과 인류적 보편성」이란 논문의 생부生父는 물론 조연현 씨겠지만 그 책임은 언제나 양부養父 측에서 지는 눈치니 모든 눈치는 '시끄러워도 그 양부와……' 물론 좋다. 하지만 뻐꾸기를 말하는 데에 개개비가 나오면 우선 문제의 논점이 달라지기 때문에 '뻐꾸기론'이 '개개비론'으로 변해서 죽도 밥도 안 되니 하는 소리다. 그 실례를 여기에 한번 들어볼 터이니 양부와의 논쟁이 성립될 수 있는가 생각해보라.

'장님이 제 닭 잡아먹고 남의 닭 잡아먹은 줄만 알고 기뻐한다.'는 속담처럼 김 씨가 공박하고 있는 대상은 내 글이 아니라 사실은 자기 글이다. 혹은 자기 그림자다. 그 이유로서 중요한 예를 두 개만 들어준다. 첫째, 김 씨가 김 씨 자신을 공박한 예—

"우리 언어의 문장에다 터미놀로지, 프러빈셜리즘, 타임리스, 스페이스리스 등 서구어를 마구 뒤섞어놓은 것은 혼합 정신이지 전통주의가 아니다." 이상에서 보는 바와 같이 김 씨는 나의 글에서 외국어로 된 술어를 뽑아가지고 그것을 시비하고 있다. 외국어를 썼으니 벌써 그것은 전통일 수 없다는 이야기다.

백 보 양보해서 그의 말이 다 옳다고 해두자. 그렇다면 이러한 씨의 논리를 가지고 "그것이 춘향의 구미에 맞지 않는다면." 하고 다음에 한국 전통을 상징하는 여인을 내세운 씨 자신의 말을 분석해보면 어떠한 결과가 나올까? 『춘향전』에는 숱한 한시漢詩, 중국 고사故事가 부지기수로 나오는데 그렇게 따진다면 순수한 한국 정신이라는 그 춘향이도 중국과 한국의 혼혈녀가 되고 말 테니 이 또 무슨 비극이냐. 씨의 말을 인정한다면 『춘향전』을 쓴 사람은 그럼 나처럼 혼합 정신의 소유자라서 부득이 반전통주의자가 될 수밖에는 없다.

또 김 씨처럼 밸 빠진, 개똥이, 쇠똥이, 똥걸음 같은 상소리로써 문장을 써야 전통적이고 한국적인 것이 되는 모양인데…… 기왕이면 '셰익스피어'도 사옹沙翁이라 표기해야 씨는 진정한 전통주의자가 될 게 아니었던가? 이런 난센스가 몇 개 더 있지만 말하기도 창피하니 이쯤 해두기로 하자.

둘째, 김 씨가 김 씨의 그림자를 공박하고 있는 예—

"문학이 초공간적 추상성을 표현 대상으로 삼는다면 또는 표현 대상 자체를 초시간적, 초공간적인 것으로 얻으려고" 하는 등등의 말로 나를 공박하고 있는 것이 씨 논문의 전 내용을 이루고 있다. 그러나 나는 조금도 표현 대상 그 자체를 초시간적, 초공간적이라고 말한 기억이 없다. 내 글에서 표현 대상이란 어구가 어느 부분에 나오는지 한번 찾아보라.

어떠한 대상 어떠한 사건을 관찰하고 형성화하는 바로 그 '작가 정신'(혹은 작가의 감정)이 타임리스, 스페이스리스인 것이라고 했지 작가의 표현 대상이 타임리스, 스페이스리스라고는 하지 않았다. 그래서 표현 정신을 표현 대상으로 오인하고 말한 씨의 다음과 같은 용기 있는 말을 한번 들어보자.

"햄릿의 그러한 용모와 그러한 성격은 전무후무의 유일한 것이며 유일한 시간, 유일한 공간의 일회적인 존재이다."

누가 햄릿이라는 인물이 유일무이의 존재가 아니라고 했던가? 문제는 유일회적 존재—대상對象을 작품화하는 작가 정신(작가의 눈, 작가의 감정, 작가의 솜씨)이 개성적인 것이냐 초개성적이냐 하는 것이었다.

그래서 나는 햄릿이라는 한 대상을 작품화하는 한 작가의 감정이 시대적인 것이고 향토적(공간성)인 좁은 개성의 한계 속에 얽매여 있다면 작품의 가치가 영구적인 것으로 지속될 수 없다는 의미의 말을 했다. 따라서 이에 반하여 작가의 감정(정신)이 '개성을 확대 초월한 것'이었을 때, 즉 초개성적인 것일 때 그 작품은 비로소 보편성을 획득하여 타임리스, 스페이스리스인 것으로 된다는 의미를 시사했다.

그리고 어떻게 해서 작가의 개성이 확대되고 편협한 개인적 시공을 넘어설 수 있는가의 방법으로 전통의 힘, 전통의 의의를 들었다. 그러니까 이때의 전통은 풍속, 관습 같은 지역적 특성, 시간적 특성이 아니라 타임리스, 스페이스리스의 가치를 지니고 있는 힘, 즉 고전 작품이나 종교 정신 같은 것이어야 된다고 했던 것이다.

그러한 결과로서 어느 대상 자체가 곧 타임리스, 스페이스리스인 것이어야 한다는 말이 아니라 대상을 형상화하는 작가 정신이 전통에 의존하여 초개성적이고 타임리스, 스페이스리스인 것으로 나아가야 한다는 요지였다.

그리하여 "셰익스피어의 문학이 우수하다는 것은 그것이 이러한 전무후무의 일회성의 표현이 잘되어 있기 때문에……."라는 우종식 수수께끼를 풀어주려고 한 것이다.

표현이 잘되었다는 말은 미사여구를 가리키는 것일까? 열쇠는 그곳에 있지 않다. 표현이 잘된 것이란 바로 내가 말한바 셰익스피어의 정신이 초개성적(향토적, 시대적 감정을 넘어선)인 데에 있었기 때문이다.

엘리엇이 「셰익스피어와 세네카」론에서 말한 대로 그의 위대성은 그의 개인적 사적인 고뇌를 변화시켜 그것으로써 풍부하고 진기한 보편적 초개성적인 것을 이루려고 한 데에 있으며, 또한 전통과 개인적 재능에서 언급했듯이 셰익스피어는 대다수의 사람들이 대영 박물관 전체에서 얻은 것 이상으로 플루타르코스로부터 역사의 정수를 습득했기 때문이다.

그러므로 햄릿이 덴마크인이라서, 왕자라서, 고대인이라서 그런 것이 아니라 그러한 일개의 대상 속에 인간 총체의 한 비극성이 담겨져 있기 때문이다. 만약 그렇지 않다면 덴마크 왕실의 인간들만 흥미를 갖는 인물로만 그려졌을 것이다.

셰익스피어가 이와 같이 한 지방의 비극을 한 지방의 비극성으로 끝내지 않고 인류의 보편적 비극성으로까지 확대시킬 수 있었던 그 정신이 하나의 전통성을 형성하기에 이르렀다는 이야기였다. 이상에서 보듯 나를 공박한 씨의 글은 사실 나와는 아무 관계가 없다. 다만 두 개의 김 씨가 서로 싸우고 있을 뿐이다. 이것은 모두가 문학 논쟁 이전에 속하는 이야기들이다.

이러니 어떻게 그런 사람과 문학적 논쟁을 할 수 있느냐 말이다. 이런 말을 하고 나니 좀 슬퍼진다. 하기야 조, 김 양씨의 말은 문학적인 문제로서 취급될 것이 아니라 생물학 연구의 대상이다.

말하자면 생물계에서의 '공생共生'이라는 것, 즉 조 씨는 김 씨를 치켜세워주고 김 씨는 대신 조 씨의 공박을 막아주는 그 '공생'의 미덕, 또는 뻐꾸기와 개개비의 생활 윤리, 이러한 일들은 어쨌든 문학적 의미를 떠나 재미는 있다. 그래서 우리는 그저 정체正體 없이 유동하는 바람과 대화한 셈 치고 한번 싱겁게 웃어보는 수밖에 별 신통한 일이 없을 것만 같다.

IV

현대인의 사랑

현대인의 사랑

사랑은 가장 부조리한 것

정말 연애가 무엇인 줄 아는 사람은 결코 연애에 대하여 말하려 하지 않는다. 그는 말하지 않고 묵묵히 행동한다.

그리고 또한 그는 그것을 설명하려 하거나 혹은 기록하려 드는 것이 얼마나 부질없는 일인가를 알고 있다.

그렇기 때문에 '사랑'의 이야기를 적었던 그 많은 소설가와 대부분의 시인은 사실상 사랑에 실패한 사람들일 것이다. 하물며 연애를 논문으로 쓴 사람들은 말할 것도 없다.

그들은 '사랑'의 문턱 너머에서 그것을 바라보고 있다. 혹은 그리움으로 혹은 하나의 비극으로…….

이 글을 쓰는 내 자신도 물론 그렇다. 그런데 남은 이러한 말을 하나의 역설이라고 웃을 것이다. 그러나 기록된 사랑, 말해진 사랑은 이미 사랑 그것은 아니다.

'사랑'의 성城 안에서 사는 사람들은 사랑을 느끼지 않는다. 우리가 대기 속에 있을 때 공기의 존재를 느끼지 못하는 것과 같다.

우리는 사랑이 결렬되었을 때 비로소 사랑을 인식하고 물속에 들어갔을 때 비로소 공기의 존재를 인식한다.

우리가 '무엇'을 느낀다는 것은 벌써 우리가 '무엇' 밖에서 존재한다는 말이다.

그리하여 '사랑을 느꼈을 때' 이미 우리는 '사랑' 그 밖으로 나와 있는 것이다. 충만해 있을 때 한쪽의 결여도 없이 완전할 때 우리들의 의식은 어린이와 같이 무구하다.

이렇게 따져간다면 정반대의 결론이 나온다. 즉 우리가 '사랑'이라고 하는 것은 다름 아닌 이 '좌절된 사랑'을 가리키는 말이요, 사랑에의 '권태'란 말은 기실 '완성된 사랑'을 의미하는 것이 되겠기 때문이다.

'충족되어 있지 않은 상태로서의 사랑', 이것이 우리들이 말하고 있는 사랑이라 한다면 '사랑'이야말로 가장 부조리한 것의 하나다.

그래서 대부분의 '메들리걸'(연가)은 충족된 사랑을 노래한 것이 아니라 님과의 이별(사랑의 결렬), 님에의 동경(짝사랑)을 노래한 것이며 '러브 스토리'는 '사랑의 완성'을 이야기하는 것이 아니라 '사랑의 불가능성'을 말한 것이다.

비극의 어둠에서 빛나는 등불

그렇기 때문에 '연애' 하면 벌써 그 '뉘앙스'는 비극적인 것으로 울린다.

어떠한 여인이 있어 "'나의 사랑'을 이야기할까요?"라고 말했다 하자. 그 상대자는 의심할 것도 없이 그 여인의 '실연'을 생각할 것이며 또 그러한 내용의 것을 기대하고 있을 게다.

그러나 그 여인이 어느 한 남자를 알게 되어 결혼하여 행복하게 잘 살고 있다 운운한다면 그는 실망할 것이다. 아니 그것은 사랑의 이야기가 아니라고 할 것이다.

그래서 사람들은 흔히 생각했다.

가장 비극적인 것이 가장 멋진 연애라고……. 그렇기에 사람들은 '연애'의 전형으로서 행복하게 사는 부부의 예를 들지 않고 로미오와 줄리엣의 이야기를 생각한다.

그러한 이유로서 연애의 목적이 '이자 합일'에 있으면서도 실은 결합할 수 없는 결렬 상태에서만 그것의 감정이 가능해진다.

간단하게 말해서 사랑이란 '등'[火丁]과 같다.

그것은 어둠이 있을 때만이 존재 가치가 있다.

정작 대낮이 오면 그것은 무용한 것이 되고 만다.

'어둠'을 기다리는 등[火丁]—사랑이란 그렇기에 항상 비극적인 어둠에서만 빛나는 것 같다.

자, 그러면 이제 우리는 이렇게 말해도 좋을 것이다.

'섹스'는 사랑의 결합을 의미하는 것이 아니라 사실은 사랑의 종식을 의미한다. 즉 사랑의 완전한 충족은 사랑의 사멸을 의미한다고…….

원래 이성 간의 사랑은 '섹스'를 위한 것이요 또 사랑이라는 것이 '성욕'의 한 변형이라고 말할 수 있으나 그 과정에 있어서는 정반대의 '코스'를 걷는다고…….

끊임없는 목마름—그것에서만 사랑의 형이상학이 있다. 그렇기 때문에 쇼펜하우어Arthur Schopenhauer는 성애性愛를 '살려는 의지'에 두었지만 나는 거꾸로 '죽음에의 의지'에다 그것을 둔다.

구세기인의 사랑—베르테르

'사랑의 감정'이란 위에서 말한 것처럼 참으로 부조리한 것이다.

베르테르의 사랑에 대해서 말해보자(그것은 고대인의 연애관을 단적으로 대표하고 있는 것이다).

베르테르의 사랑을 가만히 관찰해보면 그것은 자살하기 위한 사랑 같다. 베르테르의 자살이 사랑의 궁극을 의미하고 있기 때문이다. 사랑하는 사람을 위해서 베르테르는 자기를 부정한 것이다. 사랑하기 위해서 그는 애초부터 불가능한 대상 '로테'를—선택한 것이다. 아니 불가능한 존재이기 때문에 그는 그녀를 사랑했을는지 모른다. 이러한 사랑의 이상적인 귀결은 자살하는 것 밖에 있을 수 없다.

그렇기 때문에 베르테르의 가슴을 꿰뚫은 한 방의 총성은 사랑의 완성을 알리는 비극적 승리의 신호였다.

로테와의 결합이 불가능하면 할수록 베르테르의 사랑은 성숙하고 고조화된다(만약에 '결합의 가능성'이 순조롭게 되어간다면 그의 사랑은 소멸하고 타락한다). 완전한 불가능 속에 맞닿고 번민의 초조한 가슴 속에서 사랑이 극치에 달했을 때 베르테르는 방아쇠를 당겼다. 베르테르의 사랑은 그 순간 가장 지고했을 것이다. 그리하여 자살을 통해서 베르테르는 비로소 그의 사랑을 완성시켰다.

이렇게 구세기인의 사랑은 생명보다 강한 것으로서 있었고 사랑에의 궁극은 자살에 있었다. '대상의 절대화', '신비화' 가운데 자기 생명을 던져 거기 '영원한 사랑의 길'을 트이게 하는 것이었다.

근대인의 사랑 — 살로메

그런데 근대에 와서 연애관은 정반대로 뒤집혔다.

베르테르의 사랑(구세기인의 사랑)은 대상 앞에서 자기를 버리는 것이었지만 살로메(나는 '살로메'를 근대인의 사랑을 대표하는 것으로 본다. 브라우닝 Robert Browning의 「Porphyria's Lover」의 경우도 그와 같다)는 자기 앞에서 대상(연인)을 말소시켜버리려는 것이었다.

고대인은 영원히 결합될 수 없는 연인 앞에서 죽는 것이 연애의 가장 이상적 표적이었지만 이렇게 근대인은 영원히 결합될 수 없는 애인이 자기 앞에서 시체가 되어버리는 것을 그 이상적인 표본으로 삼았다.

말하자면 살로메는 사랑하는 '요카낭'의 목을 스스로 잘랐다. 연인의 피 묻은 목을 은쟁반에 싣지 않으면 그의 사랑을 영원한 것으로 정복할 수 없다는 것이 살로메의 슬픈 애증이었다.

애인의 목을 잘랐을 때—그리하여 사랑의 대상을 완전히 상실해버린 그 순간 그의 사랑은 이루어진 것이다. 요화妖花처럼 피어나는 것이다.

님과의 결합적 가능성이 농후해져갈수록 '그와의 이별'을 보다 빈번히 상상하게 되는 그 요소가 바로 이 같은 '살로메적인 사랑'의 한 타입임을 부정할 수 없다. 되풀이하면 구세기인의 사랑은 님 앞에서 '자기의 죽음'을 상상하는 사랑이요 근대인의 사랑은 자기 앞에서 님이 죽게 되는 것을 가상하는 사랑이다.

그러나 이것은 모두가 결합의 불가능성을 향해 뻗어가는 사랑의 부조리적 습속에 있어 동일한 것이다.

타는 듯한 '목마름'을 위해서 전자는 자기를 살해하려 하고 후자는 대상을 살해하려고 든다.

현대인의 사랑 — 돈 후안

그럼 현대인의 사랑을 우리는 말하자. 그것은 천세 명의 여인을 차례차례로 사랑하고 정복해갔던 '돈 후안'의 사랑이라고…….

돈 후안은 단순한 도락자道樂者나 철모르는 탕아가 아니다. 그는 사랑을 희롱하지는 않았다.

이 돈 후안의 사랑이야말로 자기의 자살과 동시에 연인의 살육을 의미하는 사랑이다. 베르테르와 살로메적인 두 가지 불가능의 벽 사이를 시계추처럼 부단히 오가는 그것이 우리 돈 후안의 사랑이었다.

돈 후안은 안다. 새로운 여인 앞에서 그가 또 하나의 사랑을 느끼게 될 때 그 전날의 온갖 추억, 온갖 사랑을 깨끗이 잊어야만 한다는 것을—그래서 목마름 속에 그 여인을 쫓는 사랑의 발자국 소리를 들을 수가 있다는 것을—그는 잘 알고 있다.

자기의 과거를 새로운 현존現存(지금의 여인) 앞에서 버려야 한다는 것은 자기 부정이요 전날의 자기 생명을 거부하는 자살이다.

한 여인을 사랑하기 위해서 이렇게 과거의 무수한 연인의 사랑을 흘려버린 돈 후안의 표정에는 베르테르의 절망과 그 가운데서 퍼지는 야릇한 희열의 잔물결이 일어났을 것이다. 그러므로 돈 후안이 천세 명의 여인을 사랑하기 위해선 그때그때의 자기 가슴을 꿰뚫는 천세 방의 총성이 필요했던 것이다.

그러나—그러나 새로운 여인의 사랑 속에 그가 귀의하는 순간 그는 또 하나의 여인을 생각한다. 사랑의 충족이 사랑의 종말임을 그는 잘 알고 있기 때문이다.

또한 그는 여인의 입가에 떠도는 신비한 미소와 육체와 그 검은 눈의 반짝임이 영원한 그리고 절대적인 사랑의 표징表徵인 것으로 기대하지 않는다. 그것이 깨어지기 쉽고 얼마나 쓰러지기 쉬운 일편의 그림자인가를 안다.

돈 후안이 한 여인으로부터 떠나갈 때 입술에는 살로메의 그것과 같은 처절한 약소若笑가 어리는 것이다. 그러므로 돈 후안이 천세 명의 여인을 정복하는 데는 천세 개의 은쟁반 위에 고인 '핏방울'이 요구되었던 것이다.

현대인의 사랑은 이와 같이 '천세 방의 총성'과 '천세 개의 피 묻은 은쟁반'의 양 틈바귀에서 형성되어간다. '자살'과 '애인'의 살육, 그러한 환상을 통해서 '사랑'을 느낀다. 구속과 해방의 끊임없는 교체에서.

"사랑하면 사랑할수록 부조리도 더해진다. 돈 후안이 이 여자에서 저 여자로 옮겨다닌 것은 결코 사랑이 없어서가 아니다." 카뮈도 이렇게 말했던 것이다.

오늘 오늘만 진정 아름다워

고대인의 사랑은 베르테르적인 것이고 근대인의 연애관은 살로메적인 것이다. 그리고 현대인의 그것은 돈 후안적이라고 나는 말했다.

그럼 어째서? 무슨 이유로 현대인의 사랑은 돈 후안적인 것이냐? 이것의 해답으로서 우리는 현대인이 절대성을 상실하고 있다는 하나의 정신적 현상을 들 수가 있다. 간단히 말해서 현대인은 지금 꿈을 상실하고 있다. 더 좀 추상적으로 말한다면 현대인은 '상징'의 술법을, 그 '환상'을 잃었다. 이것이 현대인의 생활, 그 연애의 '모드'에까지 미쳤다고 할 수 있다.

옛날 사람들은(스탕달) 남녀의 애정을 '자르쓰부르히'의 나뭇가지에 맺어지는 결정물 같은 것으로 생각했다. 자르쓰부르히의 염광鹽鑛에 나뭇가지를 묻으면 거기엔 아름답고 무수한 '다이아몬드' 형의 결정물結晶物이 생겨지기 때문이었다.

하나의 대상(애인)이 연모戀慕의 의식 속에 묻히면 거기엔 전연 기대할 수 없었던 휘황한 '사랑'의 결정물이 생긴다. 그래서 대개는 사랑이란 자르쓰부르히의 나뭇가지에 맺어지는 그것처럼 아름답고 신비한 산물이며 또한 '자아'를 투영한 절대적인 존재라고 생각해왔다.

그런데 현대인은 불행하게도 자르쓰부르히의 나뭇가지에 맺힌 그 결정물이 허황한 그리고 덧없는 한 점의 광채임을 깨닫게 된 것이다.

영롱한 다이아처럼 빛나는 그 결정물 뒤에는 하나의 앙상한 나뭇가지가 썩어가고 있다는 것을 투시해버린 것이다.

어린 여우는 무성한 풀숲 밑에 감춰진 무서운 덫을 알 수가 없다. 하지만 노회한 여우는 덫 위의 풀숲을 믿지 않는다. 그것에 속지 않는 것이다.

현대인은 역사적으로 이미 노회해진 한 마리의 여우였다. 그렇기에 베르테르처럼 로테의 아름다운 베일만을 보는 것이 아니라 그 속에 쌓여 있는 신비한 암호를 해독하고 환멸한다.

현대인은 이 어쩔 수 없는 투시 벽으로 하여 사랑의 영원과 절대성을 한 사람의 대상 속에서 구할 수 없이 되어버렸다.

그러므로 사랑의 절대성(영원한 사랑의 갈증—충족될 수 없는 사랑)을 상실해버린 현대인은 이렇게 외친다.

"오늘, 오늘만 진정 아름다워." 그렇게 해서 사랑의 대상은 부재하는 시간 그것이다.

사랑의 대상은 시간과 함께 변하여 흘러간다. 그리하여 돈 후안이 사랑한 대상은 천세 명이나 되었지만 그의 사랑 자체는 한 개의 흐름으로서 지속되어간다. 천세 명의 여인은 모두가 새로운 '하루'처럼 그의 앞에 나타나고 그 사랑은 이 숱한 대상을 꿰뚫고 흘러간다.

그러므로 현대인의 연애는 시간의 환상 가운데 솟는 버섯이다.

사랑은 시간의 제압을 받고 또 그 절박한 쫓김 속에서 이루어진다.

종합해서 말하면 이렇다.

구세기인의 연애는 자기의 자살을 꿈꿈으로써 고조되고 근대인의 연애는 부동하는 대상을 살육하는 환상으로써 얻어진다. 그런데 현대인의 연애는 '시간'의 단절을 느낌으로써 그 사랑을 지속시키려 하는 노력에서부터 이루어지는 것이라고…….

거짓 사랑보다 거짓 없는 배반을

그럼 마지막으로 돈 후안적인 연애의 모럴이란 무엇이냐? 이것에 답하려 한다.

먼저도 얘기했지만 '섹스'의 욕정과 '사랑'의 감정은 서로 이율배반의 '코스'를 밟는 것이라고 했다. 여기서 '모럴'이라 한 것은 '사랑'에 대한 것이다.

어떠한 비난을 받을는지 모르지만 나는 단언하려고 한다.

"거짓 사랑보다는 거짓 없는 배반이 더 순결한 것이다"라고.

한 여인에게 사랑을 고백했다는 그 이유 하나로(그때는 정말 사랑을 느끼고 한 행위라 하자) '사랑'이 없어지고 난 후에도 그 말을 책임지기 위하여 거짓 애정을 쏟는다는 것은 가장 불순한 것이다. '사랑을 고백한 것'과 마찬가지로 '사랑의 소멸을 고백하는 것'이 오히려 아니 절대적으로 순결하다.

상드George Sand는 「루크레치아 플로리아니Lucrezia Floriani」라는 소설 가운데서 세 사람의 남자에게서 난 네 명의 아들을 가진 부혼녀夫婚女의 정결성을 묘사한 일이 있다.

"그녀는 그 세 남자 하나하나에 대하여 똑같이 진정한 '사랑'을 지니고 있었기 때문이라"고.

"그녀가 A라는 남자에서 B라는 남자로 옮겨오고 다시 B에서 C의 남자에게로 옮겨오는 동안 적어도 그때의 그 남편에 대해서만은 성실한 사랑을 품고 있었기 때문에."라고.

그녀는 언제나 성실한 순간을 가졌다. 거짓과 타성이 없는 싱싱한 사랑—대상은 변하여 가도 그것에 쏟는 사랑은 순결한 것이었다.

우리는 한번 이 반대의 경우에 있는 한 부분을 생각해보자. 즉 한 남자에게서 난 네 아들을 가진 여인을 말이다. 그런데 그녀는 첫 아들을 낳을 때까지 그 '남자'를 사랑했다. 둘째 아들을 낳을 때는 다른 남자를 사랑하고 있었지만 남편을 향한 거짓 애정으로써 그것을 숨기고 있었다 하자. 셋째 아들을 낳을 때 그녀는 남편의 집을 뛰어나와 어느 또 다른 남자와 살기를 희망하고 있었다고 하자. 그러나 역시 그것을 숨겼다. 넷째 아들을 낳을 때는 아주 남편에 대해서 무관심했고 완전히 의무적으로 그를 대하고 있었다고 가정한다.

그녀는 순결할까? 둘째, 셋째, 넷째 아들은 사생아와 별로 다를 것이 없다.

사랑의 윤리는 우스운 결론인지는 몰라도 거짓 없는 사랑을 한다는 그것 이외에는 있을 수 없다. 사랑, 그것을 떠나서 사회적 등속의 다른 현상의 모럴에 구애된다는 것은 몰라도 사랑 그 자체의 모럴이란 어쨌든 '사랑한다는 것', 그것뿐이다. 거짓 없는 사랑을 가지고 거짓 없이 행동하는 것, 여기에 진정한 사랑의 지속성이 있다. 돈 후안은 참으로 많은 여인을 사랑했다. 그러나 한 여인을 버렸다는 것이 곧 그 여인을 사랑하지 않았다는 증거가 될 수는 없다.

앞에서 이야기한 대로 사랑의 충족이 사랑의 사멸인 것을 돈 후안은 알았기 때문이다.

따라서 사랑하면 사랑할수록 그 부조리도 따라서 커진다는 것은 이미 말한 대로다.

'오늘, 오늘만 아름다워'의 이 '오늘'은 오는 '오늘'로 해서 영원할 것이고 참된 순간의 사랑, 그 지속은 오는 순간마다에 의하여 가능해질 것이다.

끝으로 행킨의 「영원한 애인」의 한 구절을 들어보자.

이블린 : 저리 치세요. 만지는 것도 난 싫어요. 한 여자와 연애를 하구, 또 딴 여자와 그 모양으로 연애하구. 난 당신이 나하구만 연애하는

줄 알았는데.

세실 : 그야 나는 당신과만 연애할 뿐이죠…… 지금은.

세실 : '이브', 응 어리석지 말아요. 할 수 있을 때 연애를 해야지요. 청춘은 연애할 때, 그렇지 않아요? 미구에 당신이나 나는 다른 권태로운 사람들처럼 모두 둔해지고 어리석어지고, 중년이 될 겝니다. 청춘이란 참으로 빨리 지나가니까요. 그 일초 일각이라도 낭비하지 맙시다. 사람들이 말하기를 하루살이는 하루를 위해서 산다지요. ……글쎄 어쩌다가 태어난 것이 마침 비 오는 날 태어난 불쌍한 하루살이를 생각해 봐요. 그 비극이란?

결론을 말하자. '성도덕'과 '연애 도덕'은 상반된다.

성도덕이 사회적(집단적)인 질서를 유지하는 데 있다면 연애의 도덕은 '자기의 내적 질서'(개인적)를 견지하는 데 있다. 그러므로 현대인의 연애가 '사회적인 도덕'에 거슬리고 있지만 '연애 도덕'엔 잘 순응하고 있다.

이 이율배반의 모럴 중에서 그 어느 하나를 택하려면 그중 하나를 포기하는 수밖에 없다. 그 어느 것을 택하느냐? 그것은 수수께끼며 동시에 앞으로 있을 우리의 과제다.

오늘의 이브와 그 반역

이브와 반역

이브는 왜 신神을, 그리고 그의 아담을 배반했을까?

어째서 그녀는 '뱀'의—그 악마의 유혹을 이기지 못하였을까?

왜 그렇게 또 이브는 슬퍼 보이기만 하는 것일까?

그러나 죄의 열매를 따 먹은 그녀에게는 이유가 있다.

그러한 동기와 그러한 반역에의 의지가 있었다.

이브는 어느 날 찬란한 '에덴'의 한낮 속에서 고독한 자기 모습을 발견했을 것이다. 자기의 비극을, 어찌할 수 없이 외로운 스스로의 숙명을 느꼈을 것이 분명하다.

애초에 신이 자기의 얼굴을 만들 때 아담의 한 늑골을 뽑아 고운 하나의 육체를 만들어 거기 뜨거운 피와 숨결이 돌게 할 때 이미 그녀의 운명도 함께 결정된 것이다. 심심한 아담을 섬기도록 운명 지어졌던 것이다.

그리하여 이브는 영원히 아담의 분신으로서만 살아가야 했고 그의 한 부속체로서 혹은 한 개의 완구로서 살아가야 한다는 슬픈 계시를 깨달았다.

그때 이미 이브는 없었다. 자기는 존재하지 않았다. 다만 아담을 통해서만 에덴의 아름다운 풍경을 볼 수 있었고 아담의 한 그늘로서만 자기는 있었다. 그 그늘을 통해서만 인식하는 수밖에 없었다. 또한 이브는 그것이 슬펐을는지 모른다. 아담이 아닌 자기의 독립된 존재를, 그 스스로의 생명을 그는 동경했을는지 모를 일이다. 그러나 이브는 아무래도 아담의 한 갈비뼈에 불과한 자신의 육체에서 도망칠 수가 없다. 아담의 심심한 세월을 메우기 위하여 그의 옆을 떠나서는 안 될 비극을 가졌다.

그리하여 그녀는 어느 날 범죄를 생각해낸 것이다. 자기의 완전한 자유, 그러한 자기 운명의 독립을 찾기 위해서 하나의 이단이 필요했던 것이다. 신을—아담을, 자기의 숙명을, 그 모든 것을 향하여 반역의 화살을 쏘려 했다.

선악과를 따 먹으려는 의지와 악마의 유혹은 완전히 이브의 것이었고 그러한 의지 그러한 유혹에서만 그녀는 자기 모습을 발견할 수 있을 것만 같았다. 그리하여 선악과의 그 감미한 맛은 이브에게 있어선 하나의 자유요 하나의 행복이요 또한 또 다른 자신에의 기대였던 것이다. 그렇게 해서 이브는 아담에게서 상실한 자기의 생명을 찾으려 했다. 주어진 운명의 반역 속에서…….

여자의 비극—사실 그것은 이브의 반역과 같은 것이다. 태초에서 오늘에 이르기까지 모든 여성은 그러한 비극 속에서 눈을 떴고 그러한 배율背律의 숙명에 저항하면서 살아왔던 것이다. 이것이 여인의 모습이요 또한 여인의 비극이다.

현대의 이브

신화의 시대가 아닌 오늘에도 역시 여자는 남성에 부속되어 있는 그 슬픈 기생적 운명에서 도피할 수가 없다. 여자는 '자기의 존재', '자기의 자유', '자기의 생활'이란 것을 가질 수 없기 때문이다. 설령 그러한 자신의 순수한 생활을 갖는다 하여도 그것은 흡사 이슬과 같은 일순一瞬의 꿈에 불과할 것이다.

'레이디 퍼스트'라고 알려져 있는 서구에 있어서도, 즉 여존남비女尊男卑의 관습을 가지고 있는 서구의 사회에 있어서도 여자가 결혼을 하면 자기 성姓을 상실하게 된다.

남편의 성을 따르게 된다는 이야기다.

벌써 그때의 한 여성은 자기 성姓과 함께 자신의 생활과 자신의 자유를 버려야만 되고 모든 내일은 새로운 성姓과 그 남편에게 맡겨져야만 된다. 그렇게 박탈되어야만 하는 것이다.

전족纏足 제도가 있는 중국은 말할 것도 없고 우리나라에 있어서도 옛날의 여성들은 자기 이름조차 가질 수 없었다는 사실을 우리는 기억하고 있다.

그리하여 여성의 비극은 시작되는 것이다.

한 남자의 그늘로서 평생을 살아가야 하는 그들은 마치 영어의 가주어처럼 자기는 있어도 자기 자신의 의미는 없다. 스스로의 의미를 가질 수 없다.

그들은 언제나 남의 한 분신으로서 지배받게 마련이고 혹은 아름다운 한 개의 마리오네트(조종 인형)처럼 무대 뒤의 보이지 않는 끈에 의하여 움직여가고 있을 뿐이다.

식물처럼 모든 것을 수동적으로 받아들이고 사는 여자들에겐 자신의 생명을 자신의 행동으로써 결정할 수 있는 손이, 그 움직이는 발이 제거되어 있는 것이다.

누구의 말처럼 남자들은 마치 권태로운 시간에 '시가 케이스'에서 담배를 꺼내 물듯 그렇게 한 여자에의 애정을, 욕정을 연기처럼 빤다. 그러다가도 무슨 일이 있으면, 또 충족해버리면 언제나 서슴지 않고 그 담배꽁초를 버리고 만다.

여자가 이렇게 담배와 같이 남성의 한 부속물이나 도구로서 생활해간다는 것은 고목에 균사菌絲를 치고 살아가는 버섯보다 더 슬픈 존재가 아닐 수 없다. 그렇기 때문에 기껏 한 여성이 행복한 삶을 누렸다 해도 그것은 어느 애완용 강아지나 수정 상자에 들어 있는 화사한 인형의 그 무의미한 행운과 별로 다를 것이 없다.

그리하여 이러한 주어진 운명으로부터 해방되려는―그것에 저항하려는 현대의 이브들은 도처에서 반역한다. 현대 여성의 비극은 그와 같은 정황 속에서 자기의 자아를 인식하는 데서부터 시작되었다.

우리는 그것을 '테레즈 데케루'(모리아크의 동명의 소설 중에 나오는 여주인공)의 슬픈 반역과 이단 속에서 여성의 한 근대적 자아와 그것의 처절한 몸짓을 찾아볼 수 있을 것이다.

나는 다만 인형의 집에서 일생을 보낸 셈이다. 어려서는 아버지의 인형이었고 결혼했을 때는 남편의 노리개였다. 나 자신을 찾기 위해선 이 인형의 집을 뛰쳐나와야겠다—고 생각하면서 그의 남편과 그의 자식들을 말하자면 여성으로서 마땅히 지켜야 했던 가정을 버리고 다른 세계의 가두街頭로 나와버린 '노라' 그 이후로 숱한 질환과 더불어 하나의 세기가 지났고 여기 또 하나 반역의 여상女像—테레즈 데케루 이제 또 한 번 그의 비극과 반역의 역정歷程을 생각해보자.

운명에의 반기

테레즈 데케루는 지루한 결혼 생활에서 점차 흐려져가는 자기 존재의 얼굴을 느낀다. 자기는 데케루 가家의 대를 잇는 후손을 낳아주는 성기性器 이외의 아무것도 아니라는 것을 느끼게 된다. 자기는 열매를 맺기 위한 포도넝쿨 같은 것이며 그들은 그 열매를 위해서라면 서슴지 않고 넝쿨을 희생시킬 수 있는 사람들이다.

그녀가 자신의 파멸을 느낀 날은 저 '생쿠레르'의 협착한 교회에서 혼례식을 올리던 바로 그날이었다. 몽유병자처럼 무의식적으로 발을 들여놓은 그곳이 그녀에게는 자기의 일생을, 자기의 생명을 묻어둘 무서운 무덤과 같이 느껴졌던 것이다.

모든 일에 회의를 모르는 남편은 세상에서 제일 고지식한 사람이었다. 그는 모든 감정을 분류해놓으며 가문이라는 것을 신성불가침의 것으로 생각한다. 개인의 감정이라는 것, 더구나 아내의 감정 같은 것은 그에게는 아무 가치도 없는 것이다.

그러한 남편 밑에서 살아야 한다는 것, 진흙땅과 모래톱 그리고 여윈 소나무가 늘어서 있는 광야, 혹서酷暑의 여름과 장마가 계속되는 가을, 이러한 것 외에는 아무것도 없는 황무지를 배경으로, 이런 남편의 그늘에 숨어 죽음을 기다리면서 살아야 한다는 것, '테레즈'는 그것을 견딜 수 없었다.

그리하여 테레즈는 반역을 기도한 것이다.

무슨 수단으로든지 이곳에서 빠져나가야 한다. 욕망을 그리고 환희를, 행복을 흉내 내면서 살아야 하는 이 허위의 생활 속에서 자기의 목숨이 완전히 마멸되기 전에 참다운 자기의 모습을 찾아내기 위하여 이곳을 빠져나가야 한다고 가정의 가장 깊숙한 곳에서 테레즈는 부르짖고 있었다.

그러던 어느 날 테레즈는 시누이의 애인인 장 아제베도라는 젊은이를 만났다.

그 지방 사람들은 길의 넓이에 맞춰서 마차를 만든다. 그것처럼 그 지방에 사는 모든 사람의 사상도 도폭에 맞춘 듯했다. 도저히 그들의 도폭에 자기를 적응시킬 수 없던 테레즈는 벽과 벽 속에 완전히 감금당한 짐승처럼 고독한 하나의 여수女囚였던 것이다.

장과의 해후는 테레즈에게 용기를 주었다.

"자기를 부정하는 것보다 더 큰 타락은 없다."는 장의 말을 들으면서 테레즈는 그의 정신세계에 완전히 현혹되어버린 자신을 느낀다. 그리하여 테레즈는 자아에의 성실이 법규처럼 되어 있는 나라를 몽상하게 된다.

장이 파리로 가버린 후 전보다 더 견딜 수 없어진, 얼어붙은 것 같은 아르줄루즈의 정적 속에서 테레즈의 탈출하려는 생각은 나날이 무르익어갔다.

짐승처럼 거의 본능적으로 이 어둠의 세계에서 한시라도 빨리 빠져나가고 싶다는 맹렬한 의지, 드디어 테레즈가 그 수단과 직면하는 날이 왔다.

오래전부터 남편은 심장이 약하여 '화우라씨액' 비소 요법을 하고 있었다. 근처에 큰 불이 나던 날이다. 남편은 당황한 나머지 보통 때의 두 배나 되는 약을 들이켜고 밖으로 뛰어나갔다. 돌아온 남편은 "약을 먹었던가?" 하면서 중얼거리더니, 다시 한 번 컵에다 약을 따르기 시작했다. 테레즈는 귀찮기도 하고 해서 모르는 체해버렸다.

그날 밤 남편은 게우고 울고 하면서 몹시 앓았다. 그러나 테레즈는 약의 분량에 대한 것을 끝까지 잠자코 있었다. 다음 날 남편은 회복되었다. 테레즈의 마음속에 억제할 수 없는 위험한 호기심이 싹튼 것은 바로 이때다.

며칠 후 남편이 들어오기 전에 먼저 식당으로 들어간 테레즈는 남편이 정말 그 약 때문에 앓았는지를 꼭 한 번만 시험해보기 위해서, "꼭 한 번만……"이라고 중얼거리면서 남편의 컵에 화 우라씨액을 미리 넣어두었다. 무서운 일을 저지른다는 생각보다도 호기심이 앞섰던 것이다. 그러자 병세의 돌발적인 악화—불쌍한 닥터 베도메이는 맥박과 체온의 혹심한 차이에 놀라서 어쩔 줄을 몰랐다.

다음 날 의사는 약제사에게서 받은 두 장의 처방을 들고 창백해져서 나타났다. 한 장에는 화우라씨액이라 씌어 있었고 다른 한 장에는 이렇게 씌어 있었다.

클로로포름 20그램

지키다링 30그램

아코니찡 20그램

테레즈가 심부름꾼을 시켜 사온 것이다.

의사의 고소로 테레즈는 남편의 독살 혐의를 받아 법정에 서게 되었다.

우리는 언젠가 '알제리'의 태양의 폭광으로 하여 살인하였노라고 끝까지 주장하는 한 인간을 보았다.

그리고 모든 인과因果의 줄에서 벗어나기 위해 아무 이유도 없이 생면부지의 한 인간을 차창 밖으로 밀어뜨려 죽인 라프카디오라는 소년을 보았다.

남편의 약에 더 많은 비소를 집어넣은 이유를 테레즈는 다음과 같이 말하고 있다.

"그것은 어쩌면 혼란을, 남편의 눈에서 혼란을 보고 싶었기 때문인지도 모른다. 그것은 모조리 무너져버리고 난 폐허 위에 서게 된 현대인의 공통되는 갈망일는지도 모른다." 그리하여 테레즈의 반역은 이중의 모순된 비극을 숙명처럼 걸머지고 난 여성의, 특히 현대 여성의 공통되는 비극이며 자아 그것을 위한 한 순교자의 역정歷程인 것이다.

비극은 끝나지 않았다

그러나 그러한 저항으로 하여 비극은 끝날 것인가.

선악과를 따 먹은 이브에게 형벌은 있고 또 다른 환멸이 온다.

집을 나간 '노라' 그리고 '테레즈'에게 과연 그들의 자유, 그들의 행복은 잡혔을까?

'나이트클럽' 또는 하나의 사교장 속에, 길거리에 여인의 행운이 흘려져 있는 것일까?

결국 현실은 현실대로, 운명 지어진 것은 운명 지어진 것대로 우리에게—여성에게—있을 뿐이다.

바람을 거슬러 나는 소조小鳥의 날개는 이윽고 파열되고 한 움큼의 부드러운 깃털만이 조그만 묘비명처럼 남을 것이다. 그리하여 한 남자의 반려로서, 가정의 울타리로서, 아담의 한 분신으로서 살아가야 할 이브의 비극은 끝나지 않고 따라서 그것에의 반역도 종식될 수는 없다.

영원한 반역—그것은 해결이 아니라 맹목적으로 던져진 여성의 행위, 내일에 있을 여성의 생명이다.

순종과 거역—이 두 개의 슬픈 명제 속에서 자기를 상실하고 또 자기를 찾으면서 에덴과 지옥을 방황하는 오늘의 이브들에겐 종말도 시초도 없는 반역의 영혼만이 흐를 뿐이다.

사랑의 상실자로서 여상

아프레의 여상女像

나라는 패망하여 산과 흐르는 강뿐인데
봄이라 폐허의 성엔 풀과 나무만이 푸르렀구나
어지러운 시절이여 슬픈 마음
한 송이의 꽃에도 눈물을 짓고
그냥 우짖는 새 소리에도 마음은 언제나 설레었어라.

—두보, 「춘망春望」 1절 의역

예나 지금이나 전쟁은 잔인한 법이다.

그리고 또 슬픈 것이다. 고향은 폐허가 되고 인정은 변하며 생활은 거칠어진다.

역시 저 1950년 6월의 전쟁도 그러했다. 더구나 그것은 우리에게 어느 전쟁 때보다도 더 큰 충격을 준 것이다.

6·25전쟁 이후의 사태는 이미 지난날의 그것이 아니었다. 모두가 돌변했다.

'생활 태도'도 그러했고 논리도 문화도 애정도 변해버렸다. 말하자면 6·25전쟁은 우리의 외부와 내부에 커다란 두 가지 변화를 일으킨 것이다. 즉 한국의 고유한 문화는 급작스레 아메리카나이즈되고 우리들의 마음은 불안과 허무에 사로잡혔다. 이러한 변천 속에서 클로즈업되어 나타난 것이 바로 '아프레'의 생태生態다.

특히 그 '아프레 게르après guerre'의 풍조가 한국의 여성들에게 끼친 힘은 참으로 놀라운 것이었다.

우선 한국의 여성들은 8·15의 해방과 6·25의 전란을 통하여 감금된 방에서 넓은 거리로 해방되었다.

봉건주의의 굳게 닫힌 성문이 열리자 그들은 여성으로서의 자아를 찾게 되었고, 또 자기 자신의 권리와 자유를 마음껏 향유하게 된 것이다.

그러나 그 반면에 그들은 전화戰火 속에서 아름다운 '장미밭'을 상실했으며 또한 젊음과 꿈과 내일에의 희망을 상실했다. 순진성은 전쟁 생활의 참고로 하여 짓밟혔고 우아한 서정의 영토는 슬픈 주검들에 의해서 몰락되었다.

그리하여 '아프레'의 여성들은 보다 직업적이고 보다 관능적으로 현실을 향유하려 든다. 그 결과로 외부적인 사치, 유행에의 추종, 육肉의 개방, 생활의 구속과 책임으로부터의 도피, 이러한 곳에 피로한 정신의 지점支點을 두고 온갖 '값어치'와 '행위'의 규준을 설치했다.

그러므로 '아프레'의 여성들은 칸트나 도스토옙스키보다는 하나의 '브로치', 유행하는 의상이 필요했고, 평범한 '아내'나 착한 '어머니'가 되기보다는, 인기 있는 사교계의 '스타'가 되길 원하는 것이다.

그것은 역설적인 향락이다.

자포自暴의 웃음으로써 무엇으로도 지을 수 없는 노력이다. 하여 그들은 저주받은 내일을 그리고 모독된 청춘을 송두리째 망각하고 싶은 것이다. 허영과 사치의 값비싼 향수로 잠재된 피의 냄새를 말소하고 싶은 것이다.

아프레의 연애

이러한 전후의 생활, 전후의 사상이 필연적으로 현대 여성의 연애관을 지배하게 되었다. 그리하여 옛날의 그것과는 너무나도 판이한 연애가 일어났다.

첫째로 '연애 정신'의 그 자체가 달라졌다.

사랑은 종교와도 같이 절대의 경지였다. 나의 테두리를 벗어나고 이해의 기속羈束을 넘어서려는 생활 전부의 의식이었다.

그러나 아프레 여성에게 있어 '사랑'이란 한 일과 중의 '프로'에 지나지 않으며 어디까지나 이해에 토대를 둔 상대적인 거래 행위, 그리고 생활의 일부에 불과한 한낱 욕망이다. 간단히 말해서 옛날의 연애는 '사랑을 위한 사랑'의 순수한 정신 아래 이루어진 것이지만 현대에는 '무엇을 위한 사랑'으로서 공리적이고 목적성 있는 정신으로부터 그 싹이 트였다.

그렇다면 연애의 목적성을 더 구체적으로 따져보자.

이전의 그 목적은 이미 말한 대로 사랑 그 자체가 사랑의 목적이다. 그러므로 정신적인 충족을 필요로 할 뿐이다. 그러나 오늘은 사랑을 수단으로 하여 육적인 고민을 발산시키려 하고 물질적인 욕망을 해결하려고 든다.

사랑을 하나의 '날개'라 하자.

그렇다면 옛날의 여성들은 이 날개를 달고 하늘을 자유로이 비상飛翔했다. 말하자면 날아다니는 재미로 날개를 단 것이다.

그러나 현대의 여성들은 그냥 날기만을 위해서 날개를 요구하지 않는다. 어느 목적지를 가기 위해서 혹은 무엇을 건너고 지나기 위해서 하나의 날개가 있어야 된다고 생각한다.

그러므로 아프레의 여성은 그의 애인을 하나의 사랑스러운 '주주joujou(장난감)', 심심풀이의 '주주'로 알거나 그렇잖으면 조그맣고 귀여운 사설은행으로 인식한다.

그러므로 옛날의 여성들은 애인으로부터 정신을 구하고 물질을 버렸지만 현대의 여성은 정신을 버리고 물질을 구한다. 그러므로 현대의 애인은 '권태'와 '우울'과 '괴로움'의 기각처棄却處며 온갖 '몽다니테mondanité(세속적 쾌락)'의 보급창이다.

그렇기 때문에 현대의 사랑은 달과 구름을 매개로 하지 않는다.

피부에 스치는 촉감적인 사랑, 마치 '재즈'나 '라이트 뮤직'의 흐름과 같은 사랑 그런 것을 희구하는 아프레의 여성들은 사랑하는 수단에 있어서나 대상의 선택에 있어서나 촌분의 미스를 내지 않는 훌륭한 '엔지니어'인 것이다.

이렇게 사랑을 간단한 기술로서 처리하고 피부적인 감각에 의해서 포착하고 생활해가는 데의 필수품으로서 생각하는 현대 한국 여성들의 연애관은 그 대상의 선택에 있어서나 그 태도에 있어 노골적으로 드러나고 있다.

여왕벌[女王蜂]처럼 그들은 누구의 애인이라도 될 수 있고 또 누구나를 동시에 사랑할 수 있게 된 것이다.

하나의 남자만을 위해서 영원히 정절을 지켜야 한다는 춘향이의 마음은 오늘에 와서 한 어리석음의 표본이 되고 초라한 '모뉴먼트(유물)'로 남은 것이다.

아프레의 여성은 A에게서는 남성미를, B에게서는 돈을, C에게서는 세련된 사교를, D에게서는 아름다운 용모를 각기 사랑한다. 상처를 받지 않고 누구나를 다 동시에 사랑할 수 있는 것이 또한 그들의 이상이다.

그들의 사랑은 시시로 유전하며 끊임없이 변모한다. 사랑의 인과因果를 무시해도 좋다. 잔인해도 좋다. 지금 사랑하는 애인이 몇 시간 뒤에 싫어진대도 좋다. 할 수 없는 일이다. 책임질 수 없는 일이다. 왜? 그들이 연애에서 기대하고 있는 것은 순간의 '엑스터시(도취)'요, 우울을 소멸하는 방편이요, 또 '자기 충실'이 문제였으니까!

아프레의 윤리

어쩌면 이 같은 아프레의 연애는 타락이요 또 위악僞惡일지도 모를 일이다. 그러나 거기에도 하나의 윤리와 성실과 금제禁制는 있다. 그렇기에 그것은 창부의 생활과 구별되는 것이다.

우선 아프레의 연애는 철저한 지성의 감시를 받으며 '자기 성실'에 제압된다. 무엇보다도 자기감정의 솔직한 표현과 위선과 거짓을 거부하는 데 생명이 있다. 고의로 남자를 괴롭히는 데 쾌감을 갖거나 혹은 억지로 웃기 싫은 웃음을 웃는다는 것은 자기 성실에 위반되는 일이다. 여기에 아프레 여성의 윤리가 있다.

사강Françoise Sagan의 『어떤 미소Un certain sourire』, 『슬픔이여 안녕Bonjour tristesse』 같은 소설에서 우리는 그러한 윤리를 발견할 수 있다. 그리고 저 프랑스의 여우 프랑수아즈 아르눌Françoise Arnoul

의 얼굴과 몸짓에도 그런 것이 있다. 일견 부박 경조하고 싸구려 같이 보이는 아프레의 사랑, 그 뒤에는 면면히 흐르는 우수와 고독이 숨어 있는 것이다. 현대는 그런 점에서 확실히 슬픈 계절을 맞이했다. 전쟁의 비극을 치른 그들에게는 어쩔 수 없이 겪어야만 될 숙명이 있고 불가항력의 허탈 속에 허덕이게 되는 이중의 불행이 있다.

누구나를 다 사랑할 수 있다든가 또는 언제나 헤어질 수 있는 사랑이라든가 혹은 극히 정밀한 지성적 사랑이라든가 하는 오늘의 연애관을 뒤집어보면 누구도 사랑할 수 없다. 누구와도 결합할 수 없다. 사랑은 불가능하다와 같은 말이다.

단적으로 말해서 현대인의 연애관은 '사랑의 불가능'을 암시한다.

사랑이란 '섹스'의 위무가 아니고 지성의 시험장이 아니고 자신의 '데커레이션'도 아니기 때문이다.

로렌스는 "사랑이란 현대인에게 있어 잃어버린 아이디어"라고 말한다. 생각하면 슬픈 일이다. 이런 점으로 볼 때 현대 여성은 옛날의 그들보다도 사랑을 모르고 있는 것이다.

방에서, 키네마에서, 댄싱 홀에서 광분하는 저 풍경은 사실은 잃어버린 '젊음'과 상실한 사랑에 대해서 퍼붓는 항변, 아니면 역설적인 '제스처'일는지도 모른다.

맹목적으로 사랑하기엔, 절대적으로 사랑하기엔, 현실을 초월하기엔, 순결한 사랑을 설계하기엔 아마도 현대 여성은 너무나 약해진 것이 아닐는지, 그리고 또 너무나 정확한 계산기를 가지고 있는 것이 아닐까?

잠자는 거인

잠자는 거인

펜클럽 대표의 한 사람으로서 한국을 내방했던 퓰리처 여사는 「한국의 고민과 잠자는 거인」이라는 기행문을 발표한 일이 있습니다. 그런데 그 글은 다음과 같은 기막힌 이야기로 끝을 맺고 있는 것입니다.

회고컨대 내가 참된 한국을 발견하게 된 것은 그러한 시골길 위에서였고 또 도시의 노변과 조그마한 감방과 시장에서였다.

그것이 지금 내가 아는 한국인 것이다. 그것은 깊이 잠들고 있는 거인을 만난 것과 같은 것이다. 나무 없는 산들이 사방으로 뻗치고 있었다. 그것은 일찍이 삼림이었다. 일본의 점령 중에 만들어진 도로들은 거의 다닐 수 없이 되어버렸다. 그 길 위에 보이는 차량들은 대부분 미국의 지프차를 변형한 것이었다. 기관차는 사실상 전부가 미국 것으로서 그 수선 상태가 나쁘게 보였다. 이 거인은 여러 세기의 고립 속에서 그리고 일본의 점령하에서 또 국토의 분단 속에서 잠자고 있었다. 한국이 일어나 세계 각국 사이에서 강하고 결합된 지위를 차지하게 되는 것이 오직 그가 잠을 깨일 때뿐인 것이다.

매우 친근하고 그래서 약간은 모욕적인 퓰리처 여사의 말은 일찍이 중국을 가리켜 서구인들이 '잠자는 사자'라고 평했던 사실을 연상케 합니다. 그래서 '잠자는 거인'이라는 말속에는 '잠을 깬다 해도 한국은 사자가 아니라 거인 정도일 거'라는 아이로니컬한 이중의 동정이 내포되어 있는 것입니다.

그러나 우리에겐 퓰리처 여사에 항변해야 할, 또는 분노를 일으켜야 할 아무런 용기도 없는 것입니다.

우리는 한국군 묘지에 들렀다. 나는 미국의 대표로 선발되어 이 무명전사의 묘지에 꽃을 올렸다. 오든의 시詩 몇 행이 나의 머리에 떠올랐다.

"그대들의 세계를 구하기 위하여 그대들은 이 사람을 죽으라 했다. 이 사람이 지금 그대들을 볼 수 있다면 그는 무엇이라고 물을 것인가?" 내 마음속에서는 거기에 묻힌 청춘의 영혼에 대한 사죄의 소리가 속삭였다. 그가 향유할 수 있는 생生의 희망과 즐거움에 대한 한낱 보상으로서 그날이 가기 전에 시들어버릴 몇 송이의 꽃을 올리고 있었기 때문이었다.

이렇게 퓰리처 여사는 우리보다도 더 우리들이 저질러놓은 그 상황에 대하여 깊은 이해와 절실한 책임과 반성을 갖고 있었기 때문입니다.

그러나 당사자인 우리들이 무명전사들의 무덤에 꽃다발을 드리면서 과연 몇 사람이나 내심內心으로부터 울려오는 사죄의 소리를 들었는지 의심스럽습니다.

이것이 바로 우리가 '잠자는 거인'임을 스스로 자인自認해야 될 슬픈 증거입니다. 무명전사의 영혼들이, 그들이 싸워주었던 그 동족이 아니라 바다 건너의 한 낯선 이방의 여성으로부터 그러한 애정과 사죄의 소리를 듣고 다시 한 번 호곡號哭했을 것이라 생각됩니다.

우리는 오히려 그들의 죽음에 대하여 쌀쌀했던 것입니다. 그들의 죽음을 잊어버리고 있었던 것입니다. 온갖 악과 향락과 나태 속에서 살아지고 있었습니다.

다만 모든 것을 망각한 천 년의 깊은 잠이 계속되고 있었을 뿐입니다.

잠자는 거인—이것이 우리들의 초상이라면 우리는 이 깊은 잠으로부터 깨는 것이—눈을 뜨고 다시 한 번 오랫동안 참으로 오랫동안 마비되어 있던 그 사지를 펴보는 것이—그러한 치욕으로부터 벗어날 수 있는 유일한 길이 될 것입니다.

잠을 깬다는 것은 우리가 우리의 처지를 깨닫는다는 이야기입니다. 그 상황을 인식하고 그래서 그 상황을 변혁시켜나가는 책임을 스스로 받아들여야 한다는 것입니다.

그러나 지금은 모든 것이 마비되어 있는 시각입니다. 마취된 환자처럼 무감각한 육체가 썩은 늪 속으로 침몰해가는 암담한 시각입니다.

쓰러져가는 비각碑閣이며, 황토의 붉은 산이며, 사태 난 들판이며, 그리고 낡은 초가지붕 밑에는 오늘도 흰옷 입은 서러운 사람들이 타성에 멍든 생명 앞에서 침묵하고 있습니다. 그 무표정한 생활과 감동 없는 움직임은 조상 적부터 이어 내려온 서글픈 유산입니다.

고층 건물엔 오늘도 '애드벌룬'이 뜨고 '페이브먼트'에 차륜車輪 소리는 들려오지만 총탄으로도 울음으로도 깨울 수 없는 거대한 잠이 골목골목마다 가득히 깃들어 있는 것입니다.

그러나 대체 이 깊은 잠은 어디에서부터 온 것이며 또 그것은 대체 어느 때까지 계속되는 것일까? 하는 물음에 우리는 대답하지 않으면 안 됩니다. 결코 우리가 잠든 거인이라는 것이 오늘의 수치일 수는 없습니다. 그것을 깨닫지 못할 때 수치는 오는 것입니다.

그러면 이 잠의 정체와 그 잠으로부터 깨어나는 기대에 대해서 이야기를 옮겨야겠습니다.

'므쇠로 텰릭을 몰아 므쇠로 텰릭을 몰아
철사鐵絲로 주름 바고이다.
그 오시 헐어시아 그 오시 다 헐어시아
유덕有德ᄒᆞ신 님 여히ᄋᆞ와지이다.

므쇠로 한쇼를 디여다가 므쇠로 한쇼를 디여다가
철수산鐵樹山에 노ᄒᆞ이다.
그 쇠 철초鐵草를 머거아 그 쇠 철초鐵草를 머거아
유덕有德ᄒᆞ신 님 여히ᄋᆞ와지이다.

구스리 바회에 디신 구스리 바회예 디신들
긴힛ᄃᆞᆫ 그츠리잇가
즈믄히를 의오곰 녀신돌 즈믄 해를 외오곰 녀신돌
신信잇ᄃᆞᆫ 그츠리잇가.

이 아름다운 노래는 여요麗謠「정석가鄭石歌」의 서너 절입니다. 유덕有德하신 님과 영원히 헤어지지 말고 오래오래 살아가자는 애틋한 심정이 구구절절에 배어 있습니다.

그러나 우리는 다시 한 번 이 노래를 정독할 필요가 있습니다. 말하자면 그 영원성을 표현한 비유의 세계를 한번 분석해보면 거기엔 참으로 놀랄 만한 우리의 숙명이 가로놓여 있다는 사실을 알 것입니다.

보십시오. 그 영원은 무無와 마멸에 의하여 비유되고 있지 않습니까.

쇠 옷이 다 닳아 없어질 때까지 또는 '쇠로 된 풀들을 다 먹어 없앨 때까지' 또는 '구슬이 바위에 떨어져 부서진다 하여도' 등등의 그 조건법은 행복보다 언제나 고난 의식을 전제로 하고 있는 슬픈 겨레의 무의식적 환상이었던 것입니다.

이 「정석가」의 구절 속에는 아무리 어려운 시대가 와도 우리가 설령 아주 '멸망할지라도' 그 사랑은 영원해야 된다는 각오가 은연중 내포되어 있는 것입니다.

같은 영원을 비유한 것이라 할지라도 일본 사람들의 것은 그렇지가 않습니다. 그들의 국가國歌는 그 영원성을 '적은 모래알이 바위가 될 때까지'로 비유했던 것입니다.

영원을 꿈꾸었다는 것은 마찬가지입니다. 그러나 그 영원을 표현하는 데 있어서 '쇠옷이 닳아 없어질 때까지'로 비유한 것과 '모래알이 바위가 될 때까지'로 비유한 것은 정반대의 것입니다. 전자의 것은 줄어들어가는 것이고 후자의 그것은 불어나가는 것의 상징입니다. 그러므로 이 짧은 비유 속에는 수난자의 역사와 침략자의 역사가 무의식적으로 반영되어 있는 것이라고 생각됩니다.

수난자들의 영원 의식입니다.

모래를 바위로 만들기 위하여 그러한 침략자들은 흰옷 입은 사람들의 눈물을 말리었고 살아 있다는 그 조그만 희망, 그 애처로운 인간의 기대마저 빼앗아갔던 것입니다.

그러기 때문에 「정석가」의 수백 년 전 옛날의 노래와 거의 같은 노래를 우리는 오늘도 또다시 부르고 있는 것입니다.

'동해물과 백두산이 마르고 닳도록 하느님이 보우하사……'라는 애국가의 1절입니다. 이 노래는 침울한 식민지의 어느 구석에서 쫓기는 사람들의 침묵과 같이 때로는 분노와 같이 합창되었던 것입니다.

'쇠옷이 닳아 없어질 때까지'나 '동해의 물이 마르고 그 높은 백두산이 닳아 없어질 때까지'나 영원을 비유한 그 방법은 조금도 다를 것이 없습니다.

괴로움과 시달림 속에서도 영원한 생존 불멸의 삶을 생각했던 의지를 읽을 수 있습니다. 그러니까 민족에의 사랑이나 결합은 침략의 야망 밑에 뭉친 것이 아니라, 서로의 추위, 서로의 가난, 서로의 눈물에 의하여 맺어지고 합쳐지고 한 것입니다.

"구슬이 바위에 떨어져도 끈이 끊어질 리 있겠습니까?"라는 그 소박한 신념이 생겨난 것입니다.

그렇습니다. 우리는 구슬처럼 아름다웠고 티끌 없이 맑은 마음을 가졌지만 그것은 수없이 바위에 떨어져 부서지고 부서지고 했던 것입니다.

그러나 '끈'만은 끊이지 않았던 것입니다. 수천 년이나 이 끈은 끊어질 듯 이어지고 이어질 듯 끊어지면서 오늘까지 이르렀던 것을 우리는 압니다.

우리는 결코 우리들의 그 수난의 역사를 저주할 필요는 없습니다. 몽고족의—왜족의—중국인의 무딘 바위에 우리들의 고운 구슬은 떨어졌기 때문에 도리어 끊어지지 않는 '끈'의 의미를 찾아냈던 것입니다.

한때 부강한 민족들이 지금 형적도 없이 사라져버린 것을 얼마든지 찾아볼 수 있기 때문입니다.

우리 민족은 극한 속에서, 사랑을 믿음을, 그리고 멸하지 않는 그 언어를 발견했기 때문에, 비록 화려하지 못한 역사일망정 4천 년의 긴 세월을 이어나올 수 있었던 것이라고 믿습니다.

해와 달의 설화

그러나…….

그러나 우리는 그러한 고난 의식을 받아들이고 또 끝까지 참아내는 데 강렬한 그리고 악착같은 질긴 의지를 가지고 있었지마는 그 불행이, 슬픔이 어디서부터 오는 것인가를 몸소 해명하고 또 반성하려고 들지는 않았던 것 같습니다.

흰옷…… 그것처럼 우리들은 우리들의 슬픔을 백색으로 순화시키려고 했을 뿐입니다. 되풀이되는 수난 속에서 우리들의 조상은 '지상에의 사상'을 상실했던 것입니다. 신비하고 기적적인 힘을 믿고 있었거나 구름 같은 은둔의 환각 속에 젖어 있으려 했습니다. 많은 예를 들 필요도 없이 그것은 명약관화한 일입니다. 나라를 사랑하지 못했기 때문에 민족에의 자각이 없었기 때문에 그러했던 것만은 아닙니다. 자기의 상황을 포착하고 그 상황을 인식하는 데 그들의 슬기가 부족했기 때문입니다.

몽고 병정이 우리들의 고향을 짓밟을 때 사람들은 산에 들어가 불경佛經을 팠던 것입니다. 불력佛力을 빌려 나라를 지키려 했던 정신이 바로 그 거대한 팔만대장경이 되었다는 것은 다른 의미에 있어서 놀라지 않으면 안 될 사실입니다.

평이한 예로 한국 사람이면 으레 할머니의 무릎에서 듣고 자라났을 '해와 달의 설화'를 기억해보는 것이 좋을 것입니다.

고개를 넘을 때마다 호랑이의 침략으로 해서 팥단지를 하나하나 빼앗기는, 그래서 이윽고는 팔과 다리와 온 몸뚱이의 생명까지 바쳐야 했던 그 여인의 수난을 듣고 우리는 안타까워했습니다.

이 여인은, 불행한 그 아낙네는 그대로 우리 민족의 상징일 겁니다. 우리들은 얼마나 많은 수난의 고개를 넘었으며 그 무자비한 착취자인 호랑이에게 얼마나 많은 재산과 끝내는 생명마저 빼앗겼는지 모를 일입니다. 내외적內外的으로 말입니다.

그러나 호랑이는 그 아낙네의 자식들마저 노리게 됩니다. 어미 잃은 남매—이것은 누구의 이야기입니까? 역사와 역사를 이어내리는 바로 그 세대의 무의식적 상징일 것입니다. '넥스트 제너레이션'마저 이 호랑이의 발톱에 찢겨야 합니다. 그런데 그 설화에선 어떻게 되었던가?

이것은 정말 흥미 있는 과제입니다. 왜냐하면 이 남매의 처리야말로 우리 민족의 내일에 대한 태도를, 그 사상을 무의식적으로 표현해주고 있는 것이기 때문입니다.

남매는 쫓기게 됩니다. 호랑이에게 또 속은 것입니다. 말하기에도 부끄럽습니다마는 오늘의 20대들은 일본이 우리의 '조국'이라고 배워왔고 또 철없이 그렇게 속아왔던 것입니다. 일장기 밑에서 '가다카나'로 우리의 성명을 썼던 것입니다. 호랑이가 그 남매에게 너희 '어머니'가 왔다고 속인 것과 조금도 다를 것이 없습니다. 우리들은 그래서 '마음의 빗장'을 열어주었던 것입니다. 그러나 어머니라고 했던 호랑이는 남매를 잡아먹으려 했고 그 어미 잃은 남매는 나무 위로 도망칩니다.

그러나 은둔처는 아무 곳에도 없습니다. 호랑이가 다시 이 나무 위에까지 올라오고 있을 때 그 남매는 하늘을 향해 빌었다는 것입니다. 우리를 살려주시려면 성한 동아줄을 내려주고 죽게 하시려면 썩은 동아줄을 내려달라고 말입니다. 다행히도 하늘은 이 남매의 편이어서 성한 동아줄이 내려오게 되고 호랑이에겐 썩은 동아줄이 내려왔다는 것입니다.

그래서 이 남매는 괴로운 지상으로부터 떠나 영원한 하늘 속에서 해와 달이 되었고, 호랑이는 땅에 떨어져 수수깡에 찔려 죽었다는 것입니다.

이 민족 설화를 통해서 우리는 민족적인 생활 태도, 말하자면 그 현실 의식을 분석해낼 수 있습니다.

첫째로 하늘에서 동아줄이 내려왔다는 그것입니다. 두말할 것 없이 호랑이의 침략자에게서 그 남매(다음 세대의 민족)를 지킨 것은 '내'가 아니라 '천운天運'입니다.

자기에게 주어진 상황을 자기 힘으로 처리하지 않고 자기 아닌 다른 대상(기적, 또는 천의)을 꿈꾸었다는 것을 암시하는 것입니다.

호랑이를 죽인 것은, 그래서 다음 세대를 그 침략자에게서 구출한 것은, 어디까지나 수난자로서의 각성이나 그것으로부터의 책임 의식과 행동에 의한 것이 아니었다는 것입니다. 그뿐만 아니라 인간의 '선택이라는 자유'도 발견할 수 없습니다. 두 개의 동아줄(성한 동아줄과 썩은 동아줄) 중에서 그중 하나를 선택한 것은 '내가 한 것이 아니라 남(하늘)이 결정해준 것입니다. 주어진—결정된—그 운명을 받았을 뿐입니다. 썩은 동아줄이 내려왔으면 별 수 없이 그 남매는 그 썩은 동아줄을 타다가 떨어졌을 것입니다.

외국의 설화는 그렇지 않습니다. 용龍에게 삼켜졌다가도 그 뱃속을 칼로 째고 나오는 이야기들이 부지기수로 있습니다. 자기의 행동에 의하여 자기의 상황을 극복해가는 이야기들입니다.

둘째로는 그 남매가 '해와 달'이 되었다는 그 결과의 해결입니다. 영영 지상을 버리고 남매는 하늘로 올라간 것입니다.

호랑이는 죽었어도 남매는 지상이 아니라(그 고향의 땅이 아니라) 허허虛虛한 하늘을 소요해야 되는 것입니다.

불경을 판 것이나 원병援兵을 청한 것이나 그것은 모두 동아줄을 기대하는 그 남매의 경우와 다를 것이 없습니다.

뿐만 아니라 「백구가白鷗歌」를 부르고 청산에 살던 은둔 거사居士들은 모두 지상을 떠나 하늘에서나 빛나는 그 남매의 운명을 닮았습니다.

한 설화를 통해서 잠재된 민족의식을 추단한다는 것은 많은 '도그마'를 범犯할 것입니다.

그러나 한 나라의 설화에는 보다 많은 집단적인 감정과 꿈이—잠재의식이 깃들어 있다는 것이 생각건대 결코 부질없는 견강부회牽强附會는 아닐 겁니다. 그렇기에 사람들은 '신화는 그 민족의 운명'이라고들 말했던 것입니다.

이러다가 우리들은 표정을 상실한 것입니다. 자기 자신을 표현한다는 것이 바로 자각이요 행동이요 표정일 것입니다.

파도와 같이 되풀이되는 수난 속에서 모든 것은 마비되고 표정은 상실되고 마지막엔 그 은둔의 깊은 잠이 있었던 것입니다.

'왜 나는 불행한가?', '이 운명을 극복하려면?', '이 비극은 어디서 오는 것일까?' 하는 '마크' 앞에 자기 가슴을 열어 보이는 습관을 상실한 것입니다. 침체한 늪처럼 퇴색해가는 그 타성 속에선 자극에 대한 동물적인 반응마저 어려웠던 것입니다. 감각적 면역, 그래서 이상李箱의 '짖지 않는 개'와 같은 처절한 시골 풍경이 있습니다.

언제부터인지 의사 표시하는 것이 죄와 같은 것으로 변해진 것입니다.

지금 사사로운 내 경험을 이야기해서 안 되었습니다마는 나는 언젠가 '침묵의 군중'이라는 것을 실제로 목도한 일이 있었습니다. '미스 코리아'의 후보자들이 시가행진을 할 때의 일입니다. 수천수만의 군중이 그 수레를 따라 옮겨오고 있었습니다. 그러나 이 많은 군중은 소리 하나 지르지 않고 묵묵히 움직이고 있었을 뿐입니다. 경우가 바뀌어 외국이라면 그 군중은 제각기 자기의 의사 표시를 소리쳐 나타냈거나 환호성을 치거나 했을 것입니다. 모든 감정을 가슴속에 억제하면서 움직이는 그 거대한 침묵의 군상—그때 나는 눈물이 날 것 같았습니다. 어떤 분노까지를 느꼈습니다.

현실 유리의 은둔사상이나 기적을 믿는 의뢰심—그리고 그 침묵하는 습속—이것이 바로 한때 만주 벌판을 줄달음치던 그 거인을 잠들게 한 것입니다.

녹슨 열쇠 구멍

반면에 이러한 잠도 있습니다. 현실로부터 유리될 때 '잠'이 생겨나는 것처럼 너무 현실에 집착하게 되었을 때도 역시 그러한 잠은 오는 것입니다.

은둔사상과는 정반대로 한편 우리 민족에겐 너무 강렬한 현실에의 집념이 있었다는 것입니다. 말하자면 녹슨 열쇠 구멍으로 현실을 바라보고 있는 것처럼 현실 그 자체에 집념한 나머지 도리어 현실의 의미를 상실한 그 경우입니다.

그래서 '사촌 논 사면 배 아프다.'는 무서운 속담까지 생기고 만 것입니다.

시야가 협소하기 때문에 자기 불행이나 자기 비극을 대국적大局的으로 생각할 수 없던 폐단을 우리는 너무나도 잘 알고 있습니다.

'발등에 떨어진 불'만 따지다가 우리는 더 큰 비극의 함정으로 빠졌던 것을 너무나도 잘 기억하고 있습니다.

이러한 '잠'도 역시 우리의 상황에서 비롯한 것입니다. 그들은 굶주리고 있었기 때문에—당장 그 굶주린 배를 채우는 것이 현실의 명제처럼 되어 있었기 때문입니다. 말하자면 '금강산도 식후의 경치'였던 것입니다. 그러나 식후의 경치는 좀처럼 실현되어 있지 않았던 것입니다. 왜냐하면 항상 먹기에만 바빴던 그들입니다.

우리나라의 민요는 대개가 다 먹는 것의 근심 걱정입니다. "부엉 부엉 무어 먹고 사니 콩 한 말 꿔다 먹고 산다. 언제 언제 갚니 내일모레 장 보아 갚지." 이러한 살풍경한 노래가 천진난만한 아이들의 입에서 흘러나오게끔 된 현실을 생각할 때 무리한 일도 아닐 것입니다.

먹는 것에 사로잡혀서 전전긍긍하는 그런 상태에선 현실을 거시巨視하거나 비판하거나 내일에의 꿈을 간직할 만한 여백이 존재할 수 없습니다.

우리 인사말을 보아도 모두 '먹는 것'과 관계된 것이요, 남의 안부를 묻는 것도 '침식寢食이 여일如一'한가라고 했으니 우리의 머릿속에 어려 있는 그 어두운 그늘이 무엇인가를 짐작하게 될 것입니다.

그러므로 우리나라 말 중에서도 '먹는다'는 말이 가장 다양多樣하게 쓰이는 것입니다.

'나이를 먹다', '공금公金을 먹다', '욕을 먹다', '귀를 먹다' 등등의 표현이 그것입니다. 옷에 물을 들일 때도 '물감이 먹는다'라고 하는가 하면 남한테 얻어맞아도 '한 대 먹었다'고 합니다.

뿐만 아니라 우리나라의 언어 중에서 가장 발달된 것이 미각언어입니다.

시다는 말 하나를 예 듭시다.

'시다', '시큼하다', '시큼시큼하다', '시금털털하다', '새큼하다', '새큼새큼하다'—어느 외국어가 이렇게 풍부한 뉘앙스를 가지고 있겠습니까? 그러나 우리나라 말이 다른 면에 있어서도 그렇게 풍부한 것인가 하는 것은 매우 의심스럽습니다.

정신적인 언어—일례를 들자면 '사랑'이라는 말을 두고 생각해보자면 반대로 우리의 언어는 남의 나라에 비해서 몹시 빈약하다는 것을 느끼게 될 것입니다. 그리스 사람은 '사랑'을 그 성질에 따라 '아가페'니 '에로스'니 '휘리아'니 하는 것으로 구별해 썼습니다. 일본만 해도 '戀(고이)'와 '愛(아이)'가 구별되어 있습니다.

그런데 우리나라에선 신神에 대한 사랑, 이웃에 대한 사랑, 남녀 간의 사랑 등이 구별되어 있지 않습니다.

언어는 관심입니다. 먹는 것에 시달린 우리 민족에겐 형이상적인 언어보다 형이하적인 언어(감각어)가 더 발달하게 된 것이 필연적인 사실입니다.

그래서 한 포기의 꽃 이름이나 꽃의 전설을 보아도 얼마나 정신적인 여유가 없던가를 짐작하게 됩니다.

'나르키소스'의 전설 'Forget me not'의 낭만적인 전설에 비하여 우리나라의 '자주 닭개비'꽃은 지나치게 산문적입니다.

전설에 의하면 그 '자주 닭개비'는 방아를 찧으면서 쌀을 훔쳐먹다가 시어머니에게 얻어맞아 죽은 며느리의 혼魂이라는 것입니다.

그래서 보랏빛 갸름한 꽃잎은 그 며느리의 혓바닥이고 그 위에

얹힌 하얀 몇 개의 꽃술은 바로 훔쳐 먹다가 들킨 그 쌀알이라는 것입니다.

그 가냘픈 꽃에 이렇게도 무시무시한 전설을 생각해낸 그것은 분명 그 처참한 생활의 한 단면을 그대로 투영한 것이라 믿습니다. 식생활에 얽매였던 그 서민 생활—그 고난의 되풀이가 결국은 또 하나의 '잠'(상황에의 몰지각)을 유발시킨 것이라고 보아야 될 것입니다.

그래서 현실에 대한 근시안적 행동이 일어나고 나라가 위태로울 때 골육상쟁의 싸움만을 했던 것입니다.

협소한 시야 속에서 오늘만 생각하는—눈앞의 현실만 생각하는 그 호구책이 생활 의지를 대신했다는 것은 결국 우리를 고립 속에 몰아넣게 한 원인이 될 것입니다.

재 속에서 피어나는 생명

아무래도 나는 너무 무서운 이야기를 하고 있는 것 같습니다.

그러나 우리의 장점은 말하지 않아도 이미 우리가 지니고 있는 것입니다. 그러나 그 단점은 우리가 똑똑히 인식해두지 않으면 그것을 다시 되풀이하는 비극을 갖습니다.

새로운 세대의 위치란 바로 그러한 단점, 그러한 역사의 깊은 잠을 인식하고 그 잠으로부터 깨는 데 있습니다.

우리나라 말에는 '어제'와 '오늘'이란 말은 있어도 '내일'이란 말은 없습니다. 없는 것인지 잃어버린 것인지는 확실치 않으나 '내일'은 우리말이 아니라 한자어의 '내일'인 것이 확실합니다.

내일이 없는 민족—우리는 그렇게 살아갈 수는 없습니다. 그러기 위해서 우리들은 몇천 년 동안 고립 속에서 '잠'든 두 가지의 동면을 먼저 인식해야 될 것입니다.

'현실에서 너무 떨어져 있었기 때문에', 또 하나는 '현실에 너무 집착했기 때문에' 우리들의 '잠'은 있었다는 것—그것을 새로운 세대는 되풀이하지 말자는 것입니다.

이유는 있을 것입니다. 그러한 깊은 잠이 있을 때까지 얼마나 비통한 역경이 작용했었는가를 알고 있습니다.

그러나 다시 한 번 우리는 이 어둠 앞에 서야 되는 것입니다.

상황 속에 내가 뛰어들고 그래서 그 상황을 응시하는 눈이 있어야 합니다. 상황을 보기 위해서 일단 우리는 상황 밖에 서야 할 것입니다. 그럴 때 우리는 현실과의 '디스인터리스티드니스disinterestedness'의 방법을 취하게 될 것입니다. 그래서 전자의 '잠'(은둔적) 속에 들어가는 것입니다. 그러나 이 '잠' 속에 머무른다면 지난날의 과오를 다시 저지르게 될 것입니다.

우리는 상황 그 속으로 다시 뛰어들 때만이, 그래서 거기 나의 선택과 행동이 있을 때만이 그 '잠'으로부터 깨어나는 것입니다.

그러나 현실 그 자체에만 얽매여 있으면 안 됩니다. 그것은 후자의 '잠'(현실에만 집착하는)으로 다시 몰입해 들어가기 때문입니다.

그러니까 뉴 제너레이션은 이 두 개의 '잠'을 지양시킬 위치에 놓여 있는 것입니다. 현실에서 너무 멀리 떨어져 있었거나 현실에 너무 다가서 있었거나 한 그런 폐단을 동시에 지양시켜갈 때만이 천 년 묵은 그 수면에서 그리고 권태로운 동면에서 벗어날 수 있을 겁니다.

오늘 우리 앞에서 전개되고 있는 모든 현실은 남의 현실이 아니라 바로 나의 것입니다. 그러나 그것은 또한 나의 것만은 아닙니다.

그렇습니다. 나는 지양이란 말을 썼습니다. 우리 민족의 두 동면을 지양하는 것이 거인을 눈 뜨게 하는 방법이라 했습니다.

그 지양이란 바로 그 신비한 '피닉스'의 죽음을 의미하는 것입니다. '피닉스'가 노쇠해지면 신단神壇에 올라 불꽃에 스스로의 몸을 불사릅니다.

그러나 이러한 피닉스의 죽음이야말로 불속에 스스로의 육신을 불살라버리는 그것이야말로 진정한 새로운 생명을 얻는 방법인 것입니다.

피닉스는 한 움큼의 재를 남기고 죽었습니다. 그러나 그 재 속에서는 새로운 또 하나의 피닉스가 나래를 펴고 탄생하는 것입니다.

보다 씩씩하고 새롭고 아름다운 또 다른 한 마리의 피닉스가 말입니다.

과거를 비판한다는 것은—그 생활 태도며 역사며 풍습이며 하는 것을 분석하고 거부한다는 것은 결국 피닉스를 신단 앞에 불사르는 행위와 같습니다. 그래서 오히려 그 재로부터 탄생되는 새로운 생명을 얻는 것입니다. 그것이 곧 지양입니다.

뉴 제너레이션은 이 잿더미에서 찬란한 나래를 펴고 일어서는 피닉스인 것입니다. 그러므로 잠자던 거인은 우울한 그 잠자리에서 일어날 것입니다.

우울한 환몽은 가고 거인의 손과 발은 대지 위에 놓여질 것입니다.

그날 이 거인의 고립은 끝나고 깃발처럼 불꽃처럼 그 행동은 새로운 상황을 불러일으킬 것입니다.

그때 우리의 세대는 다시 재가 되고 그 재 속에서 새로운 얼은 또다시 태어날 것이고 그러다가 뼈와 피에 맺혀 있던 우수는—흰옷자락에 가리고 울던 그 눈물은—가셔지고 말 것입니다.

잠을 깨어야 되겠습니다.

이것이 새로운 세대의 유일한 과제요 보람입니다.

더 많은 것을 바라지는 않습니다. 거인은 일어나서 푸성귀 같은 대지와 입술을 맞춥니다.

이 광경을 우리는 보고 싶은 것입니다. 또 그것은 우리 세대에 의하여 실현되야 할 것입니다.

에로스의 변모

'에로스'의 탄생

그리스의 불사신 가운데 가장 아름답고 가장 나이가 어린 것이 '에로스' 신神이다. 그는 어린 채로 영원히 성장하지 않는다고 했다. 젊음의 순결과 열정을 그대로 간직한 그의 모습은 금빛 날개와 더불어 언제나 싱싱하다.

무구하고 철없는 이 '아이'(에로스)는 한번 쏘기만 하면 절대로 빗나가는 일이 없다는 신기한 사랑의 화살을 가지고 있다. 이것이 한 번 사람의 심장을 꿰뚫기만 하면 연심戀心은 샘물처럼 솟아 마음을 사랑으로 가득 채운다고 했다.

에로스 신은 사랑의 신이었던 것이다. 어째서 그리스 사람들은 애욕의 신 에로스를 이렇게 천진난만한 장난꾸러기의 아이로 상징했을까! 우리는 거기에 그리스의 한 비밀을 읽을 수 있다.

에로스를 사랑의 신으로 삼았다는 것은 그리스인의 성애관性愛觀이 그처럼 순수한 것이었음을 의식하는 것이다. 우리는 줄스

다신Jules Dassin이 그린 그리스의 세계에서도 죄 없는 성性의 순결상을 느끼게 된다. 〈일요일은 참으세요〉는 창녀의 이야기를 그린 영화다.

그러나 창녀와 성은 조금도 추악하지 않고 불결하지도 않은 것이다. 도리어 밝고 아름다우며 투명한 생명감에 젖어 있다. 어찌 보면 그 창녀는 신성하기까지 하다.

성애의 세계가 부도덕하고 타락적이고 또 음산한 그늘을 드리우게 된 것은 인간의 전체와 그 감각을 억제한 스토익stoic한 문명이 대두되고부터인 것이다. 그리하여 한 시대의 문명이 따라서 에로스의 초상은 여러 가지로 변모되어 나타난다는 사실을 우리는 짐작할 수 있다.

그리스 문명처럼 인간의 정신과 그 육체가 서로 개방된 채 아름다운 조화를 이루었던 시대에 있어서는 성性이란 조금도 부도덕한 것이 아니었다. 에로스의 그 얼굴처럼 꾸밈이 없고 그 금빛 날개처럼 어둠이 없었다.

그것은 세계를 결합시키는 힘이었으며 생의 아름다움을 실현시키는 희열의 분수였던 것이다.

그렇기에 그리스 시인들은 사랑은 결혼의 요소라고는 생각지 않았고 심지어 세보그니스 같은 사람은 결혼을 가축의 번식에 비기기도 했다.

'섹스'는 그렇게 윤리나 사회의 제어를 받지 않았다. 양성의 결합을 완전한 자기표현의 형태로 파악했던 것이다. 플라톤이 아리스토파네스의 입을 빌려(심포지엄) 양성의 결합에 대한 하나의 알레고리를 만들어낸 것도 역시 그런 것이었다.

태초의 인간들은 '제3의 성', 즉 자웅 동병체同棟體로서 남녀가 함께 붙어 있었다는 이야기다. 모든 것이 이중적이었다. 그들은 네 개의 다리, 네 개의 손, 그리고 두 개의 얼굴과 두 개의 성기를 지니고 있었다.

그런데 어느 날 이러한 인간은 제우스 신에게 자기 몸을 반씩으로 갈라줄 것을 희망했다. 그 청이 실현되어 사람들은 오늘날처럼 남자와 여자로 분리하게 되었다는 것이다.

그러나 그 때문에 분신들은 서로 다른 분신에게 그리움을 품게 되고 태초의 그것처럼 한 몸이 되고자 하는 욕망을 품게 되었다는 것이다.

이렇게 사랑이란 바로 그 양성(육체)의 결합을 의미하는 것이며, 양성의 결합은 본연의 모습으로 복귀하려는 융합의 본능이라고 믿고 있었다.

그러고 보면 그리스 시대의 성애는 죄악이 아니라 도리어 자연적인 것이었으며, 추악한 것이 아니라 에로스 신의 모습처럼 나이브한 것이었다고 할 수 있다.

그러나 현대 문학에 나타난 에로스의 관계도 역시 그리스의 그것처럼 천진난만한 순결성을 지니고 있는 것일까? 이러한 물음에 답하는 것이 곧 현대 문학의 에로티시즘을 푸는 열쇠가 될 것이다.

피 묻은 에로스의 날개

문명의 진화에 따라서 양성의 관계는 틈이 벌어지기 시작한다. 서로 결합하려는 남, 여의 양 분신의 틈 사이에 도덕이라든가 종교라든가 사회 제도라든가 하는 강물이 흐르기 시작한 것이다. 문명의 진화가 인류의 '에로틱 라이프'를 희생시켜서 쌓아 올린 하나의 바벨탑이라고 하는 점은 이미 많은 학자들이 지적해주고 있는 현상이다. 즉 에로스의 모습이 인류의 문명 속에서 변모되어왔다.

이 변모하는 '에로스'의 초상을 직접 사회 현상에서뿐만 아니라 우리는 문학 작품에서도 손쉽게 읽을 수 있는 것이다.

양성의 결합이 부자연스러워지면서부터 인간은 누구나 성적 불만을 품게 되었으며 그 억압으로부터 빠져나오기 위해서 제각기 다른 에로스의 모습을 부각해냈다. 그러나 그것은 저 푸르디푸른 시테라 섬의 하늘을 날던 앳된 에로스는 아니었다.

19세기 리얼리즘 문학을 대표하는 에밀 졸라Émile Zola나 플로베르의 그 작품 속에서 우리는 한결같이 피투성이가 되어 땅 위에 추락해버린 에로스 신의 피 묻은 날개와 만나게 되는 것이다.

성은 곧 죄악이었으며, 성은 곧 문명에 수행하는 야성의 울부짖음이었다. 비소를 먹고 쓰러져 죽은 '엠마 보바리'나 혹은 애인의 목을 찌르고 쓰러진 시체를 끌어안는 '자크', 졸라의 『수인獸人, La Bête humaine』의 모습에서 우리가 발견할 수 있는 것이 있다면 오직 그것은 왜곡되고 억제된 수성獸性의 본능이다. 플라톤의 만화萬話처럼 분신이 서로 결합하려는 융합이 아니라 서로 물어뜯고 짓밟는 투쟁이라 할 수 있다.

플로베르나 에밀 졸라는 인간의 성애에서 짐승의 핏덩어리밖에는 찾아낼 수 없었다. 졸라는 그의 소설 『수인』에서 이지러진 야수적인 그 성의 세계를 파헤친 일이 있다.

인간의 사춘기란 성을 자각하는 것이며 성을 자각한다는 것은 마음속에 잠들어 있던 야수가 눈을 뜬다는 것을 의미한다.

그러나 문명과 이 야수(성)는 서로 배율背律하는 생리를 가지고 있기 때문에 원만한 양성의 결합만으로 해결되지 않는 것이다.

『수인』 속에 등장하는 자크는 이미 17세 때 자기 집 문 앞을 지나는 소녀를 보고 그녀를 찔러 죽이기 위해 칼을 갈았던 것이다. 이러한 야수적인 성애는 결국 하나의 비극을 저지르고 만다. 그는 열렬히 사랑하던 정부 세브린을 척살刺殺해버리고 만다.

"그는 미친 듯한 눈으로 세브린을 바라다보고 있었다.

그는 마치 타인에게서 가로챈 먹이를 대한 짐승처럼, 여인을 죽여 찢어버리고 싶은 원망밖에 갖지 않았다.

공포의 문은 성애의 검은 심연 앞에서 그리고 보다 더 완전히 소유하기 위해 파멸의 죽음에까지 이르는 그 애욕 앞에서 소리없이 열려지고 있었다.

'자크'는 칼을 쥐었다.

그리고 세브린을 일격에 쓰러뜨리고 만다.

여인, 그는 여인을 죽였다.

그는 아주 오랜 옛날부터 욕망해온 대로 여인을 멸하게 함으로써 완전히 그것을 소유하고 만 것이다."

에밀 졸라는 문명 속에서 억압된 인간의 성애가 어떻게 왜곡되어 분출하고 있는지를 예리하게 통찰해내고 있다. '더 완전한 소유를' 위해서 여인을 죽일 수밖에 없었던 '자크'의 사디즘에서 우리는 근대 문명과 성의 갈등을 암시받는다.

'성의 부름 소리'는 저 인간의 심연 속에서 잠들어 있던 그 '성의 부름 소리'는 결국 그렇게밖에는 표현되지 않았다. 말하자면 에로스는 야수로 변모하고, 그의 화살은 고깃덩이를 찾는 야수의 흰 이빨로 변한 것이 19세기 리얼리즘 문학에 나타난 에로스의 초상이었던 것이다.

다시 에로스의 웃음을 찾아서

현대 문학, 더 정확하게 말하자면 20세기의 문학은 19세기적인 성의 퇴폐, 즉 양성의 결합이 좌절된 그 리얼리즘의 터전으로부터 새로운 모럴을 찾아보려는 데 그 특징을 갖는다.

문명이라는 사슬에 묶어버린 에로스의 날개, 피 묻고 찢긴 그 날개…… 거기에 새로운 생동력과 자유와 탈출구를 찾아보려는 심리의 노력이 대두된다.

문명 속에서 억제되고 위축되어버린, 좌절된 성애를 다시 불러일으키고, 옛날 그 시테라 섬에서 비약하던 건강한 에로스의 부활을 꿈꾸는 데서, 오늘의 에로티시즘 문학이 형성되었다고 할 수 있다.

병든 에로스의 그 맥박을 진단하는 시기로서 우리는 우선 로렌스David Herbert Lawrence와 프로이트 류의 작가들을 손꼽지 않을 수 없다.

로렌스의 문학에 나타난 에로티시즘을 한마디로 말한다면 문명의 옥벽獄壁에 유폐된 채 병들어버린 그 에로스(救命)의 운동이라고 말할 수 있다. 먼저 그는 에로스를 병들게 한 현대 문명의 독소에 대해서 말하고 있다.

'현대 사회란 관념의 가면으로 포장된 부패한 사과'라고 그는 믿고 있는 것이다. 『채털리 부인의 사랑Lady Chatterley's Lover』을 필두로 그의 작품에서는 물론 「무의식의 환상곡」이라는 논설을 보더라도 '로렌스'는 생명의 근원을 '성'에 두고 있다.

관습, 도덕 그리고 관념이라든가 이상이라든가 하는 현대 사회의 모든 풍속은, 인간의 참된 생명의 약동과는 아무런 관계도 없는 것이라고 했다. 도리어 그러한 문명은 생명의 흐름을 방해하고 부패시키는 역할밖에 하지 않았다는 것이다. 단절과 고립이라는 콘크리트 벽이 오늘날 인간 문명이요, 근대적 자아라는 게다.

그러므로 세계를 결합시키는 에로스(성애)의 그 병은 곧 인간의 병이며, 에로스의 참된 부활은 인간 역사의 부활이라고 보았던 로렌스는 가장 완전한 양성의 결합에 기초를 둔 새로운 사회를 건설해야 된다고 역설하는 것이다.

『채털리 부인의 사랑』의 사랑에서 그는 근대의 자아에 파산 선고를 내리고 다시 찾은 '에로스의 미소'에서 새로운 생生의 가능성을 제시한 것이다. 진정한 인간의 희열은, 그리고 생명의 약동은 육체의 완전한 결합 속에서 얻어진다는 것을, 그는 '코니'와 '메라스'의 정사로서 대담하게 그려가고 있다. 우리는 성불능자인 클리퍼드 경에서 그야말로 반신불수에 걸려 있는 현대 자본주의 사회의 불구를 본다.

그것은 '금전이나 사회, 정치의 문제에서는 의식 과잉일 정도이지만 자연성이나 직관적인 면에서 사멸해버린' 육체 없는 문명인 것이다.

그리고 그를 벗어나 건전한 육신을 가진 메라스 곁으로 달려가는 코니에게서는 병든 에로스가 부활하여 원시의 밀림을 향해 날아오르는 그 금빛 소리를 듣는다.

찢기고 피 묻은 에로스의 날개를 다시 주워 깁고, 그 이지러진 입가에 건강한 미소를 감돌게 하는 그 작업은 비단 로렌스의 꿈만은 아니었다.

파스칼Blaise Pascal은 '신을 떠난 인간의 비참'을 논했지만 20세기의 원만한 작가들은 거의 모두가 한번쯤은 '성'을 떠난 인간의 비참에 대해서 언급하고 있기 때문이다.

피츠제럴드Scott Fitzgerald나 헨리 밀러의 작품은 로렌스의 그것보다 한결 더 짙고 명랑한 에로스의 홍소哄笑가 있다. 밀러 자신이 말하고 있듯이 오늘날 작가로서 '성'을 추구하고 있다는 것은 산업주의나 기계 문명 속에서 억압되고 고갈된 인간의 생명력을 다시 탈환하는 작업이며, '인간존재를 해방'시키는 모험이다.

그의 『북회귀선Tropic of Cancer』은 로렌스의 작품과 마찬가지로 성의 노출 때문에 판매 금지를 당해왔던 수난의 소설이다. 생기를 잃어버린 이 세계를 다시 개조하기 위해서는 인간의 마음속 깊이 숨어 있는 성의 세계를 추구해야 된다는 것을 파리를 무대로 자전적으로 써 내려간 것이다.

그는 말하고 있다. "생명력이 희박해졌을 때는 인간은 이미 자기가 천사인지 악마인지, 여성을 증오해야 할지 그렇지 않으면 또 앞에서 무릎을 꿇어야 할지, 동성애는 과연 죄악인지 혹은 그럴 만한 값어치가 있는 것인지…… 그런 것들의 판단을 상실하고 만다."

여기에서 성의 양성에 혼돈 내지 상실이 생겨나게 되고 그것이 동시에 보다 중대한 것의 불리를 명시하는 이유가 된다. 즉 그런 때일수록, 인간은 가장 격렬한 잔학성이 아니면 가장 무기력한 복종에 처해지게 마련이다. 즉 충돌을, 혁명을, 대학살을 되풀이하게 되는 때다.

더구나 하찮은 것을 위해서 혹은 '제로'를 위해서 말이다. 그 무엇보다도 그 증거는 금세기에 들어서 벌어진 구라파 대전을 보면 알 것이다.

결국 '에로스'(성애)를 병들게 한 현대적 문명의 풍토에 대해서 거역하는 것이다.

플라톤의 말대로 융합의 감정 속에서 살기 위하여 모든 것을 단절하고 분할해놓은 메커니즘의 벽돌을 부수는 작업이었던 것이다.

에로스는 아이다

그러나 로렌스든 헨리 밀러든 그들의 에로티시즘은 어디까지나 비판적인 것이지 실천적인 것은 아니다. 피투성이가 되어 빈혈인 채로 쓰러진 에로스에의 항변이었다.

제2차 세계대전 후의 새로운 문학에 있어서 말하자면 비트 제너레이션이나 앵그리 영 맨, 그리고 사랑의 작품에 나타난 에로스의 초상은 그들에 비해 한결 청신한 데가 있었다.

원래 서두에서 밝힌 바대로 성애로 나타난 에로스 신은 아이였던 것이다. 그것은 천진난만하고 때 없는 그 모습으로 상징되어 있다.

슬픔도 아픔도, 선악이나 미추까지도 넘어선, 아이들의 세계 거기에서만 비로소 자유롭고 건전한 성애가 있는 것이다. 현대 문명은 아이(에로스)를 억지로 어른이 되게 하고 끝내는 잔소리 많은 늙은이로 만들어놓았다.

그리하여 성이 하나의 죄악이나 추악으로 보이게 되고 거기에서 참된 에로스의 세계는 빛나고 만 것이다. 그레이엄 그린Graham Greene의 단편 「The Innocent」라는 것을 보면 에로스가 어째서 어린아이의 세계 속에서 머물러야만 되느냐 하는 비밀을 알 수 있다.

그 작품의 주인공은 어느 날 '롤라'(애인)와 함께 옛날 고향을 찾아간다. 그때, 그 주인공은 문득, 그 고향에서 지내던 어린 시절을 회상한다. 언젠가 그는 마을 소녀에게 애정을 품고 있었다. 참으로 깨끗하고 순결한 사랑이었다.

그런데 어느 날 그는 소녀가 있는 집의 문기둥에 무엇인가 사랑을 고백한 편지를 써서 나무 기둥의 구멍 속에 몰래 집어넣었던 일이 있었다.

그는 수십 년 전의 그 옛날 생각을 더듬으면서 혹시나 싶어 그

집을 찾아가 그 기둥 구멍에 손을 넣어보았다. 그런데 정말 그 쪽지가 아직도 거기에 남아 있었다. 떨리는 손으로 그는 그것을 펴보았다. 그러나 순간, 그는 몹시 당황하고 말았다. 퇴색한 그 종이 위에는 상스러운 춘화도春畵圖 같은 그림이 그려져 있었던 것이다. 아주 비루한 사람이 변소의 벽에 그려놓은 음탕한 낙서와 조금도 다를 것이 없는 그림이었다.

그때의 애정은 아주 순수하고 신성한 것인 줄만 알았던 자기의 생각이 배신을 당하게 된 느낌이었다. 그러나 곧 그는 자기의 생각이 잘못이라는 것을 깨닫게 되었다.

"그 그림이 추잡하다고 생각하는 것은 30년의 세월이 지난 오늘, 내 마음이 그렇게 더러워졌기 때문이다"라고…….

똑같은 성이지만, 어른들이 생각하고 있는 그 성과 아이들이 생각하는 성은 다르다. 그런데 무구하고 순진한 음속에서 성애를 갖는다는 것은 얼마나 어려운 일일까? 이 문명 속에서는 아이와 같이 천진난만한 성애를 가질 수 없다. 문제는 여기에 있다.

성을 두고 추잡하다거나 악하다고 생각하는 거기에서 인간은 비극적일 수밖에 없다. 이노센트한 에로스 그것이 에로스의 본질이다. 아마도 그리스인들이 가졌던, 아니 원시인들이 가졌던 에로스였을 것이다. 지금은 다만 사춘기 이전의 철없는 아이들에게나 남아 있을…….

그런데 그 에로스의 본질을 찾고 있는 것이 바로 비트나 앵그리 영 맨의 작품에서 볼 수 있는 에로티시즘이다.

우리는 케루악의 『길 위에서On the Road』를 읽을 때 그들의 사랑에서 저 귀엽고 순진한 에로스의 얼굴을 다시 발견하게 된다.

『길 위에서』의 성애는 그야말로 어린아이들의 그것과 조금도 다를 게 없다. 계산도 이성도, 질투나 탐욕까지도 없다. 드라이브를 하면서 그들은 여인을 무릎 위에 올려놓고 장난을 친다. 자기의 연인과 친구가 서로 껴안고 있는 것을 보고도 얼굴 하나 붉히지 않는 인간들이다. 오즈번의 「성난 얼굴로 돌아보라」의 '지미 포터'도 마찬가지다.

그들은 남녀의 육체관계를 '영혼의 대화'라고 부르고 있다. 보기에 따라서는 아주 부도덕하고 퇴폐적인 것처럼 보이나 그렇게 느끼는 것은 그들이 아니라 바로 문명이나 관습 속에 사로잡힌 기성 사회 인간들이다.

그들은 아무 죄의식도 없이 7~8세의 어린이들 같은 표정으로 양성의 결합을 이루고 있다. 조금도 이지러진 데가 없으며 조금도 주저하거나 고민하는 데가 없다. 줄스 다신의 〈일요일은 참으세요〉와 유사한 점이 없지 않다.

> 나는 다시 '리타'를 찾아가서 얘기를 실컷 더 해주고 이번에는 정말 잘 '사랑'해주고 남자에 대한 그의 공포증을 덜어주고 싶었다.
>
> 미국의 젊은 남녀들은 서로 한 번씩 그렇게 허전한 고비를 겪는다.

적절한 여러 대화도 할 것 없이 대뜸 교합하는 게 멋이 있다고들 하지만 과연 어떨까? 생명은 신선하고 시간은 아까우니 공연한 구애의 말은 그만두고 직통으로 까놓고 진정한 영혼의 대화를 하라는 것이다.

이러한 『길 위에서』의 에로티시즘은 이미 지난날의 관념으로 평가하기는 어려울 것이다. 만약 그 사랑의 이야기를 보고 추잡하게 느끼는 사람이 있다면 바로 그레이엄 그린의 단편 『길 위에서』와 마찬가지의 경우가 되어버릴 것이다.

현대 문학의 에로티시즘은 어린애다운 그 천진성으로 돌아감으로써 때 묻고 질식할 것 같은 현대 사회의 문명에서 해방되려는 것이다.

'비극'을 향해서 "봉주르 트리스테스Bonjour tristesse."라고 어린애처럼 이야기하거나 그렇지 않으면 도리어 미소를 지어 보이는 '사강' 양의 그것도 여기에서 벗어나지 않는 예다.

문학과 에로스의 관계

결론적으로 말하면 현대 문학의 에로티시즘이란 생명력의 회복, 그리고 원시 감정에의 복귀를 위한 깃발이다.

오늘의 무미건조한 비생명적 문명의 기하학에 도전할 수 있는 마지막 무기란 아마도, 섹스의 세계밖에는 없을 것 같다.

그리하여 그것은 문명에 억제된 성애를, 이지러질 병들어버린 그 에로스를 인간 생명의 근원으로 환원시키려는 투쟁이라고 볼 수 있다.

마치 중세기의 암흑 속에서 인간을 부활시키려 했을 때 보카치오Giovanni Boccaccio나 라블레François Rabelais가 에로티시즘의 환약丸藥을 사용한 것처럼 현대의 기계주의 문명 속에서 인간의 생명을 회복하려는 데 있어 오늘의 작가도 역시 그 에로티시즘에 의존하고 있는 것이라고 할 수 있다.

V
문명 속의 암흑

현대 문명의 병리

전화여 지옥으로 가라

'전화 사용 안내'라는 친절한 공고문이 신문에 실려 있다. 공고를 낸 사람은 서울 체신청장. 물론 그 대상은 특별시에 사는 서울 시민이다. "번호를 확인한 후에 다이얼을 돌려달라."는 주의 사항으로부터 "전화가 잘못 걸려왔다고 해도 고의 아닌 상대방의 심정을 이해하여 너그럽게 대해달라."는 에티켓에 이르기까지 장장 열 개 항목에 달하는 내용이다.

곰곰 생각해보면 이런 공고문을 낸 당국자의 심정도 알 듯하다. 서울 시민을 향하여 야만하다고 하면 뺨 맞을 소리겠지만 사실 문명의 이기를 다루는 그 솜씨와 태도를 보면 절망적이라고 하는 편이 정직하다. 서울 체신청에서 지적한 그 전화 사용법에 완전히 합격될 만한 시민이 과연 몇이나 될는지 좀 낯이 뜨겁다.

전화 사용자의 태도를 몇 가지 유형으로 나누어 살펴보는 것도 재미있는 일이다. 첫째는 고성高聲 정열가, 수화기를 붙잡고 고래

고래 소리를 지르는 정열가들 말이다. 그만한 음성이면 굳이 전화가 아니라도 육성으로 상대방에게 직접 말을 전할 수 있지 않을까 의심이 갈 지경이다. 그러나 이것은 귀를 막고 앉았으면 간단히 그 피해(?)를 면할 수 있지만 전화기 사수파에는 정말 손을 드는 수밖에 없다.

이 사수파는 주로 얌체에 속하는 여인족들에게 많다. 급히 의사를 부르러 공중전화 부스에 갔다가 사수파의 아마존을 만나는 사람이 있다면 병원은 단념하고 아예 장의사로 다이얼을 돌리는 편이 현명할 것이다. "글쎄 말이야……", "뭐 그따위가 있니……", "별꼴 다 보겠다 얘……" 비음 섞인 이러한 간주곡까지 넣어가면서 백화점 양말 값에서 말론 브랜도의 연기 평에 이르기까지 실로 변화무쌍한 그리고 무궁무진한 통화, 감탄불금感歎不禁이다.

한편엔 신경질파와 냉소파가 있다. 전자는 대장장이처럼 전화기의 훅을 연방 두드리다가 수화기를 팽개치는 것이 전문이요, 후자는 주로 빈정거리는 것이 장기다. "잘못 거셨습니다. 여기는 홍제동 화장턴데요. 잘해드릴 터이니 한번 오십시오." 전화가 잘못 걸려 불행히도 이런 냉소파를 만나면 온종일 기분이 언짢다.

그렇다고 텔레비전 전화도 아닌데 차렷 자세로 수화기를 잡고 근엄하게 고두백배叩頭百拜하는 겸손파도 문제지만 어쨌든 예의에 벗어나는 일은 삼가야겠다. 서구인도 전화를 정의하여 '보기 싫은 놈을 피할 수 없게 만들어놓은 악마의 발명품'이라고 극언한 일이 있지만…….

인구 폭탄

'인구 폭탄'이란 말이 유행되고 있다. 이것은 '수소 폭탄' 못지 않은 위력을 가지고 있다. 세계의 인구는 날로 팽창하여 또 하나의 지구를 가지지 않고서는 견딜 수 없는 시기가 온다는 것이다. 그래서 평화는 전쟁보다도 무서운 것이라고 말하는 사람이 있다. 그래서 장 콕토Jean Cocteau와 같은 시인은 전쟁을 은근히 찬미한 일이 있었다. 전쟁은 개가 벼룩을 털듯이 지구가 인간을 털어내는 자연적 현상이라는 것이다. 이런 극단론을 지지할 필요는 없지만 인구폭탄을 방어하는 대책은 있어야 한다. 더구나 후진 국가처럼 생산이 인구 증가를 따라가지 못하는 나라일수록 그 피해는 만만치 않은 것이다. '가난한 흥부 집에 자식만 많은' 격이다. 인구가 많아서 가난한지 가난해서 인구가 많은 건지 그것은 확실치 않아도 가난과 인구의 문제는 밀접한 인과관계가 있는 모양이다.

우리나라에도 이 인구 문제는 보통이 아니다. 통계에 의하면 매년 인구의 증가는 인천만 한 도시가 하나씩 생겨나는 폭이라고 한다. 좁디좁은 이 땅에서 콩나물처럼 자라나야 될 내일의 제너레이션들이 불쌍하기만 하다. 먹을 것은 없고 식구는 자꾸 늘어 가고……. 결국은 곧잘 만원 버스에서 볼 수 있는 그러한 싸움이 벌어지게 될 것이다.

그런데 정부는 1962년 남미 브라질을 비롯한 여러 지역에 이민할 준비 공작을 하고 있다는 소식이다. 그렇다면 앞으로 일제 때 쪽박 하나 걸머지고 북간도나 혹은 만주 등지를 향하여 떠나가던 그 서글픈 이민 풍경이 벌어지게 될 것이다. 제 땅 제 고향을 두고 먼 낯선 이방의 나라로 쫓겨가야만 할 사람들이 모르면 몰라도 상당한 숫자를 이룰 것이다. 하기야 굶는 고향보다 배부른 타향이 더 정다울 수도 있겠고, '고향이 따로 있나' 식의 낙관적 유행가로 자위도 할 수 있을 것이다. 이민은 반드시 슬픈 만도 아니다.[20)]

그러나 남미의 이민 계획이 실현되는 날 꼭 한 가지 부탁하고 싶은 것이 있다. 가난한 이농민이나 억울한 실향민이 아니라 제발 그 시끄러운 몇몇 정객들도 그곳으로 보내주었으면 하는 소원이다. 물론 신파, 구파에서 가장 말썽이 많은 자를 공정하게 추려 보낼 것이며 그 넓은 땅에서 옹졸한 마음을 한껏 넓힐 수 있도록 해주어야 한다. 자, 그렇다면 정객 중에서 브라질로 가게 될 그

20) 우리나라 이민 역사상 정부 차원으로는 처음으로 1962년에 남미의 브라질에 이민 이 시작되었다.

영예를 누구누구가 차지하게 될 것인가? 상상만 해도 재미가 난다.

매머니즘과 남산의 동상

'해골과 같은 달이 떴다.' 이것은 오스카 와일드Oscar Wilde의 기발한 표현이다. 이 참신한 말에 모두들 감탄하던 시절이 있었다. '쟁반 같은 달'에 비하면 과연 놀라운 연상법이다.

그러나 '은화銀貨와 같은 달'이라고 말한 릴라당의 직유법은 와일드의 그것보다도 훨씬 현대적이다. 그리고 리얼리티가 있다. 사실 대부분이 배금주의자인 현대의 태백太白들에게 빛나는 저 달은 분명 하나의 은화로 보일 것이다.

그러한 시대이고 보면 현대의 선거전에 돈을 뿌린다는 이야기는 조금도 낯설지가 않다.

그러고 보니 '불견인단견금不見人但見金'이란 옛말이 생각난다. 백주에 시장에서 금덩이를 들고 가려다 붙잡힌 도둑놈이 관인에게 한 소리다. 중인衆人이 환시環視하는 데 잡힐 줄 모르고 금덩이를 훔쳤는가 하는 물음에, 내 눈엔 사람들은 하나도 보이지 않고 금덩이만 보이더라는 일화 속의 말이다.

양심도 사랑도 의리도 황금 앞에서는 보이지 않는 모양이다. 관권에 의해서 국민의 주권이 빼앗기더니 이제 금권에 의해서 그 주권은 다시 약탈되려는 모양이다. 그래서 '불견인 단견금파'들이 활개를 치게 된다.

서울 시가에서 수영복만 입고 다니라면 부끄러워서 못 한다고 할 것이다. 그러나 해수욕장에 가면 얼굴 하나 붉히지 않고 나체가 된다. 남들이 모두 벗고 다니니까 아무나 벗고 다닐 수가 있는 법이다. 그러고 보면 선거에 황금이 난무하는 까닭은 그러한 분위기를 만들어준 국민 개개인에게 책임이 있다.

지난날의 국회가 거수기擧手機의 집합소라더니 이러다가는 이제 '금송아지'들의 우리가 될는지도 모른다. 남산에 있는 관권의 상징이던 독재자의 동상이 세워졌던 것처럼 이번엔 금권의 상징인 재신財神(마몬)의 동상이 서게 될는지도 모를 일이다. 결국 콩 심은 데 콩 나고 팥 심은 데 팥이 난다.

이유 없는 금제

"스무 살이 될 때까지 담배를 피우지 않겠다고 약속해야 한다. 그리고 끝까지 약속을 지킨 사람은 고급 승용차 한 대를 선물하겠다."

아이들 셋을 앞에 놓고 아버지는 근엄한 얼굴로 설교를 했다.

"자! 이제는 너희들이 의견을 말해라."

고등학교에 다니는 큰놈이 결심한 듯 대답했다.

"약속하지요. 그런데 아버지도 꼭 약속을 지키셔야 돼요."

그러자 이번에는 중학교에 다니는 둘째 놈이 약간 퉁명스럽게 말했다.

"아무래도 스무 살까지는 자신이 없는데요. 한 2년 줄여주신다면 약속해보죠."

마지막에는 초등학교에 다니는 꼬마 놈 차례였다. 꼬마는 자리에서 일어나 그냥 밖으로 뛰어나가면서 한마디 던졌다.

"진작 말씀하시지."

그놈은 벌써 담배를 피우고 있었던 것이다.

이것은 미국의 유머지만 우리나라에도 그대로 해당될 것 같다. 아래로 내려갈수록 아이들은 버릇이 점점 나빠진다.

대개의 경우 어느 가정엘 가보나 큰놈보다는 작은놈이, 작은놈보다는 막내 놈이 훨씬 더 말썽을 부리게 마련이다. 그래서 어른들은 말끝마다 입버릇처럼 말한다. "요즈음 아이들은……." 그리고 그 결론은 "우리 클 때는 그렇지 않았다."는 것이다.

사회적으로 10대의 아이들은 두통거리다. 그들의 이유 없는 반항이나 부도덕한 행위는 세계적으로 공통된 현상이다. 강력한 통제력을 가지고 있는 철의 장막 안에서도 10대들은 다루기 힘든 존재로 통해 있다.

그것도 15세 이상의 하이틴보다 15세 이하의 로틴이 더 말썽인 모양이다. '갈수록 태산'이라더니 이것은 '내려갈수록 태산'인

셈이다.

아이들이 날이 갈수록 못되어간다는 것은 결국 '요즈음 어른들'의 행세가 좋지 않으시기 때문이다. 어린이를 보호해야 할 어른들이 거꾸로 어린이들에게 못된 본보기나 보여주고 다니는 까닭이다.

모든 것을 틴에이저의 이유 없는 반항으로 돌리려 드는 어른들의 그 사고방식이 실은 몇 배나 더 '이유 없는 금제禁制'가 아닌 가 싶다. 틴에이저는 이유 없는 반항을 하고…… 어른들은 이유 없는 금제만 하고…….

쥘 베른의 신화

반세기 전 쥘 베른Jules Verne이 공상과학소설을 써서 인기를 독점했던 시절이 있었다.

80일간에 세계 일주를 하는 이야기, 밤하늘에 서치라이트를 비춰 선전 광고를 하는 이야기, 괴이한 잠수함을 타고 해저를 횡단하는 이야기, 그리고 대포 탄환 속에 들어가 월세계를 여행하는 이야기, 신기하고도 통쾌한 그의 공상소설은 온 세계를 흥분케 했었다.

그러나 그 소설을 읽는 사람들은 아무도 그런 일이 실현되리라고는 믿지 않았을 것이다. 옛날 동화에 나오는 천사나 마술사나

난쟁이들의 이야기처럼 공상물로서만 즐겼던 것이다.

그 탁월한 상상력의 소유자였던 베른 자신도 불과 반세기 후에 그런 공상소설이 현실이 되리라고는 예상치 못했을 것이다.

실상 그것은 천년 후의 세상쯤으로 가정하고 쓴 작품들이었다.

미美 제미니 4호가 발사 성공, 화이트는 우주에서 20분간 산책을 했다. 과학 만화의 한 장면처럼 손에 우주총을 들고 자유자재로 허공 속을 헤엄쳐 다녔다. 생각할수록 인간의 능력과 의지가 위대한 것임을 느끼게 한다.[21)]

이제는 우주에의 꿈을 펼쳐놓은 소설가에게 박수를 보내는 시대가 아니라 실제로 그것을 현실에 옮기고 있는 우주인들에게 환성을 보내는 시대다.

그러나 무엇보다도 우리가 주목해야 될 것은 소련과 미국의 우주 마라톤 경주를 관전하는 태도가 아닐까 한다.

다소의 격차가 있었지만 이번 제미니 4호의 성공으로 미국은 급피치로 앞지르려 하고 있다. 하지만 우리는 이러한 선두 쟁탈에만 관심을 가져선 안 될 것이다. 그것은 결코 경마장에서 말이 달리는 경주와는 성질이 다르기 때문이다.

소련은 모든 것을 비밀 속에서 실험하고 있다. 더구나 국민이 먹을 것을 먹지 못하고 입을 것을 입지 못하면서 행해지는 곡예다.

21) 우주선 제미니 4호가 발사되었을 당시의 칼럼.

미국은 자유로운 생활, 지상의 천국을 이루면서 그 자유, 그 생활을 우주로 뻗쳐가고 있다.

누가 우주 공간에 더 오래 있었고 누가 더 많은 사람을 하늘로 쏘아 올렸느냐의 물리적 업적으로만 간단히 평가해서는 안 된다. 인간 생활을 희생시킨 우주 정복이란 무의미한 짓이기 때문이다.

소련이 달나라에 간다면 거기에는 아마 먼저 비밀경찰이 상륙하게 될 것이다. 그러나 미국은 국민이 사랑하는 배우나 목사가 먼저 가서 극장과 교회를 지을 것이다. 미 제미니 4호의 성공은 소련의 그것과는 달리 진정한 인간 생활의 승리라 할 수 있다.

돈키호테의 붐

4월 23일은 세계 문학의 종주 격인 셰익스피어와 세르반테스Miguel de Cervantes가 죽은 날이다. 한 사람은 영국에서, 또 한 사람은 스페인에서 16~17세기의 문학을 주름잡고 있었다. 물론 셰익스피어는 시인이요 세르반테스는 소설가였지만, 이 두 사람은 최대의 문학적 라이벌로서 어깨를 겨누며 지냈다. 운명의 여신은 짓궂어 그들을 동년 동월 동일에 이 세상을 떠나게 했다. 1616년 4월 23일의 일이다.

이 두 사람의 작품 가운데서도 가장 널리 알려진 것이 바로 「햄릿」과 『돈키호테』이다. 그런데 이 작중 인물의 성격은 여러 면에서 대조를 이루고 있기 때문에 인물형을 양분하는 '저울' 같은 구실을 하고 있다. 햄릿은 행동하기 전에 사색하는 인물이요, 돈키호테는 사색하기 전에 행동하는 인물이다. 햄릿은 지나치게 신중하고 고독하며, 돈키호테는 지나치게 실천적이며 낙관적이다.

그런데 셰익스피어가 들으면 섭섭할 일이지만 현대는 햄릿의 계절이 아니라 돈키호테의 시대인 것이다. 우울한 표정으로 회의에 잠겨 고민하는 햄릿 일족은 분주하게 가두를 왕래하며 좌충우돌하는 돈키호테 일파에게 패배의 고배를 마시고 있다.

우리나라만 해도 그렇다. '드라마센터'의 개관 첫 프로인 「햄릿」 공연 초일에 유료표가 불과 수십 매였다는 애처로운 그 사실을 두고 하는 소리는 아니다. 봄의 휴일을 두고 생각할 때 더욱 그런 것이다. 그러나 일요일, 전국 유원지로 모여든 인파는 수십만을 헤아렸고 고궁과 각종 놀이터에 모여든 군중까지 합치면 30만 가까운 숫자라고 하니 거의 '광적인 상춘賞春(?)'에 가깝다. 돈도 돈이지만 그날 하루에 발생한 미아들만 해도 수백 명, 자식까지 잃을 정도의 황홀한 봄맞이라 할까.

어두운 방에서 홀로 고독한 휴일을 보낸 햄릿의 소식은 없다. 이따금 자살하는 청춘의 구성진 뉴스가 있긴 하지만 그것도 따지고 보면 돈키호테의 철없는 행동에 가까운 것들이다.

사색의 시절은 간 것일까? 뜰 앞에 피어난 이름 없는 한 송이 꽃과 조용한 '봄의 대화'를 속삭이는 햄릿의 고독은 끝난 것일까? 군중과 혼란 속에서 봄을 향락하는 돈키호테의 습성을 나무라려고 드는 것은 아니다. 다만 휴일을 찾는 군중의 공허한 소동을 보고 있노라면 새삼스럽게 쓸쓸한 햄릿의 미소가 그리워지는 것이다.

도둑 좌담회

도둑 좌담회

옛날 어느 신문에선지 전과자들의 좌담회를 연 일이 있었다. 그런데 이 '악의 훈장'을 찬 백전노장의 절도 경력자들은 제각기 실감 있는 이야기를 털어놓았던 것이다.

그중에서도 인상에 남는 것들을 소개하자면, 첫째 도둑질을 하러 들어갔을 때 먼저 그 집 문턱에 놓인 신발들을 본다는 말이 있다. 신발들이 가지런히 놓여 있으면 도둑은 긴장을 하게 되고 그것들이 거꾸로 함부로 흩어져 있으면 마음 놓고 들어간다는 것이다.

하나를 보아 열 가지를 알 수 있다는 평범한 진리가 도둑의 심리에도 작용하는 모양이다. 결국 도둑을 맞는다는 것은 집안 살림이 그만큼 어지러운 것을 의미한다는 사실은 이 짤막한 에피소드에서도 느낄 수가 있다.

또 재미있는 것은 코를 골고 자면 도둑질하기에 아주 편리하다는 것이다. 코 고는 소리에 맞춰서 한 발짝 한 발짝 떼어놓기만 하면 절대로 들킬 염려가 없다는 것이다.

말하자면 코를 골며 잔다는 것은 도둑에게 행진곡을 불러주는 것과 같다. 웨딩마치에 맞추어 얌전하게 식장에 들어오는 신부처럼 도둑은 코 고는 소리에 호흡을 맞추어 방 안으로 틈입闖入한다는 것이다.

한편 도둑이 제일 두려워하는 것은 거울이라고 한다. 방 안에 들어갔다가 자기 모습이 거울에 비치게 되면 정신이 아찔해진다는 것이다. 더구나 복도라든지 찬방 같은 의외의 장소에서 제 모습이 거울에 비치면 제 겁에 질려 도망을 치는 경우도 있다는 것이다. 그리고 외등이 있으면 대개의 경우 도둑질을 단념한다는 말도 있다.

이러한 절도범의 고백을 종합해보면 웬만한 도둑은 시민들의 경계심 여하로 방지할 수 있다는 결론이 나온다.

방심과 부주의야말로 도둑을 불러들이는 가장 큰 요인이라고도 볼 수 있을 것 같다. 겨울철에 들어서자 절도를 비롯한 각종 강력범들이 한층 더 날뛰기 시작했다. 마음을 바짝 죄지 않고서는 불의의 횡액橫厄을 당할지도 모른다. 도둑은 밖에 있는 것이 아니라 언제나 집 안에, 그리고 마음 안에 있는 것이라고 했다. 대문만 굳게 잠가서는 안 된다. 마음에도 빗장을 잠가야 한다.

물론 방범의 최대 여건은 가난을 몰아내는 것이지만, 현재로는 도둑을 방지하는 데에 있어서 시민 각자가 애써야 할 마음의 대비다. 경찰을 믿고만 있을 때가 아니다.

빈대 방범론

경찰서 숙직실에 도둑이 들었다. 도둑은 경찰관의 신분증을 비롯하여 시계 등 소지품 일체를 털어간 모양이다.

어느 날 새벽, 종로서에서 일어난 사건이다.

경찰서 숙직실에 도둑이 들었다는 말은 꼭 소방서에서 불이 났다는 것과 같은 경우다. 세상에 살자면 무슨 일인들 없으랴마는 아무리 생각해도 쓰디쓴 미소가 입가에서 가셔지지 않는다.

도둑을 잡는 경찰서에서도 도둑을 맞는 판에 일반 민가는 어떨까 싶다. 도둑을 맞지 않으면 도리어 미안한 생각이 들 판이라고 말하는 사람도 있다. 이웃에서는 자꾸 도둑을 맞는데 자기 집만 무사하다면 어쩐지 마음이 거북하다는 것이다. 따지고 보면 그냥 우스갯말이 아니라 정말 그럴 법도 한 일이다.

옛날부터 우리나라에는 도둑이 많았던 것 같다. 심지어 빈대를 중국에서 수입해왔다는 항간의 전설을 보더라도 그렇다. 하도 도둑놈이 많아 나라에서 빈대를 퍼뜨렸다는 것이다. 빈대가 물면 아무리 고단해도 깊은 잠을 잘 수가 없다. 그래서 자연히 도둑도 막을 수 있다는 것이다. 과연 도둑에 시달린 백성다운 사고방식이다. 얼마나 치안이 어지럽고 얼마나 무법천지로 도둑이 날뛰었으면 빈대에 의한 도둑 예방설이 생겨났을까? 한편으로는 우습기도 하다.

담마다 가시 철망이 있고, 창마다 쇠창살이 있다. 꼭 전투 중에 있는 참호가 아니면 정신병원 같은 생각이 든다. '맹견 주의' 정도의 '공갈'은 이제 귀여운 옛날의 설화로 되어버렸다.

'사흘 굶어 담 안 뛰어넘는 놈 없다.'는 말대로 도둑이 그만큼 많다는 것은 민생고와 직결되는 현상이다. 결국은 '가난이 유죄'라는 전통적인 숙명으로 돌릴 수밖에 없는 것일까?

그러나 'Home sweet home'이 아니라 'Home bitter home'이 되어가는 삭막한 현실을 보고 그냥 외면만 할 수는 없을 것이다. 당장에 부탁하고 싶은 것은 도둑 잡는 사람들이 더 좀 성의를 보여달라는 것밖에 없다.

'야경국가'란 말이 있듯이 정부가 우선 해야 할 일은 개개인의 권리와 재산을 보호해주고, 백성이 밤에 발을 뻗고 지내도록 만들어주는 일이다. 그렇게 해달라고 세금도 내는 것이니까, 경찰력이 부족하다고만 말할 것은 아니다. 언제는 경찰력이 남아서 부정선거에 그 힘을 투입했던 것은 아니다. 지난날의 위정자들처럼 경찰의 힘을 허튼 데에 쓰지 않도록 노력할 일이다.

매를 무서워하지 않는 꿩

밤길을 걷기가 무서워졌다. 으슥한 골목길을 잘못 지나가다가는 깡패에게 매를 맞고 돈을 빼앗기는 일이 많기 때문이다. 그 정도는 참을 수 있다고 해도 옷을 빼앗기고 알몸으로 집에 기어들어가는 희비극도 있다. 이쯤 되면 체면까지 도둑질을 당한 셈이다.

속담에 열 사람이 도둑 하나를 막을 수 없다는 말이 있다. 이런 논법으로 하자면 깡패만 잡는 데에도 평균 100만 명이 필요할 것이다.

그러나 그 깡패들은 경관에게 매우 저자세이기 때문에 다스리기가 쉽다는 말이 있다. 그래서 비록 숫자는 많으나 적은 경찰력으로 폭력을 막을 수 있어 괜찮다는 것이다.

아무리 깡패라고 할지라도 그들대로의 모럴은 있다. 경관에게 대들어서는 안 된다는 것이 터부처럼 되어 있어서 깡패가 득실거려도 시민들은 경관을 믿고 살아갈 수가 있다.

그런데 우리나라의 깡패는 경관이고 뭐고 눈에 보이지 않는 것 같다. 깡패를 잡는 데에 유도 고단자인 형사가 일대 활극을 벌여야 할 현실인 것이다. 이리처럼 날뛰던 깡패도 상대방이 경관인 줄 알면 양처럼 순해지던 시절은 옛날이야기인 모양이다.

경관에게도 덤벼드는 깡패가 일반 시민들에게는 어떠할지 짐작이 간다. 그래서 깡패를 만나 웬만한 봉변을 당한 것은 '벙어리

냉가슴' 앓듯이 참아버리는 것이 덕이다. 악은 어디에나 있다. 신들의 세계에도 사탄은 있다. 그러나 악에도 질서가 있기 때문에 이 세상은 유지되는 것이다. 참으로 두려운 것은 악이 아니라 무질서인 것이다. 특효약만 있다면 병이 별로 두렵지 않은 것과 마찬가지다.

쥐를 잡는 것이 고양이고, 꿩을 잡는 것이 매다. 그런데 쥐가 고양이를 두려워하지 않고 꿩이 매를 무서워하지 않는다면 자연의 질서는 무너지게 된다. 마찬가지로 경관을 두려워하지 않는 깡패는 사회질서의 붕괴를 의미하는 것이다.

범죄의 분업

우리나라에만 무슨 강조 주간이 있는 것은 아니다. 미국도 방범 주간에는 도둑에 대한 시민의 경계심을 고취하기에 바쁜 모양이다. 역사적인 성인을 손꼽으라면 불과 열 안쪽이지만 거물급(?) 도둑을 지적한다면 한이 없을 지경이다. 도둑의 종류도 그만큼 다채로워서 작은 것은 '좀도둑'으로부터 시작하여 큰 것으로는 해적이나 무장 강도에 이르기까지 천차만별이다.

도둑도 워낙 판이 크고 조직력이 강대하면 도둑이란 한계가 애매해진다. 현명한 엘리자베스 1세 여왕도 해적 드레이크와 손을 잡아 스페인선의 재보를 빼앗고 그 자금으로 해군을 양성한 일이 있다. 이쯤 되면 어디까지가 도둑이고 여왕인지 분간하기 어렵다. 미국의 암흑가에서 이름을 떨친 알 카포네Alphonse Gabriel Al Capone도 '밤의 대통령'이란 별칭으로 불렸다.

미국의 어느 시인은 알 카포네가 은행을 터는 것을 보고 저것은 도둑질이 아니라 전쟁이라고 평한 일도 있었다.

좀도둑 중에는 더러 애교가 있는 것도 있고 측은한 것도 있다. 영국 볼코트의 도둑이 여점원 에일린 스테드반을 협박하다가 "어머나!" 하고 큰 소리를 치는 바람에 도리어 제 돈 10실링을 놓고 도망친 겁쟁이도 있다. 그런가 하면 절도 중에서 대담한 놈이 있다. 영국 런던의 재닛 윈 부인을 턴 도둑은 그녀의 일기장에다 "오전 5시 이 집을 털었음."이라고 적어놓고 갔다.

이렇게 사회가 발전하면 범죄도 따라서 변한다. 범죄 무대도 넓어지고 그 기술도 만만찮다. 근대 산업이 분업 전문화된 것처럼 범죄의 부문도 그에 못지않게 분화되어가고 있다. 금속공업이 30여 종으로 갈라졌듯이 주거 침입의 범죄 기술도 40종의 각기 다른 전문 분야로 나누어진다고 한다.

'소매치기' 기술은 13종으로 구별되는 요업窯業의 가공보다 훨씬 복잡해서 16종을 헤아린다는 이야기도 있다.

그중에서도 가장 활발한 것이 사기 범죄다. 다른 도둑과는 달리 지능을 필요로 하는 것이므로 문명과 함께 그 기술 역시 극도로 세련되었다. '백만장자의 아나키스트'라고 불렸던 게오르크

페르디난트Georg Ferdinand만 해도 자살 직전까지 혁신적인 정치학자로 통하고 있다. 기센 대학을 우등으로 졸업하고 의학·문학의 박사 학위까지 받은 어학의 천재, 아무도 그를 10여 개의 별명을 가진 국제적 대사기사大詐欺師로 의심하진 않았던 것이다.

프랑스의 루모앙은 저명한 화학자 행세를 했다. 그는 1906년 런던에서 세계사 이래 최초의 대실험을 가졌는데 그 자리에 참석한 사람들은 30여 명의 천만장자였다. 백작, 보석상, 광산계—드디어 전기로電氣爐 속에서 진짜와 다름없는 눈부신 다이아몬드가 쏟아졌다. 흥분한 그들이 막대한 다이아몬드 공장 건설 자금으로 투자했던 것은 물론이다. 루모앙의 과학적인 사기에 걸려든 것이다.

학자, 상인, 과학자 등을 가장한 현대의 인텔리 사기사들은 대개 외국의 경우가 많다. 우리나라에선 주로 수사관이나 기자를 가장한 사기한이 많다. 취조를 한다고 여인을 경찰서로 끌어들여 쇠고랑까지 채워놓고 돈을 강탈한 김 모 사건이 그 대표적인 예가 아닌가 싶다.

코난 도일Arthur Conan Doyle도 이런 식의 범죄는 감히 상상하지도 못했을 것이다. 누가 소설로 이런 글을 썼다면 비평가들은 아마 현실성이 없는 픽션이라고 비웃었을는지도 모를 일이다.

경찰서를 사기 강도의 무대로 선택했다는 것부터 납득이 가지 않는다. 더구나 사기한들이 수사관을 가장하면 무슨 짓이라도 할 수 있다고 생각하는 그 사고방식이 어디에서 온 것일까?

사기한들은 언제나 현실과 인간의 심리에 밝다. 현실과 세정을 모르면 남을 속일 수가 없기 때문이다. 한국의 사기한들이 수사기관을 가장하고 등장하는 것은 아직도 우리 사회에 권력만능과 관존민비 사상이 불식되어 있지 못함을 반증하는 것이 아닐까? 국민이 어수룩하기 때문에 그런 사기가 아직도 통용되고 있는 것이다.

유행 범죄

프랑스의 사회학자 타르드Jean Gabriel Tarde는 범죄를 하나의 유행 현상으로 관찰하고 있다. 좀 독단적인 이론이긴 하나 꽤 재미있는 연구다. 즉 프랑스에서 일어나는 각종의 신형 범죄는 우선 파리, 마르세유, 리옹 등지에서 악의 천재들이 만들어낸다. 그러면 그것이 전국에 모방 파급된다는 주장이다. '시체 절단'의 잔학한 범죄는 1876년 베르아르에 의하여 발명된 것으로 파리, 마르세유 지방을 거쳐 전국으로 퍼졌다. 또 애인의 얼굴에 유산을 뿌리는 범죄는 파리지앵들의 신안 특허로, 그 발명의 영광을 미망인 그라가 차지하고 있다. 그런데 이제는 농촌에까지 보급되었다는 이야기다.

인간은 '모방의 동물'이다. 그냥 모방이 아니라 좋은 것보다 나쁜 것을 더 잘 모방하는 데에 이 동물의 비극이 있다. 그러므로 범죄를 문명과 관습과 접촉의 문제에서 고찰한 타르드의 견해는 그리 터무니없는 것도 아닐 게다.

아이들의 옷을 벗겨가는 속칭 '탈의 사건'도 일종의 '유행 범죄'로 볼 수 있다. 유감스럽게도 누가 그와 같은 악의 천재성을 발휘했는지를 알 수 없으나 근래에 없었던 신新 유행 범죄인 것만은 틀림없다. 물론 옛날 일본에도 '오이하기'라는 얌체 범죄가 있었다. 하지만 오늘의 탈의 붐이 그것을 모방한 것이라고 말하기엔 좀 용기가 나지 않는다.[22)]

프랑스에서와 같이 유행 범죄의 산지는 수도 서울, 지금까지 서울에서만 일어난 것이 49건이라고 한다. 어째서 이런 얌체 없는 범죄가 유행되었는지 따지고 보면 여러 가지 원인을 캐낼 수 있겠지만, 그 결론은 아무래도 '한국적'이라는 자조의 비판론으로 떨어질 것만 같다.

'벼룩의 간'을 내먹는다는 끔찍한 속담이 외국에도 있는지 의심스럽다. 이것이 각박한 코리아의 현실을 반영한 속담이라고 본다면 코 묻은 아이 옷을 벗겨가는 그 범죄와도 무관한 것 같지 않다. 기관총과 트럭으로 백주에 은행을 털어가는 알 카포네식 범

22) 오늘날에도 청소년들 사이에서 이름 있는 회사 제품의 옷과 신발이 털리고 있는 걸 보면 탈의 도둑의 전통은 이미 1960년대 초에 세워진 모양이다.

죄엔 마천가 하늘을 찌르는 미국적인 냄새가 있고, 사탕을 사준다고 꾀어 뒷골목에서 아이 옷을 벗겨가는 그 범죄엔 한국적인 두엄 냄새가 난다.

소매치기 경연대회

외국의 이야기지만 유흥장에 곧잘 '소매치기'가 등장한다. 손님들의 호주머니를 털러 나온 소매치기인가 하고 놀라겠지만 사실은 어엿한 쇼 멤버의 하나인 것이다. 소매치기를 하다가 이제는 개과천선을 하여 월급쟁이로 직업을 바꾼 선량한 시민이란 말이다.

직업을 바꾸었다고는 하지만 그 기술은 마찬가지다. 다만 몰래 숨어서 하는 것이 아니라 무대 위에 나와 공공연히 소매치기의 기술을 발휘하는 것이 다를 뿐이다.

"자, 이제부터 누구든지 무대 위에 올라오십시오. 손님들의 귀중품을 소매치기할 터이니 단단히 조심하시고 말입니다."

그러고는 호기심 많은 손님들이 희망하면 일일이 손을 잡아 무대 위에 끌어올린다.

소매치기는 쇼를 하기도 전에 손님에게 말한다.

"자, 이제부터 솜씨를 보여드리겠는데 그 전에 돌려드릴 것이 있습니다." 하며 호주머니에서 별의별 물건을 다 꺼내놓는다. 라이터, 시계, 반지, 행커치프……. 그는 벌써 손님이 무대로 올라올 때 손을 잡아 끌어주면서 하나씩 그 물건을 '실례'(?)한 것이다.

그중에는 좀 질이 나쁜 신사가 유흥장에서 몰래 훔쳐 넣었던 재떨이가 나와 관중석에선 폭소가 터져 나오기도 한다.

"자, 돌려드릴 터이니 이제부터 조심하세요."

그리고 정확히 손님을 찾아 하나씩 나누어준다.

"아! 그런데 또 한 번 조사해보아야겠습니다. 제가 돌려드린 라이터를 정말 가지고 계십니까?"

손님이 자신 있다는 듯이 '예' 하면서 호주머니에서 그것을 꺼내 보이려 한다. 그러나 그 라이터는 손님의 호주머니가 아니라 소매치기 곡예사의 호주머니에서 나온다. 돌려주면서 다시 소매치기를 한 것이다. 소매치기는 손님 자신도 잘 알 수 없는 방심을 틈타 신출귀몰한다. 참으로 놀라운 솜씨다.

그런데 라스베이거스의 쇼장場이 아니라 인천 국체 경기장에서도 소매치기 대회가 벌어졌다는 소식이 들린다.

소매치기가 벌써 체육 종목에까지 끼었는가고 감탄해서는 안 된다. 그것은 전국의 진짜 소매치기들이 국체에 모여드는 사람의 호주머니를 노려 총집결했다는 것이다. 400명가량이라고 한다. 그중에서도 서울 선수가 태반, 그리고 장장 부산에서 원정을 온 선수가 적지 않은 수로써 이에 대결하고 있는 모양이다.

많은 숫자를 검거했지만 그래도 우글거리는 모양이다. 쇼장에서 장난삼아 파는 '픽포켓'의 곡예엔 박수를 보내야겠지만 이건 질이 다르다. 박수가 아니라 경계의 눈총으로 대비해야만 되겠다.

신성한 국체가 소매치기의 경연대회가 된다면 그것은 너무나 슬픈 이야기다. 관민官民 합심해서 소매치기의 마음을 소매치기해야 되겠다.

문명과 도둑

남아연방 요하네스버그의 한 동물 상점은 새끼 뱀들을 팔아 사람을 매우 놀라게 한 일이 있다.

우리나라에서도 곧잘 보신탕용으로 '구렁이'가 상품으로 등장하고 있으니 조금도 신기할 것이 없는 화제다. 그러나 그 뱀의 용도가 우리와는 좀 다르다는 면에 주목해둘 필요가 있다.

이 징그러운 뱀을 사 가는 손님은 대개가 여인들, 그것도 그냥 사 가는 것이 아니라 항상 핸드백 속에다 넣고 다닌다는 것이다. 이브에겐 원래 뱀을 좋아하는 호기심이 있다고 속단해선 안 된다. 이유는 그런 데에 있는 것이 아니라 여인들의 핸드백을 노리는 도둑들이 많기 때문이다. 말하자면 그것은 도둑을 방지하는 기발한 아이디어의 호신술이다. 이런 용도로 자그마치 100마리의 새끼 뱀이 팔려갔다고 하니 과연 그 실효성이 컸던 모양이다.

도둑의 기술이 발달할수록 그것을 방지하는 선민善民들의 지능도 역시 발전하게 마련이다. 도둑의 방지책으로 '뱀'이 동원되고 있는 남아의 원시적인 수법과는 달리 미국에서는 과학적인 자동 촬영기가 출현하고 있다. 비밀 카메라의 장치로 범행 현장을 자동적으로 찍어내어 갱단을 일망타진하고 있는 그 방범술엔 역시 미국적인 메커니즘의 색채가 짙다.

우리나라에선 도둑의 기술은 발달해도 방범술은 여전히 전근대적인 제자리걸음이다.

'112'와 같은 현대 과학(?)을 응용한 방범책이 있긴 하나 아직은 담에 친 철조망과 창문의 철책에 기대를 걸고 있는 시민들이 대다수를 차지하고 있다. 그러나 이 방범의 보루는 펜치나 드라이버 정도로도 간단히 무너지고 마는 것이다. 문단속 운운은 이미 시대착오적인 방범 구호로 되어버렸다.

택시 강도로 골머리를 앓고 있던 당국이 운전사들에게 가 되도록 밤에는 현금을 휴대하지 말라고 경고하고 있는 것을 보아도 우리의 방범이 얼마나 소극적인 것인가를 짐작할 수 있다.

남아연방에서처럼 뱀을 기를 수도 없는 일이며, 미국처럼 자동 촬영기니 비상벨이니 하는 것을 갖출 형편도 못 되는 것이 우리의 실정이다. 도둑의 기술은 발전해가는데 우리는 '딱딱이'나 그냥 두드리고 다녀야 하는가 보다.

악의 꽃 사쿠라

허술한 옷차림의 청년 하나가 K 신문사 앞 거리에서 장갑을 팔고 있었다. 길거리에서 보자기를 펴놓고 행인들을 상대로 판을 벌인 장사였다.

그런데 언제 보아도 사람이 득실거리고 있다. 그냥 구경만 하고 가는 것이 아니라 장갑이 날개 돋친 듯이 팔려나가고 있다. 값이 싼 모양이다. 잠시 상층 창구에 기대어 거리의 풍경을 관찰해 보았다. 그러다가 참으로 의외의 광경을 목도하게 된 것이다. 손님들 가운데는 언제나 네 사람이 끼어 있는데 이들은 교대 교대로 장갑을 흥정해서 사 가고 있는 것이다. 말하자면 그들은 같은 패로서 손님을 가장한 '사쿠라'였다.

네 사람은 장갑을 사는 척하고 이것저것 고르는 시늉을 한다. 사람이 모여들면 그중의 하나가 선뜻 돈을 꺼내고 장갑을 끼고 간다. 그러다가 또 한 사람이 돈을 낸다. 같은 자리에서 한꺼번에 네 켤레가 나가는 셈이다. 멋모르는 손님들은 구미가 바짝 당기게 마련이다.

"저렇게 나가는 걸 보면 싼 물건임에 틀림없다. 남이 사가는 것으로 보아 품질도 믿을 만한 것이겠지……."

기웃거리던 손님은 안심하고 장갑을 골라 낀다. 에누리도 하지 않고……. 군중심리를 이용한 그 고등 상술에 감탄하지 않을 수 없었지만 어쩐지 서글픈 생각이 들기도 했다.

'남들이 사면 나도 산다.'는 그 허점을 이용한 이 '사쿠라 상법', 그것은 인생의 한 단면이기도 했다.

생각할수록 묘한 것은 인간의 심리다. 자기 주관을 갖고 세상을 살아가는 사람들보다는 타인의 시선에 의존해서 한 생애를 보내는 사람이 많은 것이다.

별로 필요가 없지만 남들이 다 텔레비전을 가졌기 때문에 자기도 텔레비전을 사야 하며, 자기는 마음에 들지 않지만 유행되고 있으니까 자기도 그 유행을 따라야 하는 것이 오늘의 그 대중 사회다.

공무원들의 요정 단속이나 비위 적발을 강행한다고 제법 행정부에서는 열을 올린다.

그러나 남들(다른 공무원)이 다 드나드는 요정, 남들이 다 하고 있는 그 비위를 자기라고 못할 것이 없다고 생각하고 있는 그 풍조 앞에서 정부의 훈령은 홍로점설紅爐點雪 격이다. 악의 '사쿠라'가 만발했다. 모두가 다 도둑놈인데, 사람들은 이제 악 앞에서도 태연자약해진 것이다.

창을 열어라

달력과 신년

신년 기분을 돋우는 것은 아무래도 캘린더가 제일일 것 같다. 누렇게 퇴색한 묵은 달력장을 떼어내고 그 위에 잉크 냄새가 아직 향기로운 새 캘린더를 걸어두는 맛은 망년회 못지않게 개운한 데가 있다. 생활이 새롭고 마음이 시원해지는 느낌이다. 캘린더라는 것이 없었던들 인간은 세월의 변화를 감각할 수 없었을 뻔했다.

선물에도 여러 가지가 있지만 받고 부담을 느끼지 않고 마음이 한결 즐거운 것은 역시 캘린더다. 캘린더 선사받고 수회죄收賄罪로 걸려들었다는 사람은 아직 없으니 얼마든지 안심하고 받을 수 있는 물건이다. 주는 측도 생색이 난다. 웬만한 물건이면 받을 때 그뿐이지만 캘린더란 1년 내내 두고 보는 것이라 그 정표도 오래간다.

원래 캘린더란 말은 라틴어로 금전출납부를 의미했던 것이다.

그런데 옛날 로마에서는 금전의 대차貸借 관계를 매달 삭일朔日에 청산하는 풍속이 있어서 결국 금전출납부가 '달력'을 의미하는 말로 전용케 되었다는 것이다.

그러고 보면 현대에도 '캘린더'와 '금전 대차 관계'는 서로 밀접한 관련이 있는 것 같다. 월말 계산이니 연말 계산이니 해서 빚진 것을 갚고 손익계산을 따지는 습속이 그것이다. 속담에도 그런 것이 있지만 '빚은 해를 넘겨서는 안 된다는 통념이 있다. 그래서 연말이 되면 누구나 빚을 청산하기에 바쁘고 또 돈을 거두어들이는 데에 혈안이 된다. 여기에서 이른바 연말 경기란 말이 나오기도 하고 보너스 타령이 생겨나기도 한다.

헌 달력장을 떼어내고 새 캘린더를 벽에 걸어도 어쩐지 마음이 개운해지지 않을 경우도 있다. 금전의 대차 관계뿐만 아니라 정신적인 부채를 갚지 못한 채 신년을 맞이한다는 것은 아무래도 꺼림칙한 일이다. 묵은 달력장을 떼어내버리듯이 그렇게 모든 문제를 청산하지 않고선 참된 송구영신의 기분을 맛보기 어려운 까닭이다.

'캘린더'가 '금전 출납부'에서 파생된 말임은 생각할수록 의미심장하다.

사실 하루를 살아간다는 것이 금전 출납부의 숫자를 메우기 위한 행위처럼 느껴질 때가 많다. 새 캘린더에는 근하신년이라고 씌어 있지만…….

과연 몇 사람이나 '새해'를 '새해'답게 맞이할 것인가?

입춘대길

아직도 바람은 춥지만 캘린더 위에서처럼 봄기운이 돈다. 입춘이다. 지루하던 겨울, 우울하고 쓸쓸하던 겨울, 그 살벌한 계절도 이제는 얼마 안 있어 풀리려는 모양이다. 해빙기다. 얼어붙은 그 정신도 강하江河도 들판도 생의 온기를 회복하는 해빙기다. 어린 아이들은 청수淸水를 떠다 먹을 갈고 입춘대길立春大吉—커다란 글자를 쓴다.

봄—그런데 우리나라의 봄이란 말은 왜 그렇게 애상적인지 모르겠다. 영어의 스프링spring은 듣기만 해도 힘이 용솟음친다. 고무공처럼 탄력이 있다. 뛰노는 어린 사슴처럼 생기가 있다. 물론 'spring'이란 말 가운데는 용수철이나 혹은 '뛰어오르다'와 같은 뜻도 섞여 있기 때문이리라. 그러나 어감 그 자체만으로도 발랄하고 힘차고 생동하는 이미지를 부여하고 있다.

또한 프랑스어의 프랭탕printemps(봄)은 그 음향부터가 음악적이다. 'printemps'—마치 팽팽한 금속 선을 튀기는 소리 같다. 평화롭고 즐겁고 청명한 인상을 준다. 'printemps'이란 말에 비음이 두 개나 겹쳐 있기 때문이다. 영어의 'spring'이나 프랑스어의 'printemps'은 다 같이 활기가 있고, 구속의 계절로부터 풀려 나오는 생명력이 있다.

그런데 우리나라의 '봄'이란 말엔 활기가 없다. 영어나 프랑스어의 그것과는 달리 우선 단조한 단음절로 되어 있고 또 'M 사운드'로 끝음을 맺고 있기 때문이다. 꼭 한 번 피아노의 건반을 튀긴 소리와도 같고 조심스럽게 한 번 줄을 당겨본 종소리와도 같다. '보-ㅁ'의 '비읍'과 '미음'의 그 묘한 우울함이요, 졸린 듯한 무기력, 이끼가 낀 듯한 불투명한 그 여운이요…… 외로운 처녀가 양지바른 곳에 고개를 드리우고 서 있는 것 같고, 고독한 들판에 한 마리의 새가 나는 것 같고, 강기슭에 홀로 얼음장이 풀리는 것같은 서글픈 정경, 외로운 음향이 깃들어 있다.

왜 우리의 봄은 외로운가? 왜 우리의 봄은 청승맞고 쓸쓸한가? 그것은 당연한 일이다. 억눌린 민족, 희망을 빼앗긴 민족—이 수난 많은 역사 속에서 살아간 민족에겐 도리어 개방과 신생의 그 봄이 안타까웠던 것이리라. 상화尙火의 시처럼 「빼앗긴 들에도 봄은 오는가?」의 애틋한 회의만이 서려 있는 계절이다.

그러나 이 해의 봄도 우리는 실의 속에서 보내야 할 것인가? 오는 봄도 우리는 꺼지는 꿈만 만지작거릴 것인가? 오늘의 정치가들이여! 시인이여! 우리에게 진정한 봄을 달라. 생명력이 약동하는 정신의 봄, 생활의 봄, 그 해빙기를 달라. 이제 수천 년의 음산한 겨울철을 녹이는 그 따뜻한 양광, 청랑한 음악을 우리에게 달라. 입춘대길—.

봄 이야기

누가 봄 이야기를 하는가?

목덜미에 바람은 차고 강물은 언 채로 흐르지 않는데 누가 귓전에서 봄 이야기를 하는가?

나목裸木은 잠들어 있다. 까치집처럼 아직도 엉성하게 비어 있다. 흙을 밟으면 발밑에 부서지는 얼음장 소리—찬 눈발 속에 갇힌 골짜기마다 겨울이 누워 있다. 그런데 누가 봄 이야기를 하는가? 겨울은 우울했다. 식어버린 재를 헤집고 한 점의 불씨를 찾기 위해서 동상의 손을 비비던 시절, 눈을 감아도 북풍의 눈보라가 마음을 얼린다. 골목마다 위험한 발소리.

대문에 빗장을 지르고 홀로 핫옷 사이에서 몸을 녹이며 생각해본다. 겨울의 고난은 언제까지나 계속되는가를…….

밤마다 강물에 얼음이 풀리고 죽은 대지가 푸른 눈을 뜨고 일어서는 꿈을 꾸었다.

가난한 날과, 불신의 눈초리와, 슬픈 폭력과, 동면冬眠하는 양심의 이 골짜기에도 과연 봄은 다시 오는가 하고…….

그러나 눈을 뜨면 닫힌 창마다 성에가 끼어 있었다. 뜨락에는 얼어 죽은 작은 한 마리의 새가 또 떨어져 있다. 누구도 노래를 부르지 않는 계절이기에 봄은 이 땅을 잊었나 보다.

그러나 누가 봄 이야기를 한다. 은밀하게 귀엣말로 지금 봄이 오고 있다고 누가 말하고 있다. 바람이 차고 얼음이 겹겹으로 쌓여 있지만, 봄의 어린 이파리들이 눈보라 속에서 흔들리며 깨어나는 봄이 온다고 누가 말하고 있다.

아!

남루한 벽 위에 입춘의 소식이 달력장을 넘긴다. 골목에서 뛰어노는 애들의 목소리가 한결 따스해진 것을 보고 창을 연다. 탁한 방房 속에서 수묵水墨의 향원香源을 맡으며 '立春大吉(입춘대길)'이라고 붓글씨를 쓰는, 먼 옛날 조상들의 그 마음을 우리는 아는가? 춥고 괴로워도 봄을 기다렸던 습속이 있어, 우리도 겨우내 때가 낀 옷소매를 걷어붙이고 입춘의 문자를 대문 앞에 써 붙인다.

> 냇가에 섰는 버들 삼월동풍三月東風 만나거다
> 꾀꼬리 노래하니 우줄우줄 춤을 춘다
> 아마도 유모풍류柳募風流를 입춘에도 씻더라

옛 시조 한 가락으로 지금 찬바람 속에서 누가 봄 이야기를 한다.

비를 기다리며

봄비가 적시는 것은 비단 얼어붙은 땅이나 메마른 나뭇가지만은 아니다.

봄비는 사람들의 폐부까지도 적셔준다. 나직한 목소리로 빗방울 소리는 봄 소식을 전한다.

"이제 봄입니다. 묵은 외투자락을 거두고 어깨를 펴십시오. 그리고 눈 뜨고 일어서는 푸른 대지의 숨결을 들으시오."라고.

자연을 사랑한 탓일까?

유난히도 한국인들은 계절 감각에 예민하다. 지붕 위에 떨어지는 빗방울 소리 하나에도, 식탁에 오르는 푸성귀 한 잎에도 계절의 변화와 그 감흥을 맛본다. 편지글을 보아도 그런 특성을 찾아볼 수 있다.

우리나라 사람들은 으레 편지글 첫머리에 절후節侯의 이야기를 쓴다. 우수雨水라든가, 꽃이 피었다거나, 봄비가 내리고 날씨가 따스해졌다거나…… 학생들의 작문을 봐도 대부분이 계절 타령이다. 그러나 서양 친구들의 편지글엔 계절보다도 인간들의 생활풍속이 더 많은 관심거리로 적혀 있다.

요리 이야기, 세금 이야기, 파티 이야기…… 자연 감각보다는 사회 감각이 앞서 있다.

사실 그들은 계절을 정복하며 살고 있기 때문에 환절의 감각이 신기할 게 없다. 어디 가나 난방 장치는 따스한 봄 기분을 들게 한다. 냉장고에서 나오는 음식은 늘 겨울의 서늘한 미각을 맛보게 한다. 그뿐 아니라 여름에는 피서, 겨울에는 피한避寒…….

넓은 지역이라 여행으로 언제나 춘하추동을 찾아다닐 수 있다.

봄비에 젖은 풍경을 바라보면서 생각해본다.

인공의 시대 속에서 살고 있는 그들이 행복한 것인지? 원시적인 생활이라 해도 자연을 느낄 줄 아는 우리가 행복한 것인지? 그러나 분명히 말할 수 있는 것은 우리가 너무 오랫동안 자연 감각만 가지고 세상을 살아왔기에 변화해가는 역사의식엔 그만큼 둔감했다는 사실이다.

봄의 입김은 느낄 줄 알아도 인간의 입김, 사회의 입김, 역의 새로운 그 입김은 모르는 사람이 많은 것 같다.

정치를 봐도, 문화를 봐도, 경제를 봐도 구세대의 망령들이 춤을 추고 다닌다.

그렇다. 봄이 오면 겨울 외투를 벗을 줄 알면서도, 새 시대가 오는데도 아직 구시대의 낡은 사고를 걸치고 다니는 사람들이 너무 많지 않은가?

우리가 진정으로 기다리는 것은 바로 역사의 봄비 소리여야 한다.

꽃 타령

두보杜甫의 시에 "이월이파삼원래二月已破三月來."라는 것이 있다. "2월이 이미 가고 3월이 왔다."는 평범한 뜻이지만 그 표현은 매우 힘차다.

파破 자를 썼기 때문이다. 즉 2월을 허물어뜨리고 3월이 왔다고 했으니 마치 적진敵陣을 부수고 돌진해가는 군마軍馬의 위세를 느끼게 한다. 과연 봄은 녹색의 갑옷을 입은 군졸들을 거느리고 그렇게 하루하루 북진해 올라가는 것인지도 모른다.

하룻밤 내린 봄비로 푸른 싹들이 한 치씩이나 자랐다. 신문을 펴봐도 꽃 소식이 한창이다.

얼마 안 있어 서울에도 개나리나 벚꽃이 필 것이다. 인심은 변하고 사회는 바뀌어도 꽃은 언제나 같은 모습으로 핀다. 그러나 꽃을 보는 인간의 마음은 구름처럼 자주 변한다. 꽃은 꽃이되 부자 사람이 보는 꽃과 빈자貧者의 헐벗은 눈으로 바라보는 그 꽃은 서로 그 의미가 다른 것이다.

그것처럼 역사에 따라서 꽃을 보고 느끼는 사람의 감각은 결코 같은 게 아니라는 것을 우리는 안다. 시절이 어수선하면 꽃이 피는 것이 반갑지 않고 도리어 슬퍼진다. 그것이 아름답고 향기롭고 가냘플수록 눈시울이 뜨거워지는 법이다. 만약 전쟁터에서 문득 한 떨기 피어난 야생화를 본다면 사나이라 해도 눈물이 맺힐 것이다.

잃어버린 평화의 감각, 잠재되어 있던 사람의 감정이 눈을 뜨고 일어서는 까닭이다.

올봄의 꽃들은 선거의 열풍 속에서 필 것이다. 자칫하면 언제 꽃이 피고 시들었는지조차 모르는 사이에 봄이 지나쳐버릴지도 모른다. 물론 국가의 대세를 결정짓는 선거 시즌에 한가로운 꽃 타령을 할 수는 없겠다. 다만 우리가 궁금한 것은 우리의 정치가들 가운데 정녕 꽃의 의미를 아는 사람이 몇 사람이나 될 것인가 하는 의문이다.

돈이라면, 감투라면, 여자라면 그리고 술이라면 모두들 일가견을 갖고 탐하려 들 테지만 평화의 꽃, 사람의 꽃, 그 풍속의 꽃에 그윽한 시정을 원하는 정객들은 그리 흔치 않은 것 같다.

올해도 꽃은 필 것이다. 그러나 선거로 피 맺힌 살벌한 정객들의 마음은 꽃 한 송이 들어설 자리가 없는 호지胡地처럼 황량할지 모른다.

두보의 시로 시작했으니 "감시화천루感時花濺淚"라는 두보의 또 다른 시구로 끝을 맺자.

> 고된 시절을 느끼니 한 송이 피어난 꽃에도 눈물을 쏟는다.
> 아무래도 올해는 봄을 모르며 봄을 그냥 지나칠 것만 같다.

3월과 소리

3월에는 '소리'가 있다 침묵 속에서 움트는 '소리'가 있다. 얼음이 풀리는 강의 소리와 겨울잠에서 깨어난 짐승들의 포효—. 햇살처럼 번져가는 생명의 '소리'가 있다. 지층을 뚫고 분출하는

3월의 소리는 죽은 나뭇가지에 꽃잎을 피우고 망각의 대지에 기억을 소생케 한다.

3월에는 '빛깔'이 있다. 프리즘처럼 가지각색 아름다운 광채를 발산하는 빛깔이 있다. 우울한 회색에의 혁명이다. 푸른색이 있고 붉은색이 있고 노란색이 있고……. 산과 들에 크레용으로 낙서해놓은 것 같은 색채의 향연이다. 오랫동안 감금되어 있던 금제禁制의 빛깔들이 크나큰 해일처럼 넘쳐가고 있다.

3월에는 움직임이 있다. 화석처럼 고착되어 있던 정지된 율동이 제어할 수 없는 힘을 가지고 용솟음치는 '움직임'이 있다. 동면은 끝나고, 새들의 날개깃은 풀렸다. 구름이 굴러가듯이 바람이 소용돌이치듯이 가없는 대지를 향해 내닫는 율동의 3월이다. 바위도 아지랑이 속에서 떨린다.

3월에는 '분노'가 있다. 겨우내 참고 견딘 굴종과 인내의 끈을 풀고 생을 절규하는 분노가 있다. 모욕당한 사랑과 짓밟힌 평화와 구속된 자유와…… 겨울의 그 폭군을 향해 도전하는 분노가 있다. 어디를 보나 생명을 가진 것이면 노여운 얼굴을 하고 일어서고 있다.

그러나 자연들이 합창하는 3월의 소리와 3월의 빛깔과 3월의 움직임과 3월의 분노를 다 합쳐놓아도 따르지 못하는 보다 우렁찬 소리가 있고, 보다 찬란한 빛깔이 있고, 보다 용맹한 움직임이 있고 그리고 또 보다 뜨거운 분노가 있음을 안다.

그것은 3월 초하루, 천지를 뒤덮던 이 겨레의 만세 소리였다. 군화 밑에 짓밟혔던 우리의 희망과 자유와 평화가 눈을 부릅뜨고 소생의 소리로, 빛깔로, 움직임으로, 분노로 나타났던 민족의 신화였다. 아! 그 '소리'를 지금 우리가 듣는다. 그 피의 빛깔을 지금 우리가 바라본다. 그 거대한 율동과 분노에 찬 선인들의 얼굴을…… 3월이 되면 해마다 가슴속에 그려본다.

한국의 3월에는 소리가 있다. 빛깔이 있다. 움직임이 있다. 분노가 있다. 이 영원한 신화의 부활을 보아라.

봄의 정치학

영어로 3월을 'March'라고 한다. 이것은 로마신화에 나오는 군신軍神 'Mars'란 이름에서 생긴 말이다. 그러고 보면 3월은 어원 그대로 전투의 달이라고 할 수 있다. 봄을 평화의 계절이라고 생각하는 것은 아무래도 로맨틱한 견해인 것 같다. 현실적으로 따져볼 때 봄은 만물이 선전포고를 하고 생존의 경쟁 속으로 돌입해 들어가는 투쟁의 계절인 것이다.

March란 월명月名이 아직 영국에서 사용되고 있지 않았던 옛날에는 그것을 "Hlyd-Monath'라고 불렀던 모양이다. 그 뜻을 풀이해보면 'noisy month', 즉 '시끄러운 달'이란 뜻이 된다. 결국 이리 보나 저리 보나 3월은 전투적이고 부산스럽고 좀 들떠 있는 달이라고 정의할 수밖에 없다.

우리나라에서도 3월은 '꽃샘' 철에 해당하는 달이다. 피어나는 꽃을 샘내는 추위가 마지막으로 등쌀을 편다는 계절, '꽃샘추위'라고 하는 것이 바로 그것이다. 그래서 "춘래불사춘春來不似春."이라는 말도 있다. 어쨌든 좀 불안스럽고 혼란하며 안정되지 못한 분위기가 3월의 무드인지도 모른다.

더구나 요즈음은 그 정치 바람까지 겹쳐 마음마저 산란하다. 당이 채 만들어지기도 전에 탈당 소동부터 일어나는가 하면 파벌부터 싹터 주먹다짐까지 벌어지고 있다.

악명 높던 구정객들의 그 기개도 대단한 바 있어 바야흐로 3월은 전투의 달이요 시끄러운 달이다.

그런데 한편 박朴 의장은 제1야전군 사령부를 시찰한 자리에서 "혁명 정부가 차기 민정을 구정치인들 손에 맡기려고 한 것은 과거와 같이 정치적인 추태를 부리거나 국민에게 해독을 끼치며 구악적 요소를 지니고 있는 그 얼굴, 그 인물이 나와서 정치를 해달라는 것은 아니다."라고 언명했다. 그리고 정치적인 혼란에 대해서 방관하지 않을 것을 시사한 바 있다.

구정객들이 풀려나오기는 풀려나왔으나 앞으로 '건너야 할 수많은 강'이 있을 것 같다. 원래 정치란 것은 청렴한 선비들이 바둑을 두시는 것처럼 조용한 것은 아니다. 원래 민주정치란 시끄러운 정치다. 비판이 있고 파당이 있다. 분쟁이 없을 수 없다. 그것은 본질적으로 정치적인 혼란과는 구별되어야 한다. 그러면서도 또 그 구별이 어렵다. 여기에 앞으로의 정객들의 고민이 있을 것 같다.

지금은 정계도 3월, 옛 시조의 한 토막이 생각난다.

> 매화 옛 등걸에 봄빛이 돌아오니
> 옛 피던 가지에 피엄직도 하다마는
> 춘설이 하분분하니 필동말동 하여라

지금 구정객들의 심정이 아마 이와 같으리라.

4월이 오거든

4월이 오거든 벗이여, 그날의 기억을 묻지 마라. 베고니아의 이파리보다도 붉고 라일락의 향내보다도 짙은 그 '피'의 내력을 묻지 마라. 눈물도 분노도 없는 그 거리에는 망각의 군중만이 유랑하고 있다. 구차스러운 때 묻은 언어만으로 누구의 제단에 향불을 켜려 하는가.

4월이 오거든 벗이여, 그날의 기旗를 내려라. 망주석望柱石처럼 외로운 그 기수의 이름들을 말하지 마라. '자유를 다오', '사랑을 다오', '권리를 다오', 그들이 절규하고 간 광장에는 목마를 타고 노는 어린아이들만이 남아 있다. 메아리 없는 침묵의 그 자리에서서 비겁한 미소와 얼룩진 지성의 행커치프를 흔들며 그대는 누구의 넋을 위로하려 드느냐.

지금 비가 내리고 있다. 효자동 입구에도, 시청 광장에도, 사방으로 뻗친 메인 스트리트의 포도 위에도 지금 비가 내리고 있다. 흐느끼듯이, 통곡을 하듯이 회색의 비가 내린다. 벗이여, 우산을 받지 마라. 그리고 회한에 젖자. 숙제를 풀다 만 노트를 버려두고, 봄의 피크닉과 젊음의 모든 일과를 접어두고 어찌해서 그들이 한마디 유언도 없이 죽어갔나를 벗이여, 부끄럼과 회한 속에서 생각하며 비 젖은 그 거리로 가라.

강물은 흘러도 다시 오는 것. 벗이여, 4월이 오거든 강물처럼 노래하거라. 언제나 새로운 음성으로 오늘을 노래하거라. 폭력의 천둥보다도 더 크고 캐터필러의 쇳소리보다도 더 높게 노래하라. 암흑이 오면 불꽃이 되고, 눈보라가 치거든 뜨거운 지열地熱이 되라. 4월은 오늘 지금 이 자리에 있는 것. 그것은 무덤이 아니라 생명이며 과거의 기념비가 아니라 오늘의 불기둥이다.

그 옛날 황야를 건너가던 이스라엘 백성들을, 학대받던 이집트의 그 노예들을 시내 산으로 인도하던 불기둥과 연기의 기둥처럼 4월에 죽은 그 넋은 우리 앞에 있다.

4월이 오거든 벗이여, 그날의 슬픔을 울지 마라. 신념을 가진 자는 울지 않는다. 자유를 믿는 자는 비탄하지 않는다. 의로운 시체는 썩지 않는다. 순수한 분노는 재가 되지 않는다. 4월이 오거든 벗이여, 울지 마라. 영광 속에서 천사들의 행렬이 지나가고 있음을! 벗이여, 눈물 진 눈으로 바라보지 마라.

무슨 일인가

만약 이런 일이 좀 없을까?

시장한 어느 오후에 말이다. 호주머니를 뒤집어봐도 겨우 교통비밖에 남아 있지 않을 때, 그래도 용기를 내어 중국 요리점에 가서 국수 한 그릇을 시켜 먹는다. 그러다가 갑자기 돌을 씹어 내뱉어 보니 오색영롱한 진주. 놀랍게도 시가 100만 원이 넘는 흑진주란다. 그러나 이건 좀 싱겁다. 그리고 중국 요리점에서 소유권을 주장하고 나서면 귀찮다. 아니 이런 일이 있다면 또 어떨까?

겨우내 묻어두었던 김장독을 캐내다가 삽 끝에서 요란한 소리가 울려온다. 그래서 말이다, 흙을 털고 자세히 들여다보니 황금빛에 번쩍이는 천 년 전 대종大鐘. 고고학자가, 신문사 기자가, 그리고 사람들이 몰려오고 사진을 찍고 지금까지 발견된 국보 가운데 제일 귀중하고 희귀한 것이란다.

아니, 그런 것은 공연히 시끄럽기만 하다.

무슨 좋은 일이 좀 없을까?

그렇다. 어느 날 말이다. 갑자기 누가 문을 두드린다. 우편배달

부……. 그가 던지고 간 편지에는 발신인의 낯선 이름이 씌어 있다. 묘령의 아가씨로부터 사모한다는 사연이 적힌 연문戀文인 것이다. 그녀는 중세 때의 공주처럼 아름답다. 손은 백랍白蠟 같고, 눈은 가을 호수처럼 깊고 맑다.

아니 그건 좀 구식이다.

그녀는 재벌의 무남독녀로서 파리에서 돌아온 지 몇 주일이 되지 않은 편이 좋다. 1967년형 늘씬한 캐딜락을 몰고 다니고, 미니스커트를 입고, 행동파고, 비틀스의 팬이고……. 요컨대 벚꽃이 피는 거리에서 아름다운 로맨스의 꽃이 피는 거다.

하지만 누가 그랬다.

'사랑은 환상의 아들이며, 환멸의 아버지'라고.

그런 것보다는 남성적이고 영웅적이고 힘찬 것이 좋다.

그렇다.

광장에는 수천수만의 청중이 모여든다. 대통령 입후보자가 된 자신이 단壇 위에 올라가면 폭포 같은 박수가 터져 나온다. 열광, 환호, 존경, 선망羨望 및 그리고 영광—거기에서 민족의 자유를, 부흥을, 희망을, 그리고 웅비하는 역사의 청사진을 전개한다.

그러나 이것도 시시하다.

정치란 보기 좋은 하늘타리, 터지기 쉬운 풍선, 떫은 열매, 공작새의 날개 같은 것. 무슨 일이 좀 없을까? 봄날에 놀랍고 신기한 무슨 기적 같은 일이 없을까?

만우절의 거짓말 같은 꿈이 아니라, 따분하고 시시한 이 생활에 소나기처럼 쏟아지는 희열의 물방울들……. 무엇인가 움트고 아우성을 치는 것 같은 봄 거리를 바라다보면 엉뚱한 공상이 일루미네이션처럼 날개를 편다.

춘몽―.

아! 4월인 것이다.

한국의 보리밭

반 고흐Vincent Willem van Gogh의 그림과 그 죽음 때문일까? 보리밭이라고 하면 어딘지 좀 비장한 색채가 있다. 말년의 고흐는 아를의 태양 밑에 물결치듯 타오르는 보리밭을 그렸다. 〈해바라기〉의 그림보다도 더 광열적이고 비통한 삶을 느끼게 한다. 고흐는 대낮의 바로 그 보리밭에서 자살했다. 오베르쉬르우아즈의 한촌寒村, 오베르 성을 넘으면 보리로 뒤덮인 광대한 고원이 나선다. 그는 그 한복판에 누워 권총의 한 발을 가슴에 겨누었던 것이다.

그리고 슈베르트Franz Schubert의 전설적인 비극의 영화 〈미완성 교향곡〉에도 보리밭이 나온다. 황지荒地와 같은 보리밭, 그리고 마리아의 입상 역시 낭만적인 풍경이었다. 외국뿐만 아니라 한국의 보리밭도 아름답다. 그냥 아름다운 것이 아니라 가슴을 쥐어짜는 것 같은 향수, 그리고 이유 없는 외로움이 물결치는 아름다움이다. 보리밭의 길목에 피는 잡초의 이름 없는 꽃들도 인상적이다.

그러나 한국의 '보리밭'은 고흐의 그것과는 다른 현실적인 비극이 숨어 있다. 가난한 농촌, 맨발 벗은 아이들, 구릿빛으로 타고 이지러진 소박한 농부의 얼굴, 시골 초가의 토벽처럼 초라하면서도 구수한 것이 바로 우리의 보리밭 풍경이다. 그러나 그 보리밭을 미美적인 대상으로 바라보는 사람이 몇이나 될까? 그 보릿고개의 굶주린 눈앞에는 오직 '보리 이삭아, 얼른 자라라.'라는 현실적인 소망밖에 없다.

보리농사가 예상보다 2할이 감수되리라는 우울한 소식이 있다. 계속되는 일기불순으로 작년보다 파종 면적이 늘었음에도 불구하고 그 수확은 도리어 줄어들 것이라는 관측이다. 모진 비바람으로 보리밭은 2할이나 3할가량이 도복倒伏되어 결실이 어렵게 된 까닭이다. 도복을 방지하려면 새끼줄을 쳐야 하는데 그 비용이 보통이 아니어서 당국자들도 그냥 방관할 수밖에 없는 모양이다.

그런데 오늘도 비가 내리고 있다. 보통 비가 아니라 근년에 보기 드문 홍수 같은 비가 쏟아지고 있는 것이다. 때 아닌 물벼락으로 보리밭이 많이 상했을 것이다. 가뜩이나 우울한 우중 풍경인데 시골의 보리밭 생각을 하면 가슴이 뻐근해진다. 하늘만 믿고 사는 사람들인데 어쩌면 요렇게도 무심할 수 있는가? 작년의 벼

농사도 시원찮은데 보리농사까지 망치게 되면 어떻게 될까? 이번 비로 피해가 얼마나 컸는지 궁금하다.

고흐의 보리밭은 그래도 사치스러운 것이 있다. 헐벗은 우리의 농촌 보리밭은 눈물 같은 것, 한국의 비애가 젖어 있다. 어디선가 "비야 비야 오지 마라……."라는 시골 아이들의 구성진 민요가 들려오는 것 같다.

하나의 나뭇잎이 흔들릴 때

고 노천명盧天命은 그의 시 가운데 5월을 '계절의 여왕'이라고 부른 일이 있다. 달마다 특유한 계절 감각이 있어 그 우열을 비교한다는 것은 어려운 일이지만 대체로 5월이 어느 달보다 신선하고 아름답다는 의견이 지배적인 듯이 보인다. 4월은 '꽃의 달'이지만 5월은 '잎의 달'이다. 물론 꽃의 아름다움은 아무도 부정하지 않는다. 그러나 '나뭇잎'에는 꽃에서 맛볼 수 없는 새 맛이 있다.

더구나 5월의 신록이 그렇다. 하나의 나뭇잎이 흔들릴 때 우리는 우리의 생명을 느낀다. 그렇게 푸르며 그렇게 싱싱한 생명의 율동을 생각한다. 우울하고 슬픈 날에도 나뭇잎이 트이는 신록을 보고 있으면 살고 싶다는 욕망이 가슴을 뻐근하게 한다. '꽃'은 화장한 여인들처럼 화려하긴 하나 깊이와 무게가 부족하다. 꽃이 우리에게 주는 감상은 다분히 관능적인 것이지만 나뭇잎은 좀 더 정신적이다.

하나의 나뭇잎이 흔들릴 때 우리는 거기에서 우주의 비밀을 본다. 창조의 '눈초리'와 사랑의 웃음과 영원의 음악을 듣는 것이다. '바람'과 '나뭇잎'—영원 속에 던져진 인간의 생존이 거기에 있다. 생의 욕망이 바람 속에서 나부끼고 있는 것 같은 신비한 우주의 한 촉수를 느끼게 한다.

나뭇잎을 사랑하지 못하는 사람들은 '생'도 사랑하지 못할 것 같은 생각이 든다. 태양을 향해서 그 녹색의 눈을 뜬 이파리의 아름다움이야말로 그대로 생명의 시詩가 아닌가 싶다. 이파리에서는 코를 찌르는 것 같은 향취도 없고 마음을 들뜨게 하는 화려한 빛깔도 없지만 수수한 그 몸차림이 한결 다정한 것이다. 죽어 있던 대지, 회색의 비탄에 싸여 있던 숲은 그 푸른 잎들로 하여 비로소 강렬한 삶의 지대로 변한다.

5월은 '잎'의 달이다. 따라서 태양의 달이다. 5월을 사랑하는 사람은 생명도 사랑한다. 절망하거나 체념하지 않는다. 권태로운 생활 속에서도, 가난하고 담담한 살림 속에서도 우유와 같은 맑은 5월의 공기를 호흡하는 사람들은 건강한 생의 희열을 맛본다. 5월은 계절의 여왕, 한숨을 거두고 피어나는 저 이파리들을 보자. 따분한 정치 빈곤의 경제, 너절한 욕망을 잠시 덮어두고 저 푸른 잎들이 합창하는 삶의 노래를 들어라.

비의 이미지

거리에 비가 내리듯,

나의 마음속에도 비가 내린다…….

베를렌Paul Verlaine의 이 감상적인 시구는 너무나도 유명하다.

기억 속에서 비가 뿌린다

가신 님들이 흐느끼는 소리로

비가 뿌린다……

회화적인 독특한 활자 배열로 일약 세인의 화제를 끈 아폴리네르의 시구도 널리 회자되었다.

비가 시의 소재로 쓰인 것은 한두 편이 아니다. 유행가 가사로부터 하이 블루한 현대시에 이르기까지 비에 대한 묘사가 곧잘 나온다. 한편 '비의 이미지'도 여러 가지다. 어느 때는 구제의 상징이 되기도 하고 또 어느 때는 '죽음'의 상징이 되기도 한다.

엘리엇이 「황무지The Waste Land」의 장시 마지막에서 그려준 '비'는 인류의 구제를 뜻한 것이며, 시트웰Edith Sitwell의 시 가운데 그려진 비는 생명을 파괴하는 전쟁(죽음)을 상징한 것이다.

고대의 신화 가운데 그려진 비가 선신善神으로 그려지기도 하고 또 악신惡神으로도 표현된 것을 보면 '비'야말로 인간 생활에 있어서 가장 패러독시컬한 존재다. '생명의 젖'인가 하면 '죽음의 독약'이기도 한 비의 부조리는 요즈음에 와서 더욱더 심해진 것 같다.

강대국에서 핵실험을 재개한 후로 '비'는 완전히 공포의 대상이 되어버렸다. 축대를 무너뜨린 가을비가 이제는 방사능진을 뿌려 어떤 재화를 가져올지 의문이니 빗소리만 들어도 가슴이 선뜩해진다.

요즈음 비에도 허용량을 돌파한 방사능진이 낙하했다는 사실이 발견되었다는 소식이 있으니 구름 낀 하늘처럼 마음이 불안하지 않을 수 없다. 비는 이제 시정詩情을 돋우는 것이 아니라 공포심을 일으키게 된 것이다.

생각할수록 핵실험에 울화가 치민다. '비'의 낭만을 잃었다는 그 정도의 이유에서가 아니라 앞으로 인류에게 어떤 큰 화를 뿌릴지 모르겠기 때문이다.

> 거리에 비가 내리듯
> 나의 가슴에도 비가 내린다

베를렌의 시는 이제 구식이 되어버렸다. 그보다는 시트웰의 시가 훨씬 현실적인 이미지를 갖게 된 것이다. 어서 날이 개었으면 좋겠다.

태양이 있는 곳으로 가자

7월은 태양의 달이다. 밝고 뜨겁고 건강한 계절—크레파스를 이겨 붙인 것 같다. 태양은 절망을 모른다. 일렁이는 바다 위에서, 혹은 그렇게 푸르디푸른 수해樹海 위에서, 혹은 가난한 사람이나 외로운 사람이나 모든 사람이 모여 사는 그 도시 위에서 7월의 태양은 아름답기만 하다.

태양의 사상—태양을 사랑할 줄 아는 사람은 젊음이 무엇인지를 아는 사람이다. 구름이 끼고 바람이 불어도 태양의 광채는 늙는 법이 없다. 폭풍이 불고 구름이 걷히면 한층 태양의 얼굴은 싱싱해진다.

태양을 믿는 사람들은 생명이 무엇인지 아는 사람이다. 어둡고 추운 날이 있어도 태양은 언제나 소생하는 것이며, 그리하여 눈물같이 슬프디슬픈 암흑의 풍속과 자지러지는 서릿발의 한파를 몰아치는 열정을 얻는다.

온갖 역경이나 고립 속에서도 웃음 웃는 사람들의 얼굴은 어딘가 태양을 닮은 데가 있다.

곰팡내 나는 회의와 하수도의 악취 같은 절망의 언어는 도시 그들의 사전에서는 찾을 길이 없다.

태양과 친한 사람들은 건강한 육체를 가진 사람이다. 그늘 속에서 자라난 파리한 서생書生들은 태양을 모른다. 구릿빛 근육은 행동을 요구한다. 앉아서 생각하는 인생이 아니다. 책에서 배운 사회가 아니라 직접 현장 속에서 인간의 의미를 체험하는 그들은 모험가들이다. 태양과 친한 사람들은 출범하는 선부船夫들처럼 건강과 모험과 기대에 가득 차 있다.

7월은 태양의 달이다. 폭풍이 치고 괴로운 일이 있어도 젊음과 열정과 건강과 모험을 저버리지 않는 7월은 태양의 달이다. 우리는 이 7월 속에서 맹세한다. 생명을 부정하는 자들과 태양의 의지를 꺾으려는 그 모든 밤의 사상을 향해 활시위를 당길 것을…….

7월! 흰 이를 드러내놓고 건강한 웃음을 웃는 자에게 축복 있어라. 그리고 7월의 야생적인 들판에서 태양과 이웃하여 생활하는 자에게 축복 있어라. 오랫동안 음지에서 자란 버섯 같은 우리들이지만 비굴하지 말거라. 우리들의 7월을 위해 벗이여! 태양이 더 많이 비치는 곳으로 가자.

8월의 기원

우리들의 8월이 왔습니다. 뜨거운 태양의 입김이 포도알 속으로 스며들듯, 우리들의 땀에 찬 노동도 한 해의 열매를 맺게 하소서. 8월의 바다 위를 스쳐 부는 저 바람처럼 항상 움직이게 하시고 그 소망들을 높은 물결처럼 출렁이게 하소서.

우리는 이 8월에 오랜 어둠이 무너지는 소리를 들었습니다. 잠자던 핏줄기가 깃발처럼 솟구치는 것을, 망각의 혈육들이 한자리에 모여든 것을, 그리고 모든 침략자들이 한 떼의 쥐처럼 이 땅에서 도망쳐 나가는 것을 보았습니다.

하얀 노트장을 펼쳐 든 아이들은 새로운 역사의 문자를 배웠고 어른들은 먼 날을 약속하며 먼지를 털던 것을 우리는 보았습니다.

그러나 8월을 광복의 달이라고 부르고 있지만 아직 그 햇빛은 이 초원을 고루고루 비추고 있지 않습니다. 또다시 우리들의 8월이 왔습니다. 멀지 않아 여름이 이 산등성이를 지날 때, 우리가 또다시 후회의 한숨들을 쉬지 않게 하소서.

곡식과 여름의 초화草花를 무르익게 하는 왕성한 그 열도로 식어가는 이 피들을 뜨겁게 하시고 골짜기의 8월 냇물처럼 투명하게 하소서.

'8월의 기도'를 드리던 그날의 감격을 되돌려주시고 까맣게 탄 그 얼굴이 흰 이를 내놓고 웃음을 웃던 여름의 풍성한 잔치를 다시 찾게 하소서. 지금 그 많은 천둥과 소나기를 맞으며 우리는 지쳐 있습니다.

거친 이 들판에서 주저앉을 한 치의 휴식의 땅도 없습니다. 숨막히는 황톳길에서 방황하는 그들이 다시 이 8월의 광장을 찾아시기하지 않고 의심하지 않고 오만하지 않고 때 묻은 손톱으로 이웃들의 얼굴을 할퀴는 일이 없는 8월의 합창을 부르도록 하소서.

지금 8월은 달력 위에서만 펄럭이고 있습니다.

우리가 서 있는 이 땅에 포도알이 송이송이 감미甘味한 물을 흐르게 하듯 사랑의 순수한 땀들이 배게 하소서. 부지런하게 살고 8월의 태양을 경모敬慕하며 긴 겨울밤을 위해 오늘의 뙤약볕에서 일하는 사람들에게 축복을 내리소서.

그리고 게으른 매미처럼 높은 가지, 이슬이나 따 마시며 오만하게 더위를 우는 그런 사람들에겐 8월의 햇빛이 오래지 않다는 것을 가르쳐주소서.

창을 열어라

여름은 개방적이다. 닫힌 창이란 없다. 모든 것이 밖으로 열려진 여름 풍경은 그만큼 외향적이고 양성적이다. 북방 문화가 폐쇄적인 데에 비해서 남방 문화가 개방적인 이유도 거기에 있다. 여름의 숲은 푸른 생명의 색조를 드러낸다. 그리고 그 숲속에는 벌레들의 음향으로 가득 차 있다. 은폐가 없고 침묵이 없는 여름의 자연은 나체처럼 싱싱하다.

그러기에 여름은 비밀을 간직하기 어려운 계절이다. 수줍은 소녀들도 여름의 더위 앞에서는 흉한 '우두 자국'을 감출 수 없다. 고독을 취미로 삼고 있는 우울한 철학도도 복중의 무더위 속에서는 밀실의 어둠을 버려야 한다. 육체도 사색도 모두 개방시켜야만 하는 것이 여름의 생리다.

도시 사람들이 이웃의 생활을 엿볼 수 있는 것도 바로 여름인 것이다. 창과 문을 열어놓고 살기 때문에 그 내부의 생활 풍경을 감출 수 없다. 아무리 '발'을 치고 커튼을 드리운다 하더라도 생활의 비밀은 밖으로 새게 마련이다. 문을 처닫고 부부 싸움을 하던 겨울철과는 사정이 다르다. 웃음소리, 코 고는 소리, 심지어 수박 먹는 소리까지 이웃으로 흘러 나가게 마련이다.

그렇기에 여름철은 타인의 이목을 한층 더 예민하게 느끼고 살아야 한다. 북방인들은 생활 태도가 내부 지향적인 데에 비해서 남방인들은 타인 지향적이란 평이 있는 것도 무리가 아니다. 여름은 우선 무엇보다도 '소리의 관제官制'가 필요할 것 같다. 무더운 여름밤, 열어젖힌 창문으로 흘러들어오는 것은 한줄기의 시원한 바람만이 아니다. 그 바람 소리를 타고 온갖 잡소리가 염치없게 기어든다. 〈황성 옛터〉의 19세기적 유행가와 나이트클럽을 연상케 하는 보브 재즈, 때로는 소란한 행진곡과 장엄한 심포니가 여름밤 공기를 칵테일한다. 물론 이웃집들의 라디오, 전축, 텔레비전들이 태평연월을 구가하고 있는 까닭이다.

그것은 확실히 여름밤의 딜레마다. 지휘자 없는 여름밤의 칵테일 음악에 지쳐 창문을 닫으면 이번엔 내장까지 찌는 듯한 더위가 엄습한다. 창을 닫을 수도 없고 열 수도 없는 'To be or not to be'가 계속된다. 그와 마찬가지로 옷을 벗고 창문을 닫느냐, 창문을 열고 옷을 입느냐의 고민도 없지 않다. 여름은 개방적이고 타인 지향적인 계절이다. 그러므로 항상 자기보다 이웃을 생각해야 하는 계절이다. 전축과 라디오의 볼륨을 겸손하게 낮출 것이며 열려진 창이라 하여 들여다볼 것이 못 된다. 여름의 모럴은 결국 '창'의 모랄—자기 '창'을 열었거든 남의 '창'도 열게 하라.

가을의 시

머귀 잎 지거야 알와다 가을인 줄을
세우청강細雨淸江이 서늘업다 밤기운이야
천 리의 임 이별하고 잠 못 들어 하노라

—정철

전선에서는 벌써 월동 준비에 바쁜 모양이다. 섭씨 10도를 오르내리는 쌀쌀한 날씨라고 한다. 한 열흘이 지나면 이제 추석……. 전선이 아니라도 베개맡의 벌레 소리가 차갑다. 정말 믿을 것은 계절의 운행뿐인가 싶다. 땀띠투성이의 그 삼복더위를 생각하면 어디 조석으로 부는 이 찬바람을 상상이나 할 수 있었을까? 자연의 역사는 인간의 역사보다 한결 정직하다.

그러나 수풀보다도, 곡식보다도, 과실보다도 그리고 가을을 우는 벌레보다도 한결 계절에 민감한 생물은 아무래도 인간일 것만 같다.

옛날에는 시인들이 가을 소리를 먼저 들었지만 이제는 상인들……. 단풍이 지기 전에 벌써 연탄값이 오르고, 추석의 과실들이 무르익기 전에 그 대목을 노린 물가가 먼저 부풀어 오른다. 이젠 계절도 상품이 되어버린 시대인 것 같다.

시인이 노래하던 그 계절은 지나고 주판 위에서, 시장 위에서 계절은 운행되어간다. 그만큼 가을의 마음도 변모해간다. 가을에는 누구나 성숙한 생의 의미를 느끼게 된다.

시인이 아니라도 일기장이나 편지글들에는 단풍 같은 사색의 아름다움이 물든다. 그리고 겸허하게 생의 내용을 결산한다. 외부로 쏠려 있던 시선은 안으로 잦아든다. 그리고 자신을 향해 자기가 살아온 봄의 열정, 여름의 탐욕, 그리고 그 분주했던 행동에 대해서 조용히 물어본다. 그것이 바로 가을의 언어인 것이다. 그래서 가을에 만나는 사람들은 어딘가 의젓한 그 생의 깊이를 간직하고 있는 듯이 보인다.

이젠 가을이 되어도 사람들은 사색하지 않는다.

푸른 하늘이 있고 벌레의 울음소리가 있어도 그것을 보고 들으며 느끼는 사람들은 그리 많지 않다. 식당의 메뉴가 좀 바뀌고 요정의 술과 그 안주가 좀 달라져갈 뿐, 가을은 소문처럼 그대로 사라져버린다.

계절이 지나가는 하늘에는
가을로 가득 차 있습니다
나는 아무 걱정도 없이
가을 속의 별들을 다 헤일 듯합니다

시인 윤동주尹東柱는 노래하고 있지만 지금은 가을의 별을 세는 사람보다 지폐장을 세기에 바쁜 사람들이 우글거리는 것 같다.

해마다 오는 가을이라고 늘 같은 가을은 아닌 것이다.

추석과 달의 선물

한국의 추석, 저녁이면 둥근, 참으로 둥근 가을 달이 떠오를 것이다. 그리고 으레 달과 함께 연상되는 하얀 동시童詩 같은 갈대와…… 아이들은 때 묻은 옷을 벗어 던지고 추석빔으로 곱게 단장할 것이다. 노인네들은 뒷마루에 앉아 옛날 저 달과 함께 즐기던 추석 이야기를 하며 향수에 젖기도 할 것이다. 농부들은 그들이 가꾼 가을의 수확을 말할 것이며 오랫동안 살림에 쪼들린 아낙네들은 송편을 빚으며 이웃 간에 정을 나눌 것이다.

추석의 미풍이 있는 가을은 저 아름답고 푸른 하늘과 함께 한국인이 누릴 수 있는 최대의 행운이다. 굶주렸던 사람은 먹을 수 있고 헐벗은 사람은 입을 수 있고 시름이 있는 사람은 이날 하루는 그 시름을 잊을 수 있는 날이다.

생활이 어려우면 어려울수록, 일이 고되면 고될수록 이런 명절은 눈물겹도록 즐거운 법이다. 그러나 한편으로는 단 한 번밖에 없는 이 명절도 그렇게 지낼 수 없는 사람들이 있다.

그리하여 추석을 아름답고 즐거운 명절로 생각할 수 없는 것이 우리의 현실이기도 하다. 아무리 달빛이 곱고 푸를지라도 어둡기만 한 가슴을 눈물로 적셔야 하는 외롭고 가난한 사람들이 많기 때문이다. 남이 즐거워하는 때이기 때문에, 남이 잘 먹고 놀 수 있는 날이기 때문에 도리어 이날이 원망스럽고 한스러운 날이 되어야 하는 음지의 그 권속들 말이다.

추석빔을 해 입히지 못하는 가난한 지아비의 가슴은 어떨 것인가? 그래서 이른바 중추가절의 명절이라고 하는 추석은 많은 강도를 낳기도 한다. 추석을 앞두고 돈에 쪼들린 끝에 모의 수류탄을 가지고 강도질을 한 청년이 있는가 하면 귀향할 노자가 없어 절도질을 한 철없는 소년도 있는 것이다. 모두 저 가을 찬란한 만월의 향수가 빚은 아이로니컬한 사건들이다.

옛날 청빈했던 백결百結 선생은 남의 집 떡방아 소리를 듣고 탄식하는 아내를 달래기 위해서 흥겨운 방아타령을 지어 불러주었다는데 이러한 풍류는 고인들에게만 통했던 낭만인가?

가을이 되고 그리고 추석이 되어도 배고픈 사람아! 너무 서러워할 것은 없다. 저 추석 달만은 그대들 머리 위에서도 창창히 빛나고 있지 않는가?

달의 미학

달아 달아 밝은 달아
이태백이 노던 달아

우리의 이 민요는 달 그것처럼 언제나 새롭다. 우리의 할머니 할아버지도 달을 보며 이 노래를 불렀다. 그리고 오늘 또다시 저 귀여운 아이들이 똑같은 그 노래를 부르고 있다.

그러나 달도 노래도 옛날의 그것이지만 인간의 세태와 그 마음은 무척 많이도 변했다.

이 민요의 마지막 가사를 들으면 특히 그렇다. '양친 부모 모셔다가 천년만년 살고 지고…….' 참으로 애절한 기도, 소박한 소원이다. 얼마나 지상에서 살기 어려웠으면, 얼마나 양친 부모가 정다웠으면, 달나라의 계수나무를 은도끼, 금도끼로 찍어 초가두옥

草家斗屋을 짓고 그 달나라에서 영원히 영원히 어버이와 함께 살아가고 싶다는 노래가 흘러나왔겠는가?

그러나 오늘도 무심결에 이 구절을 구슬픈 가락에 맞춰 부르고 있는 사람은 많지만 과연 저 초가삼간 속에서 부모와의 영원한 삶을 진심으로 누리려는 사람은 몇이나 되겠는가? 현대인들은 초가삼간이 아니라 멋진 문화 주택을 꿈꾸고 있을 것이며, 달나라가 아니라 미국의 워싱턴 D.C.나 파리의 번화한 주택가를 상상하고 있을 것이다.

아니 그것보다도 '양친 부모 모셔다가……' 하는 생각은 조금도 흉중에 없을 것이다. 현대의 에고이스트들은 대부분 양친 부모가 아니라 '사랑하는 애인과 함께 천년만년 살고 싶다.'고 할 것이다. 날이 갈수록 부모에 대한 효성과 애정은 식어가고만 있다.

젊음과 생활을 엔조이하는 데에 노부모를 모신다는 것은 참을 수 없는 일종의 고역이라는 생각을 하고 있다.

이것도 세태의 한 변화라고 생각할 때 현대에 산다는 것이 어쩐지 무섭고 슬프게만 생각된다.

옛날 초楚나라의 노래자老萊者는 늙은 양친을 즐겁게 해드리기 위해 70의 나이에도 색동옷 같은 아이 옷을 입고 그 슬하에 누워 어린애처럼 어리광을 폈다고 하며, 한漢나라 왕상王祥은 두꺼운 얼음장을 체온으로 녹여 잉어를 잡아 병상의 계모 주朱 씨에게 바쳤다고 한다. 그리고 한漢말의 어수선한 세상을 피하여 어머니를 모시고 홀로 노산盧山의 고적한 땅에서 서러운 해를 보냈다고 전한다.

우리 모두 세상이 아무리 바뀌고 인심이 아무리 모질게 변한다 하여도 저 달의 노래만은 잊지 말기로 하자. "양친 부모 모셔다가 천년만년 살고 지고……." —이렇게 따뜻한 마음속의 노래를.

국화를 보며

한 송이의 국화를 본다.

추억 같은 그 잔향부터가 어딘지 귀족의 후예를 대하는 맛이다. 점잖고 고고하고 처절한 데가 있다. 확실히 동양인들이 좋아할 만한 꽃이다.

> 국화야 너는 어이 3월 춘풍 다 지내고
> 낙목한천落木寒天에 네 홀로 피었나니,
> 아마도 오상고절傲霜孤節은 너뿐인가 하노라

이런 때는 현대시보다도 옛날 병풍 색처럼 낡은 빛깔 창연한 시조 한 수가 격에 맞는다.

왜 하고많은 철을 두고 모든 잎이 지며 꽃이 이우는 늦가을에 국화는 피는 것일까? 생각할수록 신비하고 갸륵하기만 하다. 서릿발이 차고 햇볕은 무디다.

나비도 벌도 축복의 날개를 접고 자취가 없다. 나뭇잎은 섧게 지며 마지막 계절을 울던 벌레도 그 소리를 거두어 잠잠하다. 조락凋落, 침묵, 황량……. 그러한 죽음의 상황 속에서 홀로 외롭게 피어나는 국화를 보면 눈시울이 뜨거워지는 정을 느낀다.

국화야 무슨 뜻이 있으랴마는 그를 대하는 우리의 마음은 마냥 무심할 수가 없다. 비정의 계절을 선연한 그 빛깔과 그윽한 향기로 채우는 국화, 새삼스럽게 사람이 그리워지고 그같이 고절孤節을 지켜나가는 벗들이 아쉬워진다.

세상은 많이 변했다.

권력을 좇아서 다정했던 옛 친구들은 모두 떠나버리고, 시류時流를 따라 믿고 지내던 형제들이 자취 없이 사라져가고 있다.

그러나 이따금 국화처럼 차가운 서리 속에서 홀로 절개를 지키며 피어나는 사람도 없지 않다.

손을 붙잡고 실컷 울어보고 싶은 사람—지나친 감상 같지만 요즈음처럼 삭막한 현실 속에서는 조금도 쑥스러울 것이 없겠다.

나뭇잎이 지듯이 모두들 떠나가고 있다. 동면의 굴을 파는 파충류처럼 은둔처를 마련하는 사람도 있다.

그러나 우리에게 정말 위로와 믿음을 주는 자는 국화처럼 계절을 거슬러 사는 사람이다.

남들이 다 잠들 때 홀로 깨어 있는 사람은, 남들이 다 떠날 때 홀로 남아 있는 사람은, 그리고 남들이 모두 침묵하고 있을 때 홀로 노래하는 사람은 우리에게 더 많은 용기와 사랑을 남기는 자들이다.

국화를 보며 오늘을 생각한다.

서리가 내려도 향기를 잃지 않는 국화처럼 생긴 어느 벗들을 생각해본다.

한국의 크리스마스

옛날 — 170년 전 그 옛날의 크리스마스이브였다. 독일의 성 니콜라스 교회에는 성탄 예배를 보기 위하여 많은 사람이 몰려들어왔다.

밤은 깊었고 흰 눈이 내리기 시작했다. 니콜라스 교회는 스키장의 명소 알베르크 부근에 자리하고 있었기 때문에 그야말로 '화이트 크리스마스'의 절경을 이루고 있었다.

그러나 뜻밖에도 교회의 오르간이 고장 나버렸다. 그날 밤 연주하려던 계획이 깨지고 만 것이다. 당황한 목사 요제프 모르Joseph Mohr는 교회의 오르가니스트 그루버Franz Gruber에게 기타 반주곡을 즉석에서 작곡케 하고 그 노래에 자작시를 붙여 임시변통의 연주회를 가졌다. 장중한 오르간 곡이 아니라 가벼운 기타 반주의 노랫소리였지만 사람들은 색다른 감흥에 취했다. 그리하여 1818년의 니콜라스 교회에는 마치 기적처럼 새로운 찬송가 하나가 탄생케 된 것이다.

그것이야말로 매년 크리스마스 시즌마다 우리가 귀 아프게 듣고 있는 "고요한 밤 거룩한 밤……"의 바로 그 노래인 것이다. 오르간 고장 때문에 임기응변으로 만들어낸 그 노래가 도리어 현재에는 전통적인 크리스마스 캐럴이 되었다는 것은 참으로 흥미있는 일이다. 그날 밤 연주 계획이 뜻대로만 되었더라도 아마 〈고요한 밤 거룩한 밤〉의 그 아름다운 멜로디는 생겨나지 않았을는지도 모른다. '전화위복'이었다.

뜻대로 되지 않았다 해서, 계획대로 되지 않았다 해서 너무 서러워할 것은 없다. 그 옛날 니콜라스 교회의 크리스마스이브처럼 사고가 때로는 창조의 계기가 되는 수도 있다. 이 우연과 사소한 기적이 있기 때문에 인생은 살아갈 만한 보람이 있는 것이다. 불행이 그리고 실패가 도리어 아름다운 멜로디를 만들어내는 것, 그것이 인생인지도 모른다.

크리스마스이브가 되면 누구나 아름다운 플랜을 설계한다. 아이들은 산타 할아버지의 아름다운 선물을, 하이틴은 또 그렇게 아름다운 사랑의 해후를…….

그리고 번잡한 생활에 쫓기는 모든 시민은 꿈의 기대에 사로잡힌다. 그러나 막상 크리스마스이브가 지나면 사람들은 대개의 경우 실망하게 마련이다. 꿈과 현실에는 언제나 거리가 있기 때문이다. 그렇다고 너무 서러워하지 말자. 고장 난 오르간이 울리지 않는다 해서 '미처 못 부른 노래'를 안타깝게 생각하지 말자.

도리어 그 실망 속에 뜻하지 않는 새로운 멜로디가 흘러나올지도 모를 일이다.

동화처럼 흰 눈은

삭막한 겨울, 헐벗은 숲과 얼어붙은 강, 그리고 미끄러운 길, 겨울의 추위는 비단 기온에만 있는 것이 아니다. 자연의 풍경, 그리고 매연과 굴뚝에 싸인 도시의 모습도 한결같이 싸늘한 시각을 느끼게 한다.

그러나 백설만은—동화처럼 쏟아지는 겨울의 그 흰 눈송이만은 아름답고 포근한 마음을 준다.

눈이 없다면 겨울은 얼마나 쓸쓸한 계절일까?

그런데 일요일에 눈이 왔다. 푸짐한 함박눈이 온종일 쏟아졌다. 첫눈이 내리던 그날만은 길을 걷는 사람들의 표정도 동심에 젖은 듯 순수해 보인다.

"눈길을 걸으면 발밑에서 개구리 우는 소리가 들린다."는 것은 김삿갓의 감각적인 표현이다.

한겨울 길목에서 개구리 울음소리를 듣고 낙엽이 진 죽은 나뭇가지에서 때 아닌 백화白花를 보듯 눈이 오면 오욕의 현실도 환상의 천국으로 바뀐다.

눈은 일상사의 조그만 기적인 것이다. 내리는 눈송이를 보며 세상일을 생각해본다. 순수한 백설, 때 묻지 않은 눈송이가 날리는 것을 볼 때 문득 우리는 착한 이웃들과 아이들의 운명을 느끼게 된다.

오예汚穢를 준 대지로 떨어진 무구한 설편은 깨끗하기 때문에, 고결하기 때문에 금시 짓밟히고 녹아버린다.

더러운 진흙 발로 밟히어야만 할 백설의 운명처럼 이 나라의 현실에선 언제나 순수하고 착한 사람과 어린이들이 짓밟혀갔다. 그것은 얼마나 짧고 얼마나 허망한 순결이었던가?

탐욕한 자들의 구둣발 밑에서 눈송이처럼 밟혀간 우리의 이웃들—눈이 내리고 녹는 것을 보면 티 없이 태어났다 더럽혀져간 무수한 아이의 얼굴들이 명멸해간다. 그러나 비록 짧은 생명이라 하더라도 살벌한 이 오욕의 풍경에 눈송이는 다시 날려야 할 것이다.

짓밟히고 녹고 진흙 속에 사라진다 하더라도 흰 눈은 동화처럼, 옛이야기처럼, 동정녀의 기도처럼, 그리고 아이들의 꿈결처럼 삭막한 이 공간 속으로 날려야 할 것이다. 그래서 문득 죽은 나뭇가지 위에 꽃을 피우고 얼어붙은 길거리에 개구리 울음소리가 들려오는 환청의 기적을 보여줘야겠다.

겨울의 고독에 위안을 주는 눈송이들……. 이 각박한 현실의 땅 위를 순수한 자들의 마음은 눈송이처럼 오라. 그대의 때 묻지 않은 결백한 눈짓으로 불의의 무리들이 어질러놓은 이 땅을 고요히 덮어주라.

크리스마스

크리스마스이브—포인세티아의 붉은 꽃잎처럼 공연히 설레는 저녁, 지나고 나면 공허하지만 그래도 또 한 번 작은 기적을 꿈꿔보는 밤이다.

이날 밤만은 남루한 현실을 잠시 외면하고 크리스마스카드의 그림처럼 신비한 동화 속에 취해보고 싶다.

굳이 종교적인 뜻은 찾지 않아도 좋다. 아쉬움 속에서 한 해를 보내는 사람들, 똑같은 거리, 똑같은 직장에서 무엇인가 색다른 기분을 맛보고 싶은 사람들, 이것이 크리스마스이브의 낭만이다.

조용하고 경건하게 크리스마스를 맞자는 운동이 전개되고 있다.

지당하고 지당한 말이다.

그러나 365일 동안에 하루만이라도 해방된 날을 갖고 싶다.

억누르는 도덕에서, 현실에서, 체면에서, 습관과 법칙과 물질에서 하룻밤만이라도 미칠 수 있는 시간이 있었으면 좋겠다.

생활을 하려면 하수도가 있어야 한다. 마찬가지로 억압된 감정의 배설구는 있어야 한다. 크리스마스이브가 좋지 않다면 다른 명절을 정해서라도 한 번쯤은 국민이 동심으로 돌아가, 춤추고 마시고 밤을 지새울 수 있는 개방된 날을 마련해야 한다. 조용한 크리스마스이브를 보내자는 사람들은 으레 외국의 예를 들춰낸다.

하지만 그들에겐 카니발(사육제)이 있는 것이다.

일주일 동안 광란 속에서 권태와 슬픔과 고독을 발산시키는 축제가 있는 것이다.

유럽에선 정초에 낳는 아이들 중에 10만 명 가까운 수는 모두가 사생아들이다. 카니발 때 사고를 저지른 처녀들의 아이다. 그래서 그 아이들을 카니발 사생아라고 부른다. 물론 좋은 일이라곤 할 수 없다.

그러나 365일 중에 하루쯤 마음껏 감정을 발산할 수 있는 무질서를 인정한다는 것은 나머지 364일의 질서와 평화를 지켜가려는 노력이기도 하다.

즉 364일의 평화와 질서를 위해서 하루의 광적인 축제는 용서받아야 할 것이다. 특정한 날의 무질서를 너무 욕하는 사람은 사회의 심리학을 모르는 자다.

우리나라를 봐도 고래로부터 예외적인 날이란 게 있었다.

8월 한가위나 단옷날 밤에는, '남녀유별'이라는 엄한 유교의 도덕률 속에서도 처녀 총각이 어울려 놀 수 있는 자유를 마련해 주었던 것이다.

젊은이들이 크리스마스이브의 하룻밤을 떠들고 놀았다고 해서 너무 흰 눈으로 흘겨보지 말라.

크리스마스이브가 좋지 않다면 선달그믐이라도 좋으니, 마음껏 놀고 즐길 수 있는 그런 기적의 밤을 누릴 수 있게 해야 한다.

제야除夜의 날에

세상에서 가장 정직한 것은 시간이라고 한다. 세상은 또 공평하고 평등해서 특권과 편애를 용서하지 않는다. 부귀영화는 사람에 따라 천차만별이지만, 시간 속에서 탄생하여 시간 속에 죽어 갔다. 욕망도 허영도 그리고 희열도 슬픔도 따지고 보면 시간의 강물 위에 떴다 사라지는 한 방울의 수포水泡에 지나지 않는다.

세상을 정복한 알렉산드로스 대왕도 시간의 흐름 앞에서는 목놓아 울었다고 했다. 부하와 씨름을 하다가 대왕이 땅 위에 쓰러지는 순간 그의 눈앞에 스쳐 지나간 것은 황제의 권한으로도 어찌할 수 없는 '시간의 얼굴'이었다.

"내가 죽으면 지금 누운 사방 6척의 이 땅밖에는 필요치 않구나……! 그렇다면 내가 정복한 그 넓고 많은 땅이 무슨 소용이 있겠는가?"라고. 그리고 또 희로애락을 드러내지 말라던 공자님도 흐르는 강물을 보고는 슬피 울었다고 전한다.

"인간도 모두 저 흐르는 강물과 같구나!" 잠시도 머물지 않고 흘러 사라지는 강물 앞에서 공자는 시간의 무상함을 느꼈던 것이다.

영웅도 성자도 세월 앞에서는 한낱 범부凡夫의 마음과 다름이 없었던가?

이 해도 오늘로 마지막이다. 제야의 종이 들리고 먼동이 트면 영원히 이 한 해는 과거의 골목으로 돌아서버리고 마는 것이다.

비록 남루하고 외로운 생활일망정 가는 해의 사연들은 정에 맺힌다.

이 고별의 플랫폼에는 기적汽笛도 없고, 흔드는 행커치프도 없고, 다시 돌아온다는 언약도 없다. 다만 그렇게, 그것은 아쉬움과 서글픔을 남기고 묵묵히 사라져가는 것이다.

움직이는 우주의 질서에 한 점이 찍혀가려고 한다. 역사에 작은 종지부 하나가 지금 막 찍히려고 한다.

이 도도한 시간의 흐름 앞에서 잠시라도 좋으니 자기의 모습을 돌아다볼 일이다.

결코 영원할 수만은 없는 화폐, 석화石火에 불과한 권력의 보좌…… 그것은 대체 다 무엇인가? 시간은 그것을 재로 만든다. 기우는 한 해의 건널목에 서서 조용히 자문해보자.

그대가 가지고 있는 것들을, 그대가 믿고 있는 것들을, 그대가 집념하고 있는 것들을……. 그러면 제야의 종소리는 말할 것이다.

"모든 것은 무無—. 시간을 아는 자는 오만할 수 없노라."고…….

그 종소리는 세월 앞의 양심을 말할 것이다.

도시의 페이소스

네온사인이 빛나는 시각

네온사인이 빛나기 시작하는 저녁이었다.

자, 그러면 갑시다. 그대와 나……
병상에 누운 마취된 환자처럼
황혼이 번져가는 그런 시각에……

엘리엇의 시 한 구절을 연상케 하는 도시의 그런 저녁이었다.

소음, 인파, 연기, 흐느적거리는 피로 속에서 사람들은 제각기 자기 시간을 찾아 헤매고 있다. 그리하여 일몰의 러시아워에는 무엇인지 일말의 허탈감이 떠돌고 있다.

명동으로 들어가는 골목길이 있다. 갑자기 사람들 사이를 누비며 처녀 하나가 황급히 달려오고 있었다. 그녀는 장사치처럼 보이는 중년 남자에게 쫓기고 있었던 것이다.

무슨 일일까? 사람들은 잠시 걸음을 멈추고 예기치 않던 그 촌극을 구경했다.

치정 사건일까? 그렇지 않으면 무슨 가정 파탄이라도……. 사실 그 처녀는 초록색 코트나 손에 들고 있는 백이나 혹은 헤어스타일의 모두가 정숙한 여인처럼 보였던 것이다. 옷은 좀 초라한 편이었지만 조금도 천한 태는 안 보인다.

정신없이 달아나던 처녀는 얼음에 미끄러져 쓰러졌고, 뒤에서 숨차게 달려오던 그 남자는 덥석 그녀의 목덜미를 낚아챘다. 마치 독수리에게 채인 연약한 한 마리의 비둘기와도 같았다.

그제야 사람들은 모여들었다. 남자를 나무라는 사람도 있고 무슨 일이냐고 참견하려 드는 사람도 있었다. 그러나 뜻밖에도 남자의 입에서는 '도둑년'이란 소리가 튀어나왔던 것이다.

물건을 사는 체하다가 그것을 든 채 뺑소니를 치던 참이었다는 것이다. 여러 사람을 향해서 그 남자는 자랑스럽게 소리치고 있었다.

"아! 보십시오. 이 멀쩡한 게 말입니다. 세상 참, 눈 없으면 코 베어 먹는다더니…… 도둑도 여러 가지죠."

그 남자는 자꾸 수그러지는 처녀의 얼굴을 억지로 쳐들어 사람들에게 보이면서 떠들어대고 있었다.

처녀의 얼굴은 저녁 불빛 속에서도 절망의 빛을 감추지 못했다. 두 눈에는 눈물이 흐르고 있었다. 흙투성이가 된 뺨 위로 얼룩을 지우면서…….

5분도 못 되어 거리는 다시 아무 일도 없다는 듯이 평상시로 돌아갔다. 쫓기던 여인도 쫓던 남자도 이제는 없었다.

한층 더 어둠만이 짙어졌고, 어느 바에선지 흥겹게 울려오는 밴드 소리가 좀 더 높아진 것뿐이다. 이 도시의 페이소스는 대체 무엇인가?

진흙에 뜬 도시

추위도 이젠 한 고비를 넘었다. 20일은 대한大寒. 대한치고는 포근한 날씨다. "겨울이 오면 봄도 또한 멀지 않다."고 말한 옛 시인의 말대로 정말 엄동의 눈보라 속에서 봄은 한 발짝씩 다가서고 있었던 것이다. 이제는 길 위에 쌓여 있던 눈도 얼음도 모두 녹아버리고 말았다.

그러나 해마다 이때가 되면 누구나 경험하는 괴로움이 있다. 해빙기의 거리는 언제나 흙탕물로 뒤범벅이 되어 마음 놓고 길을 다닐 수가 없는 것이다. 마치 정글 지대를 지나는 것처럼 위태롭기만 하다. 눈과 얼음이 질퍽하게 녹아 여기저기 늪을 이룬 보도를 걷고 있자면 미꾸라지라도 나올 것 같은 느낌이 든다.

여기에 또 이따금 안하무인 격인 자동차들이 멋대로 흙탕물을 튀기고 질주한다. 그럴 때마다 단벌 신사들의 가슴은 불안하다.

왜 이렇게 길이 더러운지 모르겠다. 말만 포도鋪道지 진흙길과 다름이 없다. 베네치아를 '물 위에 뜬 도시'라고 한다면 서울은 '진흙 위에 뜬 도시'다. 외국 여행을 하고 돌아온 사람들이 이구동성으로 지적하고 있는 것도 바로 그것이다. 서울 거리처럼 더럽고 우리나라의 도로 시설처럼 엉망진창인 나라도 없다는 이야기다.

로마에 가면 수천 년 묵은 석포장石鋪裝 도로가 있지만 오늘날에도 아주 말짱하다. 두꺼운 돌과 넓은 하수도로 된 그 길들은 서울의 아스팔트 길보다도 더 모던한 데에 놀라지 않을 수 없다.

영국 런던의 길들도 역시 천 년의 역사를 가진 것들이다. 돌자갈로 만든 것이라 문자 그대로 만년 도로를 자랑하고 있다. 비가 오거나 눈이 와도 물은 금시 빠져나간다. 더구나 고저가 없이 마룻바닥처럼 평탄한 포도라 자동차가 흙탕물을 튀기고 가는 광경은 찾아볼 수가 없다.

파리의 길은 하수도 시설이 잘 되어 있다. 사람이 서서 지나다닐 수 있을 만큼 넓고 깊은 하수도가 사통팔달로 뚫려 있다.

그래서 도로에 장치된 펌프로 물을 뿜어 모든 오물을 일시에 하수도로 흘려내려 보낸다. 정말 외국의 길을 보면 누워서 뒹굴고 싶을 정도로 아름답고 정결하다.

서울의 봄은 진흙으로부터 온다. 샹젤리제나 몰 가街와 같은 화사한 길은 원하지 않는다. 산책하기에 알맞은 길을 만들어달라고 사치한 부탁도 하지 않겠다. 다만 지뢰 묻힌 길을 걷듯 그렇게 걸어야만 하는 불안의 도로를 고쳐볼 수 없을까?

헤라클레스가 서울에 온다면

헤라클레스는 그리스 신화에 등장하는 신인神人 호걸 가운데 가장 힘이 센 영웅이다. 그는 인간의 힘으로는 도저히 불가능한 열두 가지 난업難業을 거뜬히 해치우고 영원한 영광과 불사不死의 힘을 얻게 된다. 세상의 어떤 무기로도 죽일 수 없다던 네메아의 사자獅子를 그는 맨주먹으로써 죽였고, 광선처럼 빠른 케리네이아 산의 사슴을 1년 동안 쫓아다닌 끝에 생포하기도 했다.

그런데 그의 12난업 가운데 하나는 아우게이아스 왕의 가축사家畜舍 청소를 하는 일이었다. 아우게이아스 왕은 3천 마리의 가축을 기르고 있었는데 그 외양간은 한 번도 청소한 일이 없었다.

헤라클레스는 지상에서 가장 지저분하고 가장 광대한 이 가축사를 단 하루에 청소하라는 명을 받은 것이다. 혼자서 그것을 다 치우기는 불가능한 일이었다. 하지만 그는 알페이오스 강의 하류를 바꿔 가축사로 끌어들여서 그 더러운 오물을 남기지 않고 떠내려 보냈다고 한다.

그런데 요즈음엔 헤라클레스의 가축사 청소 이야기가 자꾸 생각난다. 왜냐하면 시의 쓰레기 청소가 계속 말썽을 일으키고 있기 때문이다.

이번에는 '인간 송충이'가 아니라 '인간 파리 떼'가 문제다. 이권을 쫓아다니는 이 파리 떼 때문에 서울시의 쓰레기 치는 일은 아우게이아스 왕의 가축사 소제만큼 어려운 모양이다.

이번에는 또 시 청소부들이 일제히 파업에 들어섰다. 임금과 보건 위생 시설을 개선해달라는 요구다. 한편 감사원에서는 쓰레기 파는 데에 이권이 붙어 업자들에게만 유리하게 값을 책정, 시 세입이 천만 원 이상이나 감소하게 한 사실을 들춰냈다.

만약 헤라클레스가 나타나 한국의 시청 청소국장이 되었다면 어떻게 되었을까? 상상할수록 흥미진진하다.

난업 중의 난업인 아우게이아스 왕의 가축사 청소를 하루 만에 거뜬히 해치운 그 영웅도 아마 서울 시청 소제만은 손을 들게 될 것이다. '인간 파리 떼'가 너무도 많기 때문이다.

그러므로 쓰레기 청소를 하는 사람부터 청소를 해야 할 판이므로 이중의 작업을 해야 된다. 뿐만 아니라 쓰레기 같은 사람들이 하도 들끓고 있으니 그것까지 다 걷어치우자면 알페이오스 강물을 모두 끌어와도 모자랄 것이다.

한번 시합을 시켜보고 싶다. 지난한 12난업을 성수成遂시킨 헤라클레스일지라도 서울시 청소에만은 고배를 마실 것이다. 그리스에 태어났기에 영웅이지 한국 땅에 오면 그도 별수 없으리라.

어글리 서울[23)]

'미美'라고 하는 것은 전체의 조화에서 이루어진다. 아무리 아름다운 것이라 할지라도 있어야 할 자리에 있어야 값어치가 있다. 그리고 추하고 더러운 것이 한복판을 차지하고 있으면 주위에 아름다운 것이 있다 할지라도 제구실을 다 하지 못하는 법이다.

그러니까 '미'는 한 사람의 노력으로 이루어진다고 하기보다는 여러 사람의 합심에 의하여 비로소 결정結晶된다고 말할 수 있다.

파리를 보고 온 사람들은 누구나 그 도시미美에 한마디씩 감탄을 아끼지 않는다. 건축 하나하나가 주위와의 균형을 잘 이루고 있기 때문에 흡사 도시 전체가 하나의 통일된 공예품과도 같다는 것이다. 누가 그렇게 하라고 해서 된 것은 아니다. 시민 전체의 심미안이 스스로 그런 미감美感을 자아내게 한 것이다.

파리에 유네스코 본관이 건립되었을 때 그 장소나 설계 문제로 여러 가지 여론이 비등했던 것을 보아도 알 수 있다.

커다란 신新 건물이 잘못 서게 되면 도시미의 전체적인 균형을 깨뜨리게 될 것이기 때문이다. 뿐만 아니라 파리에는 '에스카르고(달팽이란 뜻)'라는 공중변소가 있는데, 이것이 또한 도시의 외관에 좋지 않은 인상을 준다 해서 국회에서까지 말썽을 일으킨 일

23) 풀장과 능금밭으로 세검정이 유원지로서 서울 시민들의 사랑을 받던 1960년대의 칼럼.

이 있었다. '미'라고 하는 것이야말로 민주적인 질서 속에서 움트는 것이다.

아홉이 잘해도 그중 하나가 잘못하면 '미'는 붕괴되고 만다. 하나하나가 살아 있어서 제구실과 제 빛깔을 가져야 비로소 '미'는 탄생하는 것이다.

세검정 냇가에 공중변소를 세운다 해서 주민들이 그것을 반대하고 시에 진정을 했다는 보도가 있다.

세검정이라고 하면 그 냇물이 아름답기로 서울 교외의 으뜸이 되는 곳이다. 그런데 무엇 때문에 그 냇가에 불쑥 튀어나온 커다란 공중변소를 세우려 드는지 시 당국의 무딘 미감에 새삼 놀라지 않을 수 없다.

유원지에 공중변소를 세워야 한다는 것은 물론 상식에 속하는 것이지만, 하필이면 맑은 냇물에 그것을 세워 도리어 그 존재 이유마저 희박하게 할 필요가 어디 있는지 모른다.

이런 일 한 가지만 보아도 우리가 평소에 얼마나 미의식에 둔감했는지 통탄할 일이다. 어찌 그뿐이랴? 플래카드를 붕대처럼 두르고 철조망으로 토치카를 이루고 있는 '어글리 서울'을 바라다볼 때, 한숨이 나오지 않을 수 없다.

가로수와 구호

가로수에는 도시인의 꿈이 있다. 석회와 강철과 매연 속에서 생활하는 도시인에게 가로수는 잃어버린 자연의 밀어를 속삭여 준다.

프랑스의 마로니에, 독일의 보리수, 미국의 목련, 그리고 이탈리아의 포플러……. 나라와 도시마다 제각기 다른 가로수의 특징이 있고 그것이 또한 그 고장의 신화를 만들어주고 있다.

겨울 눈이 녹고 쇠잔했던 태양이 소생하는 무렵이면 우리의 플라타너스, 먼지 낀 그 가로수에도 속잎이 피어난다. 겨우내 매연으로 그을린 빌딩의 회색 벽도 얼마 안 있으면 푸른 가로수의 이파리로 가려질 것이다.

그리고 그 푸른 그늘 밑으로 젊음과 사랑과 생의 숱한 발걸음들이 지나가게 될 것이다. 도시의 소음 속에서도, 먼지와 탁한 독소 속에서도 가로수만은 태초와 다름없는 이파리를 드리우고 싱싱하게 자연을 노래할 것이다.

그러나 나날이 인심은 변하여간다. 계절이 바뀌고 가로수에 물이 올라도 별로 그것에 관심을 두는 사람이 드문 것 같다.

생활이 고달프고 마음이 각박해진 탓이리라. 이미 이 도시에서는 가로수를 완상玩賞할 낭만까지도 박탈되었는지 모른다. 그저 그것은 가두에 늘어선 전주나 광고탑이나 도로 표지 정도로밖에는 더 생각지 않는다.

언제 그 잎이 피고 언제 그 나뭇잎이 졌는지 이제는 화제 밖의 일인 것이다. 그렇다 치더라도 가로수의 껍질을 벗겨 거기에다 표어를 써놓은 여수시市의 처사는 지나친 야만인 것 같다. 정말 부끄럽고 가슴 아픈 일이 아닐 수 없다. 아무리 예산 절약을 위한 것이라 할지라도, 아무리 반공 방첩의 표어가 중요한 것이라 할지라도 새싹이 돋아 나오는 가로수의 껍질을 벗긴다는 것은 이해하기 힘든 일이다.

억지 이야기 같지만 일목일초一木一草를 사랑하는 그 마음이 반공 방첩의 정신과 통하는 길이다. 평화에의 갈망, 자연에의 애정, 생활미에 대한 추구……. 이러한 시민의 감각을 거부하는 것이 바로 공산주의며 그자들의 간첩 행위라고 볼 수 있다. 그러고 보면 가로수를 벗겨 반공방첩의 표어를 내세우고 있는 것이 하나의 모순을 내포하고 있다고 해도 과언은 아니다.

가로수의 아름다움과 그 자연의 생명력을 사랑할 줄 아는 사람은 왜 우리가 공산주의와 싸워 이겨야 되는가를 아는 사람이다.

가로수 없는 문명

"수목樹木이 있고 그리고 여자가 지나가고 있기 때문에, 여기는 세계에서 제일 아름다운 장소다." 아나톨 프랑스Anatole France는 이렇게 센의 거리를 찬양한 일이 있다. 우리나라의 거리에는 책도 있고 여인도 있으나 수목이 없다. 수목이 없다기보다는 사람들의 학대에 못 이겨 활기가 없는 것이다.

봄이 되었는데도 도시 가로수의 가지를 모두 쳐놓았기 때문에 잎이 더디게 나는 것 같다. 그리고 10년 이래 처음 본다는 이상건조의 탓인지도 모르겠다. 어쨌든 나무를 사랑하고 나무를 가꾸는 따뜻한 마음이 우리에게 있는지 한번 반성해볼 일이다.

파리지앵처럼 수목을 사랑하는 사람들도 드물다고 한다. 마로니에, 플라타너스, 보리수……. 아름다운 가로수들이 뻗어 있는 프랑스의 길은 곧 프랑스인의 마음이라고도 했다. 시가뿐만 아니라 골목길에도 역시 나무들이 늘어서 있기 때문에 어디를 가나 푸른 숨결을 느낀다는 이야기다. 이렇게 길마다 가로수가 우거진 것은 결코 일조일석에 된 것은 아닐 것이다. 지금도 파리의 가로수는 반드시 밑 등걸이 주철의 쇠망으로 보호되어 있다. 이러한 쇠망이 없어도 나뭇가지나 꽃을 꺾는 사람은 없다는 것이다.

1870년 보불전쟁으로 파리의 가로수가 상했을 때 파리지앵들은 몹시 애석해했다는 이야기도 전한다. 그래서 루이 14세 때 심었던 마로니에나 보리수의 고목들은 그 후 몰취미한 플라타너스로 바뀌어 시인 프랑수아 코페François Coppée가 몹시 애통해한 글이 있다. 모든 것이 그렇지만 오랜 국민의 애정과 단정의 결정으로 이루어지는 것이 가로수의 미학이라 한대도 과장이 아니다.

살기도 어려운 판에 가로수 근심이나 하고 앉아 있다면 사치한 일에 속하겠지만, 도시의 인심이 너무나 어지럽고 산문적이라 녹음의 마음이 아쉬워진다. 웬일인지 우리나라 사람들은 꽃을 보면 꺾으려 들고 나무를 보면 휘어잡기를 좋아한다. 헐벗은 가로수를 볼 때 '한국의 마음'을 보는 것 같다.

봄비가 내린다. 농작물에나 초목들에게는 더없는 감우甘雨, 갈증을 푼 가로수의 줄기에도 물기가 오른다. 나무를 심고 가꾸는 철이다. 흐느끼는 도시의 우수를 감추기 위해서도 아름다운 가로수를 가꿔야 되겠다.

불안한 시민의 하루

교통과 고통

미국의 어린이들은 심심하면 대통령에게 편지를 보내는 모양이다. 7~8세 된 초등학교 아동들의 그 편지 사연을 소개한 기사를 보면 재미있는 것이 참 많다. "대통령은 무슨 일을 하느냐?", "세금은 어디다 쓰는 것이냐?", 심지어는 '쿠바 정책'에 대한 의견을 말한 것도 있어 절로 미소를 자아내게 한다.

그중에서도 가장 우스운 것은 뉴스 영화를 보니 케네디 대통령이 횡단로로 걷지 않고 차도 한복판을 걸어가더라는 것이 있다. 그래서 공중도덕심公衆道德心이 강한 그 어린이는 대통령에게 다음부터는 교통질서를 어기지 말고 조심해서 꼭 횡단로로 다니라고 '우정 있는 설복'을 하고 있다.

눈치 없이 자란 민주주의 천국의 아이들이라 권력자를 보는 눈이나 그 태도에 있어서도 한 줄의 구김살도 없이 맑다. '순사'란 말만 들어도 벌벌 떠는 한국의 어린이들이 새삼 마음에 걸린다.

그러나 한층 더 재미있는 것은 어린이들의 의식 속에서도 철저하게 교통질서를 지켜야 한다는 공중도의公衆道義다. 교통질서를 지켜야 한다는 자발적인 의무감뿐만 아니라, 타인에 대해서도 선의의 충고를 하는 어린이의 그 퍼블릭 센스는 귀엽고도 대견스럽다. 그것이 바로 민주 교육의 성공이 아닌가 싶다.

그런데 우리에겐 아직 공중도덕이나 사회질서에 대한 인식이 부족한 것 같다. 늘 타율적으로만 살아왔기 때문이다. 교통질서만 하더라도 교통순경의 눈초리나 즉심 때문에 지켜지는 것이지 사회질서의 안녕이라는 자각심에서 우러나오는 것 같지가 않다.

어느 초등학교 앞 '건너가는 길'에서 일어났던 교통사고만 해도 그렇다. 브레이크가 고장 난 버스가 일단 정지선을 돌파하고 달리다 마음 놓고 횡단로를 지나가던 초등학교 아이들을 들이받아 두 소녀를 즉사케 했다. 그중 한 소녀는 영화 〈오발탄〉에서 본 일이 있던 꼬마 스타 서애희 양이다.

차량 검사를 어떻게 했기에 그와 같은 사고가 생겨난 것일까? 비단 이번 일뿐만 아니라 초등학교 학생들이 등교하는 길목에서도 난폭하게 운전하는 운전사들은 많은 것 같다. 아무리 엄한 법으로 교통법규를 다스린다 하더라도 스스로 그것을 지키려는 자각심이 없을 때는 늘 그런 사고가 일어나게 마련이다.

'Safety is first'

영국의 어느 학자는 언젠가 이런 풍자를 한 일이 있다.

"영국에서는 아무리 과격한 진보주의자라 할지라도 그 시체를 해부해보면 가슴속에 안전제일이라는 말이 새겨져 있다……."

매사에 보수적인 영국인의 기질은 하나의 장점인 동시에 또한 어느 경우에 있어서는 단점일 수도 있다고 사람들은 말하고 있다. 안전제일만 찾다가는 침체 속에 빠져버리고 만다는 점에서다.

그러나 요즈음 영국에서는 사상 최대의 스캔들과 열차 갱 사건이 연이어 발생하는 바람에 안전제일주의 왕국도 그 체모를 차리지 못하고 있다.

누구는 그것을 일러 망국의 징조라고도 했고, 혹은 영국적 위선의 붕괴라고 손뼉을 치기도 한다.

하지만 저 늙은 대영제국은 지구가 존재하는 이상 지상에서 결코 멸망하지는 않을 것이라고 믿는 사람들이 더 많다.

그들은 돌다리도 두드리며 건너간다는 조심성이 있고, 안전한 길이 아니면 숫제 건너지 않는 중용의 민족이기 때문에 어떤 위기가 와도 쉽사리 붕괴하지 않을 것이라는 의견이다. 그것이 곧 그들의 전통이며 질서라고 할 수 있다. 우리는 그들의 안전제일주의를 비판하기보다 우선 본받아야 할 입장에 놓여 있는 것이 아닌가 싶다.

심지어는 어린이 놀이터의 시설마저 제대로 검토되어 있지 않아 유원지의 어린이 비행기가 추락하는 사태에 이르고 있다.

안전도를 무시한 시설들은 어린이 놀이터뿐만 아니라 우리 주변의 구석구석에서 적신호를 올리고 있다. '건널목', '축대', '음식물', '고물상 포탄'…… 이루 헤아릴 수 없을 정도다.

안전이 보장되어 있지 않은 사회에서 그날그날의 생활을 누리고 있다는 것은 마치 독사가 우글거리는 만지蠻地에서 살아가는 것과 별로 다를 것이 없다. 물론 그만큼 스릴은 있겠지만, 영화 감상이 아니라 직접 목숨에 관계된 일이고 보면 환영할 성질의 것은 못 된다.

누가 안전이 좋은 줄을 몰라 그런 위태로운 일을 겪으랴마는 덮어놓고 그것을 여유 없는 생활의 죄로만 돌릴 수 없다.

요는 행정력에 달려 있다.

소 잃고 외양간 고치는 격으로 어찌하여 당국은 미리미리 점검하지 않았던가?

남산 케이블카도 재검사하겠다고 나서는 것을 보면 그동안 그 케이블카를 타고 다녔던 사람들은 다시 한 번 그들의 몸을 만져 보았을 것이다.

우리나라에서는 대부분의 시체를 해부해볼 때 아마 이런 말이 적혀 있을 것이다. '불안전 때문에 나는 죽었다.'라고.

간판 항의

간판은 도시의 꽃이다. 봉접蜂蝶을 유혹하는 화판花瓣처럼 그것은 메트로폴리탄의 눈과 마음을 사로잡기 위하여 온갖 교태를 부린다. 여기에 간판의 미학이 있고 간판의 심리학이란 것이 있게 마련이다. 치열한 선전 경쟁으로 불꽃을 튀기는 상가의 간판은 그야말로 생존 경쟁의 상징이기도 하다.

'도리挑李는 말하지 않아도 그 밑에 절로 길이 생긴다.'고 했다. 그러나 이 격언은 적어도 우리의 경우에 있어선 시효 넘은 아포리즘이다. 쓰러져가는 판잣집 구멍가게에도 간판만은 큼직하고 화려해야 손님이 온다. 간판만 그냥 큰 것이 아니라 그 이름도 대개는 어마어마한 것뿐이다. '국일國一', '한일韓一', '세계', '우주' 또는 '대大' 자 붙어다니는 상호가 태반이나 된다.

우리나라에서만이 아니라 간판 경쟁은 외국에서도 두통거리다.

프티 부르주아가 팽창해가던 19세기 중엽, 서구 도시에도 간판 경쟁의 여파로 여러 사회문제가 생겨난 일이 있다. 도시의 미관도 미관이지만 창의력(?)을 지나치게 발휘한 나머지 교통과 시민의 생명을 위협하는 것들이 생겨난 것이다. 그래서 드디어는 간판 규제법까지 등장했던 것이다.

이제는 간판이 아니고도 텔레비전, 라디오 등의 매스컴을 이용한 광고술이 발달해서 간판 편중의 경향이 점차 사라져가고 있다는 이야기다.

그런데도 이따금 간판으로 인한 희비극이 전개되는 수가 많다. 미국의 유명한 조개표 석유회사는 상호 'SHELL(조개)'을 네온사인으로 크게 내걸었는데 그만 'S'자가 고장이라 'HELL(지옥)'이 되어버렸다.

그래서 밤하늘에 지옥이란 문자가 빛나게 되어 시민들의 일대 화젯거리가 되었다는 이야기가 있다. 이러한 간판의 변은 애교가 있어 좋지만, 6척짜리 간판이 떨어져 길 가던 소년이 절명했다는 서울 거리의 그 사건은 그냥 웃어넘길 수 없는 일이다.

이 살인 간판의 경우만이 아니라 거리로 돌출한 각종 간판들이 그동안 행인의 머리를 깨고 옷을 찢는 수가 한두 번이 아니었을 줄로 믿는다.

만약 태풍이라도 불어와서 서울 시가의 간판이 모두 날아가는 일이 생긴다면 흡사 공중폭격과 같은 피해가 생기리라는 것쯤은 상상키 어렵지 않다.

이 밖에도 시신경을 자극하는 간판, 불쾌한 감을 주는 조잡한 간판들로 시민들은 노이로제에 걸릴 지경이다. '도시의 꽃'이어야 할 간판이 '도시의 암'으로 변해버린 감이 없지 않다.

여기에서도 간판만 좋아하는 한국적 비극의 부작용이 있다.

'간판보다 내용을…….' 이렇게 떠드는 것부터가 간판(슬로건)을 내세우는 것이니 잠자코 있자.

돌아갈 자연도 없다

"자연은 인간의 정신을 지배한다."고 루소는 말한다. 높은 산정에 오르면 사람의 육체만 상승하는 것이 아니라 정신도 따라서 고고해진다. 그리고 평원으로 내려오면 그 마음은 육체의 위치와 더불어 하락한다. 그래서 루소는 들판보다도 산을 좋아했고 알프스의 레만 호수를 세상에서 가장 아름다운 것으로 믿었다. 러스킨John Ruskin[24]도 그와 같은 의견을 말한 일이 있다.

> 지구상의 산들은 천연의 대사원이다. 참된 종교는 거의 이 산 속에서 이루어졌다. 들판이나 늪에서 사는 승려 또는 은자隱者들은 아무리 그 생활이 청빈하고 주거가 검소할지라도 산에서 사는 목사와 은거인들의 경지를 따를 수 없다.

러스킨은 이렇게 말하면서 '로마 교회의 부패가 대부분 그 임지任地의 관장에서 비롯한 것'이라고도 했다. 산으로 가지 않고 평원을 택했기 때문이라는 것이다.

과연 산과 평원만이 아니라 자연의 모든 명암은 그대로 인간 정신의 명암으로 반영되고 있는 것 같다. 재미있는 에피소드로 베를리오즈Hector Berlioz의 이야기를 들 수 있다.

24) 러스킨(1819~1902), 영국의 예술 비평가. 이상주의를 주장하였다.

베를리오즈는 그의 사랑하는 애인 카뮈가 그녀의 모친 때문에 다른 남자와 결혼하려 하자 복수하기 위해 길을 떠났다. 권총에 장탄을 하고 호주머니에 스트리키닌strychnine(중추신경흥분제)과 아편의 유리병을 넣고 귀부인의 시녀 차림으로 변장을 하고……. 그 두 여인과 약혼자인 사내를 죽일 결심을 했다. 그러나 목적지인 니스에 도착하자, 그는 그곳의 기후와 주위의 아름다운 풍경에 그만 넋을 잃었다. 흥분도 살의도 모두 잊고 아름다운 니스의 자연, 평화로운 그 풍광에 도취하여 '가장 행복한 20일간'의 날을 보냈다는 것이다.

과장이 아주 없지도 않은 이야기지만 자연은 살인까지도 방지할 힘이 있는 것 같다. 살벌하고 산문적인 도시일수록 범죄 건수가 많다. 도시 생활이 그만큼 복잡하고 생존경쟁이 심한 까닭도 있겠지만, 요는 그러한 주위 환경이 인간의 정신을 각박하게 만들고 있기 때문이다. 반드시 루소주의자가 아니더라도 정신의 타락과 정서의 고갈이 범죄의 한 온상이라는 점만은 부정하지 못할 것이다.

상춘 시즌이라고는 하나 우리에겐 아름다운 자연을 만끽할 수 있는 장소가 별로 없다. 춘궁기에 사치한 이야기라고 눈을 흘길 사람이 있을지 모르나 정신의 휴식처가 될 만한 아름다운 '자연'을 가꾸었으면 싶다.

우리에겐 돌아갈 자연도 없다.

시골 바람과 공기 통조림

영국에는 공기 통조림이란 것이 있다. 전원의 맑은 공기를 통 속에 집어넣어 도시인들에게 파는 것이다. 산책할 때 혹은 아침 일찍 자리에서 일어났을 때 이 공기 통조림을 뜯어 코에 대고 심호흡을 하는 모양이다. 도시의 혼탁한 공기만 마시고 사는 사람들에겐 확실히 전원의 맑은 공기가 아쉽다. 그래서 대동강물이 아니라 '바람'을 팔아먹고 사는 영국판 봉이 김선달이 나타나게 된 모양이다. 공기 통조림이 아니더라도 외국에선 도시의 불결한 냄새를 정화시키기 위해서 에어 클리너(공기청정기)라는 것이 등장하였고 또 지하철도에는 향수를 뿌리는 일이 있다. 한때 파리지앵들이 지하도에 뿌리는 그 향수가 너무 값싼 것이어서 불쾌감을 준다고 항의한 일까지 있었다.

프랑스에는 1년 동안 향수 100만 병을 낭비한 퐁파두르 부인이 있었던 걸 보면 파리지앵들의 사치한 기질을 대체로 짐작할 수 있을 것 같다. 그러나 우리에겐 그런 사치가 통할 리 없다. 또 최소한 공기 통조림도 기대하기 어려울 것이다. 적어도 한국의 전원은 풀 냄새나 꽃향기보다 분뇨 냄새가 압도적이다. 도시의 매연 냄새보다도 한층 불쾌감을 준다. 영국식으로 시골 공기를 통조림으로 해서 팔다가는 봉변을 당하기 십상이다. 시골에선 아직도 분뇨를 비료로 쓰고 있기 때문이다.

모처럼 도시의 혼탁한 공기에서 빠져나가 근교의 전원을 찾아가보아도 결과는 뻔한 일이다. 심호흡은커녕 코를 쥐고 돌아오는 수가 많다. 분뇨 냄새에 이맛살을 찌푸리는 도시 사람들을 보고 시골 농부가 대로했다는 말도 없지 않다. 분뇨 냄새가 싫거든 그렇게 해서 가꾼 야채도 먹지 말라는 이야기다.

국수주의자들은 분뇨 냄새 나는 시골 공기를 사랑해야 진정한 한국인이라고 역설할지 모르나, 아무래도 그 의견에 찬성할 수 없다. 분뇨 시비施肥는 비단 '냄새'뿐만 아니라 십이지장충을 비롯하여 여러 병을 전파하는 것으로 위생상 좋지 않다.

그러나 분뇨 시비가 좋지 않은 줄 알면서도 아직은 그 원시적 시비에 의지할 수밖에 없는 것이 우리의 현실이다. 여기에도 한국의 딜레마가 있다.

횡단로와 민도民度

영국에서는 횡단로를 속칭 제브러zebra라고도 한다. 원래 제브러는 '얼룩말'이라는 동물명이다. 그런데 횡단로에 이런 명칭이 붙게 된 것은 그 구역마다 '얼룩말'의 잔등처럼 흰 페인트 무늬를 그려놓았기 때문이다. 물론 그것은 통행인이 눈에 잘 띄도록 한 것이다.

비단 이 횡단로는 눈에만 잘 띄는 것이 아니라 보행자의 통행에도 절대 우선권을 쥐고 있는 편리한 지대다. 제브러 위를 건너갈 때는 두 말할 것도 없고, 자동차가 통과하기를 기다리고 있는 사람이 있으면 차는 곧 멈춘다. 그리고 운전사는 손을 내밀어 먼저 건너가라고 친절하게 양보해준다는 것이다. 차만 그런 것이 아니라 영국의 보행자들 역시 절대로 횡단로 아닌 구역은 건너지 않는다고 한다. 그래서 차는 횡단로 아닌 지대에선 안심하고 운전할 수 있고 또 사람은 횡단로의 구역 안에선 얼마든지 마음놓고 보행할 수 있다는 것이다.

그런데 공중도덕이 낮은 일본이나 우리 한국 같은 데선 이와 정반대의 현상을 목격할 수 있다. 횡단로에 사람이 지나가고 있는데도 맹렬한 속도로 그냥 달리는 자동차가 있는가 하면 횡단로도 아닌 도로의 한복판을 유유히 산책이라도 하듯 지나가는 사람이 많다. 이것 역시 동양의 후진성을 상징하는 것이 아닌가 싶다.

하기야 이탈리아의 교통도 우리에 못지않게 난폭하다는 이야기가 있다. 시내에서도 보통 80리의 속도를 놓고 달리는 차가 많다고 하며 경적도 없이 횡단인의 옷자락을 스치고 지나치는 무지한 운전사도 있다는 이야기다.

그래서 어느 미국 부인은 그 기행문에서 "이탈리아의 자동차가 마멸磨滅하는 부분은 오직 경적과 가속기뿐이며 브레이크는 신품 그대로 영원히 빛나고 있을 것이다."라고 했다.

이와 비슷한 글이 한국을 방문한 모 외국인의 기행문 가운데도 나온다. "보행인은 모두 자살이라도 할 듯이 길을 횡단하고 운전사는 모두 술을 먹은 것처럼 차를 몬다…….”라고. 교통 도덕을 지키는 것은 문화인의 긍지다.

욕망의 버스

버스에 공석이 있는지 없는지 알 도리가 없다. 차장은 그저 손님을 처넣기만 하면 되는 줄로 믿고 있는 모양이다. “탈 수 있소?” 이렇게 물으면 “물론입죠.”라고 대답은 하면서도 손님이 발판에 올 때까지 문을 열어 내부를 보이려 들지 않는다. 손님이 안을 들여다보려면 차장은 갑자기 문을 열어 떠다밀고 소리친다. “오라이! 빌.” 어느새 문은 닫히고 차는 떠난다. 손님이 이리 쓰러지고 저리 쓰러지면서 한동안 굴러다니게 마련이다.

이 글은 마치 오늘의 버스를 묘사한 것 같지만 실은 지금으로부터 1세기 전 찰스 디킨스Charles Dickens가 쓴 것이다. 물론 자동차가 등장하지 않았던 그 옛날 옴니버스(승합마차) 시대의 이야기다. 그러니까 버스의 횡포, 차장의 거친 그 손길에 손님들이 불평을 품었던 것은 비단 어제오늘의 것이 아닌 것 같다. 참으로 그 역사는 깊다.

그러나 우리의 경우처럼 버스의 횡포에 우는 일도 드물 것 같다. 손님들은 하나의 지폐에 불과하다. 언제 보아도 불결하고 빡빡하고 거칠다. 누구나 버스에 오르면 형무소 감방에 들어간 죄

수가 되는 것이다. 사람은 짐짝만도 못하다. 짐짝인들 그렇게 다루면 곧 부서지고 말 게다. 하지만 참아야 한다.

인내의 수양을 닦듯이 꾹 참고 견뎌야 한다. 싫어도 타야 되고 불쾌해도 또 기어올라야 되는 것이 오늘의 교통물이기 때문이다.

버스를 비롯하여 각종 영업차의 요금을 인상해야 된다고 업자들은 불평이 대단한 모양이다. 그러나 불평은 업자들에게만 있는 것이 아니다. 지금의 그런 시설과 대우와 그런 운영 방식을 조금도 개선할 생각은 없이 요금만 올리려 드는 업자의 처사에는 괘씸한 생각이 앞선다. 정원대로 태우지 않는다는 것이 벌써 가격 인상이 아닌가? 그것으로 만족은 못 한다 해도 최소한 적자는 내지 않을 것이다.

버스 삯을 인상해달라고 말하기 전에 버스 구실을 제대로 해야 될 것 같다. 손님을 짐짝으로 아는 버릇부터 없어져야 될 것같다.

소설 「감자」와 현실의 '감자'

김동인의 소설에 「감자」란 것이 있다. 게으른 남편과 빈곤 때문에 '복녀'란 한 여인이 비참하게 타락해가는 과정을 추구한 작품이다.

그런데 무엇보다도 복녀에게 동정이 가는 대목은 이 소설의 마지막에 나오는 사건이다. 복녀는 평소에 정을 통했던 왕서방에게

낫으로 찔려 죽지만 사인은 병사로 되어 소문 없이 묻혀버리게 된다. 왕서방이 복녀의 남편과 한방의를 매수해 그렇게 일을 꾸민 것이다.

인권이란 말이 자주 오르내리는 오늘날에도 그와 비슷한 이야기가 있다. 더구나 그것은 허구가 아닌 현실, 왕서방이 운전사로 바뀌었을 뿐, 「감자」란 소설을 그대로 재현한 느낌이 든다.

19세 된 한창 나이의 여성을 차로 치어 죽였다. 물론 과실치사이긴 하나, 하나의 살인임에는 틀림없다. 그러나 운전사와 차주는 피해자의 가족이 무식한 것을 기화로 사인을 병사로 고쳐 화장케 했다는 것이다. 「감자」의 경우처럼 금일봉을 주고서…….

어떻게 죽었든 사인을 따진다 해서 망인亡人이 나사로처럼 부활할 수는 없는 일이다. 하지만 한 인간이 벌레와 마찬가지로 사망조차 날조된 채 죽어야 된다는 것은 너무도 억울한 일이 아닐까 싶다. 인도적 면에서도 도저히 용서될 수 없는 일이다.

과실이란 누구에게나 있는 것이다. 그러나 그 과실을 덮기 위해서 횡사를 병사로 하여 화장케 했다는 것은 도리어 과실의 은폐가 아니라 죄악으로 만들어버린 것이다.

무지와 돈이 이렇게 때때로 사람의 값을 유린하는 경우가 많다. 죄를 주어야 꼭 속이 시원한 것은 아니지만 사실은 사실대로 밝혀두어야 한다.

권리 위에 잠자는 자는 권리를 파괴하는 자란 말도 있듯이, 압사자가 병사자 취급을 받고 확장된다는 것은 당사자 간에 끝날 문제가 아니다. 하나의 사회질서를 그리고 인권을 짓밟아버리는 행위다.

더구나 그 사건은 교통안전의 달에 일어났다. 각종 플래카드와 선전물이 교통질서에 대한 주의를 환기시키고 있는 거리에서 일어난 일이다. 생각해보면 교통안전은 무엇보다도 생명 외경 사상이 높아져야 소기의 목적을 달할 수 있다.

거리에 다니는 사람을 곤충 정도로 생각하고 있기 때문에 불의의 교통사고가 벌어지는 것이다. 압사를 해놓고 병사로 덮어버리려는 그런 사고방식이 바로 교통사고를 저지르는 요인임을 알아야겠다.

4S 시대

4S의 시대

"현대는 4S가 지배한다."는 말이 있다. '4S'란 스피드, 스크린, 스포츠, 섹스의 네 이니셜을 따서 모은 것이다. 음속보다 빠른 비행기가 나오고 ICBM(Intercontinental Ballistic Missile, 대륙간탄도미사일)과 같은 로켓이 등장하는 것을 보면 현대가 얼마나 속도를 원하고 있는지를 알 수 있다.

그리고 셰익스피어는 몰라도 B. B.나 M. M.을 모르는 사람은 없다. 먼로주의를 육체파주의로 풀이한 학자님들도 있는 걸 보면 정치가보다 여배우들에게 관심이 많았다는 것을 짐작할 수 있다. 현대를 지배하는 것이 매스컴이라면 매스컴의 총아는 영화다. 그러니 스크린의 시대란 말도 나옴직하다.

또 스포츠는 문명에 지친 현대인에겐 나날이 절대화되어가고 있는 존재다. 스포츠는 일종의 카타르시스로서 기계적 생활에서 벗어날 수 있는 유일한 도피구이기 때문이다. 섹스는 말할 필요도 없다. 성性해방이야말로 현대의 르네상스다. 그리하여 현대 여성은 잠옷을 입고 백주의 가도를 활보하고 있다.

그런데 한국에서는 아무래도 4S가 전설 같다. 거북을 탄 것 같은 시중 버스 속에서 '현대는 속도의 시대'라고 말할 용기는 없다. 돈을 내고 눈물을 강탈당하는 홍루물紅淚物, 국적 불명의 사디스틱한 활극, 〈추월색秋月色〉 같은 신파극만 찍어내는 국산 영화를 감상하고 '영화의 시대'라고 말할 배짱도 없다.

스포츠도 물론 그렇다. 점잖기로 이름난 우리 백성은 자고로 스포츠와는 좀 인연이 멀다. 외국 공관에서 대사가 테니스를 하는 것을 본 구한말의 어느 대신은 대경실색하여 곧 인부들을 보내주었다 한다. 귀하신 분들이 저렇게 땀을 흘리며 손수 수고를 해서야 될 말이냐는 것이 우리 군자의 의견이시다.

그러나 단 한 가지 섹스만은 뒤떨어지지 않을 자신이 있다고 말하는 사람들이 있다. 비행기를 만든다는 것은 요원한 장래의 일일지 모르지만 수영복 입은 여인이 서울 거리에 나타나거나 백주의 키스 신 정도는 결코 멀지 않아 우리의 현실이 될 것이다. 섹스 하나 때문에 겨우 우리는 눈부신 현대에 다리 하나를 걸칠 수 있으니 다행이라고 자위를 할까?

4S로 상징되는 현대 문명 가운데 이왕이면 스크린이나 스포츠나 스피드의 S자를 따지 않고 섹스의 S자부터 근대화된 것이 야속하다.

숫자의 비극

숫자의 비극—이것이 현대의 비극일는지 모른다. 어린 시절 우리는 손가락으로 셈하는 습속을 배우기 시작했다. 그러나 이 빈약한 계산법을 배우는 순간부터 인간은 그 비극의 문 안에 들어서게 되는 것이다. 그리하여 모든 것은 그 불모의 숫자로 계산되고 비교되고 또한 평가되고 마는 것이다.

"너 엄마를 얼마만큼 사랑하니……." 그러면 아이들은 "하늘·땅땅·모래수數"라고 대답한다. 무한히 사랑한다는 이야기다. 그러나 성장하면 그 모래의 수도 유한한 하나의 숫자임을 알게 된다. 그리고 어머니의 사랑을 표시하기 위한 숫자가 아니라 '돈'을 위한 숫자와 평생을 싸워야 한다는 것도 알게 된다.

저 끝없는 계산이 되풀이된다. 손가락이 아니라 주판 위에서, 장부 위에서 혹은 사무용 의자에서 인간들은 계산을 한다. 심지어 전사자의 슬픈 죽음도 숫자로 환산되어야 한다. 그리고 숫자는 속일 수 없다는 것, 고지식하다는 것을, 어떠한 감정도 꿈도 용서하지 않는다는 것을 배우게 된다. 그리하여 합리적인 숫자의 세계는 싸늘한 불모지라는 것을 인식하게 된다. 그래서 숫자로 표현되는 세계에선 거짓이 있을 수 없고, 빈틈이 있을 수 없고, 사정이 있을 수도 없는 것이다. 우리는 지금 이러한 냉혈적 숫자의 세계에서 살고 있다. 그렇기에 미국에서는 인간의 지능까지도, 마음까지도 이 숫자의 통계에 의해서 측정된다. 아무 데를 가도 통계요, 무엇을 따져도 숫자의 나열이다. 더구나 투표제에 의한 민주주의에서는 숫자가 모든 가치를 결정하는 유일신이 된다.

그러나 한국인은 불행하게도 이런 숫자의 감옥 속에서 살지 않는다. '적당히'라는 말이 통용되고 있는 이 나라에선 그 냉혹한 숫자의 위력도 힘을 못 쓴다. 그러므로 '숫자를 믿을 수 없는 것'이 이 나라의 특색이기도 하다. 통계도 장부도 다 같이 믿을 수 없다.

이탈리아의 통계 숫자와 인도의 장부를 믿지 말라는 말이 있다. 이탈리아에서 관광객 통계를 낸 것 가운데 미국에서 해외 여행자에게 발급한 여권 총숫자보다도 훨씬 상회하여 웃음거리가 된 일이 있고, 인도에서는 자기가 보는 것, 세리稅吏에게 보이는 것, 동업자에게 보이는 것의 삼중 장부가 있어 세계의 화젯거리가 되어 있다.

우리에게도 역시 이 말은 해당된다. 엄격성과 엄정성을 상징하는 숫자 의식이 결여된 백성들…… 숫자의 현대 문명 속에서도 우리는 주먹구구식인 통계와 계산을 믿고 산다. 우리나라도 그에 못지않다. 정부에서 낸 통계 숫자는 부처에 따라 다르고 또 외국인이 조사한 것과 국내 통계가 각기 차이가 있다. 장부도 통계 숫자와 마찬가지로 편의에 따라 '고무줄'처럼 줄었다 늘었다 한다. 숫자는 '허깨비'며 장부는 이 허깨비가 사는 집이다. 이것은 또 다른 숫자의 비극임에 틀림없다.

문명 속의 야만

기차가 발명되고 철도가 처음으로 부설될 때 많은 사람이 반대를 했었다. 그들은 이렇게 생각한 것이다. 기차에서 내뿜는 불덩어리는 산림이나 밭에 화재를 일으키게 될 것이다. 목장에서 풀을 뜯고 있는 소와 양들은 미치게 될 것이다. 그리고 사회에서는 인간 호흡이 기차의 속도에 견디지 못할 것이라든가 코나 입에서 출혈될지 모르고 60미터 이상의 터널에선 질식하게 될 것이라는 성명서를 냈다.

기차만이 아니다. 새로운 기계문명이 등장할 때마다 사람들은 불안을 표시했다. 19세기 초의 괴테만 하더라도 『빌헬름 마이스터의 편력 시대Wilhelm Meisters Wanderjahre oder die Entsagenden』라는 작품 속에서 기계문명의 내습來襲에 대하여 불안을 예고했던 것이다. 자연미를 파괴한다 하여 시인들의 분노를 사기도 했고 과학 문명의 비인간화를 외치는 휴머니스트의 반발을 사기도 했다.

그러나 죄는 과학 문명에 있는 것은 아니다. 도리어 와트James Watt의 증기 기관은 비인도적인 노예선을 없애주었고 기차는 가축을 미치게 한 것이 아니라 그 교통의 이용으로 목장을 더욱 기름지게 했다. 문제는 과학 문명의 이기를 관리하고 조종하는 인간 자신의 정신에 달려 있는 것이다.

봄비 때문에 고압 전주에 누전이 생기고 그 근처의 판잣집에서 여섯 명이 감전 사망한 불상사가 일어났다. 원자 시대란 말이 부끄러운 원시적인 사건이다. 이것을 전기라는 현대 문명의 탓으로 돌린다면 한숨이 나올 난센스다. 말을 유일한 동력으로 삼았던 옛날에도 낙마하여 죽은 사람들이 얼마든지 있었다. 말을 타는 사람의 부주의로 낙마하는 것처럼, 전기를 다루는 사람이 관리를 소홀히 하면 그런 사고가 생겨나게 마련이다.

우리나라에도 원자로가 들어와 제3의 불을 누리고 있지만 따지고 보면 '제2의 불'인 전기도 제대로 이용할 줄 모르는 형편이다. 바람이 조금만 불어도 전압기가 폭발하고 도처에서 합선이 생겨 화재가 일어난다. 노후한 전선이 나선裸線이 된 채 거미줄처럼 늘어지는 가두를 걷노라면 마치 맹수가 출몰하는 원시림 속을 지나는 스릴을 느끼게 된다. 문명 속에서 살려면 문명 그것에 대한 철저한 관리부터 되어 있어야 한다.

현대의 영웅

영웅이라고 하면 카이사르나 나폴레옹을 연상하게 된다. 그들은 모두 전쟁터에서 기적을 만들어낸 초인들이다.

그러나 시대가 바뀜에 따라서 영웅의 의미도 달라지게 되었다. 카뮈의 말대로 옛날의 영웅들은 그가 정복한 땅의 넓이에 의해서 측정되었지만, 이미 현대에는 그런 영웅이 존재할 수가 없다.

불가능을 가능케 만든 운명의 개척자들이 진정한 영웅이다. 그러고 보면 라인 강의 기적을 이룩한 에르하르트Ludwig Erhard 총리는 현대적 의미로서의 영웅이라고 볼 수 있다. 더구나 옛날의 정복자들은 풍요한 땅을 폐허로 만들었지만 에르하르트는 폐허에서 부를 이룩했다. 말하자면 파괴하는 영웅이 아니라 창조하는 영웅이라고 볼 수 있다. 그것을 우리는 '문화 영웅'이라고 한다.

베토벤, 괴테, 셰익스피어, 뉴턴……. 이러한 문화의 영웅들은 지도를 변경시킨 것이 아니라 인간 정신의 지평을 넓혀갔던 것이다.

독일의 에르하르트 총리는 다시 우리의 관심을 끌었다. 에르하르트 총리도 말했지만 만약 그가 '한국으로 와서 경제 고문'을 한다면 어떻게 될 것인가?

공상 소설 같은 이야기지만 참 흥미진진한 일이다. 라인 강의 기적을 이루듯 한강의 기적을 만들 수 있을 것인가? 그러나 그 대답은 결코 쉽지 않다. 모르면 몰라도 에르하르트가 열이 있대도 그런 기적은 쉬울 것 같지가 않다.

독일이었기 때문에 에르하르트는 영웅일 수 있었고 기적의 주인공일 수 있었다. 말하자면 "혼자의 힘으로 무엇인가 이룩할 수 있는 영웅은 이 세상에선 한 번도 존재한 일이 없었다."

감자 껍질을 벗기지 않고 그냥 먹었던 전후의 독일 국민들, 서너 사람이 모인 자리가 아니면 담뱃불을 붙이기 위해 성냥을 켜지 않았던 그들의 절약심, 그리고 고도한 기술자들과 루르의 지하자원……. 이런 것들이 에르하르트가 설 기적의 자리를 만들어 준 것이다.

이렇게 따져가면 영웅이란 하나의 기수騎手에 불과한 것이다. 잘 뛰는 말이 있어야 기수는 정말 기수가 될 수 있다.

그런 뜻에서 우리는 지금 하나의 영웅을 기대하기보다 성실하고 슬기로운 하나하나의 국민들을 원한다. 사막도 따지고 보면 하나의 모래알에 지나지 않는 것이다.

에르하르트보다 독일의 국민 그것을 먼저 본받아야겠다.

핵실험에 이상 없다

『서부 전선 이상 없다Im Westen nichts Neues』―이것은 미국으로 귀화한 독일 작가 레마르크Erich Maria Remarque의 출세작이다. 그러나 오늘날 이 작품을 읽어보면 꼭 라이트 형제의 구식 쌍엽기를 연상시킨다. 무엇보다도 그 감격적인 라스트 신이 현대의 독자들에겐 별로 실감이 없다.

한 병사(소설의 주인공)가 유탄에 맞아 죽는다. 그러나 그 보고문에는 "서부 전선 이상 없다."라고 되어 있다. 전쟁터에서 한 사람쯤 죽는 것은 숫자에도 들어가지 않는다. 아무런 의미도 사건도 될 수 없다. 레마르크는 개인과 인격과 감상이 허락되지 않은 그러한 비정의 계절을 향해 항변한 것이었다. 그리고 1930년대의 독자들도 레마르크의 이 고발에 깊은 감동과 분노를 느꼈던 것이다.

그러나 핵전쟁이 일어나게 되면 전 인류가 멸망할지도 모르는 오늘날, 그러한 휴머니스트의 분노란 도리어 귀엽기만 하다. 지금은 개인의 문제가 아니라 인류 전체가 사느냐 죽느냐의 판국에 놓여 있기 때문이다.

그래서 현재에는 메가란 말이 유행되고 있지 않은가? 메가라고 하면 어떠한 단위의 100만 배를 뜻한다. 그러니까 폭탄도 1톤, 2톤이라는 작은 단위로는 불편해서 1메가톤, 10메가톤 등으로 그 위력을 측정하고 있다. 따라서 사망자도 한 명, 두 명의 보통 단위로는 헤아리기 어려워 '메가 데드'라 하여 '100만 명의 죽음'을 한 단위로 묶어 계산하게끔 된 것이다.

한 사람 한 사람의 심장을 겨누던 시대는 지나갔다. 100만 명이 죽어도 '한' 단위밖에 되지 않는 이 현실 속에서 이미 나는 존재하지 않는다. 다만 메가로 계산되는 현대의 위협과 위기만이 있을 뿐이다. 그리고 그것은 소련의 수십 메가톤 대형 핵실험에 의해서 점차 구체적인 얼굴을 드러내고 있다.

"로시나(러시아의 오철誤綴) 사람들이 북극에서 폭탄을 터뜨리는 것을 제발 못 하도록 말려주세요. 그 사람들은 산타클로스 할아버지를 죽이게 될 터이니까……." 이 순진한 편지는 여덟 살 난 홀리 크로스 초등학교 아동이 케네디 대통령에게 보낸 것이다.

산타클로스 할아버지를 학살하고 그 대신 저 아이들에게 '죽음의 재'를 선물하는 자, 전 인류가 이렇게 '죽음의 재' 앞에서 떨고 있는데, 저 붉은 앵무새들은 "소련 핵실험에 이상 없다."고 보고문을 쓸 것인가?

제7지하호 속의 인간

태양이 있었다. 태양은 지금도 빛나고 있을까? 내 눈에는 저편 벽에 걸린 시계가 보이질 않는다. 그러나 아직은 밝다. 아니…… 앞이 보이지 않는다. 아아…… 친구여…… 모두…… 어머니…… 태양…… 나는 나는.

미래의 핵전쟁을 가상한 로쉬왈트Mordecai Roshwald는 『핵 폭풍의 날Level Seven』이라는 작품을 이렇게 끝맺었다. 핵전쟁으로 인해 모든 인류가 죽고 마지막 생존자가 마지막 숨을 넘기며 기록한 일기문의 슬픈 종장의 토막글이다.

수폭의 시대에 사는 우리에게 전기한 로쉬왈트의 소설은 이상한 박력을 갖고 어필해온다. 성명이 아니라 기호로 불리는 X127, X107의 주인공들은 지하 4천 피트의 지하호에서 생활하지만 욕망도 꿈도 사랑도 없는 오직 죽음의 나날만을 되풀이한다. 결국은 방사능으로 인하여 그들은 차례차례 죽어간다. 장례를 지내줄 사람도 없고 시체를 붙잡고 울어줄 사람도 없이…….

식당, 복도, 침대, …… 도처에서 구토를 하며 사람들이 죽어간다. 모든 사람이 숨을 거둘 때 증인도 없는 폐허의 거리(지하호)엔 방사능과 그리고 베토벤의 〈영웅〉이 들어주는 사람도 없는데…… 인류보다도 오래 남아 흐느끼듯 울려오고 있을 것이다.

이 처절한 풍경은 작가 로쉬왈트의 공상이 아니라 인간 미래의 운명도가 될지도 모른다. 그렇기에 20세기의 휴머니스트들, 말하자면 버트런드 러셀과 같은 철학자들뿐만 아니라 직접 '핵무기'를 생산하고 관리하는 당사자들 간에도 수폭의 위기로부터 인류의 미래를 옹호하자는 운동을 전개하기에 이른 것이다.

그런데도 불구하고 소련은 단독으로 다시 핵실험을 재개했다. 그들은 중앙아시아에서 TNT 50만 톤에 상당하는 핵폭발을 감행했다. 무슨 뱃심에서인지 지하 실험도 아닌 공중 실험인 것이다. 그리하여 그 '죽음의 재'가 3~4일 후면 우리나라 상공을 통과하게 될지도 모른다는 이야기다.

흐루쇼프의 '원자 공갈', 그가 떠들던 '인류의 평화'란 결국 이런 것이었다. 세계는 이 늙은 곡예사의 불장난 앞에서 떨고 있다. 칼을 가진 광인만 해도 위태로운데 원폭을 가진 이 늙은 광인이야말로 얼마나 두려운 존재인가?

미친 흐루쇼프 군에게 『핵 폭풍의 날』의 소설을 꼭 읽혀주고 싶은 생각이 든다. 인류의 멸망을 향해 채찍을 가하는 세기의 사디스트 흐루쇼프에게 바늘 끝만 한 이성이라도 있다면…….

장미꽃과 쓰레기통

현대의 신화

그리스 신화를 보면 클로토, 라케시스, 아트로포스라는 3인의 여신이 인간의 운명을 지배하는 것으로 되어 있다. 클로토는 인간의 탄생을 맡는 여신으로 운명의 실을 뽑는 역할을 하고, 라케시스는 인간 생애의 여러 가지 사건이나 희로애락을 멋대로 짜내는 일을 맡고 있다.

그리고 그중에서 제일 연장자인 아트로포스는 가위를 들고 운명의 실을 끊어버리는 가장 무서운 역을 담당하고 있는 것이다.

이렇게 옛날 사람들은 인간의 모든 생존, 모든 기미, 그리고 모든 행동을 어떠한 운명 밑에서 생각해왔던 것이다. 동양에서도 천명은 어길 수 없다는 사상이 생활의 신조를 이루기도 했다. 그러므로 운명론자들은 체념하고 사는 것이 현명한 것이요, 땀을 흘리고 사는 것이 도리어 어리석은 일이라고 생각했던 것이다. 그러니 아무리 사소한 불행일지라도 인력으로는 어찌할 수 없다는 그 운명론이 정치에의 무관심을 낳게 된 것은 당연한 일이다.

그러나 현대는 '정치의 계절'이라고 한다. 그리스 비극이 모두 인간의 운명에서 생겨난 것과는 반대로 현대의 비극은 모두 인간의 정치적 현실에서 빚어지고 있다. 현대인의 생존 여탈권을 쥐고 있는 것은 이제 아트로포스도 아니요, 클로토나 라케시스도 아니다. 그들의 역을 맡은 것은 유엔에서 기염을 토하는 정치가들인 것이다. "인생은 미래에 의해서 만들어진다. 마치 육체가 공허해서 만들어지는 것처럼……"이라고 말한 사르트르는 낡은 숙명론자들의 사상에 정면으로 대결하고 정치 참여의 새로운 철학까지 낳았다.

이렇게 운명극이 아니라 정치극 속에서 사는 현대 인간들은 손금을 보는 대신에 신문을 읽고, 관상을 보기 전에 위정자의 프로필을 생각하고 있는 것이다. 야스퍼스Karl Jaspers라는 철인도 평소에는 인간에 있어서의 정치적 조건을 경시해왔지만 나치가 집권을 하고 그로 인해서 그 자신이 억울하게 투옥되자 비로소 '정치'를 새삼스럽게 인식했다고 한다.

'운명론'에서 '정치론'으로 모든 현대인의 시선은 옮겨가고 있다. 최근 유럽을 휩쓸고 있는 히트송만 해도 옛날의 〈케 세라 세라〉가 아니라 〈루뭄바 차차차〉라고 한다. '루뭄바 카사부부 카사부부 루붐바 촘베 세쿠루레 촘베 촘베 차차차', 이러한 가사가 댄싱홀에서 흘러나오게 되었다니 과연 현대의 신화는 정치라 할 수 있다.

포도주와 정치

파리의 사교계에 데뷔하려면 우선 '포도주'의 맛을 감식할 줄 알아야 된다는 말이 있다. 어떤 포도주든 맛만 보고 그 산지와 연대를 알아맞힐 정도가 되면 어디엘 가나 큰소리를 칠 수 있는 것이다. 포도주에 밝은 프랑스의 신사 하나가 어느 날 친구들과 내기를 했다. 눈을 가리고서도 모든 포도주의 산지와 연대를 알아맞힐 자신이 있다는 것이다.

샤토이캉 1906년, 몽프라쉬 1911년, 그는 차례차례로 두어 모금씩 맛을 보며 귀신같이 그것을 알아맞혔다. 단 1년도 틀리지 않고 그는 열 종류에 가까운 포도주의 맛을 정확히 가려낸 것이다. 박수갈채를 받고 의기양양한 그 친구는 눈에 가린 수건을 벗으려 했다. 그때 한 친구가 "잠깐만! 마지막으로 어디 이것을 맞혀보게."라고 하면서 컵을 내밀었다. 그는 그것을 받아들고 몇 번이나 맛보았지만 결국 손을 들고 말았다. "이 포도주만은 모르겠다." 풀이 죽은 그 친구의 말을 듣자 좌중에선 폭소가 터져 나왔다. 그것은 포도주가 아니라 '물'이었던 것이다.

세상만사가 다 그와 같다. 포도주의 명인名人은 누구나 다 아는 그 '물맛'을 몰랐다. 마찬가지로 전문가란 대개가 상식적인 일을 망각하는 수가 많다.

소크라테스는 대大철인으로 무수한 제자를 길러왔지만 가장 가까운 자기 부인을 교육시키는 데에는 영점이었다. 크산티페는 천하의 악처로서 소크라테스는 늘 고생을 했던 것이다.

천재인 에디슨은 자기의 '이름'도 잊은 일이 있고, 세계 제일의 박식가라는 만화가인 로버트 엘 리프레는 자기 사무소의 전화번호를 몰랐다.

그렇기에 동양의 명언에 '수신제가修身齊家를 하고 난 후에 치국평천하治國平天下'란 것이 있다. 물맛을 모르고 포도주 맛에 능통한 것처럼 자기 몸 하나 간수하지 못하면서 나라를 다스리려고 덤비는 정치가가 있다면 분명 그것은 하나의 비극과 통하는 일이다.

더구나 민주정치란 것이 그렇다. 나라를 염려하고 국가의 대사를 논하는 사람들이 가끔 필부匹夫라도 알 사소한 '생활의 지혜'에 어두운 경우가 많다. 민주주의란 '나'로부터 움트는 것이며, 평범한 생활 감각을 토대로 해서 꽃피어가는 것이라 하겠다. 한국의 정치가들은 물맛도 변변히 모르고 포도주 맛만 논한 사람들이다. 앞으로 정치계에 데뷔하려면 포도주 맛이 아니라 물맛부터 제대로 알아야 될 것 같다.

식인종과 문명

영국의 어느 탐험가가 아프리카의 식인종에게 사로잡혔다. 그런데 그 추장은 한때 영국 대학에서 유학을 한 일까지 있었다는 인텔리(?)였다.

탐험가는 "우리나라의 대학 OB인 당신이 어째서 야만스러운 풍습을 아직도 버리지 않고 있습니까." 하고 힐책했다. 그러나 추장은 아주 자랑스럽게 대답했다. "그러니까 영국에서 돌아온 후부터 나는 맨손으로 인육을 뜯어먹지 않고 이렇게 당신들처럼 포크를 사용하여 식사를 한답니다."

이러한 예는 후진국의 도처에서 볼 수 있다. 모방이라고 하는 것은 대개가 그런 것이다. 정신은 없고 형식만 수입해온 문명—여기에서 혼란이 생기고 희극이 생긴다. 인육을 손으로 집어 먹든, 훌륭한 테이블 매너를 지켜 포크를 사용하든 그 야만성에는 변화가 없다. 그러나 당사자들은 스스로 문명화했다고 착각하고 있다.

우리의 경우도 그렇다. 조지 워싱턴이나 링컨의 정신보다 우리가 먼저 배운 것은 껌 씹는 법이었다. 미국의 프래그머티즘(실용주의)은 몰라도 폴 앵카Paul Anka의 흉내쯤은 아마추어 쇼에서도 거뜬히 해치운다. 영국의 젠틀맨십을 모르는 사람이라 할지라도 삼복더위에 정장을 하고 다니는 것쯤은 상식으로 통한다.

그러나 속을 뒤져보아라. 트위스트를 추고 매니큐어를 바르고 점잖게 앉아 양식을 먹고 있는 황색 인종의 머릿속에는 『삼국지』의 괴담이나 봉건주의의 망령으로 가득 차 있다. 바뀐 것은 형식뿐이다. 따지고 보면 우리의 헌법이란 것도 그런 것이었다. 헌법의 체재만 가지고 보면 어떠한 민주주의 국가에 비해서 조금도 손색될 것이 없다.

헌법이란 것은 형식적인 테이블 매너에 불과한 것이었다. 그나마도 불편하다는 이유로 손가락으로 집어 먹는 봉건적인 야만성이 부활되기도 했다. '내가 국가요 곧 법'이라는 루이 14세식 사고방식 위에서 헌법의 존엄성이 땅 위에 떨어져 짓밟힌 날도 없지 않았다.

그러고서도 모자라 제헌절 열네 돌을 맞이하는 날 또다시 헌법을 뜯어고치기 위해서 합심의 소위合審議小委가 구성되었다. 그러니 우리들의 감회 또한 평범할 수 없다.

헌법은 형식이 아니라 국민의 생명인 것이다. 헌법의 존엄성을 또 한 번 다짐하는 국민 전체의 경건한 서약이 있어야겠다.

미라잡이가 미라가 된다

군대 왕이라는 별명이 붙은 프리드리히 빌헬름 1세는 회초리와 곤봉을 가지고 관기를 숙정했다.

그래서 폭군이라는 욕을 얻어먹긴 했지만 나라의 기틀을 바로잡아 모든 면에서 국력을 부강케 한 것만은 사실이다.

어느 날 아침 왕은 포츠담 가를 산책하고 있었다. 마침 우체국 앞을 지나치려는데 함부르크에서 막 도착한 우편 마차 한 대가 서 있었다. 아직도 문이 닫혀 있어서 차부는 한동안 우체국 문을 두드리고 서 있었던 것이다.

그것을 본 왕은 곧 문을 부수고 안으로 뛰어 들어갔다. 그러고는 무사태평으로 코를 골고 있는 국장을 베드에서 끌어내어 회초리로 내리갈겼다. 왕은 차부에게 몸소 국장의 근무 태만을 빌었고, 국장을 그 자리에서 파면시켰던 것이다.

물론 현대 사회에서는 아무리 부지런한 통치자라 할지라도 이런 식으로 관리를 다스릴 수는 없을 것이다. 그러나 '엄정한 관기'를 세워야 한다는 면에서는 본받을 만한 점이 없지도 않다.

당시의 우편 수입은 국가 재정에 중요한 영향을 끼치고 있었으므로 그렇게 엄한 벌을 내린 것도 무리는 아니다.

어쨌든 '윗물이 맑아야 아랫물도 맑다.'고, 프리드리히 빌헬름 1세 치하에서는 부패가 있을 수 없었다.

우리나라에서는 관官계의 부패가 일종의 상식처럼 되어 있다. 옛날에는 암행어사란 것이 있었고 또 오늘날에는 구악을 일소한다고 혁명까지 일어났었지만 관리의 부패부정은 여전하다. 참으로 그 악의 뿌리는 깊고 깊은 모양이다.

특히 상공, 농림, 재무, 기획, 교통, 체신, 건설 등등의 사업 관청들은 보통 복마전伏魔殿이라는 별칭으로 불려왔었다. 견물생심이라고 돈이 오가는 자리이고 보면 자연히 마음도 어지러워질 것이다.

그래서 감사원장도 이 사업 관청들에 중점을 두고 감사를 실시

할 것이라고 말했다. 과연 어느 정도로 부패부정을 가려낼 것인지는 두고 보아야 되겠지만 이도령이 변사또를 치듯, 그렇게 통쾌한 장면이 벌어질 것이라고 너무 기대할 필요는 없을 것 같다.

'미라잡이가 미라가 되는' 격으로, 부패를 막으러 간 관리가 도리어 부패 관리가 되어 돌아오는 일이 없다면 성공이다.

기침과 학살

1851년 나폴레옹 3세 때의 이야기다. 폭민暴民들이 궁궐로 밀려들어 난동을 벌이게 되자 황실 호위대의 부관 하나가 급히 상고를 했다. 당시 호위 책임자였던 생아르노 백작은 지병이던 천식증이 발작하여 부관의 보고를 듣고 있던 자리에서도 몹시 심한 기침을 했다.

그래서 그는 "마 사크레 투Ma sacré toux('나의 지독한 기침'이란 뜻)."라고 말했다. 그러나 부관은 그 말을 그만 "마사크레 투Massacrez tout(모두 죽여라)."로 알아듣고 폭민에게 발포, 수천의 생명을 잃게 했다는 것이다.

이렇게 공교로운 예가 아니더라도 우리는 상부의 지시가 그릇 전달되어 본의 아닌 과오를 저지른 사실을 흔히 보아왔다. 특히 그러한 혼란은 과잉 충성에서 생기는 수가 많다.

아랫사람에게 명령을 내리는 사람이나 윗사람의 지시를 받은 사람은 다 같이 양식에 입각해서 그것을 처리해야만 될 것 같다. 그렇지 않으면 그야말로 기침을 탓한 말이 수천의 인명을 학살하게 되는 우를 범하기 쉬운 것이다.

과거의 자유당 정권이 비극의 길을 걸은 것도 '상의하달'과 '하의상달'이 제대로 되지 못한 데에 그 원인이 있다 해도 과언은 아닐 것이다.

우리나라 속담에 '한 술 더 뜬다.'는 말이 있다. 상부의 지시에 그냥 복종만 해도 될 것을 한 걸음 더 나아가 시키지도 않은 일까지 자랑삼아 하는 사람들이 많다. 언제나 그런 사람들 때문에 의외의 사태가 벌어지곤 한다.

데모를 막는 일만 해도 그런 것 같다. 과잉 방어로 인명을 상하게 한다든지, 필요 이상으로 과격한 행동을 하여 민심을 자극시킨다면 결과적으로 데모에 불을 붙이는 일이 되고 만다.

시국이 소란한 때일수록 과잉 충성은 없어야 한다. 공명심이나 부질없는 협기俠氣로 일을 처리해서는 안 된다. 또 매사의 결정권을 쥐고 있는 고위층 인사들은 자기의 언동에 신중을 기해야 될 것이다. 순간적인 기분에 치우쳐서는 안 된다.

일거수일투족이 그대로 이 민족의 역사를 방향 짓게 한다는 사실을 냉정한 이성으로 주시해야만 될 것이다.

따지고 보면 목적은 단 하나—나랏일을 잘되게 하자는 데에 있다. 이것이 우리가 따라야 할 지상의 명령인 것이다.

인간 정가

"인간은 모두 시가時價를 가지고 있다."

이것은 영국 의회정치의 시조 격인 월폴Robert Walpole이 한 소리다.

그는 의회에서 다수를 얻기 위해 의원들을 매수하는 데에 주저하지 않았을 뿐 아니라, 인간을 시장의 물품 취급하듯 하는 말을 공언하고 다녔다. 그 때문에 반대파의 비난을 받기도 했지만 사실 월폴의 매수 공작에 넘어가지 않은 자는 별로 없었다.

그러니 "인간에게는 각각 시가가 있다."고 말한 월폴보다도 그런 소리를 듣게 된 부패 정치가가 더욱 나쁘다고 할 수 있다.

정치가의 주가는 증권시장의 그것에 못지않게 예민하다. 하루아침에 주가가 하늘 높은 줄 모르고 폭등하는가 하면, 또 하룻저녁에 그 값이 땅에 뚝 떨어지는 허망한 일도 있다.

그 기복이 실로 변화무쌍하다. 국회의원 선거의 공천 때만 되면 더욱 그러한 현상이 두드러지게 나타난다.

공천을 받느냐 못 받느냐에 따라 한 인물의 시세가 오르내릴 뿐만 아니라, 실제로 공천을 받으면 돈으로 그것을 바꿀 수도 있는 모양이다.

당 공천자들 간의 포섭 공작이 겹쳐 등록 포기의 조건으로 물품이 오고 갈 수도 있기 때문이다.

그리하여 공천을 받아놓고도 등록을 끝마치지 아니하고 눈치만 보고 있는 사람들이 꽤 많은 모양이다. 이쯤 되면 단순한 '인간 정가'라기보다 그 값에 프리미엄까지 붙어다니는 격이다.

이러다가는 앞으로 사람들에게도 정찰제가 생길지도 모른다. A당의 이○○ 씨가 시가 100만 원, B당의 김×× 씨는 시가 200만 원……. 이렇게 꼬리표가 붙어 다니면 교섭하는 사람도 한결 편하겠다.

'인간 시가론'이 인간을 모독한 것이라 하여 펄펄 뛰는 사람들도 사실 알고 보면 자기 시가를 올리고자 하는 수작에 불과하다. "사람이 무슨 물건인 줄 아느냐?"고 서슬이 푸르게 덤벼들어야 그를 매수하는 단가도 높아지게 마련이다.

이번 선거에서는 중도에서 출마를 포기하거나 사퇴하는 자가 많이 나올 것 같다. 당선될 자신이 없는 사람이 입후보를 해놓고, 그것을 포기는 조건으로 금품이나 받아먹으려는 자가 그중에는 상당수에 달할지도 모른다. 이쯤 되면 정치가 아니라 완전히 상행위라고 볼 수밖에 없다.

그러나 그들이야 어찌 되었든, 정치가의 시가를 누구보다도 잘 알고 있는 것은 현명한 국민들이다. 물건을 살 때처럼 가짜에 속지 않도록 조심해둘 일이다.

지조와 요령

지조란 말은 어딘지 곰팡내가 난다. 고지식한 유생들의 낡은 갓을 연상케 한다.

지조를 상징하던 대나무 그림도 이제는 시골 사랑방 병풍에서나 겨우 잔맥殘脈을 지니고 있다. 과연 현대 사회에서 지조를 지키고 살아간다는 것은 용이한 일이 아니다. 우선 그렇게 인간관계가 단순치 않고, 생활양식이 평면적이 아니다.

요즈음의 처세술에 있어서는 지조란 말 대신에 요령이란 말이 고개를 들고 있다. 세상을 살아가기 위해서는 요령이 있어야 한다. 적당하게 처세하지 않고서는 곧 그물에 걸리고 만다.

장애물 경주의 선수들처럼 요리 빠지고 조리 빠지면서 그때그때의 형편에 따라 행동하는 것이 현명한 사람으로 되어 있다.

무엇보다도 실리를 생활 철학 제1장으로 삼고 있는 정치가들이 특히 그렇다. 그들에게서 지조를 찾아낸다는 것은 바다에서 금을 캐고 나무에서 물고기를 얻는 것보다도 더 어려운 일로 되어 있다.

먹을 것이 생기면 모이고 위험하면 흩어지는 것이 참새들의 생리다. 신문 광고란을 곧잘 장식하고 있는 탈당 성명서라는 것도 바로 그 일례다. 탈당을 하면 그냥 탈당을 할 것이지, 어제까지 문턱이 닳도록 드나들던 옛집에 방화를 하는 것 같은 언동을 할 필요가 어디 있겠는가? 보는 사람의 마음이 부끄럽다.

그것도 평당원이 아니라 어엿한 간부급의 인사들이 먼지를 털고 일어서듯 하루아침에 표변豹變하는 것을 보면 정말 지조란 말은 이제 박물관으로 들어가야 될 것 같다.

남편이 실직했다 해서 그를 버리는 여인들만 있다면, 자식이 변변치 않다 해서 그를 쫓아내는 부모만 있다면 대체 이 세상은 어떻게 되겠는가?

정치인들이 당적을 바꾼다는 것은 여자가 살아 있는 남편을 두고 개가改嫁를 하는 것과 비슷할 경우가 없지 않다. 아무리 그 여인이 전 남편을 헐고 뜯는다 해도, 그리고 새서방 칭찬을 입이 닳도록 떠든다 해도 세상 사람들은 손가락질을 하게 될 것이다.

요즈음 민정당과 국민의 당에서 탈당을 하여 대거 공화당에 입당을 한 모모 인사들의 그 성명서를 보면 어쩐지 세상이 자꾸 슬퍼지기만 한다.

당을 신발 갈아 신듯이 하는 그들도 그들이지만 쌍수를 들어 받아들이는 그 당도 역시 잘한 일이라고는 볼 수 없다.

나폴레옹은 "내 사전에는 불가능이란 말이 없다."고 했다지만 우리 정치가들의 사전엔 지조란 말이 없는가 보다.

바보가 더 좋아

캐시어스 클레이Cassius Clay(본명은 무하마드 알리)가 또 세상 사람들을 놀라게 했다. 이번에는 링 위에서가 아니라 신체 검사장에서였다.

건장한 신체에 재담까지 곧잘 늘어놓는 클레이가 미 육군 징집 신체검사에서 불합격이 되었기 때문이다.

이것은 리스턴과의 대전에서 그가 이긴 것보다도 더 예상 밖의 일이다. 시인을 자처하던 똑똑한 클레이가 지능 검사에서 두 번씩이나 불합격이 된 것은 아무래도 믿어지지 않는 이야기다.

여론을 보면 클레이를 의심하는 쪽이 많다. 징집을 기피하기 위해서 고의로 한 짓인지도 모른다는 것이다. 그를 아인슈타인과 같은 천재라고 믿고 있는 사람도 없겠지만 그렇다고 이반 같은 바보라고 생각할 사람도 없었을 것이다.

그래서 이번에 다시 재검을 했던 것인데 결과는 전과 같이 불합격이었다. 결국 이것이 사실이라면 '권투계의 왕자'는 하나의 천치에 지나지 않았다는 결론에 도달한다.

과연 클레이는 저능아인지도 모른다. 일반적으로 흑인의 지능지수가 낮다는 것은 누구나 잘 알고 있는 이야기다. 백인의 IQ가 평균 100인 데에 비해서 클레이와 같은 흑인들은 기껏해야 90을 넘지 못한다. 그러고 보면 클레이가 지능검사에서 떨어지게 된 것도 이해가 갈 만한 일이다. 가뜩이나 지능이 낮은 족속이 매일같이 머리를 얻어맞다 보면 천치와 다름없이 될 것이다.

다만 불가사의한 것은 그런 저능아가 나폴레옹이 부활한 것처럼 온 세상을 떠들썩하게 만들 수도 있다는 그 현실이다.

우리나라 사람들은 IQ가 높은 편이다. 평균 100을 넘고 있으니 백인들에 비해서 결코 두뇌가 떨어지지 않는다는 사실을 알 수 있다. 그런데도 왜 우리는 늘 이렇게 가난하게 살아야 하는가? 아이로니컬한 일이지만 너무 똑똑해서 못사는 것이나 아닌지 의심스럽다.

원래 정치는 3등 두뇌를 가진 자에게 맡기는 것이 이상적이라는 말이 있다. 정치가의 머리가 너무 좋으면 독재를 하고, 국민을 괴롭히고, 못된 음모를 자주 꾸며서 좋지 않다는 것이다. 머리가 좀 둔해야 고분고분하게 국민의 심부름 노릇이나 하고 다닐 것이 아니냐는 의견이다.

이런 논법으로 가자면 우리나라의 정치가들은 너무 똑똑해서 큰일이다. 약삭빠른 눈치로 이해타산의 줄타기를 하고 있는 권력자들 때문에 나라 꼴이 이 모양이 됐는지도 모른다.

머리가 둔해도 클레이처럼 큰소리치고 사는 사람도 있고, 머리가 똑똑해도 우리처럼 가난이 태산 같은 사람들도 있다.

선거 계절풍

암뜸부기냐 수뜸부기냐

옛날 한 농부가 수호守護의 성자제聖者祭를 축하하기 위해서 대여섯 마리의 뜸부기를 잡아왔다. 그리고 아내에게 수뜸부기를 잡아 왔으니 저녁 반찬을 하라고 부탁했다.

아내는 뜸부기를 보자, 이상스럽다는 듯이 말대꾸를 했다.

"아니, 여보, 이게 암컷이지 어째서 수컷이유?"

농부는 그 말을 듣고 또 가만히 있지 않았다.

"수컷이라고 했으면 수컷인 줄 알 거지, 웬 말이 그리 많소?"

드디어 부부 싸움이 벌어졌다. "수컷이다." "암컷이에요." "수컷이라니까." "죽어도 난 암컷이라는데도……."

이러다가 주먹이 날았다.

"이래도 암컷이야?" 사정없이 내리치는 남편의 주먹질 밑에서도 아내는 여전히 굴하지 않고 암컷이란 말만 되풀이한다. 기진맥진하여 일단 싸움이 끝났지만 그러나 싸움은 그것으로 끝나지 않았다.

매년 수호의 성자제가 돌아오면 수뜸부기와 암뜸부기의 언쟁이 재연되는 것이다.

"작년에 내가 잡았던 뜸부기를 가지고 싸웠던 일이 생각나는군."

"글쎄, 암뜸부기를 가지고 수뜸부기라니 그런 싸움이 안 벌어지겠어요?"

"아냐, 그건 정말 수뜸부기였어."

"암뜸부기라는데 또 우기시네요."

이리하여 다시 주먹이 등장한다. 이 부부들은 죽을 때까지 매년 1회씩 수뜸부기냐 암뜸부기냐의 문제를 가지고 똑같은 싸움만을 되풀이했다.

프랑스의 속담에 '그것은 수뜸부기냐 암뜸부기냐의 싸움'이라는 것이 있는데, 바로 이러한 옛이야기에서 나온 것이다. 그리고 그것은 사람들이 회귀적으로 언제나 똑같은 문제를 가지고 쓸데없이 싸우는 공론을 두고 하는 소리다.

우리나라에서는 선거철만 되면 '암뜸부기와 수뜸부기의 싸움'이 벌어진다.

그중에서도 서로 자기가 정권을 잡아야 민생고를 해결할 수 있다는 가소로운 언쟁이다.

목숨을 걸고 싸우는 치열한 선거전이지만 언제나 그 결과는

'암뜸부기와 수뜸부기'의 싸움과 오십보백보였다.

선거철이 지나면 까마득히 망각하고 있다가 그때가 다시 돌아오게 되면 '민생고 운운'이 예외 없이 등장한다. 이래서는 못 살겠다는 것이다.

그러나 국민들은 선거를 100번 치러도 배가 고프다. 시급히 민생고를 해결해주마던 혁명 공약을 순진하게 암송하던 그들의 얼굴은 날이 갈수록 창백하다. 여與도 야野도 우리의 밥상과는 아무런 관계가 없으니 한숨만 짙다.

암뜸부기건 수뜸부기건 먹을 수 있는 뜸부기를 잡아달라고 부탁하고 싶다.

손수건 이문異聞

사랑하는 사람에게 행커치프를 주면 이별하게 된다는 미신이 있다. 그야말로 "눈물 젖은 손수건……" 운운하는 유행가처럼 그것은 아무래도 눈물과 관계가 깊은 물건이라 해서 그랬던 모양이다.

확실히 행커치프라고 하면 임을 보내며 남몰래 눈물짓는 여인이 연상된다. 그만큼 낭만적이면서 애상적이다.

그러나 수건은 좀 더 다른 인상을 준다.

행커치프나 수건이나 말뜻을 캐면 다 같이 손과 관계된 천[巾]

을 의미하는 것이지만, 수건은 실상 타월과 맞먹는 말이다. 그래서 굳이 행커치프를 우리말로 번역할 때는 '손' 자를 두 개나 겹쳐서 '손수건'이라고 한다.

꽤 모순적인 명칭이긴 하나 '수건'과 '행커치프'를 구별해 쓰려는 심정만은 이해할 수 있을 것 같다.

수건은 행커치프에 비해 훨씬 서민적이며 산문적이다. 눈물이 아니라 때 묻은 얼굴이나 기름기 도는 땀이나 씻는 물건이다. 수건이라고 하면 가냘픈 여성이 아니라 뙤약볕에 그을린 노동자의 얼굴이 떠오르게 마련이다.

그뿐만 아니라 국회의원 출마자들이 가끔 유권자들에게 선심을 쓰기 위해서 수건을 돌린 뒤부터 정치적인 색채마저 섞이게 되었다. 값은 싸다 할지라도 누구나 요긴하게 쓸 수 있는 물건인지라 선거 전에는 안성맞춤의 선물이라 할 수 있겠다. 선거 바람이 슬슬 불기 시작하면 으레 수건이 척후전을 벌인다. 당명黨名과 직책명과 개인의 이름을 프린트한 수건을 영세민들에게 나누어 주는 것을 보면 선거철이 또다시 온 모양이다.

그런데 이 수건 문제가 이윽고 선거법 위반 여부로 말썽을 일으켰다. 증여자는 같은 동민이 땀을 흘리며 일하는 것을 그냥 볼 수 없어 선물한 것이라고 말했지만 한편에서는 선거의 공공연한 사전 운동이라고 공박했다.

선심을 쓰려면 그냥 쓸 것이지 몇 푼 안 되는 타월에 천하 대당의 이름과 특정인의 이름까지 박아 돌리는 것은 아무래도 저의가 있는 것이 아니냐는 것이다.

애인들은 손수건을 주면 이별한다 해서 꺼리고 있지만 국회의원 후보생들은 수건을 주면 유권자의 표를 얻을 수 있다 해서 어떻게 해서든지 선물하고 싶은 심정이 굴뚝같은 모양이다.

옛날부터 살구나무 밑에서는 갓끈을 매지 않는 법……. 호의라 할지라도 수건은 이미지가 나쁘니 조심해 둘 일이다.

소와 농부

'소와 농부'—이렇게만 말해도 전원의 시적인 풍경이 머리에 떠오른다. 그러나 요즈음은 그렇지가 않다. 밭을 가는 농부의 그림을 보아도 금시 선거운동이 연상되어 과민병에 걸리기 쉽다. 중앙 선거 위원회의 공명선거 포스터에도 밭 가는 농부의 그림이 나타나 말썽을 일으키고 있다.

'소'는 농민의 상징이다. 일과 땀과 흙의 상징이다. 그러므로 공화의 플래카드에 그 그림이 등장하기 이전에는 그런 포스터는 얼마든지 있어왔고 또 앞으로도 있을 것이다.

그것을 가지고 무얼 그렇게 야단들이냐고 핀잔을 맞아도 실상 답변이 좀 궁해지는 것이 사실이다.

그러나 때와 경우란 것을 잊어서는 안 된다. 논리보다도 분위기가 문제인 선거기에 있어서는 항상 '우연의 일치' 운운하는 것은 피해야 된다.

'오우천월吳牛喘月'이란 말도 있는 것이다. 열대지방인 오나라의 소는 더위를 몹시 탄다. 그래서 달을 보아도 해인 줄 알고 헉헉거린다는 뜻이다.

선거기의 국민들은 오우천월 격으로 과민증에 걸려 있다. 중앙 선거 위원회는 그 점을 항상 염두에 두어야 하는 것이다.

비록 그 포스터의 그림이 시간적으로 보아 공화당의 포스터보다 먼저 도안된 것이라 해도 한 당의 '상징적 디자인'과 일치점이 있는 것이라면 사용하지 않는 게 양식에 맞는다.

이와 비슷한 예로 부산 모 여고 주최로 된 친선 미전美展 프로그램에 작대기 Ⅲ의 기호 도안이 등장한 것이다. 그것도 물론 이론상으로 보면 선거와는 아무 관련도 없다.

디자인으로 직선의 콤비네이션을 응용한 것은 얼마든지 있다. 공연한 생트집이라 한대도 이것 역시 별로 할 말이 없겠다.

문제는 트집이 있을 수 있다는 것부터가 불미로운 것이다. 의도하지 않았던 일이라 할지라도 결과적으로 물의가 생길 수 있는 것이라면 피하는 것이 좋다.

원래 동양의 선비님들은 '오비이락烏飛梨落' 격인, 그리고 살구나무 밑에서 갓끈을 매는 것 같은 일도 해서는 안 된다고 했다.

민주주의란 본시 말이 많은 정치다. 시끄럽고 요란스럽다. 그런 가운데서 하나의 질서와 하나의 사회적 규범이 형성된다.

유동적인 것이라 좀 불안스럽긴 하지만 그편이 획일화한 독재주의보다는 낫다. 공연한 생트집이라고 묵살하기보다는 항상 트집을 잡히지 않는 정도正道를 걷는 것이 떳떳한 일이다.

벙어리 선거

선거에 얽힌 기담을 일일이 나열하자면 책 한 권이 될 것 같다.

왕년의 자유당 부정선거는 그만두고라도 세계 어느 나라에서나 입후보자 간의 싸움은 상상을 절할 정도로 치열한 법이다. 인신공격은 물론 욕설과 폭력과 금력이 곧잘 일어나고 있다. 인간이 하는 짓에 완벽이란 없는 모양이다.

미국에서 일어난 이야기지만 기자 하나가 취재차 선거 연설장에 갔다가 혼이 난 일이 있었다. 청중 사이에 끼여 마감 시간이 되었는데도 도저히 비집고 나갈 수 없게 된 것이다.

그때 그 기자가 연설하고 있는 입후보자를 향해 소리를 질렀다. "당신은 ××년에 어디에 있었소?" "당신은 또 ××년에 무엇을 하였소?" 그러자 청중 사이에는 이상한 반응이 일어났다. 입후보자를 의심하게 된 것이다.

'××년'에는 무엇을 했느냐는 말에 입후보자도 어리둥절했다. '저놈이 무슨 비밀을 알고 있는 모양이다.' 사람들은 모두 그렇게 생각한 것이다.

그러자 선거원들이 이 무례한 방해자를 내쫓으려고 했다. 괴한들이 달려와 그를 연설회장 밖으로 끌어냈다.

기자는 이마의 땀을 씻고 태연히 신문사를 향해 달려갔다. 그의 기지機智가 들어맞아 무사히 마감 시간에 댈 수 있었던 것이다.

선거란 이렇게 예민한 법이다. 무심히 던진 말에도 파문이 일어나고 뜻하지 않은 난센스도 벌어진다.

선거는 좀 부산해야 된다. 조용한 선거가 반드시 공명선거는 아니다. 그것이 선거를 하는 재미며 생기다. 생기가 없는 선거는 부정선거와 마찬가지로 죽은 선거다.

여론이 벌어지고 싸움이 치열해야 유권자들도 신이 난다. 어느 한계 내에서는 잡음도 좀 있고 변화도 좀 있어야 할 것 같다.

획일화한 선거 분위기는 어딘가 음침한 데가 있어 좋지 않다. 요즈음 같아서는 선거를 하는 것인지 안 하는 것인지 분간키 어려울 정도로 고요하다.

엄격한 선거법 때문에 빈혈증들을 일으킨 것일까? 그렇지 않으면 야당의 입후보자들이 난립하여 승산을 잃고 풀이 죽은 까닭일까? 선거 풍경은 요정에서만 흥청거린다니 선거 전략이 음성적인 데로 변화된 탓일까?

'타他당 후보 비방 금지'에 대한 해석이 완화되었다고 전한다.

허위 사실 유포나 인신공격을 제한 비판은 괜찮다는 의견이니 긴장감을 풀고 피차간에 대결의 불꽃을 튀겨봄직하다.

원래 선거란 사람을 뽑는 문제에만 있는 것은 아닐 것이다. 이 기회에 모든 정책의 흑백을 국민 앞에 내놓고 묻는 것이므로 벙어리 선거가 되어서는 안 되겠다.

7의 숫자

대통령 선거 입후보자가 확정 공고되었다. 모두 일곱 명, 좋든 싫든 이 인물 속에서 제3공화국의 새 역사를 움직일 운전사가 나오게 될 것이다.

아무리 정치에 진력을 낸 국민들이라 할지라도 나라의 운명을 판가름할 이 선거전에 무관심할 수가 없다.

공교롭게도 입후보자가 7인이기 때문에 어쩐지 옛날부터 내려오는 그 숫자의 길흉이 연상되지 않을 수 없다.

러키세븐이란 말이 있고 보면 우선 '7'자에 호감이 간다. 서양에서뿐만 아니라 동양에서도 '7'자는 좋은 것을 상징하는 숫자로 쓰이는 일이 많다.

'칠보七寶'란 말도 있고 '칠대복七大福'이란 문자도 있다. '죽림칠현竹林七賢'이니 '칠관음七觀音'이니 하는 것을 보더라도 일곱 사람이 모여 길한 일을 꾸미는 일이 많은 것 같다.

그러나 '칠난팔고七難八苦'니 '칠전팔기七顚八起'란 말을 보면 일곱이란 숫자가 그리 신통치 않다. 더구나 '칠궁七窮'이나 '칠거지악七去之惡'은 7자 중에서도 가장 못된 것이라 가슴이 섬뜩해진다.

예로부터 나라의 우환은 7년을 계속한다 해서 '칠년대환난七年大患難'이니 '칠년대한七年大旱'이니 하는 숙어도 있는 것이다.

그렇다. 일곱은 까닭이 있는 숫자다. 잘하면 '러키세븐'이요, 잘못하면 '칠난팔고'다.

누가 지고 이기든 아무쪼록 이 7자가 길한 숫자가 되어주었으면 좋겠다.

야당 연합이 깨져 대통령 입후보가 그렇듯 난립한 것부터가 아무래도 길한 것보다는 흉한 인상이 앞서는데 기왕 엎질러진 물은 담을 수 없는 일, 선투善鬪를 빌 따름이다.

나라에 인재가 따로 있는 것은 아니다. 썩은 기둥도 바로 세우면 없는 것보다 낫고, 녹슨 칼도 갈면 푸른 날이 서는 법이다. 그런대로 희망을 걸고 마음속의 입후보자들을 미는 수밖에 없다. 문제는 좋으나 그르나 내 마음 내 뜻대로 인물을 가려내는 자유 공명선거가 보장되어야 한다는 것이다.

사나이답게 싸워라. 적이 자기보다 짧은 칼을 들었거든 자기와 똑같은 길이의 칼을 주고, 적이 칼을 떨어뜨렸거든 그것을 주울 여유를 주거라. 제발 선죽교에서 정몽주의 뒤통수를 갈겨 쓰러뜨리던 비굴한 싸움만은 버렸으면 싶다.

'노루 꼬리 길면 얼마나 길랴.'는 속담도 있듯이 그게 모두 비슷비슷한 인물들이라면 싸움만이라도 깨끗이 해주기를 빈다.

황야의 7인들은 사나이답게 가라. 비굴함이 없이 싸워라. 프라이드와 명예를 잃지 마라. 국민들의 시선이 그대들의 일거수일투족으로 향하고 있음을 잊지 말아라.

황소 이야기

MGM(Metro Goldwyn Mayer) 영화사의 상표는 누구나 다 알고 있듯이 사자가 나와서 포효하는 것이다. MGM은 몰라도 그 상표의 사자를 모르는 사람은 별로 없을 것이다. 그런데 어느 시골 부인 하나가 영화관에 들어와서 예의 그 사자가 포효하는 것을 보았던 모양이다. 시골 부인은 그것이 상표인 줄 모르고 이렇게 말하더라는 것이다. "저런, 언젠가 본 옛날 그 영화군. 그때도 제일 처음에 사자 한 마리가 울더라니……. 공연히 돈만 버렸다."

그리고 그 부인은 영화가 채 시작도 되지 않았는데 다음 장면을 보지도 않고 그냥 나가버리더라는 이야기다. 상표에 얽힌 한 토막의 유머다.

공화당이 상징으로 내세우고 있는 표지는 '황소'다. 선거전에서 이 황소가 MGM의 사자 못지않게 대활약을 했다. 황소만 보면 곧 공화당을 연상케 하는 것이라 그 효과가 크다.

어려운 게슈탈트 이론을 꺼내지 않아도 현대처럼 복잡한 사회에서는 되도록 간략한 상징물을 내세우는 것이 선전의 공식처럼 되어 있다.

그런데 역시 거기에서도 웃지 못할 유머가 생겨 나오고 있다.

"공화당이 득세를 하더니 갑자기 황소가 흔해졌습니다……. 뭐, 그림뿐이 아니죠. 정말 황소가 지천으로 흔해서 값이 떨어져 가고 있습죠. 옛날 돼지 한 마리 값이거든요. 공화당의 황소는 값이 비싸졌는데 농촌의 그 진짜 황소는 반대로 폭락이거든요. 지금 정부에서는 농자금 회수에 강력한 정책을 쓰고 있어서 소들을 내다 파는 거지요. 쇠고기 값도 한 근이 50원에서 60원이랍니다."

시골에서 올라온 사람들은 이렇게 공화당의 황소와 시골 황소의 이야기를 비교하면서 한바탕 수선을 피운다.

어리둥절한 것은 도시에서 사는 사람들이다. 요즈음 세상에 내리는 물건도 다 있다니 정말 기적 같은 이야기다.

그런데 더욱 이상스러운 것은 서울에서 아직도 쇠고기 값이 예나 마찬가지라는 점이다.

그렇다면 누가 중간에서 폭리를 거두고 있음이 분명하며 황소 덕을 단단히 보고 있는 사람이 지금쯤 네 활개를 치고 다닐 것이 뻔한 일이다. 이런 것이 다 '황소'의 기적이란 것이다.

그래서 '황소'의 말을 들으면 어쩐지 마음이 복잡해진다. 옛날 같으면 목가적인 기분이라도 일어났지만, 누가 황소 이야기를 꺼내기만 하면 사람들은 채 듣지도 않고 앞질러 말한다.

"황소 이야기는 그만하게. 하도 들어서 신물이 났어……. 옛날에 다 들은 이야기야." ……MGM의 사자를 보고 영화관을 뛰쳐나왔다는 그 시골 부인처럼 말이다.

투표소의 행렬

투표소마다 긴 행렬이 늘어서 있다. 늙은이도 있고 젊은이도 있고, 양복 차림의 신사가 있는가 하면 남루한 옷을 걸친 노무자도 있다. 마담족들과 식모족들이 아무 거리낌 없이 한자리에 서 있다.

거기엔 연령의 차이도 신분의 계층도 없다. 평등한 한 표들이 늘어서 있는 것이다.

투표소 앞에 열을 지은 사람들의 얼굴을 볼 때 웬일인지 가슴이 뻐근해지고 눈시울이 시큰해진다. 언제나 속아왔고 언제나 환멸을 받았고 또 언제나 불행했던 투표였지만 그래도 또 우리에겐 무엇인지 버리지 못할 염원이 남아 있는 것이다.

굶주림과 폭정과 시달림 속에서 눈물, 땀으로 유랑해온 백성들이다. 한 톨의 쌀이, 한 점의 자유가 항상 아쉬웠고, 하루만이라도 다리를 뻗고 잠들 수 있는 밤이 그리운 사람들이다.

불평도 변변히 못했다. "살아 있노라."고 큰소리를 쳐보지 못했다. 마음속으로는 내가 이 나라의 주인이라고 생각했지만, 거리에서는 늘 쫓겨 다니기만 했다. 머슴한테 엉덩이를 맞고 다니던 것, 이것이 한국의 민주주의였다.

그러나 오늘 저 투표소 어귀마다 늘어서 있는 그 얼굴들은 그냥 슬프지만은 않다. 무엇인지 굳은 신념이, 오만하고도 강인한 의지가 불타오르고 있는 것 같다.

투표의 의의가 무엇인지를, 왜 아침부터 나와 스스로 열 지어서 있어야만 하는지 그들은 알고 있는 것 같다. 콩나물 하나, 된장국 한 그릇에도 정치의 영향을 받고 있는 시대임을 자각하고 있는 것이다.

정치를 잘해서 나라를 부강케 해달라고, 나의 살림을 기름지게 해달라고 부탁하는 것이 아니라, 제발 이대로 숨 쉬게만 해 달라고 기원하는 사람들이다.

큰 것은 바라지도 않는다. 호강을 시켜달라고 차마 어리광도 피울 수 없다. 빼앗아가지만 말고 억울한 꼴만 보지 않게 해달라는 마지막 염원이다.

누가 대통령이 되든지 저 투표소 어귀에 늘어선 얼굴들을 잊지 말라고 부탁하고 싶다. 시달릴 대로 시달리고 울 만큼 운 그들의 얼굴에 더 이상 상처를 내지 말라고 애원하고 싶다.

국민에게는 아무 죄도 없다. 괴로움을 참고 견딘 잘못밖에는 없다. 피해만 끼쳐주지 않아도 그냥 고맙게 생각할 국민들이다. 혼자 살아온 사람들, 언제는 위정자들이 먹여 살렸던가.

투표소에 늘어선 남루한 그 행렬을 보라! 그 침묵의 소리를 들어라!

PR의 생명

떠돌아다니는 미국의 유머에 다음과 같은 이야기가 하나 있다. 즉 어느 정치가가 시골 사람을 모아놓고 "우리는 코뮤니즘, 나치즘, 볼셰비즘, 래디컬리즘 같은 것을 제거해버려야 행복한 사회를 이룰 수 있다"라고 연설을 한 것이다. 그랬더니 청중 가운데 한 사람이 "왜 당신은 류머티즘에 대해서는 한마디도 하지 않느냐? 그것도 제거해야 될 것이 아니냐?"라고 항의했다는 것이다.

'이즘'이란 말은 사상적인 경향을 나타내는 접미어, 즉 '주의主義'를 뜻하는 것이지만 '알코올리즘'처럼 대개 병적 상태를 뜻할 때도 따라다니는 접미어다. 그러니까 류머티즘에 대해서 말한 그 시골 사람은 무식하게도 코뮤니즘이나 볼셰비즘이니 래디컬리즘이니 하는 것을 병명으로 착오한 것이다. 그러니까 정치 연설가와 그 시골의 청중은 동상이몽同床異夢을 한 셈이다.

그러나 한편 생각해볼 때 사실 무식한 사람들에게 있어선 어떤 추상적인 주의를 뜻하는 그 '이즘'보다 구체적인 병을 뜻하는 그 이즘이 한결 절박한 법이다. 그들은 코뮤니즘이고 볼셰비즘이고 간에 휴머티즘보다는 나은 것이라고 생각할 것이다. 그렇기에 이 세상에서 없어져야 할 것은 바로 휴머티즘이라는 소박한 관념이 생겨날 만한 일이다.

우리나라에 있어서도 마찬가지다. '작대기 투표'를 하고 있는 우리의 슬픈 문맹자들에게 코뮤니즘이나 볼셰비즘 따위의 이론을 비판해봤자 별무소득일 것이다. 알지도 못하려니와 또 관심도 없다. 먹을 수만 있고 입을 수만 있다면 그리고 몸만 편안하다면 그걸로 만족할 그네들이다. 반공 선전 및 그 계몽의 필요성을 우리는 충분히 이해한다. 그러나 저 소박하고 가난한 농민들에겐 추상명사만 나열하는 '이즘' 비판이 아무런 힘도 될 수 없다. 좋은 이즘 100다스가 죽 한 그릇보다 못한 것이 시골의 실정이다.

현 단계에 있어서의 반공은 스피커로 할 것이 아니다. 먹고 자고 입고 하는 그들의 최저 생활만이라도 보장해주는 일이다.

매사가 그렇다. PR이란 말이 요즈음의 유행어지만 그것은 귀요기가 될는지는 몰라도 결코 배요기는 될 수 없다. 배고픈 사람에게는 우륵于勒의 거문고인들 아름답게 들릴 리가 없고 이두李杜의 문장인들 시원스럽게 읽힐 리가 없는 것이다. 반공이나 정부의 PR은 귀가 아니라 뱃속으로부터 시작되어야 할 줄로 안다.

자선이여 지옥으로 가라

미국의 유머 가운데 의사를 소재로 한 것이 많다. 의료비가 너무 비싸기 때문에 은근히 반감을 품게 된 이유에서인지도 모른다. 의사를 다음과 같이 정의한 코믹 딕셔너리를 보아도 그러한 감정을 짐작할 수 있다.

"의사—① 내일 죽지 않도록 오늘 죽여주는 사람 ② 급할 때 달려가 찾으면 없는 사람 ③ 환자의 지갑으로 병상을 진단해내는 사람." 우리나라에서도 의사를 '나라에서 허락해준 도둑'이라고 정의한 유머가 있다. 웃음 속에 가시가 들어 있는 말이다. 물론 의사는 자선 사업가가 아니다. 엄연한 직업이며 또한 생명을 구해준 대가로서 비싼 값을 요구할 수 있는 권리를 가진 사람이다. 문제는 돈이 없기 때문에 의사와 약을 옆에 두고도 묵묵히 죽음을 기다려야 하는 딱한 환자들을 그냥 보고만 있을 것인가 하는 점이다.

그렇기 때문에 영국에서는 국가에서 직접 병원을 관리하고 시민들은 누구나 무료로 병의 치료를 받을 수 있다. 사회보장제도가 서 있다. 그렇지 못한 나라에서도 돈 없는 환자들을 위하여 정부에서 혹은 자선단체에서 무료 병원을 운영하는 일이 많다. 이러한 공설 병원이나 자선 병원은 영리를 목적으로 한 개인 병원과는 달리 '봉사 정신'을 목표로 삼고 있다.

그러나 우리나라의 경우에서는 그러한 병원일수록 으레 불친절하고 무성의하고 까다로워서 본래의 구실을 다하지 못하고 있는 것 같다. '봉사 정신'은커녕 최소한의 인정마저 찾아볼 수 없다는 것이 정평이다. 언젠가 대구 시립병원에서 병원 직원과 난투극을 벌이게 된 일도 바로 그러한 예가 아닐까 싶다.

무료 병원은 아니지만 모 종교 단체에서 운영하는 자선병원(?)의 분위기도 역시 그러한 것이었다. 병원이 아니라 흡사 도살장처럼 살벌한 느낌이었다. 엘리베이터는 낮잠을 자고 있다. 환자 면회 시간 외에는 3층까지만 운행한다는 쪽지가 무색할 지경이다.

면회 시간을 앞두고 환자를 찾아온 가족들은 문지기의 목석같은 불친절 앞에서 발을 동동 구르고 있다. 그러나 특수한 제복을 입은 사람들에게는 서슬 푸른 그 규칙도 맥이 없다. 여기에서도 법은 약자를 위해서만 있는 것이었다. 그러한 병원을 세우게 된 동기가 무엇인지 알 수 없다. 그것이 봉사를 목적으로 한 자선 병원인가? 현대인은 병원에서 도리어 병을 얻어가지고 나온다. 비정非情이라는 이름의 병을.

정치적 사고

정치가의 눈물

민중당 일부 의원들이 국회로 돌아가던 날—신문 1면에는 박순천朴順天 여사가 연단 위에서 행커치프로 눈물을 씻고 있는 사진들로 장식되었다.

가뜩이나 가을은 애상적인 계절, 신문을 보는 사람의 마음도 공연히 울적했었다.

기억컨대 정치가가 눈물을 흘리고 있는 사진은 그때가 처음이 아닌 것 같다. 정국에 어려운 문제가 생길 때마다 한국의 정치가들은 곧잘 운다. 비교적 냉정한 정치가로 알려졌던 이승만李承晩 박사도 여러 번 눈물을 흘린 기록을 남겼다.

물론 정치가도 인간이기에 누선淚腺은 있다. 그것이 때로는 멜로드라마의 배우와 같이 극적인 효과를 나타낼 경우도 없지 않다.

존 타일러John Tyler는, 눈물을 흘렸기 때문에 미국 대통령의 자리에까지 오른 사람이다. 1840년 대통령 후보자 지명 대회에서 타일러는 낙선한 그의 친구 헨리 클레이Henry Clay의 패배를 보고 통곡했던 것이다. 그 눈물이 문제가 되어 엉뚱하게도 타일러는 행운의 부통령 후보로 지명되어 당선됐고, 재직 시에는 대통령의 급서로 그 자신이 그 자리에 승진하게 되었다.

그러나 대중 앞에 눈물을 보이는 정치가는 일단 정치가로서는 낙제다. 율 브린너Yul Brynner의 스타일처럼 냉엄하고 유들유들하고 어떤 위기 속에서도 절망의 기색을 보이지 않는 비정파라야 한다.

제2차 세계대전 때 손가락으로 V자를 그리고 자신만만한 얼굴로 시민 앞에 나온 처칠Winston Churchill의 모습은 절망 직전에서 헤매던 전 국민에게 용기와 투지를 주었던 것으로 유명하다. 역시 정치가란 '역사의 운전사'이기 때문에 '눈물이 앞을 가리는' 유행가식으로 행동해선 안 된다. 항상 명석하고 싸늘한 이성으로 현실과 대결해야만 하는 것이다.

한국의 정치가들이 잘 운다는 것은 그만큼 충동적이라는 사실을 암시하고 있는 것이 아닐까? 그렇기에 비교적 다른 기관보다도 누선이 발달한 한국의 정치가들은 즉흥시를 쓰듯이 정치를 하는 경우가 많은 것 같다.

우리는 정치가에게서 눈물을 원하지 않는다. 주야로 눈물을 흘려야 할 자는 정치의 빈곤 속에서 살고 있는 국민들 자신이다. 이 눈물을 해결해줄 정치가까지 울어서야 되겠는가? 우리가 원하는 것은 정치가의 땀이다. 그리고 맑은 눈으로 똑똑히 앞을 바라보는 그 초롱초롱한 눈이다. 지금 이 나라의 꼴이 어떻게 되어가는지 이성의 눈을 뜨고 바라보라.

'Yes, No, Maybe'

숙녀는 남자가 구애할 때 언제나 'No'라고 한다. 그러나 그것을 액면 그대로 거절의 말로 들어서는 안 된다. 즉 숙녀의 노는 'Maybe(생각해보자)'에 해당하는 말이고, Maybe는 'Yes'를 뜻하는 것이다. 그렇다면 'Yes'라고 할 때는 무엇인가? 그것은 이미 숙녀가 아니라는 뜻이다. 숙녀는 아무리 'Yes'라고 하고 싶어도 그것을 입 밖에 내서는 안 된다. 'Yes'라고 말하는 숙녀는 이미 숙녀의 자격이 없다.

이와 정반대로 외교관은 언제나 'Yes'라고 한다. 그러나 그것을 액면 그대로 응낙의 말로 해석해선 안 된다. 외교관의 'Yes'는 'Maybe' 정도에 해당되는 것이고, 'Maybe'라고 할 때는 'No'라는 뜻이다. 그렇다면 'No'라고 할 때는 무엇인가? 그것은 이미 그가 외교관이 아니라는 뜻이다.

외교관은 'No'라고 할 자리에서도 그것을 직접 입 밖에 내서는 안 된다. 그렇게 하면 외교관의 자격을 상실하게 된다.

그러면 상인들의 화법은 어떤가? 그들은 'No'라고 말해서도 안 되며 'Yes'라고만 해서도 안 된다. 그들은 언제나 'Maybe'라고만 말한다. 즉 'Yes'라고 해놓고도 'But', 'No'라고 해놓고도 'But'……. 언제나 단서를 붙여야 한다. 만약 'Yes'와 'No'를 분명하게 말했다면 그는 이미 상인이 아닌 것이다.

박朴 대통령의 동남아 제국 순방은 매우 성공적인 것이라고 전한다. 외교적인 성과도 성과지만 경제적 면에서도 이른바 '고무적'인 소식이 연이어 들어오고 있다. 중국에서 필요한 담배, 인삼, 낙화생들을 계약 재배하는 '한중 공동시장' 안의 원칙 문제에 합의를 보았다는 것 등이 바로 그것이다.

그러나 상인이나 외교관의 말을 너무 곧이곧대로 믿어서는 안 된다. 늘 '단서'가 필요하다. 냉혹한 주판과 대결하는 숫자와 파티라는 것을 잊어서는 안 된다.

숙녀가 'No'라고 했다 해서 너무 실망할 것도 없고, 외교관이 'Yes'라고 했다 해서 너무 좋아할 것도 없다. 'Maybe' 그것이 우리가 믿고 연구해야 할 과제인 것이다. 우리 정치가들은 의외로 너무들 순진하시다.

정치가와 유머

영국에서 의회주의가 발달하게 된 중요한 원인의 하나로서 사람들은 흔히 'Sense of Humor'를 손꼽고 있다. 영국인들에겐 유머의 기질이 풍부해서 문학이나 정치에도 그것이 그대로 반영되어 있다. 정적끼리 싸우는 긴박한 자리에서도 핏방울이 아니라 웃음이 꽃핀다. 영국 의회의 황금기를 장식했던 디즈레일리Benjamin Disraeli와 글래드스턴William Gladstone의 대결을 보면 한 편의 흐뭇한 유머 소설을 읽는 기분이 든다.

"디즈레일리 군! 아마 그대의 최후는 단두대에서 목이 잘리거나, 그렇지 않으면 성병에 걸려서 죽게 되거나 둘 중의 하나일 걸세."

정적인 글래드스턴이 이렇게 독설을 퍼부었을 때 디즈레일리는 주먹질로 응수하지는 않았다.

"그렇고말고! 내가 만약 당신 편에 붙는다면 말야! 그래서 당신의 주의主義를 따르게 된다면 단두대에서 죽게 될 것이며, 또 당신의 연인과 사랑을 하게 되면 아마 그 몹쓸 성병에 걸려 죽게 되겠지……."

이러한 정치가의 유머는 오늘날에도 건재하고 있다. 총선을 앞두고 윌슨Herold Wilson 총리는 자당自黨의 선거 우세에 한창 열을 올리고 있었다. 그런데 윌슨은 연설 장소에서 두 번이나 봉변을 당했던 것이다.

그러나 윌슨 총리는 자기에게 폭력을 가하려던 청중의 하나를 경찰이 잡아냈을 때, "그냥 두게. 그건 자네들 소관이 아니라, 보건성에서 다스릴 문제야…….”라고 웃어넘겼다. 즉 폭도가 아니라 정신병자일 것이라는 유머다.

그리고 또 한 번은 슬로에서 연설 중 소년 하나가 돌을 던져 눈에 상처를 입기까지 했다. 그 자리에서도 윌슨 총리는 “그 소년에게 크리켓을 시켜보게. 소질이 많아 보이는군.”이라고 우스갯소리를 했다고 한다. 엄벌에 처하라거나, 뿌리를 뽑아버리라고 호통을 치는 것보다도 그런 여유 있는 유머는 훨씬 자신 있어 보이고 믿음직스럽게 보인다. 한국인에게도 옛날엔 그런 익살이 풍부했었다.

그런데 웬일인지 요즈음의 정치가들은 메마르고 저급하며 각박하기만 하다. 살벌한 극한 투쟁이 유머가 있는 싸움으로 옮겨갈 때, 우리의 의회 정치도 본궤도에 오르는 것이 아닐까.

윌슨의 유머를 수입해왔으면 좋겠다.

매카시즘 유산

‘파울faul!’ 이것은 독일인들이 제일 두려워하는 말이다. ‘faul’은 게으르다는 뜻, 근면과 노력을 생명처럼 존경하고 있는 독일인들 사회에서 ‘게으른 자’란 호칭은 죽으란 말보다 더 무서운 것이다.

그래서 최대 최악의 욕이 바로 파울이다.

'치킨chicken'—이것은 영국인들이 제일 싫어하는 욕이다.

'chicken'은 비겁자. 중세 기사의 전통을 이어받은 그들에겐 명예와 용기가 생활의 신조로 되어 있다. 그렇기 때문에 '비겁자'로 몰리는 것보다 더 큰 모욕과 창피는 없다.

프랑스인 같으면 '살로salaud'란 말이 터부다. 원래 'salaud'는 더러운 놈을 의미하는 것으로 악한 놈을 그렇게 부른다. 단정과 우아를 사랑하는 프랑스 국민들은 더러운 것, 추악한 것을 최악의 것으로 믿고 있다.

나라마다 이렇게 터부어가 된 욕이 하나씩 있다. 그 욕을 뒤집어 보면 그 나라의 사회 풍속과 역사의 전통을 찾아볼 수 있다.

그런데 한국인은 무슨 말을 제일 두려워하고 있는가? 옛날 같으면 '역적'이란 말이나 '염병'이란 말이 있겠지만 왕권이 무너지고 '페니실린'이 나온 현대에서는 욕이랄 것도 없겠다.

그 대신 오늘날 한국인이 가장 무서워하는 말은 공산주의자. 아무리 신분이 있고 세도가 당당해도 일단 '빨갱이'란 푯말이 붙으면 끝장이 나는 판이다. 한 사람의 생사에만 국한된 것이 아니라 그야말로 삼족이 떤다. 6·25전쟁을 치렀고, '반공을 국시의 제일주의'로 삼고 있던 이 사회에서 공산주의자란 말은 죽으란 말보다도 더 치가 떨리는 말이다.

최근 일본 상인(미쓰비시 상회 서울 출장원)이 봉급 인상을 요구하는 한국인 종업원에게 '공산당 같은 놈'이라고 호통을 쳐서 말썽이 일어났다. 공산당이 합법화되어 있는 일본 국내에서는 결코 그런 욕을 하지 않았을 것이다. 한국이니까, 공산당이라고 몰아치면 벌벌 떠는 한국인이니까 '매카시즘'의 수법을 쓴 것이 틀림없다. 이런 데서도 일인들의 교활하고 비굴한 일면을 읽을 수 있다.

한국인을 다루는 비결은 팽이처럼 때려야 한다는 왕년의 그 식민주의자들은 이제 색다른 비결로 우리를 억눌러보려는 심사인가 보다.

낡은 매카시즘의 유물이 서럽기만 하다.

국가國家와 국가國歌

망년회 같은 술자리에서 곧잘 볼 수 있는 광경이다. 노래의 지명을 받은 사람이 "노래를 못 부른다."고 변명을 하면 으레 사람들은 "그러면 〈애국가〉라도 부르시오."라고 한다.

우리나라의 국민이면 누구나 〈애국가〉는 부를 수 있다. 그러니까 〈애국가〉라도 부르라는 말이 튀어나오는 것이겠다. 그러나 주석에서 부를 노래가 없을 때 〈애국가〉를 '스페어 노래' 정도로 삼고 있다는 것은 결코 양식 있는 국민의 소행은 못 된다. 대체로 우리 국민들은 〈애국가〉를 대수롭지 않게 여기는 버릇이 있다.

영국에선 극장이 끝날 때 국가(〈갓 세이브 더 킹〉)를 연주한다. 귀가에 바쁜 사람들이지만 그 노래가 끝날 때까지 모두 자리에서 일어나 정숙하게 듣는다. 바늘이 떨어져도 그 소리가 들릴 만큼 엄숙하다.

영국뿐만 아니다. 어쩌다 라디오에서 국가가 흘러나오면 길을 가던 시민들이 옷깃을 여미고 그 주악이 끝날 때까지 그 자리에 서 있는 것은 구미의 어느 나라에서도 볼 수 있다. 술자리든 어디든 변함이 없다. 우리나라에선 〈애국가〉를 들을 때나 〈여자가 더 좋아〉 정도의 유행가를 들을 때나 그 태도에 차이가 없다.

국회에서는 '국기 및 국가'에 관한 법률안을 만들라고 한다. 그러나 새 국가를 만들 게 아니라, 필요한 것은 지금 있는 〈애국가〉만이라도 경건히 들을 줄 아는 태도다. 지금의 〈애국가〉가 시원찮아서 그런 것은 아닌 것이다. 리히텐슈타인 같은 소국에서는 숫제 그 국가의 곡조가 영국 국가를 본뜬 것이고, 네덜란드 국가의 가사에는 아직도 옛날 종주국이었던 '에스파냐 왕의 영광을 위해서'란 말이 남아 있다. 그래도 그들은 그 국가를 바꾸지도 않고 소중히 그 전통을 이어 내려오고 있다.

국가國歌 의식은 곧 국가國家 의식이다. 국가國歌를 존중하지 않는 태도는 곧 우리의 국가國家 의식이 그만큼 빈곤함을 의미하는 것이다.

만사를 법으로 해결하고 또 걸핏하면 무엇이든지 뜯어고칠 생각을 하는 버릇부터가 그렇다.

인간 평가절하

사람값을 계산하는 방법은 여러 가지다. 인신매매가 있었던 전근대 사회에 있어서는 물가처럼 인가人價란 것이 있었다.

심청이는 공양미 300석에 몸을 팔았다. 그리고 조선 시대에 노비가 그 주인에게서 풀려나려면 역시 그 몸값으로 300석에 해당하는 비단을 지불했다고 전한다. 이런 식으로 따져가면 옛날의 사람값이 얼마 정도였는지 짐작할 수 있다.

어느 잔인한 과학자는 인간을 완전히 물질로 분해하여 칼슘 성분이 얼마, 인燐이 얼마, 하는 식으로 인간 가격을 계산해낸 일이 있었다. 인신매매가 없어진 현대에는 '열두 냥짜리 인생'처럼 임금에 의해서 사람값을 추출해내는 방법이 있다. 그런가 하면 생명의 대가로 지불하는 위자료에 의해서 그 값을 잴 수도 있고, 생명을 건 현상금 같은 데서 그 인명의 값어치를 따져볼 수도 있다.

그러나 성서에도 있듯이 사람의 목숨은 전 땅덩어리보다도 무거운 것이다. 화폐 단위로 환산될 수 없는 성질의 것이다. 일종의 무형재無形財라고나 할까. 그래서 보통 인간의 값어치를 '인가人價'라 하지 않고 '인격人格'이라고 부른다. 물질을 재는 자는 돈이지만 정신을 측량하는 천칭은 대개 권위의 도度로 되어 있다.

그렇게 따진다 하더라도 요즈음 한국의 사람값은 나날이 하락되어가고 있다는 사실을 느끼게 된다. 인간의 권위가 도처에서 폭락한다. 옛날엔 그래도 '택시를 타는 손님'쯤 되면 제법 의젓하고 점잖았다. 그러나 요즈음엔 체면이고 뭐고 말씀이 아니다. 권위의 상징인 교수들은 어떠한가? 정치교수 운운하는 바람에 교수의 체면은 어물전의 꼴뚜기처럼 되어버렸다.

하지만 무엇보다도 한심스러운 것은 국회의원의 권위다.

옛날엔 그래도 국회의원이라고 하면 으레 아랫목 자리는 비켜줄 정도의 권위가 있었다. 그러나 이번 보궐선거로 10만 선량은 1만 선량으로 전락하게 된 것이다. 투표율이 26퍼센트밖에 되지 않는, 투표 사상 초유의 기록을 남겼다. 물가는 자꾸 오르려고만 하는데 사람값만은 나날이 하락되어가고 있다. 인간 사표를 내고 싶다.

오르고 또 오르면

텔레비전이나 라디오라도 좋다. 혹은 초등학교 교실이라도 상관 없다.

아이들이 책을 읽거나 말하는 어투를 한번 주의해서 들어보라. 분명히 그것은 보통 말씨와 다르다는 것을 알게 될 것이다. 어머니에게 푼돈을 조르거나 길거리에서 저희들끼리 놀 때 말하던 그런 말투가 아니다.

우선 어조가 부드럽다. 긴장된 인토네이션은 낭독조로 꾸며져 있다. 어째서 그럴까? 여러 사람 앞에 나서면 왜 어투가 변해야 하는가? 저희들끼리 이야기하듯이 왜 자연스럽게 말하지 못하는가? 여러 가지 이유가 있겠지만 그중에서도 가장 큰 원인은 아직도 우리가 민주적인 생활 훈련이 되어 있지 않았다는 증거다.

우리는 사생활을 그대로 확대하여 사회생활을 해나가는 습관이 되어 있지 않다. 개인과 사회가 괴리되어 등을 맞대고 살아가는 이중적인 구조 속에서 숨 쉬고 있는 까닭이다.

그래서 한 개인이 공중 앞에 나서면 그 목소리와 어투가 모두 변질되고 마는 것이다. 공중 앞에서 자신을 위장하려는 것이 거의 본능처럼 되어버렸다. 그래서 작든 크든 우리는 두 개의 어투를 가지고 세상을 살아가고 있는 것이라 할 수 있다.

'개인과 사회', '생활과 관념', 현실과 이상', '형식과 내용'—그것들은 서로 분열된 채 너무도 먼 거리에서 동떨어져 있는 말뚝이다. 가두에서 나부끼는 그 숱한 플래카드의 구호만 해도 현실과는 아무 관련이 없는 이방 지대에 떠 있는 장식품이다. 구호는 구호대로 현실은 현실대로 평행선을 긋고 달리는 세상이다.

'일하는 해'로 정해놓고 실제로는 '먹는 해'요, '두들겨 패는 해', 물가를 '올리는 해'쯤으로 행세한 사람들이 많았다. 그래도 여러 사람 앞에 나서면 다 '일하는 해'라고 점잖게 말한다.

올해는 '더 일하는 해'라는데 신년부터 들리는 소식은 물가가 '더 오른다'는 이야기뿐이다. 정초를 기해 체신 요금과 주세가 올랐고, 또 곧 택시 요금, 몇 개월 뒤에는 전화 요금이 오른다는 것이고, 사립대학 입학금은 100퍼센트 오를 것이라는 뉴스다. 결국 '더 일하는 해'는 '더 올리는 해'로 막을 연 모양이다.

하기야 '태산이 높다 하되 하늘 아래 뫼이로다. 오르고 또 오르면 못 오를 리'일 것이다. 그렇다. 우리는 이중적인 언어 속에서 살고 있는 카멜레온이다.

투표 만능 시대

미국의 어느 초등학교에서 일어난 일이다. 여선생은 초등학교 아동들 앞에서 동물의 생태를 가르치고 있었다. 그런데 그 선생은 테이블 위에 고양이 한 마리를 놓고 이것이 암컷인지 수컷인지 구별할 수 있는 방법을 아는 학생이 있으면 손을 들라고 했다. 그때 한 학생이 일어나 대답하기를, 이 반 학생들이 투표를 해보면 알 수 있다는 것이다.

즉 '암컷'에다 던진 표가 많으면 '암컷'일 게고, 거꾸로 '수컷'이라고 적은 표가 많이 나오면 그것은 '수컷'일 거라는 의견이다.

이 유머는 투표 혹은 다수결의 만능주의를 은근히 비꼰 것이다. 사실 지나친 다수의 존중은 메커니즘과 폭력을 낳을 수 있는 것이다. 수컷이 암컷이 될 수도 있고 암컷이 수컷이 될 수도 있는 다수결의 횡포를 우리는 지난날의 이李 정권하의 국회에서 신물이 나도록 보고 들어온 터이다. 그 다수결이라는 것이 실은 협잡

선거를 통한 협잡배의 숫자였던 만큼, 더구나 말이 안 된다.

비록 공정한 선거를 통한 다수자의 의견이라 할지라도 민주주의 사회에 있어선 항상 소수자의 의견도 존중해야 된다는 것은 상식에 속하는 일이다. 지구가 도느냐, 태양이 도느냐의 문제를 두고 갈릴레이나 코페르니쿠스 시대에 만약 투표를 해본다면 지동설地動說은 완전히 부결되고 말았을 것이다. 그렇기 때문에 만약 공명선거만 실시될 수 있다면 하루아침에 한국의 민주주의가 개화되리라고 믿는 것도 일종의 난센스다.

제아무리 공명한 선거를 한다고 해도, 의사 표시의 자유가 100퍼센트 보장된다 하더라도, 국민의 교양과 정치의식이 향상되지 않고서는 올바른 민주주의란 기대하기 어려울 것이다.

지난날 참의원 선거에 있어서도 서울을 제외한 타지방에서는 작대기 Ⅰ, Ⅱ, Ⅲ번은 무조건 당선되었다는 좀 서글픈 이야깃거리가 있다. 문맹자가 이렇게 많고 국민 교양의 척도가 이렇게까지 현저한 나라에서는 역량 있는 인사들이 흙에 묻힌 옥돌이 되기 쉽다.

'작대기 하나', '작대기 둘' 하는 주문 같은 소리에 맞추어 투표를 한다는 것은, 그리고 그렇게 해서 모인 투표수를 절대화한다면 도포 자락이 투표장으로 둔갑한 전제군주가 출현하는 비극을 낳는다.

현대를 투표의 시대라고 하지만 우리의 경우에는 반드시 그런 것만이 아니다. 투표의 위력 밑에서 겸허할 줄 알고 다수자라 해서 너무 과신해서는 안 되겠다. 중요한 것은 아무리 투표수를 많이 얻었다 해도 암고양이가 수고양이가 될 수 없다는 점이다. 진리를 투표로 조작할 수 없다는 그 한계를 알아야겠다. 그렇지 않다면 '쓰레기통에서 장미꽃'이 피어나올 수 없는 것처럼 '작대기 위에서 민주주의' 꽃은 피어날 수 없을 것이다.

권력은 마주다

'중이 고기 맛을 알면 절간의 파리 하나 남기지 않는다.'는 걸쭉한 속담이 있다. 좀 과장이 심하긴 하나 인간 심리에 대한 날카로운 통찰이 엿보인다. 경우에 따라 이 속담은 여러 가지로 해석될 수 있지만 정치에 응용해보면 아이로니컬한 이론이 생길 법하다.

평소에 청렴결백하고 우국지사憂國之士풍이 강한 사람도 일단 권력 맛을 보게 되면 정말 눈꼴사나운 짓을 할 때가 많다.

투베르쿨린 주사의 반응 현상과도 같다. 한 번도 결핵균이 침입한 일이 없는 사람일수록 실은 위험한 법이다. 일단 폐병에 걸리게 되면 그야말로 치명적이다. 그래서 도리어 결핵균이 침입하여 그에 대한 면역체를 이루는 것이 안전한 방법으로 되어 있다.

정치도 그럴 것 같다. 권력이나 금력에 결백하다기보다는 그에 면역되어 있는 사람이 안전할 경우가 많다는 것이다.

물론 권력균에 저항력을 잃고 제1기에 돌입한 부패 정객은 차항에서 제외되어야겠지만, 그렇지 않을 경우 구舊정객은 아마추어 정객보다 나을 것이라는 입론立論이다.

요즈음 꽤 쓸 만하다고 생각했던 사람이 정치 바람을 타고 권력 맛을 들인 후부터 인간성이 급변하여 구제의 가능성마저 보이지 않게 타락해버린 일이 허다하다. '어쩜 그럴 수 있을까?' 그때마다 생각나는 일은 권력은 일종의 마주魔酒와 같다는 것이다.

점잖은 친구도 일단 술에 만취하면 이성을 잃고 깡패 이상의 횡포를 부린다. '술 먹은 개라니……' 옆에서 보는 사람은 혀를 차고 눈살을 찌푸린다. 그러나 술에 취한 본인은 안하무인, 기고만장, 체면불고……. 옆에 어디 사람이 있느냐는 태도다. 사람을 탓해야 할지 술을 원망해야 할지 모를 일이다.

권력의 도취자도 기실 술주정꾼과 별로 다를 것이 없는 것 같다. 그래서 일단 권력에서 깬 사람은 장탄식을 하고 술주정뱅이처럼 자기의 추태를 후회하는 것이다.

급조 정객들에 대해서 우리는 구정객 이상으로 그 처신을 경계해야 한다. 더구나 권력의 유혹에 가까운 자리에 앉아 있는 여당 정객들에 대해 우리는 항상 세심한 관찰을 해두어야 한다.

인간이 변하고 행동이 변하고 양심이 마비된다. 이런 변질을 모르고 옛날 그 사람인 줄 알았다가는 큰 오산을 하게 될 때가 많다. 특히 정치 맛을 본 대학 교수, 문화인들의 앞날이 걱정된다.

진평이 제사 음식 나누듯

잘 자랄 나무는 떡잎부터 아는 것이다. 위인들의 유년 시절 이야기를 들어보면 과연 그럴듯한 것들이 많다.

가난하고 보잘것없는 신분에서 일약 정승의 자리에까지 오른 전한前漢의 진평陳平만 해도 그렇다. 그가 젊었을 때 마을 잔치의 일을 거든 일이 있었다.

그는 제상에 오른 고기를 마을 사람들에게 분배하는 일을 맡았다.

그런데 그 솜씨와 태도가 어찌나 공평했던지 마을의 연장자들은 모두가 칭찬했다.

그때 진평이 말하기를 "내가 만약 천하를 재령宰領하게 된다면 이 고기를 분배하는 것처럼 공평한 정치를 실현해보고 싶다"고 했던 것이다. 고기 하나를 나누는 솜씨는 천하의 대사를 다스리는 것과 그 근본에 있어서는 같은 법이다.

작은 일을 할 줄 모르는 자가 어떻게 큰일인들 할 수 있겠느냐 하는 것은 단순한 형식 논리만이 아닐 것 같다. 하나를 보면 열을 짐작할 수 있는 것이 인간의 사회다.

이런 논법으로 말한다면 한 당도 다스리지 못하는 정객들이 어찌 한 나라의 국민을 영도할 수 있겠느냐는 말도 된다.

그러면서 국민의 당이 그 창당 벽두에서 부린 추태는 아무리 선의로 해석한다 하더라도 적지 않은 실망이 아닐 수 없다. 야당에 기대를 걸었던 국민들이 그 꼴을 보고 또 한 번 장탄식을 했을 것이다.

그런 정신과 태도를 가지고서는 도저히 저 철통 같은 공화당의 조직과 대결할 수 없을 거라는 공론도 있다. 매사를 공평하게 다스린다는 것은 보통 어려운 일이 아닐 것이다. 그러나 그 어려움을 극복하는 데에서 정치가다운 금도襟度와 역량이 발휘될 수 있는 일이다.

생각하면 딱하고 불쌍한 것이 국민이기도 하다. 여與나 야野나 다 틀렸다는 결론이 나온다면 대체 누구를 위한 선거이며 누구를 위한 영도자의 선택인지 막연하기만 하다.

희망이 없다고 눈물만 흘릴 수는 없는 입장이다. 정치적 무관심은 폭력을 낳는 온상이며 부정과 불의의 자식을 낳는 슬픈 모태母胎이기도 하다.

정치에 진력을 낸 국민 앞에 으레 군림하게 되는 것은 히틀러 같은 독재자인 것이다. 빌건대 구정객들은 국민이 부르짖는 저 침묵의 소리에 귀를 기울여달라.

장작같이 쌓는 인사

한漢나라 무제武帝는 숨어 있는 야인을 발굴하여 등용시키기를 좋아했다. 그런데 후에 발견된 사람일수록 중용되는 경향이 있었기 때문에 급암汲黯이라는 신하는 무제에게 이렇게 말했다.

"폐하의 인재 등용은 마치 장작을 쌓는 것과도 같습니다. 나중에 잡히는 것일수록 높은 자리에 오르니 말입니다."

그러나 우리나라의 정객들은 장작 쌓는 목재 등용식 인사조차도 할 줄 모르니 큰일이다.

달력상으로는 20세기지만 사실상 한국의 현실은 씨족사회의 형성기 같다. 그래서 한국의 인사 행정은 한 무제와는 정반대로 가까운 사람일수록 중용되게 마련이다. 주로 친족 관계나 정실에 흘러간 사람이 장관이 되면 그 사돈네 팔촌들까지 모여드는 게 한 공식으로 되어 있다. 그래서 공사公事인지 화수회花樹會인지 분간하기 어려운 경우도 때때로 생겨난다.

그래서 서까랫감이 기둥으로 쓰이고 기둥감이 들보로 쓰이는 데에 비하여 정작 들봇감이나 기둥감은 서까래 구실도 못 하는 일이 우리의 실정이었다. 그러니 그렇게 해서 지은 집이 오죽했겠느냐는 것이 일반의 여론들이다.

"옥에 흙이 묻어 길가에 묻혔으니." 하는 옛 시조처럼 그동안 일을 할 만한 사람들은 세상을 한탄하고 때를 만나지 못한 것을 서러워하고 있을 수밖에 없었다.

그런데 명색이 혁명이요 신생 공화국이라고 하는데 아직도 정실 인사는 매일반이다. 매일반이면 그래도 괜찮겠는데 한술을 더 뜬다니 걱정이다. 더구나 가장 공정을 기해야 할 외무 인사가 "정실에 흘러 직업 외교관을 도태하여 외교의 일관성을 파괴하고 있다."고 국회에서 말썽이 된 일이 있다. 듣는 사람의 얼굴이 오히려 뜨거워질 지경이다.

대한민국의 국적을 가지고 있는지조차도 의심되는 분이 대사大使이시라면 우리 국민이 지금 살고 있는 이 땅이 과연 대한민국인가도 한번 알아볼 만한 문제다.

그것이 정적을 헐뜯기 위해서 침소봉대한 트집이라도 큰일이며 또 그것이 사실이라도 야단이다. 인재 등용만큼은 사私를 떠나서 공公을 지켜야 된다는 것쯤 모르는 사람은 없을 것이지만 그것을 실천에 옮기는 사람도 역시 없다. 흙에 묻힌 옥들은 다시 울어라. 시대는 아직도 너의 편이 아니다.

외나무다리 위에서

두 마리의 산양이 외나무다리 위에서 만났다. 산양은 뒷걸음질 칠 수도 없다. 또 다리가 좁기 때문에 스쳐 지나갈 수도 없다. 맞부딪치는 수밖에 별도리가 없다. 그러나 그렇게 되면 두 마리가 냇물로 떨어지고 말 것이다. 대체 어떻게 하면 좋을 것인가. 그러나 현명한 산양은 그 계책을 알고 있다. 그중 한 마리가 무릎을 꿇기만 하면 된다는 것을 알고 있다. 그러면 다른 쪽 산양은 그 위를 딛고 건널 수가 있다. 이렇게 해서 두 산양은 무사히 다리를 건널 수 있을 것이다.

그런데 여기 색다른 두 마리의 산양이 있다.

정말 산양이 아니라 여·야라는 한국의 정치인들이다. 이 두 마리의 산양이 아슬아슬한 외나무다리를 어떻게 건너가는가. 이것이 정쟁이 있을 때마다 국민들에겐 흥밋거리가 된다. 그러나 그것은 서커스를 구경하는 것처럼 그렇게 단순하고 시원스러운 흥미가 아니다. 불안하고 초조하고 안타깝다.

뻔한 일이다. 그중 하나가 무릎을 꿇어야 하는 것이다. 그러나 그것은 어려운 일일 것이다. 그들은 무릎을 꿇기가 싫다고 할 것이다. 자기 등을 남에게 밟힌다는 것은 굴욕이라고 할 것이다. 서로 상대방에게 무릎을 꿇으라고 할 것이다. 이러다가 우리들의 불쌍한 두 산양은 부딪치고 그리하여 다리 밑으로 떨어질는지도 모를 일이다. 그러나 또 뻔한 일이다. 이 두 산양의 목적은 다리를 건너기만 하면 되는 것이다. 이 커다란 목적을 위해서 무릎을 꿇는 일이란 아무것도 아니다.

언제나 속고 언제나 압박받고 언제나 가난하고 언제나 슬퍼해야만 했던 국민들은 원하고 있다. 이 슬픔과 압박과 가난과 기만의 다리를 어서 건너야 한다는 것을 원하고 있다. 다리 건너의 푸른 초원이 아쉽기만 하다.

그러고 보면 누가 무릎을 꿇느냐 하는 데에 있어서는 이론異論이 많겠지만 강자가 약자에게 꿇는 것이 좋을 것이다.

약자가 강자에게 무릎을 꿇는 것은 비굴이며 굴욕이며 수치이지만, 강자가 약자에게 무릎을 꿇는 것은 아량이요 양보요 미덕이다. 그렇기에 민주주의는 다수자가 소수자를 존중하려는 타협 속에서 꽃이 핀다.

그런데 우리는 어떤가? 힘으로 강압하여 무릎을 꿇리는 일밖엔 모른다. 그러나 저 겸허하고 현명한 산양처럼 무릎을 꿇을 줄 아는 미덕을 가질 때만이 진정 그들에겐 승리가 있을 것이다.

미美와 추醜의 중립

버나드 쇼Bernard Shaw라면 세계 제일의 험구가險口家로 또는 추남으로 정평 있는 문인이다. 그렇기에 그에 대한 에피소드도 유달리 많다. 그중에서도 특히 유명한 것이 여성에 대한 그의 아이러니다.

어느 날 이 추남을 찾아서 어여쁜 무희 이사도라 덩컨Isadora Duncan이 나타났다. 용건은 격에도 안 맞는 청혼이었다. 그와 결혼을 하게 되면 자기와 같은 미모에 버나드 쇼와 같은 명석한 두뇌를 가진 자식을 낳을 수 있다는 것이 그녀의 소견이었다.

그러나 버나드 쇼는 태연하게 그리고 아주 잔인하게 그녀의 생각을 뒤엎어버리고 말았다.

"천만의 말씀입니다. 만약 우리들 사이에 자식이 생긴다면 그는 당신 생각과는 정반대로 나와 같은 추한 얼굴에 당신 같은 어리석은 두뇌를 가지게 될 것입니다. 이것이 현실입니다."

쇼의 관록 있는 역설이며 아이러니다. 그러나 한편 생각해보면 꽤 진지한 면도 없지 않다. 인간의 이상은 언제나 그 반대 현상을 가져온다. 이것이 우리의 현실이다. 그렇기 때문에 세상의 모든 일을 아전인수 격으로만 생각하고 있는 여배우의 낙관적 인생관에 따끔한 경종을 울린 이 쇼의 말은 오늘날 우리에게도 중요한 교훈이 될지도 모른다. 왜냐하면 4·19 후 갑자기 유행하던 한국의 중립화론이란 것도 어쩌면 그 여배우의 낙관적 이상론과 몹시 닮은 데가 있지 않나 하는 생각이 들기 때문이다. 더구나 6·25전쟁을 직접 체험해보지 못한 나이 어린 학생일수록 그런 절충식 중립화의 이상론에 도취하기 쉽다.

'덩컨과 버나드 쇼'의 중립 지점에서 가장 훌륭한 인간 표본이 생겨나는 것을 기대하는 것보다는 거꾸로 가장 쓸모없는 하나의 인간형이 탄생될 것을 우려하는 것이 오늘의 리얼리스트다. 이것도 저것도 아닌 중립 지점에 우리의 행복이 있다고 생각하는 것은 하나의 안가安價한 기계론이며 가장 안이한 이상론이 될 것이다.

지금은 세계가 완전히 둘로 갈라져 있다. '여기도 저기도 아닌 제3의 나라는 천국에나 있을까?' ―이것은 〈젊은 연인들〉이라는 영화 속에 나오는 한 대사다. 사실상 이런 제3의 나라가 가능만 하다면 한번 생각해봄직도 한 일이지만 불행히도 한국은 천국 아닌 지옥 위에 존재하고 있는 것이다. 이 사실을 망각해서는 안 된다.

한국의 중립화는 빵과 자유마저 상실한 적화赤化를 의미한다는 것을 한 번 더 명심해보는 것이 리얼리스트의 지성일 것이다.

폭력 교실

역시 유행의 첨단은 영화인가 보다. 〈폭력 교실〉이란 영화가 국내에서 상영된 뒤부터 그 말이 하나의 유행어처럼 쓰이게 되었다. 학원 내에서 주먹이 오간다는 것은 물론 있을 수 없는 일이지만 그것을 곧 '폭력 교실'이라고 표현해버린다는 것도 생각할 문제다.

10대를 흔히 '반항의 계절'이라고 한다.

부모의 말을 듣지 않고 교사의 가르침을 비웃고 싶어 하는 그 반항의 심리는 사춘기에 돋는 여드름처럼 필연적인 생리인지도 모른다. 최근 미국에서도 선생들을 골려먹는 학생들의 장난이 심하여 당국자들은 골치를 앓고 있는 모양이다.

캘리포니아 주에 있는 맥 내리 중학교 학생들에게는 '과실果實의 날'이란 것이 있다. 학생들은 이날이 되면 과실을 봉투에 넣어 가지고 와서 수업이 시작되기 직전 교사 있는 쪽으로 굴린다는 것이다. 또 매사추세츠 주 월체스터 시에 있는 상업고등학교의 학생들 책상에는 이동용 바퀴가 달려 있다. 인기 있는 장난꾼 하나가 신호를 하면 학생들은 일제히 책상을 앞으로 밀고 간다. '텔레비전 쇼'의 영향을 받은 장난도 있어서 아비에이션의 고교 학생들은 소리 내지 않는 웃음이 교실 내에서 유행되고 있다는 이야기도 있다. 공부 시간에 교사가 우스운 소리를 해도 학생들은 그냥 조용히 입만 벌리고 벙긋거린다는 것이다.

여학생도 예외일 수는 없다. 펜실베이니아 주 래드너 시 여학생들은 매학기에 한 번씩 '소녀의 날'을 갖는다. 이날이 되면 짧은 치마에 머리를 땋고 요란스러운 머리댕기를 드리운다. 그리고 장난감 곰을 들고 다니며 나팔을 불고 사탕과자를 먹는다. 물론 이러한 장난은 교칙과는 인연이 먼 것들이다.

그러나 10대 학생들의 그 장난들이 비록 당국자들의 환영을 받고 있지는 않지만 그것 때문에 퇴학당한다든지, 교사의 학생 구타 사건들이 발생하는 일은 없는 것 같다. 장난하고 싶어 하는 학생들의 심리를 이해하고 있기 때문에 그것을 무턱대고 억압하려고 들지 않는다.

최근 우리나라에서 학원 내에서의 폭력 사건이나 교사의 구타 사건이 사회문제의 하나로 클로즈업되고 있다. 이러한 문제를 너무 근시안적으로 논란한다는 것은 현명한 일이 아닐 것 같다. 학생들의 개성이나 행동을 지나치게 억압하는 전근대적 교육 방법은 없었던가? 반항적인 10대의 심리를 이해하고 또 그들을 컨트롤하는 데에 기술적으로 소홀한 점은 없었던가.

중학교의 조회 광경을 보라. 군대 부럽지 않은 그 사열식은 대체 무엇을 의미하는가? 훈화訓話의 시대, 몰개성적인 형식의 시대는 지난 것이다. 시대착오적인 일제식 교육이 혹시 잔존해 있지 않은지 그것이 문제의 초점이다.

임전불퇴의 사상

영국의 이튼 교校라고 하면 세계적으로 이름난 학교다. 특히 나폴레옹을 격파한 웰링턴Arthur Wellington 장군의 출신교로서 그 전통이 깊다.

다른 퍼블릭 스쿨도 마찬가지지만 이튼 교의 군사 훈련 시간은 웰링턴 전법이 기초로 되어 있는 모양이다. 말하자면 돌격 훈련이 아니라 후퇴 연습인데, 이것은 웰링턴 장군이 퇴각 전술로 나폴레옹 군을 무찌른 그 전통을 이어받은 것이다.

군사 훈련이란 것이 총을 거꾸로 메고 도망만 다니는 것이라 한다면 좀 체면이 안 서는 이야기다. 더구나 임전불퇴의 화랑정신을 숭상하는 우리에겐 아무래도 납득이 가지 않는 광경일 것이다. 그러나 곰곰 생각해보면 전쟁에 있어서 후퇴를 잘한다는 것은 돌격보다도 한층 어려운 일일지도 모른다. 또 일본 군인들처럼 덮어놓고 전진만 하는 것이 훌륭한 것은 아니다.

웰링턴 장군은 전장에서뿐만 아니라 정치에 있어서도 퇴각술의 명수였다. 그 때문에 한때는 이 '조국의 영웅'이 국민들의 비난과 실망을 샀던 일까지 있다.

언젠가는 의회 건물을 지으려고 장소를 물색하고 있었을 때 웰링턴 장군은 템스 강을 배경으로 할 것을 주장한 일이 있었다. 그 이유는 국민들이 의회를 포위하고 데모를 일으킬 경우, 뒤에 강이 있으면 완전 포위가 불가능할 것이고 의원들이 도망하기도 편하다는 것이었다. 물론 이것은 농담이었다.

웰링턴 장군의 이러한 퇴각 사상(?)은 꽤 비굴하고 겁 많은 것으로 보이기 쉽지만 실은 그것이 나폴레옹의 파죽破竹 같은 기세를 꺾은 용맹성이라고 하겠다.

노자老子가 말한 대로 돌이나 쇳조각은 높은 데서 떨어지면 깨지기 쉬운 것이지만, 그보다 약한 것 같은 물은 아무리 높은 절벽 위에서 떨어져도 부서지지 않는 법이다. 돌격이 실은 약하고 후퇴가 실은 강한 경우가 있다.

웰링턴 장군의 퇴각적 사유 방식에 불패 불굴의 의지가 숨어 있다는 것을 잊어서는 안 된다.

우리나라의 정치가들은 퇴각과 양보를 수치로 알고 있는 것 같다. 덮어놓고 자기 의사나 행위를 내뻗치는 데에 승리를 얻으려고 한다. 여기에서 분열이 생기고 싸움이 벌어진다. 타협 모르는 외곬의 돌진 작전에서 끝내는 당이 깨지고 국가가 부서지는 지금, 우리 정객들에게 필요한 것이 있다면 바로 웰링턴 식 퇴각의 진의를 터득하는 것이다.

물러설 때 물러설 줄 아는 곳에 진정한 정치적 발전이 있다는 것은 비단 역설에서 그치는 이야기가 아니다.

거짓말 대회

미국에는 클럽이 많다. 취미가 같은 사람끼리 모인 회합이기 때문에 클럽의 성격 역시 아주 다채롭다. '대머리 클럽'에는 대머리들만 모이고, '게으름뱅이 클럽'에는 게으름뱅이들만 모인다. 그런데 그중에서도 가장 걸작은 '라이어스 클럽', 즉 거짓말쟁이들이 모이는 클럽이다.

'시카고 라이어스 클럽'과 '벌링턴 라이어스 클럽' 같은 데서는 매년 거짓말쟁이 콩쿠르가 개최되어 인기를 모으고 있다. 상금도 '라이어스 클럽'에서 주는 것이니만큼 혹시 '거짓말'이 아닌가 의심하는 사람도 있겠지만 그것만은 참말인 모양이다. '라이어스 클럽'에서 특등상을 탄 거짓말 가운데 다음과 같은 것이 있다.

"우리 마을은 북쪽에 있습니다. 작년 겨울은 어찌나 추웠던지 말소리가 모두 얼어붙었습니다. 그래서 따뜻한 봄이 되자 마을 사람들은 시끄러워서 통 잠을 잘 수 없었습니다. 왜냐고요. 겨우내 허공 속에서 얼어붙었던 모든 말소리가 여기저기에서 한꺼번에 녹아 풀리기 시작했기 때문이죠."

역시 추위에 대한 거짓말로 또 걸작이 하나 있다.

"내가 북만주에 가 있을 때의 일입니다. 몹시 추운 겨울날, 나는 몸을 녹이기 위해서 장작불을 피웠던 것입니다. 그러나 활활 타오르던 불꽃이 그만 그 자리에서 얼어붙고 만 것입니다. 나는 하도 신기해서 얼음이 되어버린 빨간 불꽃을 따서 박물관에 기증했죠. 얼마 후에 들은 말입니다마는 그 박물관은 불행히도 화재가 일어나 전소되었다는 것입니다. 그 화인은 박물관에 진열해놓았던 그 불꽃 얼음이 녹아 활활 타올랐기 때문이랍니다."

20세기 최악의 겨울로서 서구에서는 천 명이, 그리고 미국에서는 100명이 추위로 사망했다. 우리나라에서도 영하 16도의 한파가 내습하여 쌀쌀한 겨울 날씨가 계속되고 있다. 정말 요즈음 같아서는 '말소리'나 '불꽃'이 얼어붙을 정도로 춥다. 오히려 거짓말들이 실감 있게 들릴 지경이다.

기후만 추운 것이 아니라 정계의 기상이나 사회 인심도 한파 내습 속에 떨고 있다. 구정객들은 정치 활동 첫 장부터 냉전을 벌이고 있으며, 시중의 물가는 구정을 앞두고 높아만 간다. 어디를 가나 따뜻한 화제를 찾기 힘들다. 차라리 어쭙잖은 정당을 만들기보다는 '거짓말쟁이 클럽'이나 만들어 콩쿠르 대회나 열었으면 하는 심정이다. 그편이 훨씬 따뜻한 인정이 있을 것 같다.

"한국에서는 정치가들이 서로 대통령 입후보를 사양하고 물가가 계속 떨어지고 있기 때문에 국민들이 데모를 일으켰답니다."

이런 거짓말은 어떨까? 선수권을 탈 만한 것이 아닐까?

법의 승리

1823년 미국의 세인트루이스의 지방 재판소에는 백포白布로 눈을 가린 판사 하나가 재판을 하고 있었다. 제출된 서류는 전부 재판소 서기가 읽어주었고 법정을 드나드는 데도 비서들의 부축을 받았다. 그러나 그는 맹인도 아니었고 부상 입은 판사도 아니었다.

그는 남보다 한결 안광眼光이 빛나는 베크 판사다. 그런데도 그는 14년의 판사 생활에 줄곧 백포로 눈을 가리고 재판을 했던 것이다. 그 이유는 소송 당사자의 얼굴을 보지 않으려 했기 때문이다. 말하자면 공평하게 재판을 처리하기 위한 처사였다. 판사도 인간이기에 사람의 얼굴을 보면서 재판을 하면 마음이 흔들리게 된다. 또 자신도 모르는 사이에 주위의 압력을 받게 된다. 결국 베크 판사는 공평무사한 재판을 하기 위해 스스로 맹인 노릇을 했던 것이다.

반드시 판사가 백포로 눈을 가리고 재판을 하는 것이 이상적이라고 할 수 없어도 그 정신만은 본받을 만한 일이다. 특히 후진 사회의 사법권은 여러 면에서 시련을 겪고 있다. '행정권의 비대' 때문에 언제나 사자 편에 서서 재판을 하는 『이솝 우화』의 여우처럼 될 경우도 없지 않다.

그렇기에 우리도 모든 판사가 베크 판사처럼 눈을 가리고 행정부의 눈치를 보지 않는 재판을 바라고 있다. 포샤와 같이 재주를 부리는 명판관보다도 베크 판사 같은 공평한 판관이 아쉽다.

최근 서울 고법高法은 조국 수호협의 명록을 거부한 공보부의 처사가 하나의 위헌이라고 판시했다. 이것은 우리의 헌법이 행정부 마음대로 녹피鹿皮에 가로 왈曰 자 격格으로만 해석될 수 없다는 하나의 증거를 남긴 것이다. 법을 불신하는 사회는 마치 궤도 없는 열차처럼 위태롭다.

다른 것은 다 부패한다 하더라도, 독선적인 권력이 활력을 친다 하더라도 법이 시퍼렇게 살아 건재하는 동안 우리는 두 다리를 뻗고 세상을 살아갈 수 있다.

13시의 시계탑

영국에는 13시를 치는 시계가 있다. 고장 난 시계도 아니며 유령 시계도 물론 아니다. 그것은 바로 브리지워터 시청 꼭대기에 있는 당당한 시계탑인 것이다. 어째서 1시를 칠 때 열세 번 종이 울리는 것일까? 거기에는 참으로 재미있고도 교훈적인 일화 하나가 전해지고 있다.

시청 직원들은 주식晝食을 먹으러 나갔다가 근무 시간에 늦는 일이 많았다. 12시에 나가 1시의 종소리를 듣고서야 자기 자리로 돌아왔기 때문이다. 그래서 브리지워터 공公은 1시의 시보時報를 듣지 못하도록 열세 번 종을 치게 변경해놓았다는 이야기다.

그 시는 옛날의 그 전통을 살리고 있기 때문에 지금도 여전히 그 시계에선 열세 번의 종이 울리고 직원들은 또 그것을 거울삼아 근무 시간을 정확히 지키고 있는 것이다. 브리지워터의 시청 시계는 결국 근무 시간을 엄정히 지키라는 공무원들에의 경종이라고 할 수 있다.

'국가의 녹祿'은 현대 말로 고치면 '국민의 세금'이 된다. 그러므로 공직에 있는 사람들이 근무 시간을 지키지 않는다는 것은 '세금을 도둑질'하는 것과 같은 이치다. 자기에게는 한 시간이지만 이것을 조직과 관련시켜보면 연쇄반응적으로 확대된다. 그래서 수만 시간이 낭비될 경우가 많다. 고급 관리일수록 그런 것이다.

한국의 공무원들은 어떠한가? 그들은 10시쯤 출근해가지고 우물쭈물하다가 점심을 두세 시간 먹고 책상 서랍이나 정리한 뒤

5시 30분쯤 퇴근하는 사례가 많다. 대부분의 공무원은 하루에 겨우 한 시간 정도밖에 자리에 있지 않는다.

이러한 평가는 결코 일방적인 허풍이 아니다. 바로 박朴 대통령 자신이 직접 고급 관리들에게 보냈다는 그 친서 속의 한 내용인 것이다.

족보를 캐보면 어제오늘의 이야기는 아닌 것 같다. 지각 잘하는 학생을 흔히 '고등관 출근'이라고 부르는 것을 보아도 그렇다. 전통적으로 고등관이면 시간을 안 지켜도 된다는 통념이 우리 머릿속에 뿌리박혀 있는 것 같다.

한국에도 중앙청 꼭대기에 13시를 치는 시계탑을 만들었으면 좋겠다. 아니 고관들이 회전의자에 앉으면 돌아가는 자동 시간 계산기를 장치해놓았으면 좋겠다. 아니, 점잖은 '세금 도둑'을 잡는 112는 없는가?

후기

인간들이 외출한 도시

이 도시에는 꽃보다 아름다운 네온사인이 있다. 이 도시에는 가나안의 복지에서 흘러나오는 꿀과 젖보다도 더 풍요한 식품들이 쌓여 있다. 이 도시에는 헤라클레스보다도 힘센 기중기가 오르내리고 발동기의 우람한 바퀴가 잠시도 멈추지 않고 돌아간다.

이 도시에는 수목보다 높은 철골의 안테나가 하늘을 깔보고 솟아 있다. 강물의 흐름보다도 더 빠른 자동차의 물결이 흐르고 있다. 브라운관 속에서는 언제나 박수 소리와 웃음소리와 아라비아의 마술사들보다 한결 정교한 재주가 기적의 장면을 연출한다.

이 도시의 하늘에도 달이 뜨고 해가 지고 계절이 스쳐간다. 비가 내리고 눈이 내린다. 그러나 다만 인간들이 없는 것이다. 인간들이 외출한 도시—모든 것은 다 찬란히 빛나는데 이 도시에서는 인간을 만나기가 무척 힘이 든다. 아스팔트의 사막이다. 콘크리트의 암벽 지대다. 철강과 기름이 얼어붙은 툰드라의 병원이다. 인간들은 옛날의 기억들을 헌 옷을 벗어던지듯이 벗어두고 모두들 외출해버렸다. 이것이 현대의 도시 문명이다.

나는 이 책에서 이러한 역설의 도시 문명을 그린 에세이들을 모아보았다. 대부분이 신문 칼럼란에 쓴 단평들이지만, 그것을 다시 헐어 벽돌을 쌓아 올리듯 재구성해보았다.

한 세기나 계속한 인간의 외출이 다시 이 도시로 돌아오기를, 소돔의 성城처럼 불붙기 전에 이 도시를 지켜주기를……. 주제넘은 기원을 올리면서, 불탄 자리에서 벽돌을 주워 모아 가건축을 짓듯 하나의 책을 다시 엮었다.

작품 해설

읽히는 비평의 비밀과 매혹

이승훈 | 시인

1. 이어령과 전후 비평

이어령은 1956년 《한국일보》에 평론 「우상의 파괴」를 발표하면서 본격적인 비평 활동을 시작한다. 이른바 전후 세대에 속하는 그가 강조한 것은 저항, 실존, 휴머니즘, 전통 단절이고 이런 단절 혹은 부정을 통한 새로운 역사에 대한 탐구다. 이런 문제들이 그에 의해 주장되고 제기된다는 점에서 그는 우리 전후 문학, 아니 우리 전후 비평을 대표한다. 사실 우리 전후 문학의 새로움은 이런 개념들로 드러나고, 이런 개념들은 이어령에 의해 새롭게 해석되기 때문이다. 그런 점에서 그는 자기 세대에 충실했고, 언제나 작가나 비평가들은 자기 세대의 몫이 있다. 요컨대 그가 우리 문학사에서 차지하는 위치는 6·25를 계기로 하는 전후 문학의 방향을 그가 제시한 점에 있다. 그러나 그동안 이어령 비평의 특성에 대해서는 제대로 연구된 바 없고, 있다고 하더라도 대부분 피상적이거나 다분히 감정적인 비판이 많았다. 예컨대 다음과 같은 글들을 들 수 있다.

(1) 이어령은 유종호 등과 더불어 '해박한' 문학론 강의를 담당한 비평가다. 서구 문학 이론과 비평의 방법을 정리한 그의 글들은 발랄한 지적 재기로 가득 찬 것이었지만, 그가 보여주는 새로운 감수성은 한국 문학의 과거와 전통을 송두리째 부정하는 위에 놓이는 것이었기에 마치 '총명한 고아'가 가질 법한 위태로운 구석을 드러내고 있었다.[25)]

(2) 1950년대 들어 가장 날카롭고 독특한 음색으로 한국 문단을 흔들어놓고 있던 이어령 교수의 과장법 문체가 잘 드러나 뵈는 글이다. 1956년 1월호 《문학예술》지에 발표한 난해한 비평관 내세움의 일단인 이 비평문은 온통 서양 작가들의 작품 내용과 특히 프랑스 비평가들의 호들갑스러운 장광설, 현학 취미가 엿보이는 징후가 짙지만 그의 기본 발상이 서구 실존주의자들의 으스스한 '무 앞에 선 불안과 고뇌'의 한국적 변용이라는 점에서 한국 비평계에 싱싱한 새 바람을 일으켰다.[26)]

(1)은 신형기, (2)는 정현기의 글이다. 이름이 비슷해서 그런 건 아니겠지만 두 분 모두 이어령 비평에 대해 부정적인 태도를 보

25) 신형기, 「비평의 열림과 민족 모순의 심화」, 『한국문학 50년』(문학사상사, 1995), 271쪽.
26) 정현기, 「문학비평의 충격적 휴지기」, 『한국현대문학사』(현대문학사, 1989), 305쪽.

여준다. 신형기는 이어령이 우리 문학의 전통을 송두리째 부정한다고 말하지만 내가 읽은 바로는 이어령은 전통을 송두리째 부정한 적이 없고, 다만 조연현의 '토속적 전통론'을 비판하면서 전통은 토속, 프로빈시얼리즘이 아니라고 주장하고, 이런 주장은 옳고, 나아가 전통에 대한 개념 혼란을 지적한다. 향토색과 지방 감정은 전통이 아니지만 조연현은 그렇게 주장하고, 이런 개념적 오류가 문제다. 이어령이 강조한 것은 전통 부정이 아니라 전통에 대한 새로운 인식이고, 그것은 전통의 역사성과 보편성으로 요약된다.[27]

아마 이어령을 전통 부정론자로 보는 것은 그의 화전민 의식, 신세대 의식과 관계되는 것 같지만 이런 문맥, 이른바 화전민 의식이 강조한 것은 전통 부정이기보다는 새로운 전통의 창조이고, 이것은 당시 전후 세대로서는 당연한 주장이고 책임이다. 극단적으로 말하면 전통은 부정을 통해 계승되고 이런 것이 전통의 역사성이고 이 역사성이 보편성과 통한다. 그러므로 전통 단절은 언제나 전통 계승이다. 이런 오해는 이어령 비평에 대한 감정적인 반응으로도 나타난다.

정현기는 이어령의 「시비평 방법서설」을 인용하면서, 그것도

27) 이어령, 「토인과 생맥주 문학과 전통」, 『저항의 문학』(경지사, 1959), 55~58쪽.

논문의 핵심 부분이 아니라 '서론' 부분을 인용한다. 이 서론 부분에서 이어령이 강조하는 것은 '서정의 세계에서마저 추방된 현대의 시인들은 자아의 보루 속에 은신하고 있다'는 것, 현대 시인은 자연에서 추방되고 자아만을 응시한다는 것, 따라서 그가 강조하는 것은 현대 비평은 이런 보루에서 시인들을 구해내야 한다는 것이고, 그는 그 방법을 시도한다. 그러나 서론 부분에서도 인용한 부분만 놓고 보면 이어령은 그야말로 날카롭고 독특한 음색으로 한국 문단을 흔들어놓을 뿐이다.

날카롭고 독특한 음색은 그도 강조하듯이 하등 비난거리가 아니다. 그러나 문제는 이런 발성이, 목소리가, 음색이 과장법 문체라는 주장이다. 이어령의 문체는 과장이 심하지만, 이런 과장은 문학의 특성이고 운명이다. 왜냐하면 문학은 언제나 의미의 과잉이 아니면 의미의 상실을 지향하기 때문이다. 그런 점에서 인용한 글은 그런 단순한 과장법 문체가 아니라 이어령 특유의 은유적 문체이고, 그러므로 '풀 한 포기 없는 황량한 전야인 여기'는 전쟁터이며 동시에 현대 시인들의 주소이고 상황이다. 또한 이런 은유적 문체에 의해 우리는 현대 시인들의 상황을 듣고 동시에 본다.

요컨대 이런 문체는 앞으로 자세히 논하겠지만 단순한 과장법이 아니라 이어령에 의한 이어령을 위한 이어령의 비평 문체의 핵심이고, 이어령 비평의 눈부신 부분이고, 비평이 시에 접근하는 순간이고, 이런 문체에 의해 우리 비평은 세련되고 현대성을 획득한다. 이런 문체에 의해 우리는 종래의 비평 문체가 보여주던, 그리고 지금도 많은 비평 문체가 보여주는 답답한 진술, 추상적 주장, 말하자면 그 촌스러운 외연 지향성을 극복한다. 결과는? 결과는 비평 문체의 혁명이고, 그것은 외연/내포의 이중 구조다. 문체의 측면에서 종래의 비평이 언어만 강조한다면 이어령은 언어/스타일이라는 이중 구조를 보여주고, 그런 점에서 이어령은 비평 내용뿐만 아니라 문체의 측면에서도 전후 비평의 새로운 방향을 연다.

문제는 이어령의 비평이 난해한 비평관, 프랑스 비평가들의 호들갑스러운 장광설, 현학 취미를 내장한 서구 실존주의의 한국적 변용이라는 주장이다. 이 글은 「시비평 방법서설」이라는 표제가 암시하듯이 본격적인 비평이 아니라 논문의 성격이 짙고, 자세히 읽어보면 이 글에서 이어령이 주장하는 것은 이른바 환위Umgebung와 환계Umwelt의 관계이고, 이 용어에 대한 자세한 해석이고 이 용어에 의해 새로운 시 비평의 방법을 구성하려는 시도다. 이 글에서는 자세히 다룰 수 없지만 그가 강조한 것은 환위가 환계를 결정한다는 것, 말하자면 시인이 아니라 상황이 보고, 시인이 아니라 시인이 서 있는 자리가 시인의 시각을 결정한다는, 시인과 현실의 관계에 대한 새로운 인식이다. 하기야 용어들이 다소 난해한 느낌을 주지만 비평이 아니라 학술 논문의 성격이 강한 이런 글에서는 이 정도의 난해성, 우리가 모르기 때문에 어려운, 어렵다고 느끼는 난해성은 허용되어야 한다. 물론 이어령의 경우 이런 성격의 글들은 많지 않다. 그는 난해한 비평가가 아니라 매혹적인 비평가이고 그때나 지금이나 한결같이 그의 비평의 매혹은 매혹적으로 전개된다. 그렇다면 어째서 이런 오독 혹은 오해가 발생한 것인지 그건 나도 모르겠다.

특히 정현기는 이 비평문을 서양 작가들의 작품 내용과 특히 프랑스 비평가들의 호들갑스러운 장광설, 현학 취미의 징후, 서구 실존주의의 한국적 변용이라고 읽지만 내가 읽은 바로는 그런 징후는 없다. 이 글에는 엘리엇, 워즈워스, 랭보, 아폴리네르의 시가 인용되고, 이 가운데 랭보와 아폴리네르가 프랑스 시인이지만 이어령은 이들의 시를 통해 시비평의 문제점들을 좀 더 구체적으로 확인하고 해명한다. 아마 인용한 글에 나오는 "모든 것은 나에게 있어 무다."라고 절규하는 그들—현대 시인들, 자기와 자기의 그림자만 응시하는 그들—현대 시인들의 목소리만 듣고 이렇게 판단한 것 같지만 이 구절, 이 절규만 놓고 보더라도 이어령이 강조하는 것은 이런 절규가 아니라 그런 절규로부터의 탈주이고, 그는 그런 절규만 하지 말고 어서 자아라는 보루에서 탈주하라, 탈주병이 되라고 말한다.

결국 이런 보기에서 알 수 있는 것은 비단 정현기뿐만 아니라 많은 평론가들이 이어령의 글을 찬찬히 읽지도 않고 너무 쉽게

평가한다는 사실이다. 나는 신형기나 정현기의 주장에 대해, 문학관에 대해 비판하는 게 아니다. 이들은 평소부터 내가 존경하고 사랑하는 친분이 있는 분들이다. 나는 이어령을 부정하는 견해를 부정하는 게 아니다. 내가 강조하는 것은 부정의 논리, 근거, 설득력이다. 물론 이어령 비평에 대해서는 이런 부정적 평가만 있는 게 아니다. 예컨대 권영민은 이어령이 강조한 저항의 당대적 의의를 사면서 동시에 그 한계를 지적하고, 이동하는 1960년대 후반부터, 그러니까 이어령, 김수영 논쟁 이후 그가 문학이 아니라 문단에서 왜 고독해지는가를 차분히 밝힌다.[28)]

2. 비평 문체의 혁명

앞에서도 말했지만 전후 비평의 새로운 방향은 이어령에 의해 전개되고, 그 새로움을 이른바 내용/형식으로 나눈다면 화전민 의식·문체 혁명이다. 결국 전후 비평에서 그가 강조한 것은 한마디로 화전민 의식이고, 이 화전민은 은유이고 이 화전민 지역에 그는, 1950년대 작가들은 서 있다. 이런 문체로 시작하는 그의 비평에 의해 우리 전후 비평이 시작된다. 그러나 다시 읽어보면

28) 권영민, 『한국현대문학사』(민음사, 1993), 178쪽; 이동하, 「영광의 길, 고독의 길—이어령론」, 『한국문학을 보는 새로운 시각』(새미, 2001), 175~189쪽.

그의 경우 문체는 단순한 수사가 아니라 바로 내용과 통하고, 그런 점에서 형식이 내용을 결정하고, 아니 형식이 내용이고, 거꾸로 내용이 형식이다. 따라서 그는 시와 비평, 비평과 시의 경계를 넘나들고, 이런 넘나들기가 이어령 비평의 매혹이다. 이 매혹이 중요하다. 그것은 어떻게 드러나는가.

(1) 순수 문학이란 한마디로 말하면 문학 정신의 본령 정계의 문학이다. 문학 정신의 본령이란 물론 인간성 옹호에 있으며 인간성 옹호가 요청되는 것은 개성 향유를 전제한 인간성의 창조 의식이 신장되는 때이니만치 순수 문학의 본질은 언제나 휴머니즘이 기조되는 것이다. 그러면 오늘날 내가 말하는 순수 문학의 본질적 기조가 될 휴머니즘이란 어떠한 역사적 필연성과 위치에 서는 것인가. 간단히 요약해보면 우선 서양적인 범주에 제한하여 다음의 3기로 놓을 수 있다.[29]

(2) 산문을 읽을 때에는 언어 그 자체를 별나게 의식하지 않는다. 똑같이 언어를 매체로 한 표현 양식임에도 불구하고 산문을 주성분으로 하는 소설의 경우에는 시의 경우처럼 언어 예술이란 점이 강조되지 않는다. 혹은 '시를 위한 시'라는 말은 있어도 '소설을 위한 소설'이라는 말은 없다. 평범하지만 이것은 중요한 사실들이다. 그것은 산문의 경우

29) 김동리, 「순수문학의 진의」, 권영민 엮음, 『해방40년의 문학4』(민음사, 1985), 65쪽.

엔 언어 자체의 실체성보다도 언어가 지시하는 관념이나 대상에 우위성이 놓여 있고 이에 따라 우리들의 관심이나 주의가 그리로 집중되기 때문이다.[30]

(3) 엉겅퀴와 가시나무 그리고 돌무더기가 있는 황료한 지평 위에 우리는 섰다. 이 거센 지역을 찾아 우리는 참으로 많은 바람과 많은 어둠 속을 유랑해왔다. 저주받은 생애일랑 차라리 풍장해버리자던 뼈저린 절망을 기억한다. 손마디 마디와 발바닥에 흐르던 응혈의 피, 사지의 감각마저 통하지 않던 수난의 성장을 기억한다. 그러나 우리가 이대로 패배하기엔 너무 많은 내일이 남아 있다.—그것은 이 황야 위에 불을 지르고 기름지게 밭과 밭을 갈아야 하는 야생의 작업이다. 한 손으로 불어오는 바람을 막고 또 한 손으로는 모래의 사태를 멎게 하는 눈물의 작업이다.[31]

(1)은 1940년대의 김동리의 글, (2)는 1950년대의 유종호의 글, (3)은 1950년대의 이어령의 글이다. 1940년대 소설가이며 평론 활동도 한 김동리의 글에서 읽을 수 있는 문체적 특성은 특성이 없다는 것이 특성이고, 1950년대 평론가 유종호의 글에서 읽을

30) 유종호, 「산문정신고」, 위의 책, 109쪽.

31) 이어령, 「화전민 지역」, 『저항의 문학』(경지사, 1959), 9쪽.

수 있는 문체적 특성은 지적인 절도와 세련된 문장의 매력이다. 그러나 이어령의 글은 이 글들과 비교할 때, 특히 같은 세대인 유종호의 글과 비교할 때, 단순히 지적인 문체나 매력적인 문장이라는 범주를 벗어나는 새로운 산문, 혹은 비평문이다. 문체의 혁명이라는 말을 쓰는 것은 이런 사정 때문이다. 혁명은 뒤집어엎는 것, 그는 전통적인 산문 형식을 뒤집어엎는다. 어디 형식뿐인가? 그는 그동안 우리가 믿어온 이른바 산문 정신도 뒤집어엎는다. 그의 글은 산문이라기보다는 시에 가깝고, 그러나 산문이고 산문이 아니고, 그렇다고 시도 아니다. 그럼 시적 산문인가? 시적 산문도 아니고 산문시도 아니다. 왜냐하면 이 글은 엄연히 평론이기 때문이다. 요컨대 그의 글은 평론과 시의 경계를 넘나든다. 유종호에 의하면 언어는 대상과 관념을 지시하고, 시는 언어를 강조하고 산문은 대상과 관념을 강조한다. 그러나 같은 산문에도 평론이 있고 소설이 있다. 소박하게 말해서 소설은 언어가 아니라 언어가 지시하는 대상, 구체적인 세계, 현실을 강조하고, 평론은 언어가 지시하는 관념, 추상적 세계, 이데아를 강조한다. 김동리의 글에서 읽을 수 있는 것은 언어 자체의 매혹도 아니고, 언어가 지시하는 대상, 구체적 현실, 세계도 아니고, 드러나는 것은 추상적 관념뿐이다. 순수 문학, 문학 정신, 본령, 인간성, 본질, 휴머니즘 모두가 그렇다. 물론 그의 소설은 그렇지 않고, 그의 평론이 그렇다. 문체가 글의 무늬를 의미한다면 이 글에는 어떤 무늬도 없고 작가의 생리나 실존이 드러나지 않는다. 그의 글에 문체가 없다는 말은 이런 의미다.

그러나 유종호의 글은 물론 소설은 아니지만 김동리의 글과 비교할 때 이런 의미로서의 문체가 드러난다. 그의 글을 지배하는 것은 물론 추상적 관념이다. 그러나 인용한 글에서도 알 수 있듯이 이런 관념성은 상당히 누그러지고, 이런 유연성은 그의 문체적 특성으로 요약된다. 그는 김동리처럼 관념을 고지식하게 전달하는 게 아니라 관념을 희박하게 만들거나 예컨대 그에겐 '별나게' 같은 낱말이 암시하듯 추상적 관념의 세계를 별나게 만드는 재주가 있다. 일종의 위트다. 이런 위트, 기지, 유희에 의해 그의 글은 무늬를 띤다. 그렇다고 그의 문체가 유희만을 일삼는 것은 아니고 그의 글은 단단한 과학성, 산문성, 논리성을 지향한다. 비유해서 말하면 그의 글은 언어와 관념을 적절히 조화시킨다. 요컨대 그의 글에서 읽을 수 있는 것은 중용과 조화의 문체다. 김동리가 관념만을 지향한다면 그는 언어와 관념을 동시에 지향한다.

이런 문맥에서 말하면 이어령은 산문보다 시를 지향한다. 정도의 차이는 있지만 김동리와 유종호는 산문을 지향하고, 이와는 달리 이어령은 시를 지향하고, 따라서 그의 경우 중요한 것은 언어가 지시하는 관념이나 대상이 아니라 언어 자체다. 그는 언어 자체를 보고, 언어 자체를 보는 자신을 보고, 이때 그의 문체가 태어난다. 한마디로 시적 문체이지만 그의 글은 시가 아니라 산문이고, 이런 점에 이어령 비평의 매혹이 있다. 그렇다면 언어 자체를 강조한다는 것은 무엇이고 시적 문체란 무엇이고 이런 문체가 그의 평론에 어떤 의미를 주는가.

첫째로 이런 문체에 의해 그는 작가와 평론가의 경계를 해체한다. 바르트Roland Barth는 「비평적 시론」에서 작가écrivain와 지식인ecrivant을 구분한다. 그에 의하면 작가는 자동사적인 사람, 지식인은 타동사적인 사람으로 규정된다. 자동사적이라는 것은 언어를 목적으로 생각하는 것, 말하자면 언어가 목적이라는 것을 의미하고, 타동사적이라는 것은 언어를 수단으로 생각하는 것, 말하자면 언어가 수단임을 의미한다. 작가는 언어로 작업하고 지식인 혹은 서기는 언어를 이용한다. 그러므로 작가는 '어떻게 쓸 것인가'에 관심을 두고 지식인에겐 이런 것이 문제가 안 되고 사유의 정확한 전달이 문제가 된다.

그런가 하면 그에 의하면 작가와 비평가도 구분된다. 작가의 대상은 현실이고 비평가의 대상은 작가의 언어다. 작가가 현실에 대한 담론을 생산한다면 비평가는 담론의 담론을 생산하고, 작가가 언어 작업을 통해서 말한다면 비평가는 작가의 담론을 통해서 말한다. 이 점에서 작가와 비평가는 지식인과 다르다. 그러나 작가의 자아는 허구 속에 용해되지만 비평가의 자아는 자신의 글 속에 용해될 수 없고 따라서 비평가는 작가에 비해 자신의 글에 직접적으로 책임을 지게 된다. 비평가는 지식인도 아니지만 작가도 아니다. 바르트의 말에 의하면 비평가는 유예된 작가, 유보된 작가다.

그가 이런 말을 하면서 은연중에 노리는 것은 자신이 작가이면서 비평가가 되는 것, 곧 작가비평가의 꿈이고, 이런 꿈은 이어령의 꿈과 통한다. 바르트가 그런 것처럼 이어령의 글은 담론에 대한 담론이면서 계속 자동사적 행위, 곧 언어 자체를 목적으로 하고, 이런 의식, 무의식이 그의 시적 문체를 낳고, 이런 문체가 보여주는 것은 시적이며 동시에 비평적인 이중 기능이다. 요컨대 이어령의 시적 문체는 작가와 비평가의 상호 침투, 넘나들기를 지향하고, 마침내 그는 그 후 소설과 희곡을 쓰고, 김수영과의 논쟁에서도 언어 자체를 강조한다.

둘째로 다시 바르트를 인용해서 미안하지만 중요한 것은 외국 이론이냐 국내 이론이냐, 서양이냐 동양이냐가 아니라 덩샤오핑이 말한 것처럼 쥐만 잘 잡으면 되지 검은 고양이냐 흰 고양이냐의 싸움은 중요한 게 아니다. 우리 문학 혹은 인문학은 그동안 그리고 지금도 계속 검은 고양이냐 흰 고양이냐로 싸우며 날을 새운다. 중요한 건 목표와 목표를 달성하기 위한 효율적인 수단이다. 그건 그렇고 아무튼 바르트냐 박지원이냐가 중요한 게 아니라 이 글의 목표를 효과적으로 달성하는 수단이고, 그런 점에서 바르트가 다시 나온다. 그는 『글쓰기의 영도』에서 문학사에 대한 새로운 이론을 주장하고, 그것은 이른바 언어, 문체, 글쓰기라는 삼각형 구조로 드러난다.

그가 말하는 언어는 소쉬르가 말한 언어와 비슷한 개념으로 작가가 태어나기 전에 이미 존재하는 사회적 현상이고, 그런 점에서 역사적이고, 이 언어가 있기 때문에 우리는 글을 쓴다. 그러나 한편 작가는 이런 보편적 법, 사회를 표상하는 언어를 그대로 따르는 존재가 아니라 선택하는 존재이고, 그런 점에서 작가는 개성적인 존재요 하나의 실존이요 하나의 생리이고, 문체는 작가의 이런 생리, 실존을 반영한다. 따라서 글쓰기는 이 두 차원, 곧 언어라는 수평 차원과 문체라는 수직 차원 사이에 존재한다. 물론 이런 말을 하면서 바르트가 주장하는 것은 참여, 곧 작가(문체)가 사회(언어) 속으로 참여하는 양식이고 이 양식에 따라 고전적 글쓰기와 현대적 글쓰기가 나타나고, 그가 말하는 '영도의 글쓰기'는 현대적 글쓰기이고 그것은 이데올로기의 흔적을 말끔히 제거한다.[32)]

내가 바르트의 말을 인용하는 것은 물론 이어령의 문체를 설명하기 위해서다. 바르트에 의하면 모든 글쓰기는 언어와 문체의 화해 아니면 부정을 노린다. 문체는 작가의 몸에서 나오고, 따라서 이런 자기 충족적 언어는 작가의 개성적이고 신비한 신화

32) Roland Barthes, trans, A, Lavers and C. Smith, 『Writing Degree Zero』(New York : Hill and Wang, 1968), pp. 9~15.

에 뿌리를 둔다. 그것은 '비밀스러운 숨어 있는 살, 육체가 내뱉는 장식적 목소리'다. 그런 점에서 이어령의 문체는 언어와 대립되고, 이런 대립이 그의 글쓰기다. 그것은 문학 이쪽에서 문학 저쪽을 보려는 노력이고, 거꾸로 문학 저쪽에서 문학 이쪽을 보려는 노력이다. 요컨대 그의 비평은 단순히 언어에 참여하는 행위가 아니라 언어에 참여하면서, 그러니까 역사, 사회, 현실, 법, 남근에 참여하면서 이 언어를 죽이려는 노력이다. 비평과 시의 이중성은 현실과 자아의 이중성, 보편과 개성의 이중성과 통하고 이런 이중성이 그의 시적 문체가 숨기고 있는 의미다. 이런 이중성은 어떻게 드러나는가?

3. 시적 문체의 구조

이어령 비평의 문체는 크게 보면 시적 문체, 은유적 문체로 나타난다. 그러나 이런 문체는 앞에 인용한 문장처럼 비평 내용이나 주장에 대해 은유적 관계에 있는 경우와 같은 글에 나오는 '별주부전'의 인용처럼 비평 내용이나 주장에 대해 알레고리적 관계에 있는 경우로 나누어진다. 대체로 그의 글은 은유나 알레고리로 시작되고, 따라서 이런 문장들은 그가 앞으로 전개할 내용을 암시하거나 주장의 핵심을 암시한다. 아니 단순한 암시가 아니라 그의 주장의 구조를 드러내고, 따라서 이런 문체는 구조적 기능을 발휘하고, 나는 이런 문체를 구조적 은유 혹은 은유적 구조라고 부른다. 뿐만 아니라 자세히 읽어보면 이 두 문장, 말하자면 '화전민'과 '별주부전' 이야기 역시 서로 무관한 게 아니라 구조적 상동성을 보여주고, 그런 점에서 그의 문체가 지향하는 은유적 구조는 하나의 문체뿐만 아니라 문체와 문체 사이에도 적용되고, 거시적인 차원이나 미시적인 차원에도 적용됨으로써 유기적 통일성을 띤다.

첫째로 글의 시작 부분에 나오는 시적 문체가 본문에 대해 은유적 관계에 있는 경우, 앞에 인용한 글만 보더라도 "황료한 지평 위에 우리는 섰다."는 표현은 1950년대 한국 문학의 상황을 비유하고, 이런 화전민 지역에서 화전민이 할 일, 곧 황야에 불을 지르고 밭을 가는 '야생의 작업', 한 손으로 불어오는 바람을 막고 한 손으로 모래의 사태를 멎게 하는 '눈물의 투쟁'은 바로 작가의 임무가 된다. 요컨대 그가 할 일은 '불의 작업'이고, 이 불은 저항을 표상한다. 따라서 '항거는 불의 작업이며 불의 작업은 신개지를 개간하는 창조의 혼'이다.

이런 유추를 토대로 불 지르기는 언어를 무기로 하는 싸움이고, 결국 노래는, 시는, 문학은 투쟁이 된다. 어떻게 불을 지르고 어떻게 싸워야 하는가? 그것은 시대, 현실에서 도피하지 않고, 자기 운명과 비극을 은폐하지 않는 태도, 그런 의지와 책임으로 나타난다. 요컨대 이 황량한 시적 문체는 시적 공간과 동시에 한 시대의 현실을 의미하고, 그것은 화전민 지역/전후 문학의 조건의 동일시라는 구조로 나타난다.

둘째로 글의 시작 부분이 알레고리로 나타나는 경우, 이때는 시적 문체보다 감동이 적지만 구조적 기능은 동일하다. 알레고리는 말 그대로 알레고리다. 이 알레고리는 글의 내용에 대한 알레고리이고, 따라서 알레고리/글의 내용의 동일시 구조가 나타난다. 글의 일부를 옮기면 다음과 같다.

> 우리는 지금 '별주부전'의 우화 같은 세계에서 살고 있다. 현대인의 경우는 용궁에의 초대를 받은 토끼의 운명과 방불하다. 위기는 목전에 있다. 용왕이 토끼의 간을 요구하듯 오늘의 현실 오늘의 역사는 인간의 간을 약탈하려 든다. 육지를 버리고 스스로 자라의 잔등에 실려 바다의 세계로 찾아간 그 토끼에겐 최초로 경이와 희열이 있 었다. 그다음엔 기대가 있었고 종국에는 후회와 환멸과 절망이 있었다. 인간의 역사가 이와 같았다. 문명이라는 자라의 등에 업혀 오늘에 이르기까지 그것은 사실 토끼가 수궁으로 향한 긴 여로에 불과했다.[33]

토끼가 위기를 맞게 된 것은 육지를 버리고 바다로 갔기 때문이다. 이어령의 말에 의하면 '본래의 고향'을 일탈했기 때문이다.

33) 이어령, 「화전민 지역」, 위의 책, 13쪽.

이런 이야기는 현대인의 위기를 우화적으로 말한다. 현대인이 위기를 맞게 된 것은 현실, 곧 육지를 버리고 바다, 용궁, 환상, 꿈, 이상을 찾아 떠났기 때문이다. 토끼는 현대인, 자라는 문명, 용궁은 문명이 안겨주리라 믿었던 유토피아를 의미하지만 유토피아는 토끼의 간, 인간의 간, 생명을 요구한다. 한마디로 이 글에서 고대인의 알레고리 '별주부전'은 현대인의 알레고리로 변주되고, 이런 변주가 강조하는 것은 결국 영원한 삶의 위기, 이 위기를 매개로 하는 새로운 삶의 모험이다.

셋째로 이상 두 문장, 혹은 문체, 말하자면 시적 문체와 알레고리 문체는 다시 읽어보면 동일한 구조, 아니 구조적 상동성을 보여준다.

'화전민 지역'은 바다가 아니라 육지이고, '별주부전'의 토끼는 바다에서 육지로 돌아온다. 요컨대 이 두 문체에서 강조되는 것은 육지다. 그리고 돌아온 토끼나 황량한 화전에 서 있는 화전민이나 할 일은 새로운 탄생이다. 토끼에겐 바다가 위기의 장소이고 화전민에겐 엉겅퀴, 가시나무가 위기다. 그러므로 엉겅퀴, 가시나무는 바다이고 거꾸로 바다가 엉겅퀴, 가시나무다. 남은 것은 바다를 극복하고 엉겅퀴, 가시나무를 극복하는 일이다. 화전민은 화전에 불을 지르고, 토끼는 바다에서 돌아와 바닷가 바위에 간을 말린다. 그것은 윤동주 식으로는 '코카서스 산중에서 도망해온 토끼처럼/둘러리를 빙빙 돌며 간을 지키는 일'(윤동주, 「간」)이다.

전후의 작가는 화전민이고 토끼다. 그는 화전에 불을 지르고 습한 간을 바위에 말린다. 화전민이 사는 곳은 '엉겅퀴와 가시나무와 그리고 돌무더기'뿐이다. 바다에서 돌아온 토끼는 이 돌무더기, 바위에 습한 간을 펴서 말린다. 간을 태양에 말리는 일은 화전에 불을 지르는 일과 통하고, 윤동주는 '햇빛 바른 바위 위에 간을 펴서 말리우자'고 말하는, 나는 이틀 전부터 아파트 앞에 습한 승용차 차문을 열고 차를 말리고 있다. 사흘 전 한밤에 내린 폭우로 차가 침수되었기 때문이다. 아무튼 습한 간을, 습한 생명을 펴서 말려야 한다. 햇볕에 말리는 일은 불에 태우는 일이고, 그것은 불을 지르는 일과 통한다. 그것은 저항이다.

그러므로 이제 화전민은 용궁에서 도망해온 토끼가 아니라 코카서스 산중에서 도망해온 프로메테우스다. 프로메테우스는 하늘나라에서 제우스를 속이고, 불을 훔쳐 인류에게 주고, 그랬기 때문에 제우스의 노여움을 사고, 코카서스 큰 바위에 묶여 독수리에게 간을 쪼이는 벌을 받지만, 헤라클레스의 도움으로 구출된다. 불의 반역은 코카서스 산중에서 도망온 토끼의 반역이고, 1950년대 작가의 반역이고, 반역은 습한 생명을 펴서 말리는 일, 불을 지르는 일과 통한다. 내가 이어령의 글을 너무 은유적으로 읽는 것 같지만 중요한 것은 시적인 문체로 전개되는 '화전민 지역'과 알레고리로 전개되는 '별주부전'이 구조적으로 동일하다는 것, 따라서 이 두 글은 은유적 관계에 있고, 이런 관계에 의해

이어령의 비평은 빛나는 긴장을 지니고 다의성을 드러낸다는 것, 그러므로 그의 문체는 은유적 문체이고 시적 문체라는 것, 그렇다면 시란 무엇인가?

시에 귀를 기울일 필요가 있다. 라캉은 시에 귀를 기울일 필요가 있다고 말한다. 그는 소쉬르를 비판하면서 시에 귀를 기울일 필요에 대해 말한다.

(1) 소쉬르에 의하면 선형성linearity이 담론의 사슬을 구성한다. 글쓰기는 수평으로 전개된다. 그러나 이런 선형성은 필요조건이지 충분조건이 아니다. 선형성은 시간적으로 전개되는 경우에만 적용된다. 예컨대 "피터가 폴을 때린다Peter hits Paul."의 경우 용어들이 서로 바뀌면 그 시간적 순서가 역전되고 이때 의미가 발생한다.

그러나 우리는 소쉬르가 그랬던 것처럼 시에 귀를 기울여야 한다. 왜냐하면 시에서는 다성음이 들리고 모든 담론은 악보의 보표처럼 배열되기 때문이다. 사실 모든 의미 작용 사슬은 수직의 차원을 포기한 채 문맥들을 총체적으로 규제한 것이 아니다.[34]

(2) 은유의 창조적 섬광은 두 이미지의 제시, 곧 두 기표의 동시적 실

34) Jacques Lacan, 『Ecrits』(New York: W. W. Norton and Company, 1977), p. 154. (자크 라캉, 민승기 옮김, 「무의식에 있어 문자가 갖는 권위」, 권택영 엮음, 『욕망 이론』(문예출판사, 1994), 63쪽에서 재인용)

현에서 오는 게 아니다. 이 섬광은 두 이미지 혹은 두 기표 사이에서 번쩍이고, 한 기표는 의미 사슬 속에서 다른 기표의 자리를 차지하고 은폐된, 사라진 기표는 의미 사슬 속의 다른 기표들과의 환유적 관계에 의해 존재한다. 하나의 낱말이 다른 낱말을 대체하는 것, 이것이 은유의 공식이다. 시인은 자신만의 기쁨을 위해 은유의 눈부신 조직, 지속적인 흐름을 생산한다.[35]

이어령의 비평 문체가 보여주는 은유성을 설명하기 위해 인용한 라캉의 말이다. (1)에서 그가 강조하는 것은 기표와 기의의 관계가 선형성에만 토대를 두지 않는다는 것. 기표들은 시간적으로 전개되지만 그에 의하면 기의는 이런 전개에 의해 완벽하게 정의되지 않는다. 마침표에 의해 한 문장이 끝나지만 그 문장의 의미가 끝난 것은 아니고, 그의 용어로는 '닻의 지점'이 있을 뿐이다. 따라서 시간적 수평선 외에 수직선에 대한 관심이 요구되고, 그에 의하면 수평선은 환유에, 수직선은 은유에 해당한다. 이어령의 시적 문체 혹은 은유적 문체가 노리는 것은 이런 조건, 말하자면 시간적 순서가 보여주는 의미의 불완전성에 대한 새로운 인식이고, 이런 인식은 수직선, 곧 은유를 지향한다. 그는 평론을 하면서 시에 귀를 기울인다. 그때 그가 듣는 소리는 단조로운 기표

35) Jacques Lacan, Op. cit., p. 157. (위의 책, 67쪽에서 재인용)

들의 시간적 전개가 아니라 하나의 기표가 지니는 다성음이고 이 때 그의 담론은 악보가 된다. 그러나 이 악보는 시가 아니라 산문이고 평론이다. 그러므로 이 악보는 이중의 기능을 나타낸다. 하나는 그의 비평이 시처럼 다성음을 들려준다는 것, 다른 하나는 이 다성음이 다시 산문과 관계를 맺음으로써 색다른 다성음을 들려준다는 점이다. 말하자면 그의 비평에서 들려오는 다성음은 시적 다성음이면서 동시에 산문(평론)과 만남으로써 시적 산문적 다성음/혼성음이 된다. 조화와 부조화의 미학이다.

그런가 하면 (2)에서 라캉이 강조하는 것은 시적 은유의 충격이다. 그는 '창조적 섬광'이라고 말하고, 이런 섬광이 중요하다. 모든 시는 이런 의미로서의 창조를 지향하고, 모든 평론은 창조가 아니라 창조에 대한 해석, 바르트 식으로는 담론의 담론이다. 이어령 문체가 노리는 것은 이런 상황, 창조를 해석하는 단조로움으로부터의 해방이다. 그런 점에서 그는 평론이 아니라 시를 지향한다. 그가 보여주는 창조적 섬광은 두 기표 사이에서 번쩍이지만, 그의 글은 시가 아니기 때문에 시적 문체라 이 문체가 암시하는 것, 혹은 앞에서 살핀 것처럼 문체와 문체 사이에 번쩍인다. 예를 들면 시적 문체와 알레고리 문체 사이에 창조적 섬광이 번쩍인다.

그의 글은 끊임없이 발전하는 게 아니라 끊임없이 대체된다. 그러므로 그의 비평은 무의미로부터 발생하지만 그것이 비평이기 때문에 원전이라는 의미로부터 시라는 무의미가 발생한다. 그것은 라캉처럼 기표의 의미에서 기표의 무의미(욕망)를 찾아가는 과정이 아니라 거꾸로 기표의 무의미에서 기표의 의미를 찾아가는 과정이고, 이런 점에 이어령 비평의 현대성이 있다. 요컨대 그는 기표의 무의미가 아니라 기표의 의미, 소쉬르 식으로는 지시물과 관계없는, 어떤 구체적 현실도 지시하지 않는 의미, 기호로서의 의미, 자율성, 모더니즘을 찾아가고, 그런 점에서 그 후 그는 언어 도구성이 아니라 언어 사물성을 강조한다. 그 후 그는 신비평, 러시아 형식주의, 구조주의로 나가지만 이제까지 나는 그의 비평 문체를, 그것도 주로 1950년대 후반에 나온 그의 첫 평론집 『저항의 문학』을 대상으로 했다.

4. 순수냐 참여냐

그의 시적 문체, 혹은 알레고리 문체는 1960년대 후반에도 지속되고 현재도 지속된다. 그러나 그의 경우 1960년대 후반, 특히 김수영과의 논쟁을 계기로 주장의 변화가 온다. 1950년대 후반의 그는 한마디로 언어를 무기로 간주하지만 1960년대 후반이 되면 그는 언어를 사물로 간주한다. 문학적 태도가 180도 달라진다. 이유는 무엇인가? 나는 그 이유에 대해 앞에서 어느 정도 말한 셈이다. 요컨대 이런 변화는 이미 그의 비평 문체가 암시하고 있었다. 이제 그가 할 일은 평론 쓰기가 아니라 시 쓰기이고, 그것은 소설, 희곡, 에세이 형식을 빌려 구체적으로 전개된다. 그의 문학관은 과연 어떻게 달라지는가? 그는 1968년 《조선일보》를 통해 김수영과 이른바 순수/참여 논쟁을 전개하고, 이 논쟁을 통해 그는 자신의 1950년대적 문학관을 청산하다.

(1) 얼마 전에 내한한 프랑스의 앙티로망의 작가인 뷔토르도 말했듯이 모든 실험적인 문학은 필연적으로는 완전한 세계의 구현을 목표로 하는 진보의 편에 서지 않을 수 없게 되는 것이다. 모든 전위 문학은 불온하다. 그리고 모든 살아 있는 문화는 본질적으로 불온한 것이다. 그것은 두말할 것도 없이 문화의 본질이 꿈을 추구하는 것이고, 불가능을 추구하는 것이기 때문이다. 그런데 '오늘의 한국 문화를 위협하는 것'의 필자의 논지는, 그것을 다듬어보자면, 문학의 형식면에서만은 실험적인 것은 좋지만 정치 사회적인 이데올로기의 평가는 안 된다는 것이다. 그리고 그는 후자의 예로 해방 직후와 4·19 직후를 들면서 정치적 자유의 폭이 비교적 넓었던 이 시기의 문화 현상을 "자유의 영역이 확보될수록 한국 문예는 정치 이데올로기의 도구로 화하여 쇠멸해가는 이상한 역현상이 벌어지고 있다."고 무모한 일방적인 해석을 내리고 있다. 이러한 견해는 지극히 위험한 피상적인 판단이다.[36]

36) 김수영, 「실험적인 문학과 정치적 자유」, 《조선일보》, 1968. 2. 7.

(2) "왜 하필 당신은 하고많은 꽃 가운데 불온해 보이는 '붉은 꽃'을 그렸습니까?"라고 어느 무지한 관헌이 질문할 때 예술가는 무어라고 대답할 것인가? 거꾸로 어느 진보적인 비평가가 "당신이 그린 '붉은 꽃'은 불온해 보여서 전위성이 있습니다."라고 칭찬을 한다면 그 예술가는 또 무어라고 대답할 것인가? 그들은 이미 꽃을 꽃으로 바라볼 것을 그만둔 사람들이다. 그들이 바라보고 있는 것은 꽃이 아니라 꽃에 씌운 이데올로기라는 그림자의 편견이다. 하나의 꽃을 꽃으로 바라볼 줄 아는 사람은 결코 그것을 보수라고도 생각지 않으며 진보라고도 부르지 않는다. 문화의 창조적 자유와 진정한 전위성은 역사의 진보성을 추구하는 데 있는 것이 아니라 바로 인생과 역사, 그것을 보수와 진보의 두 토막으로 칼질해놓는 고정관념과 도식화된 이데올로기의 그 편견으로부터 벗어나는 데서 시작된다. 그런 사람만이 또한 정치 사회에 대하여 참된 참여를 할 수 있는 작가의 자격이 있다.[37]

(1)은 김수영의 글이고 (2)는 이어령의 글이다. 김수영은 이 글에서 이어령의 '오늘의 한국 문화를 위협하는 것'을 비판하고, 이어령은 그의 비판을 다시 비판한다. 이어령이 '오늘의 한국 문화를 위협하는 것'에서 강조한 것은 '예술의 조종은 언제나 문예인 스스로가 울려왔다는 것'으로 요약된다. 시대의 고통이 위대한

37) 이어령, 「문학은 권력이나 정치 이념의 시녀가 아니다」, 《조선일보》, 1968. 3. 10.

창조를 방해하는 게 아니라 거꾸로 시대의 고통이, 말하자면 정치적 자유의 억압이 위대한 창조를 가능케 한다는 문학의 아이러니, 그러므로 정치적 자유만을 탓하는 것이 오늘의 한국 문화를 위협한다는 주장이다. 김수영은 이런 그의 견해를 비판한다. 그에 의하면 모든 문화는 실험적인 문학은 진보의 편에 서고 그러므로 전위 문학은 불온하다. 그리고 이런 문맥에서 이어령의 문학관을 비판한다. 그 요지는 이어령은 형식주의자라는 것, 그러나 이어령도 이 논쟁에서 말했듯이 김수영은 불온의 개념을 광의의 개념에서 협의의 개념으로 몰고 가고, 이런 논리는 다시 이어령의 비판의 대상이 되고, 인용한 (2)는 이런 비판의 한 부분이다.

이 글에서 이어령이 강조하는 것은 한마디로 '진정한 전위성은 역사의 진보성을 추구하는 게 아니라는 것'으로 요약된다. 그에 의하면 진정한 전위성은 보수/진보라는 이데올로기, 고정관념, 사고의 도식성을 벗어난다. 그러므로 그는 김수영처럼, 그리고 뷔토르처럼 모든 문화의 불온성을 긍정한다. 왜냐하면 모든 문화는 꿈을 추구하고, 이 추구는 실험성을 동반하고 불온하기 때문이다. 그러나 이런 불온성은 광의의 불온성에 속하고 김수영은 느닷없이, 그러니까 논리적 매개 없이 협의의 불온성을 강조한다. 그것은 이른바 정치적 자유와 창조의 문제다. 광의의 개념에 의하면 진정한 전위 문학은 질서가 아니라 무질서를 지향하고, 이런 무질서는 기존 질서를 뛰어넘는 질서이고, 라캉 식으로는 상징계를 위협하고 부정하고 극복하고, 대승불교 식으로는 범소유상 개시허망(『금강경』)과 통한다.

이런 의미로서의 전위는 이어령이 말하듯 보수/진보를 초월하는 진보, 형식/내용을 초월하는 형식, 이데올로기를 초월하는 이데올로기를 지향한다. 기존 질서에 기생하는 이데올로기가 아니라 기존 질서를 부정하는, 살해하는, 부재로서의 현실을 추구한다. 그러나 김수영은 그리고 많은 참여론자들은 당시나 지금이나 이런 광의로서의 불온성이 아니라 협의로서의 불온성을 강조한다. 이어령은 보수/진보를 초월하는 진보를 주장하고 김수영은 보수/진보라는 2항 대립성 속에서의 진보를 주장한다. 이어령의 경우 정치적 자유의 문제는 창조의 조건이고 문학은 또 하나의 현실이고, 김수영의 경우 정치적 자유의 문제는 창조의 목표이고 문학은 현실적 수단이 된다.

이 논쟁을 통해 이어령이 강조한 것은 현대 문학의 현대성이다. 그것은 자율성 개념으로 요약되고, 이런 자율성 개념은 아도르노도 말했듯이 예술과 사회의 관계에 대한 새로운 인식을 요구한다. 아도르노에 의하면 예술은 사회에 대한 반대 입장을 통해서만 사회적인 것이 된다. 이런 입장은 오직 자율적인 예술만이 가능하다. 왜냐하면 예술이 사회적 기능을 소유하면 그것은 예술로서의 기능을 상실하기 때문이다. 사회에 대한 반대 입장은 김수영이 말하는 정치적 입장이 아니라 그런 입장도 거부하는 것,

언어의 측면에서 사회는, 그리고 정치적 입장은 언어의 사용 가치, 교환 가치를 강조하지만 문학은 시는 진정한 전위 문학은 실험 문학은 모든 불온 문학은 언어의 사용 가치, 교환 가치를 부정하고, 사회를 지배하는 이런 가치를 부정함으로써 사회를 비판하고 사회에 저항하고 사회에 참여한다. 그러므로 예술의 비사회적 요소는 사회에 대한 부정이고 저항이다.[38)]

이어령이 강조하는 순수는 그러므로 순수가 아니다. 그는 순수/참여라는 이분법을 부정한다. 그가 1960년대 후반부터 강조하는 순수는 이런 의미로서의 순수이고 순수가 아니다. 나는 이런 입장을 옹호하는 입장이고, 그가 1960년대 후반부터 문학이 아니라 문단적으로 고독할 수밖에 없었던 것은 그의 잘못이 아니라 이동하도 말하듯이 이 시대의 잘못이고 이 땅 문단의 잘못이다. 그러나 그의 고독이 그의 영광이다.[39)]

—「읽히는 비평의 비밀과 매혹」(2001)

38) Theodor Adorno, trans. C. Lenhardt, 『Aesthetic Theory』(London and New York : Routledge and Kegan Paul, 1984), pp. 320~322, pp. 335~337 참조.

39) 이동하, 위의 글 참고. 이동하는 1970년대 후반부터 이어령이 문단적으로 고독의 길을 걷게 된 이유로 (1) 그의 발언이 당시나 그 이후 많은 문학인에게 진위 이전에 감정적 거부 반응을 일으킨 점, (2) 불행하게도 그의 발언 이후 우리 역사가 3선 개헌과 유신을 거치며 정치적 억압이 심화된 점, (3) 1980년대의 민중문학론, 민족문학론에 대한 그의 비판 정지, (4) 그의 이론을 옹호할 수 있는 집단이 세대 개념과 전공 개념(이들은 주로 외국 문학 전공)에 의해 그를 배척한 점, (5) 그가 유파를 만들지 않은 점 등을 든다.

이승훈(1942~2018)

한양대학교 국문과 및 연세대학교 대학원 국문과를 졸업하였다. 1963년《현대문학》으로 등단하여, 현대문학상, 한국시협상을 수상했으며, 한양대 국문과 교수를 역임했다. 시론집으로『시론, 모더니즘 시론』,『포스트모더니즘 시론』,『한국현대시론사』,『이상 시 연구』,『한국시의 구조 분석』,『해체시론』등이 있다.

이어령 작품 연보

문단 : 등단 이전 활동

「이상론-순수의식의 뇌성(牢城)과 그 파벽(破壁)」	서울대《문리대 학보》3권, 2호	1955.9.
「우상의 파괴」	《한국일보》	1956.5.6.

데뷔작

「현대시의 UMGEBUNG(環圍)와 UMWELT(環界)-시비평방법론서설」	《문학예술》10월호	1956.10.
「비유법논고」	《문학예술》11,12월호	1956.11.

* 백철 추천을 받아 평론가로 등단

논문

평론·논문

1.	「이상론-순수의식의 뇌성(牢城)과 그 파벽(破壁)」	서울대《문리대 학보》3권, 2호	1955.9.
2.	「현대시의 UMGEBUNG와 UMWELT-시비평방법론서설」	《문학예술》10월호	1956
3.	「비유법논고」	《문학예술》11,12월호	1956
4.	「카타르시스문학론」	《문학예술》8~12월호	1957
5.	「소설의 아펠레이션 연구」	《문학예술》8~12월호	1957

6. 「해학(諧謔)의 미적 범주」	《사상계》 11월호	1958
7. 「작가와 저항-Hop Frog의 암시」	《知性》 3호	1958.12.
8. 「이상의 시의와 기교」	《문예》 10월호	1959
9. 「프랑스의 앙티-로망과 소설양식」	《새벽》 10월호	1960
10. 「원형의 전설과 후송(後送)의 소설방법론」	《사상계》 2월호	1963
11. 「소설론(구조와 분석)-현대소설에 있어서의 이미지의 문제」	《세대》 6~12월호	1963
12. 「20세기 문학에 있어서의 지적 모험」	서울법대 《FIDES》 10권, 2호	1963.8.
13. 「플로베르-걸인(乞人)의 소리」	《문학춘추》 4월호	1964
14. 「한국비평 50년사」	《사상계》 11월호	1965
15. 「Randomness와 문학이론」	《문학》 11월호	1968
16. 「최남선의 「해에게서 소년에게」 분석」	《문학사상》 2월호	1974
17. 「춘원 초기단편소설의 분석」	《문학사상》 3월호	1974
18. 「문학텍스트의 공간 읽기-「早春」을 모델로」	《한국학보》 10월호	1986
19. 「鄭夢周의 '丹心歌'와 李芳遠의 '何如歌'의 비교론」	《문학사상》 6월호	1987
20. 「'處容歌'의 공간분석」	《문학사상》 8월호	1987
21. 「서정주론-피의 의미론적 고찰」	《문학사상》 10월호	1987
22. 「정지용-창(窓)의 공간기호론」	《문학사상》 3~4월호	1988

학위논문

1. 「문학공간의 기호론적 연구-청마의 시를 중심으로」	단국대학교	1986

단평

국내신문

1. 「동양의 하늘-현대문학의 위기와 그 출구」	《한국일보》	1956.1.19.~20.
2. 「아이커러스의 귀화-휴머니즘의 의미」	《서울신문》	1956.11.10.

3. 「화전민지대 – 신세대의 문학을 위한 각서」 《경향신문》 1957.1.11.~12.
4. 「현실초극점으로만 탄생 – 시의 '오부제'에 대하여」 《평화신문》 1957.1.18.
5. 「겨울의 축제」 《서울신문》 1957.1.21.
6. 「우리 문화의 반성 – 신화 없는 민족」 《경향신문》 1957.3.13.~15.
7. 「묘비 없는 무덤 앞에서 – 추도 이상 20주기」 《경향신문》 1957.4.17.
8. 「이상의 문학 – 그의 20주기에」 《연합신문》 1957.4.18.~19.
9. 「시인을 위한 아포리즘」 《자유신문》 1957.7.1.
10. 「토인과 생맥주 – 전통의 터너미놀로지」 《연합신문》 1958.1.10.~12.
11. 「금년문단에 바란다 – 장미밭의 전쟁을 지양」 《한국일보》 1958.1.21.
12. 「주어 없는 비극 – 이 시대의 어둠을 향하여」 《조선일보》 1958.2.10.~11.
13. 「모래의 성을 밟지 마십시오 – 문단후배들에게 말한다」 《서울신문》 1958.3.13.
14. 「현대의 신라인들 – 외국 문학에 대한 우리 자세」 《경향신문》 1958.4.22.~23.
15. 「새장을 여시오 – 시인 서정주 선생에게」 《경향신문》 1958.10.15.
16. 「바람과 구름과의 대화 – 왜 문학논평이 불가능한가」 《문화시보》 1958.10.
17. 「대화정신의 상실 – 최근의 필전을 보고」 《연합신문》 1958.12.10.
18. 「새 세계와 문학신념 – 폭발해야 할 우리들의 언어」 《국제신보》 1959.1.
19. *「영원한 모순 – 김동리 씨에게 묻는다」 《경향신문》 1959.2.9.~10.
20. *「못 박힌 기독은 대답 없다 – 다시 김동리 씨에게」 《경향신문》 1959.2.20.~21.
21. *「논쟁과 초점 – 다시 김동리 씨에게」 《경향신문》 1959.2.25.~28.
22. *「희극을 원하는가」 《경향신문》 1959.3.12.~14.

* 김동리와의 논쟁

23. 「자유문학상을 위하여」 《문학논평》 1959.3.
24. 「상상문학의 진의 – 펜의 논제를 말한다」 《동아일보》 1959.8.~9.
25. 「프로이트 이후의 문학 – 그의 20주기에」 《조선일보》 1959.9.24.~25.
26. 「비평활동과 비교문학의 한계」 《국제신보》 1959.11.15.~16.
27. 「20세기의 문학사조 – 현대사조와 동향」 《세계일보》 1960.3.
28. 「제삼세대(문학) – 새 차원의 음악을 듣자」 《중앙일보》 1966.1.5.
29. 「'에비'가 지배하는 문화 – 한국문화의 반문화성」 《조선일보》 1967.12.28.

30.「문학은 권력이나 정치이념의 시녀가 아니다 – '오늘의 한국문화를 위협하는 것'의 조명」	《조선일보》	1968.3.
31.「논리의 이론검증 똑똑히 하자 – 불평성 여부로 문학평가는 부당」	《조선일보》	1968.3.26.
32.「문화근대화의 성년식 – '청춘문화'의 자리를 마련해줄 때도 되었다」	《대한일보》	1968.8.15.
33.「측면으로 본 신문학 60년 – 전후문단」	《동아일보》	1968.10.26.,11.2.
34.「일본을 해부한다」	《동아일보》	1982.8.14.
35.「푸는 문화 신바람의 문화」	《중앙일보》	1982.9.22.
36.「떠도는 자의 우편번호」	《중앙일보》 연재	1982.10.12. ~1983.3.18.
37.「희극 '피가로의 결혼'을 보고」	《한국일보》	1983.4.6.
38.「북풍식과 태양식」	《조선일보》	1983.7.28.
39.「창조적 사회와 관용」	《조선일보》	1983.8.18.
40.「폭력에 대응하는 지성」	《조선일보》	1983.10.13.
41.「레이건 수사학」	《조선일보》	1983.11.17.
42.「채색문화 전성시대 – 1983년의 '의미조명'」	《동아일보》	1983.12.28.
43.「귤이 탱자가 되는 사회」	《조선일보》	1984.1.21.
44.「한국인과 '마늘문화'」	《조선일보》	1984.2.18.
45.「저작권과 오린지」	《조선일보》	1984.3.13.
46.「결정적인 상실」	《조선일보》	1984.5.2.
47.「두 얼굴의 군중」	《조선일보》	1984.5.12.
48.「기저귀 문화」	《조선일보》	1984.6.27.
49.「선밥 먹이기」	《조선일보》	1985.4.9.
50.「일본은 대국인가」	《조선일보》	1985.5.14.
51.「신한국인」	《조선일보》 연재	1985.6.18.~8.31.
52.「21세기의 한국인」	《서울신문》 연재	1993
53.「한국문화의 뉴패러다임」	《경향신문》 연재	1993
54.「한국어의 어원과 문화」	《동아일보》 연재	1993.5.~10.
55.「한국문화 50년」	《조선일보》 신년특집	1995.1.1.

56. 「半島性의 상실과 회복의 역사」	《한국일보》 광복50년 신년특집 특별기고	1995.1.4.
57. 「한국언론의 새로운 도전」	《조선일보》 75주년 기념특집	1995.3.5.
58. 「대고려전시회의 의미」	《중앙일보》	1995.7.
59. 「이인화의 역사소설」	《동아일보》	1995.7.
60. 「한국문화 50년」	《조선일보》 광복50년 특집	1995.8.1.
외 다수		

외국신문

1. 「通商から通信へ」	《朝日新聞》 교토포럼 主題論文抄	1992.9.
2. 「亞細亞の歌をうたう時代」	《朝日新聞》	1994.2.13.
외 다수		

국내잡지

1. 「마호가니의 계절」	《예술집단》 2호	1955.2.
2. 「사반나의 풍경」	《문학》 1호	1956.7.
3. 「나르시스의 학살-이상의 시와 그 난해성」	《신세계》	1956.10.
4. 「비평과 푸로파간다」	영남대 《嶺文》 14호	1956.10.
5. 「기초문학함수론-비평문학의 방법과 그 기준」	《사상계》	1957.9.~10.
6. 「무엇에 대하여 저항하는가-오늘의 문학과 그 근거」	《신군상》	1958.1.
7. 「실존주의 문학의 길」	《자유공론》	1958.4.
8. 「현대작가의 책임」	《자유문학》	1958.4.
9. 「한국소설의 현재의 장래-주로 해방후의 세 작가를 중심으로」	《지성》 1호	1958.6.
10. 「시와 속박」	《현대시》 2집	1958.9.
11. 「작가의 현실참여」	《문학평론》 1호	1959.1.
12. 「방황하는 오늘의 작가들에게-작가적 사명」	《문학논평》 2호	1959.2.
13. 「자유문학상을 향하여」	《문학논평》	1959.3.
14. 「고독한 오솔길-소월시를 말한다」	《신문예》	1959.8.~9.

15. 「이상의 소설과 기교 – 실화와 날개를 중심으로」	《문예》	1959.10.
16. 「박탈된 인간의 휴일 – 제8요일을 읽고」	《새벽》 35호	1959.11.
17. 「잠자는 거인 – 뉴 제네레이션의 위치」	《새벽》 36호	1959.12.
18. 「20세기의 인간상」	《새벽》	1960.2.
19. 「푸로메떼 사슬을 풀라」	《새벽》	1960.4.
20. 「식물적 인간상 –『카인의 후예』, 황순원 론」	《사상계》	1960.4.
21. 「사회참가의 문학 – 그 원시적인 문제」	《새벽》	1960.5.
22. 「무엇에 대한 노여움인가?」	《새벽》	1960.6.
23. 「우리 문학의 지점」	《새벽》	1960.9.
24. 「유배지의 시인 – 쌍죵·페르스의 시와 생애」	《자유문학》	1960.12.
25. 「소설산고」	《현대문학》	1961.2.~4.
26. 「현대소설의 반성과 모색 – 60년대를 기점으로」	《사상계》	1961.3.
27. 「소설과 '아펠레이션'의 문제」	《사상계》	1961.11.
28. 「현대한국문학과 인간의 문제」	《시사》	1961.12.
29. 「한국적 휴머니즘의 발굴 – 유교정신에서 추출해본 휴머니즘」	《신사조》	1962.11.
30. 「한국소설의 맹점 – 리얼리티 외, 문제를 중심으로」	《사상계》	1962.12.
31. 「오해와 모순의 여울목 – 그 역사와 특성」	《사상계》	1963.3.
32. 「사시안의 비평 – 어느 독자에게」	《현대문학》	1963.7.
33. 「부메랑의 언어들 – 어느 독자에게 제2신」	《현대문학》	1963.9.
34. 「문학과 역사적 사건 – 4·19를 예로」	《한국문학》 1호	1966.3.
35. 「현대소설의 구조」	《문학》 1,3,4호	1966.7., 9., 11.
36. 「비판적 「삼국유사」」	《월간세대》	1967.3~5.
37. 「현대문학과 인간소외 – 현대부조리와 인간소외」	《사상계》	1968.1.
38. 「서랍 속에 든 '不穩詩'를 분석한다 – '지식인의 사회참여'를 읽고」	《사상계》	1968.3.
39. 「사물을 보는 눈」	《사상계》	1973.4.
40. 「한국문학의 구조분석 – 反이솝주의 선언」	《문학사상》	1974.1.
41. 「한국문학의 구조분석 – '바다'와 '소년'의 의미분석」	《문학사상》	1974.2.
42. 「한국문학의 구조분석 – 춘원 초기단편소설의 분석」	《문학사상》	1974.3.

43.「이상문학의 출발점」	《문학사상》	1975.9.
44.「분단기의 문학」	《정경문화》	1979.6.
45.「미와 자유와 희망의 시인-일리리스의 문학세계」	《충청문장》 32호	1979.10.
46.「말 속의 한국문화」	《삶과꿈》 연재	1994.9~1995.6.

외 다수

외국잡지

1. 「亞細亞人の共生」	《Forsight》 新潮社	1992.10.

외 다수

대담

1. 「일본인론-대담:金容雲」	《경향신문》	1982.8.19.~26.
2. 「가부도 논쟁도 없는 무관심 속의 '방황'-대담:金璟東」	《조선일보》	1983.10.1.
3. 「해방 40년, 한국여성의 삶-"지금이 한국여성사의 터닝포인트"-특집대담:정용석」	《여성동아》	1985.8.
4. 「21세기 아시아의 문화-신년석학대담:梅原猛」	《문학사상》 1월호, MBC TV 1일 방영	1996.1.

외 다수

세미나 주제발표

1. 「神奈川 사이언스파크 국제심포지움」	KSP 주최(일본)	1994.2.13.
2. 「新瀉 아시아 문화제」	新瀉縣 주최(일본)	1994.7.10.
3. 「순수문학과 참여문학」(한국문학인대회)	한국일보사 주최	1994.5.24.
4. 「카오스 이론과 한국 정보문화」(한·중·일 아시아 포럼)	한백연구소 주최	1995.1.29.
5. 「멀티미디아 시대의 출판」	출판협회	1995.6.28.
6. 「21세기의 메디아론」	중앙일보사 주최	1995.7.7.
7. 「도자기와 총의 문화」(한일문화공동심포지움)	한국관광공사 주최(후쿠오카)	1995.7.9.

8. 「역사의 대전환」(한일국제심포지움)	중앙일보 역사연구소	1995.8.10.
9. 「한일의 미래」	동아일보, 아사히신문 공동주최	1995.9.10.
10. 「춘향전'과 '忠臣藏'의 비교연구」(한일국제심포지엄)	한림대·일본문화연구소 주최	1995.10.

외 다수

기조강연

1. 「로스엔젤러스 한미박물관 건립」	(L.A.)	1995.1.28.
2. 「하와이 50년 한국문화」	우먼스클럽 주최(하와이)	1995.7.5.

외 다수

저서(단행본)

평론·논문

1. 『저항의 문학』	경지사	1959
2. 『지성의 오솔길』	동양출판사	1960
3. 『전후문학의 새 물결』	신구문화사	1962
4. 『통금시대의 문학』	삼중당	1966
* 『축소지향의 일본인』 * '縮み志向の日本人'의 한국어판	갑인출판사	1982
5. 『縮み志向の日本人』(원문: 일어판)	学生社	1982
6. 『俳句で日本を讀む』(원문: 일어판)	PHP	1983
7. 『고전을 읽는 법』	갑인출판사	1985
8. 『세계문학에의 길』	갑인출판사	1985
9. 『신화속의 한국인』	갑인출판사	1985
10. 『지성채집』	나남	1986
11. 『장미밭의 전쟁』	기린원	1986

12. 『신한국인』	문학사상	1986
13. 『ふろしき文化のポスト・モダン』(원문: 일어판)	中央公論社	1989
14. 『蛙はなぜ古池に飛びこんだのか』(원문: 일어판)	学生社	1993
15. 『축소지향의 일본인-그 이후』	기린원	1994
16. 『시 다시 읽기』	문학사상사	1995
17. 『한국인의 신화』	서문당	1996
18. 『공간의 기호학』	민음사(학위논문)	2000
19. 『진리는 나그네』	문학사상사	2003
20. 『ジャンケン文明論』(원문: 일어판)	新潮社	2005
21. 『디지로그』	생각의나무	2006
22. 『이어령의 삼국유사 이야기1』	서정시학	2006
* 『하이쿠의 시학』 * '俳句で日本を讀む'의 한국어판	서정시학	2009
* 『젊은이여 한국을 이야기하자』 * '신한국인'의 개정판	문학사상사	2009
23. 『어머니를 위한 여섯 가지 은유』	열림원	2010
24. 『이어령의 삼국유사 이야기2』	서정시학	2011
25. 『생명이 자본이다』	마로니에북스	2013
* 『가위바위보 문명론』 * 'ジャンケン文明論'의 한국어판	마로니에북스	2015
26. 『보자기 인문학』	마로니에북스	2015
27. 『너 어디에서 왔니(한국인 이야기1)』	파람북	2020
28. 『너 누구니(한국인 이야기2)』	파람북	2022
29. 『너 어떻게 살래(한국인 이야기3)』	파람북	2022
30. 『너 어디로 가니(한국인 이야기4)』	파람북	2022

에세이

1. 『흙 속에 저 바람 속에』	현암사	1963
2. 『오늘을 사는 세대』	신태양사출판국	1963

3. 『바람이 불어오는 곳』	현암사	1965
4. 『하나의 나뭇잎이 흔들릴 때』	현암사	1966
5. 『우수의 사냥꾼』	동화출판공사	1969
6. 『현대인이 잃어버린 것들』	서문당	1971
7. 『저 물레에서 운명의 실이』	범서출판사	1972
8. 『아들이여 이 산하를』	범서출판사	1974
* 『거부하는 몸짓으로 이 젊음을』	삼중당	1975
* '오늘을 사는 세대'의 개정판		
9. 『말』	문학세계사	1982
10. 『떠도는 자의 우편번호』	범서출판사	1983
11. 『지성과 사랑이 만나는 자리』	마당문고사	1983
12. 『푸는 문화 신바람의 문화』	갑인출판사	1984
13. 『사색의 메아리』	갑인출판사	1985
14. 『젊음이여 어디로 가는가』	갑인출판사	1985
15. 『뿌리를 찾는 노래』	기린원	1986
16. 『서양의 유혹』	기린원	1986
17. 『오늘보다 긴 이야기』	기린원	1986
* 『이것이 여성이다』	문학사상사	1986
18. 『한국인이여 고향을 보자』	기린원	1986
19. 『젊은이여 뜨거운 지성을 너의 가슴에』	삼성이데아서적	1990
20. 『정보사회의 기업문화』	한국통신기업문화진흥원	1991
21. 『기업의 성패 그 문화가 좌우한다』	종로서적	1992
22. 『동창이 밝았느냐』	동화출판사	1993
23. 『한,일 문화의 동질성과 이질성』	신구미디어	1993
24. 『나를 찾는 술래잡기』	문학사상사	1994
* 『말 속의 말』	동아출판사	1995
* '말'의 개정판		
25. 『한국인의 손 한국인의 마음』	디자인하우스	1996
26. 『신의 나라는 가라』	한길사	2001
* 『말로 찾는 열두 달』	문학사상사	2002

* '말'의 개정판

27. 『붉은 악마의 문화 코드로 읽는 21세기』	중앙M&B	2002
* 『뜻으로 읽는 한국어 사전』	문학사상사	2002
* '말 속의 말'의 개정판		
* 『일본문화와 상인정신』	문학사상사	2003
* '축소지향의 일본인 그 이후'의 개정판		
28. 『문화코드』	문학사상사	2006
29. 『우리문화 박물지』	디자인하우스	2007
30. 『젊음의 탄생』	생각의나무	2008
31. 『생각』	생각의나무	2009
32. 『지성에서 영성으로』	열림원	2010
33. 『유쾌한 창조』	알마	2010
34. 『빵만으로는 살 수 없다』	열림원	2012
35. 『우물을 파는 사람』	두란노	2012
36. 『책 한 권에 담긴 뜻』	국학자료원	2022
37. 『먹다 듣다 걷다』	두란노	2022
38. 『작별』	성안당	2022

소설

1. 『이어령 소설집, 장군의 수염/전쟁 데카메론 외』	현암사	1966
2. 『환각의 다리』	서음출판사	1977
3. 『둥지 속의 날개』	홍성사	1984
4. 『무익조』	기린원	1987
5. 『홍동백서』(문고판)	범우사	2004

시

『어느 무신론자의 기도』	문학세계사	2008
『헌팅턴비치에 가면 네가 있을까』	열림원	2022

『다시 한번 날게 하소서』	성안당	2022
『눈물 한 방울』	김영사	2022

칼럼집

1. 『차 한 잔의 사상』	삼중당	1967
2. 『오늘보다 긴 이야기』	기린원	1986

편저

1. 『한국작가전기연구』	동화출판공사	1975
2. 『이상 소설 전작집 1,2』	갑인출판사	1977
3. 『이상 수필 전작집』	갑인출판사	1977
4. 『이상 시 전작집』	갑인출판사	1978
5. 『현대세계수필문학 63선』	문학사상사	1978
6. 『이어령 대표 에세이집 상,하』	고려원	1980
7. 『문장백과대사전』	금성출판사	1988
8. 『뉴에이스 문장사전』	금성출판사	1988
9. 『한국문학연구사전』	우석	1990
10. 『에센스 한국단편문학』	한양출판	1993
11. 『한국 단편 문학 1-9』	모음사	1993
12. 『한국의 명문』	월간조선	2001
13. 『뜻으로 읽는 한국어 사전』	문학사상사	2002
14. 『매화』	생각의나무	2003
15. 『사군자와 세한삼우』	종이나라(전5권)	2006
1. 매화		
2. 난초		
3. 국화		
4. 대나무		
5. 소나무		
16. 『십이지신 호랑이』	생각의나무	2009

17. 『십이지신 용』	생각의나무	2010
18. 『십이지신 토끼』	생각의나무	2010
19. 『문화로 읽는 십이지신 이야기 - 뱀』	열림원	2011
20. 『문화로 읽는 십이지신 이야기 - 말』	열림원	2011
21. 『문화로 읽는 십이지신 이야기 - 양』	열림원	2012

희곡

1. 『기적을 파는 백화점』	갑인출판사	1984
* '기적을 파는 백화점', '사자와의 경주' 등 다섯 편이 수록된 희곡집		
2. 『세 번은 짧게 세 번은 길게』	기린원	1979, 1987

대담집&강연집

1. 『그래도 바람개비는 돈다』	동화서적	1992
* 『기업과 문화의 충격』	문학사상사	2003
* '그래도 바람개비는 돈다'의 개정판		
2. 『세계 지성과의 대화』	문학사상사	1987, 2004
3. 『나, 너 그리고 나눔』	문학사상사	2006
4. 『지성과 영성의 만남』	홍성사	2012
5. 『메멘토 모리』	열림원	2022
6. 『거시기 머시기』(강연집)	김영사	2022

교과서&어린이책

1. 『꿈의 궁전이 된 생쥐 한 마리』	비룡소	1994
2. 『생각에 날개를 달자』	웅진출판사(전12권)	1997
1. 물음표에서 느낌표까지		
2. 누가 맨 먼저 시작했나?		
3. 엄마, 나 한국인 맞아?		

4. 제비가 물어다 준 생각의 박씨
5. 나는 지구의 산소가 될래
6. 생각을 바꾸면 미래가 달라진다
7. 아빠, 정보가 뭐야?
8. 나도 그런 사람이 될 테야
9. 너 정말로 한국말 아니?
10. 한자는 옛 문화의 공룡발자국
11. 내 마음의 열두 친구 1
12. 내 마음의 열두 친구 2

3. 『천년을 만드는 엄마』 삼성출판사 1999
4. 『천년을 달리는 아이』 삼성출판사 1999
* 『어머니와 아이가 만드는 세상』 문학사상사 2003
  * '천년을 만드는 엄마', '천년을 달리는 아이'의 개정판
* 『이어령 선생님이 들려주는 축소지향의 일본인 1, 2』
  * '축소지향의 일본인'의 개정판 생각의나무(전2권) 2007
5. 『이어령의 춤추는 생각학교』 푸른숲주니어(전10권) 2009

1. 생각 깨우기
2. 생각을 달리자
3. 누가 맨 먼저 생각했을까
4. 너 정말 우리말 아니?
5. 뜨자, 날자 한국인
6. 생각이 뛰어노는 한자
7. 나만의 영웅이 필요해
8. 로그인, 정보를 잡아라!
9. 튼튼한 지구에서 살고 싶어
10. 상상놀이터, 자연과 놀자

6. 『불 나라 물 나라』 대교 2009
7. 『이어령의 교과서 넘나들기』 살림출판사(전20권) 2011

1. 디지털편-디지털시대와 우리의 미래
2. 경제편-경제를 바라보는 10개의 시선

3. 문학편 – 컨버전스 시대의 변화하는 문학
4. 과학편 – 세상을 바꾼 과학의 역사
5. 심리편 – 마음을 유혹하는 심리의 비밀
6. 역사편 – 역사란 무엇인가?
7. 정치편 – 세상을 행복하게 만드는 정치
8. 철학편 – 세상을 이해하는 지혜의 눈
9. 신화편 – 시대를 초월한 상상력의 세계
10. 문명편 – 문명의 역사에 담긴 미래 키워드
11. 춤편 – 한 눈에 보는 춤 이야기
12. 의학편 – 의학 발전을 이끈 위대한 실험과 도전
13. 국제관계편 – 지구촌 시대를 살아가는 지혜
14. 수학편 – 수학적 사고력을 키우는 수학 이야기
15. 환경편 – 지구의 미래를 위한 환경 보고서
16. 지리편 – 지구촌 곳곳의 살아가는 이야기
17. 전쟁편 – 인류 역사를 뒤흔든 전쟁 이야기
18. 언어편 – 언어란 무엇인가?
19. 음악편 – 천년의 감동이 담긴 서양 음악 여행
20. 미래과학편 – 미래를 설계하는 강력한 힘

8. 『느껴야 움직인다』	시공미디어	2013
9. 『지우개 달린 연필』	시공미디어	2013
10. 『길을 묻다』	시공미디어	2013

일본어 저서

* 『縮み志向の日本人』(원문: 일어판)	学生社	1982
* 『俳句で日本を讀む』(원문: 일어판)	PHP	1983
* 『ふろしき文化のポスト・モダン』(원문: 일어판)	中央公論社	1989
* 『蛙はなぜ古池に飛びこんだのか』(원문: 일어판)	学生社	1993
* 『ジャンケン文明論』(원문: 일어판)	新潮社	2005
* 『東と西』(대담집, 공저:司馬遼太郎 編, 원문: 일어판)	朝日新聞社	1994. 9

번역서

「흙 속에 저 바람 속에」의 외국어판

1.	*「In This Earth and In That Wind」(David I. Steinberg 역) 영어판	RAS-KB	1967
2.	*「斯土斯風」(陳寧寧 역) 대만판	源成文化圖書供應社	1976
3.	*「恨の文化論」(裵康煥 역) 일본어판	学生社	1978
4.	*「韓國人的心」 중국어판	山东人民出版社	2007
5.	*「В ТЕХ КРАЯХ НА ТЕХ ВЕТРАХ」(이리나 카사트키나, 정인순 역) 러시아어판	나탈리스출판사	2011

「縮み志向の日本人」의 외국어판

6.	*「Smaller is Better」(Robert N. Huey 역) 영어판	Kodansha	1984
7.	*「Miniaturisation et Productivité Japonaise」 불어판	Masson	1984
8.	*「日本人的縮小意识」 중국어판	山东人民出版社	2003
9.	*「환각의 다리」「Blessures D'Avril」 불어판	ACTES SUD	1994
10.	*「장군의 수염」「The General's Beard」(Brother Anthony of Taizé 역) 영어판	Homa & Sekey Books	2002
11.	*「디지로그」「デジログ」(宮本尙寬 역) 일본어판	サンマーク出版	2007
12.	*「우리문화 박물지」「KOREA STYLE」 영어판	디자인하우스	2009

공저

1.	「종합국문연구」	선진문화사	1955
2.	「고전의 바다」(정병욱과 공저)	현암사	1977
3.	「멋과 미」	삼성출판사	1992
4.	「김치 천년의 맛」	디자인하우스	1996
5.	「나를 매혹시킨 한 편의 시1」	문학사상사	1999
6.	「당신의 아이는 행복한가요」	디자인하우스	2001
7.	「휴일의 에세이」	문학사상사	2003
8.	「논술만점 GUIDE」	월간조선사	2005
9.	「글로벌 시대의 한국과 한국인」	아카넷	2007

10. 『다른 것이 아름답다』	지식산업사	2008
11. 『글로벌 시대의 희망 미래 설계도』	아카넷	2008
12. 『한국의 명강의』	마음의숲	2009
13. 『인문학 콘서트2』	이숲	2010
14. 『대한민국 국격을 생각한다』	올림	2010
15. 『페이퍼로드-지적 상상의 길』	두성북스	2013
16. 『知의 최전선』	아르테	2016
17. 『이어령, 80년 생각』(김민희와 공저)	위즈덤하우스	2021
18. 『마지막 수업』(김지수와 공저)	열림원	2021

전집

1. 『이어령 전작집』	동화출판공사(전12권)	1968

1. 흙 속에 저 바람 속에
2. 바람이 불어오는 곳
3. 거부한는 몸짓으로 이 젊음을
4. 장미 그 순수한 모순
5. 인간이 외출한 도시
6. 차 한잔의 사상
7. 누가 그 조종을 울리는가
8. 하나의 나뭇잎이 흔들릴 때
9. 장군의 수염
10. 저항의 문학
11. 당신은 아는가 나의 기도를
12. 현대의 천일야화

2. 『이어령 신작전집』	갑인출판사(전10권)	1978

1. 현대인이 잃어버린 것들
2. 저 물레에서 운명의 실이
3. 아들이여 이 산하를
4. 서양에서 본 동양의 아침

5. 나그네의 세계문학

6. 신화속의 한국인

7. 고전을 어떻게 읽을 것인가

8. 기적을 파는 백화점

9. 한국인의 생활과 마음

10. 가난한 시인에게 주는 엽서

3. 『이어령 전집』 삼성출판사(전20권) 1986

1. 흙 속에 저 바람 속에

2. 노래여 천년의 노래여

3. 푸는 문화, 신바람의 문화

4. 내 마음의 뿌리

5. 한국과 일본과의 거리

6. 여성이여, 창을 열어라

7. 차 한잔의 사상

8. 거부하는 몸짓으로 이 젊음을

9. 누군가에 이 편지를

10. 하나의 나뭇잎이 흔들릴 때

11. 서양으로 가는 길

12. 축소지향의 일본인

13. 현대인이 잃어버린 것들

14. 문학으로 읽는 세계

15. 벽을 허무는 지성

16. 장군의 수염

17. 둥지 속의 날개(상)

18. 둥지 속의 날개(하)

19. 기적을 파는 백화점

20. 시와 사색이 있는 달력

4. 『이어령 라이브러리』 문학사상사(전30권) 2003

1. 말로 찾는 열두 달

2. 하나의 나뭇잎이 흔들릴 때
3. 흙 속에 저 바람 속에
4. 뜻으로 읽는 한국어 사전
5. 장군의 수염
6. 환각의 다리
7. 젊은이여 한국을 이야기하자
8. 푸는 문화 신바람의 문화
9. 기적을 파는 백화점
10. 축소지향의 일본인
11. 일본문화와 상인정신
12. 현대인이 잃어버린 것들
13. 시와 함께 살다
14. 거부하는 몸짓으로 이 젊음을
15. 지성의 오솔길
16. 둥지 속의 날개(상)
16. 둥지 속의 날개(하)
17. 신화 속의 한국정신
18. 차 한 잔의 사상
19. 진리는 나그네
20. 바람이 불어오는 곳
21. 기업과 문화의 충격
22. 어머니와 아이가 만드는 세상
23. 저 물레에서 운명의 실이
24. 노래여 천년의 노래여
25. 장미밭의 전쟁
26. 저항의 문학
27. 오늘보다 긴 이야기
29. 세계 지성과의 대화
30. 나, 너 그리고 나눔

5. 『한국과 한국인』 삼성출판사(전6권) 1968

1. 한국인의 정신적 고향(상)
2. 한국인의 정신적 고향(하)
3. 노래여 천년의 노래여
4. 생활을 창조하는 지혜
5. 웃음과 눈물의 인간상
6. 사랑과 여인의 풍속도

편집 후기

지성의 숲을 걷기 위한 길 안내

34종 24권 5개 컬렉션으로 분류, 10년 만에 완간

이어령이라는 지성의 숲은 넓고 깊어서 그 시작과 끝을 가늠하기 어렵다. 자칫 길을 잃을 수도 있어서 길 안내가 필요한 이유다. '이어령 전집'의 기획과 구성의 과정, 그리고 작품들의 의미 등을 독자들께 간략하게나마 소개하고자 한다. (편집자 주)

북이십일이 이어령 선생님과 전집을 출간하기로 하고 정식으로 계약을 맺은 것은 2014년 3월 17일이었다. 2023년 2월에 '이어령 전집'이 34종 24권으로 완간된 것은 10년 만의 성과였다. 자료조사를 거쳐 1차로 선정한 작품은 50권이었다. 2000년 이전에 출간한 단행본들을 전집으로 묶으며 가려 뽑은 작품들을 5개의 컬렉션으로 분류했고, 내용의 성격이 비슷한 경우에는 한데 묶어서 합본 호를 만든다는 원칙을 세웠다. 이어령 선생님께서 독자들의 부담을 고려하여 직접 최종적으로 압축한 리스트는 34권이었다.

평론집 『저항의 문학』이 베스트셀러 컬렉션(16종 10권)의 출발이다. 이어령 선생님의 첫 책이자 혁명적 언어 혁신과 문학관을 담은 책으로

1950년대 한국 문단에 일대 파란을 일으킨 명저였다. 두 번째 책은 국내 최초로 한국 문화론의 기치를 들었다고 평가받은 『말로 찾는 열두 달』과 『오늘을 사는 세대』를 뼈대로 편집한 세대론 『거부하는 몸짓으로 이 젊음을』으로, 이 두 권을 합본 호로 묶었다. 베스트셀러 컬렉션의 세 번째 책은 박정희 독재를 비판하는 우화를 담은 액자소설 「장군의 수염」, 보카치오의 『데카메론』 형식을 빌려온 「전쟁 데카메론」, 스탕달의 단편 「바니나 바니니」를 해석하여 다시 쓴 한국 최초의 포스트모던 소설 「환각의 다리」 등 중·단편소설들을 한데 묶었다. 한국 출판 최초의 대형 베스트셀러 에세이 『흙 속에 저 바람 속에』와 긍정과 희망의 한국인상에 대해서 설파한 『오늘보다 긴 이야기』는 합본하여 네 번째로 묶었으며, 일본 문화비평사에 큰 획을 그은 기념비적 작품으로 일본문화론 100년의 10대 고전으로 선정된 『축소지향의 일본인』은 베스트셀러 컬렉션의 다섯 번째 책이다.

여섯 번째는 한국어로 쓰인 가장 아름다운 자전 에세이에 속하는 『하나의 나뭇잎이 흔들릴 때』와 1970년대에 신문 연재 에세이로 쓴 글들을 모아 엮은 문화·문명 비평 에세이 『현대인이 잃어버린 것들』을 함께 묶었다. 일곱 번째는 문학 저널리즘의 월평 및 신문·잡지에 실렸던 평문들로 구성된 『지성의 오솔길』인데 1956년 5월 6일 《한국일보》에 실려 문단에 충격을 준 「우상의 파괴」가 수록되어 있다.

한국어 뜻풀이와 단군신화를 분석한 『뜻으로 읽는 한국어사전』과 『신화 속의 한국정신』은 베스트셀러 컬렉션의 여덟 번째로, 20대의 젊은이에게 들려주고 싶은 말을 엮은 책 『젊은이여 한국을 이야기하자』는 아홉 번째로, 외국 풍물에 대한 비판적 안목이 돋보이는 이어령 선생님의 첫 번째 기행문집 『바람이 불어오는 곳』은 열 번째 베스트셀러 컬렉션으로 묶었다.

이어령 선생님은 뛰어난 비평가이자, 소설가이자, 시인이자, 희곡작가였다. 그는 남들이 가지 않은 길을 가고자 했다. 그 결과물인 크리에이티브 컬렉션(2권)은 이어령 선생님의 장편소설과 희곡집으로 구성되어 있다. 『둥지 속의 날개』는 1983년 《한국경제신문》에 연재했던 문명비평적인 장편소설로 10만 부 이상 팔린 베스트셀러이고, 원래 상하권으로 나뉘어 나왔던 것을 한 권으로 합본했다. 『기적을 파는 백화점』은 한국 현대문학의 고전이 된 희곡들로 채워졌다. 수록작 중 「세 번은 짧게 세 번은 길게」는 1981년에 김호선 감독이 영화로 만들어 제18회 백상예술대상 감독상, 제2회 영화평론가협회 작품상을 수상했고, TV 단막극으로도 만들어졌다.

아카데믹 컬렉션(5종 4권)에는 이어령 선생님의 비평문을 한데 모았다. 1950년대에 데뷔해 1970년대까지 문단의 논객으로 활동한 이어령 선생님이 당대의 문학가들과 벌인 문학 논쟁을 담은 『장미밭의 전쟁』은 지금도 여전히 관심을 끈다. 호메로스에서 헤밍웨이까지 이어령 선생님과 함께 고전 읽기 여행을 떠나는 『진리는 나그네』와 한국의 시가문학을 통해서 본 한국문화론 『노래여 천년의 노래여』는 합본 호로 묶었다. 한국인이 사랑하는 김소월, 윤동주, 한용운, 서정주 등의 시를 기호론적 접근법으로 다시 읽는 『시 다시 읽기』는 이어령 선생님의 학문적 통찰이 빛나는 책이다. 아울러 박사학위 논문이기도 했던 『공간의 기호학』은 한국 문학이론사에서 빼놓을 수 없는 명저다.

사회문화론 컬렉션(5종 4권)은 이어령 선생님의 우리 사회와 문화에 대한 관심을 담았다. 칼럼니스트 이어령 선생님의 진면목이 드러난 책 『차 한 잔의 사상』은 20대에 《서울신문》의 '삼각주'로 출발하여 《경향신문》의 '여적', 《중앙일보》의 '분수대', 《조선일보》의 '만물상' 등을 통해 발표한 명칼럼들이 수록되어 있다. 『어머니와 아이가 만드는 세상』은 「천년을 달리는 아이」, 「천년을 만드는 엄마」를 한데 묶은 책으로, 새천년의 새 시대를 살아갈 아이와 엄마에게 띄우는 지침서다. 아울러 이어령 선생님의 산문시들을 엮어 만든 『시와 함께 살다』를 이와 함께 합본 호로 묶었다. 『저 물레에서 운명의 실이』는 1970년대에 신문에 연재한 여성론을 펴낸 책으로 『사씨남정기』, 『춘향전』, 『이춘풍전』을 통해 전통 사상에 입각한 한국 여인, 한국인 전체에 대한 본성을 분석했다. 『일본문화와 상인정신』은 일본의 상인정신을 통해 본 일본문화 비평론이다.

한국문화론 컬렉션(5종 4권)은 한국문화에 대한 본격 비평을 모았다. 『기업과 문화의 충격』은 기업문화의 혁신을 강조한 기업문화 개론서다. 『푸는 문화 신바람의 문화』는 '신바람', '풀이'라는 키워드를 통해 고금의 예화와 일화, 우리말의 어휘와 생활 문화 등 다양한 범위 속에서 우리 문화를 분석했고, '붉은 악마', '문명전쟁', '정치문화', '한류문화' 등의 4가지 코드로 문화를 진단한 『문화 코드』와 합본 호로 묶었다. 한국과 일본 지식인들의 대담 모음집 『세계 지성과의 대화』와 이화여대 교수직을 내려놓으면서 각계각층 인사들과 나눈 대담집 『나, 너 그리고 나눔』이 이 컬렉션의 대미를 장식한다.

2022년 2월 26일, 편집과 고증의 과정을 거치는 중에 이어령 선생님이 돌아가신 것은 출간 작업의 커다란 난관이었다. 최신판 '저자의 말'을 수록할 수 없게 된 데다가 적잖은 원고 내용의 저자 확인이 필요한 부분이 있었으니 난관이 아닐 수 없었다. 다행히 유족 측에서는 이어령 선생님의 부인이신 영인문학관 강인숙 관장님이 마지막 교정과 확인을 맡아주셨다. 밤샘도 마다하지 않으면서 꼼꼼하게 오류를 점검해주신 강인숙 관장님에게 이 지면을 빌려 감사의 말씀을 드린다.

KI신서 10644
이어령 전집 07
지성의 오솔길

1판 1쇄 인쇄 2023년 2월 17일
1판 1쇄 발행 2023년 2월 26일

지은이 이어령
펴낸이 김영곤
펴낸곳 (주)북이십일 21세기북스

TF팀 이사 신승철
TF팀 이종배
출판마케팅영업본부장 민안기
마케팅1팀 배상현 한경화 김신우 강효원
출판영업팀 최명열 김다운
제작팀 이영민 권경민
진행·디자인 다함미디어 | 함성주 유예지 권성희
교정교열 구경미 김도언 김문숙 박은경 송복란 이진규 이충미 임수현 정미용 최아림

출판등록 2000년 5월 6일 제406-2003-061호
주소 (10881) 경기도 파주시 회동길 201(문발동)
대표전화 031-955-2100 **팩스** 031-955-2151 **이메일** book21@book21.co.kr

ISBN 978-89-509-3828-4 04810